云南师范大学学术精品文库

云南省中国语言文学研究生导师团队

云南省"兴滇英才支持计划"之文化名家专项

教育部一般项目"明人文集中的东南亚资料辑录
及文学交往研究"（13YJA751012）

南北望：明代中越文学交往研究

冯小禄 张 欢 著

中华书局

图书在版编目(CIP)数据

南北望:明代中越文学交往研究/冯小禄,张欢著. —北京:中华书局,2022.10
ISBN 978-7-101-15833-5

Ⅰ.南…　Ⅱ.①冯…②张…　Ⅲ.文学-文化交流-研究-中国、越南-明代　Ⅳ.①I209.48②I333.093

中国版本图书馆 CIP 数据核字(2022)第 141082 号

书　　名	南北望:明代中越文学交往研究
著　　者	冯小禄　张　欢
责任编辑	陈　乔
责任印制	陈丽娜
出版发行	中华书局
	(北京市丰台区太平桥西里 38 号　100073)
	http://www.zhbc.com.cn
	E-mail:zhbc@zhbc.com.cn
印　　刷	三河市中晟雅豪印务有限公司
版　　次	2022 年 10 月第 1 版
	2022 年 10 月第 1 次印刷
规　　格	开本/920×1250 毫米　1/32
	印张 16　插页 2　字数 380 千字
国际书号	ISBN 978-7-101-15833-5
定　　价	96.00 元

目　录

序

小禄是我的同门师弟,我们都师从启功先生,在北京师范大学攻读中国古典文献学博士学位。近年来,小禄的博士学位论文《明代诗文论争研究》,以及国家社科基金项目成果《流派论争——明代文学的生存根基与演化场域》(与张欢合著),成为我教读和研习明代文学的案头必备之书,对我的知识积累、思维训练、理论修养多有裨益。所以,当小禄告知我又有一部新著要问世,嘱我撰写序文时,我想都没想,就一口应承下来。这也许是因为我内心里涌动着一种潜在的期待——期待着新的阅读和新的学习,以及与小禄新的对话。

但是收到小禄的大著文稿,一看到书名,我就傻眼了——《南北望:明代中越文学交往研究》。明代的历史文化,我还算是比较熟悉的,毕竟阅读过《明史》《明文海》,翻检过《明实录》,还浏览过一些明代的史籍、子书和别集,也不止一次在课堂上侃侃而谈"明代文学""明代文化"。可是对明代中越两国之间的文学交往、文化交往,我却只有"耳食",从未"目验",那可真是一个完全陌生的领域。

台湾成功大学的陈益源教授是我的老朋友,因为研究小说戏曲的同好,我们从上世纪九十年代开始就多有交往。益源教授早就对越南汉文学,尤其是越南汉文小说情有独钟,撰写、出版了《剪灯新话与传奇漫录之比较研究》《王翠翘故事研究》《蔡廷兰及其〈海南杂著〉》《中越汉文小说研究》等著作。他数十次前往越南，检索、翻阅尘封已久的汉喃古籍，其在中华书局出版的专著《越南汉籍文献述论》，更是学界走进越南汉籍文献的导览图。我的一些有关越南汉籍的浅薄知识，大都得益于阅读益源教授的大著。除此之外，也只有在参加学术会议时，走马观花地翻阅几篇讨论出使安南的使臣的诗文或安南使臣游历中国的诗文的论文。就凭这么一点儿极其可怜的知识储备，我哪有资格矢口评论小禄这部三十多万字的皇皇大著呢？

所以自从去年11月贸然答应写序之后，我的心理负担便着实沉重。三番五次地捧读小禄的大著，越读就越心虚，因为我进入了一个基本陌生的领地，只有浏览、观赏的好奇和新奇，再加上发自内心的赞赏和钦佩。但是既然答应了，又不好食言。于是迁延了整整五个多月，我才强迫自己硬着头皮坐下来，提笔写几行字。

众所周知，进入21世纪以来，域外汉学研究是学术热点，也是学术前沿，取得了一系列令人欣喜的成果，有力地推进了中国文化史、中外交流史的研究。小禄的大著倡导"立足中国自身看周边"和"从周边看中国"的新理念，特别关注中外文学交往的互动性、"互构性"，希望从中越双方的流动视角和双边立场，研究相关的人物形象、地域形象、帝国形象，研究文学书写的文体、主题、策略和心态，的确让读者获益良多。

当然，要全面地评论这部大著，对我来说几乎是不可能做到的事情，我可不忍心让读者诸君耗费时间读我不三不四的文字。所以，我只能就我比较熟悉的文献整理与文献研究，谈谈我的阅读心得。好在小禄的大著原本就以"明人文集"作为主要的研究对象，谈谈文献整理与文献研究也不至于有"离题"之嫌。

　　小禄申请的教育部课题是"明人文集中的东南亚资料辑录及文学交往研究",其中文献整理无疑是一个重要的组成部分,也是研究的坚实基础。这部大著便附录了文献整理的三个成果:《涉安南人物传记资料表》《林希元〈同安林次崖先生文集〉安南资料辑录》《越南冯克宽"使华三集"校合稿》。

　　《涉安南人物传记资料表》涉及81位历史人物,分为出使、征战、任官、贬官、充军、处置安南边疆事务、处置征战后勤、朝贡、原安南人九种类型,扼要地介绍了这些人物与安南相关的事迹,提示了相关的传状碑铭资料,并点到为止地加以考辨。资料表的文字不多,而文字背后所花费的时间和工夫却不少。这一资料表不仅为大著第一章第二节"人物传类"的写作奠定了坚实的文献基础,也为学界将来进一步研究提供了宝贵的一手资料,确实殊为可贵。

　　"明人文集中越南资料辑考"的选题看似简单,不过是从明人文集中钩辑与越南有关的资料,加以分类抄录而已。尤其是近一二十年来"四库"类文献及明人别集大量影印出版,原本分别收藏于各公私藏家的明人别集现在已经易于查阅,于是各种分门别类的资料辑录便应运而生,津梁学界之功自不待言。而小禄对资料的辑录却别出心裁,特加案语,或者简要考证相关的人物与事件,或者略加批评资料中呈现的历史内容。尤其是后者,大多言简意赅,启人深思。如大著附录的《林希元〈同安林次崖先生文集〉安南资料辑录》,卷四《定大计以御远夷疏》条案语云:"郡县的变相做法,可见书生幻想。消息不确,人物关系混乱。"卷四《谢恩明节疏》条案语云:"可谓个人的安南情结,喋喋不休,颇有自高的倾向,殊不知作为皇帝的嘉靖作何想也。有屈原与怀王对话的感觉。而后面屡述功绩,有争功之嫌。有《三国演义》的纵横论天下的架势。"卷十五《祭毛东塘司马文》条案语云:"至毛伯温死仍不忘与之算安南账，可见其执念和痛恨之情。可谓古代祭文中之最奇特者，乃声讨的檄文，非哀悼之祭文也。"凡此皆片语析义，趣味盎然，评议平实朴质，绝不拿捏作态，颇有古文评点的风范。当然，如果"明人文集中越南资料辑考"要单独出版，这些案语的用语行文尚须略加修饰，使之更为精粹。

而《越南冯克宽"使华三集"校合稿》，则是有见于已发表的期刊论文、硕士论文对越南汉籍的校读、引录、释解，由于作者不熟悉越南抄本的行书、草字和俗字而多有讹误，因此对冯克宽"使华三集"重加校合。这一《校合稿》对原书中的行书、草书、俗字、简体字进行了仔细的辨识和录定，对原书中的阙文、衍文、乙字、删字、补字等加以精细的校勘，对原书的诗文加以精确的断句，最终形成一部可供参考使用的整理本。"识字"是阅读古籍、整理古籍的基本功，这一点，先师启功先生多次耳提面命，谆谆教诲。我在进行明清戏曲研究时，阅读戏曲文献的序跋，就往往被行书、草书、印章等所困扰，当时真没有少叨扰启先生为我释疑。尽管如此，由于学术不精，学殖浅薄，直到今天我在识读古籍中的手写体字和大量俗字方面，还常常苦于"两眼一抹黑"，仅仅略强于"文盲"而已。小禄的学养远比我丰厚，《校合稿》中揭示的诸多疑难字，就让我大开眼界，顿长知识。当然，据小禄引录的王小盾等《越南汉喃文献目录提要》著录，冯克宽的"使华诗集"在越南汉喃研究院留下了至少十四个抄本，暨南大学张恩练的硕士论文也利用了其导师陈文源教授影印的、篇目最全的《梅岭使华诗集》，如果能将这些各自不同的版本整合成一个更为全备的文本，应当具有很高的学术价值。我非常期待小禄能承担并完成这一艰巨的工作。

在文献整理的基础上，小禄的大著多向度地展开了相关的文献研究。其一是文献的整体状貌研究，如第二章"明代使交作品的遗存、内容和价值考论",广泛收集以明人文集为主的各类文献资料,在前哲时贤研究的基础上,增补了七种明人出使安南的使交专集,钩辑出前人未尝论及的一些使臣的使交作品,并对明代使交作品的内容构成与文化价值加以综合论析。其二是历史人物的专题研究,如第四章"封贡·移民·扰边——活跃于明人文集中的安南人考论",选取越南史籍中较少记载,但却活跃于明人文集中的安南人,分为不同的群体进行细致的考察。这些人物,除了使臣以外,的确很难进入"正史",但却构成活生生的历史,值得人们特别关注。其三是与明代中越文学交往有关的集部、史部文献的专题研究,包括第六章"越南冯克宽《使华诗集》三考"、第七章"越南汉文抄本《旅行吟集》的杂抄性质和所涉人物考论"、第八章"《大越史记全书》所载明人诗考论"。这三章既包含文献研究的内容,也显示出小禄独具的文化研究和文学研究的深湛功力,都是值得一读的好文字。可以毫不夸张地说,文献研究是这部大著最为出彩之处。

本书第一章"明人文集涉安南文体及内容指要",运用传统文体学的方法讨论明人文集中涉安南的篇章,分为"文学性的诗词赋颂""人物传类""记体文""书信类"和"政治性公文:诏敕、奏疏、谕檄、论策等"若干小节。因为这些年我的研究兴趣相对集中在明清散文文献的整理与研究,所以对这一章的内容就特别关注。小禄以往的学术研究虽然也多多少少关涉文体与文体学,但却不是他的学术聚焦点,他的专长更在于对明代文学流派、文学思想的精深研究。而他在这部著作中,凭借对文学流派、文学思想研究的学术积累和学术训练,阅读、解析明人文集中涉安南文体的篇章,居然得心应手,游刃有余,真的让我叹为观止。比如在人物传类篇章的论析中,小禄注意到传状碑铭等文章对不同传主生平事迹和性格思想的呈现，各有侧重，也各具风神，还注意到传状碑铭等文章在叙事过程中的详略处理与褒贬倾向，这种将人—事—文三者融为一体、兼顾综观的论述方法，用来恰到好处。其他如记体文、书信、公文的条分缕析，也时有新意。当然，文体研究仅仅围绕文本内容展开，还是不够的，如何从文体特性的角度深入解析各类文体的篇章，也还有进一步深入研究的余地。

　　阅读是一种知识学习的过程，也是一种精神享受的过程。我非常感谢小禄给我这样的知识学习和精神享受的机会。

郭英德
2020 年 5 月 3 日于北京京师园寓所

绪论 南北望:从文集出发的明代中越文学交往研究的价值和意义

　　地缘的毗邻、文化的同类和政治上长期的藩属朝贡关系,使得古代越南在与居于其北方的中国王朝进行广泛深入的政治、文化、经济交往的同时,文学的交往也甚为密切。即使从北宋开宝元年(968)交趾人丁部领统一安南、独立建国始,至清光绪十一年(1885)越南脱离中国藩属关系而沦为法国殖民地止,作为独立王国的古代越南也与宋元明清时期的中国王朝保持了长达九百多年的文化和文学交往。如果再加上之前北属中国的郡县时期和上古时期,则更加悠远绵长,几于同根并源,而一起生长发展了①。对此,越南吴时任(1746—1803)在为乾隆五十五年(1790)代表西山朝、恭贺乾隆皇帝八旬大寿的潘辉益(1751—1823)使清诗集《星槎纪行》作序时,即不无骄傲地声称:"我越以文献立国。诗自丁、李,至于陈,大发扬于皇黎洪德间。一部全越诗,古体不让汉、晋,今体不让唐、宋、元、明。戛玉敲金,真可称诗国。"② 指出古代越南

---

① 参郑永常《汉文文学在安南的兴替》,台北:台湾商务印书馆1987年版,第11—22页。

② 吴时任《星槎纪行序》,潘辉益《星槎纪行》卷首,葛兆光、郑克孟主编《越南汉文燕行文献集成》(越南所藏编)第六册,北京:中华书局2007年版,第186页。

长期使用汉字和追随中国诗歌进行创作的文化特征，甚至认为达到了不让于中国历代诗歌的水平，"真可称诗国"。而中国文人在与越南文人和平交往时，也每每称赞后者虽僻处南荒，但汉文创作深具华风、华情，声称"安南有人""安南有文"①。不止如此，如《元诗选》《列朝诗集》《明诗综》等中国诗歌总集和《越峤书》等史书，皆收录越人诗作，以为汉文化广泛南传的证据。与此相应，越南《全越诗录》《皇越诗选》等汉诗总集和《燕行录》等使华文献及《大越史记全书》等正史，也都收录与越南人唱和的中国人诗作，以见和中国的同文性质②。由此可见，古代中越两国均已较早认识到彼此文学交往的历史存在，只是未进行系统性的认识和科学深入的研究。

　　明代中越之间的往来，除了永乐时期的短暂战争、郡县安南和之后强弱不等的边境摩擦外，多是长期和平的朝贡使臣往来和沿边地区的经济、文化交流。而明代时期的中越文学交往，则在宋元时期的中越文学交往基础上，显现出了交流更加频繁，形式更加多样，成果更加丰富的新特点。在交往成果上除了诏敕、奏疏、题本、揭帖、表笺等政治性公文，也有诗文词赋等纯文学文体和相互出使对方而留下的诗歌唱酬、文集及日记等，从而使得明代时期的中越文学交往有了多方面、多层次的研究路径和方法、内容。

───────────

① 如明天顺六年出使安南的钱溥在赠别安南三位黎姓送行大臣时，即称他们为"交南之三黎"，而配中国"河东之三凤"，并言："天岂生材限其地，异代异乡名可齐。"高度赞扬了越南人的汉化和文明程度。见钱溥《交南黎景徽与其弟弘毓、克敦并science致通显，而词翰定称。间得请来，见貌恭而言逊，信乎其国之良也。因其请书，遂走笔歌此美之（景徽僭左仆射，弘毓僭右仆射，克敦僭吏曹侍郎）》，载李文凤《越峤书》卷十九，四库全书存目丛书史部163册，第274页。

② 参何仟年《越南古典诗歌传统的形成——莫前诗歌研究》，扬州大学博士论文2003年。

但是，在长期的"重史轻文"和"重外轻内"的学术观念下，学界对中国古代文集中的域外资料整理研究却远不能呼应"从周边看中国"视角出发的蔚为繁荣的域外汉籍整理研究，显得不是特别正常和合理。由此，本书以具有典型涉外特征的明代文集中的越南资料为例，阐述其重要的学术价值和时代意义。通过评述古代中国与越南等东南亚国家和地区关系研究现状，阐明"立足自身看周边"是当今中国所处的地缘局势、健全中国形象和古代文学研究向域外发展的必然要求。而这与学界大力提倡的"从周边看中国"的域外汉籍研究视角，正好形成一个中国与越南"南北望"的视界融合结构，具有较为重要的价值和参考意义。

一　问题的提出

当今国际形势风起云涌，存在很多的国家领土和民族利益争端，地缘结构冲突仍是其中的关键因素。而作为当时亚洲大陆宗主国和已经具有海洋文明、世界文明眼光的明朝，它与朝鲜、日本、琉球等东亚王国，越南、缅甸、菲律宾、印尼等东南亚王国，以及业已来到东南亚和中国的西方殖民主义国家葡萄牙、荷兰、西班牙等的交往得失，就颇值得更加深入的研究。除了以我为主、坚定而又不失灵活的政治斗争方略外，还有消弭于无形的文化软实力斗争，其情形正与今日中国之于东南亚和欧美国家关系的局势有相似之处。有学者说："明史与当代之间，关系独特。明史，可称'古代史里的当代史'；当代，则有'现代明史'的意味。"① 此言甚为切当。

---

① 李洁非《修订后记》，《龙床：明六帝纪》，北京：人民文学出版社 2013 年版，第 454 页。

由此，全面深入地展开明代载籍中东南亚和欧洲国家文献的收集整理研究，便成为刻不容缓的重大要务。而在这些浩瀚的明代载籍之中，就其急迫性而言，又尤数目前少人问津的明代文集。它们素称浩繁，散处各大丛书的别集和总集里。这些来自文集的资料，不仅有助于研究当时的军事战争、经济贸易、外交政策和文化交流，绝不逊色于人们一向看重而早已收罗研究的史部著作，而且对于提升当今中国的综合国力和文化软实力的借鉴作用，以及在大国形象的塑造和汉语文学魅力的展示上，也是史部著作所无法比拟的。

更显迫切的是，与上世纪七八十年代以来兴起，而当今又蔚为"一个崭新的学术领域"①的域外汉籍文献整理研究相比，中国古代文集中的域外文献整理研究却长期以来无人回应。似乎人们觉得，只要有了中国古代史部著作中系统专门的域外交往资料汇编和中外关系史研究，就能比较充分地把握古代中国在宗藩封贡关系下的周边国家观念，如此就不必再画蛇添足地从古代中国文集中去研究中国和周边世界的关系。但对这种认识稍加追究，就会明白，这其实是一种史学价值重于文学价值的观念，与现代学术的文史哲分科和文学研究力量于此的投入偏少有密切关系。

受此种观念的潜在影响，很多中国学者甚至觉得，即使要从文集来研究中国和周边国家的关系，那也不如立足周边国家的汉文文献和文集看中国来得富于吸引力。在他们看来，这会"给研究者提供了'跳出中国又反观中国'的视角"，也就是"从周边看中国"的研究途径，"通过对周边文化区域所保存有关中国的文献的研

---

① 张伯伟《域外汉籍研究——一个崭新的学术领域》，《学习与探索》2006年第2期。

究,即借助'异域'的眼睛,来重现审视'中国'。为什么? 简单地说,就是我们对于中国的自我认识,不仅要走出'以中国为天下中心的自我想象'的时代,也要走出'仅仅依靠西方一方镜子来观看中国'的时代,学会从周边各种不同文化体的立场和视角,在这些不同的多面的镜子中,重新思考中国。"① 换句话说,这也是除开以中国自我为中心观察天下的"第一只眼"和来到中国的欧洲人士观察的"第二只眼"之外的"第三只眼",后两只眼都是相对于第一只眼而言的"异域之眼","而'异域之眼'常常就是'独具只眼'","就'异域之眼'对中国的观察而言,其时间最久、方面最广、透视最细致、价值最高的,当首推我们的近邻,也就是在中国周边所形成的汉文化圈地区"。如此强调,固然有其相当程度的合理性,但其间有一个前提却似乎并不足够理所当然,即人们在还没有充分收集整理并研究中国文集中域外文献的各方面价值之时,就已率先肯定并重视了域外汉籍的观看中国价值,就说古代中国的观察世界"实际上所成就的却不免是以自我为中心的天下图像","这与用一只眼睛去理解事物,除了自己以外看不到他人的存在,又有什么本质区别呢?"② 于此,笔者不禁要反问一句,这会不会又是一种"重外轻内"观念下的"预先误读"呢? 事实上,任何一个国家和民族在观察认识世界的时候,都会是以自我为中心来认知的,特别当这个国家和民族自认为处于某个地区的中心之时,就更是如此。即在学界甚为重视的周边汉文化圈中,明代时期的朝鲜和安南都有以自己为中心而让周边地区对其进行朝贡的"小中华"意识,日

① 葛兆光《多面镜子看中国》,《中华读书报》2010 年 6 月 9 日《从周边看中国》。
② 张伯伟《域外汉籍研究丛书总序》,载陈益源《越南汉籍文献述论》,北京:中华书局,2011 年版。

本也有以自我为中心而强迫朝鲜、琉球和其他东南亚国家朝贡的宗主国意识。

因此可以说，正是上述"重外轻内"和"重史轻文"的普遍意识，不仅让中国古代文集中域外文献的整理研究至今都未能提上正式日程，远远落后于域外汉籍的整理研究，而且让有些中国历史学者即使利用文集来研究古代中国的周边国家观念，也会以"具有实质意义的史料却相当有限"的名义，来轻视并可能削弱其研究价值和意义①。

其实，对于当今中国的自我形象建设来说，其科学完整的思路，自然应该是三管齐下，三个视角综合运用，将立足中国看周边和世界与立足周边和世界看中国结合起来，既不盲目自大，也不妄自菲薄。但是很遗憾，目前关于古代中外文学关系的研究状况，却很像一个脚步蹒跚的跛足巨人，向外迈的一条腿倒是十分积极，而向内支撑站立的一条腿却迟迟跟不上，很不协调，很不健康。或许，现在是到了改变这种畸形状况的时候了。

当下中国基于客观的经济发展形势需要，及时响亮地提出了要重建海上丝绸之路和陆上丝绸之路的伟大构想，加强中国与东南亚和中亚的密切经济合作，开辟中国再一次腾飞的新航路。这无疑是振奋国民精神和意志的。值此之时，在文学和文化逐步成为国家软实力的今天，这立足中国看周边和世界的视角是不是也应该及时地建立起来呢？一个不会从自己的立场利益出发的国家和民族，是不可想象的。何况，从学理上说，只一味重视周边和世界如何看自我，则自我又该如何看周边和世界呢？还是要回到本源，回到自身，建立自信，如此才能面对八方风雨，而我自从容镇

---

① 如陈文源《明朝士大夫的安南观》一文认为："明人文集中有关安南的吟颂之作很多，记载安南的文字亦不少，然而，其具有实质意义的史料，却相当有限。"《史林》2008 年第 4 期。

定,应付裕如。

因此,本书提出要对具有典型世界交往意义的明代文集中的东南亚特别是越南资料进行辑录,并对其与越南等东南亚国家的文学交往和外交政策实施意义进行深入切实的探究。同时,为避免落入以自我为中心的大国沙文主义窠臼,我们又有意识地从与明朝对应的越南立场,看古代越南对于明朝中国的看法和文学交流的复杂心态。此即本书所特意增加的"南北望"正题之意,北方中国观看南方越南,南方越南回望北方中国,这互相观望的视角和心态,值得重视。盖越南居于中国之南,是汉字和儒家文化圈在东南亚地区推衍的典型代表;而中国居于越南之北,是越南独立建国前和建国后在地理、文化、制度、外交、经济等方面都要深度交流并争持的北方大国(他们常称为北朝、北国、北人),有着摆脱不了的"中国"情结。虽然后来自尊的越人声称"大越居五岭之南,乃天限南北也",显示与中国"各帝一方"的民族心态 ①,但其北方疆界和文化却与中国"实是密迩"②,他们之间的长期纠葛和交流,值得从文化、历史和文学层面深入研究。

二 古代中国与越南等东南亚文学关系研究述评

总体来看,由于 1840 年鸦片战争之后的长期落后和新时期国

---

① 吴士连等《大越史记外纪全书序》,陈荆和校合本《大越史记全书》卷首,东京:东京大学东洋文化研究所 1984—1986 年版,第 55 页。
② 朱元璋《明太祖文集》卷八《谕安南来使敕》,姚士观等编校,文渊阁四库全书本 1223 册,第 76—77 页。

内改革开放、政治文化复兴的需要，东南亚研究在国内外都是重要的学科门类。很多国家、地区的高校和科研机构都有这些方面的研究机构和学科专业，也有相应的学会和刊物，出版发表了大量的研究资料、论文和专著。尤其在历史学、政治学和经济贸易、文化交流等领域和近现代的时间范围内，更是成果丰硕，方法多样。但是当落实到中国古代文集中的东南亚文学关系和文学交往研究，情况就大大地相形见绌。虽然不能说人们没注意到文集资料的运用，但以此为专题研究的少之又少，远未形成规模。不过，随着当前我国南海海洋利益争端的发展和国际形势的新变化，中国与东南亚国家的关系研究必成热门，由此也必然会带动古代中国文集中的东南亚文献整理和文学交往研究。

下面我们即从三个方面来简要评述目前国内外中国与东南亚关系及文学交往的研究状况、发展趋势：

（一）研究资料的收集整理，从东南亚关系资料汇编、交通史料汇编发展到跨国家跨地域合作的越南汉籍文献编选形成出版热潮。东南亚关系资料汇编，有从中国明清实录中摘录的，主要有《明实录类纂·涉外史料卷》[①]、《清实录·越南缅甸泰国老挝史料摘抄》[②]；有从档案史料摘录的，主要有《清代中国与东南亚各国关系档案史料汇编》[③]。交通史料汇编，有以"中外交通史籍"命名的，如《中外交通史籍丛刊》等大型丛书，其中即收录了很多中国与东

---

① 李国祥等《明实录类纂·涉外史料卷》，武汉：武汉出版社，1991年版。
② 云南省历史研究所《清实录·越南缅甸泰国老挝史料摘抄》，昆明：云南人民出版社，1986年版。
③ 中国第一历史档案馆《清代中国与东南亚各国关系档案史料汇编》，二册，北京：国际文化出版公司1998年版、2003年版。

南亚地区交流的史籍名著,如向达整理的《郑和航海图》①等等;有以"中西交通史料"命名的,如张星烺编注的《中西交通史料汇编》(初版于1930年),该书共六册,分八个部分,"主要是十七世纪中叶(明末)以前我国与欧洲、非洲、亚洲西部、中亚、印度半岛等国家和地区往来关系的史料摘录。编注者从中外史籍中辑录了大量相关资料,以地区和国家分类,按时间先后排列,并对其中的地名和史实作了一些考实"②。黄南津、周洁编著的《东南亚古国资料辑录及研究》③,则主要从清人编撰的《古今图书集成·边裔典》中的东南亚资料出发进行辑录研究,整理的内容多而研究的内容少。值得专门提出的是,由于越南与中国地理上毗邻、文化上紧密,所以也出现了专门的中越关系史料编撰,其成果主要有《古代中越关系史料选编》④、《中越边界历史资料选编》⑤和《大南实录清越关系史料汇编》⑥等著。

以1986年9月我国台湾省联合报文化基金会国学文献馆主办、日本东京明治大学承办的首届"中国域外汉籍国际学术会议"召开为标志,中国大陆、台湾省和越南、法国、日本、朝鲜通力合作,

① 向达整理《郑和航海图》,北京:中华书局,1961年版。
② 张星烺编注《中西交通史料汇编》第一册《出版说明》,北京:中华书局,1977年版。
③ 黄南津、周洁《东南亚古国资料辑录及研究》,北京:中国社会科学出版社,2011年版。
④ 中国社会科学院历史研究所《古代中越关系史料选编》,北京:中国社会科学出版社,1982年版。
⑤ 萧德浩、黄铮《中越边界历史资料选编》,北京:社会科学文献出版社,1993年版。
⑥ 许文堂、谢奇懿《大南实录清越关系史料汇编》,台北:台湾易风格数位快印有限公司,2000年版。

系统整理包括越南在内的域外汉籍文献蔚然成风。其中，越南汉
文小说的系统整理出版可谓得域外汉籍整理研究风气之先。据
台湾学者陈庆浩介绍："早在八十年代，台湾省出版了王三庆教授
和我主编的《越南汉文小说丛刊》第一辑，后来又有郑阿财教授、
陈义教授和我主编的《越南汉文小说丛刊》第二辑。在法国，则有
由我推动，远东学院和越南汉喃研究院合作编纂的越法汉喃籍目
录。与此同时，我和王三庆教授、王国良教授又分别开展日本和
朝鲜汉文小说资料的收集、校点和编纂、出版的工作。"① 这就是陈
庆浩、王三庆主编的《越南汉文小说丛刊》第一辑②、陈庆浩、郑阿
财、陈义主编的《越南汉文小说丛刊》第二辑③、王三庆、陈庆浩、
庄雅洲主编的《日本汉文小说丛刊》④和林明德主编的《韩国汉文
小说全集》⑤等四大部关于越南、日本和韩国汉文小说的收集整理
成果，其间得到了法国、日本、越南和韩国等国学术部门的齐心合
作。2010 年，在前两辑《越南汉文小说丛刊》的基础上，陈庆浩又
和大陆学者孙逊共同主编出版了《域外小说大系·越南汉文小说
集成》⑥。此外，越南的汉喃文献和燕行文献也得到了系统整理和

① 陈庆浩《汉文化整体研究三十年感言（代序）》，载陈益源《越南汉籍文献述
　论》，北京：中华书局，2011 年版。
② 陈庆浩、王三庆主编《越南汉文小说丛刊》第一辑，七册，法国远东学院、台
　北：学生书局，1987 年版。
③ 陈庆浩、郑阿财、陈义主编《越南汉文小说丛刊》第二辑，五册，1992 年版。
④ 王三庆、陈庆浩、庄雅洲主编《日本汉文小说丛刊》，五册，台北：学生书局，
　2003 年版。
⑤ 林明德主编《韩国汉文小说全集》，九卷九册，台湾中国文化学院出版部，
　1980 年版；台湾"中央大学"、韩国精神文化研究所，1980 年版。
⑥ 陈庆浩、孙逊主编《域外小说大系·越南汉文小说集成》，二十册，上海：上
　海古籍出版社，2010 年版。

出版。1993 年,法国远东学院和越南汉喃研究院合作编著出版了
《越南汉喃遗产目录》,收录书目 5000 多种,文集 1600 多种,用越、
法两种文字印行。在此基础上,2000 年,台湾学者又和大陆学者
共同合作,由刘春银、王小盾、陈义主编出版了《越南汉喃文献目录
提要》①。大陆学者刘玉珺的《越南汉喃古籍的文献学研究》②,则
对《越南汉喃文献目录提要》的一些说法提出了商榷意见,显示了
中外文献的互动整理。关于"越南汉文燕行文献",2010 年,复旦
大学文史研究院和越南汉喃研究院合编的《越南汉文燕行文献集
成·越南所藏编》由复旦大学出版社出版,该书共二十五册,中方
主编为葛兆光,越方主编为郑克孟③。这为相关研究奠定了坚实的
资料基础,并与"韩国汉文燕行文献"的系统整理出版交相辉映,
成为新世纪汉文学研究中一个引人瞩目的新领域。

(二)研究的学科范围主要集中在中外交通史、中外关系史和
中外文化交流史,研究的内容主要是历史交通地理考订、政治军事
往来、经济贸易和文化交流研究等,而古代中国与东南亚的文学交
往和文学比较研究相对较少。不过这种状况大致到了 1990 年后,
随着历史研究领域的不断深细到古代中外使节、通事研究,以及来
自古代文学和汉文学研究力量的持续投入,而有了一些改观。特
别是前述域外汉籍整理在 21 世纪蓬勃发展,由此出现的文学交流
和文学比较成果就开始丰富起来,质量也有了明显提高,呈现出由
史实的厘定判断、国际间的文化交流向文学交往扩宽加深的专业

---

① 刘春银、王小盾、陈义主编《越南汉喃文献目录提要》,台北:台湾"中研院"
中国文哲研究所,2000 年版。
② 刘玉珺《越南汉喃古籍的文献学研究》,北京:中华书局,2007 年版。
③ 葛兆光、郑克孟主编《越南汉文燕行文献集成·越南所藏编》,复旦大学出
版社出版,2010 年版。

化、深细化趋势。

　　中国与东南亚的经贸关系和文化交流关系源远流长，对此研究的史学成果相当丰厚。冯承钧的《中国南洋交通史》[①]、［法］伯希和（Paul Pelliot）的《交广印度两道考》[②]，是中外研究南洋和西域交通的名作；冯承钧译的《西域南海史地考证译丛》[③]，则是20世纪海外学者研究东南亚的成果荟萃。其他东南亚通史类的著作尚有：［新］尼古拉斯·塔林的《剑桥东南亚史》[④]、［澳］安东尼·瑞德的《东南亚的贸易时代：1450—1680》[⑤]和贺圣达的《东南亚文化发展史》[⑥]、陈炎的《海上丝绸之路与中外文化交流》[⑦]等著。1999年由福建教育出版社出版的《海上丝绸之路研究》第二辑《中国与东南亚》，则可以作为东南亚研究论文的突出代表。它是在"海上丝绸之路"的广阔视野下，由中国与海上丝绸之路研究中心、福建省海上丝绸之路研究会和法国远东学院福州中心共同主办出版的"中国与东南亚"国际学术研讨会的论文集。其内容包含航海交通、经济贸易、国家关系、政治、科学、技术、文化、宗教、历史、地理、移民等诸多领域，是一门跨学科的综合性研究。早在1987年，"丝绸之路——对话之路综合研究"即正式列入"联合国

---

① 冯承钧《中国南洋交通史》，上海：商务印书馆，1937年版。

② 伯希和《交广印度两道考》，冯承钧译，上海：中华书局，1955年版。

③ 冯承钧译《西域南海史地考证译丛》，1—9编，北京：商务印书馆，1962年版；第三卷，北京：商务印书馆，1999年版。

④ 尼古拉斯·塔林《剑桥东南亚史》，贺圣达、陈明华等译，昆明：云南人民出版社，2002年版。

⑤ 安东尼·瑞德《东南亚的贸易时代：1450—1680》，孙来臣译，北京：商务印书馆，2010年版。

⑥ 贺圣达《东南亚文化发展史》，昆明：云南人民出版社，1996年版。

⑦ 陈炎《海上丝绸之路与中外文化交流》，北京：北京大学出版社，1996年版。

教科文组织国际文化发展十年规划"，本论文集乃本项目立项十周年的重要成果，从中可见"海上丝绸之路"研究的世界性意义 ①。

　　落实到中国与东南亚各个国家的关系，则中越关系研究比较突出，成为此方面研究的重镇，而与其他国家间的关系研究却成果不多。关于后者的成果，目前主要有《菲律宾的历史和中菲关系的过去和现在》②、《中泰关系史》③、《中缅关系史》④、《中国印度尼西亚文化交流》⑤ 等著。关于前者，则成果较丰，这里仅举其要者，主要有越南学者潘佩珠的《越中两国间的历史关系》⑥、潘辉黎等的《越南民族历史上的几次战略挑战》⑦，台湾学者郭廷以主编的《中越文化论集》⑧、朱云影的《中国文化对日韩越的影响》⑨、张秀民的《中越关系史论文集》⑩，大陆学者黄国安等的《中越关系史简编》⑪、赵丽明的《汉字传播与中越文化交流》⑫、李未醉的《中越文

　　① 《海上丝绸之路研究》第二辑《中国与东南亚·前言》，福州：福建教育出版社，1999 年版。

　　② 陈烈甫《菲律宾的历史和中菲关系的过去和现在》，台北：正中书局，1968 年版。

　　③ 余定邦、陈树森《中泰关系史》，北京：中华书局，2009 年版。

　　④ 余定邦《中缅关系史》，北京：光明出版社，2000 年版。

　　⑤ 孔远志《中国印度尼西亚文化交流》，北京：北京大学出版社，1999 年版。

　　⑥ 潘佩珠《越中两国间的历史关系》，北京：三联书店，1973 年版。

　　⑦ 潘辉黎等《越南民族历史上的几次战略挑战》，戴可来译，北京：世界知识出版社，1980 年版。

　　⑧ 郭廷以主编《中越文化论集》，台北：中华文化出版事业委员会，1956 年版。

　　⑨ 朱云影《中国文化对日韩越的影响》，桂林：广西师范大学出版社 2007 年版。

　　⑩ 张秀民《中越关系史论文集》，台北：文史哲出版社，1992 年版。

　　⑪ 黄国安等《中越关系史简编》，南宁：广西人民出版社，1986 年版。

　　⑫ 赵丽明《汉字传播与中越文化交流》，北京：国际文化出版社，2004 年版。

化交流论》①、刘志强的《中越文化交流史论》②等著。此处值得指出三点：1. 越南学者特别强调越南在古代史上与中国、近现代史上与法国的民族独立和抗争立场，而中国学者则强调越南在古代与中国的密切关系，特别是"藩属""朝贡"关系下的文化和文学交流。2. 在中越文化交流论著之中，有不少内容涉及到中越的文学交流和中国文学对越南传统文学的影响。3. 断代到明清的中越关系研究专著和硕士博士学位论文颇多，成为东南亚关系研究的一个学术增长点。

　　再落实到中国与东南亚各个国家间的文学交流和文学关系研究，则除越南外，成果都不够丰厚，亟待加强。其主要原因，是除越南外，这些地区的古代汉文文学本身即不发达，所以即使讨论到中国与这些国家地区的文学交流者，也主要集中到十八世纪之后直到现当代的时间范围。目前的相关专著主要有：[苏] 弗·科尔涅夫的《泰国文学简史》③、[缅] 貌阵昂的《缅甸戏剧》④、姚秉彦、李谋、蔡祝生的《缅甸文学史》⑤、赖伯疆的《东南亚华文戏剧概观》⑥、栾文华的《泰国文学史》⑦、梁立基的《印度尼西亚文学史》⑧和饶芃子主编的《中国文学在东南亚》⑨、张旭东的《东南亚的中国

---

① 李未醉《中越文化交流论》，北京：光明日报出版社，2009 年版。
② 刘志强《中越文化交流史论》，北京：商务印书馆，2013 年版。
③ 弗·科尔涅夫《泰国文学简史》，高长荣译，北京：外国文学出版社，1981 年版。
④ 貌阵昂《缅甸戏剧》，吴文辉译，广州：中山大学出版社，1992 年版。
⑤ 姚秉彦、李谋、蔡祝生《缅甸文学史》，北京：北京大学出版社，1993 年版。
⑥ 赖伯疆《东南亚华文戏剧概观》，北京：中国戏剧出版社，1993 年版。
⑦ 栾文华《泰国文学史》，北京：社会科学文献出版社，1998 年版。
⑧ 梁立基《印度尼西亚文学史》，北京：昆仑出版社，2003 年版。
⑨ 饶芃子主编《中国文学在东南亚》，广州：暨南大学出版社，1999 年版。

形象》①等。与此相比，中国与古代越南的文学关系和文学比较研究，则在中国大陆、台湾省和越南的发展势头良好，特别是越南汉籍和燕行文献系列整理成果出版之后，就更是如此，出现多个研究中越文学关系和文学比较的硕博士论文选题。

应该说，在中越文学的比较研究中，是台湾省学者在资料的收集出版上占得了先机，由此取得了一系列值得重视的研究成果。据陈益源《越南在东亚汉文学研究的不可或缺》一文，"早在1950年代，即有郭廷以等著《中越文化论集》的出版；1960年代，邬增厚、陈以令则分别撰述过《越南的汉学研究》，介绍越南汉学各期的发展，以及南越汉学研究的实况；1970—1980年代，又有胡玄明《汉字对越南文学之影响》、陈光辉《越南喃传与中国小说关系》、释德念《中国文学与越南李朝文学之研究》、朱云影《中国文化对日韩越的影响》、郑永常《汉文文学在安南的兴替》等专著问世。尤其自1987年陈庆浩、王三庆主编《越南汉文小说丛刊》第一辑七册十七部、1992年陈庆浩、郑阿财、陈义主编《越南汉文小说丛刊》第二辑五册十五部整理出版，在台湾带动了越南汉文小说研究的风气，有学位论文如陈益源《剪灯新话与传奇漫录之比较研究》、林翠萍《搜神记与岭南摭怪之比较研究》，以及有关的研讨会如'中国域外汉籍国际学术会议'、'中国域外汉文小说国际学术研讨会'等"②。由此可知越南汉文学尤其是越南汉文小说研究在台湾学界取得的丰厚成果。就陈益源个人而言，到目前为止，即已有五部研究越南古代文学和中越古代文学比较的专著，它们是《剪灯新话与传奇漫录之

① 张旭东《东南亚的中国形象》，北京：人民出版社，2010年版。
② 王宝平主编《东亚视域中的汉文学研究》，上海：上海古籍出版社，2013年版，第73页。

比较研究》①、《王翠翘故事研究》②、《蔡廷兰及其〈海南杂著〉》③、《中越汉文小说研究》④和《越南汉籍文献述论》，成为该项研究领域的带头人。

不过对陈益源上文提及的情况，有两点值得指出：一、他所提及的释德念和胡玄明其实是一个人，乃越南籍学者，其《中国文学与越南李朝文学之研究》是其攻读台湾政治大学中国文学研究所博士的学位论文（1978 年），1979 年由大乘精舍印经会和台北金刚出版社出版；到 1995 年，他又出版了《唐诗专论》一书，其中有《中国唐代诗与越南诗歌》一文，具体探讨唐诗对越南古代诗歌的影响，成为研究中越文学关系的越南学者翘楚。另外，阮春和的《中国古典小说对越南古典小说的影响》在 1997 年由越南顺化出版社出版 ⑤。21 世纪后，又有多名越南籍学生到中国大陆和台湾省高校攻读硕士博士学位，其论文选题为古代中越文学比较的，主要有丁光忠的《越南汉喃文学的中国影响》⑥、阮玉英的《唐诗对越南诗歌的影响》⑦、张玉梅的《论越南六八体、双七六八体诗与汉诗的关系》⑧和裴光雄的《中国与越南的女娲神话主题比较研究》⑨。由此可见，

---

① 陈益源《剪灯新话与传奇漫录之比较研究》，台北：学生书局，1990 年版。
② 陈益源《王翠翘故事研究》，台北：里仁书局，2001 年版。
③ 陈益源《蔡廷兰及其〈海南杂著〉》，台北：里仁书局，2006 年版。
④ 陈益源《中越汉文小说研究》，香港：东亚文化出版社，2007 年版。
⑤ 阮春和《中国古典小说对越南古典小说的影响》，越南：顺化出版社，1997 年版。
⑥ 丁光忠《越南汉喃文学的中国影响》，南开大学博士论文 2004 年。
⑦ 阮玉英《唐诗对越南诗歌的影响》，中国人民大学硕士论文 2007 年。
⑧ 张玉梅《论越南六八体、双七六八体诗与汉诗的关系》，华中师范大学硕士论文 2008 年。
⑨ 裴光雄《中国与越南的女娲神话主题比较研究》，台湾省静宜大学硕士论文 2008 年。

通过跨国家地区的学术培养，当代越南学者也取得了不俗的研究成绩。二、他所提到的郑永常《汉文文学在安南的兴替》一书，1987年由台湾商务印书馆出版，但郑氏本人并非台湾人，而是香港学者。此书乃其"在香港能仁书院中国文学研究所的硕士毕业论文"①，指导教师是陈直夫教授。由于该书引用资料翔实，论述精到，后来的很多论著都将该著列为重要参考书。由此亦可见香港学者的贡献。

最后说一下大陆学者的研究成果。老一辈学者主要以黄轶球和颜保先生为代表，做了很多有关越南古代文学文献的整理翻译出版工作和发表中越文学关系史的重要研究论著。黄轶球翻译的越南古代作家阮攸的《金云翘传》1959年由人民文学出版社出版，对后人研究以它为代表的越南汉文小说与中国古典小说的关系奠定了坚实的资料基础；他还有《越南汉诗的渊源、发展与成就》②等重要论文，为后人研究越南汉诗指明了研究方向。严保先生是著名的越南语专家，长期教授《越南文学史》，有自编讲义，培养了很多越南文学研究人才，其论文可以《越南文学与中国文化》③为代表。到2000年前后，中越文学比较研究成勃兴之势，大陆出版了多部研究专著，并有多个博士硕士学位论文以此为选题。已经出版的研究专著主要有：罗长山的《越南传统文化与民间文学》④、刘玉珺的《越南汉喃古籍的文献学研究》、陆凌霄的《越南汉文历史小说研究》⑤、郑宁人、孟昭毅合著的《中越文学关系史研究》⑥、于在

① 郑永常《汉文文学在安南的兴替·自序》，台湾商务印书馆，1987年版。
② 黄轶球《越南汉诗的渊源、发展与成就》，《学术研究》1962年第4期。
③ 严保《越南文学与中国文化》，《国外文学》1983年第1期。
④ 罗长山《越南传统文化与民间文学》，昆明：云南人民出版社，2004年版。
⑤ 陆凌霄《越南汉文历史小说研究》，北京：民族出版社，2008年版。
⑥ 郑宁人、孟昭毅《中越文学关系史研究》，天津：天津教育出版社，2014年版。

照的《越南文学史》①、《越南文学与中国文学之比较研究》②等著。博士论文主要有夏露的《明清小说在越南的传播与影响》③，博士后报告主要有任明华的《越南汉文小说研究》④，硕士论文主要有陈忠喜的《越南汉语诗与李白、杜甫诗歌》⑤、张苗苗的《唐诗与越南李陈朝诗歌》⑥、陈维维的《论越南汉文历史演义小说特色》⑦和廖凯军的《明代游记、小说、戏曲中的海外国家形象》⑧等。

　　由上可见，来自中国大陆、台湾、香港和越南学界的研究成果可谓厚重。但是如果将它和中日、中朝文学关系研究相比，则又不免稍落下风。其重要原因之一，就是中日朝三国被学界普遍看作一个东亚文学圈，而一般说来，越南的地理位置却是东南亚，难于跻身其间。不过，从研究立场上看，中越文学研究又与中日、中朝文学研究一致，也多是站在中国周边国家的立场，立足于越南汉文献和越南汉文学，看其与中国古代文学、文化的互动，而较少从中国古代文学和文集出发，去研究古代中国如何看待越南，以及更为深细的越南写作和文学交往。廖凯军的学位论文算是难得一见的站在中国立场，由明代游记、小说、戏曲去看海外国家形象的论文。

① 于在照《越南文学史》，广州：世界图书出版广东有限公司，2014年版。
② 于在照《越南文学与中国文学之比较研究》，广州：世界图书出版广东有限公司，2014年版。
③ 夏露《明清小说在越南的传播与影响》，北京大学博士论文2008年。
④ 任明华《越南汉文小说研究》，上海师范大学博士后出站报告2006年。
⑤ 陈忠喜《越南汉语诗与李白、杜甫诗歌》，复旦大学硕士论文1998年。
⑥ 张苗苗《唐诗与越南李陈朝诗歌》，浙江工业大学硕士论文2008年。
⑦ 陈维维《论越南汉文历史演义小说特色》，上海师范大学硕士论文2008年。
⑧ 廖凯军《明代游记、小说、戏曲中的海外国家形象》，福建师范大学硕士论文2010年。

（三）研究方法主要是中外文献资料收集整理的训诂考证法和政治、交通、经贸、文化交流的比较法。为确定中外载集因为文字、语音和文化思维的不同而出现的地名、国名和物名等的差异，中外文献的研究者们广泛运用了文字语音的训诂和考证方法，在不断的争议和共识中，为进一步的深入研究打下了深厚的基础。而政治、交通、经贸和文化、文学交流等方面的研究，又需要进行不同时代、地域、民族、国家、文化、文学的广阔而又恰当的比较，由此对中国古代的对外交流有深刻的认识和了解，并为近现代的国际关系认识和处理提供有力的思想背景和有益的思想资源。而须特别指出的是，在研究中国与东南亚各方面关系尤其是文学关系和文学比较中，学者历来重视域外汉籍文献的发现和国外学者的贡献，由此给这项跨地区和跨文化的综合研究奠定了非常好的科学基础和更全面地观照中国的研究视角，这是今后的国际间文学交往研究所必须继承和发扬的优良传统。

可以发现，上述国内外研究现状呈现出一个比较明显的重通史、专史和将文学融入到文化交流的研究现象。之所以如此，有三个比较重要的因素：首先，鸦片战争之后的世界化和全球化局势，促使中国学界要加强对古代国际关系的通盘清理和专门深入研究，以应对时代对策的急迫需要。其次，不断演化的世界局势，也使得世界重视对中国古代关系的了解。这两者的结合，使得中外学者十分迫切地想了解古代中国和世界各国相互交流之情形和实质，由此自然更为重视古代中国与世界各国的交通、政治、军事、经贸和文化关系，而一个朝代的中外关系和文学交流则相应地处于细节深化的次一层次。最后，还与材料的聚散状况有关。与政治、外交、经贸、文化有关的交往资料往往可从更为集中的实录、正史、档案和笔记史料中获得相比，文学互动交流的资料则相当地分散。

但是根据学术研究自然深化的学理推进，以及当今国家文化软实力问题的突出，则一个较长时期的中外关系和文学交流，又必须进入到更为深细的研究阶段。由此，具有典型国家间文学交往意义的明代与越南关系资料辑录和文学交往研究，正应该及时落实下来，以带动其他时期的相应研究。

三　明人文集中越南资料的价值和意义

笔者提出，无论是基于应对当今国际和国内形势的迫切需要，还是应对学科自身发展的深细化要求，都必须全面系统地收集整理明代与东南亚各国交往的文学资料，包括直接的明人文学作品资料、交往的各种背景资料和相应的东南亚、欧洲、南亚各国资料，并对之进行细致准确的文献辑录和深入恰当的文学交流互动研究，剖析阐释其中所包含的政治、军事、外交、经贸价值和文化、文学交流的重要意义。而文化、文学交流研究又着力从历史概况、文体类型、交往类型、帝国形象、异国形象、文学情感、文学成就和互动交流等方面展开，为具有典型意义的明代东南亚文学交流和互动影响研究提供一份翔实可靠的研究资料，并建构一个科学合理、意义深远的研究内容和研究方案，推进带动其他朝代的国家地区资料收集和研究。

对明人文集中的越南资料进行辑录和文学交往研究，具有非常重要的学术价值和时代意义。概括而言主要有四点：

（一）明人文集越南资料十分完善，可与越南的明代文献配合比照之价值。之前的中国古代越南资料收集主要着眼于通史、专史（如中外交通或中外关系），资料来源主要是正史、实录、档案和别史等历史纪录型资料，却没有集中深入到某个朝代所有现存文集的各个文类中。而将明人文集资料中的越南形象与作为"他者"的越南资料的中国明代形象相互比照，可以了解并扩大汉语文学的巨大影响，从而建构一个健康明朗的中国形象。这一点，越南的汉文文献资料整理和研究走到了前面。

（二）明人文集资料研究的政治、军事、外交、经济价值和文化、文学交流价值。明人文集中有很多诏谕令表、奏议谏疏和题本批复等处理政治问题、军事问题以及外交、经济贸易问题的政令性公文，其多方面的价值可以和概述性的历史纪录资料相互配合，而更加详尽曲折。明人文集中有很多诗文词曲赋作品，往往发生在与越南的各方面交往事件和场合，其歌颂类作品塑造了明帝国四海一统、万方来朝的大国宗主形象，其人物传记类作品载录了从事各方面具体事务的个人为这个大国宗主形象所作的努力和清廉品质，其唱酬类作品表达了外交人员对两国交往的情谊和不辱使命的美好期望，其个人的越南旅行作品则流露了身处异国他乡的所思所想。

（三）明人文集资料收集和研究的方法论价值。由于明代与越南的交往在古代史上具有相当的典型性，既沿袭之前不对等的宗藩朝贡体系，又有务实而不失灵活的外交策略、"厚往薄来"的贸易原则和文化、文学的交流反馈，可以为其他朝代的越南资料收集研究提供理论和方法的参考。

（四）政策参考和运用价值。明人文集中的越南资料收集和中越文学交往研究，可以为今日中国提供务实灵活的外交策略，建设开放坦诚的汉语文化和文学心态，提高中华民族的自信力和汉语文化圈的影响力。

四　本书的研究理念和研究方法

（一）研究理念

本书所持的研究理念是先立足于明人文集中的越南资料，深入研究明人立场下的中越文学交往和对安南形象的塑造，然后再立足于越南燕行汉籍和《大越史记全书》，讨论越南立场下的越中文学交往和对中国形象的塑造，由此构成一个南北互望的研究视角和研究立场的回环闭合，避免仅从某一方出发的盲目和短视。

由此考察研究明代的中越文学交往，可见拓宽中越文学关系的实质是互相交流的自我（即中国）建构异国（在此，即越南）形象和异国（他者）建构中国形象的复合研究视角，从而形成自我与他者相互建构对方民族国家形象和民族心理的圆融认识结构。由此不仅可以弥补当前学界关于中国古代文学中的越南形象研究和越南古代文学中的中国形象研究的双重缺失，还可以在比较文学形象学着眼于他者眼中的中国形象研究视角中，增添一个与他者紧密联系的"自我看他者"的"视界融合"视角，在学理和立场上都更加合理和健全。

相较而言，此前的研究，中国的学者大抵还是立足于越南文献，用传统比较文学的"影响研究""平行研究"的方法和视角来研究中越古代文学关系，过于突出越南传统文学的中国影响和本土移植，或多或少地体现了友好关系主导下的中国中心主义和大国沙文主义立场；而现代越南学者则又或过于重视与中国文化传统和文学传统的切割，一味突出越南古代文化和文学的独立性和抗暴立场①。比较明显,中越双方学者此前都还没有充分利用中国文学中的大量越南资料,也还没有超越单纯的文学比较立场,而进入到一个新的跨文化形象学的研究领域,将文学书写视为建构异国形象和民族心理的重要方式,去研究古代中越两国借助密切的文学交流所相互建构的民族国家形象和民族心理。于是,研究明代中越之间的文学交往,就不仅可以有力拓展明代文学的研究视野和研究范围,而且可以加强传统文学文本的历史文化研究作用和向外视角作用。

(二)研究方法

1.文献收集整理法。对散处在明人文集中的各体涉越南作品及相应的越南资料进行广泛深入的收集,并加以必要的文字校勘和说明。在此基础上,以明代涉越南文学作品为中心,依次附上相应的越南各体资料,建成一个关于明代涉越南文学的全面立体的资料库。

2.文体学研究法。明代涉越南文学作品的体裁多样,诗文词曲赋均有,尤其是文的类别甚多,有诏令、奏疏、题本等政治性公文,有碑铭祭文传记等传记文,有游记、笔记等史料性文字,有赋序、颂序、赠送序、诗序等名目,有古文和时文的差异,而诗有古诗、五七言律诗、绝句等之别,赋有古赋、律赋、骚体、散体之分,等等。这就需要借助古代文章学、文体学的研究方法,对越南资料的进入方式和书写意义进行探讨。

3.文学意象(物象)研究法。在这种国际交往文学研究中,必

---

① 参孙来臣《明末清初的中越关系:理想、现实、利益、实力(代序)》,载牛军凯《王室后裔与叛乱者——越南莫氏家族与中国关系研究》,广州:世界图书出版广东有限公司2012年版,第10—11、23、30页。

然涉及到一些比较集中的具有政治礼仪象征意味和情感深度的物象和意象。比如朝贡物品中的虎、狮、香木、珍宝等物象，就经常出现在歌颂帝国形象的作品和异国体验的作品中。至于传统抒情性的诗词赋，更大量地积聚了作者情志的意象。

4. 文化地理学的"地区（空间）体验""文化体验"。文化地理学认为，人们总是通过一个地区的认识来定义自己，因为一个地区就代表一整套的文化。而文化习俗和风景气候是不同的。更重要的是，与政治紧密关联的文化区是存在等级差异的，由此，由政治文化中心区的明朝到荒服蛮夷之地的东南亚诸国的明人，就会有不同的空间（地区）体验和文化体验（即"他者"的体验），从而为其大国形象的塑造和异国风情的体验带来极其丰富的感受。

5. 中外文学的比较研究。明代（汉语）文学在当时整个亚洲和南太平洋居于无可置疑的领袖地位的事实，还必须借助处在其南边的越南对明代（汉语）文学和儒家文化的倾慕或反思来确认，由此明代中越文学的比较研究，便值得在这个国际文学交往研究的课题中进行恰当地运用。"自我"认识还得需要"他者"的视角。因此，本书特别设置了三章的篇幅专门讨论越南文集和越南立场下的越中文学交往所体现出的越南民族心态特征等。

第一章　明人文集涉安南文体及内容指要

有关古代中越关系的国人专书和专文，前有张秀民先辈据史书、笔记、方志、书目和现存文献等，作有《中越关系史书目（国人著述）》一长文，缕述自古代东汉迄近代 1939 年之间的重要书目。而据该文《凡例》自述，在 1949 年，他还撰有《安南书目提要七十种》和《安南书目序跋》二种，凡五万言，该文即为此二种之简目①，颇便搜索，功莫大焉。本文则从散见的明人文集出发，将事涉安南的各类文献篇目按文体分类介绍，以便学界观览。文集分别集和总集两类。"四部之书，别集最杂"，而"总集之作，多由论定"②，其中某些篇制较大的文章如胡广《平安南碑》等，虽后来或者单行，或者成为史部、子部（含笔记）文献者，对此本文只视其文集的载录状态，仍一并介绍。其中有与张秀民先辈之文重合的部分篇目，特别是"使交集"一类，亦不剔出。盖张文重专书，本文则视使交诗文为文集内的分散篇目。至于某些别集编类庞杂，"以集为名，实则

① 张秀英《中越关系史书目（国人著述）》,《中越关系史论文集》,台北：文史哲出版社 1992 年版，第 211 页。
② 永瑢、纪昀等《四库全书总目》卷一四八《集部总叙》,中华书局 1965 年版，第 1267 页。

兼收说部"①，亦不究别之，只视其在四部分类中属集部即可。至于本文所见明人文集，则以"四库丛书"系列（文渊阁四库全书、四库全书存目丛书、四库未收书辑刊、四库禁毁书丛刊、续修四库全书）、"丛书集成"系列（含初编、二编、三编、续编、新编等）、四部丛刊、四部备要等，而结合今人整理文集。另外，本文用意不在对篇目作书目提要式介绍，而在指出其与明安关系有关的主要内容，以便研究明代中越关系者利用。兹根据所涉安南文献的文体性质，分如下几类：

一　文学性的诗词赋颂

文学性的诗词赋颂类作品与后述各类文体作品一样，其创作高潮主要集中在明安关系较为密切或者特别紧张的洪武、永乐至宣德、嘉靖和万历等时期，就此出现了几个大的书写主题。下面即略言之。

（一）歌颂主题

这可以分为两类：

1. 歌颂平定安南的主题。这主要集中在永乐五年（1407）平定黎季犛并郡县安南和嘉靖十九年（1540）降封莫登庸为安南都统使这两个时期。为此出现很多以"平安南颂（诗）""平交颂（诗）""平南颂（诗）"等为题目的诗、颂、铙歌、鼓吹曲辞等作品，而且往往都有序文交待创作的时间、缘起和应须为颂的职责宗旨等。

---

① 永瑢、纪昀等《四库全书总目》卷一七九《集部·别集类存目六·御龙子集七十七卷》，第 1613 页。

颂声洋洋,蔚为大观。就诗、颂类作品而言,又以颂为多;以时代而言,又以永乐时期最为高涨。

永乐时期以《平安南颂并序》等相同题目出现的,即有杨荣、夏原吉、黄淮、姚广孝、梁潜、金实、高得旸、陈琏、陈贤等人 10 篇之多,就中惟陈贤《平安南颂》未见作品、只见题目而已 ①,其他都保存在各人文集中。而以《平安南诗》出现的,则目前仅发现杨士奇和王璲 2 篇作品。王璲之作为五言古诗,无序,首言:"圣恩涵万国,蛮夷犯天纲。宽刑冀或改,怙终弥弗臧。神人咸愤怒,天兵临南荒。"强调明朝出兵的不得已。次则铺言明朝兵强马壮,势如破竹,"大索捣巢穴,如入无人乡。生擒尽遗类,凯奏军威扬"。再言明军是吊民伐罪的仁义之师,解救安南黎民于水深火热之中,所谓"昔陷狐狸窟,今蒙帝泽滂"是也。最后归结到"臣子须颂"的职责,祝福伟大圣上万寿无疆:"平淮美宪宗,江汉赞宣王。小臣忝朝列,称颂进明光。愿言祈圣寿,万万同天长。"② 可见这类颂诗的写作模式和一般格调。杨士奇之作为《诗经》体的四言诗。其前有一长序,首先强调圣人(即当朝永乐皇帝)出兵征讨叛逆邻国的合法性和合理性:"臣闻天以风雨霜露育成万物,圣人以礼乐征伐绥辑天下,一出于至仁。周之文武,皆一怒以安其民。故虽圣人不志用兵,亦不去兵以为治。"其次以快速的节奏描写征服并郡县安南

---

① 朱国祯辑《涌幢小品》卷十一《不上名》:"陈贤,参政观之弟。永乐初,征入馆修《永乐大典》,先后八年,为诸儒所重。尝献《平安南颂》《嘉禾颂》《孝感赋》,上奇其才。"中华书局 1959 年版,第 197 页。傅维鳞《明书·列传》卷十五上《清介诸臣列传上》:"陈贤,字廷杰,江西南昌人……永乐初,征预修《永乐大典》。尝献《平安南颂》《嘉禾颂》《孝感赋》,上奇其才。"第 2358 页。
② 王璲《青城山人集》卷一《平安南诗》,文渊阁四库全书 1237 册,台北:商务印书馆 1986 年版,第 686—687 页。

的经过,突出是安南民心所向。最后如王璲一样,强调了大臣须颂的职责和真诚。而诗歌正文采用古老的《诗经》"颂"的体制,即是为了表现当代皇帝的威严高迈和明朝军队的雄伟壮阔①。

除此之外,还有永乐四年七月为鼓舞出征安南大军士气,杨士奇作《出师颂有序》,以及用拟乐府诗中的军乐诗来书写平定安南的高棨《拟鼓吹铙歌曲·交之平》。前者序有言:"臣执笔从属车,亲聆玉旨之敷仁,睹总戎之恭命,士气奋发,嘉应之孔昭,敬作《出师颂》一首。"诗结尾言:"南交氛埏,不日澄鲜,王师劳勋,不日凯旋。八表一统,皇明御天,小臣作颂,豫歌太平。"②表明是出征之前的誓师和祝愿之作。后者也是一首歌咏永乐征服安南的颂诗。其诗前有"安南黎季犛贼篡其主,太宗命征夷将军跨海伐之"一句,交待了时代背景。而诗歌主体是以三言为主:"交之阳,极炎荒,俗孔陋,秽德彰。擅弑逆,渎纲常,天监明,义旗扬。跨险阻,越莽苍,歼恶枭,戮贪狼。吊流离,哀死丧,律度同,恩泽滂。布尧德,囿蛮邦,大哉功业孰与京。"③显得比较特别,看来是受了汉大赋描写狩猎场面的形象化影响,把用兵安南看成是一场大型的狩猎活动。

值得注意的是,在永乐时期的歌颂人物中,除皇帝外,一生四次南征交趾、三擒伪王的英国公张辅(1375—1449)就成了此后人们常常歌颂的代表性人物。特别是他身后四十余年墓地所产的灵芝一本,一下即吸引了弘治初年台阁体也即茶陵派的代表作家为之同题共作、集体书写,出现了李东阳《定兴王墓瑞芝诗序》、程敏政《芝颂有序》、吴宽《为张英公赋瑞芝》和何乔新《太师张忠烈

①　杨士奇《东里集·文集》卷二十三《平安南诗有序》,文渊阁四库全书 1238 册,第 273—275 页。
②　杨士奇《东里续集》卷四十四,文渊阁四库全书 1239 册,第 267—268 页。
③　曹学佺《石仓历代诗选》卷三四二,文渊阁四库全书 1391 册,第 661 页。

王既葬,嗣子英国公懋以宗伯丘先生所作〈平交南录〉勒石坟前,未几,隧道产芝一本,人以为忠孝所感》等诗颂文作品。对其前后背景和创作意图,程敏政《芝颂序》言之最详:"故太师定兴张忠烈王,佐太宗靖难为元功。历洪熙、宣德、正统三朝,参军国事,为耆德,忠勋并隆,而下安南之绩尤伟。惜记载弗详焉。王薨之四十年,今太傅兼太子太师嗣英公,始得其详于阉人之侍王者,乃请礼部尚书琼山丘公重加序订,立穹碑于墓祠之前。未几,守墓者以芝产告。一本九茎,状如朵云,其色黄,其本紫,盖天昭王之伟绩,表嗣公之懿孝,故其瑞应若兹,宜有颂章以侈其盛,俾祀王者歌于庙中。"[1] 而又以吴宽之诗句"独怜灭敌心,不逐南云移。平生遗恨无所泄,坟上倏化为灵芝"[2],最能得其对交趾的遗恨心理。盖在宣德初年割弃安南的决议中,张辅是持最强烈的反对意见的,"廷议弃交趾,辅争之不能得也"[3]。当然,也有为其不死于交趾而死于正统十四年的土木堡之变的后人遗恨[4]。

　　与永乐时期的颂声大作相比,嘉靖时期直接歌颂平定莫登庸的颂诗类作品则少多了,目前所发现的以"平交""平南"和"鼓吹曲辞"等为名的诗颂类作品,只有李时行《平交颂》、潘恩《嘉靖鼓吹曲辞十二首并序·嗟南交》、黄卿《平南颂辞》等 3 首。并且,

---

[1] 程敏政《篁墩文集》卷六十一《芝颂有序》,文渊阁四库全书 1253 册,第387—388 页。

[2] 吴宽《家藏集》卷十八《为张英公赋瑞芝》,文渊阁四库全书 1255 册,第132 页。

[3] 张廷玉等《明史》卷一五四《张辅传》,中华书局 1974 年版,第 4223 页。

[4] 孙奇逢《中州人物考》卷六《张忠烈辅》,文渊阁四库全书 458 册,第 138—139 页。

黄卿仅于致毛伯温书信中提及打算创作《平南颂辞》[①]，作品未见，实只 2 首而已。李时行《平交颂》为四言诗，诗前实有一长序，而所交待的莫登庸事件从爆发到受降的完成，事实上是被高度地精简凝练了，省去了中间的几起几伏情节，这既是文学书写的必然，也是歌颂主题的要求。而从"某窃伏草莽，乐观厥成，乃述其事而颂之曰"来看，其作此篇颂诗时，还只是一个举人，未成进士，故曰"窃伏草莽"[②]。李时行（1514—1569），字少偕，番禺人。嘉靖十九年举人，二十年进士，二十四年升南京兵部车驾司主事，后中蜚语罢职还乡。与欧大任、梁有誉、黎民表、吴旦重结南园诗社，称"南园后五子"。潘恩《嗟南交》为其《嘉靖鼓吹曲辞》十二首组诗中的最后一首，乃乐府而以四言诗出；以"嗟南交"命名，则颇显明朝作为四海宗主国和明朝天子作为万方主宰而高高在上的悲天悯人形象[③]。

反倒是到了总领其事的最高文官毛伯温身上，却出现了歌颂大臣精良、皇帝神武的倾向。对此，毛伯温后人所收集的《平南录》四卷中，即有第三、四卷专录赠送毛伯温平交的诗词和颂类作品。其中，第三卷所录"诗词"类中，有内阁大学士夏言和时任礼部尚书、后为内阁大学士的张璧同时所作的赠送毛伯温平定莫登庸还朝的《沁园春》词 2 首、诗 52 首，鼓吹铙歌则有廖道南 9 首并序、

① 黄卿："仆昔读唐人'洗兵鱼海'之句而快之……弟当勉作《平南颂辞》，为此邦文士先发记颂之端可乎？"毛伯温《毛襄懋先生别集·平南录》卷一，四库全书存目丛书集部 63 册，济南：齐鲁书社 1997 年版，第 351 页。

② 李时行《李驾部前集》卷三《平交颂》，丛书集成续编 144 册，台北：新文丰出版公司 1989 年版，第 674—675 页。

③ 潘恩《潘笠江先生集》卷一"乐府"《嘉靖鼓吹曲辞十二首并序》，四库全书存目丛书集部 81 册，第 164 页。

商大节1首、江一桂4首并序、陈丕谟《平南铙歌》8首并序、赋2篇;第四卷录颂5首、调3首(即《归朝欢》)以及其他散文作品。

而这主要是嘉靖皇帝本人由于莫登庸事件的多次反复而搞得最后意兴阑珊,赌气不想听取言不由衷的赞美,才打乱了明朝人早已养成的歌颂习惯,以至于才出现了这件不直接从天子层面而从大臣层面来歌颂这样一件国际大事。

2. 歌颂安南和占城所贡白象的祥瑞主题。这主要集中在明永乐至宣德年间。在那个颂声大作的年代,安南、占城等周边国家以及跨山越海而来的众多远洋地区贡物的加入,使得明朝国内的歌颂达到了频繁和热烈的顶点,成了他们认为明朝进入治世盛世的时代标志。因为,有什么能比周边和遥远的化外之地的进贡更能说明圣德远播的程度呢?本处不拟详细展开,而仅仅罗列来自安南(包含成为明朝郡县的交趾地区)和占城的进贡物品,特别是被视为祥瑞的白象,以及由此而产生的大量歌颂、阐释类诗赋作品。以安南和交趾所贡白象为题,据诗或诗序可知进贡时间,歌咏永乐二年六月甲子安南所进贡的白象的,有曾棨《白象赋有序》、金实《白象歌》三七杂言乐府诗、《白象诗一十韵应制作》五言排律;歌咏永乐十七年下四月己丑镇守交趾总兵、丰城侯李彬所进贡白象的,有余学夔《恭纪瑞象瑞乌并序·瑞象》《瑞象十四韵》二诗。其他暂不能明确时间的,可知是安南进贡的,还有杨士奇《白象赋应制》、杨荣《交阯进白象》七律、高棅《奉赋安南进白象应制》七言排律、王翰《奉教咏白象》七律等。

与歌咏安南或交趾贡象旗鼓相当、不相上下的,是与安南长期对峙的敌国占城,并且由此还出现两个高潮:一是永乐四年八月朔,翰林院承旨召集翰林儒臣及修书秀才千余人于奉天门丹墀内同赋《白象诗》,"各给笔札,一时立就,擢右庶子胡广为第一,淮为

第二,有罗纱之赐"①。根据明人现存文集,可知参与这次同题应制
赋诗活动的,有被永乐皇帝钦定为第一名的胡广《应制赋白象歌》
七言古诗,节奏铿锵,意象鲜明,主旨堂皇,而结句所言"物无疵疠
乾坤宁,华夷一统歌太平"②,颇能得颂圣之旨。获得第二名的,是
黄淮《白象诗》,也是七言古诗,不过其结尾"小臣叨备词林职,愧
乏长才纪成绩。载歌忝效封人祝,永作皇家万年历"③,似乎落了应
制诗自谦的窠臼。其他还有解缙《白象颂有序》七言古诗,据诗序
所言:"迨南交顺附,而驯象蕃息于辇毂之下者,四十余年矣。迩者
交人作乱,圣天子命将征之,师行未逾时,而白象来献。"④则当与
胡广、黄淮同时作。其他如王达《白象赞》、姚广孝《白象》七言古
诗、杨荣《白象歌》七言古诗、李时勉《白象赋》和陈登《应制赋白
象》五言古诗⑤等,或亦此次所作。其中,王达《白象赞》还赢得了
本月十九日永乐皇帝的御笔亲批:"此篇言简而切实。"⑥总计现存
作品,即约有8篇之多,且体制各有不同,以七言古诗为最多,有5
篇,其他则或五言古诗、或赋、或赞,体现出应制诗在体制选择上一
定程度的自由灵活。而黎近的《白象》诗,据其生平则是宣德年间

① 黄淮《黄文简公介庵集》卷一《白象诗》题下小字注,四库全书存目丛书集
部26册,第528页。
② 胡广《胡文穆公文集》卷四《应制赋白象歌》,四库全书存目丛书集部28
册,第547页。
③ 黄淮《黄文简公介庵集》卷一《白象诗》,四库全书存目丛书集部26册,第
528页。
④ 解缙《文毅集》卷二《白象颂有序》,文渊阁四库全书1236册,第615页。
⑤ 陈登《应制赋白象》,曹学佺《石仓历代诗选》卷三一二,文渊阁四库全书
1391册,第383页。
⑥ 王达《翰林学士耐轩王先生天游杂稿》卷三《白象赞》文末小字注,四库全
书存目丛书集部27册,第124页。

所作。二是永乐十六年秋九月三日庚戌,占城国以瑞象来进,则有夏原吉《瑞象赞并序》、金幼孜《瑞象赋有序》、陈敬宗《瑞象赋》①等三作。

而这些安南和占城所进贡而来的白象、驯象之所以引起朝廷上上下下的重视,是因为它们先天所具有的得五行之精的本质和后天的温顺中节表现,具有古人一向重视的祥瑞特征。用得到第一名的胡广的诗来说,就是:"白象白象来占城,皜姿孕毓金天精。雪肤霜毳交晶荧,炯炯上应瑶光星。两牙修洁前插冰,秋波洞射彻底明。感文不必因雷声,就中藏简双龙横。胆流四髀随时更,肉兼十牛豨目瞠。载舟可以拟权衡,辨颂乃俾奸邪倾。圣人御极海宇清,衣冠万国趋彤庭。""奇祥异瑞分献呈,天产此物为时祯","只今圣德被八纮。猰貐螯蟒俱潜形,白象始得延长生。愿殚微力驾龙辀,千秋万岁陶仁坰。物无疵疠乾坤宁,华夷一统歌太平"②。只有盛世治世才有这样来自远方国度、仰慕中华圣人的纯良恭顺动物的出现。

以后则由于皇帝铺张治世盛世的兴趣减弱和明朝国力逐渐内收等原因,这样的歌颂主题则难得一见了。

---

① 陈敬宗《澹然先生文集》卷六《瑞象赋》小序记作:"永乐十九年秋九月三日庚戌,占城国以瑞象来献。"(四库全书存目丛书集部29册,第276页)此与金幼孜《金文靖集》卷六《瑞象赋有序》所言"乃永乐十六年秋九月庚戌,占城国以象来进"月日同,而年份不同(文渊阁四库全书1240册,第686页)。据张廷玉等《明史》卷七《成祖三》所载,永乐十六年有占城入贡的记录,而永乐十九年无(中华书局1974年版,第98、101页)。则此次占城进贡瑞象当在永乐十六年。

② 胡广《胡文穆公文集》卷四《应制赋白象歌》,四库全书存目丛书集部28册,第547页。

（二）出征和任官主题

这实际上包含两种大的情形：一是出征的赠别和从征的纪行；二是任官的赠别和到官的纪行。

1.出征主题主要集中在明永乐至宣德初年和明嘉靖前期。因为这两个时期的明安关系最为紧张和激烈，前者已经是水火不容的战争状态，由于安南的强烈抵抗和频繁起义，其间多次反复争夺，最终到宣德三年，明朝不得不放弃安南，让其独立；而后者也是几经跌宕，起起落落，最后还是到了明朝出动大军到边境接受莫登庸投降的地步。这两次大的明安对抗，使得要详尽地梳理明朝方面参与出征的人员和所作的赠行作品，变成一件几乎不可能也似乎不必要的行为。因此本处只打算以永乐时期的两个例子来加以个案展示。

一个是最后战死于安南的兵部尚书陈洽。通过明人文集中的安南资料辑录，可知以七言律诗为其出征赠行的，即有曾棨《送兵部尚书陈公出镇交趾》、王英《送陈洽尚书拜命，同大将军英公出镇交趾》和王绂《送陈吏部再赴交趾安抚（洽字叔远毗陵人）》等3首，以五言古诗赠行的是章敞《送兵部陈尚书洽出镇交趾》，胡俨《送陈侍郎洽镇抚交趾》则是七言古诗，共计5首。陈洽（1370—1426），字叔远，南直武进人。好古力学，与兄济、弟浚并有名。洪武中，以善书荐授兵科给事中。成祖即位，擢吏部右侍郎，改大理卿。后多次随军征讨交趾叛军，参赞军事。宣德元年（1426）十一月，随总兵官王通率军再次征剿已经势焰滔天的安南黎利，结果王通不听劝说，明朝大军中伏，陈洽坠马，自刭死。死前言："吾为国大臣，食禄四十年，报国在今日，义不苟生。"殁后，朝廷特加赠少保,谥节愍①。解缙尝评其:"疏通警敏,亦不失正。"②《千顷堂书目》卷十著录了有关陈洽忠节和荣哀事迹的《忠节录》一卷③。

　　一个是从征为书记的"闽中十才子"之一的王偁。除了他自己的《虚舟集》中有《从军行》二首抒发从征豪情外,还可以通过其同时代人文集得知其在从征之初,即有王璲《送翰林王孟旸参将安南》七律、曾棨《怀王检讨偁,时从英国公南征》七律和同乡高棅《送王检讨南征》七古等诗壮行。王璲诗结句"知卿素有雄豪笔,须勒神功镇海山"④,既切合王偁著名文人的特征,也表达了立功平安归来的美好祝愿。王璲等人的美好愿望倒是顺利实现了,王偁得以立功归来,不过最终的下场却不美妙。王偁(1370—1415),字孟旸,福建永福人。洪武二十三年举人,永乐初荐授翰林院检讨,进讲经筵,充《永乐大典》副总裁,与解缙交好甚密。永乐五年随英国公张辅远征交趾,为参军幕僚,平定后又随张辅回国。永乐十三年,因解缙被诬,受株连下狱死,卒年方46岁。著有《虚舟集》五卷,内中有多首诗歌创作于交趾从军时期。

　　由上可见,当残酷的战争来临时,即使是陈洽这样的高级官员,也有可能因为参与征战而阵亡于异国,留下烈士的美名和后人的尊敬。也有王偁这样的知名文人,因为富有学识,可以从军掌书记等务,从而感受并抒发汉唐人的边塞立功热情,为文学创作带来切实的火热体验和难忘经历。由此,交趾这个原来的异国和异乡对他们不再陌生,而有了生死相依的深入体验。只是与西北的寒

---

① 张廷玉等《明史》卷一五四《陈洽传》,第4230页。
② 张廷玉等《明史》卷一四七《解缙传》,第4122页。
③ 黄虞稷《千顷堂书目》卷十"传记类",上海古籍出版社2001年版,第284页。
④ 王璲《青城山人集》卷六《送翰林王孟旸参将安南》,文渊阁四库全书1237册,第750页。

冷辽远相比，交趾却是南方的酷热瘴气和稠密森林，充溢着说不尽的神秘和凶险，有了新鲜的文学地理景观意味。

2. 任官赠别和到官纪行。细分又有两种：

一是永乐五年至宣德三年间到交趾地区任官，或者被贬为吏①。由于交趾距离京师极其遥远（常称为荒服之地）、任官环境的陌生（蛮夷）和时局的不太平，随时都有战争和丢命的危险，从而使得为官交趾的士人多有凄惶之感，更遑论那些本就是被贬之人呢？因此，赠别的人往往就要想方设法来开解这种可能有的落寞和凄凉，而自己的到任纪行，则再理性和旷达，也很难摆脱流落天涯、感叹自身的总体心境。其情况甚为复杂，我们仅各举一例。

以到交趾为官的罗通为例。罗通（1389—1469），字学古，江西吉水人。永乐十年（1412）进士，为监察御史七年，以言事忤旨，出为交趾清化州知州。对此，通常皆以为是被贬，包括他自己内省的时候，但是在离别之际，他的老乡和朋友们却不能这样煞风景，而是想方设法开解。于是，老练的台阁名臣杨士奇的赠行文就不说是贬谪，而说是"升清化州知州"，并解释说："清化在交趾西南海上，去京师万余里。朝廷岂薄近臣之良而辍之荒落辽远之域哉？顾其地沦坠夷獠数百年，圣天子在位，然后去其所为害者而郡县治之，将被之文明之化，然其渐习之污且固，有非可以一朝夕振举之也，则必资乎学通材达、久于左右、明识上意者而任之，此武王不忘远之盛心也。"②其目的自然是为了消解现实层面的压抑贬谪之感，而以台阁大臣所一向领悟和颂扬的帝王治外的宏伟方略，强调这

① 张秀民《明代交趾人移入内地考》言："永乐、宣德间，国人往治交趾，现有姓名可考者千人。"《中越关系史论文集》，第80页。
② 杨士奇《东里集·文集》卷六《送罗学古还清化诗序》，文渊阁四库全书1238册，第71—72页。

是朝廷用人目光的远大和为荒远的交趾人民沐浴文明教化的"盛心",以提振罗通治理遐荒的为国之志。而作诗赠行的状元曾鹤龄虽也想极力摆脱离别所带来的低沉情绪,但大概是这场离别所去之地实在太过遥远,还是忍不住在前半段倾诉了一些担忧和惶恐:"惆怅杯酒间,踟蹰衢路侧。迩别情所难,况君远行客。行客适何许,南交乃绝域。山川阻且修,匹马独登陟。"只是到后半段才勉力振起,安慰远行的老乡兼朋友:"丈夫四海志,万里犹咫尺。辛苦谅不辞,所思在明德。俯视川从东,仰睇星拱北。还朝会有期,侧伫听消息。"①希望罗通能早归朝廷,共相团聚。名列永乐首科翰林院二十八名庶吉士出身的周述则以奇伟壮观的"吕梁洪雪浪"为题赠行,由此祛除了离别的感伤,显得胸襟开阔,结以盼归的"日南明到如相忆,回首吕梁归思多"②。

　　贬谪到交趾为吏的,以罗亨信为例。罗亨信(1377—1457),字用实,号乐素,广东东莞人。永乐二年(1404)进士,授工科给事中。永乐十一年癸巳(1413),由吏科右给事中钦谪交趾充吏。至永乐二十年(1422)秋,"部符下取交趾充吏官员、监生人等历两考者,俱送赴部,通历出身",次年秋方回到京城,拨缮工司令吏。总计贬谪交趾为吏十年,中间还经历了永乐十七年冬的郑公政夺城之乱③。其《觉非集》中,有多首贬谪交趾纪行和在交趾为吏的诗文。虽然在奔赴贬所的很多时候他都以高度自省的理学人生修

---

① 曾鹤龄《罗知州之交趾分韵得北字》,韩阳选编《明西江诗选》卷六,丛书集成续编 115 册,第 107 页。

② 周述《东墅诗集》卷二《吕梁洪雪浪送罗知州赴交趾》,四库全书存目丛书补编 97 册,第 42—43 页。

③ 罗泰敬《通议大夫都察院左副都御史罗公年谱》,罗亨信《觉非集》卷十"附录",四库全书存目丛书集部 30 册,第 50 页。

养和心底无私的态度来化解,如"自从谪向江湖远,旋学康衢击壤讴"①和"神灵有感能相护,心事无私险自安"②等,但是等真正到了风波难测的交阯为吏时间很久之后,他就再难有前述的豁达和希望了。其言:"拙宦虞翻拙未休,九年恩谴滞炎州。日长山鸟啼官舍,地僻蛮烟绕郡楼。梦断禁垣虚补衮,忧深边徼欲前筹。莫言交广风烟接,一望南滇恨已悠。"③交阯离内地广州虽密迩若接,但是要想回去,却是恨山忧海,难以通达。

二是有强烈用兵气氛的嘉靖前期和莫氏残部侵扰边境的万历时期,此际到临近安南的两广、云南边地去为官,比之他时和他处,更有了别样的意味。

嘉靖前期到云南任职的,我们以一仲姓提刑按察副使为例。顾梦圭作诗赠行曰:"父老攀辕恋使君,莱阳山色带斜曛。十年汲孺长为郡,万里班生定策勋。羽扇能消南诏雾,象袍遥映碧鸡云。无烦老将夸铜柱,自有相如谕蜀文。"④题目亦小字注明时代气氛:"时交阯议用兵。"顾氏希望仲氏能学司马相如做一篇《谕巴蜀父老檄》就解决安南莫登庸的叛逆不贡问题,而不需要时议沸腾的用兵安南,去学马援铜柱标功。时间大约是在朝廷第一次下令准备征讨莫登庸的嘉靖十五年或略后。

而万历时期到广东边地任职的,我们以任职肇庆府端州司理

---

① 罗亨信《觉非集》卷八《和教谕邵夔韵,谪交阯作》,四库全书存目丛书集部 30 册,第 28 页。
② 罗亨信《觉非集》卷八《癸巳谪交阯过十八滩》,四库全书存目丛书集部 30 册,第 28 页。
③ 罗亨信《觉非集》卷八《安南感怀》,四库全书存目丛书集部 30 册,第 28 页。
④ 顾梦圭《疣赘录》卷九《送仲宪副之滇南,时交阯议用兵》,四库全书存目丛书集部 83 册,第 152 页。

的李春熙为例。李春熙(1563—1620),字皞如,号泰阶。福建邵武府建宁人。万历十九年(1591)举人,二十六年进士,三十年除太平府推官,累官南京户部郎中①。他在万历三十五年参与了平定安南莫氏武永祯部入侵广西钦廉二州之乱,担任记录和核定功劳的职责。期间作品结集为《粤游草》,其纪行组诗即有《师行之明日,风雨大作,念师中良苦,赋而寄怀时有交趾之役》五古二首和《初秋奉檄纪功从事钦廉赋征南歌》七绝三首等两组。前一组诗受"风雨大作,念师中良苦"的出师气候和情绪影响,显得气氛严肃,情绪低沉,有言:"万灶炊烟暮,铜鏖带雨鸣。消魂悲角语,起舞枕戈情。夜猿啼不断,气肃伏波营。"②后一组诗则语气坚定,心境轻快,其一言:"炎海西风动客槎,龙门消息隔天涯。南征不是勤荒远,铜柱分茅属汉家。"表明此次出兵是为了严守明朝边疆,不是为了贪占他国土地。其二言分兵直捣敌人巢穴的战略。其三言:"铜鼓风传海国秋,星门剑气夜冲牛。悬知南日氛消候,明月清樽上庾楼。"③表达必胜的信念。

　　由上可见,无论是出征还是任官,升职还是贬谪,只要是前往与明朝地理密迩、政治关系密切的安南、交趾,则无论是赠行者,还是经历者,都会对此做出相应的记录。由此,安南、交趾不再只是一个停留在历史书本上的地理名词,而是一个叠加了诸多与文化相关的记忆和现实政治感怀的名词,催生了很多富有真情实感的

① 李时人《中国文学家大辞典·明代卷》,中华书局2018年版,第499页。
② 李春熙《玄居集》卷一《师行之明日,风雨大作,念师中良苦,赋而寄怀,时有交趾之役》二首,后小字注:"《粤游草》,时调端州司理。"四库全书存目丛书集部177册,第646页。
③ 李春熙《玄居集》卷五《初秋奉檄纪功从事钦廉赋征南歌》三首,四库全书存目丛书集部177册,第675页。

诗词赠行和纪行作品，值得我们重视研究。

　　（三）使交赠行

　　所谓"使交"，是指到安南国出使，或册封，或吊祭，或为其他调停、征索贡物等使命。由于安南古称交趾，而明朝郡县之后，又在其地设立交趾都、布、按三司，所以一般都称到安南出使为"使交"。围绕使交的书写主题，其实也应该分为使交赠行和使交纪行两类。但考虑到本书后面有专章讨论明朝使交文集的内容构成和书写情怀，故本处只讲有关使交赠行的地点、表达方式和诗歌创作的分题、分韵、分体等总体情况，而不再在单个的使交赠行活动和逐次分体说明上下功夫。如此处理，一是为避繁冗，二是为有新意，因此前学界尚未见较为系统的梳理。

　　1. 分地赠行。通过辑录明人文集中的使交资料和相对应的越南文献，可以发现不少出使安南的明朝使者，当然尤其是正副使，除了从出发地北京（明宣宗及之前主要是南京）到返回地安南首府，例有来自明朝同僚好友和安南君臣的赠行外，中间也是几乎每到一个比较重要的驻留地方，都有当地官员的招待和赠行。以目前所掌握的资料来看，大概要数天顺六年前往安南册封黎灏为国王的正使、翰林院侍读学士钱溥所得到的赠行地点最为完整。根据《越峤书》所载李贤等五人为钱溥出使所作的赠行诗序①，可知：（1）在奉使出发地北京，有钱溥的翰林院同僚和属下所作的赠行诗集，由李贤和刘定之作诗集序言，同名为《赠钱学士溥出使安南序》。此地现存的赠行诗最多，主要有黎淳《送钱学士使安南》五

────────

① 李文凤《越峤书》卷十七"序"，四库全书存目丛书史部163册，第252—255页。

排,徐溥《送钱学士使安南》七古,丘濬《送钱学士使交南》、柯潜《送钱学士使安南》、童轩《送学士钱先生奉使日南》、章纶《奉使交南送钱学士》等七律。(2)奉使经行的南京,当地官员"各赋诗为别",由钱溥的旧同事翰林院侍读周致尧"汇而帙之",成一赠行诗卷,并由南京国子监祭酒吴节为序。此地现存的赠行诗有姚夔《和钱学士韵二首》,内中有言"奉诏南游气象都,远人争迓玉堂儒。天恩宠眷真奇遇,海国翱翔属壮图"。"行边剩有陈孚稿,囊里应无马援珠。圣主恩威覃海外,越裳奉职古来无。"可见是南京官员送行之作。(3)奉使经行的杭州,浙江省府官员又绘《奉节图》赋诗赠行,成一有诗有画的赠行卷,由浙江提学副使张知为序。此地的赠行诗目前尚未发现。(4)奉使所经的两广地区,当地官员又作有《奉使安南诗卷》,由叶盛为序,序末系四言诗一首①。此地所作赠行诗,现存叶盛《贺正使安南钱翰林见寄兼简王给事副使》②。(5)再加上保留在《越峤书》里的安南君臣赠行,共有五个地点。由此可见赠行地点的变化以及使交的行程。

2.赠行的诗词图并举。在赠行之时,除了常见的赠序、赠诗外,还有赠词和画图并举的情形。以词赠行可以著名词作家陈霆(1479—1552)为代表。为给弘治十八年十二月前往安南册封黎谊为国王的副使许天锡(字启中)送行,陈霆特除作《许给事中使安南二首》七律外,还拿出自己的看家本领,再作《水调歌头》一词:"银河动清曙,玉宇湛高寒。手招黄鹄,晓骑风露下云端。借我金门仙客,去作三清使者,星珮落人寰。笑指炎荒路,一发认青山。

---

① 李文凤《越峤书》卷十七"序"类所录题作《奉使安南诗序》,无作者署名。据叶盛《箓竹堂稿》卷五同题序和正文,全同,当为叶盛作,《越峤书》抄本阙其名。四库全书存目丛书集部 35 册,第 251—252 页。
② 叶盛《箓竹堂稿》卷三,四库全书存目丛书集部 35 册,第 221 页。

觑宫袍,风采异,日华鲜。珠霏玉洒,布宣德意笑谈间。独倚横空
一剑,俯仰乾坤万里,东望海波间。白雉看重译,声教讫夷蛮。"①
以显出使者的风采和送行人的文才。至于作画相赠,则至少有如
下四例,按时间顺序:第一是洪武二十八年八月,以监察御史充副
使的严震直,当时名士曾为作《奉使南国图》(又称《安南图》)送
行②。第二是上述钱溥在到达杭州时,当地官员绘有《奉节图》赠
行。第三是弘治五年三月前往安南颁册立皇太子诏的正使、刑部
郎中沈庠(字尚伦),吴宽曾作《题竹送沈尚伦刑部使安南》为其赠
行:"隐侯标格如图画,使者清风动节旄。万里交南何处去,清风一
道过湘皋。"③以齐梁文坛宗匠沈约切其姓,以竹之清风劲节勖勉
其使臣品格。看来是先有人画图送行,而吴宽题诗其上,构成一个
诗画一体的送行卷。第四是上述许天锡,据李东阳《题许给事天锡
驻节宁亲图》,知其有《驻节宁亲图》④。由此可见赠行方式的丰富
多样。

　　3.赋诗赠行的分题、次韵和分体。在赠行场合中,赋诗是最
为常见的方式,但也存在分题、分韵和分体等不同情形。由是在单
调重复中,又能见出赋诗赠行的多元性,可以增添对赋诗赠行活

① 陈霆《水南稿》卷十一《水调歌头许启中使交南》,四库全书存目丛书集部
　　54 册,第 494 页。
② 高得旸《节庵集续稿·题严震直尚书奉使南国图》:"尚书昔使安南国,名
　　士作为《安南图》。……是时尚书为御史,远为轺轩将帝旨。……使星还朝
　　善奏对,皇天开雾收威严。一别安南俄七载,岭峤微茫隔沧海。"四库全书
　　存目丛书集部 29 册,251 页。
③ 吴宽《家藏集》卷十九《题竹送沈尚伦刑部使安南》,文渊阁四库全书 1255
　　册,第 140 页。
④ 李东阳《李东阳集·诗后稿》卷七《题许给事天锡驻节宁亲图》,周寅宾点
　　校,岳麓书社 1984 年版,第 566 页。

动的了解。由于次韵（和韵）和分体的情况都十分常见，故本处只略说分题赋诗赠行。如在永乐年间曾两使交趾的曾日章（1345—1407），在其出使之初，其翰林院同僚和其他友人曾作有多篇赠行诗作，且皆以出使所必经的名胜古迹为题。杨士奇之作以江西名胜"快阁"为题，金实以"孺子亭"为题，黄淮以唐代名相张九龄故里广东"曲江"为题，钱仲益以广东肇庆府名胜"七星岩"为题，高棅以舜帝陵所在的广西"苍梧"为题①。又如成化十一年十一月以行人司行人充颁诏副使的张廷纲（1438—？），据其同时代人王俣为南京官员送行张廷纲的分题诗集所作序言："南都士大夫既追饯之，又即君所履历，析十二题，赋诗送之。诗成，其友方宁以属予序。"②可知张廷纲在奉使到达南京时，当地官员即曾以其出使所经历的十二个地方为题，赋诗赠行，只是其作品尚未发现。

综上所述，明人文集中诗词赋颂等文学性较强的文体，为我们深入了解并研究明代有关域外如安南的歌颂平定和贡物主题、出征和任官主题、使交主题等有非常重要的作用。只要我们放弃唐宋之后诗文无创造的成见，则在向外的文学书写视界中，我们还是可以不太费力就能发现，明代这些有关安南的诗词赋颂作品有其

① 杨士奇《东里续集》卷五十四《赋得快阁送曾日章使安南，时以鸿胪卿行》，文渊阁四库全书1239册，第402—403页；金实《觉非斋文集》卷二《翰林侍读曾公日章奉使安南分题得孺子亭因赋》，续修四库全书1327册，上海古籍出版社2002年版，第25页；黄淮《黄文简公介庵集》卷一《五律》《赋曲江送曾侍讲使交趾》、卷二《七律》《赋曲江送曹（曾）侍讲使交趾》，四库全书存目丛书集部26册，第532、539页；高棅《高漫士木天清气集》卷五《赋得苍梧送曾日章内翰奉使安南》，四库全书存目丛书集部32册，第159页；钱仲益《赋得七星岩送曾侍读使安南岩在肇庆府端溪出砚处》，陈田《明诗纪事》乙签卷五，上海古籍出版社1993年版，第659页。

② 王俣《思庵文集》卷六《题张行人分题诗序》，续修四库全书1329册，第465页。

充分的研究内容和研究切入方式。

二　人物传类

在关涉安南事件和人物生平仕履、事迹功业的明人文集文体中，人物传记类是其间的一大宗，值得单独梳理和揭示。本类在明人文集中，除了以"传"为名的人物传记之外，还有黄宗羲辑《明文海》中的碑、墓文、哀文等。也即，它实际包含三类：

（一）传体文

此所谓传体文，是包含以"传、行状、年谱、遗事"等为名而都具有人物"传"记性质的文章。

本类中自传甚少，绝大多数都是传主死后由其子孙或亲友请当代或当地闻人写作，目的自然是为了传布传主重要事迹和美好品格以不朽。在涉安南人物传记中，以"传"为名的甚多。如王直在为明前期台阁重臣杨士奇所作传中，即重点记叙了杨士奇在宣德二年十月放弃安南这一重大决策中所起的关键作用，为皇帝决策放弃安南找到了各种冠冕堂皇和现实的理由，由此"上意遂决"[①]。然事实上，放弃安南无论在当时还是后世，都引起了极大争议，其影响力和重要程度都毋庸置疑，成为杨士奇一生中的标志性事件。而有关外夷的处理，自然是重中之重，需要作者在维护传主的基本立场下，还是要交代清楚事件的来龙去脉和传主在其中的作用和影响。在此，甚至作者的个人看法可能都要有所隐忍。而

---

① 王直《抑庵文集》卷十一《少师泰和杨公传》，文渊阁四库全书 1241 册，第247 页。

这也提醒我们,在利用这一类以及其他传记文献时,都要注意到其本来就有的立场和倾向性。

与杨士奇放弃安南之议重要程度不相上下的,还有永乐时期长期征战并留镇安南七年的大将军李彬,嘉靖前期为促降莫登庸而具体经手、立下大功的广东翁万达,以及苦心孤诣,渴望在莫登庸事件中一展平生立功边塞志向而积极主张武力占领安南的福建林希元等人,他们的传文都会将这些事迹作重点叙述和突出揭示。而如果传主的志向和贡献在生前被曲解和埋没,则传文作者一般还要为其辩诬和表功,如蔡献臣为林希元所作传记即有如此用意。其言:"时安南莫登庸篡其主而自立,东宫建,上怪无安南表,差官往诘,得其状。而先生尤力主必讨之议,凡六上疏,请正天诛。诸所为建学修廨、储蓄守御,无非百年石画。久之,擢金事,备兵海北。然朝议竟惮用兵。辛丑,遂用拾遗罢先生,而钦人建生祠祀之,迄于今不绝。……独征交之议与当事意见不同。然其后尽复四峒旧地,莫登庸削王爵降为都统,先生力也。"[1] 其代传主愤愤不平和竭力表功的态度表露无遗。

再有如果传主原本是安南人,却因为永乐五年始的郡县安南而迁移内地,做了明朝的官员和太监,由此关系到古人甚为重视的宗藩关系和中华文化的传播力,则为他们而作的传文自然会大书特书。这方面的代表性传记是杨守陈(1425—1489)的《阮大河传》。在正文中,杨守陈除了点明阮河(字大河)的交趾人身份外,还揭示了古代越南文化与中华文化的同源性,以及古代越南人对于作为母体的中华文化的向往:"惇笃有智,涉儒家言。闻中国衣

---

[1] 蔡献臣《林次崖先生传》,林希元《同安林次崖先生文集》卷首,四库全书存目丛书集部 75 册,第 415—416 页。

冠礼乐之盛，有向慕意。"故有了永乐五年明军到来时"首谒军门，倡众开道"的主动投诚和宣德初年的自觉国籍选择："宁归中国死，不从黎氏生。"与此相应，符合传记体例的"太史氏曰"，也再次表彰其"出幽迁乔，险艰不渝"，即对于中华宗主文化和礼仪"万折必东"的志向："享荣流庆，有以夫。余是以录之，无使其无闻焉。"①正是为传不朽的用意表现。

另外如果传主有出使安南和永乐四年至宣德二年间任职、充军、从军甚至战死交趾郡县经历，或者做了有关明安两国边疆和朝贡等重要事务的处理，则这些情形也会成为传主的重要事迹而被详略不等地记载下来，或作重点的补充说明。

在明朝不同时期执行不同出使任务的林弼、余福、潘希曾，传文都记录了他们的出使事迹、经过，以表彰传主"专对四方"的使臣素质、维护大国体面的使臣尊严和清廉不染的使臣品格等。如对洪武三年、九年两度出使安南的林弼（1325—1381），张燮（1573—1640）《林登州传》详前略后，重点记录了第一次林弼对于安南巨额赠金的峻拒，目的是为了说明明安宗藩体制关系下"王礼中国使，宜赆；中国使不贪为宝，使遥屿知汉官威仪，宜却赆。可谓两全"②的明初官方要求，而明朝使臣的清廉品质正是实现"汉官威仪"的宗主国文明和大国体面的人格基础。至于张岳（1492—1553）所记永乐皇帝对余福所讲的可以接受安南赠金的对答："使还入对，具述使事及却金，上曰：'馈赆之金可受也，何故却之？'先生顿首曰：'臣受命出疆，国家荣辱攸系，而以货易守，彼谓使臣可

---

① 杨守陈《杨文懿公文集》卷八"东观稿"《阮大河传》，四库未收书辑刊5辑17册，北京出版社1997年版，第466页。

② 张燮《林登州传》，林弼《林登州集》附录，文渊阁四库全书1227册，第201页。

货也,国家何赖焉?臣恐死无解四夷之侮笑也,故不敢受.'上由是深嘉之."① 表面看似乎是在说永乐时期以皇帝为代表的明朝官方对使臣"辞金"要求的松动,而实际或许应该看作是张岳的文笔曲折。他是为了表现作为传主的余福对使臣清廉品格的自觉遵守,以至达到了皇帝可以灵活地体贴下情,而臣子却必须站在"国家荣辱攸系"的政治原则高度来约束自己不能"以货易守",否则"恐死无解四夷之侮笑",结果得到了"上由是深嘉之"的良好回应。与上二文不同,程文德对于潘希曾出使安南的记载,却采用了概括叙述和评判的方式来处理,一笔完成②,把出使安南当成潘氏生平一大事来叙议,这也是传文的一种写法。

至于明安边疆问题进入传文写作之中,可以李东阳(1447—1516)所写朱英(1417—1485),程敏政(1445—1499)所写陆容(1436—1494),王世贞(1526—1590)所写刘大夏(1437—1517)等三人的事迹和识见为例。其中,朱英是看到了成化十一年(1475)左右安南国与老挝连年征战的实质,只是弱小国家之间的"争隙地耳",明朝对此不必紧张地在边境备战,而只需要遣一介之使诏谕即可,用不着大动干戈,骚扰边民。结果也证明了朱英的识见卓越:"上用公言,交人感畏,修职贡不弛。"③ 程敏政《参政陆公传》则说陆容在任职兵部职方郎中期间,"而于沮征安南及罢剿盐

① 张岳《小山类稿》卷十六《余畏叟公传》,文渊阁四库全书1272册,第486页。
② 程文德《大司马竹涧潘公传》,潘希曾《竹涧集》附录,文渊阁四库全书1266册,第818页。
③《李东阳集·文前稿》卷十六《都御史朱公传》,周寅宾点校,岳麓书社1984年版,第231页。

贼刘通两事尤伟"①。至于王世贞所写刘大夏："安南黎灏破侵占城地，西略诸土夷，败于老挝。中贵人汪直欲乘间讨之，使索英公下安南牒，大夏匿弗予。尚书为榜吏至再，大夏密告曰：'衅一开，西南立糜烂矣。'尚书悟，乃已。"②则在于通过藏匿之前英国公张辅征讨安南公牒的方式，巧妙地消除了阴谋家太监汪直膨胀的攻打安南的个人欲望，而不想看到"西南立糜烂"的糟糕结果。以上三人都是在成化年间先后成功消弭了一些可能发生的明安边界和战争问题，给国家和人民带来了和平稳定，在作传实质也就是作史的人看来，功莫大焉，善莫大焉，故予以或详或略的记载。

至于杨士奇为战死安南的刘子辅所作传，则可以说是此类人物传记的代表。其重点就在于传主刘子辅一家如何殉国和作为史官的议论。其"太史氏曰"借鉴了《史记》以来的论赞传统，首先说明人不可貌相，一个平日少言寡交、看起来像没有什么长处的人，其实到真正的死亡和家国荣辱考验关头，往往比常人有更大魄力自到。其次批判了王通这样弃城而逃的大将军，蔡福这样的"甘心从贼"之徒，与刘子辅这样的忠勇之士相比，"盖冰炭薰莸之不相同矣"。最后再扩展到其他如刘子辅一般勇于死难的明朝官员群体，说明"世曷尝乏正人君子哉？顾系于用之者何如也"的用人道理③，以为作传的更为宏远的书写意图。

传类文中常见的还有行状和年谱、遗事等。行状或简作"状"，又称"事状""行实""行略""行述"等。它们都是叙述死者世系、乡

① 程敏政《篁墩文集》卷五十《参政陆公传》，文渊阁四库全书1253册，第204页。
② 王世贞《弇州续稿》卷八十九《刘大夏》，文渊阁四库全书1283册，第287页。
③ 杨士奇《东里文集》卷二十二《刘子辅传》，文渊阁四库全书1238册，第264—265页。

贯、生卒年月、生平事迹等最为原始的文章,常由最为知悉死者的
门生故吏或亲友撰述,以作墓文撰写、史官立传和朝廷议谥等活动
的基础依据。与其它传类文和传记文相比,这是较为原始和详实
的人物传记资料。

以"行状"为名而又事涉永乐时期任官交阯的,有黎恬,他因
为在永乐十九年(1421)奉天殿火灾求直言之际,以监察御史与同
僚上疏议论时政得失,"言多凯切激直,归咎时政。尚书李庆等衔
之,谋欲中伤之,赖文皇帝仁圣,不加言者罪,俱擢州守,君得交阯
南灵州"①。直到宣德二年(1427)才随王通大军归国。而刘履节则
是在交阯任官期间死亡的。他大约在永乐七年至八年间,以太常
寺博士擢御史巡按交阯,结果永乐九年之后不久即死于交阯。此
事之能流传下来,是因为被当成真正的传主李时勉乐于助人的典
型事件而附载于李时勉行状之中,才得以留存②。这也是行状载人
功能的延伸,不仅可以载录传主本人的事迹,还可以因为要记叙和
表彰传主的功德而载录相关人物的事迹。

当然,永乐时期贬官交阯最有名的,当属在民间极有才子声望
的解缙(1369—1415)。对此,曾棨(1372—1432)所作行状虽有
载录,但因为距离解缙贬官未久和死因避忌等缘故,却只是用"岁
丙戌,以事出为广西布政司参议。未几,复调交阯。公至,以夷人
新附,抚绥安辑,不失其宜,南夷安之。乙未正月卒于北京,享年

---

① 习经《寻乐习先生文集》卷十九《右春坊右谕德黎君行状》,四库全书存目
丛书补编97册,第172页。
② 彭琉《朝列大夫翰林学士国子祭酒兼修国史知经筵官致仕谥忠文安成李懋
时勉行状》,李时勉《古廉文集》卷十二《附录》,文渊阁四库全书1242册,
第889—895页。

四十有七”①等几乎不见个人感情的叙述文字，将实际非常复杂诡谲的贬斥和死亡结果交待了事，内中因由却讳莫如深。相较而言，在解缙安葬二十二载后，即正统二年（1437）左右，其老乡兼同僚杨士奇所作的墓碣铭就清晰一些，将解缙贬官安南的矛头指向了李至刚。其原因一是禁忌的气氛已经松动，前一年正统元年八月，明英宗朱祁镇下诏赦还所抄家产，不再当作罪人；二是杨士奇所依赖的材料更多："解公没，光大（胡广）约余各为文字，未及为而光大殁。余初为解公传，去年得周恂如所录公洪武奏对稿，近得祯亮将来世谱，又改传为此文。"②而这也说明，并非所有的行状都比后出的墓文、传文更准确详实。

毛伯温（1482—1545）在嘉靖前期促降安南莫登庸的事迹，自然成为罗洪先（1504—1564）所作行状的重点③。成化时期上疏阻止朝廷遣官责问安南侵扰邻国占城罪行的徐溥（1428—1499），台阁作家吴俨（1457—1519）为其所作行状也清楚载明此事④。至于嘉靖三十二年（1553）侵扰广西钦州的莫氏势力被明朝边防有效地打击和处置，这一情形载于黄光升的行状，是非常具有历史价值的一份文献资料："交南莫正中与土舍莫浤翼争立，败而来归，逆酋

①　曾棨《内阁学士春雨解先生行状》，解缙《文毅集》附录，文渊阁四库全书
　　1236 册，第 837 页。
②　杨士奇《朝列大夫交趾布政司参议春雨解先生墓碣铭》，解缙《文毅集》附
　　录，第 841 页。杨士奇《东里集·文集》卷十七题作《前朝列大夫交阯布政
　　司右参议解公墓碣铭》。
③　《罗洪先集》卷十八《前光禄大夫柱国太子太保兵部尚书东塘毛公行状》，
　　徐儒宗编校整理，南京：凤凰出版社 2007 年版，第 759—761 页。
④　吴俨《吴文肃公摘稿》卷四《故光禄大夫、柱国少师兼太子太师、吏部尚书、
　　华盖殿大学士、赠特进、左柱国、太师、谥文靖徐公行状》，文渊阁四库全书
　　1259 册，第 426 页。

围钦州,索正中甚亟,公密授俞都阃(俞大猷)方略,伏兵海岛,连战大挫之。莫宏翼款关听命,卒定其承袭,交南以安。"① 它关系到在莫登庸死后,安南事实上形成了南北纷争格局,而北方莫氏内部也是四分五裂,莫氏残部被中兴黎朝追打,于明朝广西等地流窜、骚扰和破坏。这里还涉及到著名的抗倭将领俞大猷,他还是保卫明朝与安南接壤边疆的大功臣。

而以"行实"为名的,则有成化二十三年十二月奉诏往安南颁孝宗皇帝即位诏书的副使刑科给事中吕献,其传记即名"行实"②。李贤在为原安南籍太监阮浪所作墓表中说:"司设监丞贾公安犹虑公之行实未尽暴于世,属予为表,刻石墓道,以示不朽云。"③说明了墓表和行实的关系,"行实未尽暴于世",而"表"则"刻石墓道",昭然可见。表,露也,可以与石不朽。

亦有名"行略"的,如黄居中为万历年间曾处理安南入侵钦州事务的李春熙所作墓表云:"甲子孟秋,公殁已五稔,季子嗣玄撰次公行略,乞董少司空志而以状属余……夫司空铭其幽而余表其明。"④ 还有名"行述"的,如李堂《自叙菫山居士行述》还是自作。

年谱则是按年月载录谱主事迹,兼有传统史书纪传体和编年体的优长,年月为经,事件和事迹为纬,可以很清楚地反映谱主的行事轨迹。在涉安南人物中,有毛栋为其父伯温所作的《先公年

---

① 黄凤翔《田亭草》卷十二《尚书赠太子少保黄恭肃公行状》,四库禁毁书丛刊集部44册,北京出版社1997年版,第536页。
② 雷礼《国朝列卿记》卷五十三"南京兵部侍郎行实·吕献"。
③ 李贤《古穰集》卷十五《赠御用太监阮公墓表》,文渊阁四库全书1244册,第637页。
④ 黄居中《明承德郎南京户部主事泰阶李公墓表》,李春熙《玄居集》卷十,四库全书存目丛书集部177册,第730—734页。

谱》，相当清晰地反映了毛伯温在促降莫登庸这一大事件中的所作所为和作用。当然，由于是亲生儿子所作，故不免有隐讳过失和夸饰个人功绩的主观立场。更重要的是，本谱还有神化谱主、编造故事的嫌疑。譬如莫登庸与毛伯温的"浮萍"倡和诗，以浮萍为喻针锋相对，即是民间思维造作故事的结果①。

至于"遗事"作为一种人物传记文体，可以有两个意涵：一是人物生前事迹的婉词，如墓志铭之类，二是为世间所较少记载而遗漏的事迹。明代涉安南人物中，有夏廷章（名崇文）为其祖夏原吉所作的《夏忠靖公遗事》，其间即记载了安南平定之后，时任户部尚书的夏原吉回答永乐皇帝如何升赏的问题："交趾平，上问公升赏孰便。公对曰：'赏费于一时，有限；升费于后日，无穷。臣愚，多升不如重赏。'上从之，惟升尤功，余皆班赉有差，省军职之半。"②这实在是思虑长远，不愧是长年任职户部尚书。而这件事情，也为后来李东阳和丘濬各自作的《夏忠靖传》以及清人所撰《明史》的《夏原吉传》所采纳，成为体现传主风采的几件重要事情之一。

（二）墓碑祭文

本类墓碑祭文实际上包含三个部分：一是以"墓志铭、圹志、墓铭、寿塔铭、神道碑、神道碑铭、墓碑铭、墓碣铭、墓表"等为名的墓文，以"碑、庙碑、世德碑"等为名的碑文，再加上以"哀文、祭文、诔"为名的祭文，总归为一类，称墓碑祭文。

① 毛栋《先公年谱》，毛伯温《毛襄懋先生文集》卷首，四库全书存目丛书集部63册，第123—124页。
② 夏廷章《夏忠靖公遗事》，夏原吉《忠靖集》附录，文渊阁四库全书1240册，第548页。

1. 碑文

明代涉安南的碑文中主要有功德碑和庙碑两种。而功德碑又有国家层面和个人功德之别。在国家层面上的功德碑，事实上就是纪功碑。如在明永乐占领安南时期和嘉靖前期莫登庸投降之时，都曾出现记录歌颂明朝平定安南的纪功碑，成为与诗、赋、颂并列的四大歌颂文体。永乐时期有胡广《平安南碑》，前为散体之序，叙述平定安南黎季犛的前因后果和出兵作战的详细经过，指责安南的暴政，肯定明王朝出兵的正义，歌颂皇帝的威严，赞扬明王朝军队的勇猛，后为韵语之铭，以四言写成，再次重现上述不同的论调 ①。嘉靖时期有田汝成《征南碑》、罗钦顺《平定安南碑》等作。田汝成《征南碑》为其在福建任官时所作，后来立石于广西分茅岭镇南关上，为真正的刻石之作，非徒文也。其结构与胡广《平安南碑》相同，也分为散体之序和四言韵语之铭两部分，只是在铭之前明确以"乃述而铭之曰"一句提起下文。其散体序全用对话写成，凸显了明皇帝的威严若神、明朝官员的高高在上和莫登庸的战战兢兢、恭顺知命，体现出投降仪式的戏剧化和象征性特征。而铭文则更是歌颂当今皇帝，表现出比汉朝马援和永乐用武征服安南的更为高明的不战而屈人之兵的"曾不遗镞"特征 ②。罗钦顺《平定安南碑》亦复如是。

个人的功德碑，则有顾璘所作《张氏世德碑》，其中记录了张氏先祖张贵"洪武三十四年升山东大嵩卫正千户。永乐九年乃从英国张公南征交趾……进大嵩卫指挥金事。居英国幕中，来往交趾，

---

① 胡广《胡文穆公文集》卷九《平安南碑》，四库全书存目丛书集部28册，第615—617页。

② 田汝成《田叔禾小集》卷三《征南碑》，四库全书存目丛书集部88册，第440—442页。

拨乱解纷……宣德六年奏迁温州卫"，跟随张辅征战交趾而升职的经历①。

庙碑则有王直记录永乐时期征战安南的云南镇守总兵沐晟的《定远忠敬王庙碑》②。

2. 墓文

明代涉安南的墓志铭、墓碑、墓碣、墓表、神道碑、圹志及铭等墓文甚多，内容也非常多样。大致可分如下几类：

（1）曾出使安南的传主，有洪武年间的张以宁（洪武二年六月正使）、叶见泰（洪武二年）③、刘夏（洪武三年）④、林弼（洪武三年、九年两次）、陈诚（洪武二十九年诏谕安南还所侵广西地），永乐年间的刘必荣（永乐九年诏谕反叛的陈季扩）⑤，宣德初年的黄骥（宣德二年副使）、罗汝敬（宣德二年、三年两次正使）、徐永达（宣德二年、三年、四年，三次以鸿胪寺为副使）、章敞（宣德六年六月、九年四月，两度以行在礼部右侍郎充正使）、徐琦（宣德六年六月、八年闰八月两次，前为副使，后为正使，向安南讨索岁贡金和失陷明军）、侯琎（宣德九年十月以行人副章敞，锡封黎麟权署国事，撤安

---

① 顾璘《息园存稿·文》卷六《张氏世德碑》，文渊阁四库全书1263册，第537页。
② 王直《抑庵文集·后集》卷二十四《定远忠敬王庙碑》，文渊阁四库全书1242册，第33—36页。
③ 林右《天台林公辅先生文集·明故刑部主事叶见泰墓志铭》："朝廷遣使至安南，帅选先生介其行。卒能以礼居长，偕其使致贡阙下。皇上愉悦，授高唐判官。"四库全书存目丛书集部27册，第590页。
④ 杨胤《尚宾馆副使刘公墓志铭》："（洪武）三年四月，封建蕃外诸国，赍诏至交趾，竣事，回至南宁府并龙州病故，在所护丧还故里。"见刘夏《刘尚宾文集》附录，续修四库全书1326册，第99页。
⑤ 王英《王文安公诗集》卷五《浙江金事刘公墓志铭》，续修四库全书1327册，第358—359页。

南"狗窦关")、谢泾(宣德十年五月以行人副正使行人朱弼颁明英宗即位诏和太皇太后加尊号诏,训诫安南守礼)①,景泰时期的边永(景泰二年六月以行人充正使颁景帝登极诏,斥令安南君臣阶下拜伏。景泰三年以行人充副使吊祭故占城国王摩诃贲来,并封其弟摩诃贲由为王),天顺时期的薛远(天顺元年以户部郎中使安南,还,升本部右侍郎)、尹旻(天顺四年八月正使)、王豫(天顺四年、六年两次以礼科给事中充副使出使安南,前次正使为尹旻,后次正使为钱溥)、钱溥(天顺六年正月正使),成化时期的刘戬(成化二十三年十二月正使),弘治十八年十二月以翰林院编修充正使封黎诿为安南国王的沈焘,正德七年二月以刑科右给事中副正使翰林院编修湛若水封黎睭为安南国王的潘希曾等二十一人。

其中值得指出的有这样几点:

第一,出使安南达三次的有徐永达,两次的有林弼、罗汝敬、章敞、徐琦、边永、王豫等六人,有的是间隔数年如林弼、章敞,有的则是紧锣密鼓、前后相继如罗汝敬等人,表明宣德初年是一个与安南黎利的紧张时期,事务纷繁,情况复杂,涉及到册封、岁金和明朝失陷士卒等问题。

第二,其中还有像陈诚、黄骥这样的著名外交家,他们不止是出使安南解决边疆问题和册封国王等,还多次出使西域和其他地区。陈诚是"一使安南,三诣西域"②,留下了著名的《西域行程记》。黄骥也是除后来宣德二年一使安南外,还在之前的十余年中,三次往返西域各国,"所以宣德意,振国威,致夷貊款服,朝贡相

---

① 王直《抑庵文后集》卷二十九《员外郎谢君墓表》,文渊阁四库全书 1242 册,第 55 页。

② 刘同升《陈竹山先生文集叙》,陈诚《陈竹山先生文集》卷首,四库全书存目丛书集部 26 册,第 312 页。

望,当时称出使之贤者,必曰黄公"①,赢得了外交家的声誉。

第三,其中有的还死于出使途中或安南,如张以宁,或广西等边地如刘夏等。

最后,叶见泰、刘必荣、谢泾等三人的出使记录仅见于他们的墓志铭,不见载于《明实录》等史料,而刘夏的出使时间则与《殊域周咨录》等的记载不同,其他人的出使记录也比一般文献更为详细生动,具有很高的史料记载和文学描写价值。比如侯琎的撤"狗窦关"行为②,体现了明朝使节对于天朝体面的重视,而刘戬的入关明志诗③,则又体现了明朝使节对于清廉品格的重视,以至在出使安南书写中经常呈现的"辞金"传统。

（2）永乐时期以不同身份与安南发生关系的传主,又可分如下几类:

第一,永乐时期征战交趾的传主或与传主密切相关的先人或亲人。计有总兵大将军朱能、沐晟和镇守交趾最高武官李彬;从征的各级武官,有柴英（永乐四年随张辅征讨安南）、于兴（永乐四年以五十夫长从征交趾而在第二次从征时殁于柳州）、江聪（永乐中从下交趾、积勋至锦衣卫头目）、蒋义（早年追随永乐的靖难大军而后又从征交趾）等人;从征的各级文官,如陈皞（永乐四年以掾吏随丰城侯李彬南征交趾）、王常（永乐四年从军征战,次年六月病殁,享年三十有五）、邹济（永乐五年、七年两度随张辅出征安南、掌书

---

① 金幼孜《金文靖集》卷九《故通政使司右通政黄公墓志铭》,文渊阁四库全书1240册,第830页。
② 王直《抑庵文集》卷七《资善大夫兵部尚书侯公神道碑》,文渊阁四库全书1241册,第145—146页。
③ 王鏊《震泽集》卷二十七《右春坊谕德刘君墓志铭》,文渊阁四库全书1256册,第417页。

记）、程原泰（永乐四年起以布衣随黄福出征和镇守交阯，司文告，宣德初仅授尤溪典史）、林兴祖（永乐五年郡县安南，由广西右参议调交阯，分守盘滩成，次年朝京师，至广西藤县卒）、王俏（永乐五年从大将军英国公张辅征交阯，掌书记）、彭诩（永乐中以儒学训导从英国张辅征交阯，军中文案多出其手，宣德初授国子监典籍）、李循（永乐十四年前，由平凉卫指挥佥事谪交南，征战有功，复职，殁于化州。无子）、史安（宣德二年春，交阯复叛，以礼部仪制郎中随安远侯柳升、兵部尚书李庆出征，死难）等人。其中，柴英曾有俘虏安南女人而嫁与明朝军人的经历："征安南时，部曲有得妇女者择以献公，公闭之一室，使治女事，及归，皆以给无妻者，不留一人。"[1]是安南妇女移民明朝的一种特殊现象。而这让人联想起永乐四年以掾吏身份随李彬出征安南的陈皡，他有一个来自交阯的侧室夏氏[2]，有可能也是战俘；要不然，也可能是如夏时中这样从交阯诏选而来的人才的家属[3]。

第二，永乐中任官交阯者。镇守交阯的最高文官是黄福，下级文官则如万璞，"始以进士知交阯靖安州。黎蛮叛，能不污其伪。擢靖江王府长史"。后官终广西田州府同知[4]。这里的"黎蛮"，就是举兵反叛明朝郡县安南、开创了安南黎朝的太祖黎利。还有陶成（永乐中以广西举人任交阯某县典史，改凤山县，转谅江府教授，

① 王直《抑庵文集》卷九《明威将军海南卫指挥佥事柴公墓志铭》，文渊阁四库全书1241册，第192页。
② 郑文康《平桥稿》卷十二《淳安知县陈翁墓志》："侧室周氏，杭州人；夏氏，交阯人，俱无出。"文渊阁四库全书1246册，第618页。
③ 郑棠《道山集》卷三《森玉轩记》，四库全书存目丛书集部32册，第256页。
④ 罗玘《圭峰集》卷十四《养素万处士墓志铭》，文渊阁四库全书1259册，第186页。

升交阯按察司检校,后成为抗倭名将)、张金(永乐十年进士,观政
都察院,奉诏使交阯)、黄宗载(永乐十四年以监察御史巡按交阯)、
任时(永乐十六年授交阯古藤县知县)、许廓(永乐十七年以工部右
侍郎往理交阯人户田赋)、黎恬(永乐十九年以监察御史调任交阯
南灵州,尤僻远。后黎利反,随王通北撤大军回国)、胡㵻(洪熙元
年工部给事中九年任满,升交阯按察佥事)等人。

　　第三,永乐中贬官交阯的,有张本(永乐五年为工部左侍郎,坐
累谪交阯,还为刑部右侍郎)①、宣嗣宗(永乐中坐累由翰林官员谪
交阯。在交阯九年始归,授中书舍人)②、罗亨信(永乐十一年坐累,
由吏科右给事中谪交阯为吏,至二十一年用荐拜山西道监察御史,
在交阯凡十年)③、孙子良(永乐中坐谗言谪交阯古螺城八年。升交
阯参议,宣德二年交阯陷没,未赴,改山东参议)。

　　最后,永乐中充军交阯者,有陈简(永乐中"娶未数月,代父戍
交阯。时交阯不庭,道梗遂止,寓广西梧州北流"④。后"还籍京师,
营一室,只能蔽风雨"⑤)和衡乐(永乐十年以朝觐言事忤旨,由西安
知府谪戍交阯,至永乐二十二年八月仁宗即位,方起为南城令。凡

① 杨士奇《东里集·文集》卷十九《故资善大夫兵部尚书张公墓志铭》,文渊
　阁四库全书 1238 册,第 221 页。
② 杨士奇《东里集·续集》卷三十七《宣郎中墓志铭》,文渊阁四库全书 1239
　册,第 153—154 页。
③ 王直《抑庵文后集》卷三十三《副都御史罗公墓志铭》,文渊阁四库全书
　1242 册,第 260—261 页。
④ 倪谦《倪文僖集》卷二十九《陈御史母太孺人徐氏墓志铭》,文渊阁四库全
　书 1245 册,第 567 页。
⑤ 《李东阳集·文前稿》卷二十四《明故赠文林郎南京陕西道监察御史陈公
　墓表》,岳麓书社 1984 年版,第 353 页。

十二年①)等人。

（3）处置与安南有关的各项事务,可分为以下几类:

第一,有关明安边疆事务,有程用元、沐琮、朱英、陆容、刘大夏、闵珪、李春熙等人。程用元成化七年擢广西右参政,时"安南以地界不定,数近边,用元冒险往定之,乃已"②。通过划定广西与安南的边界达成了边疆稳定。沐琮在"甲午(成化十年),安南遣陪臣何瑄至边,以假道为名窥觇虚实,公逆知其情,拒不许,诈不得骋,则侵老挝以启衅。公具以闻,请敕切责,复命各夷酋长整搠军马,慎固封守,以防不虞。交人知我有备,不敢肆侮,遣使诣阙谢罪云"③。阻止了安南对云南边境的窥伺,保障了边境安全。朱英,成化十一年,"交趾侵老挝,连岁战争,众疑其谋入寇,敕询公处之之宜,公奏曰:'交趾蕞尔小国,不过与老挝争地耳。遣使谕之,彼当悔悟,不可轻用兵。'上用公言。交人感愧,上表谢罪,且贡方物。"④化解了一场不必要的战争,体现了朱英对于安南等国国情的洞见卓识。而陆容和刘大夏,则都是在他们任职兵部职方郎中时,各用自己的方式阻止了朝中用兵安南的动议,其中刘大夏阻止的还是太监汪直的好大喜功,消除了莫大的潜在祸端。李春熙,万历三十五年安南莫氏武永祯部入侵广西钦州,时任广东端州司理,担任的核对功

---

① 何乔新《椒丘文集》卷三十一《桂林太守衡公墓表》,文渊阁四库全书 1249 册,第 472 页。

② 程敏政《篁墩文集》卷四十三《通奉大夫河南左布政使程公墓碑铭》,文渊阁四库全书 1253 册,第 56 页。

③ 倪岳《青溪漫稿》卷二十三《明故镇守云南总兵官、征南将军、太子太傅、黔国公,赠特进、光禄大夫、右柱国、太师,谥武僖,沐公墓志铭》,文渊阁四库全书 1251 册,第 335 页。

④ 何乔新《椒丘文集》卷二十九《太保朱公神道碑》,文渊阁四库全书 1249 册,第 434 页。

劳的工作，严戒妄杀，交人大服①。

第二，明安作战期间和之后担任后勤筹备、管理工作者，有冯诚、曾翚等人。冯诚，永乐二十年任广东香山知县，“时用兵交趾，檄君备饷甚急。役夫感君恩信，无后期者”②。可见邻近安南边界的广东，也在用兵交趾的时期需要做好粮饷的准备和运输工作。曾翚在任广西太平知府期间，“太平府与交趾邻，永乐中运盐以饷征交之师。及兵罢，盐留太平者，岁拨民丁看守。公具奏以盐折俸，而罢遣守者，民皆欢呼。”③ 他创造了一种“以盐折俸”的方法，解决了永乐中征战交趾所留下的食盐看守问题。

第三，处理有关安南的朝贡事务。曾鲁在洪武初年任礼部祠祭司主事时，通过安南所上奏表副本，察觉安南国王名字与之前不同，究诘之下，方知安南阴谋篡位的悖逆事实。最后，朝廷处理的意见是“却其贡”，以作惩罚。“安南来贡，主客曹已受其表，将入见，公取其副览之，其王乃陈叔明。公曰：‘前王陈日熞尔，今骤更名，必有以也。’亟白尚书诘之。使者不敢讳。盖日熞为叔明所逼而死，遂篡其位，中心怀惧，故托修贡以觇朝廷之意。上闻之曰：‘岛夷何狡狯若此！’却其贡不受。”④ 据《明太祖实录》卷七十二，时间在洪武五年二月。而闵珪则是调解安南贡臣与广西边地土司

① 董应举《南京户部郎皞如李公墓志铭》，黄居中《明承德郎南京户部主事泰阶李公墓表》，载李春熙《玄居集》卷十，四库全书存目丛书集部177册，第727—729、730—734页。

② 李贤《古穰集》卷十四《通议大夫湖广按察使冯君墓碑铭》，文渊阁四库全书1244册，第631页。

③ 何乔新《椒丘文集》卷二十九《资政大夫刑部左侍郎曾公神道碑》，文渊阁四库全书1249册，第436—437页。

④ 宋濂《文宪集》卷十八《大明故中顺大夫礼部侍郎曾公神道碑》，文渊阁四库全书1224册，第108页。

的关系。他在弘治四年,以都御史总督两广军务时,"安南使臣奏:
'入贡道凭祥、龙州,辄为所梗。'诏下公处分。公曰:'是亦各有罪
焉。'乃行安南,毋得挟私货,行凭祥,毋得阻贡物,二夷争遂息。"①
调解安南贡臣与广西凭祥、龙州土司的争执。而且闵珪的母亲严
氏,还是洪武初年出使安南、官至工部尚书的严震直的孙女。

　　第四,原安南人,则有阮窦和阮浪两人。阮窦原是交趾慈廉县
人,永乐五年简为明朝内臣②,罗亨信为其所作名"寿塔铭"。"塔"
是佛教人物或信仰佛教的居士的墓地,"寿"则是生前所为,"铭"
语为四言体韵文,从中可见原安南籍人士对于佛教的信仰。而且
作者罗亨信也曾长期贬官交趾为吏,为其预作寿塔铭,也算是颇有
渊源。与阮窦一样,阮浪也是一位累官至御用太监的原交趾人,他
也是在永乐中被选入明朝内廷的,还曾在内馆读书,掌理尚衣监
事。宣德初掌宝钞司,宣德三年被委派到广东处理西洋诸国进贡事务,
五年又扈从御驾亲征,有功,升御用监右丞。正统改元,升左少监。
卒于多事之秋的景泰三年。李贤为其所作的是墓表,故无铭③。

　　另外,还有一些不能归类但很重要的现象。一是广西边地人
员出入交趾的现象。如江西泰和人刘允中的家僮刘四,在其主人
死于广西凭祥巡检任上、葬于当地之后,即"转入"与凭祥接壤的
交趾。"既数日",又能回到内地④。藉此可见在安南与广西交界的

---

① 王鏊《震泽集》卷二十九《光禄大夫、柱国少保兼太子太保刑部尚书闵公墓
志铭》,文渊阁四库全书 1256 册,第 438—439 页。

② 罗亨信《觉非集》卷五《大檀越乐善居士阮公寿塔铭》,四库全书存目丛书
集部 29 册,第 587—588 页。

③ 李贤《古穰集》卷十五《赠御用太监阮公墓表》,文渊阁四库全书 1244 册,
第 637 页。

④ 王直《抑庵文集》卷九《刘先生墓志铭》,文渊阁四库全书 1241 册,第
186—187 页。

地区,其双方人员可以比较自由地出入往返。而据王直为刘镐所作墓志铭所述,其时间当在洪武十七年至永乐十六年间。二是死于交趾的明朝官员,其遗体由官方递送,却可能出现中途丢失的现象。如王直为黄须所作墓志铭,即记叙一个叫赵鼎的工部员外郎死于交趾,"有司递传归其骨,至万安失之。越数年,其子求之不得,诉之官,无可奈何"。而时任万安教谕的黄须"百方求得之,加赙遣焉"①。据黄须卒于宣德八年(1433)来看,赵鼎之卒当在永乐和宣德初年。

3. 以"哀辞(哀文)、祭文、诔"等为名的祭文

这些都是哀悼、吊唁死者的文字。

明代涉安南的哀辞有李时勉《胡参政哀辞》,胡广洪熙元年升交趾按察佥事。

明朝涉安南的祭文比较多,有朱元璋《祭安南国王陈煓文》等。金幼孜《祭兵部尚书陈洽文》自注云:"镇交阯,殁于战阵,赠少师,谥愍节",全用四言句写成。李时勉祭悼章敞的《祭章侍郎文》提到其出使交趾:"皇念交阯,夷氓蚩蚩,宜付其酋,为我抚之。公乃奉使,覃敷恩泽,远人奢服,一心归德。"张岳《祭大司马毛东塘文》则重点表彰毛伯温平定莫登庸之乱的功绩:"既乎晚节,复遇圣明。南平交夷,长缨系衔璧之酋;北经塞垣,千里息暮烟之燧。"而以林希元最多,有《祭毛东塘司马文》《安南归四峒地祭告朱简庵都宪文》《至钦祭城隍庙文》《过乌蛮滩祭马伏波将军文》《祭汉马伏波将军文》《失官过乌蛮滩祭马伏波将军文》等六篇之多。其中三篇都是祭祀东汉平定交趾征侧姊妹之乱的伏波将军马援,显

① 王直《抑庵后集》卷三十《教授黄君墓志铭》,文渊阁四库全书1242册,第179页。

现了林希元对于再现马援征服安南的渴望以及现实中却遭受失官打击的愤懑之情,很显然是自浇块垒。而最有特点的,还是他的祭毛伯温文。其结尾所言:"爰托简素,聊表衷肠。杯酒瓣香,临风一荐。往日之书,亦并以献。公神在天,得而读之,得无怀羞而追悔也耶?"[1] 至毛伯温死仍不忘与之算安南账,可见其执念和痛恨之情。本文可谓古代祭文中之最奇特者,乃声讨的檄文,非哀悼之祭文也。由此亦可见林希元心中失落的安南情结。

明代涉安南的诔,目前只发现王偁《自述诔》。在此,他将自己的从征交趾经历写得非常的潇洒浪漫:"大将军英公辅征交阯,辟居幕下。于是泛洞庭,浮沅湘,历九疑,吊苍梧,征兵南海。既而穷象桂,道五管,观师于日南、九真之交。时有赞勷,大将军待以为揖客,归仍守其旧官。"[2] 有一种文人从军的自豪感和洒脱感。

三　记体文

明人文集中的安南文献,还有一类非常突出而集中,那就是记体文。其情况较为复杂,谨分几类来说:

(一)单篇记文

这些都是记录明安交往历史上的各类人物和安南风物、故事的单篇文章,包含"记、序、题跋、杂著"等具体称名,而"序"又有书序、赠序和寿序等之别。就所记录的人物而言主要有如下几类:

1. 郡县安南时期任职最久的最高行政长官黄福。黄福(1362—

---

[1] 林希元《同安林次崖先生文集》卷十五《祭毛东塘司马文》,四库全书存目丛书集部 75 册,第 716—717 页。

[2] 王偁《虚舟集》卷五《自述诔》,文渊阁四库全书 1237 册,第 79 页。

1440），字如锡，号后乐居士，山东昌邑人。《明史·本传》言："安南既平，郡县其地，命福以尚书掌布政、按察二司事。……福在交阯凡十九年。及还，交人扶挟走送，号泣不忍别。"以至宣德初年交阯糜烂，黎利叛军势大，难以平服，黄福又受命奔赴前敌，为黎军俘虏，结果黎利基于黄福在交阯地区的巨大影响，亲自礼送回国。明人文集中涉及黄福的记文主要是关于黄福的后乐堂和所作家训，都重点提到黄福在交阯平定和治理中的重要贡献。解缙《后乐堂记》言："永乐四年，师征安南，受命先次广西镇调馈饷、给乏绝。明年，安南平，总治交阯，任按察司。又明年，盗起海上，复遣师征，兵民事剧，叛服情变，抚摩帖抑，应对周旋，于以体圣天子盛心，平定安辑之，俾同其乐，无异于圻甸之中、辇毂之下也。"①杨士奇《东莱黄公训子书后》，则是为黄福第二次赴任交阯"手书数事，留训其子琮，皆持身治家处人之要道，所谓君子之爱其子也"的家训而作②。与杨作相同的是刘球也有《书东莱黄氏训辞后》③。而习经《书少保黄公训子教仪卷后》当是后来为黄氏后人所作，其中有言："今考所纪年月，乃宣德丁未，公任工部尚书兼□□□也。交阯既叛，朝廷以公尝有惠爱于彼，复召公往循绥之。兹盖书于滨行仓猝之际，而为训尤切切如此，岂暱于所私哉？乃情之至亲且爱有莫能已耳，兹固仁人君子之心也。因是求之，公曩于交阯有惠爱，亦兹心之推也。迨公再至，彼人于抢攘之际，不忍加害，而护送公还，且曰：公父母也。使当时治交阯者人人如公，则蛮民不叛矣。故公得生还，

---

① 解缙《文毅集》卷十《后乐堂记》，文渊阁四库全书 1236 册，第 738 页。
② 杨士奇《东里续集》卷二十三《东莱黄公训子书后》，文渊阁四库全书 1238 册，第 679—680 页。
③ 刘球《两溪文集》卷十九《书东莱黄氏训辞后》，文渊阁四库全书 1243 册，第 649—650 页。

奚其感之深欤？然此则推于一方者也。视公祇事列圣，为世名臣，硕德丰功，足以照耀宇宙者，何往而非兹心之推耶？"①感慨黄福感化交趾蛮人之深，以至即使被俘，敌人也不忍加害。并由此推想，要是所有治理交趾的明朝官员都能如黄福一样善待交民，"则蛮民不叛矣"，有总结历史教训之意。另外，徐有贞有一篇长题挽诗序扼要记录了黄福围绕交趾的一生重要事迹："挽黄少保福，山东昌邑人也。太祖朝擢自卫幕，登侍从。建文时持节出镇，督兵于北。太宗之入，初执之，既乃见释，复用为侍郎。迁尚书，赞交阯军事。交阯陷，为贼得而舁去。贼以其长者，存之不死。出，坐诏狱久之，复释，加少保，留守南都以卒。人称其清慎云。"并在诗中盛赞他陷贼之时"自当忠殉国，竟以德全身"的奇迹②。

2. 在征战交趾过程中死难的明朝烈士或治理交趾过程中病殁的明朝官员。前者主要有纪念易先的"忠节堂"和纪念刘儁等十一人的"表忠祠"，后者则主要是思念病殁交趾的江西安福彭友直的"南思堂"，当时的明朝文人为这些具有特定悼念和怀思意义的祠堂建筑写作多篇记体文。

易先，字太初，湖广湘阴人。宣德二年，黎利举兵为乱，易先复任交趾谅山知府，结果"势穷援绝"，"遂自经而死"。事闻，朝廷赠广西布政司参政，乡人又取诰命之辞中的"忠义，人臣之大节"语，扁其平日所居之堂曰"忠节堂"。陈敬宗《跋谅山知府易公忠节堂卷》将跋文重点放在议论易先感化交趾土人，与其一起死守孤城上："谅山为交趾属郡，民亦交趾夷人也，兽思旧穴，鸟恋故巢，夷狄

① 习经《寻乐习先生文集》卷十八《书少保黄公训子教仪卷后》，四库全书存目丛书补编97册，第166页。
② 徐有贞《武功集》卷五，文渊阁四库全书1245册，第223—224页。

禽兽同此心也。公怀仁服义,秉忠持节,其死盖出乎天性,在公不以为难。独其化逆助顺,使蛮夷之人忘其故土之归,而致死力于必亡之地,兹其所以为难也。虽古之王蠋、张巡,何以过之?"① 认为最能体现易先忠节精神的,就是他能以自持的忠节去感化蛮夷与其一起坚守至死,使得忠节这一来自于中华文明的高尚品质,成为一种具有普世意味的价值追求。而魏骥《忠节堂记》则将记文重点放在揭示易先死义的"涵养有素,笃信不回"的内在素质和"植纲常而厚风俗"的表率作用上②,与陈文立意各有侧重。值得补充的是,易先本来任期已满,应该离开谅山知府,却因为他"在郡有善政,蛮人信服。任满还朝,郡民相率诣巡御史保留,御史以闻,特命复其职,而进至正三品禄,还谅山。至是,城陷自缢死。"③让人感慨唏嘘。

据晚明刘伯燮《表忠祠记》,表忠祠是为纪念永乐初年以兵部尚书刘儁为首而死难和尽劳于交趾之战中的十一位先烈。包含有"定国之劳"的尚书黄福、都督佥事黄中等两人,"勤事而死"的兵部尚书陈洽、都督佥事吕毅、交趾布政使司参政刘昱、侯保、冯贵、谅江府知府刘子辅、谅山府知府易先、政平州知州何忠等八人,以及根据《祭法》兼有"以死勤事,以劳定国"两种特征而得谥"愍节"的祠主刘儁。而其创建者,则是刘儁的七世孙、巡按云南监察御史刘维(字九泽)。祠堂所在地点,据本文和《新纂云南通志》,则具体在云南临安府建水城西门内;而时间,则在万历八年(1580)。

---

① 陈敬宗《澹然先生文集》卷六《跋谅山知府易公忠节堂卷》,四库全书存目丛书集部 29 册,第 417 页。

② 魏骥《南斋先生魏文靖公摘稿》卷一《忠节堂记》,四库全书存目丛书集部 30 册,第 321—322 页。

③ 李国祥等主编《明实录类纂·人物传记卷》,第 337 页。

之所以选在此地建祠,或以临安"地近交趾"的缘故,是明朝出兵征讨交趾的三条重要路线,在此纪念他们,提醒后人不忘交趾曾与明朝有如此不解的征战渊源。结果万历十五年发生沙定洲叛乱,毁于火。后清朝有重修和增祀①。刘伯燮文的价值除了记录表忠祠的祠主和创建经过、经办人员等历史资料价值外,在文学上还记载了何忠两句绝命诗"红尘失路风霜苦,白日悬心天地知",以及对于明朝不留张辅镇守云南的遗憾。其言:"说者谓当其时辅不还朝,如今云南世守故事,交趾至今存可也。自古国家无全盛之朝,南诏、交趾递相通闭以前,故保㾺苟且为治而已,何有今郡县、森然汉法焉? 通云南,闭交趾,自是阻深暗刍之常。以我国家大明一统之盛,取此何有哉?"②可见时至晚明,人们都还在感慨云南和交趾之于中国的不同命运。

至于刘球《南思堂记》更是书写了一个发生在战争与和平之际的让人感伤的故事:

> 予家食时,族人希敏为言交阯之叛也,其妇翁彭友直以古费典史持郡牒抚谕叛寇著绩,升新安主簿。未数月病没,没时归道已梗。其子威因费民之怀之也,藁葬费之杜社寺后,意及寇平,发以归。未几,交阯境土悉为寇陷,威伏围城中。久之,赖朝廷宏天地之德,宥寇罪,寇亦惧诛,悉遣中国人之留其境者归。威在遣中,逼迫就道。顾势不得归亲丧,以属其亲所娶交阯妇,使俟所生子丑奴长而告之,遂行。抵家,言于其兄诚,

① 丁炜《重建表忠祠记》,载周锺岳等《新纂云南通志》卷110《祠祀考二·典祀二·临安府》,云南人民出版社2007年版,第六册,第34页。
② 刘伯燮《鹤鸣集》卷二十四《表忠祠记》,四库未收书辑刊5辑22册,第443—444页。

诚恸其亲体魄寄葬万里外，竟遭兵尘流离，斩然限为异域，不
得复通道路，往而收以附先茔，哀号攀慕之情弗克胜，乃名堂于
所居之西十里曰南思。兄弟五人朝夕引领南向，必穷神于海滨
天涯而后已。托希敏来请记，值予赴京期迫，未复之。其后诚数
至京，每至辄三四诣予请不倦，予念其悲深而意笃，不可以不记。

　　由于安南黎利等人的激烈抗争和明朝在宣德三年的最终弃
守，交趾由永乐时期的内地一下变成了敌国，使得相当一部分埋骨
交趾的原明朝底层官员，如本文所记的彭友直，却不能顺利地归葬
祖坟，以至家中的子姓难忍刻骨之思，筑堂南向思之，此即"南思
堂"的由来。而作者所能想出的安慰办法，除了发发牢骚，抨击明
朝对交趾的治理无方和征战无能，"以致中国冠带之士委骨荒徼，
不得归葬故土"外，就只是找了两个比彭友直更悲惨的故事来开解
彭家五兄弟了。当初与彭友直一起出使交趾的江西安福人还有另
外两个：一个是与彭友直一样做典史的欧阳坚，"与友直俱授牒抚
寇，为寇所执，死炎火中"；一个是当县丞的谢子方，他倒等到了宣
德三年之后和彭的儿子彭威一起回国的机会，但是"威亲见其舟碎
海中，举家八人溺水死"。一个被火烧死，一个和全家被水溺死，皆
死得凄惨，而又"皆不得葬"。另外，还有一点值得点明，就是彭家
的亲人有留在交趾娶妻生子，其子名"丑奴"，可为明人和交人通婚
生子的显例。①

　　3. 迁居内地的原交趾人士。属于此类的主要是郑棠《森玉轩
记》和梁潜《夏氏族谱序》所提到的夏时中。郑棠文记载在明朝平

---

① 刘球《两溪文集》卷四《南思堂记》，文渊阁四库全书1243册，第454—
455页。

定安南的永乐初年，"诏选文学之士来京，拔其尤，得俊彦一百人，夏生时中以文章魁众选，授翰林典籍，余皆除州牧守宰"。并且，透过本文还可以知道：（1）夏氏之先本为中国人，"其先世后汉时为交州刺史，留寓安南，李氏当国，封为夏惠公，本为会稽人"，至此又复为中国人，来了一个在中国和交趾之间的循环；（2）记录了夏氏在交趾的世系传承和孝悌治家、医药兴家、重视中国传统文化的生存传统[①]，故以汉文学才能进入明朝翰林院为官，说明当时交趾汉文化程度较高的家族，其中相当一部分可能有中国人的血统。而夏家在交趾更为具体的情况，可参梁潜文[②]。

4. 出使安南的明朝使者。其文甚多，不烦列举。此处仅以一人文集为例，明初宋濂所作书序中，即有《南征录序》和《使南稿序》是为洪武三年同时出使安南的王廉、林弼的使交文集《南征录》《使南稿》而作，而《叶夷仲文集序》和《张侍讲翠屏集序》则分别提到了文集作者叶见泰、张以宁出使安南的重要经历，不仅如此，他还为明朝文人赠送安南使臣杜舜卿回国的诗集作了一篇序，名为《送安南使臣杜舜卿序》。又以一位使臣而言，则可能有多篇记体文载录其出使之事，如王廉，即有上述宋濂所作的使交文集序，又有王祎为其《代祀马援颂》所作的"书后"，从王祎文可知，王廉在洪武三年受命出使时，还曾受命代替皇帝祭祀汉代平定安南名将马援，并作文颂之，有补充出使细节的作用。

5. 明安关系密切或紧张时到与安南毗邻地任官人员。这类记体文甚多，这里仅以梁潜《送杜千户还阳江序》和唐顺之《送太平

---

① 郑棠《道山集》卷三《森玉轩记》，四库全书存目丛书集部 32 册，第 256 页。
② 梁潜《泊庵集》卷五《夏氏族谱序》，文渊阁四库全书 1237 册，第 275—276 页。

守江君序》为例加以简要的说明。梁潜文所记杜千户任职之所，即在与安南毗邻的广东肇庆府阳江千户所。杜千户因为在永乐五年前后的征战安南黎季犛过程中立下功劳，升为副千户。正是为此，梁文才在本篇受人所托的送序文中拿出百分之九十的篇幅，大谈特谈历史上的安南与中国若即若离的关系，且将重点放在了与主人公立功密切相关的永乐征战和郡县安南的时代大事上，指出"盖不惟海峤沦污之民，得复睹乎惟新之化，而中国威命颓靡于数百年者，亦以复振于今之时。呜呼，何其盛哉！古未尝有也。而于夫饮至策勋之际，一时将校蒙被显赏者，又何其幸耶"①。为安南人民得以重新沐浴中国文化的教养，中国得以重振大国威命于周边地区而感到自豪和幸运，这是明永乐时期典型的大国思维。而唐顺之文所送的知府江君，其任职之所也在与安南临近的广西太平府。此时正值莫登庸篡立事件爆发之时，明朝国内的和战决策还没有成形，所以唐顺之根据自己的主张和理解，提出了"天子苟赦而不诛则已，诛之则宜委其责于州郡而毋出内兵"。这一下放军事处理权与两广地方官员的设想，其原因正在于广西太平府"与广东之钦、廉、云南之广南诸郡，尤绾三省之口，为中国出兵之户，其地与交南相齿错"②，其熟悉安南地理和人情、军事的缘故。

　　而记录安南风物或故事的，则主要是一些收录于明人文集中的"杂著"类短篇记体文。如明弘治时期孙绪《无用闲谈》，即曾详细记载他所见到的来自安南地区的《安邦乡试录》一册，并感慨："安邦者，安南国一道之名。其国凡几道，如中国省藩。然试录题

---

① 梁潜《泊庵集》卷五《送杜千户还阳江序》，文渊阁四库全书 1237 册，第264—265 页。

② 唐顺之《荆川集》卷七《送太平守江君序》，文渊阁四库全书 1276 册，第329 页。

曰'洪德二年辛卯'。盖其境土去中国万里,虽名为秉声教,而其实则自帝其国、建元更制自若也。初场《四书》义四篇,《五经》义五篇,二场制、诰、表各一篇,三场诗、赋各一篇,四场长策一篇。蕞尔小夷,不足齿录,而其所刊文字,亦多有可观者。如《晋谢玄让前将军表》中云……《木罂赋》中警联曰……末云……此等言语,似非鸟言兽面者可能,亦已见中国文化之远也。"① 这可以看作是安南科举考试书籍流入中国的显证,而时间则在其国"洪德二年辛卯",即明朝成化七年(1471)之后,由此还可以切实了解安南受到中国科举考试影响的乡试考题、文体和汉文化水平,以及"自帝其国,建元更制"的独立国家意识等等,文化信息相当丰富而重要。正是为此,清代王士祯《池北偶谈》题作《安邦试录》,几乎全文抄录孙绪本条,以为安南汉文化高度发达的标志,"鸟言卉服,何以有此? 亦奇矣"② 。至于胡直归入"杂著"中的《谈言》,则有两则有关早期安南的故事,一是日南国俣人文身的怪异风俗,一是梁天监中扶南大舶献玻璃神镜,引来作者"然世人徒怪俣人文身之非,而不知自文其性之非"的议论和批判梁武帝重金酬镜的谬误。

(二)长篇专文

这是专门记录明朝与安南之间所发生重要事件的篇幅较长的记体文,往往以"始末记""纪略""录"等为名,或收入明人文集中,或曾经单独编刊。而就反映的历史事件而言,又主要有明朝永乐时期的平定安南、宣德初年的弃守安南、嘉靖时期的降封莫登庸

---

① 孙绪《沙溪集》卷十四《杂著·无用闲谈》,文渊阁四库全书1264册,第631页。

② 王士祯《池北偶谈》卷十六《安邦试录》,文渊阁四库全书870册,第258—259页。

和万历时期的黎维潭交关请封等四个重要事件。下面即按所反映的历史事件顺序，对相关文献进行简略介绍。

1. 反映永乐时期平定安南经过的专门记体文，主要有丘濬所作《定兴忠烈王平定交南录》。该文后来多单行，或又简称为《平定交南录》，历代都有刊刻。该文原收录于丘濬文集《重编琼台稿》卷二十，据其自述，是在平定安南总兵、英国公张辅的家藏奏疏和《交阯郡志》的基础上撰成，详述了永乐四年至五年平定安南的始末，是了解永乐时期征战安南的第一手重要文献。值得申说的是，该文当时又曾刻在张辅墓前的神道碑上，为其后人和世人瞻仰。吴宽《为张英公赋瑞芝》诗即言："伟哉定兴王，卜葬燕山麓。坟上穹碑太史文，大书《平定交南录》。"①

2. 记载宣德初年弃守安南经过的专门记体文，主要有杨士奇《圣谕录》和林希元《宣德交阯复叛始末记》等。杨士奇《圣谕录》，又名《三朝圣谕录》，所谓"三朝"，乃指杨士奇所经历的永乐、洪熙和宣德三朝。《四库全书总目》言："是编乃自录其永乐、洪熙、宣德三朝面承诏旨及奏对之语，盖仿欧阳修《奏事录》、司马光《手录》之例，《明史》士奇本传多采用之。序题壬戌十二月，为正统七年，乃士奇未卒之前二年也。"②当初应是单独编辑，分为上中下三部分，其子孙将其收入《东里别集》卷二中。后来多是单独刊行，一般为三卷，版本甚多。《圣谕录》涉及到很多永乐至宣德间明朝涉安南的诏书、决策、人物和重要行动等的细节，具有很高的史料价值。

---

① 吴宽《家藏集》卷十八《为张英公赋瑞芝》，文渊阁四库全书1255册，第132页。

② 永瑢、纪昀等《四库全书总目》卷五十三《史部·杂史类存目二·三朝圣谕录》，第476页。

　　林希元《宣德交趾始末记》名为记录宣德初年弃守交趾的经过，而实际是为自己在嘉靖前期极力主张武力征讨莫登庸而最终罢职还乡的讼冤之作。在他看来，其武力征服莫登庸的主张之所以未被朝廷采纳，是因为他们错误地总结了宣德割弃交趾的原因。因此严格说来，宣德初年割弃交趾这一历史事件在林希元文里并非记录的对象而只是分析的对象，是为其用兵安南的军事主张服务。他指出宣德时期的明安局势和当前的明安局势已经不同，不能用宣德当初用兵的失败来预判嘉靖此时用兵安南之行不通。其所总结的宣德失败原因有五：（1）未能彻底收服交趾的土著豪杰；（2）以中国严法重赋对待交趾；（3）治理交趾的政策不当，不应该用郡县而应该用土官治理；（4）没能像云南留大将重兵长期镇守；（5）明朝治理交趾的官吏贪残，特别是宦官马骐等人的激变。"兼此五衅，其民皆思黎氏，故王师一到，彼无儌后之思，并起与吾为敌，坡垒关之覆败，有由然也。"①也可以看出时至嘉靖，确实有不少人反对宣德初年的割弃交趾。

　　3. 反映嘉靖前期针对莫登庸事件的专门记体文则比较多，明朝方面主要有林希元《安南始末记》、翁万达《平交纪略》和附于毛伯温文集的《平南录》等。

　　林希元《安南始末记》与其上文《宣德交趾始末记》一样，也是为自己的讼冤之作，记录的实事少，而发泄个人情绪和主观立场的分析指斥的文字多。《安南事始末记》则围绕自己因为主张用兵征讨安南莫登庸，结果却遭到革职归田这一"终身大祸"之事，记录其前后经过和议论感慨。其中有不少为一般史书所不载录的带

---

① 林希元《同安林次崖先生文集》卷十《宣德交趾复叛始末记》，四库全书存目丛书 75 册，第 644 页。

有传言性质的秘辛：(1)桂蕚在当政时"特起"王守仁于两广，是为了一偿他早年为诸生时"立功八桂之外"的梦想，结果王守仁在平定广西思田之乱后就不断谋求还朝，"拂衣而去"。于是，桂蕚"恨其负己，即动本削其伯爵"。(2)在迫降莫登庸之后，最高负责长官毛伯温曾梦想封爵，传言为夏言所阻挠而未成。(3)朱厚熜在平定安南莫登庸之事后，曾后悔"未曾祭告天地祖宗及诏告天下安南臣民行大赏"。至于朱厚熜多次关注林希元之事，则更是得之家人传言，难有其它佐证①。但无论如何，安南莫登庸事件确实牵动了整个嘉靖朝上上下下、大大小小人物的人心和命运，成了他们尤其是深陷其中的林希元至死不休的情结。

翁万达《平交纪略》当初应是单独编辑藏于家，为其生后多种传记资料载录，然现在难觅其踪影。至于《平南录》四卷，则附于毛伯温《毛襄懋先生文集》之后的《别集》中，共四卷，都是他人所作与毛伯温平定莫登庸事件有关的各类文字，包含书信、序、诗词和颂类等。

4. 记录万历中期黎维潭款关的专门记体文，则主要是杨寅秋《绥交记》。他以五千余字的篇幅，详细记录其在万历二十三年至二十五年间亲历和处理的安南黎维潭款关请封的历史事实②。资料翔实，前后经过记载甚为明晰；语不夸饰，没有像林希元那样站在个人立场来有意拔高自己的历史贡献。更重要的是，其关于中越方面尤其是安南方面参与款关请封的历史人物，如冯克宽和杜汪等人，具有与越方史料参照利用的重要史料价值。

---

① 林希元《同安林次崖先生文集》卷十《安南事始末记》，四库全书存目丛书75 册，第 644—646 页。

② 杨寅秋《临皋文集》卷一《绥交记》，文渊阁四库全书 1291 册，第 619—626 页。

（三）安南专文专书

这些多专门集中记载安南历史,收录在明人文集中,或后来又单独刊行成为专书,往往以"志""考""图说"等为名。按时间顺序,主要有郑晓《皇明四夷考·安南考》、俞大猷《交黎图说·平交》、王世贞《安南志》、归有光《书安南事》、欧大任《百越先贤志》和叶向高《四夷考·安南考》等。

郑晓《皇明四夷考》二卷,收入其史学著作《吾学编》中,其首即为《安南考》。卷首有嘉靖四十三年（1564）自序,有言:"四夷何以首安南也,我郡县也。次兀良哈何,我武卫也。哈密、女直非轶,羁縻之虏,非我官长也。……朝鲜何以次兀良哈也？知礼教也,大国也。琉球小夷,何以次朝鲜也？学于中国也……昔也外夷入中华,今也华人入外夷也,喜宁、田小儿、宋素卿、莫登瀛皆我辈人。"[①]可见其非常强的以中华文明中心,以中国王朝为宗主国的夷夏观念,故特别强调安南的中国郡县历史和莫登庸等人迁入安南地区等事。郑晓（1499—1566）,嘉靖二年进士,海盐人。累官刑部尚书。隆庆初,赠太子少保,谥端简。有《郑端简公文集》十二卷、《吾学编》《今言》等多种著述。

俞大猷《交黎图说》实际有两大部分:一是《平交》,一是《处黎》,皆是先"说"后"图"。所谓"平交",乃指俞大猷在嘉靖二十八年所平定的安南叛军范子仪等入侵广西钦州之乱,于是"将亲历水陆道路著图于后,而条说于其前,以告后来之有事于交南者,理合呈乞施行须至呈者",共计若干条开列于后。得出进攻安南必取海路的结论:"后世欲取安南必由海进,其各陆路只张虚声而已。"并

---

① 郑晓《皇明四夷考序》,张时彻辑《皇明文范》卷二十四,四库全书存目丛书集部 302 册,第 678 页。

说："有不信者,请详图形。"之后即录《交黎水陆道路图》①,与前面的"说"部配合,做到"图""说"各施其责,又交相为用,体现出鲜明而强烈的海战思想和具体实践②。而《处黎》部分,则是其跟随蔡经所平定的海南黎族之乱。

王世贞《安南志》是其密切关注明代边防和周边国家的系统产物,与《北虏始末志》《三卫志》《哈密志》《倭志》等一起组成了其未完成的"明史"中"志"的重要组成部分③。

归有光《书安南事》所记以莫登庸为中心的安南事件,只是截止到嘉靖十六年,安南郑惟僚浮海到达北京告发莫登庸篡立,而明朝还未有新的"攻讨之计"④之时。由此可见归有光和广大明人对莫登庸这一发生在周边,有可能影响国内军事动态的国际大事的热烈关注,以致还未等到朝廷的最终决策和它的尘埃落定,就匆忙记录下来。其时归有光还只是苏州昆山乡下的一个普通秀才。

欧大任,字桢伯,广东顺德人。嘉靖四十一年(1562)以岁贡除江都训导,迁光州学正,又迁国子监博士,官至南京户部郎中。《明史·文苑传》附见《黄佐传》中。《百越先贤志》见于其文集《欧虞部集十五种》,共四卷,记录了"内起吴会,外及交南,地广万

---

① 俞大猷《正气堂集》卷三《交黎图说·平交》,四库未收书辑刊5辑20册,第126—130页。
② 周孝雷《俞大猷的海防地理思想与海防实践研究》,暨南大学2015年硕士学位论文。
③ 王世贞《弇州山人四部稿》卷八十《安南志》,文渊阁四库全书1280册,第332—336页。
④ 归有光《震川先生集》卷四《书安南事》,周本淳校点,上海古籍出版社1981年版,第87—88页。

余里，人阅二千年"①，包含东汉及之前与古越地有关的历史人物一百二十人，人各一传。值得称道的是，"而每传之末，必注所据某书，又据其书参修，一句一字，必有所本，尤胜于他家之杜撰，均未可以一訾议之。黄佐修《广东新志》，汉以前人物小传，皆采是书，盖亦深知纂述之不苟矣。"②其中不乏与古代交趾地区关系密切的中国人，如东汉著名语言学家、著有《释名》的刘熙，"建安末卒于交州崇山下，有刘熙墓云"，被古代越南人称为"士王"的士燮，以及补西晋王范《交广春秋》之阙而复广为《十三州记》的黄恭等人③，皆治中越文化关系者所当知也。

　　叶向高《四夷考》中有《安南考》，考后有论，体现了其对明安关系的认识，是占据主流的和平主义政策，主张不"轻用武"。对永乐时期征战和郡县安南而带来的"骚扰相奉，困敝已极，国家曾不得其尺缕斗粟之用"，他固然持毫不客气的批评态度；对宣德初年弃守安南虽赞赏有加，以为是"继述之善""明圣之所图"，但也对无奈弃守所反映的明朝状况颇为不满，以为是"维时反侧初安，刑馀肆毒，官狗苟且之政，将乏折冲之才，遂启戎心，卒瘝成业，故谈者有遗论焉"；而对嘉靖前期降封莫登庸的处理，认为正是借鉴了永乐至宣德时期的经验教训，故能处理得宜，"王封永削，国体弥尊。威已加矣，然后醳之。操纵有宜，抑亦参伍于前事也"；并对成化时期刘大夏巧妙阻止太监王振图谋安南的行为大加赞扬，认为

---

① 张鸣凤《百越先贤志序》，欧大任《欧虞部集十五种·百越先贤志》卷首，四库禁毁书丛刊集部 47 册，第 3 页。
② 永瑢、纪昀等《四库全书总目》卷五十八《史部·传记类二·百越先贤志》，第 524—525 页。
③ 欧大任《欧虞部集十五种·百越先贤志》卷三，四库禁毁书丛刊集部 47 册，第 37、51、53 页。

是真正的"荩臣之所用心"。该文收入其文集《苍霞草》卷十九①。
《四夷考》，原名《四夷志》，是万历二十五年国史撰修活动的产物，
后来单行，一般为八卷。

　　至于吴士奇《交南》，收录于其《绿滋馆征信编》，看来像是有关
专记安南的文章，而实质却是与其所关注的明朝边防和周边国家
朝鲜、日本等一样，乃短小的论文，表明其外交主张，所以更应看成
是"安南论"。其文言："余初睹杨文贞交南之议，亦以为轻弃其土，
自损国威。及观思田诸土官之乱竟无宁日，假令交南再复，至今用
兵几何？所耗弊中国士马饷馈又几何？失此弹丸之地于我何损？
而得之，其为损益半也。乃知老成之长虑也。或曰：'镇以张辅，可
令如滇中。'然而未可必也，谋国者亦算其多者而已矣。"②赞同当
初杨士奇等人的弃守安南之议，以为是大臣谋国的表现。吴士奇，
字无奇，歙县人，万历二十年（1607）进士。官至太常寺卿，以拒绝
魏忠贤招揽致仕。著有《绿滋馆稿》九卷、《考信编》二卷、《征信
编》五卷及《史裁》《皇明副书》等书。

四　书信类

　　在明代文集中，书信是涉安南资料的一大文体。根据其具体
情形，在此分三类来说明：

（一）明朝使臣与安南国王往复的外交书信

　　出使安南的明朝使臣与安南国王的往复书信内容主要集中在

---

① 叶向高《苍霞草》卷十九《安南考》，四库禁毁书丛刊集部124册，第522页。
② 吴士奇《绿滋馆征信编》卷一《交南》，四库全书存目丛书集部173册，第
　581页。

三个大的问题上：一是明安两国在两广和云南地区的边界问题，二是安南迎接明朝使臣尤其是诏旨的一系列仪注（以跪拜礼仪为核心）问题，三是明朝使臣启程回国时的赠礼辞谢（以辞金为标志）问题。由于第一个问题关系到两国的边境和人民安全，第二个问题关系到两国的体面和风俗，第三个问题关系到明朝使臣的清廉品节和安南方面的"事大"诚意（多与前两个问题中的某一个同期发生），往往都十分重大而集中，需要经过多次交涉才能得到一定程度的解决，由此，可能就会留下多封来自明朝使臣和安南国王方面的外交书信。值得强调指出的是，在汉文化早已远播植根东亚和安南地区的文化背景下，这样的外交书信都是用汉字书写，便于双方畅快地交流。与日常两国人员会面除翻译之外的零星笔谈相比，这又是篇制更为宏大而问题更加集中的书信往复，故颇能起到一定的实际效果。所谓"虑重译弗详，故笔诸书"[1] 是也。

先说第一类边界类。由于明朝和安南在两广和云南地区有大量的边界相接和人员往来，故两国地界交涉和边界侵扰等问题时有发生。而当发生比较重大的安南入侵事件，带来明朝边疆土地和人民财产的重大损失之时，作为宗主国的明朝自然不能坐视不理，在接报之后，往往就会专门派遣大臣或者使臣来交涉，就此留下大量的边界类书信。洪武三十年（1397）陈诚、吕让的《与安南辨明丘温地界书》三通及安南回书二通即属此类。

次说第二类迎送特别是接诏等礼仪类书信。虽然安南很早就与中国有密切的地缘和文化往来，有学习和效仿中国王朝儒家礼仪的愿望和实践，但在独立成国后，根据其当时统治者对自身国力

---

[1] 陈诚《陈竹山先生文集·内篇》卷一《与安南辨明丘温地界书》，四库全书存目丛书集部 26 册，第 327—329 页。

认识的不同,其与北方王朝颉颃的独立自尊意识会时有冒头,由此就会引发一些关于迎接使者和诏书的礼仪问题,特别是跪拜的次数和方式等。就明朝使者而言,也存在个人的礼仪规范和认真贯彻仪节与否的问题。对于一些特别关注和坚持这方面礼仪要求的明朝使臣来说,他们往往会以维护大国体面的名义,而特别挑剔安南在这方面的配合问题,由此就可能产生关于礼仪争辩的多通书信。目前所能发现的比较完整的仪注交涉书信,就是天顺六年作为正使出使安南的钱溥《与安南国王书》四通(其一,委广西南宁府差官赍至本国界;其二,回仪注;其三,论礼不行;其四,再论礼)和安南方面的回书二通①。

　　至于辞赠书信,往往与上述两个关于地界争议和颁诏仪注等问题同期发生。就现在所留存的书信往来看,陈诚与安南方面关于临别礼物的赠送和辞谢的往复书信各有两封之多,礼物则是“黄金二锭,白银二锭,檀香、沉香、笺香各二”②。最终陈诚和吕让都未接受,还将此次与安南的交涉和辞赆经过详细报告了朝廷③。而钱溥辞谢安南方面的赠礼则达三次之多,其《与安南国王书》的第五至七通书信内容分别是辞送礼物、辞送私赠和再辞私赠,还一并“作诗十首坚辞不受”。结果是直到钱溥等人回国复命之后,安南国的谢恩使团还将钱溥辞谢的礼品带到朝廷来,希望朝廷能够颁

---

① 钱溥《与安南国王书》,程敏政编《明文衡》卷二十八,文渊阁四库全书本1373 册,第 819—824 页。

② 陈诚《陈竹山先生文集·内篇》卷一,四库全书存目丛书集部 26 册,第332—333 页。

③ 严从简《殊域周咨录》卷五《安南》:“后日焜馈黄金及檀香、沉香等物。让却之……日焜愧服。诚、让以其事归奏。”余思黎点校,中华书局 1993 年版,第 176 页。

给钱溥①。就此,《明英宗实录》有详细的记载:"(天顺七年六月)己巳,礼部奏:'翰林院侍读学士钱溥、礼科给事中王豫使安南,安南国王黎灏馈溥金、银各四十两,金、银厢带各一条,馈豫金三十两,银四十两,金、银厢带各一条,溥等固辞不受。王命陪臣程磐顺赍诣京,溥等犹未敢受。'上曰:'既已赍至,令溥等受之。'"②《大越史记全书》也说:"(天顺六年)冬十月初六日,明使钱溥等寓于使馆,及还,帝赍礼物送之,溥等固辞不受。"③ 可见钱溥等人确实坚守住了清廉的使臣节操,赢得了安南国上下的尊重。潘希曾使团据《求封疏》所述辞谢次数,应也是如钱溥等人一样是三次,而其他如黄谏等人则不清楚次数。

(二)处理重大安南事件的公务类书信

专门处理和讨论重大安南事件的公务类书信,其所送达的对象多是有关某次安南事件的明朝直管上级或者同僚和下属,总之都是各类公务人员而非朝廷或者其他非相关人员。由此,这类公务书信,也就成了国内公牍中的一种。这在李春熙"征南公牍"、张岳《小山类稿》和林希元文集中颇多。

其他还有嘉靖年间征讨莫登庸的俞大猷《上两广军门东塘毛公平安南书》《上兵部尚书东塘毛公书》,万历年间具体负责处理安南后黎朝黎维潭叩关求封事件的杨寅秋《寄童葵午总戎》《与童葵

---

① 王偁《思轩文集》卷二十二《资善大夫南京吏部尚书谥文通钱公墓志铭》:"癸未四月还朝,进安南国往来书札。六月,安南国遣陪臣谢恩,就赍原辞赆金请旨来送。"续修四库全书 1329 册,第 662 页。
② 李国祥等《明实录类纂·涉外史料卷》,第 755 页。
③ 吴士连等《大越史记全书》本纪卷十二,陈荆和编校,东京大学东洋文化研究所 1984—1986 年版,第 646 页。

午总戎》《与黄直指》《上张洪阳相公》（其二）《答粤西杨济寰中丞》（其一）等。其中，俞大猷所上的毛公，即负责莫登庸事件的最高文官、兵部尚书、太子少保毛伯温，而杨寅秋所上的张洪阳相公，即阁臣张位。如再进一步将杨寅秋与张位的前两封通信结合来看，会发现一个惊人的事实，就是在明朝南方黎维潭叩关求封的扰攘之际，在西北宁夏河套地区几乎同时发生了哱拜之乱，东北地区发生了初次崛起的日本强占朝鲜大半国土，这三大影响亚洲政治军事格局的事件的接踵爆发和紧密关联，使得明朝在处理这些国内外事件时，必须分外小心和综合决策，由此也才有了关于"万历三大征"的记录和评判。

　　这类书信的特征是，外表可能是私人通信，但实质却是公务处理。表现在形式上，也较少通信双方的寒暄和其他个人事务的交待。此看杨寅秋《上张洪阳相公》其二："交南构讧弗戢，西南一大衅隙也。以狼顾鹿骇之酋，当鸱张蜂锐之日。去岁垂成中变，当事驰报科疏，所为督责甚严，议且观之兵矣。惟是驭夷有长策，来者弗拒，而国家之控安南有成宪，逆如黎利，篡如登庸，犹将宥之，况黎维潭托之复仇复国，其名正而其情真乎？从邸报窃窥，庙堂宵旰东顾，此何日也，尚欲与交南从事？毋论远勤绝域，即厪厪如嘉靖间毛司马压境故事，挽输荷戈之众不下三十万，他征发称是。两粤生灵，岂堪此番蹂躏？寻奉部议相机处置，封疆末吏蒿目焦心，冒险履危于炎蒸毒瘴之乡。凡三阅月，乃始致其酋主率通国臣耆数万众，于四月初十日系组纳降，匍伏龙驭，恭进代身，汉官威仪之盛，前登庸之故事未有。可幸不至辱国。方今倭酋狨焉凭陵，朝廷不吝王封縻之，曾不得其函奏一谢，犹有戎心。夫以国，则交南大于日本；以强，则往谍所载，日本不大强于安南也。有如黎酋之交臂受事，稽颡来享，及此时播告宣示，倘亦足振神气、张国威乎？嘉靖间有行之矣。中外瞻仰,惟师座张主之。"①张位是杨寅秋进士考试时的考官,故本信结尾以"师座"称之,犹"座师"也。由此可见安南归顺之事与日本侵略朝鲜之事为同时发生,昭示了其时东亚四国的复杂格局和明朝为此焦头烂额之貌。

（三）事涉安南的国内私人信函

本类书信与上一类的区别是,上一类是专论安南事件,属于公务往来,而基本不涉及私人情感交流,本类则是在私人情感和事务的交流中,以顺带提及或回复对方询问的方式交待作者关于处理安南公事的经过和看法等。也即,本类信函的本质虽是私信,但涉及安南事件却又具有公务性质,可以看出外交大事如何进入到明朝以家庭和朋友所组成的社会空间,表明明人对外界并非毫无所知。属于此类信函的,仍以上述曾专门经手处理不同时期和不同情形的安南事务的诸人为例,张岳《答王檗谷中丞》《与夏桂洲阁老》《与姚明山学士》,林希元《与门人陈章二上舍书》《复京中故人书》《与周石崖提学书》《与项瓯东屯道书》,杨寅秋《寄刘约我》《与林述源大参》《寄刘淳寰方伯》《粤西与曾在贞》《粤西与子嘉祚》等书信都是如此。而杨寅秋《粤西与子嘉祚》为此类书信中的家人通信。

为看清本类私人书信和安南事件关联的特点,本处以张岳《答王檗谷中丞》为例来说明其结构和内容组成。该书首言:"解户至,伏承教言,备审近日起居之详,不胜慰浣。真州终非久居之地,祠堂婚嫁粗毕,似当束装归莆。然莆无旧业,而世态纷华。要之珍膳

---

① 杨寅秋《临皋文集》卷三《上张洪阳相公》其二,文渊阁四库全书1291册,第683页。

醲味之中,亦当梅蓼一二味存其酸辣,乃有风趣尔。此道不于吾老先生之望而谁望。"结尾言:"某前年八月抵此,将及两载多病,兼以吏事素非所长,且夕俟以微罪诃弹而去,归卧林下。倪老先生归莆,得以侍杖履,领诲言,平生之幸也。未有奉教之期,惟倍加珍摄,以副注望。不一。"符合一般私人信函交流信息和情谊的特点。而中间则插入了一段专门抨击用兵安南的意见,以为是近来士大夫学术不明,开启了一种好尚纵横之术和功利之谈的不良风气:"安南之议,士大夫谭之数年,然皆出于一种喜功利、尚权谲者之口,沉静守道者初不谭也。大抵近世学术不明,廉耻道丧,士大夫往往犯'见金夫不有躬'之戒,其所操之术皆管商秦仪之奴隶所不屑谭者,而妄托以为经济,自媒自炫。"并譬喻安南对于当时的明朝而言,最多只是肤爪之疾,而东北的泰宁三卫和西北的河套地区才分别是要命的肩项之疾和要害的腰胁之疾。由此张岳讽刺那些主张用兵安南的人们,包括其同乡林希元,多半只是功名心作祟,纸上谈兵,"画鬼"而已①,不会有什么实际的效果。由此可见,嘉靖前期安南莫登庸事件的爆发,事实上也集中地反映出了明代学术和士人心态在此际的分化和冲突,具有很好的学术价值。

五　政治性公文：诏敕、奏疏、谕檄、论策等

政治事件性的公文,可以分为由上而下的诏敕类、由下而上的

---

① 张岳《小山类稿》卷八《答王鳘谷中丞》,文渊阁四库全书 1272 册,第 377—378 页。而在《国朝名公翰藻》中,本信题作《答王鳘谷书》,且书首尚有"往在江右时,获接熊生万化所寄手教,正欲奉问左右,东归匆匆,又三四年矣。缅仰之怀,非可言喻"等字,更可见本信的私人信函特征。见凌迪知编《国朝名公翰藻》卷九,四库全书存目丛书集部 313 册,第 358—359 页。

奏疏类和适用于敌对外国场合的谕檄类,以及比较特别的论策类等,而奏疏类中又有甚为特殊的只上达直管上级而非上奏朝廷的外交揭帖等,以区别于内政揭帖。

（一）诏敕

诏敕是中国历代帝王向所属臣民发布的各种政令文体的统称。到明代,涉及的名称主要有诏、制、册、诰、诰命、敕、谕、圣旨等,都是以明朝帝王的名义发布的各种政治命令。其中,诏书用于帝国重大的政治、军事和典礼活动,向全国臣民公布,特别是皇帝即位、亲征、亲政、大赦、临终遗命等,大都附有恩赦条款。它如皇太子诞生和立皇太子等,也可能以诏书公告天下。敕、谕,则用以发布日常事务的处理。而外交类诏敕则是其中的特殊部分,是指明朝帝王以天下共主的身份和口吻,向以明朝为宗主的朝贡体系之内的域外各国所发布的有关外交事务的各种布告文书,包含对外关系的各种军政方针和重要决策。除此之外,还有悼祭外国国王的祭文和祭祀外国重要山川的祝文等①。它往往以内外和睦、天下共荣为蓝图,以儒家设定的尊卑伦常和《春秋》的内华外夷为秩序建制,有时还会用战争相威胁,或者用道家、佛教的道理来说服,而以朝贡体制的限令约束为最终旨归。根据其言说方式,可分为劝谕型、威吓型和条令型等。以作者言,则又有皇帝自作和大臣应诏拟作。

此类文章以《明太祖集》收录最多,计9篇。《谕安南国王诏》

① 万明《明代诏敕的类型——以明初外交诏敕为例》,《中外关系史论文集》第14辑《新视野下的中外关系史》。万明《明代外交诏令的分类考察——以洪武朝奠基期为例》,《华侨大学学报（哲学社会科学版）》2009年第2期。万明《从诏令文书看明初中国与越南的关系》,《东南亚南亚研究》2009年第4期。

系向当时的安南国王陈焛（安南名陈暊，越史称陈睿宗）重申三年一贡，贡物不必多，惟在其诚的朝贡要求，对其不正当的夺位有谴责之意。据《明太祖实录》，时间当在洪武七年五月甲午。《谕安南国王陈炜伯陈叔明诏》系谕令当时安南国内的实际掌权者、太上皇陈叔明（安南名陈暊，越史称陈艺宗）不要与占城争斗，"息兵养民"。据《大越史记全书》，时间当在洪武十年陈焛亲征占城败亡，陈叔明立陈焛子陈炜（安南名陈睍，越史称废帝）为帝之后。《命中书谕止安南行人敕》乃为安南冒名朝贡，不诚心事大，谕"令安南国王守己修仁"，不必来朝。据《明太祖实录》，时间当在洪武五年冬十月甲午。《谕安南使臣阮士谔》《谕安南国王陈叔明敕》《谕安南来使敕》等三篇诏敕都涉及安南国使臣阮士谔，谕令安南一要谨守"三年一贡"的明朝规定，二与占城和睦交好，不要争斗杀伤，三要诚恳对待明朝天使。其时间在洪武十一年（1378）。《命中书回安南公文》谕令中书省"无故不轻往使"，并诏示安南"三年来贡，其陪臣行人许五人而止，进见之物须教至微至轻，必来使自捧而至，免劳彼此之民"。据《明太祖实录》，当在洪武十二年二月己酉。《谕安南陪臣谢师言等归》，据《明太祖实录》，在洪武十五年，其当初的任务是进献宦官十五人，至是归国，太祖勉以中庸之心。《谕安南国王阮廷桧归省亲敕》系为宦官阮廷桧回安南养病探亲而谕示安南国王，要在阮廷桧病愈之后，即让他回到明廷。据文中所言"前王终于占海之滨，廷桧留于占国，思归，浮海至于岭南，有司送至。朕见净人，授以内臣之职，今六年矣"，时间当在洪武十六年。

宋濂文集中有《奉制谕安南国诏》，据文中所言"间者安南国王陈日煃薨，我国家赐以玺书，而立日熪为王。今观所上表章，乃名叔明"，当是洪武五年（1372）二月丙戌陈叔明代替陈日熪上表，并贡驯象，结果为礼部主事曾鲁发现。于是宋濂奉命草诏指责陈叔明的篡夺之罪,要求"择日熞亲贤命而立之,庶几可赎前罪。不然,十万大军水陆俱进,正名致讨,以昭示四夷,尔其毋悔!"① 发出武力讨伐的威胁。曾鲁(1319—1372),字得之,新淦(今江西新干)人。自洪武二年(1369)十二月任礼部祠祭司主事。本年七月七日,忠武王常遇春暴卒,高丽遣使来祭,结果为曾鲁发现"外则袭以金龙黄帕,内则不书洪武之号"等不符合藩国进奉宗主国礼制的行为,"皆命易去之乃已"。至此又发现安南国王陈叔明顶替陈日熞朝贡,诘得叔明逼死前王、"遂夺其位"的隐情,保全了明朝作为宗主国的体面和尊严,不受蒙蔽②,由此而有宋濂拟诏诘责之举。《明史·曾鲁》传,即据宋濂《神道碑》所作③。

王祎文集中有《封安南国王诏》,盖为朝廷册封陈日熞继陈日煃为安南国王而草拟的诏书,希望以属国之义"永守于藩方"④,时间当在洪武三年四月杜舜卿来使为陈日熞请封之时。另又有《谕安南占城二国诏》,以代言的"天下主""一视同仁"口吻谕令两国罢兵⑤。据《明太祖实录》,时间当在洪武六年十一月己酉之前。

到明永乐至宣德年间,则有杨士奇所拟作的关于交址事务处理的四封代言诏书和所记录的宣德皇帝言论,分别收入《东里别集》之《代言录》和《圣谕录》中。四封代言诏书,一是永乐六年(1408)五月初一日的《交阯再平定赦罪诏》,追述明朝平定黎季犛

① 宋濂《文宪集》卷一《奉制谕安南国诏》,文渊阁四库全书1223册,第254页。
② 宋濂《文宪集》卷十八《大明故中顺大夫礼部侍郎曾公神道碑(有序)》,文渊阁四库全书1224册,第108页。
③ 张廷玉等《明史》卷一三六《曾鲁传》,第3935—3936页。
④ 王祎《王忠文集》卷十二《封安南国王诏》,刘杰、刘同编,文渊阁四库全书1226册,第248页。
⑤ 王祎《王忠文集》卷十二《谕安南占城二国诏》,文渊阁四库全书1226册,第249页。

父子叛乱和郡县安南的处置，并由此发出与交址人民咸与维新而赦免余孽的处置意见，亦即《明太宗实录》"永乐六年五月癸亥"条所简略载录的诏书主旨："下诏悉赦交址余孽未尽者，使各复其业。乃敕交址文武官务隆宽恤，勿有侵扰，一切不急之务皆停罢之。"①二是永乐九年（1411）二月二十五日代言的《宽恤交阯诏》，据其内容，当即《明太宗实录》"永乐九年二月丙辰"所载的诏敕，后者内中有言"自永乐九年二月二十四日以前，交址但有啸聚山林者，咸赦其罪"等等内容②，与杨士奇文集所载完全吻合，盖为交址地区连绵不绝的反叛而再次做出赦罪等的处置。三是在永乐二十二年（1424）八月十五日所拟的仁宗皇帝《即位诏》"宜行"条目中，有"交阯采金采珠及采办香货之类，悉皆停止。凡交阯一应买办采取物件，其诏书内该载未尽者，亦皆停止。所差去内外监督官员，限十日以里起程赴京，并不许托故稽留，虐害军民"的条款。四是宣德元年（1426）五月初三日所拟的《宽宥交阯诏》，即《明宣宗实录》"宣德元年五月丙申"条所载诏旨③，内中涉及对黎利如果继续叛乱的态度，是"天讨必加，后悔无及"，希望黎利等人与朝廷合作，还有重申之前赦免交址诏书中的关于珠宝、经济、贸易等方面掠夺的措施。

　　《圣谕录》（下）则记录了放弃交址的两条重要历史细节：一是"宣德二年，黎利遣人进前安南陈王三世嫡孙暠表，乞立为陈氏后。其辞恳恻，上览之"，宣德皇帝分三次向平定安南叛乱的英国公张辅和吏部尚书蹇义、户部尚书夏原吉以及杨荣、杨士奇征求意

① 李国祥等《明实录类纂·涉外史料卷》，第613页。
② 李国祥等《明实录类纂·涉外史料卷》，第635页。
③ 李国祥等《明实录类纂·涉外史料卷》，第697—698页。

见,并最终在后二人的支持鼓励下,完成了放弃交址的最高决策。二是记录了出使交址人选的决定过程。在决定放弃交址的本月二十七日,征集出使安南的使臣人选推荐。塞义提出的伏伯安,遭到了夏原吉、杨士奇两人的共同反对,认为伏氏"有秽行而无学识,遣之必辱国"①。于是决定"别遣使"②,此即下月正式派遣的行在礼部左侍郎李琦、工部右侍郎罗汝敬为正使的赦免黎利使团。

之后则要到嘉靖年间,明人文集才又有了诏书的载录,此即顾鼎臣拟《奉宣撰颁谕安南国诏》③。对照《明世宗实录》,当是嘉靖十八年春正月所载的"恭上皇天上帝大号、尊加皇帝谥号礼成"而颁诏朝鲜和安南等属国事。结果推定出使安南的正使黄绾却因为安南莫登庸事件而多番推却,并未成行,于是,此封顾鼎臣所拟诏书应该也没有颁行安南,而只留在了顾氏文集中,没能发挥实际效果。顾鼎臣(1473—1540),初名全,字九和,号未斋,南直隶苏州府昆山(今属江苏)人。弘治十八年进士第一名,累官至礼部尚书兼文渊阁大学士,入参机务。谥"文康"。《明史》有传。

(二)奏疏(含题本、条陈、揭帖等)

奏疏是中国古代政治性公文中由下而上的一个重要门类,又称奏、奏议。作为古代官员向皇帝提出意见和建议的"总名",其具体的名称甚多,如书、章、表、奏、议、启、状、札子、题本、奏本、笺、奏折等皆是也。明代徐师曾《文体明辨序说》则以"奏疏"为总名:

---

① 杨士奇《东里别集》卷二《圣谕录》(下),文渊阁四库全书1239册,第638页。
② 张廷玉等《明史》卷一四八《杨士奇传》,第4135页。
③ 顾鼎臣《顾文康公文草》卷首《奉宣撰颁谕安南国诏》,四库全书存目丛书集部55册,第248—249页。

"按奏疏者，群臣论谏之总名也。奏御之文，其名不一，故以奏疏括之也。" [1] 就外交类奏疏而言，至明代则主要有奏、奏议、奏牍、疏和形制内容比较特殊的题本、条议（或条陈）、揭帖，以及可自成一类的公牍等。

1. 明人别集以称奏疏和奏议者为多，也有称奏牍和公牍者

夏言、林希元有关安南的政治公文称奏疏。夏言文集有《会议兵部议征安南国疏》，内中有关于安南方面武彦威、武文渊、武子陵等内容，礼部会同兵部一起决议征讨安南，掀起第一次动议征讨安南的高潮。林希元文集则将有关征讨安南的各项上奏文书统称为"奏书"，实则为"奏疏"，并在前专作了一篇序文，名为《安南奏书引》，指出："安南奏疏凡六，其前五疏知钦之日所上，其末一疏分巡海北之日所上也。尚有五疏，其四皆其枝叶，其一未上，故弗刻。……县大夫方洲袁公见而奇之，捐俸刻之，因书其故于篇端。" [2] 说明林希元在当时总共有十一篇奏疏都是有关安南莫登庸事件的，而只刻印了其中的六篇，至于其他五篇林希元自己觉得不够重要，实际并未上奏朝廷，未收入其安南奏书专集。而潘希曾、张岳等人则将他们有关安南的奏疏称为奏议，收入他们的文集之中。正德八年（1513），潘希曾出使安南，在返回朝廷后，其所上出使经过之《求封疏》，即收录在其奏议专集《竹涧集奏议》之中。而张岳处理莫登庸叛乱事件的《论征安南疏》《安南来降谢钦赏疏》等奏疏，也收录入其文集《小山类稿》之"奏议"类。其他类似的情况甚多，此不赘举。

---

① 徐师曾《文体明辨序说·奏疏》，罗根泽校点，人民文学出版社1962年版，第123页。

② 林希元《同安林次崖先生文集》卷四《安南奏书引》，四库全书存目丛书集部75册，第502页。

高拱则称"奏牍"。他将其事涉安南译字生和四夷馆教师等奏疏文件,如《题选补译字生疏》《参四夷馆教师顾祎等疏》等,称为"奏牍",归入其在礼部任职的"南宫奏牍"类①。"奏牍",就是书写奏章或奏疏的简牍,言奏章或奏书在唐代之前的竹木材质,实质就是奏章或奏疏,明隆万时期的高拱仍以"奏牍"为言,大概是为了突出其用名的典雅和古老罢了。

而李春熙则称为"公牍"。他将其万历三十五年(1607)任职广东端州司理时,所作的有关明朝平定安南莫氏武永祯部入侵广西钦州的经过和审讯处理等具体详情的公文,统称为"征南公牍",收入其文集《玄居集》中。其中收录的多篇公文,包括回复和上奏直管上级而非朝廷的《上制台书》七首、《上监军道》三首以及《征南查驳》三条、《征南讯谳》《议处附囚》和《征南善后条议》等,内容丰富详切,是研究广西边疆史地和明安关系的第一手重要文献,值得深入挖掘。

2. 还有更为具体的叫法如题本、条陈、揭帖等

题本是明清时期奏疏中的一种。万历时期沈德符说:"今本章名色:为公事则曰题本;为他事则曰奏本。收本之处,在内则曰会极门,在外则为通政司。"②

在事涉安南的明代题本中,以郭应聘《勘报安南地界疏》和何孟春为镇守云南总兵官沐绍勋袭爵的《保袭祖爵疏》两疏在题本格式上最为典型。前疏首言:"题为疆界被苦扰,疆地被侵割,乞天恩垂怜拯救事。准兵部咨,该安南都统司都统使莫茂洽奏前事,兵科

---

① 高拱《高文襄公集》卷二十二"南宫奏牍",四库全书存目丛书集部108册,第290—295页。

② 沈德符《万历野获编》卷二十《京职·章奏异名》,中华书局1997年版,第517页。

参出,本部覆议,合候命下本部,移文两广总督会同巡按御史,将莫茂洽所奏情节并该科参出事理。"结尾言:"惟复别奉定夺,谨题请旨。"① 后疏首言:"题为保袭祖爵、镇守地方事。"结尾言:"缘系保袭祖爵、镇守地方事,理未敢擅便,为此具本,差舍人吴金亲赍,谨题请旨。正德十四年七月初二日。"② 都是规范的题本内容和格式。高拱《题选补译字生疏》从题目看,也是题本。其他如萧仪《应诏求直言疏》,其首也有"吏部文选清吏司主事臣萧仪谨题为建言事"的"某官某谨题"字样,内中言:"及交趾之人多留在京安插,皆给口粮。"③ 表明即使在好大喜功、乐于表现明王朝"至大无外""厚往薄来"外交招徕策略的永乐年间,也有萧仪等官员反思这种外交政策给明王朝带来的经济负担和京城治安等问题。至于庞尚鹏为举荐原任兵部尚书翁万达等人而上奏的《乞遵明诏矜录远臣疏》也符合题本的开篇格式,内中高度赞扬了翁万达参与平定安南莫登庸叛乱的功绩:"竟使投戈纳款,去王号,执藩臣礼入贡如常期。是役也,全中国尊荣之体,罢四省征调之师,数拾万生灵得免于荼毒之祸,伊谁为之?比凯旋,则主将分其功,万达虽就常格录用,竟绝口不言。"④ 又为翁万达事后未能大用鸣不平,以为举荐之由。

　　条议(或条陈)也是古代官员常用的呈文或奏疏格式,是指细分条目向上陈述意见。在事涉安南的明代奏疏中,以"条议"名篇

① 郭应聘《郭襄靖公遗集》卷七《勘报安南地界疏》,续修四库全书1349册,第179—182页。
② 何孟春《何孟简疏议》卷四《保袭祖爵疏》,文渊阁四库全书429册,第94—95页。
③ 萧仪《重刻袜线集》卷一《应求直言诏疏补遗》,四库全书存目丛书集部31册,第407页。
④ 庞尚鹏《百可亭摘稿》卷一《乞遵明诏矜录远臣疏》,四库全书存目丛书集部129册,第133页。

的,有李春熙《征南善后条议》,其首言:"为预计善后事宜以固疆圉事。"然后逐一开列八条建议,最后总结说:"以上八款,为钦海善后之计万不容缓者。"而在其第七条"议复万宁旧地以严界限"建议中,李春熙指出:"昔年总兵俞大猷破范子仪之后,条议事宜,亦谓万宁之地不可使夷人复居,良有见也。"① 则当年俞大猷亦有处理范子仪事件的条议。征之现存清道光本俞大猷《正气堂集》,当指《议处安南四峒》②,只是从题目看,已无"条议"二字。而《正气堂集》中,另有处理海寇问题的《条议汀漳山海事宜》,其首言:"守备汀漳二府地方,以都指挥体统行事,署指挥佥事俞大猷,呈为地方事。卑职窃谓汀漳山谷地方,当预防其地之变有二,当先事而备之机有三,漳海地方当预处其地之变有一,当先事而备之机有四,其难为之端又有一,谨将事宜条开呈报于后。"先总列所言事宜之条目大纲,后再逐条开列,可见"条议"的结构特点。另外,在莫登庸事件中出谋划策的翁万达,当初也应该有很多条议,清《广东通志》本传言其:"丁酉,迁广西副使。会将讨安南,督府蔡经首用其条议。"然在现存重辑的《稽愆集》中,却仅有四卷书信和重辑的《处置藤峡事宜议》等三篇文字,并无征讨安南的条议文字,可见散佚甚多。而《处置藤峡事宜议》,当即上述本传后面所言的《平峡八议》③,只是前者只有"七议",而后者却言"八议",不知何故。由此亦可见古代公文往往因为编辑"简称"等缘故,而名称很可能不同。就此,我们就要看文本的实际所写了。而以"条陈"名篇的,则有事涉安

① 李春熙《玄居集》卷九《征南善后条议》,四库全书存目丛书集部177册,第716—721页。
② 俞大猷《正气堂集》卷二《议处安南四峒》,四库未收书辑刊5辑20册,第120页。
③ 翁万达《稽愆集》,翁辉东重辑,陈香白点校,中山大学出版社1997年版。

南边民盗采广西合浦珠池的陈吾德《条陈合浦珠池事宜》①。而以
"条上"名篇的,则有林希元《条上南征方略疏》。

　　由上可见两点:一、条议或条陈既有直接呈达朝廷或皇帝的,
也有如俞大猷、翁万达等人是直接呈给上级主管部门或长官的。
《苍梧总督军门志》在载录翁万达《处置藤峡事宜议》结束后,有
言:"议成,督府从之。"②而俞大猷《条议汀漳山海事宜》则明确是
上呈主管长官福建巡抚朱纨。二、无论以何词名篇,其特点都是先
总论条目之要,再逐条开列详细说明,最后总结,其核心在条说上。

　　揭帖(揭)的情况更复杂,始于宋元,而兴盛于明清。主要有三
种:一为明代内阁辅臣向皇帝进呈的秘密文书,又称"密揭"。其
形制比题本狭而短,字如指大,以"文渊阁印"封缄进呈皇帝御览。
一为题本、奏本、启本等的副本。明朝规定,臣下题奏事件除具正
本送通政司外,重大事件还须誊写副本送达本部门、关系部门和
六科,以备查考③。三为正本文书之外的附本。戚继光《练兵实纪》
言:"凡有大事申报上司,于文书之外,仍附以揭帖,备言其事之始
末情节,利害缘由。"④因古代"帖""贴"通用,揭帖又作"揭贴"。
具体到明代涉安南事的揭帖,主要是第三种正本文书之外的附本。
其特点是当重大事件发生时,由于情况复杂,需要在正本文书概括
论说外,再对相关重要事项做出更为详尽的分析、说明和阐述,以
便更好地解决某个问题。而其所呈交的对象除了如戚继光所说的
直管上级长官或部门外,还可以包括朝中阁臣在内的亲近大臣等。

①陈吾德《谢山存稿》卷七《条陈合浦珠池事宜》,四库全书存目丛书集部
　　138册,第484—488页。
②翁万达《稽愆集》,中山大学出版社1997年版,第179页。
③单士元《我在故宫七十年》,北京师范大学出版社1997年版。
④戚继光《练兵实纪·杂纪三》,中华书局2001年版。

更重要的是,由于汉文学在周边诸国的生根发芽,连安南和朝鲜等国也有包含揭帖在内的公文形式。

就所呈对象言,以"揭帖"为名的杨寅秋《绥交上三院揭帖》二首是呈交当时具体负责处理安南黎维潭求封事务的两广地方军政三部门①,林希元《莫登庸至钦州投降纪事揭帖》应是上呈朝廷相关职能部门②,而其《安南功成乞查功补罪以全臣节揭帖》则是给朝中"高明君子"③,以为辩诬和明功之用。

透过书信等场合使用"揭帖"一词来看,又可见"揭帖"是可以给朝中大臣如阁臣和好友看的。前者如张岳在与阁臣夏言关于安南情况的通信中即使用了"揭帖"一词④,这个用法与其《议处安南纳款》"不知可用此意转闻于上否? 其馀略见前后揭帖,伏乞钧裁"相同,只是前者是给朝中阁老,后者是呈给直管上级如后来的杨寅秋一样是给"三院"看的,都是讨论某一具体事务的专门文件。而给朝中好友看的揭帖,则可以在张岳与姚涞的通信中见到:"近日安南事不知庙议何如,而此间林茂贞不晓事,以为可一举而取……奏草并小揭帖奉上诸先生,不免作书具禀。"⑤揭帖前加一"小"字,可见这类文件篇幅不长,而与"奏草"对举,则说明揭帖内容的专门性。

---

① 杨寅秋《临皋文集》卷四《绥交上三院揭帖》,文渊阁四库全书 1291 册,第 738—740 页。

② 林希元《同安林次崖先生文集》卷六《莫登庸至钦州投降纪事揭帖》,四库全书存目丛书集部 75 册,第 557 页。

③ 林希元《同安林次崖先生文集》卷六《安南功成乞查功补罪以全臣节揭帖》,四库全书存目丛书集部 75 册,第 561 页。

④ 张岳《小山类稿》卷八《与夏桂洲阁老》,文渊阁四库全书 1272 册,第 380—381 页。

⑤ 张岳《小山类稿》卷八《与姚明山学士》,文渊阁四库全书 1272 册,第 381 页。

　　至于安南这样受到中国汉文化强烈影响的南方邦国也使用包含"揭帖"在内的中国汉文学政治文本，则可以通过张岳的《论抚谕事情》来得到证明。在本文中，张岳连用三次"揭帖"，而且都是针对安南莫登庸一方的揭帖使用而言："故与钦州议行防城营，谕令先将奏状申文内事情开具揭帖呈看，如果输情伏罪，乞哀丐命，方与转达。其差来头目称奏本印封不敢折动，欲以副本并申结状，付与本营差人领来。某又与钦州议，以为不如径檄莫贼，令其自具奏内事情，开写揭帖前来，体面仍更光明正大。此贼近在永安打听消息，如不先具揭帖，则事不得妥帖。迟三两日必定具来。此举甚得策。"① 由此可见揭帖的特征是针对奏状申文内的重要事情做具体解释。再通过张岳《论辞夷使往凭祥纳款》看，安南在张岳等人的强烈要求下，确实又重新准备了相应的揭帖："停征既有明旨，夷使辞之，令往凭祥，最是。盖使往凭祥，未绝其求通之路，但曰听候议处而已，尚有许多含蓄，未便许之也。某差文通往，令直告之云：'朝廷为君臣大义不容不征，朝中文武或言事在远夷，须当审处，故且罢征讨之师，而令吾两广议处。若汝不纳地请罪，吾两广议处不得，则只有练治军马，赞朝廷征诛而已。汝前次揭帖未见纳地请罪之意，于理不当接纳，汝可回去思省停当，遵照旧规，在凭祥伺候。'如此则义正理顺，且留一著以为后日收拾之地。"② 可见在受到中国文化制度强烈影响的安南也使用"揭帖"这种政治文本来与宗主国明朝打交道。

① 张岳《小山类稿》卷八《论抚谕事情》，文渊阁四库全书1272册，第385—386页。
② 张岳《小山类稿》卷八《论辞夷使往凭祥纳款》，文渊阁四库全书1272册，第386页。

（三）谕檄

虽然它们也用于国内事务，却也会移用到外交场合，成为涉外文体的重要两类。

谕，《说文》："谕，告也。"《周礼·掌交》："以谕九税之利。"《周礼·秋官》："讶士掌四方之狱讼，谕罪刑于邦国。"作为一种上对下的公文，谕的使用其实有三个场合：一特指皇帝对广大臣民的公告之词，二也指各级官府对百姓的劝谕之词，三是运用到外交场合。第三种又有两类情况：1.当它和代表皇帝发言或者皇帝御制的诏敕相结合，它实际就是诏敕类。如被认为是朱元璋御制的几封颁往安南的诏书《谕安南国王诏》《谕安南使臣阮士谔》《谕安南国王陈叔明敕》《谕安南陈叔明诏》等，在收录进朱元璋文集和张燮《东西洋考》时，其题目即都有"谕""诏""敕"等字样，且张燮还在这几首之前加上"御制"两字①，以示为朱元璋自作文。如此，则此类"谕"实质就是诏敕，可称为诏谕、敕谕。2.中国王朝官员对国外政权下的各级官员和百姓的劝告之词。在华夷尊卑的国际秩序下，这种对外之"谕"仍然保持了国内传统的上对下俯视劝告的特征。属于第三种外交之"谕"的，在明代文集中有吕让《谕安南国王陈日煜书》、俞大猷《谕安南贼人》和杨寅秋《谕交南夷使冯克宽》等文。稍加比较，就中最典型的，还是杨寅秋之文。因为吕文更应该看成对外的书信，而俞文就内容看则是檄文（下详）。

檄文是古代用于征召、晓谕的政府公告，或声讨、揭发罪行等的文书，其发布者则有最高统治者、政府各级衙门和官员以及敌对军政势力等等的不同。这里的檄文则是指中国官员对安南国王、

---

① 张燮《东西洋考》卷十《艺文考·交阯》，谢方点校，中华书局2000年版，第194—198页。

官员和百姓的晓谕、威胁言辞，而不是常见的代表最高统治者的讨伐和劝告归顺的檄文。其代表有杨寅秋《檄交南国黎维潭》《檄交南亡国裔莫敬用》和俞大猷《谕安南贼人》。《檄交南国黎维潭》前半颇具檄文的恐怖威胁特色，以"本道"口吻，威胁对方做出选择："其欣然顺命，永绥尔爵土，惟今日；其鸷然逆命，自绝于覆载，亦惟今日！"后再分四条开示，而后二条结以"其速图之"的敦促语句①，将"谕"的劝告和檄的强硬结合，可称为"檄谕"。《檄交南亡国裔莫敬用》则最为典型，抓住要害，简洁凝炼，不事多言："左江兵巡道谕莫敬用：尔以穷乞援，飞鸟依人，人犹怜之，况尔修职贡有年乎？但今日安南之土宇，原是谁家之故物？变不虚生，尔莫茂洽之丧国殒躯以内乱，族属臣耆之甘心投黎以内应，天朝即有持危之仁，安能挽尔自作之孽？顺天者存，惟理与势。果人心未散，听尔厉兵秣马，为卷土重来之计。若大势已去，审己量力，存不绝如线之祀。漆马江故事，在天朝尚能为尔图之，其早自裁，毋贻后悔！"②大概对亡国后裔，只需指出利害即可，不需要多方开解。俞大猷《谕安南贼人》则首言："大明天朝钦命广东都指挥使司署指挥佥事俞为宣谕事，照得交趾范子仪屡来侵犯我边"，结言"檄到详思，回报如律令"，而《正气堂集》清道光重刊本则在此文前加按语："公遣帐下陈子萃、王仕擢奉檄驰入范子仪营中，呼云：'我天朝钦命俞大将遣我赍谕书谕汝国人，若范子仪悔祸，当偕我诣军门请罪，便不加兵，尽赦尔无知数万人之命。不者，我大兵压境，无噍类矣。'其党惧，皆归怨范子仪，是夕散者二万馀人，范琼、阮师董等遂

---

① 杨寅秋《临皋文集》卷四《檄交南国黎维潭》，文渊阁四库全书 1291 册，第 742—743 页。

② 杨寅秋《临皋文集》卷四《檄交南亡国裔莫敬用》，文渊阁四库全书 1291 册，第 743—744 页。

举兵破之。文告之词,其可少哉!"①可见本文确实是一篇敦促安南范子仪势力投降的檄文。

（四）论策

在涉安南的政治性文体中,论和策问两类较少,但非常重要。

"论"有多种,按徐师曾的"八品"分类法,明人与安南有关的"论"体文就内容而言主要是"政论"②,探究有关安南的大事发生时的明朝对策。属于这一类的主要集中在嘉靖时期莫登庸事件爆发时所涌现的田汝成《安南论》和湛若水《治权论》。

田汝成《安南论》分上中下三篇:上篇从"圣人之治夷狄也,能喻之以义,而不能齐之以礼"的华夷之别出发,反对用兵征讨莫登庸,否则就是"异于《春秋》待吴楚法也";中篇围绕"夫谓安南之不可征者,非忧吾之不能征也,谓彼之不足征也",希望朝廷弃绝安南,不必因之而骚动疲敝中国;下篇从历史上的安南政策出发,指出"自古治安南者莫善于周,莫烈于汉,莫弱于宋,莫鄙于元",得出"征之不若弃绝之为得策也"的最终结论③。

湛若水《治权论》通过假设问答的方式层层深入,严格区分征伐和讨伐之别,攻击和防御的不同,以及道义和利益之辨。其最终结论是,对莫登庸篡夺藩属国安南政权的大逆不道行为,明朝应该充分发挥宗主国的权威,对其进行严正的道义层面声讨,但是不

① 俞大猷《正气堂集》卷二《谕安南贼人》,四库未收书辑刊5辑20册,第118—119页。
② 徐师曾《文体明辨序说·论》:"列为八品:一曰理论,二曰政论,三曰经论,四曰史论(有评骘、述赞二体),五曰文论,六曰讽论,七曰寓论,八曰设论。"第131页。
③ 田汝成《田叔禾小集》卷七《安南论》上中下,四库全书存目丛书集部88册,第500—503页。

必出兵实战。因为"征伐之权自天子出"，"天子有征无战，故曰天子讨而不伐。讨者，出令以声其罪于天下而已，不伐之而与之交战也。征者，正也，讨而正之则已。使其邻国连帅与其司寇自诛伐之则已也，而我中朝圣人坐治之而已也。如外国有篡逆，则天子讨而正之则已，使其国人与其臣民自合攻之诛之则已也，而我中国圣人坐定之而已也。"①其言甚辩，而其宗旨甚明，要在不出兵作战，而口头声讨，听任安南各方势力争斗自定，最好是能让安南长期分裂，不成为明朝边患。

以上两论代表了莫登庸事件爆发时明朝大臣的两种不同意见，田氏可谓弃绝派，湛氏可谓口头声讨派，总之都不主张出兵征讨和郡县安南。可说是有鉴于之前永乐郡县安南的失败，而主动选择了宣德初年的割弃安南决策。

安南与明朝关系的密切，还深深体现在明朝官员所做的各级考试策问里，甚至会以最近发生的安南事件，比如嘉靖前期莫登庸的篡立安南，来考查考生的"博古之学，通今之才，与夫剸剧解纷之识"②等多种能力，而要求考生缜密作答。

比如积极主战的林希元在其任职广西钦州知州的嘉靖十五年（1536）至十八年（1539）十月期间，即曾在一次季考的三道策问中，用永乐的郡县交趾和宣德的割弃交趾作为第一策的问题，来考察钦州府学秀才对此一发生在身旁近邻的国际问题的看法。其问："交趾自汉武之世与海南、沧梧、珠崖诸郡同入职方，殆且千年，其衣冠文物固不异于中国也。一自分崩割据，其民皆短发齐眉而

① 湛若水《湛甘泉先生文集》卷二十一《治权论》，四库全书存目丛书集部57册，第84—89页。
② 徐师曾《文体明辨序说·策问》，第130页。

为夷狄之俗。夫交趾之民固中国之民也，天理秉彝，何尝无之？乃甘为夷狄之归而不恤，何欤？齐民已矣，问其国俗，亦事诗书，亦悬科取士，其间亦有衣冠之儒也，乃甘夷狄之归而不耻，何欤？读夫子'微管仲，吾其被发左衽'之语，不知亦有愤激否欤？姜公辅生于其地，在唐为名相，其坟墓其子孙今固在也，乃沦于左衽，宁不可恨欤？我太宗皇帝神武绝伦，取其地而郡县之，固足以削千古之耻也。宣宗初政，三杨柄国，乃因黎氏之叛，建议弃之，不知其策果是欤否欤？诸生居近其地，目击心思，必有一定之说，请明以告我。"① 只要稍加留意林希元上述提问的内容和方式，"聪明"的学子即不难揣知这位出题的知州考官大人的"标准答案"，是希望学子们与他一样，都去追随永乐皇帝的雄风，出兵征服并郡县安南，而不屑宣德初年三杨的弃绝政策。无独有偶，田汝成在嘉靖十九年（1540）任职福建提学副使期间，也曾以正在发生的安南莫登庸之乱为策问内容，要求泉州府学和晋江县学二学的秀才们对此一当下国际问题作出问答。其言："乃者安南之乱，莫氏弑其主而夺之位，臣民弗辑，款塞求封，因而讨之，可比总章之绩，贷而受之，不失为神爵、甘露之名，而深谋远虑之臣云皆不可。岂以我之内治有未修乎，抑今日之事比之汉唐非偶也？兹欲为至当归一之论，詟夷情，崇国体，复寰宇景员之缺，不贻黎庶涂炭之忧，何策可而？"② 所询问的安南对策，其实也暗含在他的提问里，是希望学生也能如他一样，主张弃绝安南，"不贻黎庶涂炭之忧"。这正好与林希元的意见和立场相反。可见无论是官方行政层面的上疏建言，还是科举

① 林希元《同安林次崖先生文集》卷十二《季考诸生策三道》其一，四库全书存目丛书集部75册，第663页。
② 田汝成《田叔禾小集》卷九《策泉州府晋江县二学诸生》，四库全书存目丛书集部88册，第541页。

考试层面的策问民意，明代帝国官员都将他们关心的国际时局问题贯彻到底，并不含糊，也并不保守。

但是，如果将同样的问题拿到更为高级严肃的场合如万众瞩目的乡试，而时间又早到嘉靖十六年的话，则主考官和士子们就都可能遭殃了。据《明世宗实录》嘉靖十九年（1540）九月条载：右谕德江汝璧、翰林院侍讲欧阳衢在主考应天府乡试完毕，按例向朝廷进呈《应天府乡试录》之后，被礼部发现"考官批语失填名"，犯"不敬"之罪，由此引发了更为严重的军政问题，即最后一场考试"策题又以国家祀戎大事为问，所对语多讥讪"。结果不但两位主考官被惩罚，谪江汝璧为福建市舶提举司副提举，谪欧阳衢为广东南雄府通判，而且连他们二人所取中的南京举人也不许参加明年举行的会试，"所取生儒不许会试"①。这当中虽然免不了礼部尚书严嵩和内阁大学士夏言的煽风点火"功劳"，但也说明安南莫登庸事件在嘉靖十六年前后，朝廷官员的立场并不统一。

由上述三例，亦可见明朝官员和士人其实一直都有一个活跃的向外视界，并非都只会"一生只读圣贤书，两耳不闻窗外事"。其实，哪怕是为了出题和考试，封建时代的各级考官和考生们也需要时刻关注国际国内所发生的军政大事，何况是这个与明朝有着密切的郡县和封贡关系的南方近邻安南呢？

---

① 《明世宗实录》卷二〇四"嘉靖十六年九月癸卯"条，第4271—4272页。

第二章　明代使交作品的遗存、内容、价值考论

即使古代越南在北宋后即取得事实的独立,正式称为安南国后,"固执"的中国文人在进行历史和文学书写时,也多半仍然以两国长期存续的封贡体制中高高在上的宗主国姿态,而称其为交趾(古籍或亦写作交阯、交址)或交州(简称为"交"),并将到其地出使简称为"使交"。这种情况在明朝的使交文集命名中,显得尤为突出①。之所以如此,是古代中国对越南的众多称名中,交趾和交州是最为古老和用的最久的。当"南蛮"的"交趾"与纹额的"雕题"相结合②,即体现了中原文明对古代南方越南部族由身体而风俗的

---

① 以刘玉珺《中国使节文集考述——越南篇》(《首都师范大学学报(社会科学版)》2007年第3期)为例,其对自元到清的中国使交文集进行了比较细致的考察(宋代无留存),元朝8部中有4部称安南,2部一称交州、一称交,另2部一称越南、一称南征,还不太能看出此特点。但到了明朝12部中,即呈现出8部称交、3部称安南、1部称南征的压倒性命名趋势。不过,到了清朝,8部中又变成了3部称越南、2部称安南、其它3部分别称日南、交、皇华的状况(又见刘玉珺《越南汉喃古籍的文献学研究》,中华书局2007年版,第315—331页)。由此似可归结为,两个少数民族当政的元、清王朝更为重视越南的敌国关系,而儒家华夷之辨高涨的明朝则更为重视越南的属国关系。
② 郑玄注、孔颖达疏《礼记正义》卷十二《王制》,阮元校刻《十三经注疏》本,中华书局1980年版,第1338页中。

最初想象，也是蛮荒而遥远的想象："其夷足大指开析，两足并立，指则相交。"① "其俗男女同川，故曰交阯。"② 据《史记》记载，早在上古传说时代，帝颛顼高阳氏的声教区域即曾"北至于幽陵，南至于交阯，西至于流沙，东至于蟠木"③，帝尧时亦曾"申命羲叔，居南交"④，帝舜亦曾"南抚交阯"⑤，由此交阯早早地就成为普照四方的华夏文明之最南部分。之后交阯和交州又成为包含古代越南北方地区在内的中国王朝州郡行政区划。因此，我们将明朝时期与出使安南有关的诗文统称为使交诗文，将这方面的出使诗文集统称为使交集。

　　在比较稳定的国际封贡体制下，明朝与周边的亚洲同文国家，特别是东北角上的朝鲜和南方一隅的越南，展开了比以前的朝代更为深入密切的政治交往、经济交往以至文学交往，留下了十分丰厚的出使文学材料。往东北到朝鲜出使者，以刻印留存至今的二十四本《皇华集》而闻名。与此相辉映，往南到越南出使者，则以《使交》命名居多，当初也有数量超过 20 种的个人编集和刻印，只是遗憾，却无一原本留存至今，由此极大地影响了明代使臣文学和明代中越文学交往的探讨。为弥补此一缺憾，本书特根据现存文史资料，先钩沉出明代的使交文集和相关出使作品，再根据现存的使交文集作品和序言，梳理使交文集的内容构成，最后，讨论这

---

① 范晔《后汉书》卷一上《光武帝纪上》"建武五年冬十二月"条"交阯牧邓让率七郡太守遣使奉贡"唐章怀太子李贤注引《舆地志》语，中华书局 1965年，第 41 页。
② 范晔著《后汉书》卷八十六《南蛮西南夷列传》，中华书局 1965 年版，第2834 页。
③ 司马迁《史记》卷一《五帝本纪》，第 11 页。
④ 司马迁《史记》卷一《五帝本纪》，第 16 页。
⑤ 司马迁《史记》卷一《五帝本纪》，第 43 页。

些使交文献的多方面学术价值,以为下一章明代使交文集的文学书写研究奠定坚实的文本资料基础。

一　使交专集增补和散见诗文钩沉

就文献载录和留存的情况而言,明代使交作品实际上有三种情况:1. 当初即曾单独编集或刻印,可称为使交专集或单行使交集;2. 文献载录上虽然暂未发现曾有使交专集的单独编集或刻印,但出使者现存文集中留有篇数较多、文体不一、与使交有关的作品,可称为文集中的使交作品;3. 出使者的个人文集虽已亡佚,但现在还能从各种文献中钩稽出出使者的一些使交诗文(主要是诗歌),可称为散见使交诗。至于其他如奉命宣谕安南的诏敕,以及他人赠行的诗文图画等,尽管也与使交密切相关,是使交文献和使交集的有机组成部分,但如果无出使者本人自作使交诗文留存,则本书为避繁冗,省之。

目前学者所考录的主要是第一类,有 13 种,分别是张以宁《使安南稿》(洪武二年)、王廉《南征录》(洪武三年)、林弼《使安南集》(洪武三年和洪武十年)、吴伯宗《使交集》(洪武十年)、任亨泰《使交稿》(洪武二十八年)、黄福《奉使安南水程日记》(永乐年间)、黄谏《使南稿》(天顺元年)、钱溥《使交录》(天顺六年)、吕献《使交稿》(成化二十三年)、张弘至《使交录》(弘治十八年)、鲁铎《使交稿》(正德元年)、孙承恩《使交纪行稿》(正德十六年)、徐孚远《交行摘稿》(南明桂王永历十二年,清顺治十五年)。在此基础上,本章更搜录得 7 种使交专集、2 种含有大量使交诗文的文集以及 9 位使臣的 11 首散见使交诗歌。以此规模,约略可以与明人出使朝鲜所留下的系列《皇华集》南北辉映,成为考察和研究明朝、越南和朝鲜三方互动的重要材料来源。

　　根据现存明人文集著录和文集、作品留存情形，又分为使交集、现存使臣文集中的使交诗文、散见使交诗文和使交诏书、赠行诗文等四部分考述。

（一）使交专集增补

　　本类是指溢出当前学者所考录的13种之外的7种使交专集，它们或者尚存于明人文集之中，或者通过多种文献可知曾有这样的使交专集编辑或刊行，并通过现存文献对其现存使交诗文进行考察，以尽可能恢复当初使交集编辑的盛况和使交集的原貌，增补如下。

　　1. 刘夏《奉使交趾赠送诗》

　　刘夏（1314—1370），字迪简，号商卿。安成（今江西安福）人。元至正二十五年（1365）应朱元璋征入京，授尚宾馆副使。古代文献常将刘夏和刘迪简分叙为二人，实则一人①。关于刘夏出使安南事，《明太祖实录》和《明史·安南传》等皆未载及。《殊域周咨录》提到了，却说成是刘迪简，且言于洪武元年出使："本朝洪武元年，遣尚宾馆副使刘迪简赍诏往谕，没于南宁。上闻之，寻复遣汉阳知府易济往谕。"②后世学者多宗之。然据其同乡杨胤《尚宾馆副使刘公墓志铭》所载，洪武元年和二年，刘氏皆在国内，或上书言事，或到汴、陕两地采访元末政绩，为修《元史》作准备，不可能于此二年出使。该文记载其出使之事在洪武三年（1370）："三年四月，封建蕃外诸国，赍诏至交趾，竣事，回至南宁府井龙州病故。在所护

① 参汪泰荣编校《〈四库全书总目〉吉安人著述提要》，第48页注释4。
② 严从简《殊域周咨录》卷五《安南》，余思黎点校，第170页。

丧还故里,葬安成寸二都享堂前飞山辛向。公生前朝延祐甲寅,享年五十七岁。"① 按:该文作于洪武二十七年(1394),据刘夏之卒二十四年,应该更为可信。如此,征之《明太祖实录》"洪武三年夏四月壬申"条记载,则刘夏或当是作为吏部主事林唐臣的副使,到交趾封陈日𤊌为安南国王②。按:以刘夏在洪武初年的尚宾馆副使职务,其出使大概也只能作为副使。其同例有《明太祖实录》"洪武二年十二月甲戌"条所载会同馆副使路景贤,作为中书省管勾甘桓的副使到占城封阿答阿者为占城国王③。只是《明实录》载有副使路景贤其名,而未载刘夏(或刘迪简)之名。

刘夏现存《刘尚宾文集》五卷、《附录》一卷、《刘尚宾文续集》四卷,其中《附录》一卷,即为《奉使交趾赠送诗》,收录了交趾(即安南古称)黎括《赠回京》诗二首、范师孟《赠回京》诗三首和明朝洪武二年六月诏遣册封安南国王陈日𤊌的副使牛谅的《赠回京》诗一首。黎括诗云:"先生博学通三《传》,黜霸尊王大谊明。封建诏从丹凤阙,皇华车入祝融城。""庐陵自古多人物,英俊接踵登天朝……刘家暂辍尚宾监,粤地亲乘奉使轺。"范师孟诗云:"应天创建新都邑,洪武初封大国王……最爱还朝贤使者,《春秋》经学论《公羊》。"均切合刘夏江西人、尚宾馆副使、精通《春秋》和出使册封安南竣事还朝的身份特征。而牛谅赠别诗云:"画省青春从事早,南来万里却相逢。赤书先道三公意,丹诏初开十国封。野馆客窗多翡翠,归家秋后尽芙蓉。到京若见吾家弟,为报还期在上冬。"还托刘夏还朝时替他带信给在南京的家弟。只是遗憾,刘夏现存

---

① 刘夏《刘尚宾文集》附录,续修四库全书1326册,第99页。参李时人编著《中国文学家大辞典·明代卷》,第373页。
② 李国祥主编《明实录类纂·涉外史料卷》,第555页。
③ 李国祥主编《明实录类纂·涉外史料卷》,第554页。

文集中却无应和酬答之作，也不见其他出使诗文。

　　2.严震直《南游集》

　　严震直（1344—1402），字子敏①，乌程（今浙江省吴兴县）人，明初由粮长授河南布政司参议，官至工部尚书。《明史》有传。其与传说中出逃的建文帝的关系，曾引起历史学界的广泛讨论，此不赘述。洪武二十八年八月，严震直以监察御史的身份，与正使、礼部尚书任亨泰共同出使安南，谕以讨龙州赵宗寿之故，警告安南不要卷入其中，而如果毗邻安南的边界出现明朝军队，也不要惊慌。在严震直出使之始，当时名士曾为作《奉使南国图》（又称《安南图》）以送行②。二十九年二月返京复命，结果任亨泰因"在安南私市蛮人为仆"，降为监察御史③，而严震直则出使广西，整修了著名的灵渠。

　　据《千顷堂书目》，严震直曾著有《遣兴集》，已佚。然据吴宽《尚书严公流芳录序》，可知其曾有出使安南的纪行作品集《南游集》。弘治年间其曾孙严绩所编《流芳录》六卷由三个部分组成："是编凡公居官屡蒙恩旨，直述于前，不敢润色，恐失实也。次则公象赞及记序碑铭等文，而以《南游集》终焉。集则录公奉使安南时敕旨并与其国往复书于前，而纪行诗则使广西者俱在。公喜为

①　关于严震直的名与字，黄虞稷《千顷堂书目》卷十七"严震直《遣兴集》"小字注："初名震直，字子敏，因御称其字，乃互易焉。乌程人，明初由粮长授河南布政司参议，累官工部尚书，致仕。永乐初召令宣谕山西，卒于泽州。"瞿凤起、潘景郑整理，上海古籍出版社2001年，第450页。张豫章等《御选宋金元明诗·御选明诗》"姓名爵里一"："严震直，初名子敏，以字行。"两者相反。
②　参高得旸《节庵集续稿·题严震直尚书奉使南国图》："尚书昔使安南国，名士作为《安南图》。……是时尚书为御史，远为輶轩将帝旨。……使星还朝善奏对，皇天开霁收威严。一别安南俄七载，岭峤微茫隔沧海。"四库全书存目丛书集部29册，第251页。
③　李国祥主编《明实录类纂·涉外史料卷》，第569—570页。

诗,而稿多不存,存者特此,又以见公有德有文,而汉吏亦有所不及云。"① 则《南游集》乃其出使安南的作品集,包括敕旨和与安南国王的往复书信,以及奉使至广西的途中之作等。

严震直现存"桂林八景"诗即为其奉使安南的途中之作。《尧山冬雪》"安南驿骑如星驰,正是天寒岁暮时。明朝却过桂阳岭,一路琼花衬马蹄",《东渡春澜》"皇华使节照中流,长啸一声惊白鹭",《清碧上方》"安南使客此经过,且为君王祝天寿",《栖霞真境》"兴来直欲一登临,王事有程留不得"等诗句②,正点明了其出使安南的使节身份。而"桂林八景"组诗,在与其同使安南的正使任亨泰文集中也有,当为同时同题之作③。复据时任桂林知府的陈琏《游七星岩》诗序:"时礼部尚书任公亨泰、监察御史严公震直使安南,经桂林,同游。"④ 则任、严二人出使安南确曾路经桂林,并与陈琏等当地官员游览唱和。在严震直去世后,吴江谢常还在挽诗题目和正文中重点提到了其在太祖时期出使安南的经历和功绩:"海隔华夷劳远使,天生才杰佐高皇。"⑤

3. 黄福《使交文集》十七卷

黄福(1363—1440),字如锡,号后乐翁,昌邑(今山东省昌邑县)人。洪武十七年(1384)举人。官至南京兵部尚书兼掌兵部,谥忠宣。《明史》有传。自永乐五年至永乐二十二年(1407—

---

① 吴宽《家藏集》卷四十三《尚书严公流芳录序》,文渊阁四库全书1225册,第387页。
② 汪森编《粤西诗载》卷七"七言古",文渊阁四库全书1465册,第81—82页。
③ 任亨泰《状元任先生遗稿》二卷,中国国家图书馆藏明正德十年顾英刻本。
④ 陈琏《琴轩集》卷一《游七星岩》,丛书集成续编139册,第86页。
⑤ 谢常《挽工部尚书严(出使安南殁于公馆归葬西塞山)》,《桂轩诗集》,四库未收书丛刊5辑17册,13页。

1424），黄福一直担任被明朝郡县化了的交趾布政使司布政使兼提刑按察使司按察使，为明朝在该地区的最高行政和司法长官。至宣德二年（1427），黎利叛乱加剧，黄福又奉命重返交趾安抚人心，结果为叛军俘虏，送回广西。其在交趾的任职，按传统的说法，仍是代表皇帝出使，故其在交趾的著述，往往皆冠有"使交"之名。除学界所常称引的《奉使安南水程日记》单行本外，还有独立于《家集》三十卷之外的《使交文集》（或又称《后乐堂使交文集》）十七卷①，惜其原本现已不存，今所存者为《黄忠宣公文集》十三卷和《别集》六卷②，其主体内容与交趾密切相关。

4. 王缜《交南遗稿》

王缜（1464—1524），字文哲，号梧山，东莞人。弘治六年（1493）进士，选庶吉士，授兵科给事中。官至南京户部尚书。《明史》卷二〇一有传。著有《梧山集》二十卷③。其曾于弘治十一年十二月壬辰，以兵科给事中充副使，与正使、司经局司马兼翰林院侍讲梁储，奉旨往安南册封世子黎晖为国王。《梧山集》所附录的《交南遗稿》，即为其本次出使的作品集，有与安南国王、大臣酬答的 5 首诗和在安南国境内的 2 首诗。其中《别王并辞赆》诗："玉节凌晨渡碧浔，天风万里破顽阴。琼云醉别三杯酒，苦块归悬一片心。未数相如完赵璧，惯从杨震却赢金。临歧欲作江淹赋，先说君恩似海深。"④应即是对黎晖饯行诗的酬答，以汉代杨震不受他人贿赂，坚持退却安南国王的馈赠。

---

① 见《明史》卷九十九《艺文志》、《山东通志》卷三十四、《千顷堂书目》卷十八。
② 清华大学图书馆藏明嘉靖冯时雍刻本，四库全书存目丛书集部 27 册。
③ 中山大学中国古文献研究所编《全粤诗》第六册，岭南美术出版社 2009 年版，第 109 页。
④ 王缜《梧山集》卷五附《交南遗稿》，《全粤诗》第六册，第 176 页。

5. 许天锡《交南诗》

许天锡,字启衷,闽县(今福建省福州市晋安区)人。弘治六年(1493)进士,选庶吉士,授吏科给事中。其曾于弘治十八年十二月辛酉,以工科左给事中充副使,与正使翰林院编修沈焘持节封故安南国王黎晖次子诨为安南国王[1]。其著述据《千顷堂书目》,有《中庸析义》《黄门集》三卷、《交南诗》一卷。《黄门集》和《交南诗》现皆亡佚。然《交南诗》的主体还保留在明曹学佺编《石仓历代诗选》之《明诗次集》中。该书录许天锡诗多达 86 首,其中多首显见是奉使安南诗,如《余使交州得木山僧寮,峰峦窈窱,坚如岩石,用梅都官赋木假山韵》《苍梧闲眺》《晚至平南忆别马参戎澄》《安博站偶成》《过鬼门关》《安南王送赆金礼物,辞以此诗》《东津岸同沈太史何大行晚眺》等。另还有两句佚诗保留在越南史书中,是对安南黎朝威穆帝(中国文献称黎诨)的相面诗:"安南四百运犹长,天意如何降鬼王。"[2]

为许天锡送行的诗文很多。李东阳《题许给事天锡驻节宁亲图》云:"黯淡滩头舟若飞,安南国里使臣归。宫恩满载黄封酒,官样新裁白泽衣。天上两星当户动,人间寸草自春晖。咨诹本是皇华职,随意周原四牡骓。"[3]据李东阳此诗,可知许天锡在北京接受出使任命后,他人即曾画《驻节宁亲图》赠行,而又请李东阳等台阁大佬赠诗宠行。又据汪舜民所作赠序,则知顺道返乡省亲的许

---

[1] 李国祥等《明实录类纂·涉外史料卷》,第 788 页。

[2] 吴士连等《大越史记全书》本纪卷之十四,陈荆和校合本,东京大学东洋文化研究所 1984—1986 年,第 783 页。参冯小禄、张欢《大越史记全书所载明人诗考论》,张伯伟主编《域外汉籍研究集刊》第十四辑,中华书局 2016 年版,第 335—350 页。

[3]《李东阳集·诗后稿》卷七,周寅宾点校,岳麓书社 1984 年,第 566 页。

天锡,在从家乡闽县正式出发时,福建省三司的官员又曾集体赋诗送行①。前七子派领袖李梦阳在京城所作的赠行诗《安南歌送许给事中天锡》,则充满了浓烈的南方热国、象国和蛮王想象:"芳阡藉文縠,垂杨绾鸣珂。使君且勿发,听我安南歌。安南古夷隩,岭屿蔚陂坨。炎原吼象兕,溟窟隁鼋鼍。爰自秦汉降,懵怛寻干戈。天皇操化枢,环海无惊波。永执臣妾礼,稽首心靡他。珠犀走北陆,翡翠供虞罗。王臣乘四骊,駥騩金盘陀。朝济白藤江,暮涉富良河。白日破蛮雾,铜柱孤嵯峨。雕题睹汉仪,巴舞何傞傞。皇仁罄所宣,纡征采民哦。使君聆我词,慷慨不顾家。仆夫伕明钺,绛节拂林华。楼船下烟溆,鼓吹达海涯。"②而著名词作家陈霆除有两首人们常用的赋诗(七律)送行外,还作了一首《水调歌头》(参见本书第41页)词送行,充满游仙气息和潇洒意味。其他尚有鲁铎、毛纪、顾潜、李坚、熊一卓、王鼎等人之作③,不赘录。

　　6.湛若水《湛子使南集》十二卷

　　湛若水(1466—1560),字元明,号甘泉,增城(今广东广州市增城区)人。弘治五年(1492)举人,弘治十八年进士,选庶吉士,授翰林院编修。累官南京礼部尚书、吏部尚书、兵部尚书。嘉靖十九年(1540)七十五岁致仕,年九十五卒。赠太保,谥文简。明代著名思想家,与王守仁齐名。其在正德七年(1512)二月初六日,以翰林院编修充正使,与副使、刑科右给事中潘希曾领使节及奉诏书敕谕,并携皮弁冠服一副、常服一套,前往安南封黎晭为国

————————
① 汪舜民《静轩先生文集》卷八《送许黄门使安南诗序》,续修四库全书1331册,第78—79页。
② 李梦阳《空同集》卷十五,文渊阁四库全书1262册,第114—115页。
③ 王鼎《送黄门许启衷使安南》,曹学佺《石仓历代诗选》卷三九二,文渊阁四库全书1392册,第278页。

王。正德八年正月十七日入其国。二十六日开读诏书,册封黎暠
为安南国王。安南请留诏书为镇国之宝,以惯例听之。二十八日
辞行,各相赋诗酬答,辞其馈赠而去。二月初八日,在安南大臣的
陪送下,回到镇南关①。在安南国内的时间,总计不过二十日②。对
此,《大越史记全书》不仅记载了临别之际安南国王黎暠与湛若水、
潘希曾之间相互酬答的 8 首诗,还记载了潘希曾在见过黎暠之后,
对湛若水所说的判语:"安南国王貌美而身倾,性好淫,乃猪王也,
乱亡不久矣。"表现了安南方面对明朝使臣评价的重视和对黎暠淫
乱、导致安南上层王权传承动乱的批判③。

　　湛若水一生著述甚富,与出使安南有关的作品除《南交赋》
外,在其生前还曾有《湛子使南集》十二卷刊行④,收录的应该就
是此次出使安南的相关作品,可惜现已不存。然透过湛若水现存
《樵风》十卷(国图藏明刻本)、《甘泉先生文集》内编二十八卷外编
十二卷(嘉靖十五年刻本)、《泉翁大全集》八十五卷(嘉靖十九年刻
本)、《甘泉先生续集大全》三十三卷(嘉靖三十四年刻本)、《湛甘泉
先生文集》三十五卷(万历七年刻本)⑤、《湛甘泉先生文集》三十二
卷(清康熙二十年刻本)等和明代李文凤《越峤书》,以及同时代人
文集,可知其间的重要作品大多还是留存下来。撮其要者有:

　　第一类,明朝大臣文人送湛若水使交诗和湛若水应和诗。据

---

① 潘希曾《竹涧集》卷一《求封疏》,文渊阁四库全书 1266 册,第 758—759 页。
② 潘希曾《竹涧集》卷六《南封录序》,文渊阁四库全书 1266 册,第 724 页。
③ 参冯小禄、张欢《大越史记全书所载明人诗考论》,张伯伟主编《域外汉籍
　研究集刊》第十四辑,第 86 页。
④ 富路特、房兆楹主编《明代名人传·湛若水》,李小林等译,北京时代华文书
　局 2015 年版,第 63 页。
⑤ 参李时人编著《中国文学家大辞典·明代卷》,第 1473 页。

《越峤书》即有内阁大学士李东阳、杨廷和、梁储、费宏等四人的《赠湛编修若水使安南》七律诗各1首和户部主事张诩赠送酬答湛若水、潘希曾诗4首，以及湛若水的回应诗4首、潘希曾的回应张诩诗1首，小计12首。另还有宁藩辅国将军、翰林院学士毛澄、修撰杨慎等24人25首①。另还有不见于《越峤书》而见于明人文集的方献夫《赠湛甘泉奉使安南便道归省》②、李学曾《送湛内翰原明出使安南，时原明同乃堂还乡》③、钟晓《送湛内翰使交》④等3诗。合计40首。

第二类，湛若水与安南国王黎晭、大臣黎念及与潘希曾的酬答诗和使交纪行诗。据《越峤书》即有38题58首，比《樵风》和《湛甘泉文集》所录还多。其中不乏《市桥道中》（六言4首）、《北峨驿道中口占》（4首）、《不博驿》（2首）、《往卜邻驿山间四绝句》《晓发卜山驿至丕礼驿》（六言4首）、《往市桥驿道中绝句》（2首）等绝句组诗之作和《市桥驿》《富良歌》等记录安南土风之作⑤。

第三类，湛若水作于广西境内的旅行诗等，据《粤西诗载》即有不为其本集和《越峤书》所录的《藤江雨中》《爱日二首》《平南遣兴》等四言诗3题4首，《古邕州忽见故人龚谦之赠之归潮阳》

---

① 李文凤《越峤书》卷十九《国朝诗》，四库全书存目丛书史部163册，第274—278页。
② 方献夫《西樵遗稿》卷四，四库全书存目丛书集部59册，第105页。另，在湛若水出使返回归家后，方献夫还作有《湛甘泉内翰使安南还，访予西樵，适予出，不值》四首，第91页。
③ 曹学佺《石仓历代诗选》卷452，文渊阁四库全书1393册，第125页。
④ 黄登《岭南五朝诗选》卷三，中山大学中国古文献研究所编《全粤诗》第五册，岭南美术出版社2009年版，第959页。
⑤ 李文凤《越峤书》卷十九《国朝诗》，四库全书存目丛书史部163册，第279—284页。

《予与潘黄门使安南,还憩龙州,同州守赵良弼游仙岩,即席赋此,时正德癸酉二月十日》五言古诗 2 首,《答邕州别驾邓诚之》七言古诗 1 首,合计 6 题 7 首①。

第四类,湛若水达到安南所作的记录安南民风民俗的长篇《交南赋》,成为古代文学史上反映域外风情的重要赋作②,与倪谦所作《朝鲜赋》并称为双子星。

以上这些诗赋作品,再加上其他或已佚失的诗文,即构成其《使南集》的重要内容。由此亦可见使交集的原貌和收录情况。

7. 潘希曾《南封录》

潘希曾(1476—1532),字仲鲁,号竹涧居士。浙江金华人。弘治十四年(1501)举人,十五年进士,选庶吉士,授兵科给事中。累官兵部左侍郎。《明史》有传。其曾于正德七年以刑科右给事中充副使,与正使湛若水一同册封黎晭为安南国王。

据潘希曾《竹涧集》所存《南封录序》,可知其在正德九年(1514)出使归来赴京复命之时曾编有使交专集《南封录》一卷,可惜单行本现亦不存。然凭此序可以一窥《南封录》(也是很多使交专集)的收录内容:"乃取在安南所赋诗歌二十二首,回京奏疏一通,手录为卷,又以安南国王诗二首、书二通、陪臣诗五首缀之卷末,题曰《南封录》,序而藏之。凡山川之迂险、风土之奇诡,与夫往来交际之始末,一览可见。"③以此对照《竹涧集》《越

---

① 汪森《粤西诗载》卷一"四言"、卷四"五古"、卷七"七言古",文渊阁四库全书 1465 册,第 4、41、94 页。
② 湛若水《樵风》卷二,国家图书馆藏明刻本,广西师范大学出版社 2016 年影印本,第 57—76 页。
③ 潘希曾《竹涧集》卷六《南封录序》,文渊阁四库全书 1266 册,第 723—724 页。

峤书》和相关文献，可以肯定其大部分都还留存。所谓"在安南
所赋诗歌二十二首"，即《竹涧集》卷二所录之《出镇南关关外即
安南境》《次安南坡垒驿》《北峨歌》《不博驿晓枕》《卜邻驿（交
地褊小往往迂其路以示远）》《仆山道中次湛内翰韵四首》《丕礼
道中》《寿昌河》《发市桥驿》《发吕瑰驿至王城》《次韵答安南
国王兼辞其赆》《回渡富良江二首（江本不阔而操舟者循岸沿洄
以示险）》《回至吕瑰再次王韵辞其赆》《次韵酬安南国王饯别之
作》《即事二首》《回至坡垒示伴送陪臣》《南交纪事》等 17 题 22
首①，篇数正好吻合。所谓"回京奏疏一通"，即《竹涧集奏议》卷
一所收之《求封疏》，内中详细载明自正德七年二月初六日奉命
出使到正德八年二月初八日回到镇南关的经过，并在结尾言："臣
等看得安南地方僻小，风俗鄙陋，虽习尚诡谲，而其敬事天朝以及
使臣之礼，则靡所不至。如各站遣人迎接，每日三次馆待；所过地
方，刊木修路；临回远送，不敢或替。此皆皇上德威远布之所致
也。臣等除将原领诏书筒并节照例另缴外，谨具题知。"②很显然
就是回京所写的复命奏疏。至于安南国王黎晭赠潘希曾诗 2 首，
则见于前述《大越史记全书》。"书二通"当指《求封疏》所言关于
迎接诏敕仪注的往复书信。"陪臣诗五首"则见于《越峤书》，只
是都题为赠湛若水之作。

（二）现存文集中的使交诗文

除使交专集外，还有 2 部明人文集中留下数量不少的使交作
品，考述如下：

①潘希曾《竹涧集》卷二，文渊阁四库全书 1266 册，第 666—669 页。
②潘希曾《竹涧集奏议》卷一《求封疏》，文渊阁四库全书 1266 册，第 759 页。

1. 陈诚《陈竹山先生文集》

陈诚,字子鲁[①],江西吉水人。洪武二十六年(1393)举人,二十七年进士[②],授官行人,官至通政司右通政。陈诚是明代历史上著名的外交家,以出使西域、著有《西域行程记》和纪行诗文著名。然在出使西域诸国之前,其曾于洪武二十九年十二月乙酉奉诏,与行人吕让共同出使安南,试图让安南归还在元末纷乱时期所侵占的广西思明府五县领土。次年二月,陈诚、吕让到达安南。三月,三次作书开谕,然安南两次作书辩解,终不听命。四月,二人还京复命[③]。为此,陈诚《陈竹山先生文集》中留存了丰富的出使安南资料,包括《与安南辨明丘温地界书》五篇(含洪武三十年三月二十一日与安南国王陈日焜第一书、二十三日陈日焜复书,二十五日、二十六日连续第二书、第三书,二十七日陈日焜再复书)、辞馈赠往复书各二通(含三月二十九日的《再送还安南馈赆书》和四月初一日的安南国王《又复书》)以及到安南途中的7首纪行诗。在这7首纪行诗中,《宿安南丘温县》《望寄狼站》《安南女》《宴安南朝天歌》等4首明显作于安南国内,《元宵舟中》《过梧洲》《曲江夜泊》等3首则在中国境内,都是出使安南之作,具有较高的研究价值[④]。以这现存的7封书信和7首诗歌,再加上奉使诏书和当时人必有的赠行诗文,构成一个完整的《使交集》是足够的了,只不知他是否曾有过这样的编辑或刻本。

值得补充的是,关于与安南国王进行侵地归还的书信往复的

---

① 和珅等《大清一统志》卷二五〇本传误为"字子实",文渊阁四库全书 479 册,第 719 页。
② 参谢旻等《江西通志》卷五十二,文渊阁四库全书 514 册,第 691、692 页。
③ 李国祥等《明实录类纂·涉外史料卷》,第 575 页。
④ 陈诚《陈竹山先生文集》卷一、卷二,四库全书存目丛书集部 26 册。

作者,《明太祖实录》《明史·安南传》和《陈竹山先生文集》均记载为陈诚,但《殊域周咨录》卷五"安南"条、《古今图书集成·边裔典·安南部·艺文一·文》和吕让的传记又都记载为与陈诚同时出使的吕让。而且,连辞谢安南国王赠礼的言辞,吕让传记也与陈诚文集所载同①。吕让,字克逊,山东平度州人。洪武十七年(1384)举人,二十四年进士②,授官行人。累官陕西按察司佥事。以洪武二十九年十二月奉使安南时的官职言,陈、吕皆是行人司行人,然以登科为官言,则吕让又实较陈诚为早。然则与安南国王书信往还者究竟为谁?揆诸当时实情,实当是两人共同所为,共同署名,之后才分别记载为个人所作罢了。在此之后,吕让又曾于永乐元年(1403)八月以行人为正使的身份与副使行人丘智出使安南,赐当时权署安南国事的胡查绒锦、文绮、纱罗等③。

2. 章敞《质庵集》

章敞(1376—1437)④,字尚文,会稽(今浙江绍兴)人。永乐元年江西乡试第一名、永乐二年礼部会试第一名,选庶吉士,授刑

---

① 关于吕让作书与安南国王往复和辞却赠礼的材料,可参《殊域周咨录》卷五"安南条"(中华书局1993年版,第174—176页)、《古今图书集成·边裔典》(黄南津、周洁编著《东南亚古国资料校勘及研究》,中国社会科学出版社2011年版,第185页)、《万姓统谱》卷七十五《吕让传》《大清一统志》卷一三八《吕让传》等。

② 岳濬等《山东通志》卷十五之一《选举志》,文渊阁四库全书540册,第19、39页。

③ 李国祥等《明实录类纂·涉外史料卷》,第570—573页。

④ 杨荣《文敏集》卷二十四《故嘉议大夫礼部左侍郎章君墓铭》言章敞:"生洪武丙辰十一月十有四日,殁正统丁巳十二月四日,享年六十有二。"文渊阁四库全书1240册,第387—389页。杨士奇《东里续集》卷二十八《礼部左侍郎章公墓碑铭》同,文渊阁四库全书1239册,第26—29页。

部主事。累官礼部左侍郎。《明史》有传。其曾两度出使安南：一
是在宣德六年（1431）六月己亥，以行在礼部右侍郎充正使，与副
使、右通政徐琦出使安南，赍诏命安南头目黎利权署安南国事，指
出安南原本推举的陈暠"曾不旋踵"即死相当蹊跷，质问"果天意
乎？抑人谋欤"，谕以善抚国人、"事大以诚"之理。宣德七年二月
丙申回京复命，还带同安南贡使阮文绚等奉表谢罪，贡献金银器皿
及方物①。对照《大越史记全书》所载，本次使团是宣德六年冬十一
月初一到达安南颁诏，二十日返回，而安南的岁贡金是五万两②。二
是宣德九年十月甲寅，仍以行在礼部右侍郎充正使，与副使、行人
侯班赍敕册封黎利之子黎麟权署安南国事，并与前来请命的安南
陪臣阮宗胄、耆老戴良弼一同去往安南③。至十年二月在安南完成
册封使命④。

　　章敞著有《质庵集》，现存有清抄本，其中至少有44题48首
诗是作于这前后两次奉使安南的途中⑤。如《宣德辛亥使安南次
滦河》《宣德辛亥使安南过嘉鱼》《宣德甲寅再使安南庆徐通政良
玉寿》等诗题，即说明它们分别作于宣德六年（1431）和宣德九年
（1434）出使安南之时。又如《泊橹港闻棹歌》言："我歌皇华诗，
再使安南国。十月过铜陵，千林冻如束。"可知作于宣德九年。《过
广西次天宁寺水阁为默上人赋四首》言："初使安南作此诗，书以
赠默上人，后复使，见其悬于壁，更作此三首以纪其韵。"可知第一

---

① 李国祥等《明实录类纂·涉外史料卷》，第725—726页。
② 吴士连等《大越史记全书》卷十"黎纪"，第564—565页。
③ 李国祥等《明实录类纂·涉外史料卷》，第729页。
④ 吴士连等《大越史记全书》卷十"黎纪"，第584页。
⑤ 章敞《明永乐甲申会魁礼部左侍郎会稽质庵章公诗文集》不分卷附录一
　　卷，浙江图书馆藏清钞本，四库全书存目丛书集部30册。

首作于宣德六年,后三首则作于宣德九年。并且章敞还有不少诗是作于安南境内,具有较高的史料和文学价值,如《不博道中怀舍弟克平前使时曾赋白露诗寄之》《天使馆偶成》《出坡垒关谢馈送》《安南道中不博地名即事》《正月初九日卜邻安南驿站名枕上述怀》等。

李时勉《祭章侍郎文》有言:"皇念交阯,夷氓蚩蚩,宜付其酋,为我抚之。公乃奉使,覃敷恩泽,远人詟服,一心归德。"① 林文《挽章侍郎》诗云:"早游玉署事编摩,典礼南宫两鬓皤。官历四朝勋业旧,诰封三世恩宠多。交州犹仰星轺至,淮浦俄惊旅榇过。家学继承欣有子,少年三策占巍科。"② 两人都重点提到章敞的出使安南,视为一生的光辉事件。

(三)散见使交诗歌

另外,还有值得重视的未为学界系统关注的散见使交诗歌,也值得钩沉:

1. 叶见泰《奉使安南,道出苍梧……》古诗二首

叶见泰,字夷仲,临海(今浙江台州)人,官至刑部主事,著有《兰庄集》,今佚。关于其出使安南,《明太祖实录》等多种明代外交史料,皆未载其名。而今人所作《浙江省外事志》却明确记载:"洪武二年(1369),临海人叶见泰出使安南。"③ 未言具体依据。今综核多种文史资料,其奉使安南的出发时间确实可能在洪武二年,然

---

① 李时勉《古廉文集》卷十《祭章侍郎文》,文渊阁四库全书 1242 册,第 831 页。
② 林文《淡轩稿》卷二《挽章侍郎》,四库全书存目丛书集部 33 册,第 202 页。
③ 浙江省外事志编纂委员会编《浙江省外事志》,中华书局 1996 年版,第 18 页。

其接受诏命的时间则在洪武元年十二月①。由此，其所参加的使团很可能就是以易济为正使的洪武元年十二月颁诏使团，到第二年回到南京，接受了高唐判官的新职。而以其举人的身份，他也许是这个使团的副使。

叶见泰出使安南路经广西苍梧的两首诗，现仍存于今人从《永乐大典》辑录的《苍梧志》中。其一题《古诗八韵奉赠德新知府，并呈明德通守、时中判府、良心长司、善卿知事》，署名"叶见泰，字夷中"。诗云："朝发端溪县，夕憩苍梧城。苍梧有贤牧，寮寀悉时英。宴我南薰楼，宿我嘉鱼亭。珍肴既重列，美醑仍细倾。莫夜继秉烛，优巫陈楚声。酒阑吐肝胆，欢焉若平生。黾勉服王事，行迈有期程。赠言无夸辞，因之寄深情。"按"黾勉服王事，行迈有期程"诗意，当为往安南的去程作。其二题《奉使安南，道出苍梧，留别幕长良心卓君济民、员外陈君玄略、高士张君用、省幺李君、彦举王君、仲升赵君》，署名"天台叶见泰"。诗云："天台山人好清绝，半夜牵衣蹋霜月。苍梧弭节遇诸君，式式胸襟洒兰雪。人生会合非偶然，酒酣吐论银河悬。卓公倜傥已白发，赵子峭洁当青年。仲宣登楼望乡处，江上莼鲈季鹰去。坐间谁似陈孟公，协律奚囊有佳句。明朝短棹藤溪湄，沧波烟树秋离离。楚天一雁入云去，请君寄我长

———————

① 林右《天台林公辅先生文集·明故刑部主事叶见泰先生墓志铭》载："会天兵取台州，先生衣褐衣，造军门谒其帅，帅促见，语三日夜不休，署部从事。下永嘉，取福建，收两广矣。朝廷遣使至安南，帅选先生介其行。卒能以礼居长，偕其使致贡阙下。皇上愉悦，授高唐判官。"四库全书存目丛书集部27册，第590页。查《明史·太祖本纪》，明军攻克两广在洪武元年四月。《明太祖实录》"洪武元年十二月壬辰"条："遣知府易济颁诏于安南。"宋濂《文宪集》卷五《南征录序》载："皇帝即位之二年春正月，诏使者易济往安南告以中夏革命，万邦底宁，国王陈日熞遣陪臣同时敏奉表称臣。"文渊阁四库全书1223册，第360页。

相思。"①细察诗意,或为从安南返程作。

2. 牛谅《挽安南国王陈日𤇢诗》

牛谅,字士良,东平(今山东东平)人,徙居吴兴(今浙江湖州市吴兴区)。《千顷堂书目》著录有《尚友斋集》,今佚。洪武元年(1368)举秀才,除翰林院典簿。洪武二年六月充副使,与正使、翰林侍读学士张以宁出使安南,册封陈日𤇢为安南国王。十月到达安南国界,然陈日𤇢已先于夏五月卒,牛谅乃先入安南,作挽诗吊祭之。诗曰:"南服苍生奠枕安,龙编开国控诸蛮。包茅乍喜通王贡,薤露宁期别庶官。丹诏远颁金印重,黄𬸚新闶玉衣寒。伤心最是天朝使,欲见无由泪满鞍。"②此诗唯见于《大越史记全书》,不见于中国文献③。另外,在与其先后同使安南的张以宁《翠屏集》和林弼《林登州集》中,还保存有多首与牛谅倡和的出使途中诗,列其篇目,有13篇之多④,加上前文已述的赠刘夏还京之作和保存在张

① 马蓉、陈抗等点校《永乐大典方志辑佚》第五册《苍梧志》,中华书局2004年,第2924—2926页。

② 吴士连等《大越史记全书》卷七,第437页。

③ 参冯小禄、张欢《〈大越史记全书〉所载明人诗考论》,张伯伟编《域外汉籍研究集刊》第十四辑,第339页。

④ 张以宁《翠屏集》中与牛谅倡和的使交诗有卷一《牛士良惠诗,既倚歌以和,仍赋长句一篇以答之》,卷二《南雄即事,次牛士良韵》《平圃驿中秋玩月,用牛士良韵》《舜庙诗,次韵牛士良》《封川县次韵典簿牛士良》《次韵士良、子毅登雷破岩刘大王庙唱酬》《情事未申,视息宇内,劬劳之旦,哀痛倍深。悲歌以继恸哭,所谓情见乎辞云尔。呈阊初阳天使、牛士良典簿》,共计7首。林弼《林登州集》卷五《洪武三年四月望日,同牛典簿、王编修奉使安南陛辞》《答牛士良典簿》《发安南呈牛典簿、王编修》《再用牛典簿韵》《牛君士良使还日南,昼行左江之滨,偶于清滩得一小石,顶迹五寸许,其色深绿,娟秀润丽,宛若峰峦之耸立。熙阳王君见而爱之,牛君不靳,因持赠焉。王君赋诗以谢,牛复答之,并次其韵,以助二君清话》,卷六《辛亥正旦呈牛典簿、王编修,洪武四年,是年春除,丰城》,共计6首。两集合计13首。

以宁《翠屏集》中悼念张以宁的《五月十三夜,梦侍读先生,枕上成诗》①,以及孙蕡和其使安南诗②,则牛谅当时至少有17篇诗是使交作品。如再加上其他自作诗文,数量将相当可观,足以构成一个《使交集》的规模,只不知是否有此编集。

3. 曾日章《栖霞洞》七古一首

曾日章,名烜(又作爟,1345—1407)③,字日章,以字行,苏州府吴江(今江苏苏州市吴江区)人。贡生。官至翰林学士。《姑苏志》本传言其在永乐初年两度出使安南:"曾爟,字日章,以字行,吴江人。父朴,浙江医学提举,自杭徙苏。日章博学有材智,受《春秋》于鲁道源。洪武间以岁贡授黄陂知县。秩满,以最闻,陞翰林侍读,同修《永乐大典》。奉使交趾还,陈黎氏篡立本末当征,在军中多赞画之功。交趾平,复承命往谕,卒于富良江。子坚,字孟坚,亦以《春秋》起家,拜礼部郎中,擢四川左布政,寻改云南。"④据考,这两次出使或分别在永乐四年和五年⑤。《栖霞洞》是目前发现的

---

① 张以宁《翠屏集》卷二《自挽》后附录,沈士友编《槜李诗系》卷六所录诗题,前多"庚戌"二字,文渊阁四库全书1475册,第128页。

② 孙蕡《和翰林典籍牛士良使安南之作》:"五两招摇百尺杠,官舟十月下藤江。波心犀气寒通剑,石角潮声夜扑窗。酒荐吴盐浮腊味,歌传楚艳入巴腔。扬舲我亦蓬莱客,应趁春风画桨双见。"见中山大学中国古文献研究所编《全粤诗》第一册,第146页。

③ 曾烜生卒年据张慧剑编著《明清江苏文人年表》"一四〇七　丁亥　永乐五年"条"吴江曾日章死西南军事中,年六十三"推得,上海古籍出版社1986年版,第47页。又参上海书画出版社编《王蒙研究》,《朵云》第六十五集,上海书画出版社2006年版,第145页。

④ 王鏊《姑苏志》卷五十二《人物十·名臣·曾爟》,文渊阁四库全书493册,第976页。

⑤ 李时人编著《中国文学家大辞典·明代卷》原作永乐四年和六年,六年当是五年之误,因曾氏卒于永乐五年,第1469—1470页。

唯一一篇出使安南路经广西的诗歌："栖霞七峒相钩环，回视八桂为名山。日华月华不可见，高风万古应难攀。篆声吹彻空濛里，仙酒何人识甘旨。偶遇樵者得佳名，碧空之乐真无已。秋香桂子风萧飕，我陪内侍成遨游。题诗洞口纪岁月，应与鸾鹤千年留。"① 所谓"内侍"，乃指当时镇守广西的太监。

在曾日章出使安南时，其翰林院同僚和其他友人曾作有多篇赠行诗作，且皆以出使安南所必经的名胜古迹为题。杨士奇之作以江西名胜"快阁"为题，金实以"孺子亭"为题，黄淮以唐代名相张九龄故里广东"曲江"为题，钱仲益以广东肇庆府名胜"七星岩"为题，高棅以舜帝陵所在的广西"苍梧"为题。而与其同时贬谪云南的平显，则在其第一次出使安南返回后，也作有二诗表示喜悦之情②。这些都切实地说明曾烜确曾出使安南。只是如果按当时交趾实际为明朝郡县管辖而论，又当与严格的出使异国有所不同。

4. 刘戬《入关诗》《象牙题诗》七绝二首

刘戬（1435—1492），字景元，号晋轩，安成（今江西安福）人。成化十一年（1475）会元、榜眼，时年四十岁，授官翰林院编修。弘治九年（1496）进侍讲。官至右春坊、右谕德。著有《晋轩集》，今

① 汪森编《粤西诗载》卷九"七言古"，文渊阁四库全书1465册，第129页。
② 杨士奇《东里续集》卷五十四《赋得快阁送曾日章使安南，时以鸿胪卿行》，文渊阁四库全书1239册，第402—403页；金实《觉非斋文集》卷二《翰林侍读曾公日章奉使安南分题得孺子亭因赋》，续修四库全书本1327册，第25页；黄淮《黄文简公介庵集》卷一《赋曲江送曾侍讲使交趾》、卷二《赋曲江送曹侍讲使交趾》，四库全书存目丛书集部26册，第532、539页；高棅《高漫士木天清气集》卷五《赋得苍梧送曾日章内翰奉使安南》，四库全书存目丛书集部32册，第159页；钱仲益《赋得七星岩送曾侍读使安南岩在肇庆府端溪出砚处》，《明诗纪事》乙签卷五，第659页；平显《喜曾翰林奉使交阯回二首》，曹学佺《石仓历代诗选》卷330，文渊阁四库全书1391册，第555页。

佚。其曾于成化二十三年（1487）十二月庚午奉诏，以翰林院侍讲充正使，与副使、刑科给事中吕献前往安南颁孝宗皇帝即位诏，并赐安南国王及妃币帛文锦，获赐金衣一袭、钞百锭①。弘治元年（1488）二月正式启程②，十一月二十日到达安南首都，二十三日颁诏于敬天殿③。

　　刘戬现存四首诗中有两首是作于奉使安南的入关和返国之际，体现了刘戬使臣节操的清白。一是《入关》诗："凭尺天威誓肃将，寸心端不愧苍苍。归装若有关南物，一任关神降百殃。"以神自誓。刘戬一改以前出使安南的明朝大臣作风，不私带货物与下国牟利，也不与陪臣赓和诗歌，而只是尽职尽责地完成颁诏使命，体现了正直清白的大国使节风范。一是《象牙题》诗："带得南薰下紫宸，舞干披拂两阶春。直将凭此清炎海，肯使飓风污后尘。"对此，《元明事类钞》引明王时槐《集》云："刘侍讲戬使交，交地苦炎，其馆伴进一象骨扇。及出关，以其扇返之。交王《谢表》有'廷臣清白'之语。"④连一柄在安南使用过的象骨扇也要归还，呼应了其《入关》诗的自誓。对此，《明史》特意将之前出使安南的章敞、徐琦与刘戬合在一卷，构成一个事实上的"出使安南名臣列传"，以三人为此类型人物典范⑤。

①李国祥等《明实录类纂·涉外史料卷》，第 777 页。《明史·安南传》记为"孝宗践阼，命侍读刘戬诏谕其国"，无副使吕献其名，且将刘戬官职误为侍读。第 8329 页。

②程敏政《篁墩文集》卷八十一《送刘景元侍讲使交南》有言"都城二月东风缓，祖道初开柳芽短"，可见正式启程在次年二月。文渊阁四库全书 1252 册，第 618 页。

③吴士连等《大越史记全书·本纪》卷十，第 733 页。

④姚之骃《元明事类钞》卷三十"返象扇"，文渊阁四库全书 884 册，第 488 页。

⑤张廷玉等《明史》卷 158《章敞、徐琦、刘戬》，第 4316 页。

5. 梁储《次前韵并送伦太史、张黄门奉使安南序》七绝一首

梁储（1451—1527），字叔厚，号厚斋，晚号郁洲居士，广东顺德（今广东省佛山市顺德区）人。成化十四年（1478）会试第一名，廷试二甲第一，选庶吉士，授编修。官至吏部尚书、华盖殿大学士、内阁首辅。卒赐太师，谥文康。《明史》有传。著有《郁洲遗稿》十卷《补遗》一卷。其曾于弘治十一年（1498）十二月壬辰，以司经局司马兼翰林院侍讲充正使，与前述副使、兵科给事中王缜，奉旨往安南册封世子黎晖为国王。

由于梁储力持"上国使臣大体"①和"不与陪臣倡和"②的原则，故其现存文集中出使安南作品极少，目前仅发现《次前韵并送伦太史、张黄门奉使安南序》一首七绝："路入安南第一关，蓝舆随处苦登山。南人莫讶关山险，谢得皇恩遍八蛮。"③ 以使节不辞辛苦、皇恩远被安南为主题。

6. 沈焘《与许天锡游得月洞》诗

沈焘（1452—1515）④，字良德，号东溪，苏州府长洲县（今江苏省苏州市）人。家世业医。弘治六年（1493）进士，选庶吉士，授编修。以家学为校正《本草》总裁。官至詹事府右春坊右谕德。其曾于弘治十八年十二月辛酉，以翰林院编修充正使，与副使、工科左给

---

① 梁储《郁洲遗稿》卷八《次前韵并送伦太史、张黄门奉使安南序》，中山大学中国古文献研究所编《全粤诗》第五册，第 553 页。

② 郭棐《（万历）粤大记》卷十六《梁储》，日本藏中国罕见地方志丛刊，书目文献出版社 1990 年版，第 285 页。

③ 梁储《郁洲遗稿》卷八《奉使安南初入其界，及归至阙下作》，中山大学中国古文献研究所编《全粤诗》第五册，第 552 页。

④ 沈焘生卒年系据顾清《东江家藏集》卷二十九《故谕德东溪沈先生墓表》所言："乙亥（1515 年）四月九日竟不起，年六十四。其生景泰壬申（1452 年）十二月晦日也。"文渊阁四库全书 1261 册，第 686 页。

事中许天锡持节封故安南国王黎晖次子谊为安南国王 ①。其出使安
南诗，现仅发现与许天锡等人同游广西龙州得月洞的摩崖诗："云根
万笏立平田，中有穹岩小洞天。花药漫生千百种，宾朋恰受两三筵。
何年凿窍灵均巧，此日寻踪野山巅。童冠偕游归去晚，行唫山路思
悠然。" ②

　　不过，为沈焘使交送行的诗作则很多，散落在明人文集里。李
东阳《沈编修焘册封安南》诗云："玉堂书史暂休衙，银汉星辰早泛
槎。已向夏坛分赤社，更从周雅赋皇华。主恩前后重颁诏，使节从
容两过家。今日赠诗他夜梦，紫薇枝上月钩斜。" ③ 刘春《送沈良德
使外国》诗云："海外倾心帝德新，疏封又见属儒臣。路元通道应非
远，喜为还家尚有亲。铜柱秋深消毒雾，玉堂地迥隔红尘。恩波带
得应如许，不似当年入九真。"④ 两位台阁重臣诗中都提到沈焘使交
便道省亲事。李梦阳《龙州歌送沈编修使安南》诗云："龙州南接
六那溪，白鹇黑猿相间啼。乌蛮滩头苦竹密，伏波庙前春日西。扬
旌走马迎天使，拥节封王壮汉仪。试向殊邦观礼乐，交南原是旧边
陲。" ⑤ 徐祯卿《安南歌四首送沈使君》云："借问炎交路若何，片帆
南指广州过。知君怕见桄榔树，近岭猿声日渐多。　汉关行尽忽
桃源，竹树萧萧鸡狗喧。铜镮椎髻来迎楹，蛮国王孙出领墦。　乌
蛮滩上烟水声，伏波庙前秋月明。夜半津人挽舟上，夷歌偏动望乡
情。　皇穹覆载本无私，圣主恩波讵有涯？炎荒喜沐尧年雨，黎人

①　李国祥等《明实录类纂·涉外史料卷》，第 788 页。
②　沈焘《与许天锡游得月洞》，见杜海军《广西石刻总集辑校》（上卷），社会科
　　学文献出版社 2014 年版，第 257 页。
③　《李东阳集·诗后稿》卷七，第 566 页。
④　刘春《东川刘文简公集》卷二十二，续修四库全书 1332 册，第 326 页。
⑤　李梦阳《空同集》卷二十，文渊阁四库全书 1262 册，第 115 页。

重拜汉官仪。"① 前七子派的南北代表人物则在例行的皇恩册封主
题中，加强了使交题材中的南方风物和异国风情的想象性书写，从
而更加具有文学情调。

7. 何沾《使安南过龙州》诗

何沾（1464—1513）②，字宗泽，号铁峰，广东顺德（今广东省
佛山市顺德区）人。与堂兄何淳同中弘治十五年（1502）进士，授
行人司行人。累官至福州知府。清咸丰《（广东）顺德县志》有传。
其曾于弘治十八年十二月辛酉，以行人充正使，谕祭已故安南国王
黎晖，并与沈焘、许天锡的册封使团同行。《出使过龙州》为其出使
安南路经广西龙州之作。诗曰："得得寻春上翠微，春花乱点野人
衣。饮残白日千杯少，战罢黄昏数局棋。天外云山堪著目，洞中猿
鸟莫须疑。明朝看尽龙州景，还借僧家住几时。"③

由上可见，留存下来的散佚诗作，以作于广西境内的最多，有 4
人 5 首；作于安南的有牛谅、刘戬 2 人 3 首，很能见出使交诗的作
诗地点特征。

（四）使交诏敕和赠行、唱酬诗文

在明代大臣接到出使外国的任务和启程之日起，一直到出使
的沿途和从外国的返程，一般都会有来自国内同僚的赠行诗文、同
行使者的诗歌唱酬和与安南方面的赠行酬答等。再加上他们出使

---

① 徐祯卿《迪功集》卷三，文渊阁四库全书 1268 册，第 752 页。

② 何沾生年系据《明弘治十五年进士登科录》，其生日是八月十七日，明弘治
间刻本。

③ 何沾《使安南过龙州》，杜海军《广西石刻总集辑校》（上卷），作者姓名误作
"何沽"，首句"得得"第二个"得"字原缺，"翠微"作"景微"，社会科学文献
出版社 2014 年版，第 257 页。此据《金印御史何沾》一文所录诗改，饶小青
主编《英雄河畔话当年》，乐从镇宣传办公室等 2004 年，第 65 页。

所携带颁发的诏敕,构成了与出使安南有关的重要文献,对于那些
没有文集留存的使臣来说,这些都是十分宝贵的出使材料。下面
还是从使臣入手来考察。

1. 罗复仁

罗复仁(1298—1371)[①],江西吉水人,官至翰林学士、左春
坊大学士和弘文馆学士。在翰林院期间曾著有《玉堂唱和集》,今
佚。其奉诏出使安南和还京复命的时间,据《明太祖实录》所载,
是在洪武二年(1369)十二月壬戌和洪武三年六月丁丑。而使命
是与副使、兵部主事张福一起诏谕安南勿侵扰占城,结果两国皆
听命罢兵,暂时解决了两个属国之间的领土争端问题[②]。其出使诗
文现已亡佚,唯《中华罗氏通谱》载有其此行所携带的诏书《谕安
南诏使臣罗复仁》,落款是"洪武二年十二月",并言"罗氏族谱中
还散见一些罗复仁的著作及出使安南的诏诰文献"[③]。另据张以宁
从安南返程的《次韵罗复仁编修》诗所云:"棹歌声起洱河滨,君
著先鞭我后尘。山上安山犹远使,客中送客是愁人。心随初日葵
花转,眼看薰风荔子新。细数归期同把酒,龙江梅信定先春。"[④]
这里的"洱河"和"龙江",分别指安南首都升龙和明朝首都南
京,则当初罗复仁在从安南返程之始确有原唱之作,可惜也已
亡佚。

---

① 据解缙《翰林学士左春坊大学士宏文馆学士罗复仁传》,罗复仁卒于洪武四
年丁酉,卒年七十四,则其生卒年当是1298—1371年。
② 李国祥等《明实录类纂·涉外史料卷》,第553—557页。
③ 中华罗氏通谱编纂委员会编《中华罗氏通谱》,中国文史出版社2007年版,
第3650页。
④ 张以宁《翠屏集》卷二,文渊阁四库全书1226册,第567页。

2. 杨渤

杨渤，字起隆，江西清江人。建文元年（1399）举人，二年进士，授官行人。永乐元年四月辛酉（十五日），赍敕往谕安南陪臣耆老，查问故安南国王陈氏继嗣之有无和推戴胡查之诚伪，具以实闻。十一月戊午（十五日），带同安南使者还京复命①。在杨渤出使之初，其江西同乡胡广曾为其作《赠杨行人归省序》《赠行人杨渤使安南序》两篇赠序以宠其行，荣其归，而其他在京官员也多赋诗饯行②。

3. 李琦

李琦，北直隶真定府元氏县人，官至湖广左布政使。其曾在永乐至宣德间多次出使安南、占城、朝鲜和榜葛剌等国，是明代值得重视的多次出使周边诸国的外交家。其出使相关文献，现仅发现清同治《元氏县志》所载的《谕安南书》目③。

4. 罗汝敬

罗汝敬（1372—1439），名肃，以字行，号寅庵，江西吉水人。永乐二年进士，选庶吉士，授修撰。官至工部右侍郎。《明史》有传。罗汝敬"为诗歌文章，下笔如长江大河，滔滔不止"，"词气浩然，超出同辈"④，当时著有《寅庵集》三十卷，已佚。他是洪武初年出使安南的罗复仁的从孙，也在宣德二年和三年连续两次出使安南，完成了招谕安南和阻止黎利企图得到册封的特殊使命。其现

---

① 李国祥等《明实录类纂·涉外史料卷》，第574—575页。
② 胡广《胡文穆公文集》卷十一，四库全书存目丛书集部29册，第8、19页。
③ 同治《元氏县志》卷十四《艺文志下》，注见崇祯《志》，李英辰等整理，中国文史出版社2007年版。
④ 王英《王文安公诗集》卷五《故通议大夫工部右侍郎罗公墓志铭》，续修四库全书1327册，第369页。

存诗赋无一明显与出使安南相关者①，惟宣德三年奉使安南的诏书
全文尚保留在《中华罗氏通谱》中，题作《敕工部右侍郎罗汝敬奉
使交趾》，落款是"天子宣德三年五月十九日"②。

　　另外，其同时代作家文集中留下了不少赠送和评价其出使安
南的诗文。赠行诗有周叙《送罗侍郎使交阯》："庙堂舆论共推贤，
持节南交领重权。直遣炎荒沾雨露，不教赤子困烽烟。弘文事业
今重见，工部才名世共传。铜柱勒勋旋凯日，薰风双佩早朝天。"③
对其奉使安南、纾解明安两国因为战争而导致的生民困境充满了
无限的期待，觉得这是可以和当年马援出征交趾、立定铜柱作为
明安边界的武功相媲美之大功劳。而正统三年五月罗汝敬致仕还
乡，其同僚友人在赠行诗文中，都无一例外地重点评价其曾经出使

① 罗汝敬《龙马赋有序》，陈元龙编《历代赋汇》卷一三五"鸟兽"，凤凰出版社
　　2004年版，第537页；罗肃七律《次西塾学士己亥元日雪》，钱谦益《列朝诗
　　集》乙集卷二"罗侍郎肃"，四库禁毁书丛刊集部95册，第539页；罗肃《送
　　昌祺李布政之广西》，汪森《粤西诗载》卷二十"五言（排）律"，文渊阁四库
　　全书1465册，第330页；《杏林》七古、《云锦屏》七古，《历代诗存·庐山》
　　卷六《艺文》，第266页。同治《都昌县志》卷一三录罗汝敬《彭蠡湖》七古
　　一首，见胡迎建主编《鄱阳湖历代诗词集注评》，江西人民出版社2015年
　　版，第265页；九江市政协文史委员会编《名人咏九江》，亦录本诗，又录《瀑
　　布泉》《五老峰》《二贤祠》等作，吴圣林所作小传言：著有《寅庵集》3卷、
　　《外集》4卷，江西人民出版社2009年版，第251—252页。倪涛《六艺之一
　　录》卷三八六录罗汝敬《罗寅庵书云山诗帖（楷书）》七言古诗一首："云山
　　苍苍，烟水浩浩。芙蓉九叠泄清冷，黛色波光净如扫。水边曲径山下村，胜
　　境髣佛桃花源。幽居无尘来客少，唯有乔林青到门。南州公子乌台客，十年
　　作官归未得。朝回挂笏对新图，应念山中旧游迹。旧游陈迹安在哉，梦里金
　　华仙掌开。凭谁更向中流置一叶，笑推蓬瀛归去来。"署"吉水罗汝敬"。文
　　渊阁四库全书838册，第221页。
② 中华罗氏通谱编纂委员会《中华罗氏通谱》，中国文史出版社2007年版，第
　　1463页。
③ 周叙《石溪周先生文集》卷三，四库全书存目丛书集部31册，第568页。

安南的壮举。如习经《送罗侍郎汝敬致仕》诗云："圣恩特许故山归，满袖天香下赤墀。报国无惭当重任，筹边有策济清时。皇华西夏经多岁，使节南交慑远夷。明日白云高卧处，寸心尚想似倾葵。"①将罗汝敬的出使安南与其后来在陕西巡抚任上经营西夏相提并论。而杨荣《赠罗侍郎致政还乡诗序》也说："仁庙嗣位，遂膺御史之命。宣宗皇帝择使南交，廷臣咸以君为宜，遂超拜今官。至则宣德音，扬国体，大有以慑服远人之心。还朝未几，奉命巡抚关陕，久而多著劳绩。"②同样将奉使安南看成是罗汝敬一生仕宦中最为重要的功绩，而重点提及，予以评价。由此，当罗汝敬去世，则其朋友在哀挽诗文中，也会将出使安南的顺利完成当作流芳千古的大事，而做出盖棺论定的评价。如李时勉在罗汝敬去世一年后的正统五年（1440），为哀挽罗汝敬的诗文集作序时，即重点描述了罗汝敬第一次出使安南的艰难情形和卓绝效果 ③。

　　5. 徐琦

　　徐琦（1385—1453）④，字良玉，祖籍浙江杭州，因其祖谪戍宁夏卫，遂为宁夏人。永乐十三年（1415）进士，为宁夏历史上首名进士。授官行人。累官至南京兵部尚书。《明史》有传。与章敞等人一样，他也曾两次出使安南：第一次是宣德六年（1431）以右通政的职务充副使，与正使章敞一同出使安南，亦不受馈，宣德七年

---

① 习经《寻乐习先生文集》卷六，四库全书存目丛书补编97册，第101页。
② 杨荣《文敏集》卷十一，文渊阁四库全书1240册，第160页。
③ 李时勉《古廉文集》卷九《罗侍郎哀挽诗序》，文渊阁四库全书1242册，第826—827页。
④ 徐琦生卒年系据魏骥《南斋先生魏文靖公摘稿》卷七《资政大夫南京兵部尚书徐公墓志铭》所言："景泰四年三月初四日卒……壬申秋九月卒……享年六十又八。"四库全书存目丛书集部30册，第411—412页。

二月返京复命,擢升南京兵部右侍郎;第二次是宣德八年闰八月庚午,"帝以安南贡赋不如额,南征士卒未尽返,命琦复往。时黎利已死,其子麟疑未决。琦晓以祸福,麟惧,铸代身金人,贡方物以谢。帝悦,命落琦戍籍,宴赉甚厚。"① 职务是前次出使复命后所新晋的南京兵部右侍郎,身份是正使,副使是行人郭济,任务是讨索岁贡金和失陷安南未归的南征士卒。十二月十九日到达安南。九年春正月朔,在天使馆接受安南国王黎元龙的朝拜,宣读诏书;四日,同安南使臣阮傅、范时中等回京② ;夏四月己未回京复命③ 。

徐琦曾著有《文集》六卷④,今佚。章敞《质庵集》中有两首诗与徐琦有关:一是宣德九年章敞再次出使安南时庆贺徐琦生日的《宣德甲寅再使安南庆徐通政良玉寿》,然徐琦此次并不出使,且此时徐琦的官职不再是右通政,而是在宣德七年出使复命后的南京兵部右侍郎了⑤ ;一首是《过湘口似(按:似应为示)徐通政良玉》:"汀洲一水合潇湘,候吏趋迎拜跪忙。客路忽惊荒服外,桂花还似故园香。蛮音聒耳难全辨,土簟供盘不惯尝。使节南还知不远,眉间喜气已全黄。(驿吏曾思中以土簟来奉,故诗及之。)"应是两人同使途中唱和诗,则徐琦当有回应。

另外,其同时代人文集中多有出使赠行和赞扬徐琦两度出使安南功绩的诗文。赠行诗有魏骥《送徐通政使交阯名琦》:"玉节金

① 张廷玉等《明史》卷一五八《徐琦传》,第4316页。
② 吴士连等《大越史记全书·本纪》卷十,第566页。
③ 李国祥等《明实录类纂·涉外史料卷》,第728页。
④ 张廷玉等《明史》卷九九《艺文志四》,第2466页。
⑤ 魏骥《资政大夫南京兵部尚书徐公墓志铭》言:"既而,上慎简廷臣之有守者使安南黎利权署国事,公与荐,升行在通政司右通政以行。……及还,命清理天下军职,贴黄,升兵部右侍郎,赐诰,授嘉议大夫。"《南斋先生魏文靖公摘稿》卷七,第411—412页。

符出帝州，槎乘银汉兴悠悠。不殊马援膺纶綍，直似张骞犯斗牛。
恩溥圣皇夷獠服，风行炎海瘴烟收。坐令侧贰归天汉，千古功名
归壮猷。"将徐琦出使比作当年马援征讨安南征侧女子叛乱。据
同卷《送礼部章侍郎使交阯名敞》，则本诗当是徐琦第一次与章敞
同使时的赠行之作①。由于章、徐二人同使，故邓林在二人出使返
回杭州时，所作赠行诗是同时题给两人的，题曰《章亚卿徐通政奉
使交阯还，次钱塘，会于公馆，赋诗赠之，三首》，其三结尾"纤毫不
带归时物，为洗千年薏苡冤"赞扬了两人不受异国赠馈的清廉品
格②。台阁重臣杨士奇在为徐琦所作梅花图题诗时，也将冰清玉洁
的梅花来比拟徐琦两度出使安南的高洁品格："两度安南奉使来，
玉葩曾看岭头梅。由来使者清于玉，不带飞尘半点回。"③至于
文章，则最重要的就是魏骥所作墓志铭，详细记载了徐琦两次出
使安南的经过以及面对"险诈"安南所表现的胆识、智慧和清廉
节操。

　　对宣德时期出使安南的明朝使臣，《明史》在章敞、徐琦传后总
结说："敞、琦皆以使安南不辱命著称。安南多宝货，后使者率从水
道挟估客往以为利，交人颇轻之。"而这也可以在《大越史记全书》
中找到对应的说法："明使徐永达、章敞、郭济等前后数辈，于贡物
之外，朝廷私有馈馌，一切不受。然听其从人多赍北货，重立其价，
抑使朝廷买之。"④其中应该是包含徐琦的。

————————

① 魏骥《南斋先生魏文靖公摘稿》卷四，第 364 页。
② 邓林《退庵邓先生遗稿》卷六，四库全书存目丛书集部 26 册，第 431 页。
③ 杨士奇《东里续集》卷六十一《题徐良玉梅花二首》，文渊阁四库全书 1239
　　册，第 550 页。
④ 吴士连等《大越史记全书·本纪》卷十，第 580 页。

6. 汤鼎、高寅

汤鼎,字玉铉,无为州人(或作句容人)[①]。宣德五年(1430)庚戌科林震榜进士[②],授官吏科给事中。累官通政司通政。其曾在正统三年(1438)六月丙辰以给事中职务充正使,与副使、行人高寅赍敕谕安南国王黎麟,令其所辖下思郎州土官农厚洪及守边头目,悉归前后所侵掳中国广西安平、思陵二州人畜。至四年四月,与安南谢罪使黎伯琦等返京复命,较好地完成了本次声讨安南侵扰边疆的使命[③]。不过,安南是表面谢罪,实则狡辩,声称是广西安平、思陵土官侵掠了安南思郎州[④]。结果,朝廷下旨各自省察,严守边疆了事。

对汤鼎、高寅的这次出使,吴节有诗二首赠行。其一云:"日侍黄门宠最优,天恩特选使交州。书唧紫凤云端出,槎泛星河海上流。候馆夜阑多听雨,炎方叶落不知秋。藩王归命隆方贡,叙绩堪同博望侯。"其二云:"西归几日共朝参,又秣飞黄驾指南。行捧天书劳远涉,坐挥藩国在清谈。山当铜柱堪题字,路入羊肠且驻骖。自昔大邦能字小,好将圣德遍敷覃。"[⑤]切合汤鼎的吏科给事中职务特点。

7. 陈金、郭仲南

景泰三年(1452)六月辛巳,以册立皇太子,遣刑部湖广司郎

① 李贤等《明一统志》卷14本传作"无为州人",文渊阁四库全书472册,第329页;凌迪知《万姓统谱》卷四十八《汤鼎传》作"句容人",文渊阁四库全书956册,第739页。
② 赵弘恩等《江南通志》卷一二一《选举志·进士三》,文渊阁四库全书510册,第581页。
③ 李国祥等《明实录类纂·涉外史料卷》,第732页。
④ 张廷玉等《明史》卷三二一《安南传》,第8326页。
⑤ 吴节《吴竹坡先生诗集》卷十六《送给事中汤鼎行人高寅使安南二首》,四库全书存目丛书集部33册,第539页。

中陈金为正使,行人郭仲南为副使,赍诏往谕安南,赐金织罗衣一袭、钞五百贯①。冬十月十五日,达到安南颁诏,并赐彩币②。

陈金,字汝砺,浙江上虞人。宣德七年壬子科举人,八年癸丑科曹鼐榜进士③,选为翰林院庶吉士,授官行人④。累官至广东布政使。在其秋天出使之时,同僚沈彬作诗饯行曰:"朝卿王命下南荒,九译何须问越裳。文德诞敷殊绝域,远人来格自遐方。岭猿叶落藤萝月,海日晴熏橘柚香。铜柱遍题还四牡,好将白雉献君王。""以奉宣德意、柔来远人为至祝,怀土沽名、应事塞责为深戒"⑤,以得使臣大体相鼓励。结果他确实做到了这一点:"奉使安南,厚贶以金。金谓天朝使臣义无私交,峻拒不受。安南人义之,为立却金亭。"⑥延续了使臣却金的传统。

郭仲南(1406—?)⑦,名晃,以字行。浙江兰溪人。正统三年

---

① 李国祥等《明实录类纂·涉外史料卷》,第747页。

② 吴士连等《大越史记全书·本纪》卷十一,第629页。

③ 陈金科第见嵇曾筠等《浙江通志》卷一三一《选举九·明·进士》、一三五《选举十三·明·举人》,文渊阁四库全书522册,第436、527页。

④ 王直《赠陈主簿致仕序》言:"宣宗皇帝在位时,尝择进士之最秀者,俾读书秘阁,学古为文辞,以待他日之用,而命予训励之,上虞陈金在其列。……久之,金去为行人,使于四方,能用其所学。"此言陈金中进士后曾选为翰林院庶吉士,后授官行人。《抑庵文后集》卷二十,文渊阁四库全书1241册,第803页。

⑤ 沈彬《沈兰轩集》卷四《寅长陈汝砺先生傥言卓行,无行而予无不师,之间尝论难,先生亦多是正,予于先生盖同官而以道义相友尚者。今秋承诏使安南,明当远别,漫赋近体一首,以奉宣德意、柔来远人为至祝,怀土沽名、应事塞责为深戒云》,四库全书存目丛书集部34册,第643页。

⑥ 嵇曾筠等《浙江通志》卷一九一《陈金传》,文渊阁四库全书524册,第258页。

⑦ 郭仲南生年系据《正统四年进士登科录》"郭仲南,字仲南,行二,年三十四,六月二十六日生"推得。

（1438）戊午科举人，正统四年己未科施槃榜进士^①。官至南京刑部员外郎。著有《复初子稿》《省斋集》，今未见^②。现存《重修太王庙记》（正统十四年乙丑作）一文和《向源书屋》诗等三首^③，然均与出使安南无关。

8. 尹旻、王豫

尹旻（1422—1503），字同仁，山东历城人。正统十二年乡试第一名，十三年进士，选庶吉士，授刑科给事中。累官至吏部尚书，谥恭简^④。其曾于天顺四年八月壬戌，以通政司左参议的职务充正使，与副使、礼科给事中王豫出使安南，捧诏书、持节册封黎琮为王。天顺五年二月，行至广西横州，审知黎琮"弑前王黎濬，诡言游湖溺死，妄请求封，国人不服，令麟次子灏继摄国事，琮已自尽"^⑤，即回还。

其出使安南诗现未发现。《明诗纪事》录其《送恭上人还灵岩》："远公厌尘世，弃我入天台。戒行无人识，幽怀到处开。心澄千里月，梦结故山隈。到日许玄度，时应问偈来。"陈田按："同仁人品卑下，诗乃清俊可喜。"^⑥ 然其实此诗与《灵岩志》所录《诗寄灵

---

① 嵇曾筠等《浙江通志》卷一三一《选举九·明·进士》、一三五《选举十三·明·举人》，文渊阁四库全书 522 册，第 437、529 页。

② 余绍宋等《（民国）重修浙江通志稿》，浙江图书馆 1983 年影印本，第 3986—3987 页。

③ 详参岐山县志编纂委员会《岐山县志》卷八《艺文》，陕西人民出版社 1992 年版，第 126—127 页；秦簧等修、唐壬森等纂《光绪兰谿县志》卷八《古迹·向源书屋》，台北：成文出版社 1974 年版，第 1053 页。

④《李东阳集·文后稿》卷二十七《明故吏部尚书致仕赠特进太保谥恭简尹公墓志铭》，周寅宾点校，岳麓书社 1984 年版，第 390 页。

⑤ 李国祥等《明实录类纂·涉外史料卷》，第 753 页。

⑥ 陈田《明诗纪事》乙签卷十八《尹旻》，第 863 页。

岩聪上人》诗句多同①，乃一个作诗模式下的产物，并不见高明。

王豫（1425—1487）②，字用诚，河南祥符人。景泰五年（1454）进士，授礼科给事中。累官至湖广布政司右参议③。据《明史·安南传》，其曾两次出使安南：第一次在天顺三年十月，副正使通政参议尹旻往封黎琮为王，"未入境，闻琮已诛，灏嗣位，即却还"。第二次在天顺六年二月，副正使、侍读学士钱溥册封黎灏为国王④。丘濬有诗送行："中原才子称华簪，万里翱翔快壮心。论俗好传司马檄，归装宁载尉佗金？川原辽邈荒唐县，父老依稀说汉音。莫过遗墟问前事，鹧鸪啼处乱山深。"⑤切其河南祥符人身份和安南曾为明永乐时期统治的历史。

9. 凌信、邵震

凌信（？—1471）⑥，字尚义，南直隶吴江县人。宣德九年（1434）以楷书精善，授中书舍人。累官至太常少卿⑦。其曾于天顺八年

①《诗寄灵岩聪上人》："远公厌尘世，弃我归天台。险韵谁人和，幽怀何处开？独怜千里月，空照一庭梅。幸有聪师在，时常问信来。"见马大相编《灵岩志》，山东友谊出版社1994年版。又见房泽水编注《灵岩游翰辑注》，中国文联出版社2000年版。
②中原文化大典编纂委员会编《中原文化大典》，中州古籍出版社2008年版，第258页。
③张宁《方洲集》卷二十三《朝请大夫赞治少尹湖广布政司右参议王公墓表》，文渊阁四库全书1247册，第527页。参田文镜等《河南通志》卷五十七《人物一·王豫传》，文渊阁四库全书537册，第402页。
④张廷玉等《明史》卷三二一《安南传》，第8327页。
⑤丘濬《重编琼台稿》卷五《送王给事中使交南》，文渊阁四库全书1248册，第87页。
⑥李国祥等《明实录类纂·人物传记卷》，武汉出版社1990年版，第586页。
⑦徐达源《黎里志》卷七，陈其弟点校，广陵书社2011年版，第135页。参吴江市档案局编《道光吴江县志汇编·吴江县志续稿》卷二《名臣》，广陵书社2010年版，第17—18页。

（1464）二月壬寅，以尚宝司卿职务充正使，与副使、行人司司正邵震出使安南，颁宪宗登极诏书，赐安南国王黎灏及妃彩币。冬十月，到达安南颁诏①。邵震，江西贵县人，天顺元年进士②。

　　在两人出使之时，京城官员多作诗文赠行。当时在北京崇文门外为凌信作诗赠行者，现存有丘濬《送尚宝凌卿使交南》诗："旭日初升万国明，钿函玉札下南溟。符台自昔瞻卿月，远道于今望使星。老树古香生桂蠹，乱山残雨带龙腥。兹行万里真奇绝，好把新诗纪所经。"③徐溥《送凌少宝使交阯》诗："纶音捧出大明宫，万里交南指顾中。使节煌煌随日去，皇恩浩浩与天同。马前好景山如识，鸟外孤松道自通。致币有期归思急，春风相迓禁城东。"④而作赠序者，现存有杨守陈《送尚宝司卿凌君尚义使安南序》，内中有言："今天子嗣大历服，将诞布新命于其国，慎选持节者，于是尚宝司卿凌君尚义拜赐金织麒麟服，燕赍以行。朝之卿士相率张崇文门外饯之。……遂各为诗以赠，而余为之序"⑤。可知饯行于北京崇文门外。而为邵震作诗赠行者，现存惟有柯潜《送行人司正邵震使安南》："天王出震继唐虞，宇宙重新化日长。要使车书归一统，远颁正朔到殊方。碧天尽处通容管，瘴雨晴时过富良。珍重平生清苦节，莫将薏苡载归囊。"⑥以尽职尽节相勉励。

　　10. 乐章、张廷纲

　　乐章，字宗尧，广西横州人。天顺元年（1457）进士，授礼部

① 吴士连等《大越史记全书》本纪卷十，第 650 页。
② 徐达源《黎里志》卷七，第 135 页。
③ 丘濬《重编琼台稿》卷五，文渊阁四库全书 1248 册，第 86 页。
④ 曹学佺《石仓历代诗选》卷三八九，文渊阁四库全书 1392 册，第 246 页。
⑤ 杨守陈《杨文懿公文集》卷十一，四库未收书辑刊 5 辑 17 册，第 485 页。
⑥ 柯潜《竹岩集》卷四，续修四库全书 1329 册，第 264 页。

主客司主事。成化三年（1467）奉命赍两广军功，便道省亲，巡抚两广都御史韩雍赠白金，不受。累升郎中①。成化十一年（1475）十一月辛未充正使，与副使、行人张廷纲赍册立皇太子诏往安南国开读，赐其国王及妃彩段、文锦各有差②。成化十二年秋七月二十七日到达安南③。至成化十三年夏四月，二人返京复命，太监汪直即执送下西厂狱，"鞫其使安南时挟货贸易，多受馈遗诸事，刑部问拟为民，命俱冠带闲住。"④表面看是因为贪墨和非法营利而被揭发⑤，实则可能是太监汪直乱政，陷害忠良，"无故被收案"⑥。无论如何，两人都因为这次出使而断送了政治生涯，不得不重新成为布衣。

张廷纲（1438—？）⑦，字朝振，直隶永平卫人（今属河北唐山）。成化八年（1472）进士，授官行人⑧。成化十三年六月罢职还乡，弘治十四年应知府吴杰之邀，主持《永平府志》十卷的编纂工作⑨，现

---

① 汪森《粤西文载》卷六十九《乐章传》，文渊阁四库全书 1467 册，第 200 页。

② 李国祥等《明实录类纂·涉外史料卷》，第 764 页。

③ 吴士连等《大越史记全书·本纪》卷十，第 701 页。

④ 李国祥等《明实录类纂·涉外史料卷》，第 764 页。

⑤ 张奕善《明帝国南海外交使节考》，《东南亚史研究论集》，台北：学生书局 1980 年版，第 186 页。

⑥ 张廷玉等《明史》卷三〇四《宦官一·汪直传》，第 7779 页。

⑦ 张廷纲生年系据顾清《东江家藏集》卷十九《寿张朝振七十序》所言："丁卯，予再入京，君年已七十，汝容乞予文为寿，而元亮方居其母忧，予辞之。今年冬十月，汝容踏门曰：文今可以作矣。是月五日，先生初度也。"丁卯乃正德二年（1507），往前推 69 年，当是 1438 年。其生日是十月五日。文渊阁四库全书 1261 册，第 555 页。

⑧ 董天华等修、李茂林等纂《卢龙县志》卷四《张廷纲传》，成文出版社 1968 年版。

⑨ 黄虞稷《千顷堂书目》卷六 "地理类上"："张廷纲《永平府志》十卷。弘治戊午修。廷纲，郡人。" 第 158 页；《明史》卷九七《艺文志二》作十一卷，第 2406 页。

存。其现存零散诗文无关于出使安南者①。然据同时代人王俊为南京官员送行张廷纲的分题诗集所作序言：

> 上即位之十有二年，揽群策，建皇储，以茂隆邦本，亦既播告天下矣。寻命遣使函诏，往赐安南国，谕以上意。以礼部郎中乐君章为正使，而为之副者，则行人张君朝振。君即日陛辞，舟发潞河，兼程以行，比至石城，瞻望钟山，祇谒陵寝。已乃趋三湘，临八桂，周游览眺，景与意会，则付之吟咏。以是年秋季抵南粤，颁示恩诏，王率陪臣郊迓，俯伏倾听，嵩呼蹈舞，启天使馆，延之上客，虔若不敢当主客礼者。事竣戒行，王恳款愿留，而君归旆已越左江。自是经横浦，遵星渚，观庾岭之寒梅，对匡庐之霁雪，顺流而东，舣棹龙江，反命阙下。南都士大夫既追饯之，又即君所履历，析十二题，赋诗送之。诗成，其

---

① 张廷纲现存《题夷齐祠》二首、《重修清节庙记》。《题夷齐庙》二首："纣恶滔滔水注河，商家元气付丝萝。二难大义惭周粟，千古清风并蕙和。自是白兮淄不染，由来坚兮磷难磨。只缘宗社甘遮道，岂计前途已倒戈。""首阳之巅幽且苓，滦江之水清且深。试将一酹生宓意，不尽万古仁人心。祠前满地多芳草，洞外长松广啼鸟。登临感慨豁吟眸，数点青山云外小。"《永平府人咏永平》第 317 页。《太守吴（杰）公祈雨有感和韵》："慎独工精自致和，黄堂守佐惠仁多。回阳已见三朝雨，化沴能苏万井禾。阖郡疲癃归衽席，康衢远近听讴歌。吾家别业东郊外，绿满南坡与北坡。"明弘治《永平府志》卷之九，董耀会主编《秦皇岛历代志书校注》，中国审计出版社 2001 年版，第 184—185 页。《创建永平守备官厅记》："弘治十一年秋，皇上轸念永平地方路当冲要，切近边徼，登庸京臣，命金吾左卫指挥金事王公瑾，提督守备永平等城。比来亦僦居指挥使吴镛之宅，公私皆不便焉。……遂请命于都宪钱塘洪公钟……计其功，经始于己未三月初七日，落成于八月晦。"明弘治《永平府志》卷之十，《秦皇岛历代志书校注》，第 207—209 页。

友方宁以属予序。①

　　可知张廷纲和乐章在出使安南的往返途中,均作了很多纪行诗和唱酬诗。而在他们返程到南京时,南京官员又根据二人的经行路途,分拟十二个题目,作诗送别,可惜现均不存。

　　11. 沈庠、董绵

　　沈庠,字尚伦,祖籍南直隶吴江县,占籍应天府上元县匠籍。成化十年举人,十七年(1481)进士②。授官刑部主事。弘治九年,由刑部河南司郎中升贵州提刑按察司副使、奉敕提督学校③。在贵州任职期间,曾纂有《贵州图经》,今佚。至正德十六年正月,为《上元志》作序④。其曾于弘治五年三月己亥,受命以刑部郎中充正使,与副使、行人董绵奉使安南颁册立皇太子诏⑤。至十二月二十四日,到达安南首都颁诏⑥。在二人出使之初,吴宽曾作《题竹送沈尚伦刑部使安南》为沈庠赠行:"隐侯标格如图画,使者清风动节旄。

---

① 王偁《题张行人分题诗序》,《思庵文集》卷六,续修四库全书 1329 册,第 465 页。王偁《王文肃公集》卷四题作《送张行人诗序》,四库全书存目丛书集部 36 册,第 337—338 页。
② 吴江县地方志办公室《儒林六都志》"进士"条、"举人"条,广陵书社 2010 年版,第 71、83 页。
③ 倪岳《青谿漫稿》卷十九《赠贵州按察副使沈君荣任序》,文渊阁四库全书 1251 册,第 250—251 页。
④ 武念祖、陈道恒修,陈栻、伍光瑜等纂《道光上元志》,《金陵全书》甲编 8 方志类/专志,南京出版社 2013 年版。
⑤ 李国祥等《明实录类纂·涉外史料卷》,第 780 页。
⑥ 吴士连等《大越史记全书》本纪卷十,唯沈庠误作"沈奉"、董绵误作"董振",第 739 页。

万里交南何处去,清风一道过湘皋。"① 以齐梁文坛宗匠沈约切其
姓,以竹之清风劲节勖勉沈伦的使臣品格。看来是先有人作画送
行,而吴宽题诗其上,构成一个诗画一体的送行卷。李东阳则作诗
为董绂送行:"紫泥新诏出彤宫,帝遣南乘使者骢。四面楼船通海
气,九霄旄节下天风。仙篸万叶占尧历,化日重辉仰舜瞳。闻道奉
扬恩泽遍,远人无地不呼嵩。"② 一派喜气洋洋的颂圣氛围。

12. 刘秩

刘秩天顺六年二月以行人充正使,前往安南谕祭故安南国王
黎濬,《苍梧总督军门志》和《大越史记全书》均明确开载其名,《明
英宗实录》和《明史·安南传》则仅言其事,未出刘秩之名。至于
其前因,则见载于《明英宗实录》:"(天顺五年九月)壬戌,安南国
陪臣丁兰奏:'生有封,死有祭,此圣朝柔远人之盛典也。比者国
王黎濬为庶兄所弑,乃遣逆党程棱妄以溺死奏。盖欲援《礼经》之
不吊,以售其奸。朝廷不逆其诈,委曲俯从,盖以夷而略之也。今
事既得白,则吊祭礼不可无。而臣等至京已四阅月,朝廷吊祭之
使尚未之遣,敢辄奏闻。'于是遣行人往谕祭之。"③ 这里未出姓名
的行人,应就是《苍梧总督军门志》和《大越史记全书》所载的刘
秩:"(英宗天顺)六年春二月,遣行人刘秩往谕祭,思诚遣陪臣来
谢。"④ "(明天顺六年)二月十一日,明遣正使行人司行人刘秩来谕

① 吴宽《家藏集》卷十九《题竹送沈尚伦刑部使安南》,文渊阁四库全书 1255
　册,第 140 页。
②《李东阳集·诗前稿》卷十七《送董行人奉使交南》,岳麓书社 1984 年版,
　第 397 页。
③ 李国祥等《明实录类纂·涉外史料卷》,第 754 页。
④ 应槚、凌云翼、刘尧诲纂《苍梧总督军门志》卷三十三,全国图书馆文献缩
　微复制中心 1991 年版,第 459 页。

祭于仁宗。"① 越史所言的"仁宗"，即为黎琮（一名宜民）所弑的故
安南国王黎濬（一名基隆）所追谥的庙号，而思诚则是安南国谥为
圣宗的黎灏（一名思诚）。

　　刘秩的出使，现存有吴节和叶盛的两首赠行诗。吴节《金陵白
下亭送刘行人使南交》诗云："金陵白下江水横，中有劳劳送客亭。
维时春归风日晴，垂杨夹岸啼新莺。遥闻使节自上京，倾城冠盖来
送迎。玉壶满泛杯中酒，愿君万里登云程。云程遥遥渺无极，双旌
直指南交国。南交远在炎海傍，海天荡漾玻璃色。天书到日开紫
泥，藩王拜谒愁皇威。三边无复纵风马，寸心仰照如倾葵。椎牛击
鼓宴天使，肴核多传海中味。倍增犀象贡天朝，双捧金缯答恩意。
炎方秋爽好南还，遍看海市穷山川。汉时铜柱镇边徼，伏波遗迹犹
依然。丈夫所贵仗旌节，不恤劳心与劳力。逢时专对在一言，何须
枉诵《诗三百》。"② 可见当刘秩从北京出发到达南京时，南京官员
曾在白下亭集会，赋诗送行。叶盛《送刘秩行人交阯还京次韵》诗
云："南交自昔多嘉祥，万里梯航来帝乡。银瓮白环何足道，一寸忠
识君取将。缘江草色青青多，可耐连朝风雨何。嘉鱼亭下送人去，
不听离歌听剑歌。"③ 则作于嘉鱼亭，刘秩从安南返京之时。

　　附考：吴鹏，嘉靖二十一年十二月奉敕出使安南，册封莫福海
为安南都统使。

　　吴鹏（1500—1579），字万里，号默泉，秀水（今浙江嘉兴）人。
嘉靖二年（1523）年进士，授工部主事。官至吏部尚书。著有《飞
鸿亭集》二十卷。集中有《征南行》一诗，小字注："公奉敕诏谕安

① 吴士连等《大越史记全书·本纪》卷十二，第 645 页。
② 吴节《吴竹坡先生诗集》卷十一《金陵白下亭送刘行人使南交》，四库全书
　存目丛书集部 33 册，第 512 页。
③ 叶盛《菉竹堂稿》卷四，四库全书存目丛书集部 35 册，第 230 页。

南莫福海时作,事载《年谱》。"① 《四库全书总目》对此也说:"鹏
常〔按:常当作尝〕使安南,故集中有《征南行》诸篇。"② 皆视《征
南行》为其奉使安南的作品。然细察该诗前后诗句所言:"明皇
御宇垂八叶,疆理畿荒功巚巣。……畴咨金协蔡中丞,壮猷元老
皆俦伍。……归来高画麒麟台,剖符割壤扬庥烈。"却不大像注
者和《总目》所言的奉使安南之作,而很像是歌颂嘉靖十九年冬
十一月两广总督蔡经(即张经)以兵威服莫登庸,到镇南关系组
纳土归降明朝的功绩。更奇特的是,本诗与包节《征南行送蔡
中丞总制两广》全同③,而包节诗题明确点明了主旨。虽然《征
南行》等诗不是奉使安南之作,然其"奉敕诏谕安南莫福海"之
事却是真的,当指吴鹏以贵州参议的职务奉使安南,册封莫福海
为安南都统使。还国,迁福建左参政。对此,中越外交文献均只
载册封莫福海其事,而未明载册封使者之名。据《苍梧总督军门
志》和《大越史记全书》,吴鹏接受诏书的时间应在嘉靖二十一年
十二月庚寅(十五日)④,而到达安南、完成册封使命,则到了嘉靖
二十二年。

---

① 吴鹏《飞鸿亭集》卷一《征南行公奉敕诏谕安南莫福海时作》,四库全书存
　目丛书集部 83 册,第 508—509 页。
② 永瑢、纪昀等《四库全书总目》卷一七七《集部·别集类存目四·飞鸿亭集
　二十卷》,第 1581 页。
③ 包节《包侍御集》卷一《征南行送蔡中丞总制两广》,四库全书存目丛书集
　部 96 册,第 603—604 页。
④《苍梧总督军门志》卷三十四:"(嘉靖)二十一年六月丁亥,安南都统使莫
　登庸卒。十二月庚寅,敕谕安南都统使莫福海:……兹该镇巡抚等官奏称
　尔祖登庸病故,尔系嫡孙,且尔能备陈尔祖纳款之诚,备述尔祖属纩之言,亦
　可谓善承祖志者矣。特命袭尔祖都统使之职,仍降敕谕尔……"第 475 页。
　《大越史记全书·本纪》卷十六"明嘉靖二十一年"条:"冬十二月十五日,
　明封莫福海袭安南都统使司都统使。"第 849 页。

二　使交作品的时代分布特征及原因

以上述目前可以考见的使交文集和散见作品来看,其分布呈现出十分鲜明的时代性特征:洪武时期最多,有 11 人,永乐 2 人,宣德 2 人,天顺 2 人,成化 2 人,弘治 5 人,正德 4 人,南明 1 人。而正德十六年到明亡这 120 余年间,却一人也无。之所以如此,除了文献本身反映的情况外,还有如下几个重要因素:

首先,特殊时期的明安政治局势和明朝的对安外交政策。嘉靖元年到明亡这 120 余年间之所以无一人留下使交文集或作品,是因为这一漫长时期明朝未派遣到安南册封、吊祭或其他任务的国家使团。而这是由嘉靖元年之后明朝与安南的政治格局和明朝降格对待安南的外交政策所决定的。就安南一方来说,是安南自正德十一年荒淫残暴的国王黎晭被弑之后,即陷入国内纷乱、君主更迭频繁的时期,再后就是莫登庸崛起,造成黎莫纷争的南北对峙格局,直至明亡。再就明王朝一方来说,则是根据嘉靖十九年所确定的降格处理安南统治者莫登庸的原则,来继续处理万历二十五年开始强盛起来的后黎朝黎维潭,让整个黎莫相争时期的安南在表面上看被明朝内地化、土司化(虽然实质上仍是“帝制自若”),成为明王朝在交趾地区的一个都统使司,其统治者也仅是明帝国的一个从二品都统使,相当于内地的一个土司衙门和大头目 [1],在行政上“通隶广西藩司” [2],名义上也不再是一个独立的国家。遇有

---

[1] 张廷玉等《明史》卷三二一《安南传》,第 8334 页。

[2] 雷礼、范守己等辑《皇明大政记》卷二十三,四库全书存目丛书史部 8 册,第 703 页。

请封,明"朝廷即给银印,亦不遣册命,令叩关祗领而已"①,不再派遣册封使到安南国内进行册封典礼,而只令莫黎派人到广西镇南关领取敕命。其间只有少许的例外,"如崇祯年间的催贡使,万历年间要求后黎剿除海盗的使者,隆武年间的求援使等也曾出关,但明朝始终坚持一个原则,册封使不出南关,不行册封礼。明朝再次派出册封使是在南明永历年间,潘琦册封安南后黎皇帝为安南国王"②。不过那已是日薄西山的南明晚期,需要借助安南的势力,才不得不做出的调整之举。

其次,各个时代的出使人数。以《明实录》明确记载出使安南的使臣姓名看(不计同一时期的重复出使),洪武时期15人(易济、张以宁、牛谅、罗复仁、张福、王廉、林唐臣,中使陈能,杨盘,邢文博,任亨泰、严震直,杨靖、陈诚、吕让),永乐时期7人(杨渤,吕让、丘智,夏止善,李琦、王枢、聂聪),宣德时期10人(李琦、罗汝敬、黄骥、徐永达、张聪,章敞,徐琦、郭济、朱弼、侯琎),正统时期6人(李郁、李亨,汤鼎、高寅、宋杰、薛谦),景泰时期2人(陈金、郭仲南),天顺时期5人(尹旻、王豫、太监柴升、钱溥、薛远),成化时期5人(郭景、乐章、张廷纲、刘戬、吕献),弘治时期9人(沈庠、董纮,徐钰、梁储、王缜、伦文叙、张弘至、沈焘、许天锡),正德时期3人(鲁铎、孙承恩、李锡)。将这些数据与上述留存使交文集和散见作品的人数相较,可发现一个看起来相当奇怪的现象,即正德时期的实际留存使交作品的人数竟然超过了《明实录》所载的出使人数。这说明《明实录》所载出使安南的使臣仅为实际出使的一部分,很不

① 李国祥等《明实录类纂·涉外史料卷》,第804页。
② 牛军凯《王室后裔与叛乱者——越南莫氏家族与中国关系研究》第七章《王朝变更与制度、礼仪的变化》,世界图书出版公司2012年版,第188页。

完全,而一些确实出使过安南并留下使交文集或作品的叶见泰、刘夏、曾日章、湛若水、潘希曾等人,却不见载于《明实录》。而留存比例较高的,是洪武时期的73%和弘治时期的55%,至于正统和景泰时期出使8人中,竟无一人留下使交作品,说明亡佚严重。

再次,明代文集的留存。《四库全书总目》曾言四库全书的著录原则,是"今于元代以前,凡所论定诸编,多加甄录。有明以后,篇章弥富,则删薙弥严"①。此亦可以借用而言明代别集的情况,时代越往前,留存的可能相对较多。由此,明初洪武时期所留存的使交文集和散见作品的人数最多,而以后时期较少,也便不足为奇了。

最后,部分使臣对与属国陪臣进行文学唱酬的警惕态度。对于出使安南、朝鲜、琉球这样的朝贡之国的明朝使臣来说,他们有十分尊贵而威严的双重身份,既是至高无上的当朝皇帝的代表,也是作为宗主国的明帝国的代表。因此,在面对属国君主和大臣时,他们常有一种居高临下的态势。"口衔天语,身驾星骈,报聘宣招,传纶綍之温煦,布声灵之赫濯,而使中国常尊,外夷永顺,固使者职也。"②这就是使臣所自持的天使身份,也就是常言的"上国使臣大体"。当这种"上国使臣大体"再与明前期洋溢的台阁文学思想相结合时,就有可能出现"以节义不以文章"的使臣品格要求,希望使臣以此为原则,"不与陪臣倡和"③,而部分使臣也确实在这样的舆论压力和自我认识下,减少了自己与出使属国的文学倡和,由此影响到明代使交文集和作品的数量。这在成化二十三年出使

① 永瑢、纪昀等《四库全书总目》卷一四八《集部·别集类一·序》,第1271页。
② 严从简《殊域周咨录·题词》,中华书局1993年版,第3页。
③ 郭棐《粤大记》,黄国声点校,中山大学出版社1998年版,第446页。

的刘戬和弘治十一年出使的梁储身上体现得最为充分。在为刘戬
所作赠行诗中，台阁人物丘濬言："好为天朝全大体，篇章珍重莫轻
传。"① 程敏政言："贮橐应无薏苡谗，吟囊岂待鸡林重。"② 都以保持
天朝使臣身份、不与属国倡和作为郑重要求。对此，邹智更为明确
地提出了"贤臣之出使也，以节义不以文章"的出使原则，而其背
景则是"比来出使者，短章大篇，动成卷帙，直与外国争为长雄，而
于节义漫不加之意，惧非所以全天朝之体、重天王之命也，故于公
之行也，重为公告之"③。因为在下的属国能轻易地就与上国天使进
行文学倡酬，即可能产生与宗主国攀附比对的感觉，而这会损害高
高在上、发号施令的明帝国体面和天朝使臣威严。如果说在刘戬
之时，台阁中人还只是一种外在的提示和要求，到梁储之时，则已
经内化成了一种自觉的警惕意识。这在梁储后来的送伦文叙、张
弘至奉使安南诗序里作了坦白的交待，他追述自己在弘治十一年
出使安南时，其实"尝作绝句，欲示安南来应送诸陪臣，既而自顾吾
上国使臣大体，竟不果出"④。作了也不敢拿出来示人，怕的就是国
内的舆论压力和属国的轻慢感觉。

　　补充说明，这种情况也不是自成化时期出使安南的使臣才有，
而是早在永乐时期出使朝鲜的使臣俞士吉即已经开始反思。俞氏

---

① 丘濬《重编琼台稿》卷五《送刘景元侍讲颁诏安南》，文渊阁四库全书 1248
　册，第 103 页。
② 程敏政《篁墩文集》卷八十一《送刘景元侍讲使交南》，文渊阁四库全书
　1253 册，第 618 页。
③ 邹智《立斋遗文》卷二《拟送友人奉诏使安南序》，文渊阁四库全书 1259
　册，第 441 页。
④ 梁储《郁洲遗稿》卷八《次前韵并送伦太史张黄门奉使安南序》，中山大
　学中国古文献研究所编《全粤诗》第五册，岭南美术出版社 2009 年版，第
　553 页。

在面对朝鲜参赞权近作诗赠送时,说了一番话:"昔陆颙辈奉使于兹,因诗酒荒乐,中国之士闻者皆笑之。是以吾辈初欲矢不作诗,然子之诗,敢不赓韵,乃口号曰。"① 因为怕招来与陆颙同样的"诗酒荒乐"后果,所以此次虽然以礼作答,但只是"口号",不算违背出使之初的"矢不作诗"决定了。以"口号"这种率意酬答的变通处理,与后来梁储的作而不示,都是为了维护上国使臣的尊贵大体,以示不与下国陪臣在文学上面比长挈短②。

以上这些来自政治外交格局、文集留存的客观原因和来自使臣出使创作观念的主观原因,都影响了明人出使安南的作品创作、诗文集的编撰和留存情况。

三　使交集的内容构成

在上述众多的明人使交文集中,如果就保留了当初的编录原貌和内容构成而言,只收录诗歌的使交诗集,大概只有弘治十八年(1505)出使的鲁铎《鲁文恪公文集》卷五中的《使交稿》和同时出使的副使张弘至的《使交录》。前者不按一般诗集的诗歌体式分类收录,而按出使安南的去程和返程的时间顺序,依次收录出使的纪行诗作和与安南头目及同行副使张弘至酬答联句的诗作等,共计70余题,近100首;后者又名《万里志》,目前有两个版本,一是清

---

① 《李朝太宗实录》卷四"永乐二年十月"条,末松保和编《李朝实录》,东京:学习院东洋文化研究所影印,1957—1966 年版。

② 以后到清朝,都还有人以此为理由不与下国进行文字交往。吴长庚《使交集》康熙丁未年序,言吴氏康熙三年奉使越南,越南人"或以纸索乞留题,公拒之曰:'职居奉使,与陪臣吟咏赠答,非所以示重,且越境无私交。'谢弗与通。"见《吴兴丛书》。

刻二卷本,附《诸公赠行诗》一卷,二是附录在其父张弼《张东海全集》之后的清康熙间张世绶刻本,亦为二卷,卷首有许毂《万里志序》、陆树声《万里志小引》和张弘至《万里志自叙》,卷末有文徵明《序万里志后》及张氏季子张其愃《万里志述言》,卷上收诗 89 首,卷下收诗 60 首,皆为张弘至出使安南时所作[①]。而其他现存的收录了使交诗作的文集,其诗作则往往是按体分散在各种诗体类别中,与其他作品混杂,看不出原有的编排顺序。至于黄福的《奉使安南水程日记》和钱溥的《使交纪行志》,虽也可说保留了原貌,但它们都是使交日记,与文集和诗集的编集体例均明显不同。由此,如欲较为切实地探讨明人使交文集的收录内容,则需要借助现存的一些使交文集序言和相关的文献记载,来推测它们当初的编集类型和内容构成。大体而言有两类,细分则有多种。

(一)可称为"使交诗集",专收出使安南往返途中所作诗歌。属于这种类型的最多,除上述鲁铎《使交稿》外,还有王廉《南征录》、林弼《使南稿》和孙承恩《使交纪行稿》等。宋濂《南征录序》言:"(王)廉尝与(宋)濂为文字交,遂以所作歌诗曰《南征录》者授濂序。"[②]《使南稿序》言:"吏部考功主事林君元凯奉使安南,遂以《使南稿》一编授予序。至于行役之劳,倡酬之适,山川土俗之详,已见诗中者,可得而略也。"[③]可见王廉、林弼当初编集而请宋濂为序的《南征录》和《使南稿》(或《使安南集》),皆是专收两人出使

① 关于张弘至《使交录》(又名《万里志》)的版本和收诗情况,可参李时人编著《中国文学家大辞典·明代卷》"张弘至"条,中华书局 2018 年版,第710 页。
② 宋濂《文宪集》卷五《南征录序》,文渊阁四库全书 1223 册,第 360 页。
③ 宋濂《文宪集》卷七《使南稿序》,文渊阁四库全书 1223 册,第 429 页。林弼《林登州集·附录》题作《使安南集序》。

安南诗作的诗集。另就宋濂《使南稿序》可知,林弼请序时的《使南稿》当初只收录了林弼洪武三年四月第一次出使安南册封陈日煃的途中诗作,而不包含洪武十年春林弼第二次作为吴伯宗的副使再次出使安南的途中诗作。现存林弼《林登州集》收录的则是这两次出使的诗作,并非当初宋濂所序《使南稿》的原貌。当然,也可以推论,林弼在第二次出使安南之后,应该是将第二次出使之作与第一次合编,仍名《使南稿》,或者改名《使安南集》。是故宋濂所作序题在宋濂文集和林弼文集里不同,现存林弼《林登州集》所附录的宋濂序,即已改题为《使安南集序》。孙承恩《文简集》卷三十《使交纪行稿序》言:"嘉靖改元壬午,今天子即位,当诏谕夷裔。承恩承乏词林,与给事俞君崇礼实奉命使交南。……先以是岁八月行,比归,往返凡八阅月。途中履历,随意以小诗纪之,与凡感怀酬赠之作,共得古近体若干首。故文败楮,猥杂细书,纷积箧笥中。家居无事,复为检出,不忍遽毁弃,择稍可诵者共百五十章,命儿辈录而为帙,时一展览,以无忘兹役。嗟夫!昔人以衔天子命使绝域为荣,予惟浅薄,莫克胜任,又适值交中之变,恐弗善厥事,以辱我天子宠命,故辞多惧。又屡躯远去亲侧,屺岵之悲,人情所不能免者,故辞多忧思。与夫履险阻、览风俗,触事感心,故多哀伤慨叹。而凡登眺游观之适,十无二三焉。此予诗之大略也。览者弗是之谅,或咎予不能彰显光宠,顾咨嗟愁苦如畸穷旅人之为者为弗宜,则亦过矣。"[①]可见孙承恩当初收录的是出使途中所作诗中的150首,而非全部,诗体则古近体皆有。据《国榷》,这个本子当初曾经单行,现已亡佚,然其主体尚保存在《文简集》中,只是与其他

① 孙承恩《文简集》卷三十《使交纪行稿序》,文渊阁四库全书1271册,第391页。

非使交诗作混杂在各体诗卷中，失去了原有的单行编集面貌。此外，孙承恩还有《南征赋》《北归赋》等使交作品，并没有收录在里面。大概在古人，长篇纪行赋作是可以单独为卷，不需要与诗歌合编在一起。

至于现存任亨泰《状元任先生遗稿》二卷正德十年顾英刻本所录 61 首诗，均是其出使安南途中所作，其实就是他的出使安南诗歌专集（或称《使交集》《使交稿》《使安南稿》），顾英《状元任先生遗稿序》称：“其肆而为著作也，日以宏富，而平生所遗，经煨烬之厄，故亡逸不收。独存《使安南诗》，而仅得十一于千百之中。是岂不为不幸欤？先生之文可见者，惟《序解学士诗集》一篇尔。”[1] 现存徐孚远《交行摘稿》也是其使交诗歌专集。其他如张以宁《使安南稿》（或称《安南纪行》）等则已散入现存文集，非复当初单行编集和刻印的原貌。

（二）所收作品除诗外，还有各种类型不一、作者也不一的文，可称为“使交合集”。具体收录情况较为复杂，现分别介绍：

1. 收录内容包含奉使敕旨、与安南国往复书信，以及自作纪行诗。属于这种类型的，目前可知有严震直的使交文集《南游集》。据吴宽《尚书严公流芳录序》，此集由严震直曾孙严绩编集，收录严震直“奉使安南时敕旨并与其国往复书于前，而纪行诗则使广西者俱在”[2]。敕旨和与安南国往复书居前，到广西的纪行诗居后。而纪行诗只收录到广西的作品，应该是到严绩编集的弘治年间，严震直奉使安南途中的其他诗作，包括在安南国内的纪行诗和酬答作品

---

① 任亨泰《状元任先生遗稿》卷首，中国国家图书馆藏明正德十年顾英刻本。
② 吴宽《家藏集》卷四十三《尚书严公流芳录序》，文渊阁四库全书 1225 册，第 387 页。

皆已不存，而只留存有广西境内作品。

2. 一卷本，以在安南所作诗歌和回京奏疏居前，附录安南国王诗书和陪臣诗。属于这种类型的，是潘希曾的使交文集《南封录》。其《南封录序》述收录内容为："乃取在安南所赋诗歌二十二首、回京奏疏一通，手录为卷，又以安南国王诗二首、书二通、陪臣诗五首缀之卷末，题曰《南封录》，序而藏之。凡山川之迁险、风土之奇诡，与夫往来交际之始末，一览可见。"① 以此对照潘希曾现存《竹涧集》和《越峤书》等文献，可知上述内容大都留存。所谓"在安南所赋诗歌二十二首"，即《竹涧集》卷二所录之《出镇南关关外即安南境》《次安南坡垒驿》《北峨歌》《不博驿晓枕》《卜邻驿交地褊小往往迂其路以示远》《仆山道中次湛内翰韵四首》《丕礼道中》《寿昌河》《发市桥驿》《发吕瑰驿至王城》《次韵答安南国王兼辞其赆》《回渡富良江二首江本不阔而操舟者循岸沿洄以示险》《回至吕瑰再次王韵辞其赆》《次韵酬安南国王饯别之作》《即事二首》《回至坡垒示伴送陪臣》《南交纪事》等 17 题 22 首②，篇数正好吻合。所谓"回京奏疏一通"，即本集卷一所收《求封疏》，内中详细记载自正德七年二月初六日奉命出使到正德八年二月初八日回到镇南关的经过，并在结尾言："臣等看得安南地方僻小，风俗鄙陋，虽习尚诡谲，而其敬事天朝以及使臣之礼，则靡所不至。如各站遣人迎接，每日三次馆待；所过地方，刊木修路；临回远送，不敢或替。此皆皇上德威远布之所致也。臣等除将原领诏书筒并节照例另缴外，谨具题知。"③ 显然就是回京复命时所上的奏疏。至于安

---

① 潘希曾《竹涧集》卷七《南封录序》，文渊阁四库全书 1266 册，第 723—724 页。
② 潘希曾《竹涧集》卷二，第 666—669 页。
③ 潘希曾《竹涧集》卷一《求封疏》，第 758—759 页。

南国王黎晭赠潘希曾诗二首,中国文献虽已不存,然仍见于《大越史记全书》。"书二通"当指《求封疏》所言关于迎接诏敕仪注的往复书信。"陪臣诗五首"则见于《越峤书》,只是皆题为赠正使湛若水之作。

3. 比第二类收录内容更庞杂的多卷本诗文合集。属于这种类型的,有黄福的《使交文集》十七卷、钱溥《使交录》十八卷、湛若水《湛子使南集》十二卷。现以钱溥《使交录》为例说明。据《四库全书总目》所言,钱溥《使交录》十八卷即属这种类型:"乃其天顺六年为翰林院侍读学士出使安南所作,多载赠答诗文,而其山川形势、土俗人情,乃略而不详。"[1] 原本当时还列入"存目",可惜现已不存。然征诸《越峤书》所保留的类型多样的钱溥使交文献和《使交录》原本十八卷的庞大规模,上引《总目》的内容介绍应该并不确切,其原本的实际收录内容,应该远超《总目》所言,而至少包含了《越峤书》所保留的多种文献,否则难以形成十八卷这样庞大的卷帙。现据《越峤书》所录,对照"多载赠答诗文"和潘希曾《南封录序》所述内容,分叙如下:

首先是四卷(或四册)他人所作的赠答诗文和《奉节图》。《越峤书》现存李贤等五人为钱溥出使所作的赠行诗序[2],藉此可知钱溥奉使安南,从北京一出发即在国内不同经行地方有了至少四册不同的赠行诗集(之后钱溥编集时,即可能是四卷),而其他明人文集所存的赠行诗篇即作于不同的送行地点和场合:一是在奉使出发的北京,有钱溥的翰林院同僚和属下所作的赠行诗集,由李贤和

①《四库全书总目》卷六四《史部·传记类存目六·使交录十八卷》,第572页。
② 李文凤《越峤书》卷十七"序",四库全书存目丛书史部163册,第252—255页。

刘定之作诗集序言，同名为《赠钱学士溥出使安南序》。此地现存的赠行诗最多，主要有黎淳《送钱学士使安南》五排、徐溥《送钱学士使安南》七古、丘濬《送钱学士使交南》、柯潜《送钱学士使安南》、童轩《送学士钱先生奉使日南》、章纶《奉使交南送钱学士》等七律。二是奉使经行的南京，当地官员“各赋诗为别”，由钱溥的旧同事翰林院侍读周致尧“汇而帙之”，成一赠行诗卷，而由南京国子监祭酒吴节为序。此地现存的赠行诗有姚夔《和钱学士韵二首》，内中有言“奉诏南游气象都，远人争迓玉堂儒。天恩宠眷真奇遇，海国翱翔属壮图”，“行边剩有陈孚稿，囊里应无马援珠。圣主恩威覃海外，越裳奉职古来无”，可见是南京官员送行之作。三是奉使经行的杭州，浙江省府官员又绘《奉节图》赋诗赠行，成一有诗有画的赠行卷，由浙江提学副使张知为序。此地的赠行诗尚未发现。四是奉使所经的两广，当地士大夫又作有《奉使安南诗卷》，由叶盛为序，序末系四言诗一首[①]。此地所作赠行诗，现存叶盛《贺正使安南钱翰林见寄兼简王给事副使》[②]。

其次是钱溥作于中国境内的使交诗文。《越峤书》载有1首出使之初留别京中诸公的《玉堂留别》。诗云：“远使交南别帝都，玉堂开宴总鸿儒。九重凤阙新恩诏，万里龙编旧板图。但把文章夸盛世，不烦薏苡当明珠。群公借得甘霖去，一洗蛮邦瘴疠无。”[③]直切使命主题。其他则保存在《粤西诗载》中，计有七古《拒贼行》、五律《鳌头山》《青连山》《白云洞》《陇口归棹》《山寺僧灯》和七

---

① 李文凤《越峤书》卷十七“序”类所录题作《奉使安南诗序》，无作者署名。据叶盛《箓竹堂稿》卷五同题序和正文，全同，当为叶盛作，四库全书存目丛书集部35册，第251—252页。

② 叶盛《箓竹堂稿》卷三，第221页。

③ 李文凤《越峤书》卷十九“国朝诗”，第273页。

律《题伏波祠》等 7 首,均当是出使安南路经广西境内所作①。文则散见于各种不同文献,现能发现的,有路经广州所作的《广东进士题名记碑》②和《省庵集序》(内言"予使交南过其境")③,途经广西浔州所作的《重修浔州府学记》④,天顺六年冬返回长洲所作的《重建尹山桥记》(首即言"天顺六年秋七月,长洲县重建尹山桥成。其冬,予奉使交南还,县耆老浦嗣昌迓予而请曰")⑤,以及署"天顺七年岁次癸未二月二十五日立石,郡人钱溥撰并书丹"的《西林大明寺佛阁记》⑥等 5 篇古文。

其次是安南境内唱酬诗。《越峤书》卷十九载有钱溥在安南国境内所作诗 5 题 6 首和安南国王、陪臣 26 人所作赠行、奉和、奉赓诗 37 首。钱溥所作自《名古寨遗祠》始,至《僭右仆射黎弘毓、僭学士承旨阮堵、僭审刑院同知阮贻阙等伴送至关口留别》终,乃纪行诗和与同行副使王豫及安南国王、陪臣的酬答诗⑦。安南国王和陪臣所作,均是送钱溥还朝的赠行和"奉和""奉赓途中韵"诗。赠行诗包括国王黎灏所作的《律诗十首送天使钱学士归朝》,黎念(文职大头目,左仆射)、阮直、阮复、阮居道、程盘、阮廷美等 19 人

① 汪森《粤西诗载》卷七"七言古",文渊阁四库全书 1465 册,第 89 页;卷十一"五言律",第 151 页;卷十七"七言律诗",第 263 页。
② 陈鸿钧《广州一方明代〈进士题名记碑〉考》,《广州文博》2012 年版。
③ 程敏政编《明文衡》卷四十四,文渊阁四库全书 1374 册,第 189 页。
④ 汪森《粤西文载》卷二十七,文渊阁四库全书 1466 册,第 115—116 页。
⑤ 陈昞纂《吴中金石新编》卷四"桥梁",文渊阁四库全书 683 册,第 146—147 页;钱榖编《吴都文粹续集》卷三五,文渊阁四库全书 1386 册,第 176—177 页。又见皇甫汸等纂《万历长洲县志》卷二,台北:学生书局 1987 年版。
⑥ 《华娄续志残稿·金石志》,上海市方志办公室编《上海府县旧志丛书·松江县卷》,上海古籍出版社 2011 年版,第 1659 页。
⑦ 李文凤《越峤书》卷十九"国朝诗",第 274 页。

19首，"奉和""奉赓途中韵"诗包括黎景徽（学士承旨）等7人8首①。并且，以上这些唱酬诗在"关口留别"的第二天，即被安南国用活字印刷成诗集，而被钱溥带回国内②。

　　再次是回京复命奏疏，包括《复命题本》《与安南国王书》七通和附载的安南国王《回书》三通等。《越峤书》所载钱溥《复命题本》言："今将录过书七通、律诗十首及安南国回书三通，随本封进，谨具题知。"可知《复命题本》当初还附载有钱溥作于安南的十首律诗，当是酬答上述黎灏十首律诗而作，惜乎现已不存。另外，《越峤书》还载录了钱溥奉使到南京与太监柴升的《与太监柴公书》一通③，应也在《使交录》原书之中。

　　最后是日记体的《使交纪行志》，仍见载于《越峤书》中。该志比较详细地载录了出使的年月日、地点和事件，从天顺六年正月甲寅受命始，至天顺七年六月己巳接受安南带来的礼物、设宴款待安南使臣黎公路等7人终，其中也涉及到广西和安南境内的山川形势、土俗人情的观察和评论。如天顺六年八月丙子条记录的广西龙州附近凌湾村的世外桃源印象，八月己丑条记录的同行奉御太监张荣所言的永乐年间逸闻，九月乙未条对安南不博站"山溪险恶难行"的记录，九月丁酉条对安南卜邻站"溪多山峻如六那"的记录，九月戊申条对安南首都宫殿的简陋格局记录，等等，都具有记录山川形势和土俗人情的作用④。或许四库馆臣翻阅此书过于

① 李文凤《越峤书》卷十九"国朝诗"，第292—294页。
② 强晟《汝南诗话》"毕升活字"条："祝太守廷瑞尝为予言：天顺间钱溥学士使安南，与其国相等倡和，明日即印成诗集，此活字板也。"陈广宏、侯荣川编校《稀见明人诗话十六种》，上海古籍出版社2014年版，第48页。
③ 李文凤《越峤书》卷十一"书疏移文"类，第92—102页。
④ 李文凤《越峤书》卷十一"书疏移文"类，第102—105页。

粗疏^①，没有见到此一部分，致有上述"多载赠答诗文，而其山川形势、土俗人情，乃略而不详"的不实之言。

由此，钱溥《使交录》原书虽不存，然其基本内容仍可凭现存文献和一般"使交集"的收录体例，而知其中收录了时人所作的赠答诗文（含《奉节图》）、自作的途中诗文（含中国和安南境内的纪行诗、赠答诗）、《复命题本》《与安南国王书》《使交纪行志》以及安南国方面的回书、赠行诗、奉和诗等等，其中日记体的《使交纪行志》可以单行。黄福《使交文集》十七卷和湛若水《湛子使南集》十二卷的原本，应大体与此一致，主要内容还保留在他们的本集和《越峤书》等书中。

综上可见，明人使交文集有几个内容当初是可以单行编集或刻印的：诗歌、辞赋（如湛若水的《交南赋》、孙承恩的《南征赋》《北归赋》等）、图画（如严震直和许天锡的《驻节宁亲图》和钱溥的《奉节图》等）、日记（如黄福的《奉使安南水程日记》、钱溥的《使交纪行志》等）。而其他如奉使的诏敕、复命的奏疏、与安南国的往复书信以及沿途的他人赠答诗文等，则往往与途中纪行赠答诗歌和日记等部分合编在一起，而构成一个卷帙较大、内容庞杂、能综合反映国内文人倡和、中越文学交流、记录出使历程和山川风俗的"使交合集"。

四　使交集的学术价值和社会价值

明代使交集还具有多方面的学术研究和社会现实价值。这里

---

① 余嘉锡《四库提要辨证》卷二十二《集部三·藏海居士集》案语："然《宋诗纪事》实尝录其诗，且著其里贯仕履甚详，《提要》自不曾细检，竟谓厉氏亦未之及，则诬矣。"中华书局1980年版，第1427页。

主要谈如下两种价值：

（一）中越出使人员的证补价值

无论是《明实录》《明史》等正史和《越峤书》《域外周咨录》《苍梧总督军门志》等中方外交文献，还是《大越史记全书》和《钦定越史通鉴纲目》等越方正史文献，所载录的明人出使安南史料，一般皆只简略记载出使时间、任务、诏敕内容和正副使姓名（有的还多所缺略），而对其他更为细致的历史情况，如明方使团中的正副使及辅行成员、沿途接待的明朝官员和安南方面各类迎接、款待、伴送官员等，却往往语焉不详。在此，明代使交文集却可以在这些方面多所补充和证实，具有丰富和完善中越外交历史细节的重要作用。

1. 补充和证实明朝出使安南的正副使或辅行成员。

正副使失载于中越外交文献而见载于明人文集者，可参前面所作"使交文集考补"，如叶见泰（或为副使）、刘夏（或为副使）、曾日章、徐钰（吊祭正使）、何沾（吊祭正使）等人。这里再补充一例。张以宁文集中有一诗题为《情事未申，视息宇内，劬劳之旦，哀痛倍深。悲歌以继恸哭，所谓情见乎辞云尔。呈阎初阳天使、牛士良典簿》①，题中的牛士良，即牛谅，字士良，为与张以宁同行的副使。然则阎初阳为谁，出使任务如何？根据与张以宁、牛谅差不多同时出使安南这一情况查阅中越外交史料，发现《大越史记全书》"明洪武三年"条载："春，正月，明帝亲制祝文，命朝天宫道士阎原复赍牲币，来致祭于伞圆山及泸江诸水神。夏四月，阎原复入国都，敬行祀事毕，刻文于石纪其事，然后辞归。"② 以此再对照《明太祖实录》

---

① 张以宁《翠屏集》卷二，文渊阁四库全书 1226 册，第 567 页。
② 吴士连等《大越史记全书·本纪》卷七《陈纪》，第 438 页。

同年所载:"(洪武三年春正月)庚子,遣使往安南、高丽、占城,祀其
国山川。先期,上斋戒亲为祝文,是日临朝授使者香币。香盛以金
合币一文,绮幡二,皆随其方色祝版,上自署御名。给白金二十五
两,具祭物;使者人赐白金十两及衣服而遣之。仍命各国图其山川
及摹录其碑碣、图籍付使者还,所至诸国皆勒石纪其事。"[1]则《明太
祖实录》失载的使者姓名,可在《大越史记全书》中得到补充,为阎
原复,而其字则是张以宁该文所载的"初阳"。其本来身份是朝天
宫道士,出使的任务是祭祀安南国内的镇山大川。

　　失载的辅行成员则有张以宁、林弼皆提到并与之有过诗歌唱
和的广东行省从事郎观子毅,"以选为辅行"[2],辅助年老的张以
宁,结果"半载相从万里馀",与牛谅"先造其国,正辞严色,大张吾
军"[3],完成吊祭任务后返回广东。其人"善诗,清安而有体",书房
名讷庵,曾请张以宁为文记之[4]。林弼亦有二首诗次观子毅韵[5],可
见其确实长于诗歌。还有洪武十年辅佐吴伯宗、林弼共同出使安
南的顺庆府照磨韩子煜,"三人同心一力,以事王事。行则方舟联
艑,寝则共室对床,相聚之殷而相与之厚,未尝一事之或违、一言之
或戾也",复命之后超迁为海门令[6]。另外,还有国子监助教高达善,

---

① 李国祥等《明实录类纂·涉外史料卷》,第 555 页。
② 张以宁《翠屏集》卷四《讷庵记》,第 639 页。
③ 张以宁《翠屏集》卷二《广东省郎观子毅,翩翩佳公子也。读书能诗,甚闲
　于礼。以省命辅予安南之行,雅相敬礼。予暂留龙江,君与士良典簿先造其
　国,正辞严色,大张吾军。今子毅北辙,而予南辕,家贫旅久,复送将归,深有
　不释然者,口占绝句四首以赠。诗不暇工,情见乎辞云尔》四首,第 582 页。
④ 张以宁《翠屏集》卷四《讷庵记》,第 639 页。
⑤ 林弼《林登州集》卷五《酓观子毅省郎》《再用观子毅省郎韵》,文渊阁四库
　全书 1227 册,第 45 页。
⑥ 林弼《林登州集》卷十《送韩君子煜之官海门序》,第 90—91 页。

也可能是在这一次与林弼等人同时出使安南①。

　　2. 明朝沿途接待官员和医生等服务人员，这些情况往往不为中越外交文献所载。按规定，凡中外使团沿途所经之水陆驿站，官府都要负责相应的款洽接待任务，尤其是毗邻安南的广西地区。通过叶见泰所存二诗，可知他奉使安南经过广西时，曾受到过苍梧府知府拜德新、通守张明德（或作张德明）、判府尹时中、经历卓赤（字赤心，前元福建行省检校官）、知司（知事）周善卿、员外陈玄略、高士张用、省夅李君、彦举王君（王佐）、仲升赵君等人的招待，作诗酬谢②。通过张以宁和林弼文集，可知张以宁、牛谅和王廉、林弼使团曾先后得到过江西吉安知府、南昌行省参政滕弘（京口人，林弼作滕仲弘）、万安县令冯仲文（全椒人）、南康驿丞王珪（字文玉）、广东行省参政周幹臣（保定人）、右丞杨希武、左右司员外郎王克广（自号雪崖）、广西临江知府刘贞（字子贞，云州人，太学生，前建昌知府，张以宁为作《临江府官缮记》）、同知张士俊、守御官夏以松（濠梁人）、广西行省参政刘允中、南宁府摄知府焦仲才（怀庆人，前元湖广郎中）、邕州府幕僚张士进（真定人，书斋名知愚斋）、梧州府知府刘可与（著有《岭南纪行》诗集）、南雄知府叶景龙等当地官员的招待。通过章敞文集，可知其所带领的奉使安南使团曾得到过广西浔州都指挥田真、通判刘学等当地官员的款洽③。通过许天锡的纪

————————

① 林弼《林登州集》卷十二《赠林子方序》，第105—106页。

② 叶见泰《古诗八韵奉赠德新知府，并呈明德通守、时中判府、良心长司、善卿知事》《奉使安南，道出苍梧，留别幕长良心卓君济民、员外陈君玄略、高士张君用、省夅李君、彦举王君、仲升赵君》，参卓赤《苍梧郡志序》所提到的同时官员，载马蓉、陈抗等点校《永乐大典方志辑佚》第五册《苍梧志》，中华书局2004年版，第2924—2926、2971—2972页。

③ 章敞《浔州歌为都指挥田真赋》《挽浔州刘通判敩》，《明永乐甲申会魁礼部左侍郎会稽质庵章公诗文集》，四库全书存目丛书集部30册，第291、305页。

行诗,可知其所在的册封使团曾得到过平南县参戎马澄的款待①。

值得一提的是,除了负责接待任务的各地官员外,还有医生等服务人员。由于旅途劳顿、水土不服以及年高体弱等多种原因,使团成员多有在途中患病者,由此一些使交文集中提到了一些为之诊治的本地医生。六十九岁的张以宁在到达江西吉安府时,感染秋暑,身体疲困,知府即命医者王本达"馈以善药"②。五十四岁的林弼洪武十年第二次奉使安南经过苍梧时,"伏暑内发,体热可炙手",当地的靖江王派遣王府医生诊视,"连进数剂,热虽消退而泄痢作矣",直到回京城,才由御医林子方完全医好③。章敞宣德六年第一次奉使安南时年五十二岁,宣德九年第二次奉使时年五十五岁,则提到一个名尹庆的桂林医生,"随行逾九旬,眠食恒与俱。我意子先得,我疾子与扶。出使万里道,赖保一弱躯",直到梧州才分别,保障了章敞的身体健康④。王豫天顺六年作为正使钱溥的副使前往安南册封黎灏为国王,结果在安南完成册封典礼后生病了,于是黎灏两次派遣本国医生看视,并亲自看望⑤。

3. 补充和完善安南方面的各类迎接和款待人员名单。这方面情况中方外交文献除《越峤书》偶有较详记载,其他多不载录,《大

①许天锡《晚至平南忆别马参戎澄》,《石仓历代诗选》卷四四六《明诗次集》卷八十,文渊阁四库全书1392册,第894页。
②张以宁《翠屏集》卷一《予使日南,道吉安,府主来访舟中,命医者王本达馈以善药,时予困于秋暑,心目为之豁然。感其意,走笔为赋长句以赠》,第539页。
③林弼《登州集》卷十二《赠林子方序》,第105—106页。
④章敞《梧州赠医尹庆》,《明永乐甲申会魁礼部左侍郎会稽质庵章公诗文集》,第290—291页。
⑤钱溥《使交纪行志》,载《越峤书》卷十一"书疏移文",四库全书存目丛书史部163册,第102—105页。

越史记全书》等越方文献虽时有记载，但很不完整，而征诸相应的明代使交文集，则可以补充完善之。刘夏文集附录的《奉使交趾赠送诗》载录了赠刘夏回京的安南黎括诗 2 首、范师孟 3 首。张以宁文集载录了与他们同行的安南回国使者同时敏、迎接官何符、请命官阮士侨，奉安南国王命献诗的翰林校书阮法献，为其誊抄《安南纪行》诗集的书生阮太冲、阮廷玠，以及在天使馆服侍起居的太监费安朗等。林弼文集载录了同行回国的安南使者莫季龙、黎元谱①、通事官阮勋，以及到达安南后，与之有过交往的陈暊（时为安南国内相，后为陈艺宗）和之前曾出使元朝，又为刘夏赠行的黎括等。

　　而据《越峤书》所载钱溥《使交纪行志》，则安南方面的各类迎接、款待人员的形象更加立体而丰富，上自国王，下到各类专任官员和师生耆老，人多不烦列举。复据《越峤书》所载安南方面为钱溥还朝而作诗赠行、奉和、奉赓和伴送归国至镇南关口者，则上有国王、下有各类专任官员：（1）为钱溥还朝赠行，有安南国王黎圣宗黎灏（一名思诚，天顺四年立）、大头目黎念、阮直、吏曹侍郎黄清、学士承旨阮复、阮居道、程磐、礼曹侍郎阮廷美、范熊、范维孝、范居、武永祯、潘员、阮自得、审刑院同知阮贻阙、陶隽、阮世科、陶名澄、陶仁心；（2）奉赠、奉和、奉赓途中韵，有文职大头目、左仆射黎景徽、右仆射黎弘毓、吏曹侍郎克敦（又作"允元"，此三人为兄弟，钱溥诗称为"交南三黎"）、审刑院使阮永锡、学士承旨阮堵、审刑院同知阮贻阙，武职官领阮恪等；（3）伴送至镇南关口的，则有

---

① 张廷玉等《明史·安南传》作"黎元普"，官职为"下大夫"，与"上大夫阮兼、中大夫莫季龙"受国主陈日熞委派，到明朝"谢恩，贡方物"。至此与王廉、林弼使团同回，第 8310 页。

右仆射黎弘毓、学士承旨阮堵、审刑院同知阮贻阙等①。作诗赠送湛若水还朝和伴送的,则有国王黎暭(越史称襄翼帝,名黎滢)②,大头目黎念,以及梁德明、谭慎简、尹茂魁、阮泽民等③。伴送鲁铎的,有大头目黎能让④。赠行和伴送梁储、王缜使团的,则有安南国王黎晖和头目阮弘硕、裴溥、邓从矩、陈光瑾等⑤。以上这些来自安南方面的迎接、送行和伴送名单,对中越外交文献而言,都有较大的补充和完善价值。

（二）出使日期、路线和驿站的史料价值

由于史书编纂体例和篇幅有限等原因,明朝的外交史书一般只记载正副使接受出使任务的时间,越史一般只记载明使到达其国都的时间(偶尔也记载接受出使任务的时间⑥),都不记载明朝使臣启程出发的时间和沿途经过的具体时间,当然,也都不记载明使的往返路线和水陆驿站等更为详尽的出使细节。而这些在现存的明代使交文集和日记(主要是黄福《奉使安南水程日记》和钱溥《使交纪行志》两种)中都有较为完整而清晰的载录,具有较高的史

① 李文凤《越峤书》卷十九"国朝诗",第274—297页。
② 吴士连等《大越史记全书·本纪》卷十五,第803—804页。
③ 李文凤《越峤书》卷十九"国朝诗",第298页。值得指出,《越峤书》在记载越方官员官职时,都会在前面加一"僭"字以示贬义。
④ 鲁铎《鲁文恪公文集》卷五《与大头目黎能让》,四库全书存目丛书集部54册,第72页。
⑤ 王缜《梧山集》卷五附《交南遗稿》,中山大学中国古文献研究所编《全粤诗》第五册,岭南美术出版社2009年版,第175—177页。
⑥ 如洪武三年奉使致祭安南国山川的阎原复,《大越史记全书·本纪》卷七既记载了其达到安南国都的时间(四月),也记载了其接受任务的时间(春正月),第438页。

学参考价值。

　　1.启程出发的具体时间和接受出使任务的时间往往并不一致。这除了正副使在接受任务后，需要去礼部"领节，及奉诏书敕谕，并钦赐皮弁冠服一副，常服一套"①，入朝陛辞皇帝和皇太子，得到类似"羊一只，酒一瓶"②等赏赐，以及其他的诸如准备行装和亲友僚属告别等之外，会将启程出发的时间延迟至接受任务后的一个月左右③，还有一个重要原因，就是大概从弘治五年三月奉使安南的沈庠（祖籍南直吴江县，占籍应天府上元县）始，朝廷即有了嘉奖家在南方的正副使以出使所暂得的荣耀性一品衔大红麒麟官服衣锦还乡，顺道省亲之后再出发的传统④。由此，将有记载的从家出发的时间与之前接受任务的时间相比，可能又已经是好几个月之后了。而一般从北京通过京杭大运河达到南京，往往只需要一个

<hr/>

① 潘希曾《竹涧集奏议》卷一《求封疏》，第758页。
② 钱溥《使交纪行志》，《越峤书》卷十一，第102页。
③ 宣德九年奉使安南的章敞，接受任务是在本年十月甲寅，而从南京龙江驿登舟出发，则在十一月十九日，参章敞《同安失道（此十一月廿四日，盖自是月十九日龙江登舟至此，云雾已六日矣）》。钱溥天顺六年接受礼部题准的出使册封任务是在本年正月丙申，谢赐衣恩在二月丙寅，辞朝在二月辛卯，从北京潞河驿出发在二月壬辰。两人都是前后相距约一月。成化二十三年十二月庚午奉命颁孝宗皇帝即位诏的刘戬、吕献使团，出发则在次年的二月。
④ 参倪岳《清溪漫稿》卷十九《赠贵州按察副使沈君荣任序》："尚伦亦两奉使轺，获遂觐省，乡人以为荣，则今之拜恩而南，复得便道过家，称觞上寿……尚伦自举辛丑进士入官，即拜刑部主事，累迁郎中……往岁圣天子建立皇储，当诏谕安南，求可以充使者，择之群僚中，得吾尚伦首奉纶命以往。"可见他奉使安南曾便道回南京家中，他的出使行程并不会因此而有太久的延迟。因为他从北京出发到安南，也要走京杭大运河的路线到达南京再出发。文渊阁四库全书1251册，第250—251页。

月左右①,现在又多了一个顺道回家(实质往往是迂道还家)的路程和探亲的时间。据明人使交文集记载,弘治十八年十二月奉命册封安南黎诜为王,而家在福建闽县的副使许天锡(家在苏州府长州县的正使沈焘自也如此),嘉靖元年正月奉命到安南颁布世宗皇帝登极诏书,而家在南直松江府华亭县的正使孙承恩,以及家在南直扬州府江都县的副使俞敦,他们从家出发的时间都在接受任务的八个月后②。其他曾便道回家省亲,目前暂不知其从家出发的具体时间者,尚有弘治十一年闰十一月奉旨到安南吊祭已故安南国王黎灏的正使行人徐钰(湖光兴国人)和十二月奉旨往安南册封世子黎晖为王的正副使梁储、王缜(前者广东顺德人,后者广东东莞人)③,弘治十八年五月奉旨到安南颁布武宗皇帝登极诏的正副使伦文叙、张弘至(前者状元出身,至正德元年三月到达江西赣州,闻父丧归家守制,半道中止,后者松江府华亭县人)和正德元年接替

① 如钱溥二月二十六日陛辞后从北京潞河驿出发,三月二十六日即到南京,相距刚好一月。参钱溥《复命题本》,《越峤书》卷十一,第101页。

② 据汪舜民《静轩先生文集》卷八《送许黄门使安南诗序》所署"正德丙寅八月二十日",可知顺道省亲的许天锡从福建家乡启程的时间相较奉命时间晚了八个月,续修四库全书1331册,第78—79页。孙承恩从老家出发的时间,据其《使交发云间》,在八月份,距奉命之时的正月,亦正好八个月。孙承恩《文简集》卷十三,文渊阁四库全书1271册,第171—172页。

③ 李兆先《李徵伯存稿》卷四《送徐大行使交趾》:"海国王臣夸健节,楚山乡信滞雕轮。"四库全书存目丛书集部78册,第340页。毛纪《鳌峰类稿》卷二十三《送厚斋奉使安南》:"过家玉节无多驻,史局经帷望正频。"四库全书存目丛书集部45册,第197页。顾清《东江家藏集》卷十七《送王文哲使安南便道省亲序》,程敏政《篁墩文集》卷三十五《兵科给事中王君二亲寿诗序》,均载王缜出使安南将便道省亲。

伦文叙充正使的湖广景陵人鲁铎①，以及正德七年二月奉命册封黎
晭为国王的正副使广东增城人湛若水、浙江金华人潘希曾等人②。

　　2. 明人使交文集和日记较为详细地记载了不同时期、不同出
发点的多条出使安南路线和多个水陆驿站，从而具有多方面的研
究价值。

　　首先，使交日记所记录的路线和驿站，可以和文集的相关载录
相互对照、补充和加强。一方面，来自日记的记录交代更为清晰完
整，可以为文集因为诗文分开和诗体分类而被打乱分散的记载提
供较为系统和准确的参照。相较而言，黄福《奉使安南水程日记》
详于交待由南京出发到达安南的国内水驿日程和相关军政机构设
置情况，钱溥《使交纪行志》详于交待由北京出发往返安南的安南
境内陆驿和安南方面的迎送情况，两"记"结合，正可以拼合使交
文集中分散的路线、驿站和国内外官府的接待应酬等情况和礼仪
程序。而另一方面，使交文集记录的出使次数和驿站更多，可以补
充上述两种日记在广东路段、安南路段和其他路段驿站交待之不
足，并丰富明人出使安南的路线、驿站研究。

　　由于出使路线太过复杂，需专文考察，此处仅谈文集在驿站记

---

① 参《李东阳集·诗后稿》卷七《伦修撰文叙颁诏安南，便道省亲》，岳麓书社
　1984 年版，第 564 页。潘希曾《竹涧集》卷一《送鲁内翰振之使安南》言鲁
　铎："过门江汉路，戏彩一停舟。"文渊阁四库全书 1266 册，第 648 页。张弘
　至准之前述与其同乡的后来者孙承恩例，当亦有顺道省亲之行。
② 《李东阳集·诗后稿》卷九《湛编修若水册封安南》："天上玉堂非远别，故
　乡重慰倚门情。"岳麓书社 1984 年版，第 585 页。湛若水《明故正议大夫、
　资治尹、兵部左仕郎，赠兵部尚书，竹涧潘公墓志铭》："昔在壬癸之岁，偕公
　奉节诰封于安南，历齐鲁徐扬之墟，乱于江淮，达于吴越，惟予与公偕。惟时
　公则先趋而归，予独登越王台，观会稽，窥禹穴，访邙明之洞，然后返钱塘、
　过严濑，以会公于金华。"潘希曾《竹涧集附录》，第 811 页。

载上对于日记的补充作用。广东路段在《奉使安南水程日记》中根本没有涉及，因为黄福所记的永乐四年赴任安南并没有走广东到广西的路线，而是从南京进入江西鄱阳湖沿线，转入湖广洞庭湖和潇湘水系，再从湖南零陵进入广西，钱溥《使交纪行志》也仅有"大庾岭"和"梅岭"两个地点的交待，由此明人使交文集中的相关载录正可以补充两种日记之阙略和不足。张以宁、林弼、章敞、孙承恩等人记录了从广州省城、平圃水驿（隶韶州府曲江县）、韶州、浈阳水驿（在韶州府英德县）、清溪驿（在韶州府英德县）、峡山飞来寺（在清远县）、凌江水马驿（隶南雄府）、寿康水驿（在德庆州）、麟山水驿（隶德庆州封川县）一路到广西梧州府所途经的水驿、名胜和县府名。

其次，使交日记和文集所记载的一些驿站，后来由于"疆域伸缩引起的变化"，"水道变迁引起的变化"，"安全、近捷所作的改道"[1]和驿站省并等多种缘故，而在明朝的不同时期被革除和改变了，从而使得它们的存在对于研究明代驿站史的沿革具有重要意义。对照《明会典·水马驿》载录的驿站革除和移改情况，黄福《奉使安南使交日记》载录有：鸭栏驿（原隶湖广岳州府临湘县，后革）、磊石驿（原隶长沙府湘阴县，后革）、营田驿（原隶长沙府湘阴县，后革）、彤关驿（原隶湖广长沙府长沙县，万历元年革）、泗洲驿（原隶长沙府醴陵县，隆庆四年移改，名荷塘马驿）、霞流驿（原隶衡州府衡山县，万历元年改设于黄茅堡，为腰站，名黄堡驿）、新塘驿（原隶衡州府衡阳县，后革）、方激驿（原隶永州府零陵县，万历九年革）、石期驿（原隶永州府东安县，万历九年革）、柳浦驿（原隶广西桂林府全州，万历九年革）、广运驿（原隶平乐府平乐县，后革）、昭

---

① 杨正泰《明代国内交通路线初探》，《历史地理》1990 年第 7 期，第 96—108 页。

平驿(原隶平乐县,后革)①。鲁铎文集载录有排山驿(隶湖广永州府
祁阳县,原系潇南马驿,嘉靖十七年移改)、思笼驿(隶柳州府上林
县,《明会典》作"思龙驿",注为"土官")、驮泊(或汩)驿(或为《明
会典》所载万历九年革除的太平府旧陀陵县的驮柴驿,又或为左州
所属的土官驮朴驿)②,孙承恩和湛若水文集均载有草萍驿(原隶浙
江衢州府常山县,后革)③。

① 参申时行等《明会典》(万历朝重修本)卷一四五、一四六,中华书局1989
年版,第736—752页。
② 鲁铎《鲁文恪公文集》卷五《早发排山》《思笼驿见萤》《驮泊驿听芦笙与
张九山限韵同赋》,参《明会典》卷一四五,第741、750、751页。
③ 孙承恩《文简集》卷十三《草萍驿》,文渊阁四库全书1271册,第174页。
湛若水《樵风》卷四《过玉山望怀玉巍峨感兴而作》:"步出草萍关,举首见
怀玉。"《明会典》卷一四五作"草苹驿",第739页。

第三章　向外的旅行：明代使交文集的文学书写探论

　　与 1980 年代以来日渐兴起的域外汉籍整理和东亚汉文学研究相比，着眼于中国古代文集中的域外文献整理和向外看的中国使外文学研究尚未得到足够充分的重视。如果说这一点在出使朝鲜的中国使臣文学研究上还出现了一批具有学术意义的研究成果，似乎有些例外，但那也是沾溉了《皇华集》《燕行录》这样的朝鲜汉籍整理和东亚汉文学研究的雨露，而并非立足于中国文集和中国视角的结果。当今学界在谈到传统中国与周边国家的关系时，似乎特别乐于表现自己当下的恢宏格局和世界眼光，强调从世界和周边看中国的重要性，以为那是观看中国的"第二只眼"和"第三只眼"，而认为从中国看周边，就是一种自大的、落后的"以中国为天下中心的自我想象"，"这与用一只眼睛去理解事物，除了自己以外看不到他人的存在，又有什么本质区别呢？"[①] 于此也就在还没有任何系统的中国使外文学整理研究之前，就已经凭借着历史学和社会学中的对中国封建帝制时代朝贡体制的批判意识，而预先设定了从文学的角度来研究中国看周边这"第一只眼"的无

[①] 张伯伟《域外汉籍研究丛书总序》，载陈益源《越南汉籍文献述论》，中华书局 2011 年版。

意义。笔者觉得，这不免太过武断，学理不足。因为，无论中国看周边这"第一只眼"如何的狭隘、自大和守旧，那也总是一种将本国与他国、自我与他者相联系的交互视角，代表了向内看的自我省视和向外看的异域、他者发现，本身即具有认识意义和文学意义。何况，对于一向研究自给自足的中国传统文学而言，使外文学中那些立足于向外看的异国旅行和文学书写，不也充满了难得一见的博物情趣和真正的异国风情吗？本处即结合明代使交文集来说明其多方面的特殊书写内容和研究价值。

使外文学是中国古代文学的重要组成部分。明代使交文集的大量存在，为立足于国内而向外看的使外文学提供了至少三个具有典范意义的书写内容和研究价值："志异"的文学眼光和不断变动的安南异国形象书写；从国王、大臣到服务人员的多层次多渠道的中越文学交流；多方面的特殊出使情怀书写，含奉使异国的登程、辞觐等言志诗作，奉使途中赋予私人情绪性的思亲念乡、客中送客和节日、生日等感怀诗作，以及具有中越互观价值的国内名胜的登览纪游和广西边地民族民俗书写等。

一　"志异"的文学眼光和不断变动
的安南异国形象书写

明代使交文集是明朝使臣由中国首都而安南首都的跨国往返旅行，具有研究异国形象、使臣形象和明帝国形象等三重文学形象学意义。"自古以来，旅行是与外国人相遇的最好办法。"[①] 明代使

---

① 谢夫莱尔《比较文学》，法国大学出版社 1989 年版，第 25 页。转引自孟华《比较文学形象学论文翻译、研究札记（代序）》，孟华主编《比较文学形象学》，北京大学出版社 2001 年版，第 15 页。

交文集中常有明朝使臣在安南国境内的纪行诗、辞阙诗及与安南国君臣的赠答诗和书信往复,甚至还有《使交纪行志》这样的旅行日记作品和《复命题本》这样的总述安南形象的政治观察文本,从而多方面地体现了明朝使臣对于宗藩封贡关系下的异国安南的观察与思考,形塑了他们心目中的异国安南形象。"大家知道,文学形象学的定义是研究文学作品中所表现的异国。它有两个主要的研究方向:一是研究'游记这些原始材料';但主要还是研究'文学作品,这些作品或直接描绘异国,或涉及到或多或少模式化了的对一个异国的总体认识'。"①明代使交文集正有这样的研究异国形象的基础,同时也是传统中国古代文学研究所较少留意或不屑关注的问题。而与异国形象相互渗透而密不可分的,是明代使交文集中自我形塑的明朝使臣形象和明帝国形象。在与异国安南的想象和对视过程中,出使安南的明朝使臣连同送行的明人,也完成了明帝国的天朝形象和自我的天使形象的建构,由此与安南的异国形象形成三位一体的三重形象。虽然这三重形象在总体上看来似乎皆难以摆脱文学形象学意义上的"模式化"或"刻板化"特征,但由于中越政治关系或军事边疆关系在明朝各个时期所发生的具体变化,使得即使是相较而言更少变化的天朝形象和天使形象,也会在极其特殊的南明时代,显现出一些新颖的形象特征出来,从而三重形象就具有较高的形象认识价值和文学书写价值。此处重点说安南的异国形象书写和观察变化。

地缘的毗邻、文化的同类和封贡体制的长期存在,使得明朝使交文集中的安南形象在继承了历史上的郡县安南、恭顺安南、炎热

①让-马克·莫哈《试论文学形象学的研究史及方法论》,孟华主编《比较文学形象学》,北京大学出版社 2001 年版,第 17 页。

安南等形象的同时，又发展出明朝时期的独立安南、狡猾安南、人文（向化）安南等多重形象，让作为异国的安南形象具有了新的综合特质。大抵而言，在明朝眼里，洪武时期的安南是一个"僻在西南，本非华夏，风殊俗异"，但又受到了华夏文明影响的华夷间杂的独立国家，"终是文章之国，可以礼导"①。由此，林弼强调安南学习中国的儒家制度和衣冠文化："安南古内地，儒书守章程。褒衣与博带，矛稍非所营。"②而任亨泰的观察和认识则更全面深刻一些，一方面指出安南具有与中国密切的朝贡关系和华夏文明特点，"茅土已归周职贡，衣冠犹是宋家风"，另一方面又指出安南在官方"华风"表现之外的民间海洋贸易和妇女赶集等异国风貌，"街头尘厚马蹄封，民物哗然肆不空。利尽鱼盐来海舶，乡从文学有华风。丁男行役经年少，妇女墟场习俗同。后有异闻还可讶，秋千腊月送年穷"③。于是，再落实到一路经行所观察体验到的节候、风物以及语言、衣冠上，安南就有了比较强烈新奇的异国特征，而以"异闻""志异"的好奇眼光记录下来。关于节候与土产风物之异，张以宁说"炎荒风物新春异"④，任亨泰言"殊方风物异中州"⑤，其具体表现就是新春时节即已有了早稻，"绿舞稻苗风剪剪，青肥梅子雨昏昏"⑥，

① 朱元璋《明太祖文集》卷八《命中书回安南公文》，姚士观、沈鈇编校，文渊阁四库全书 1223 册，第 75—76 页。
② 林弼《林登州集》卷二《发安南》，文渊阁四库全书 1227 册，第 14 页。
③ 任亨泰《状元任先生遗稿》卷下《到安南六首》其一、其二，中国国家图书馆影印明正德十年顾英刻本。
④ 张以宁《翠屏集》卷二《安南即事》，文渊阁四库全书 1226 册，第 567 页。
⑤ 任亨泰《状元任先生遗稿》卷下《宿安南馆漫兴二首》其二，中国国家图书馆影印明正德十年顾英刻本。
⑥ 张以宁《翠屏集》卷二《安南即事》，第 567 页。

"岭南春水暖,二月遍畴秧"①,十月隆冬时节中国还在踏雪寻梅,而安南由于地气湿润暖和,却已经可以吃青梅了,"十月炎荒地,青梅可荐盘。……江南当此日,踏雪正花看"②。当然,还有更具典型性和代表性的吃槟榔、桃榔粉、橄榄油和四季蚕、双季稻等。至于语言交流需要多重翻译,断发、黑齿、跣足、崇佛风俗的普遍存在③,也都以"异闻"的"即景""即事"等诗歌方式而被洪武时期的使臣所记录,并为以后使臣的安南风物观察所继承。

　　然而这种不乏欣赏的好奇眼光并不总是一直能维持,在明安关系趋于紧张,或者说明朝使臣要挑剔安南的态度之时,则安南的不知礼仪、野蛮狡诈和妄自尊大的一面又会被有心揭露的明朝使臣记录下来,而认为安南的文明程度还远远不够,还需要不断向中国看齐。就此,宣德六年、九年两度出使安南的章敞,就在第二次出使达到广西藤州时,感叹连广西这个内地也改不了其蛮夷的本色,沉浸在万家团圆的节日气氛中而不来迎接,"节在人皆醉,方殊俗未敦"④。有了这样的不满情绪,则安南原来同样的风物、衣冠、语言之奇异,也就成了鄙视的对象:"南交风物异吾唐,十月终旬始见霜。发剪鬑鬆宁有髻,衣穿单袂总无裳。山岚为瘴云全黑,野草经霜色渐黄。何处骑牛千里守,相迎先劝吃槟榔。"⑤至于正德七年出使安南的潘希曾,则着力揭露了安南在迎接明朝使臣时

① 陈诚《陈竹山先生文集内篇》卷二《望寄狼站》,四库全书存目丛书集部26册,第347页。
② 任亨泰《状元任先生遗稿》卷下《食梅子》。
③ 任亨泰《状元任先生遗稿》卷下《到安南六首》。
④ 章敞《过藤江(无迎接之礼,正月二日也)》,《明永乐甲申会魁礼部左侍郎会稽质庵章公诗文集》,四库全书存目丛书集部35册,第296页。
⑤ 章敞《安南道中不博即事》,《明永乐甲申会魁礼部左侍郎会稽质庵章公诗文集》,第305页。

故意走弯路以示路程遥远、国土辽阔，以及返程送行时在富良江故意沿岸来回划行以示地势险要等小国心思："我尝御风遍八垠，徒步北斗趋紫宸，回顾一瞬隘九真。蹊径诘曲难具陈，华风渐染何时醇？"①"富良江头风日晴，王子乘春送客行。一棹中流歌未毕，隔江花柳已相迎。"②并在一一记录了安南的断发、黑牙、赤脚、席地盘膝、操舟裸身等风俗和一系列土产后，发出了与章敞一样的感叹："我歌聊志异，何日尽还淳？"③对安南还顽固留存的半野蛮状态不大满意，而希望以先进优越的华夏文明感化提升之。

　　不过这都还是明朝国力足够强大，安南虽不够恭顺，但还是得小心翼翼地侍奉明朝为宗主国，所以还不至于让代表天朝而来的天使有其他更多的不满。然到了风雨飘摇、明安局势几乎完全颠倒的南明之时，此时出使安南而被软禁的徐孚远连这种不满也都不能有了，而只有苦苦哀求"披发夷人"发放脱归的份。"临流日对草萋萋，握节交州颜色低。""南来虚负一帆风，王会犹然苦未同。披发夷人何意气，担簦客子甚忡忡。四分州土非全国，三统雄狮有上公。休恃文佳尝反侧，献俘终献大明宫。"④苟延残喘的南明王朝

----

① 潘希曾《竹涧集》卷二《卜邻驿（交地褊小，往往迂其路以示远）》，文渊阁四库全书 1266 册，第 667 页。参张燮《东西洋考》卷一《西洋列国考·交阯》言安南国分十三承政司，引《广志》曰："欲示土地之广疆，分折为郡县。其实一承政不能及中国一府。或自旧县升为府，如慈山、涖仁之类；或承政只管一府，如安邦、琼江之类。旧名多更改割裂。"谢方点校，中华书局 2000 年版，第 8 页。

② 潘希曾《竹涧集》卷二《回渡富良江二首（江本不阔，而操舟者循岸沿洄以示险）》，第 668 页。

③ 潘希曾《竹涧集》卷二《南交纪事》，第 668—669 页。

④ 徐孚远《交行摘稿·交州漫题》，丛书集成新编 68 册，台北：新文丰出版公司 1981 年版。

使者在昔日的藩属国安南面前,却因为此时的有求于彼,而不再能得到昔日受到多方尊重的天朝使者待遇了。与徐孚远一样受到冷落软禁待遇的还有后来东渡日本的明遗民朱之瑜。

二　多层次多渠道的明代中越文学交流

明代使交文集还具有研究中越文学交流的直接和集中价值。仔细分析明代使交文集中与各类越南人交往唱酬所留下的作品,会发现不仅数量相当可观,而且越南人的身份也比较多样,可以说非常生动形象地体现了中越邦交背景下的多元交往态势和深入的人文交流,成为研究中外文学交流最为直接也最为集中的文学类型。总体来看,这些进入到明朝使交文集中的越南人,其主体自然是明朝使臣去往彼国途中而来迎接、请命、送行的越南大臣(头目)和国王,但也包含了与明国使臣同时归国的越南来华使臣,以及在越南国内进行翻译、款待工作的各色人等,如通事官、书生和太监等等,充分体现了中越文学交往的邦交性和多层性。

对藩属于明朝的安南来说,与在中国东北方的朝鲜一样,都十分重视与宗主国明朝的朝贡和册封关系,以确保两国关系的正常化和在本国之内的合法继承权和统治权。由此,越南在做好如下两个方面重要工作的过程中,也就会与出使越南的明朝使臣发生密切的文学交往,乃至诗歌唱酬和书信往复等。

第一,越南需要频繁派遣使臣到明朝进行朝贡、贺寿、贺登极以及其他各项外交解释活动,由此出现了承担不同任务的使明团。而这些使明团的往返,有可能是与赴越执行各项使命的明朝使团会合,而一齐行动的。这种情况可说时常发生,其具体情形是,当明朝使团从中国出发前往越南时,就带同之前来明的越南使团一起回去；或者当明朝使团从越南返回中国时，也往往会与到明朝出使的越南使团共同前往。不同之处在于，如果对越方来说是回程，则对明方来说就是去程，反之亦然。此可以明宣德四年三月甲戌出使和五年三月返回的李琦、徐永达、张聪使团为例来说明。《明宣宗实录》记载其去程时即带同前来谢恩并进贡方物和代身金人的安南何栗使团一同返回，"是日，赐琦、永达、聪道里费，使人何栗等衣、钞，遣随琦行"[1]；至返京复命时，又记载其带同安南进贡金银器皿方物及解释陈氏子孙果存无的陶公僎使团一起进奏，"宣德五年三月辛亥，侍郎李琦等使交阯还，黎利遣头目陶公僎等贡金银器皿及方物，陈奏陈氏子孙实无等事，并赉其头目耆老人等奏章曰"[2]。对此，《大越史记全书》的记载完全一致[3]。由此可知，在李琦使团的去程中，有越南的何栗使团一同返回，而在回程中，则有越南的陶公僎使团共同前往，他们相处的时间都在半年以上[4]。以如此长的时间共同行旅，则中越使臣之间发生比较密切的文学交往和唱酬，应该说相当自然。而且从事实上说，这样的情况在当初应该是比较多的（上述所举仅为其中的一例）。只是由于明代使交文集原本的大量散失和亡佚，才让这个事实显得不那么清晰而已。但也能通过现存明代使交文集找到一些证据，比如张以宁《翠屏集》卷二所保留的《安南使者同时敏大夫登舟相访，献诗述怀一首，就坐走笔次韵答之，以纪一时盛事云》《再次韵答之，是日微雨

---

① 李国祥等《明实录类纂·涉外史料卷》，第722页。
② 李国祥等《明实录类纂·涉外史料卷》，第723页。
③ 吴士连等《大越史记全书·本纪》卷十"明宣德四年"条，第562页。
④ 李琦使团达到越南颁布敕书的时间，据《明宣宗实录》卷六十四和《大越史记全书》的记载，均在宣德四年十月十三日，则李琦使团与越南何栗使团相处的时间在七个月左右，而与陶公僎师团相处的时间在五个月左右。

大风》《广州赠同时敏》等三首七律，即是其洪武二年出使安南途中，在明朝境内与同时返回的安南使者同时敏的倡和诗，而同卷所录的《南昌行省迓至驿舍，同安南使宴于省厅，参政京口滕弘有诗，次韵答之》诗题，也可见当中越使团共同达到南昌时，当地官员设宴共同款待而作诗唱酬的情形①。而林弼《登州集》所保留的《答安南使黎元谱二首》《赠通事官阮勋》《答莫季龙》等三诗，也是其洪武三年出使安南返回途中，与一同到明朝谢恩、贡方物的安南使者黎元谱、莫季龙等人倡和的诗歌②。

　　第二，特别重视明朝使团特别是册封使团的到访工作，做好迎接诏敕也就是明朝天使的请命、礼仪、伴送、招待和送行等多方面工作。由此越南需要在接到明朝册封使团所派官员（往往是南宁府专门委官）通知迎接册封的诏敕时，即立即派出专事迎接的官员一路伴送款待至京；在明朝使团进入越南境内后，越方又需要派遣专门官员主动向明使申请关于迎接诏敕的各项具体仪注，以尽量满足不同使者的不同要求，为此有可能出现关于迎接仪注的多次往复通信和谈判；当明朝使团到达越南首府近郊的吕瑰站时，即将接受册封的越南国王（对明方来说，其时还只是世子）需要以安南国世子和明朝卿大夫的臣子身份，亲自到驿站迎接拜见代表天朝皇帝前来册封的明朝天使，其间需要行跪拜礼，行完之后明朝使者可能还不赐座；当明朝使者到达越方专门建立的天使馆后，即按照中越所议定的各项仪注（其实往往就是明朝使者所颁示的），择日在越南宫殿之中，举行盛大、繁复而隆重的迎接诏敕礼，其间的主角自然是明朝使团和越南国王、大臣，而围观的则是越南军民；之

---

① 张以宁《翠屏集》卷二，文渊阁四库全书 1226 册，第 564 页。
② 林弼《登州集》卷五、卷六，文渊阁四库全书 1227 册，第 47、54 页。

后就是越方以国王为首,极尽宴请款待之能事,包括饮酒、歌舞和各种特色美食等;到明朝使团多次婉拒越方的盛情挽留,决定启程回国时,越南国王需要率领众多大臣举行盛大而温情的饯行活动,此时最为重要的方式就是诗歌唱酬和赠送礼物了,以表达离别的深情,由此形成了中越邦交最为鼎盛的文学交流活动;之后,则派遣专门的大臣和军队伴送明朝使团到达中越交界的镇南关口,这个往往历时两月的迎送诏敕册封活动才算结束。

由上可见,明朝使臣在居停越南期间,正面接触最多的,自然是负责各类迎送和招待任务的越南主管官员和国王,由此产生了成批量的文学交流成果(包括越南方面的赠行诗、奉和途中诗,明朝使臣方面的奉答明志诗、辞觐诗,比如刘夏文集附录的《奉使交趾赠送诗》、王缜文集附录的《交南遗稿》,即单独收录他们出使安南时的越人赠行作品以及他们的奉答作品),成为中越文学交往最为突出而集中的表现,也往往为明朝史料《越峤书》、明诗总集《石仓历代诗选》《明诗综》和越南正史《大越史记全书》等载录。

除此之外,明朝使臣还与不同阶层的越南人士有文学交流活动。比如张以宁在安南首都停留的八个月期间(之所以时间如此长,是张以宁洪武二年六月奉命册封的安南国王陈日煃[越史称裕宗]在明朝使团到达之前的本年五月已经去世,需要越南重新向明朝请命册封继任的国王陈日熞[越史称昏德公,本名杨日礼],而张以宁等人也需要等到明朝新派使团来到越南完成正式的吊祭和册封任务后才能一起返回),"著书不少倦"[①],完成了经学著作《春秋春王正月考》和使交纪行诗集《安南行稿》。而此二书的端楷抄录

[①] 杨荣《文敏集》卷十九《故翰林侍读学士朝列大夫张公墓碑》:"其在安南八阅月,著书不少倦,临终自为挽诗,意豁然也。"文渊阁四库全书1240册,第297页。

工作,就是由安南国内两位擅长隶书的书生阮太冲和阮廷玠二人
承担的。事后张以宁非常欣慰,特意为二人更改意义更为美好切
实的表字,并作诗赠送。诗中以流落海南的苏轼所指导的姜生和
黎生比拟二阮,显示了同文背景下汉字文明在"炎荒"越南的延伸
和发扬,而越南也以其努力学习回馈了北方中国儒家文化和汉字
文化的哺育,中越之间实有师弟之情①。不仅如此,张以宁还曾为
在天使馆服侍的安南宦官费安朗作诗,其原因一是对方年老纯谨、
"奉事甚勤",再四拜求,二是自己也想传名异国,其自注有云:"昔
苏长公言:齐鲁大臣,史失其名,而黄四娘乃以杜子美诗传于世。
不知予诗果传乎否也,漫书以为一笑。"②又如林弼在居留越南期
间,也曾为安南国陈内相所藏的两幅杂画和大臣黎括(字省之)所
藏的一幅唐马画分别题诗留念③,显然也是对方请求的结果。这
位陈内相,就是当时安南的右相国恭定王陈暊,曾连作五绝句为牛
谅饯行,首句皆云"安南宰相不能诗",颇得牛谅赏鉴,并断言其后
来必成为安南国王④,后果然成为取代杨日礼的陈艺宗。而黎省
之,名括,则早在元末至正十年(1350)庚寅之时,即曾作为安南国
使者出使元朝,并将其途中纪行诗一卷,请当时的著名文人危素作

①　张以宁《翠屏集》卷一《赠安南善书阮生,生名太冲,为予书〈春秋春王正
　　月考〉及〈安南行稿〉,予喜其楷法遒美,更其字曰用和,而诗以赠之》《赠安
　　南善书阮生,生名廷玠,为予书〈春秋春王正月考〉及〈安南行稿〉,予喜其
　　楷法遒美,更其字曰宝善,而诗以赠之》,第541页。
②　张以宁《翠屏集》卷二《予以使事留滞安南,安南人费安朗以隐宫给事其国
　　亲贵近臣家,老而弥谨,预于馆人之役。朝夕奉事甚勤,拜求作诗,恳至再四,
　　口占二绝予之。一以志予念乡之感,一以对景自释焉》二首,第582—583页。
③　林弼《题安南陈内相杂画二首》《题黎省之唐马》,曹学佺编《石仓历代诗
　　选》卷三二三,文渊阁四库全书1391册,第496页。
④　吴士连等《大越史记全书·本纪》卷七,第437页。

序。当然，或许因为后来使臣不与外国人交的禁令渐严，这方面的记载几乎难以得见了。

三　特殊的出使情怀书写

更重要也是更为直观的，是明代使交文集具有多方面的特殊出使情怀书写。

如果仅从文学体式来研究明代使交文集，那多半会让研究者失望，因为它们无非就是早已成为深厚传统的古代诗歌和文章，包含着各种句式的古今体诗和奏章、题本、书信、日记、序言等多种散文常见形式而已，没多少特别之处。比较特别的赋和词，则要么单独成卷，如赋，不入使交专集（如湛若水的《交南赋》、孙承恩的《南征赋》《北归赋》）；要么作者不擅长，如词，即有别人的送行之作，也因为使交集的亡佚，不得而论。由此说来，使交文集的文体学研究价值并不如何特别。但是明代使交文集的特殊之处，在于它有别于一般诗文集的特殊写作内容和情趣，是一种代表天朝帝国到南部藩属国出使的异国纪行文学，有着特殊的为完成使命而言志抒情、记录国内外民风风俗和密切邦交等任务，是一种特殊的文学书写类型。而这种特殊的出使异国的文学类型研究，在中国古代文学研究中尚不多见。

通观现存明人使交作品特别是诗歌的书写内容，主要有这样几个特殊之处：

（一）出使异国的壮节言志

这主要表现在奉使登程之初、从安南返程之际和复入中国境内三个特殊阶段，由此产生了"奉使登程诗""辞赆诗"和"入关诗"等三个特殊类型。

"奉使登程诗"主要表现为国出使的豪情和对出使成果的期待。如张以宁《南京早发》诗云："大隐金门三十载，壮怀中夜每闻鸡。今朝一吐虹霓气，万里交州入马蹄。"自注："苏老泉云：丈夫不得为将，得为使折冲万里外，足矣。"①表现了虽是人生暮年，却能为国出使折冲万里、建功立业的豪情壮志。由此他的诗中多将这种明志情怀凝结成"英荡节"来表达，体现出一种英伟、洒脱的大国使者气概："我持英荡使交州"，"英荡偕从日南去"，"英荡荧煌颁授节，羽旌杂逻拥鸣驺。词臣垂老斯游壮，风送龙江万里舟"，"使者星驰英荡节，神妃风送锦帆舟"②。而他人送行，也往往以"英荡"此词相勉励，如刘存业为梁储出使安南送行，即曰："四牡骓骓别翠华，锦衣英荡照天涯。壮心遥傍征南柱，豪气高凌博望槎。"③对此，之后的出使安南者也多有此种登程明志表达，如林弼《发京》诗云："金陵自古帝王都，海宇于今混一区。虎豹九关通北极，鲲鹏万里入南图。长干柳暗马如织，白下花明酒可酤。使节归来应未晚，扁舟秋水满江湖。"④以新开国的明帝京的辉煌气象来映衬奉使归来的热切期待，自也是出使之始的一种豪情宣抒。孙承恩《使交发云间》"丈夫四方志，意气冲冠缨。腰间双镆

① 张以宁《翠屏集》卷二，第577页。
② 张以宁《翠屏集》卷一《予使日南，道吉安，府主来访舟中，命医者王本达馈以善药，时予困于秋暑，心目为之豁然。感其意，走笔为赋长句以赠》《牛士良惠诗，既倚歌以和，仍赋长句一篇以答之》，卷二《安南使者同时敏大夫登舟相访，献诗述怀一首，就坐走笔次韵答之，以纪一时盛事云》《过小孤山》，第539、540、564页。
③ 刘存业《送洗马梁叔厚使南交》，中山大学中国古文献研究所编《全粤诗》第五册，第950页。
④ 林弼《林登州集》卷五，第43页。

干,虹霓吐晶荧",《赴安南》其一"万里南征亦胜游"①,均是这样的作品。

"辞赆诗"则主要表现明朝使臣从安南返程之始直到进入国内镇南关为止,面对安南国的殷勤赠送金银等礼物而以作书、作诗和实际行动等方式多次辞却,一方面感谢盛情,另一方面声明清廉不贪是一个大国使臣所必须做到的基本节操,无论是上对皇帝的信任,还是下对自己的士人修养,都绝不会接受安南方面的馈赠。在此之间的推拒过程中,西汉时期接受过南越王赵佗重金馈赠的陆贾和东汉时期"畏四知(按:指天知、地知、你知、我知)却故人金"的杨震就分别成了明朝使臣辞谢馈赆的正反面教材,而被反复提起②。由于事关安南方面的赠谢诚意和大国明朝的体面、明朝使臣的人品问题,所以这样的推拒过程,可能延续到明朝使团回到国内镇南关,达到三次,才以安南方面的不再坚持,明朝使臣也保持住清廉节操告终③。而这个时候的"辞赆诗"也就演变成"入关誓志

---

① 孙承恩《文简集》卷十三《使交发云间》、卷二十二《赴安南二首》,文渊阁四库全书 1271 册,第 172、281 页。

② 参陈诚《陈竹山先生文集·内篇》卷一所载陈诚与安南国王关于馈赠的往复书信,四库全书存目丛书集部 26 册,第 332—333 页。

③ 辞却礼物馈赠的完整过程可参潘希曾《竹涧集奏议》卷一《求封疏》所载:"(正德八年正月)二十七日,请宴后殿。宴毕,臣等遂辞以明日早行。当日国王遣头目黎广度等二十员赍书具赆礼,送正使金四十两,银六十两,副使金三十五两,银五十两,生金各二十两,相金、犀带各一条,相银、香带各一条,牙笏各二件,沉香各五斤,线香各五百枝,生绢各一疋,臣等俱辞不受。二十八日,国王至富良江边具茶酒相钱送,臣等登舟,仍遣头目黎(余心)等五员护送,另具书遣头目黎蒲等二员将前项赆礼赍送至吕瑰站,臣等固辞之。二十九日复遣追送前赆至市桥站,臣等终辞之,乃已。二月初八日,头目黎(余心)等送至关而回。"第 758—759 页。此即程文德《大司马竹涧潘公传》所言的"三辞其赆",《竹涧集附录》,第 815—823 页。(转下页)

诗"了。当然也有超常的情况，就是明朝使团已经回京复命了，安
南方面仍然让诸如谢恩的使团将礼物带到朝廷，请求皇帝下旨让
明朝使臣接受，才算真正了结①。可见兹事体大，事关明朝使臣的
清誉和大明帝国的体面，也就难怪明代使交文集中多有这样"辞
赆""入关"的廉洁明志作品，而明代使交人物的传记中也多会载
录传主的多次峻拒行为，有的还会记载由于传主的此种优秀品质，
引起了安南方面的特别尊敬，而为之特建"却金亭"以让世人景
仰②。至于那些假意推辞而让随从私下接受或大肆买卖者，也大有
人在，但都不是这些留下了使交文集的文人官员，而是一些宦官和

（接上页）据《明实录》卷三五三（755页）载："（天顺七年六月）己巳，礼部
奏：'翰林院侍读学士钱溥、礼科给事中王豫使安南，安南国王黎灏馈溥金、
银各四十两，金、银厢带各一条，馈豫金三十两，银四十两，金、银厢带各一
条，溥等固辞不受。王命陪臣程磬顺赍诣京，溥等犹未敢受。'上曰：'既已
赍至，令溥等受之。'"则将赠金带至明廷的安南陪臣，是程磬。《大越史记
全书》（第646页）所载："（天顺六年）九月，明遣正使翰林院侍读学士钱
溥、副使礼科给事中王豫赍敕来册封帝为安南国王，司礼监太监柴升、指挥
使张俊、奉御张荣来收买香料。冬十月初六日，明使钱溥等寓于使馆，及还，
帝赍礼物送之，溥等固辞不受。"亦证明了钱溥等人坚拒赠金的事实。
① 比如钱溥《与安南国王书》七通中有三通都是关于辞送礼物和私赠的通
信，见程敏政编《明文衡》卷二十八，文渊阁四库全书1373册，第819—824
页。并作诗十首坚辞。但这样也没有阻止安南方面的执意赠金行为，在钱
溥天顺七年四月还朝复命后，六月，安南遣陪臣谢恩，仍将赠金带到朝廷请
旨赠送，才算完结。见王傲《思轩文集》卷二十二《资善大夫南京吏部尚书
谥文通钱公墓志铭》，续修四库全书1329册，第661—662页。
② 嵇曾筠等《浙江通志》卷一九一引《万历上虞志》载："陈金，字汝砺，宣德
中由进士任行人。奉使安南，厚赆以金。金谓天朝使臣义无私交，峻拒不
受。安南人义之，为立却金亭。累官广东布政使，清修简约。丁外艰归，民
攀留者填溢衢巷。"文渊阁四库全书524册，第258页。

军人，或者是他们的随从人员①。

　　由于"辞赆诗"太多，这里仅以辞拒三次的"入关言志诗"来代表。其典型是成化二十三年十二月接受敕命奉使安南颁布弘治皇帝即位诏书的正使刘戬。其在进入安南之后所表现出来的高风劲节为王鏊所记录："时安南吞占城，侵缅甸，外恭内骜，众谓非刚方才辩者不任是行，君时以侍讲为正使。先是，使外国者多治巨舰，载重货浮海，与其国为市，毂接舻衔，或与陪臣赓和，夸奇角捷以为才。君考地志，陆道南宁，径甚无虞，乃乘肩舆，从两僮，忽抵其界。夷人倾骇，郊迎馆候，视旧虔甚。陪臣拜跪，立受之，不与交一语。至之日，颁诏。明日谦，谦毕遂行。国主恐竦至，曰：'一国生灵，命悬天使。'金珠犀象，馈遗错落，一不顾。王复遣人追授诸途，不与语，独书其《入关诗》与之，曰：'归装有一南物者，关神其殛诸其后！'安南遣使入谢表，有'廷臣清白'之语。"②刘戬一改以前一些出使东南亚各国的使臣作风，不私带货物与下国牟利，也不与陪臣赓和诗歌，而只是尽职尽责地完成颁诏使命，体现了正直清白的大国使节风范，为王鏊所称道。

---

① 吴士连等《大越史记全书·本纪》卷十一"明宣德九年"条："明使徐永达、章敞、郭济等前后数辈，于贡物之外，朝廷私有馈馈，一切不受。然听其从人多赍北货，重立其价，抑使朝廷买之。"第580页。"明宣德十年"条："十二月，明使朱弼、谢经来告即位，及太皇太后加尊。弼入境，先使人奏，帝吉服迎接，至开读亦无举哀礼，宴乐如常。弼等贪鄙，内嗜货贿，而外文廉洁，每有金银礼遗，皆辞不受，而视从者有难色。朝廷觉之，乃引从者赐宴别室，因行酒，潜以金数镒各纳弼等怀中，弼等皆惊喜不自胜。弼等又多赍北货来，立重价直，强朝廷买之。及还，其抬扛贡物及弼等行李，发人夫几千人。"第591页。
② 王鏊《震泽集》卷二十七《右春访谕刘君墓志铭》，第416—417页。

（二）奉使途中的多样感怀

这主要包含思亲念乡诗（异乡和异国漂泊诗）、客中送客诗和特殊日子（含节日、生日等）感怀诗作。

奉使安南是一个自奉命到复命时间长达两年左右、路程长达"水陆万里"①才能达到终点的漫长旅程，其间与故乡和亲人的遥隔，在他乡的送人离开，以及遭逢特殊的生日和节日，都能激起明朝使臣在异乡的几多离情别绪，充满了低沉的忧伤和无尽的怀想。与上述慷慨激烈的奉使言志诗相比，这些诗作显出了使交文学的私人化和情绪化一面。

对很多明朝使臣来说，在他们接受出使任务之后，朝廷出于体恤，往往都会让他们以代表朝廷出使异国的一品衔大红麒麟官服荣归故里，顺道省亲，以安顿家人，之后再踏上出使征程。由此，当他们真正行进在节候、风物、民俗不同的异乡旅途时，就会自觉不自觉地在个人化的特殊情形之下，产生对故乡和亲人的怀念。其例不胜枚举，此处仅从思亲和念乡中的异乡对比来简略说明。

思亲诗当以六十九岁高龄奉命出使的张以宁的忆念亡儿和感慨一家四处离居的诗作最为催人泪下。他在出使途中的舟中再次见到了亡儿张炟的遗物，悲不自胜，作诗四首悼念，就有了与苏轼同样的愿望，希望儿子终生痴钝，就可以平平淡淡到白头，也不会有现在的诗才横溢、诗作宏富，却不知其死后流落何方了②。张炟，是张以宁的长子，能诗，张以宁《翠屏集》即保留了两父子唱和的三首诗作。而更让张以宁情何以堪的，是他在出使途中又遇到了更为年迈的母亲的诞辰，由此想到现在一家四处离居的窘迫处

① 潘希曾《竹涧集》卷六《南封录序》，文渊阁四库全书1266册，第723页。
② 张以宁《翠屏集》卷二《舟中睹物忆亡儿炟》四首，第580页。

境,忍不住作诗向同行出使的朝天宫道士阎原复和副使牛谅哭诉。
"一身绝域已凄然,三处离居更可怜。中岁恨孤蓬矢志,暮龄忍诵
《蓼莪》篇? 愁深鸢堕蛮溪外,梦断鹃啼宰树边。悔不阿奴长在侧,
尽情家祭过年年。"自注:"老亲未即土,二寡妇携孤儿在闽,十口在
金陵,皆贫困,一子与妇在松江,与安南为四处,何以堪此境也?"①
奉使登程之初的豪情壮志在萍梗漂泊的出使行程中,而为无处不
在、越来越浓烈的思亲之情所袭扰,变得感伤幽愤了。

　　与张以宁相比,章敞念亲诗的感情基调就沉稳朴实一些,但也
有最为根本的与亲人违隔的孤独落寞感受。比如当他出使到达广
西境内的乌蛮驿休息时,就不禁泪眼蒙眬地想到了当初自滦河舟
行启程时两个幼子送行的情景:"朝朝无赖肆顽痴,送别滦河泪亦
垂。今日天涯吾忆汝,泪垂还似送行时。"② 而当他完成册封使命回
到广西太平府停留过夜时,又梦见了其亡故多年的父亲对其一路
奔波的娓娓慰藉和担忧,以至梦醒后还馀泪潸然:"草堂鹏入屡经
年,岭海归来复见怜。慰藉言深愁转剧,梦回犹有泪潸然。"③ 这是
出使异国诗集所不太为人重视的另一面。

　　"客中赠客诗"是指向异国进发的使臣却在意想不到的国内某
个异乡地点,邂逅多年不见的乡人,或友人的子弟,或新结识的同
事,却在惊喜的短暂相聚后,又各奔前程,而由此给诗作平增了一

---

① 张以宁《翠屏集》卷二《情事未申,视息宇内,劬劳之旦,哀痛倍深。悲歌以
　　继恸哭,所谓情见乎辞云尔。呈阎初阳天使、牛士良典簿》,第 567 页。
② 章敞《乌蛮驿忆璠玙二儿(后璠任都察院左佥都御史)》,《明永乐甲申会
　　魁礼部左侍郎会稽质庵章公诗文集》,四库全书存目丛书集部 30 册,第
　　301 页。
③ 章敞《使回至太(原作大)平,梦先大夫慰劳之以泣,赋记》,《明永乐甲申会
　　魁礼部左侍郎会稽质庵章公诗文集》,第 301 页。

层怀念家乡和依依惜别的情愫。这是一种类似唐人所说"问姓惊初见，称名忆旧容"和"独在异乡为异客"的心里感觉。这三种情形以张以宁的诗作表现最为集中，故仍以其为例。张以宁在出使安南路经广州的时候，就遇到了他多年不见的同乡温陵人龚景清，不禁感慨丛生，想到了他们共有的"家住三神海上峰，秋风同听禁城钟"的美好过去和离别之后"离居自喜乡音好，别去长悲客意重"的绵绵思念，并由眼前偶然的他乡相逢，发出对于来年春天归程时再相聚首，"共采仙蒲花紫茸"的热切期待①。再当他继续前行到达广西南宁时，又在此地遇到了多年前的同乡同姓好友张伯起的儿子张玄略，于是有了对过去"翁时中年我差少，同姓同乡还同调"的深情追忆和对未来回到故乡，"共斫长竿钓烟渚"的盼望②。然而当他终于要从广西龙江出发，前往安南为国王施行册封礼时，却又不得不与刚从安南归来、又将返回广州的新青年同事观子毅告别，"半载相从千里余"的情谊，让他托付对方如果进京，记得帮他看看家里亲人的情况，"老妻弱子近何如"③。殷殷挂念，溢于言表。

　　由于出使往返的行程艰难，耗时漫长，多在一年以上，然王命

---

① 张以宁《翠屏集》卷二《广州赠温陵龚景清乡人》，第565—566页。林弼还特意作《次张志道学士与龚景瑞诗韵》，有云"天涯作赋怜王粲，江上题诗爱薛逢"，切他乡逢故人的主题，《林登州集》卷五，第44页。章敞则在出使的途中遇到了原本并不认识的同乡儒生韩弼，不禁有了"岂知万里外，相亲得吾子。依依乡曲情，勤勤未能已"的惊喜感受，特作《寄韩生弼客中相见，以诗问之，邦问父》诗寄之，见《明永乐甲申会魁礼部左侍郎会稽质庵章公诗文集》，第289页。
② 张以宁《翠屏集》卷一《有竹诗为张伯起子玄略作》，第540页。
③ 张以宁《翠屏集》卷二《广东省郎观子毅，翩翩佳公子也。读书能诗，甚闲于礼。以省命辅予安南之行，雅相敬礼。予暂留龙江，君与士良典簿先造其国，正辞严色，大张吾军。今子毅北辙，而予南辕，家贫旅久，复送将归，深有不释然者，口占绝句四首以赠。诗不暇工，情见乎辞云尔》四首，第582页。

有期,需要山水兼程,水陆工具并用,或坐船,或骑马,或坐轿,所以使臣们往往要在异国他乡度过四序轮转的季节、重要的节日和重要的生日以及一些更为特殊的日子。为此在诗文中,他们很注意交待这些特殊情况,体现了使交文学在书写时间和空间上的特殊性。出使时间和出发地点的差异,会让使臣们所经眼感怀的四季轮换、重要节日和生日的出现顺序也有所不同,但他们所感受抒发的节候、景象变迁和节日、生辰氛围所引起的孤独思亲情绪却是相通的。在此,即使是以那些以理学修身、以理学名世的使臣们,如章敞和湛若水等人,也会以或理性或感性的眼光来看待、来抒发,即使有些诗作看来充溢了醒目的理学说教和体道气息①。重要的节日诸如冬至、夏至、端午、重阳和亚洲汉文化圈最为普遍重视的春节(含除夕、元旦、正月人日等)。而生日,则有使臣自己的,使臣亲人的(特别是父母亲的),以及明代当朝皇帝的万寿节等。另还有更为特殊的情况,就是使臣在奉使归国的途中,有可能接到当朝皇帝驾崩的哀诏等。每当碰到以上这些特殊的日子,在异乡仆仆奔波、执行使命的使臣们就会或共相庆贺,或孤独感伤,或沉默怀思和悼念。

　　将上述这几种情况集中在一个人的使交文集里,最突出的也许就是宣德六年(1431)和九年两度出使安南的章敞。关于中国不同地区的节候、风物和生活习惯之异,他注意到了广西左江地区与他所出生的江南(浙江绍兴)和所任职的北京大不相同:"左江气候别,瘴雾昼不开。草木饶冬花,石山如笋排。孔雀飞满林,玄猿

---

① 如湛若水《樵风》卷六《丕礼驿夜坐》:"路驰心有往,俗忤气屡发。蛮貊苟可行,笃敬功尚缺。悠悠卧虚馆,咄咄树空札。惕然发深省,揽衣坐澪沴。夜久空宇澄,三籁俱已灭。"就有很强的理学家体道气息。广西师范大学出版社2016年版,第134—135页。

声啸哀。时当肃霜候，气暖如春回。单袄不挂体，蚊篦屡倦挥。触目皆异观，抚时独兴怀。"①冬天的左江地区还暖和得像春天，草木葱翠，时能见花，孔雀群飞，猿猴啼鸣。更不可思议的是这个时候穿单衣，蚊子特别多，还需要时时挥扇驱赶，真是"触目皆异观"。关于节日，则他第一次出使达到梧州的第二天才发现是除夕，同时也是二十四节气的立春，"自是客怀禁不得，隔邻犹唱泣离居"，"北去京师路十千，忽闻时节换新年。朝来马上曾亲见，尽向桃符挂纸钱"，因为他们坐船到达梧州的时候已经是夜深人静，行程匆匆②。大年初二他们前往梧州府藤县藤江驿，发现没人迎接，只好感慨"节在人皆醉，方殊俗未敦"③，当地人还在热热闹闹过新年呢。第二次出使到达横州时，则又值重阳佳节，"乡思"和"羁心"油然而生④。关于生日，则他第一次出使舟抵采石的七月六日，正值其母亲的生日："良辰嘉会忆当年，此日江亭思惘然。总有私心同寸草，劬劳何处答埃涓。"⑤感叹不能亲自为母亲祝寿。当他到达广东德庆州寿康驿时，又恰逢自己的生日："初度当年抵寿康，人言佳谶寿宜昌。于今果得重来此，无补空惭岁月长。"⑥感叹年老无成，岁月空

---

① 章敞《左江书怀》，《明永乐甲申会魁礼部左侍郎会稽质庵章公诗文集》，第289页。

② 章敞《岁除感怀是日立春二首》，《明永乐甲申会魁礼部左侍郎会稽质庵章公诗文集》，第301页。

③ 章敞《过藤江无迎接之礼，正月二日也》，《明永乐甲申会魁礼部左侍郎会稽质庵章公诗文集》，第296页。

④ 章敞《九日横州江上》，《明永乐甲申会魁礼部左侍郎会稽质庵章公诗文集》，第304页。

⑤ 章敞《七月六日次采石，大淑人诞辰》，《明永乐甲申会魁礼部左侍郎会稽质庵章公诗文集》，第301页。

⑥ 章敞《过寿康驿》，《明永乐甲申会魁礼部左侍郎会稽质庵章公诗文集》，第301页。

度。并且,他还在第二次出使安南返回广东浈阳的途中,猝然得到了两次任命其出使的明宣宗驾崩的遗诏:"行尽清溪不见人,岸花汀草自成春。五云回首知何处,愁倚东风泪满巾。"① 有茫然失措之感。

在出使途中度过自己生日的,据现存使交文献,则有徐琦和王廉,后者至浔州时逢四十岁生辰。在途中生病的有张以宁、林弼、王豫。

而与章敞有同样的节候、节日、生日以及特殊日子之慨的,又何其多也。这里再补充出使途中节气、节日的情况。根据张以宁的记录,洪武二年(1369)六月二十九日奉使出发的张以宁、牛谅使团②,重九日在广东德庆州封川县的麟山水驿度过,立冬(十月)在广西南宁,而洪武三年正月人日(七日)的前一天,则到了明安边境的广西龙州酬答安南派来的迎接官和请命官③。根据林弼(史书亦作林唐臣)的记录,洪武三年四月望日奉使陛辞的林弼、王廉、牛谅使团④,在江西庐陵逢端午,在广东曲江值夏至,在广西左江恰好七夕,而到洪武四年返程到江西丰城时,则正是万家团圆的元旦

---

① 章敞《浈阳道中时闻遗诏》,《明永乐甲申会魁礼部左侍郎会稽质庵章公诗文集》,第 301 页。

② 参张以宁《翠屏集》卷二《予己丑夏辞家客燕二十年,江南风景往往画中见之。戊申冬来南京,今年六月二十九日奉旨使安南。长途秋热,年衰神愈,气郁不舒。舟抵太和,舟中睡起,烟雨空濛,秋意满江,宛然画中所见,埃坲为之一空。漫成二绝以志之,时己酉七月二十四日也》,第 580 页。

③ 张以宁《翠屏集》卷二《封川县次韵典簿牛士良》言:"记取今年重九日,封川水驿挂帆过。"卷二《立冬舟中即事》其一言:"一滩一滩复一滩,轻舟荡桨上曾湍。三秋岭外雨全少,十月邕南天未寒。"卷二《龙州答迎接官何符》《又答请命官阮士侨》。

④ 参林弼《登州集》卷五《洪武三年四月望日,同牛典簿、王编修奉使安南陛辞》,第 43 页。

佳节，"客中两度逢正旦，江上相看感岁华"①。洪武二十九年十二
月乙酉奉诏出使的陈诚，次年的元宵佳节时则在去往安南的舟中
忙着赶路："元夕常年乐管弦，今年此夕独凄然。春回上苑过三五，
路入炎荒已八千。行囊有钱难觅醉，孤舟无月未成眠。姮娥亦自
怜萧索，不放婵娟到客边。"②凄清萧索，连月亮也不出来慰藉。正
德元年接替奔父丧的伦文叙作正使前往安南颁布武宗即位诏书的
鲁铎，连同副使张弘至等人，则在安南境内的安博驿度过了本年的
最后一天和新年的第一天（也就是正德元年的除夕和正德二年的
元旦），然后一路兼程，正月初九即在安南首府完成了颁诏使命，之
后的元宵节和立春日则又在赶回明朝的途中③。只是遗憾，这个在
偏僻蛮荒的安南驿站度过的元宵夜让鲁铎觉得特别地煞风景，中
雨如麻，哪有前几年在京城灯火辉煌、万民同乐的上元节的半点样
子："上元几载住京华，灯火笙歌十万家。今岁上元何处所，瘴村蛮
驿雨如麻。"而立春节的来临，则让鲁铎发现了故乡和安南的节候、
风土之异："此日春初至，南荒暖气偏。野田将秀稻，谿树已鸣蝉。
轩盖晴交彻，衾裯夜退绵。故乡清梦里，冰雪遍山川。"④正德七年
二月初六日奉诏册封安南国王的湛若水、潘希曾使团，他们的除
夕、元旦和人日则都是在前往安南的广西境内度过，不禁感慨"除
日并将孤闷去，好风先向隔年来"，"自涉名途十二年，年年元日不

---

① 林弼《登州集》卷五《庐陵逢端午》《左江七夕得牛字》《曲江逢至日》、卷
六《辛亥正旦呈牛典簿、王编修洪武四年，是年春除，丰城》。
② 陈诚《陈竹山先生文集》卷二《元宵舟中》，四库全书存目丛书集部26册，
第347页。
③ 参鲁铎《鲁文恪公文集》卷五《丙寅除夜次安博驿用杜韵写怀二首》《丁
卯元旦仍用前韵》《元宵》《立春》，四库全书存目丛书集部54册，第71—
72页。
④ 鲁铎《鲁文恪公文集》卷五《元宵》《立春》，第72页。

同天"，"游子行万里，睠之感慨多""新岁易为感，遐荒独自行"①。
颇有不同于奉使言志诗的多种别样情绪。

　　而更让人悲怆神伤的，却是张以宁在经历周折终于踏上归国
复命之途时，却听到了死神对自己的召唤，只好作《自挽》诗来总
结自己贫病清廉的一生和对亲人好友的怀念："一世穷愁老翰林，
南归旅榇越山岑。覆身粗有黔娄被，垂橐都无陆贾金。稚子啼饥
忧未艾，慈亲藁葬痛犹深。经过相识如相问，莫忘徐君挂剑心。"②
沉痛凄凉，比之章敞的归途闻遗诏更加可伤。并且，像张以宁这样
卒于出使途中的，还有他之前的刘夏和他之后的俞敦等人。

　　（三）国内名胜的登览纪游

　　与出使到安南境内的异国风俗观察和书写相比，明朝使臣的
国内名胜书写和边地风俗记录也值得重视，同样具有文学地理和
民族风俗描写的意义。而且，就明朝使臣在国内和在安南所停留
的时间和行程长短言，在国内的时间和行程都要漫长得多，由此留
下的书写内容也要丰富得多。再就国内行程言，又以在广西境内
的名胜和节候、风俗书写最为突出，这里有两个非常重要的原因，
一是广西与中国内地相比，冬暖的节候风物特性和汉夷杂居的民
族文化特性，二是广西在出使安南行程中的地理特殊性。因为明
朝使臣要进入安南，在宣德皇帝正式迁都北京前，一般要先从接受
诏命的首都南京出发，而之后则是从北京出发，通过京杭大运河到
达现在的南京，然后一路水陆前行，经过广东、江西、湖南进入广西
境内。而在到达广西省会南宁府时，明朝使臣就要派遣专门官员

---

① 潘希曾《竹涧集》卷二《除日永淳道中得风》《癸酉元日》《新年作》《人
　日》，第665—666页。
② 张以宁《翠屏集》卷二《自挽》，第568页。

赍奉使臣书信驰报安南国迎接诏敕[1]，之后再前行到毗邻安南国境的广西龙州，在此与迎接使团的安南请命官和迎接官队伍汇合[2]，一起进入安南境内完成使命。于是，明朝在广西南宁和龙州停留期间，就会有相当多的文学作品来反映。而在安南境内，除了在其首府颁诏期间可能因为安南方面的盛情招待和刻意挽留而有所游览和耽搁外，其他都是一路返回，总计在安南的时间不会超过两个月，而快者如湛若水、潘希曾使团，"安南之往返仅二十日耳"[3]。因此，从停留的时间、行程以及留存诗作的丰富程度而言，明朝使臣的国内名胜书写和广西边地风俗记录非常值得重视。

通观现存明代使交文集，除了交待使臣在国内一路旅行经过的水陆驿站和地名外，就主要是所见和登临游览的名胜。其中有几个地方为多位使臣写到：广东广州海珠寺，曲江张文献庙、余襄公祠，清远峡飞来寺，江西南昌滕王阁、徐孺洲，庐山，小孤山，南直隶太平府当涂县采石矶，湖南衡山，潇湘八景，广西横州乌蛮潭马伏波祠、庙、台，梧州舜庙、吕仙亭，桂林八景，龙州仙岩等。这里以张文献庙、峡山飞来寺、马伏波祠、舜庙、桂林八景为例简要说明，而这些往往也是来华出使的安南使臣所经常提到而书写的地方，具有中外文学比较的特殊价值。

张文献庙祭祀的是盛唐开元名相张九龄，他是整个岭南地区最早为世人所熟知的名人，由于与奸相李林甫的对立和开启了清澹一派诗风而在文化史上和诗歌史上具有崇高地位，以至为路经

---

[1] 王偃《思轩文集》卷二十二《资善大夫南京吏部尚书谥文通钱公墓志铭》，续修四库全书 1329 册，第 661 页。

[2] 参张以宁《翠屏集》卷二《龙州答迎接官何符》《又答请命官阮士侨》，第 566 页。

[3] 潘希曾《竹涧集》卷六《南封录序》，第 723—724 页。

此地的中外使臣所瞻慕。比如张以宁诗回忆儿时诵读杜甫《八哀诗》时即对张九龄非常崇敬，谁能料到现在白发苍苍还有机会来此瞻拜①。之后许天锡也有《题张文献公祠》。

　　名飞来寺者在全国有很多，而出使安南的使臣所路经登临题咏的，是坐落在广东清远县峡山的飞来寺。"峡山，在城东三十里，一名中宿峡。崇山峻岭，中通江流。上有飞来寺，即广庆寺，梁普通间建。名山胜境，为'道书'十九福地。右有和光洞，一名归猿洞。北有金芝岩，前有凝碧湾，其水绀碧。左有犀牛潭，一名金锁潭。又有钓鲤台。对江山南顶上为嫖幡岭。"②相传该寺在梁普通年间由今安徽舒州飞来，故名。寺旁又有归猿洞，相传唐代孙恪携家至此，结果妻子化猿而去，留下玉环。又旧传黄帝二少子隐于峡山，故又号二禹山③。对此，张以宁在此看到宋人旧题诗中有"猿弃玉环归后洞，犀拖金锁占前湾"句，觉得"切实，类唐许浑"，切合孙恪妻化猿的传说和眼前犀牛潭、金锁潭的景致，乃起了文人的争胜之心，更赋一诗："瘴岭风烟势渐开，喜寻篛竹步莓苔。江环列嶂天中起，峡坼流泉地底回。灵鹫飞来苍磴老，怪猿啼去白云哀。轩辕帝子应犹在，为奠南华茗一杯。"④其中第三联即为有心凸显思致和风格之作，显得更为瘦劲凌厉，类似李贺的用字特点。而末联则点出峡山的二禹传说和道书的福地之谈。林弼有《清远峡飞来寺》

① 张以宁《翠屏集》卷二《张文献庙》，第581页。
② 郝玉麟等《广东通志》卷十《山川志·广州府·清远县·峡山》，文渊阁四库全书562册，第384—385页。
③ 张英、王士禛等《御定渊鉴类函》卷二十九《地部七·交广诸山一》引《潜确类书》，文渊阁四库全书982册，第689页。
④ 张以宁《翠屏集》卷二《峡山寺僧慧愚溪邀观壁间旧题，因诵宋廖知县一律，有云：猿弃玉环归后洞，犀拖金锁占前湾。予谓其切实，类唐许浑，赋以继之》，第565页。

《重登飞来寺得来字》二诗。之后孙承恩有《飞来寺》诗题咏之，许天锡也有"我乘此清风，直上飞来山"的残句。

　　马伏波祠在广西横州东六十里乌蛮滩上，纪念平定交趾征侧姐妹叛乱而驻兵此地的西汉伏波将军马援，后人立庙祀之。北宋庆历年间，州守任粹重修，有碑记。明洪武三年，以马援平定交趾、立铜柱界断华夷功劳甚伟，敕令册封安南国王的王廉顺道代为祭祀，王廉作《代祀马援颂》①。其他的同时之作，则有张以宁《乌蛮滩马伏波祠》，以赞颂其造福华夷的不世功业："莫羡少游乡里好，封侯庙食丈夫雄。"② 与王廉同行的林弼，"徘徊铜柱，追忆鸢飞坠水、马革裹尸之言，结托为异代交"③，然《伏波庙》诗以马援受诬的薏苡典故为核心，感慨清白做人的艰难，所以诗歌有一种消沉阴郁的意绪，《伏波台》则以当地的江山气势来缅想当年马援驻兵于此平定交趾叛乱的英风豪情，又有一种思念将军归来的豪迈气格，各有不同的立意④。任亨泰《过乌蛮滩》将重点转到了对乌蛮滩险急难渡的描写和议论上，而认为"南商北客"之所以纷纷准备厚礼去到伏波庙祭祀，不是为了其不朽功绩，而只是为了求神"保护"而已，由此他觉得在当今这个四海一统的大明王朝治理之下，应该让天吴来铲除此险滩，"千秋万古为平陆"，又是典型的颂圣之作了⑤。潘希曾《横州马伏波祠》又回到了传统的景仰马援功业的思路上：

---

① 王祎《王忠文集》卷十七《书代祀马援颂后》，文渊阁四库全书 1226 册，第352—253 页。
② 张以宁《翠屏集》卷二《乌岩滩马伏波祠》，第 566 页。
③ 张燮《林登州传》，林弼《林登州集》附录，第 200 页。
④ 林弼《登州集》卷五《伏波庙》，第 45 页。
⑤ 任亨泰《状元任先生遗稿》卷上《过乌蛮滩》。

"屈指云台旧时将,几人庙食尚天涯。"①钱溥《伏波祠》、孙承恩《伏
波庙》二首也是祭祀马援、感念其平交功绩的同类之作。到明亡
后,欲图借道安南到昆明的徐孚远还与同行的南明官员一起到伏
波庙祭祀,却是感慨丛生,也很想当时能有像马援这样的中兴汉朝
的不世英雄,辅佐真主再造中兴明朝,故诗中将马援的功业建立和
自己的行迹求索错综融合,较好地实现了他此行朝见永历皇帝的
创作意图②。

　　使安南所路经的舜庙,一般是指坐落在广西梧州的舜庙,相
传为舜帝南巡至苍梧地区而故去之地。因为舜帝是五帝之一,从
而也成为路经此地的明代使交使臣所经常登临缅怀的地方。张以
宁次韵牛谅的舜庙诗云:"苍梧落日百灵悲,韶石清风万代思。洪
水一从咨禹后,深山几见避秦时。乌耘历历传遗迹,鸡卜纷纷异俗
祠。白发舜弦峰下路,老儒独咏《卿云》诗。"③即追怀舜帝所代表
的上三代古朴敦厚时期。之后严震直也有《苍梧舜庙》诗④,与张
作意绪同。

　　"山水甲天下"的桂林,也是出使安南的必经之地,路经此地的
使臣唱和题咏也特别多,而最集中的乃是"桂林八景"诗的写作体
制。对此,洪武二十八年八月奉命出使的任亨泰和严震直都有同
题组诗之作。"八景"诗一般包容春秋冬四季山水景色,涵盖雨晴
天气和早晚风景变化,统合儒道佛三教人文胜迹,从而形成可四季
游览、众人皆能欣赏的美丽自然和人文景观。"桂林八景"也是如
此,由"尧山冬雪""舜洞秋风""西峰晚照""东渡春澜""訾洲烟

---

① 潘希曾《竹涧集》卷二《横州马伏波祠》,第665页。
② 徐孚远《交行摘稿·同黄张祀伏波将军庙歌》,第453页。
③ 张以宁《翠屏集》卷二《舜庙诗,次韵牛士良》,第565页。
④ 汪森《粤西诗载》卷二十三"七言绝句",文渊阁四库全书1465册,第378页。

雨”“桂林晴岚”“清碧上方”“栖霞真境”等组成。前四景乃自然景观，由春夏秋冬组成。中二景突出晴雨的不同美景姿态，其中，第三景“西峰晚照”突出观赏落日的佳处，第五景“訾洲烟雨”则是整个桂林地区都具有的雨季美景特征。最后两景则分别指涉宗教建筑的佛寺和道观，并与第一景尧山、第二景舜洞的儒家历史文化内涵相贯通，可以适应不同人等的人生信仰和审美趣味。只是相较而言，任亨泰之作都是七言律诗，切合“八景”诗的创作惯例，突出每个景点的美景特征和宗教趣味，不太牵扯个人的出使经历，而严震直则以古诗来写作，句式以七言句为主，又杂糅五言句、三言句，显得较为散漫，且时时在结尾带出皇命在身、不容久耽的使臣身份，以显示桂林美景对他的吸引力。

以上这些明朝使臣所经常登临吟咏的景点，也常为来华出使的安南使臣所登临吟咏，从而形成了一个中外文人的比较视角。如元延祐元年(1314)来华报聘的安南使臣阮忠彦，其使华诗集中即有《赠僧尧山》《采石渡》《采石怀青莲》《题小孤山》《画山春泛》《题伏波将军祠》等作，而《题伏波将军祠》则扣住马援威服南夷的军功来表达自己的崇敬之情：“至今起敬滩头过，犹讶军声激鼓鼙。”[1] 元时来华的安南国使阮中、杜觐、杨宗海等又皆有《留题峡山寺》诗[2]。明万历二十五年来华请封的后黎使臣冯克宽，其使华诗集也有《过画山》《题飞来寺》《过张丞相九龄祠堂》《过大孤山小孤山》《过采石城》等作。其《题飞来寺》云：“飞来何处寺飞来，水绕山青迹未苔。于翼彼黄金世界，如犨斯碧玉楼台。挹泉

① 阮忠彦《介轩诗集》不分卷，《越南汉文燕行文献集成(越南所藏编)》第一册，复旦大学出版社2010年，第53页。
② 李文凤《越峤书》卷二十“安南君臣诗”，第292页。

静水龙会出，拂崖慈云鹤带回。孙妇有无休说着，且挥仙笔咏蓬
莱。"① 扣住飞来寺的孙恪妻化猿传说结笔。且在《旅行诗集》的同
题作品下做了详细的小字题注："寺在韶州府清远县，一水之傍，万
山之中，自舒山飞来，四顾尘嚣，景甚清丽，乃大明第一禅天也。世
传此寺自舒州飞来，势得佛像铜钟住在山岭，其钟落在南山岭上，
今镇在此处，闻鼓而应。寺缺一角，在梅岭。孙恪娶袁氏女，育二
子，后挈家过端州，即今两广军门。袁欲游峡山寺云：旧门复既至，
着熟其路，持碧玉环献僧。有野猿数十，连臂而下，袁恻然题云：
'不如逐伴当山去，长啸一声缥雾深。'掷笔化为猿而去。老僧方知
旧养猿。高力以束帛易之，碧玉环随猿而去。"② 解说飞来寺所在的
位置和本地传说。可见安南使臣更为关注神奇的化猿传说，而与
明朝使臣重视其独特的高峻峡谷自然景观有所不同。

　　(三)广西边地的民族纪实

　　由于广西在明朝使臣出使安南行程中的重要枢纽位置和迥异
于内地的特殊气候风物和民族文化特征，加上使臣代表天子采风
问俗、以备咨诹的职责所系，是故明朝使交文集中多有载录广西边
地风物和民俗的作品。在此，应以林弼的自觉"观风"意识最为突
出："观风小臣在，归拟奏诗篇。"③ 将观察记录一路所经之地，尤其
是地处明朝和安南边境，又有比较奇异的地理、气候、民族风俗和
复杂的民族问题的广西，当成自己作为使臣的自觉任务。当然，同

---

① 冯克宽《使华手泽诗集》，《越南汉文燕行文献集成(越南所藏编)》第一册，
　　第62页。
② 佚名《旅行诗集》，《越南汉文燕行文献集成(越南所藏编)》第一册，第
　　196—197页。
③ 林弼《林登州集》卷七《江洞书事五十韵》，第59页。

时也不缺乏"猎奇""博物"等传统文人情趣于其中。依据外乡人的认识过程,可从如下几个方面来看林弼诗文笔下的广西印象。

1."万里瘴乡,山川险恶"①:僻远、蛮荒、恐怖的异域景象

一路水陆行来,广西给人的第一印象应该是"僻远",万里迢迢,远离政治和文化中心。其次是山川险恶,无论是乘舟还是骑马、坐轿都十分艰难。行舟则"江险不可埋",水流狭窄湍急,陆行则"山高不可挽",如遇霖雨,即更泥泞崎岖,有着迥异于内地的地理特征。而最让人一想起来就心生恐惧的,莫过于自古以来即传说的南部少数民族地区的瘴气,天气炎热,山高林密,水汽蒸发,会让很多人感染瘴气而生病。"其山溪之险恶,竹树之蔽翳,一遇炎暑,则毒蛇猛兽之气,蒸而出林莽,流而出涧谷,虽水泉蔬茹皆不可食。及再至之日,即不能食。及道左江,复染岚暑,转为伤寒,既泄且痢。"②严重之时,甚或会死亡。再辅以更为形象恐怖的比人都还长的蝮蛇,比蝘蜓还毒的蜮虫(前者亦称"铜石龙子",爬行纲,捕食昆虫,卵胎生;后者古代相传为一种能含沙射人、致人病的动物),以及"蝟蚿点醯酱,红宿不敢饭"的当地饭食,就成了广西被初来者极端异域化、蛮荒化、恐惧化的四件最为重要的事物,集中体现了初次听闻的惊怖感和初次经历的紧张感。而这也是很多北方人不愿来此地做官,视如畏途和鬼门关的原因③。

2."风气各有限""土风固云恶"④:新奇而又需警惕的多民族

---

① 林弼《林登州集》卷十《送韩君子煜之官海门序》,第 90 页。
② 林弼《林登州集》卷十二《赠林子方序》,第 106 页。
③ 林弼《林登州集》卷一《广西舟中》:"颇闻北来士,游宦愁僻远。十人九物故,岚瘴嗟满眼。蝮蛇长于人,蜮虫毒于蝘。蝟蚿点醯酱,红宿不敢饭。"第9 页。
④ 林弼《林登州集》卷一《广西舟中》,第 9 页。

杂居生态

广西少数民族众多，或栖山林为瑶僮獠，或住水边为蜑民。其生产方式、民族性情、语言、房屋、服饰、物产、饮食、赶集、娱乐等都与内地有很大的不同。他们的生产方式是较为原始的"畲耕与野蚕"，"近腊缝山鼠，迎秋拾木绵"，刀耕火种，以野蚕丝和木绵花织布，以山里的兽皮为御寒之具，不像内地是精细的水田蹈作，栽桑养蚕。所以他们需要通过打猎、捕鱼等方式来补充生活资料的不足："猎野撚花箭，涉川刳木船"，"负弩常从犬，扳罾或得鳊"。民性犷悍叵测，高兴之时是人的样子，还比较温驯，但发怒之时就像凶猛的野兽，不可理喻，无法言说，因为他们讲的都是汉人听不懂的"鸟言""鸟语"。他们的房屋也很奇特，往往在竹林深处，倚山靠壁，搭一个小茅屋，"草阁柴扉傍竹开"。外表像一个亭子，分上下栏，上栏住人，下栏住牛畜，是相当原始的"巢居"状态。"架岩凿壁作巢居，隐约晴云碧树疏。水枧枝枝横槛似，禾困个个小亭如。"由于完全在原始森林之中，所以看来相当凶险，因为旁边就可能有虎狼出没："篁桂深林薄，茅茨小栋椽。巢居牛畜共，邻处虎狼联。"他们的发型和服装也比较怪奇，男人和女人都梳高高的发髻，用红线缠裹，都穿白纻衫、青布裙，刚来的客人甚至一时分不清是男是女："峒丁峒妇皆高髻，白纻裁衫青布裙。客至柴门共深揖，一时男女竟难分。""椎髻费红缠。"且出门赶集的往往是穿着粗短衣裙的女性，他们称为"趁墟"。这里的物产因为"风气各有限"的地理气候差异，也与北方和江南地区大为不同："蝮蛇勤执贽，鸡骨惯占年"，"沙姜长竖指，泥蕨细钩拳"，"夔猳为伴侣，麋鹿当牲牷"，"山蕉木柰野葡萄，佛指香圆人面桃。更有波罗甜似蜜，冰盘初荐尺馀高"。这些都是当地非常有特点的得之于大自然馈赠的饮食和祭祀佳品。更有"盘遮蕉叶携殽至，瓮贮筠笼送酒来"，"趁墟野妇酤甜酒,候馆溪童进辣茶",真是"天地共一域,风气各有限。朔南殊俗习,川陆异物产",不出门不知天地大,万物奇。他们的歌舞娱乐则是全民狂欢,不分男女老幼:"蛮鬼歌堂赛,狡童舞袖翩。溪翁醉皆倒,野妇喜如颠。""丰年箫鼓赛田祖,近日衣冠花洞蛮。"与内地的谨守秩序,不苟言笑大不同。

　　针对少数民族众多、性情叵测和迥异于内地生活方式和思维方式的民族生态,譬如说鸡骨占年的原始习俗,林弼寄希望于管理当地的汉族官吏能够秉持"宽简"的朝廷政策"抚循"人民,不至于因为沟通不畅的缘故而给安定的明王朝添乱①。需要说明的是,林弼的担忧并非无病呻吟,照本宣科,而是有较为充分的社会事实为根据的。比如他讲过一个从南方回到广西龙江岸边的使臣(很可能就是出使安南归来的他自己),就碰到了两个被少数民族"獠峒"所掳掠的妇人,其中一人面带喜色,一人则哭得甚为悲哀。询问之下,才知道前者已被赎归,后者尚未。使臣因发善心,为出钱赎之。结果该妇当夜却逃跑回"獠峒"。原因一是该妇被掳期间,家中久无人闻问,也不知家中亲人死活,二是她念起了掳掠她的"獠夫"的恩情②。这说明在当时广西这样有着"苗""猺""獞""獠"等少数民族的地区,还有强行抢掠良家妇女的不良社会现象。另外,林弼又通过一个穿青色布衣的白发老者,给他讲了发生在元朝两江地区(即左右江)的少数民族部落酋长起兵叛乱的故事,其起因就是"前朝失政体",暴虐对待当地少数民族,结果弄得民不聊生③。由此林弼希望新朝宽大为怀,能够让一方百姓得到安顿。而宣德

---

① 以上参林弼《林登州集》卷一《广西舟中》、卷五《南宁府三首》、卷七《江洞书事》《龙州七首》。

② 林弼《林登州集》卷一《峒中妇》,第 10 页。

③ 林弼《林登州集》卷七《江洞书事五十韵》,第 58—59 页。

六年和九年两度出使安南的章敞,也提到广西横州当地少数民族抢劫财物和攻击官府的暴动事件:"况有蛮人多出没,不问黄昏并白日。前年驿吏已经伤,近日巡司新被劫。"① 更可证广西少数民族管理确实是值得重视的一个政治问题。

3."流水桃花今有路,何须更觅武陵山"② :理想化的世外桃源印象

在经历了对广西的恐怖化、新奇化阶段后,林弼等外来旅行者逐渐冷静下来,首先发现这个少数民族边地其实是一个有着自己悠远的民族血脉和独特生活智慧的世界,自成一体,在生产方式和生活资料的获得,房屋、服饰、物产、饮食、歌舞等方面形成一个具有完整形态的人类社会,简朴而又充满机智③。初见之下,你也许会觉得它原始粗朴,类似于奴隶社会,生产和交通工具都是在原始的质料基础上简单加工,但细察之下,它又自有一套堪称精明的生存原理,那就是取法自然,因地制宜,充满了一种古朴的睿智魅力。比如他们依山傍岩的巢居式房屋修建,用竹木制成的简易引水入屋工具"水枧",以及就地取材而做成的佳肴和美酒("盘遮蕉叶携殽至,瓮贮筠笼送酒来"④),当然还有前述的具有浓郁民族风情的歌舞和习俗等,都让人深刻地认识到,这其实是一个相当有趣而立体的社会组织。用一句话总结,就是"孰云殊土俗,自是一山川"⑤ 。

---

① 章敞《乌蛮滩歌》,《明永乐甲申会魁礼部左侍郎会稽质庵章公诗文集》,第291页。
② 林弼《林登州集》卷七《龙州十首》其十,第64页。
③ 林弼《林登州集》卷七《江洞书事五十韵》,第58—59页。
④ 林弼《林登州集》卷七《龙州十首》其三,第64页。
⑤ 林弼《林登州集》卷七《江洞书事五十韵》,第58—59页。

其次当生病死亡的恐怖想象被解除,当艰辛的水陆使程暂时停顿下来,接受当地汉官和土官的招待,进入比较闲暇的观赏状态时,林弼等人又发现了这里好处多多,表现在民风人情上,是敦厚纯朴,表现在美食上,是山中佳果众多,江中渔产丰富("山果红堪羞,江鱼白堪馔。闲来惟酒杯,醉后即茗梡"①);而表现在美景上,则是"白沙青石小溪清,鱼入疏罾艇子轻。谩说南方风景异,此时真似剡中行"。一种不输于江南山阴道上观看美景的亲和感油然而生。这又是将异地故乡化了。

最后是在上述两种认识和体验基础上,更进一步升华为理想化的世外桃源印象。"龙州溪洞极南边,鸡犬桑麻自一天。流水桃花今有路,何须更觅武陵山。"② 现实中的桃花源不在文人笔下和传说中的武陵山,而就在眼前看到的广西龙州边地,它自成一统,白云悠然,流水恬淡,桃花满溪,人情淳朴,远离政治纷争和宦海浮沉,俨然就是一个不为世人知晓的混沌沉静的太古世界。在文人崇尚儒家上古三代简朴自然观念作用下,这个远在南荒、充满原始古朴韵味的民族边地就变成一个与世隔绝、自成一世界的现实版桃花源。

值得说明的是,这并非林弼一人有此想象,而是很多出使安南的使臣在行经广西时都可能有的看法。比如钱溥使团在南行到广西南宁府附近一个名叫凌湾的村庄时,就觉得该村像桃花源:"(天顺六年八月)丙子,过一近村名凌湾,居民数百家,鸡犬相闻,牛羊遍丘陇,男妇隐隐竹树中,打木绩麻,聚首相观。有夫充役者,携饷出槛于船傍。俨一武陵桃源也。地平旷,贼罕到。间有来者,人众

---

① 林弼《林登州集》卷一《广西舟中》,第 9 页。

② 林弼《林登州集》卷七《龙州十首》其十,第 64 页。

有备,亦难入。若使他郡皆然,岂有民不安生者哉！"① 没有战乱,
农耕村寨,民风淳朴。带着这种想象,潘希曾甚至将他在安南境内
所看到的丕礼风景,也与世外桃源相提并论:"我行丕礼墟,交路
将过半。田畴稍连络,山势亦平缓。竹树交远村,鸡鸣烟火晏。
士女作队游,语笑不可辨。维时王正月,桃李已零乱。好风自东
来,流莺道边啭。天地信广大,兹游未知倦。人间多桃源,亦复不
常见。"②

　　与潘氏相同的,是意图借道安南的南明徐孚远等人,也认为在
安南港口所见的田园风光,与故乡"三吴"之地相似,有着偶遇桃
花源的感觉:"曲曲溪流面面田,海涛尽处好牵船。江南风土浑相
似,吴会交州共一天。""种竹栽桑养子孙,处处双鬟坐市门。客路
相逢开一笑,何须津口问桃源。""风帆高挂入青畦,春水方生路不
迷。夷女看人浑未识,笑声�咥满前溪。"③ 与广西边地带给明朝
使臣的桃花源感觉一样,安南的这些地方与广西都讲的是汉人使
臣所听不懂的"鸟语"和"夷语",正可以好奇地相互观看,而各自
留下神奇的感觉。对广西和安南这样化外之地的人民来说,是看
到似乎自天而降的汉官威仪的惊讶;对路经此地的使臣来说,则
是发现似乎从地底冒出的桃源村民的惊异。这似乎说明了作为一
种理想化的桃花源符号,还是不分国界的,可以从中国移植到东亚
汉文圈中去。在此亦可见到明朝使臣关于民族边地广西与安南的
比较。

---

① 钱溥《使交纪行志》,载李文凤《越峤书》卷十九,四库全书存目丛书史部
　163 册,第 103 页。
② 潘希曾《竹涧集》卷二《丕礼道中》,第 667 页。
③ 徐孚远《交行摘稿·入交港同行者或云此中有似三吴感赋》,第 453 页。

第四章　封贡·移民·扰边:活跃于明人文集中的安南人考论

辑录并综观明人文集中的安南人,会发现一个十分突出的现象,即他们人数众多,品流殊别,上至国王、亲贵,中至各类使臣、文武官员和北部沿边大小头目,下至儒生、太监、妇女,有名姓的个人和无名的群体,皆非常活跃。更重要的是,其中相当一部分安南人不为《大越史记全书》等越南史书而仅为明人文集和《明实录》等文献所载,且明人文集的记载除有与《明实录》和各类专题文献相互补充印证的史料价值外,还有超出于其上的丰富文学书写内容,由此可见明人文集在研究中越关系和文学书写上的价值。具体来看,这些进入明人文集载录的安南人,主要有封贡体制下的入明安南使臣群体和入安(南)明使所见各类安南人(国王、亲贵、文武官员、太监、儒生等),永乐至宣德三年封贡体制被破坏后的征战和郡县时期所出现的各种形式的移民(土官、儒生、太监、妇女等),以及不同时期骚扰甚至入侵劫掠云南、广西边境的安南陪臣和大小头目等四类。

对此一事关明代中越关系的多重角度和中越交往书写的多重内容的重要现象,截至目前,学界研究主要集中在历史学界。他们或是从移民中国的安南人角度,研究安南人对于明朝所做出的巨大贡献和其中考中明代进士的原安南籍人士①，所涉及的安南人类型还不丰富；或是从明代中越关系史的研究角度，梳理和归纳明安关系的时代发展、重要事件和邦交模式等②，涉及的安南人类型事实上非常丰富，但安南人并没有成为研究对象。另外，他们所依据的材料多为《明实录》《明史》和中国地方志书以及《奖黎安莫集》《邦交录》《驭交记》等中越专题历史书籍，而较少深入到庞杂而分散的明人文集文献。有鉴于此，本文以明人文集为主要材料，分类考述明人记录的各类安南人踪影，并对《大越史记全书》等越史所不载或少载的背后观念进行探讨，以为研究明代中越关系和文学、文化交流之助益。

一　入明的安南使臣群体

据《大越史记全书》记载，早在朱元璋与陈友谅等元末各方势力争夺尚未有明朗结果之时（即明朝建立之前），安南陈朝密切关注着中国北方的群雄逐鹿。而一当朱元璋定鼎金陵，宣布明朝取代元朝，成为中国的新统治者之时，安南国主陈日煃是中国周边国

① 张秀民《明代交阯人在中国内地之贡献》《明代交阯人移入中国内地考》《明交阯阮勤何广传》，《中越关系史论文集》，文史哲出版社1992年版，第45—114、131—134页；刘志强《明代的交阯进士》，《中越文化交流史论》，商务印书馆2013年版，第34—51页。
② 牛军凯《朝贡与邦交：明末清初中越关系研究（1593—1702）》，中山大学博士论文2003年；牛军凯《万历间钦州事件与中越关系》，《海交史研究》2004年第2期；陈文源《明朝与安南关系研究》，暨南大学博士论文2005年；牛军凯《王室后裔与叛乱者——越南莫氏家族与中国关系研究》，世界图书出版广东有限公司2012年版；叶少飞《安南莫朝范子仪之乱与中越关系》，《元史及民族与边疆研究集刊》（第三十一辑），上海古籍出版社2016年。

家中第一个派出使臣前往金陵进贡方物的，恭贺即位，并请封爵①。此举得到了明朝的巨大好感，将其与东边的朝鲜视为两个最能"遵正朔，禀王度，渐染华风，知慕声教"②的藩属国，之后明朝与安南即如与朝鲜一样，保持着最为密切的封贡关系，并定期互派使臣。尽管这种情况到了嘉靖年间因为莫登庸篡立和明朝降封安南为都统使司的缘故，而小有改变，即明朝不再派遣使臣出广西镇南关进入安南首府册封，而只让安南到关领取册封诏敕，但是执行其他任务的明朝使臣仍会不时出关进入安南，而安南也仍需按期派遣使臣前往明朝朝贡③。也即，嘉靖之后到明末的明安封贡体制和除明朝册封使外的使臣往来仍然在安南为都统使司的名义下得以延续，并没被破坏。

由于人数众多，我们将朝贡体制关系下围绕使团往来而进入明人文集载录的安南人员分为两大类来考述，即入明的安南使臣群体和进入安南的明朝使臣所见之各类安南人。

就明人见到安南使臣群体的地点而言，主要集中在使行目的地明朝首都和往返于所规定的明朝境内贡道。前者在洪武至永乐十九年（1421）是指南京，之后是指北京；后者则贡道的具体地点甚多，自然明人所记安南使臣的具体地点就不相同。下面即按明人所见入明安南使臣的具体地点和所出现的文集分别考述。

---

① 吴士连等《大越史记全书·本纪》卷七，陈荆和校合本，东京大学东洋文化研究所1984—1986年版，第431—432、436页。
② 王偊《王文肃公集》卷四《送张行人诗序》，四库全书存目丛书集部36册，第337—338页。
③ 牛军凯《王室后裔与叛乱者——越南莫氏家族与中国关系研究》，第188页。

（一）明洪武时期南京和正德时期北京明人所见之安南使臣

1. 见于朱元璋《明太祖集》"诏敕"类散文的，有黎公、阮士谔、谢师言等三人

黎公之名见于《谕安南国王诏》。该诏主要是为了警告安南谨遵明朝"三年一贡"的要求，不要频繁进贡。依诏所言"今陈煓夺位而为之，必畏天地而谨事神，恤及黔黎，庶膺王爵"①，据《明太祖实录》"洪武七年三月"条"是月，安南陈叔明以奉诏俾用前王印理国事，遣其正大夫时中上表谢恩，贡方物，且自称年老，以弟煓代视事，许之"，及"洪武七年五月"条"甲午，安南陈煓遣其臣黎必先等奉表谢恩，命赐文绮布匹"②，则此"黎公"当为"黎必先"。

案：陈叔明、陈煓乃安南国王的中国名（即伪名），在安南国内本名陈暊、陈曔，二者为兄弟，越史分别称艺宗、睿宗。由于在杨日礼（中国史书称陈日熞）"篡政"时期，陈暊得以重夺陈氏江山，主要靠的是其弟曔的武装力量，故在洪武五年十一月九日做了三年皇帝后，即逊位于弟，自称太上皇。但这在明朝看来，是陈曔"夺位而为之"。洪武四年闰三月，占城为杨日礼复仇，出兵攻入安南首府，焚毁宫室，掳掠子女玉帛而归。陈曔即位后，多次亲征占城，结果在洪武十年正月的御驾亲征中遇难。之后，即在本年的五月三十日，由太上皇陈暊做主，立自己的长子建德大王陈晛为帝，是为中国史书所称的陈炜。安南和占城之争在洪武朝时期非常频繁，是故在有关安南和占城的诏敕中，时时可见作为宗主国的明朝对于两国关于领土和争端的调停和威胁。如《谕安南国王陈炜伯陈叔明诏》："尔安南与占城忿争，将十年矣，是非彼此，朕所不知，

———————
① 朱元璋《明太祖集》卷二，胡士尊点校，黄山书社1991年版，第21页。
② 李国祥等《明实录类纂·涉外史料卷》，武汉出版社1991年版，第559页。

其怨未伸而讐为解，将如之何？尔叔明如听朕命，息兵养民，以遂天鉴，后必有无穷之福矣。若否朕命而必为，又恐如春秋之国自取之也。"①

阮士谔之名见于《谕安南使臣阮士谔》《谕安南国王陈叔明敕》《谕安南来使敕》等三篇谕敕。据明《太祖实录》"洪武十一年春正月"条："是月，安南陈煓弟炜遣其臣陈建琛、阮士谔来告煓卒。先是，朝廷尝遣使赐陈煓上尊文绮，既至而煓已死。其弟炜署国事，遣使奉表谢恩，贡驯象、方物，且告煓之丧。诏赐建琛、士谔等衣物，仍以文绮纱罗往赐炜，遣中使陈能至其国吊祭。"②而《谕安南来使敕》亦言："洪武十一年，尔王差陪臣阮士谔来贡。"则阮士谔当为此行的副使。本次使团到达南京上表的时间在洪武十一年正月，而任务是报告陈煓之死和陈炜（安南名陈晛，陈叔明长子）继嗣之事。以此对照《大越史记全书》"明洪武十年"条，则他们从安南启程的时间在洪武十年秋九月，但仅提正使之名，而名又与《太祖实录》不同，作"陈廷琛"：

> 遣陈廷琛讣于明，称睿宗巡边溺死，且告以帝为嗣。明人辞以畏、压、溺有三不吊之礼，廷琛争辨，以为占人犯顺扰边，而睿宗有御患救民之功，何为不吊。明复遣使吊。时明帝方图我越，欲以为衅，太师李善长谏曰："弟死国患，而兄立其子，人事如此，天命可知。"事遂寝。③

① 朱元璋《明太祖集》卷二，第 22 页。
② 李国祥等《明实录类纂·涉外史料卷》，第 561 页。
③ 吴士连等《大越史记全书·本纪》卷七，陈荆和校合本，东京大学东洋文化研究所 1984—1986 年，第 449 页。

　　该处所言的"睿宗"和继嗣的"帝"，即《太祖实录》的陈煓和陈炜，两人为兄弟关系。对此，《明太祖集》所载诏书称陈叔明为陈炜的伯父，则错了，当为父子关系①。至于他们启程回国的时间，据《谕安南国王陈叔明敕》所言："迩来朕中书、御史台朋党相尚，事觉已行诛毕，因是王知，故兹敕谕。"② 则应是在洪武十三年春正月戊戌处决了左丞相胡惟庸一党，废除长达千余年的丞相制之后③。

　　之所以一个安南使臣的姓名，出现于三篇不同的谕敕之中，是明廷和朱元璋认为安南在如下几个方面都存在严重问题，需要劝谕在明朝看来仍是安南的实际掌权者陈叔明：一是朝贡的次数，再次要求安南严格遵守"三年一至，至必贡微情厚"要求，只重"事大"的诚意而不重贡品的多寡和次数的频繁，不要再"贡物之广，劳民从事"；二是安南与占城交恶而发生的连年战争，要求安南"务以仁治国，毋以虐为政，傥有小愆，当自省修德以释，则可回天意"④；三是安南对待朝廷使臣（即吊祭陈煓的内官陈能）的态度，此即《谕安南来使敕》中所言，阮士谔一回到安南国内就不见踪影，而接待明朝内官使臣的礼节也不恭敬周到："故以出门入户之礼，排筵席宴之间，异端非一，此果礼之诚欤？抑侮之设欤？然看如细务，实相爱之大端。此礼既非，其如他者何？"⑤ 严厉谴责安南

————————

① 朱元璋《明太祖集》卷二《谕安南国王陈炜伯陈叔明诏》，第 22 页。不过，同书卷八《谕安南国王陈叔明敕》，则又少了"陈炜伯"三字，第 148 页。

② 朱元璋《明太祖集》卷八《谕安南国王陈叔明敕》，第 148 页。

③ 张廷玉等《明史》卷二《太祖本纪二》："（洪武）十三年春正月戊戌，左丞相胡惟庸谋反，及其党御史大夫陈宁、中丞涂节等伏诛。癸卯，大祀天地于南郊。罢中书省，废丞相等官，更定六部官秩，改大都督府为中、左、右、前、后五军都督府。"中华书局 1974 年版，第 34 页。

④ 朱元璋《明太祖集》卷八《谕安南使臣阮士谔》，第 110 页。

⑤ 朱元璋《明太祖集》卷八《谕安南来使敕》，第 149 页。

的狡诈不实,并有弃绝外交的威胁之意。

谢师言之名则见于《谕安南陪臣谢师言等归》。据《太祖实录》"洪武十五年五月丙子"条载:"安南陈炜遣其中大夫谢师言等奉表,进阉者十五人,赐师言等钞锭。"[1]则谢师言等人出使明朝的任务,是为了进贡阉者(即宦官)。至洪武十五年五月丙子归国,太祖降敕慰勉,并"以天道人事表里而谕",希望安南使臣返程吉祥平安[2]。

2. 见于其他明人文集的杜舜卿使团

洪武三年四月,杜舜卿率团到明朝哀告安南国王陈日煃讣讯并为继嗣的侄子陈日熞(越史名杨日礼)请封。此事不见载于越史,而广泛见于明人文集(《明太祖实录》《殊域周咨录》《明史·安南传》均作杜舜钦)。本次使团受到了建国不久的明朝的高度重视,朱元璋不仅此前亲自斋戒制作祭文,此时又于西华门素服接见,并派翰林编修王廉充吊祭使吊祭日煃,吏部考功主事林唐臣充颁封使册封日熞为安南国王[3],之后还御命朝内文臣各制诗文赠送杜舜卿等人回国,由此留下了多篇(首)赠行文献。高启、杨基、王彝等吴中文人和陈谟等江西文人所作之诗,及浙东文人、台阁领袖宋濂所作之序,均现存于各人文集中,成为明初应制诗歌中比较突出的咏外主题。

高启等人之作都是应制诗体中常见的五七言律诗和五七言排律,具有声律和谐、格调雄壮和铺张闳肆等特征。高启诗乃五言排律,前有小序简述缘起。该诗起首即言:"南粤知文化,来庭喜最

---

① 李国祥等《明实录类纂·涉外史料卷》,第 563 页。
② 朱元璋《明太祖集》卷八《谕安南陪臣谢师言等归》,第 161 页。
③ 李国祥等《明实录类纂·涉外史料卷》,第 555 页。

先。地书通汉日,贡纪入周年。"点明明朝重视安南的原因,乃在于
安南的率先归顺和主动求封,符合此时明王朝最为关心的取代元
蒙贵族政权成为亚洲宗主国的帝国权威问题。结尾所言"但修忠
顺节,世业自绵延"①,则确定了安南与明朝的主从关系,希望安南
谨守"忠顺"的交往体制,如此就能保证自家王业的世代绵延。杨
基诗乃七言律诗,后半云:"驿亭五月蕉花落,江路南风荔子肥。归
报大廷方彻乐,也知存殁感皇威。"②点明了送行的时间和明朝对于
安南的重视,所谓一存一殁,均见明朝的宽宏和诚恳,指的就是明
朝对故王陈日煃的吊祭和对新王的册封。王彝诗为七言排律,首
言:"帝德如天四海同,卉裳相率向华风。称藩特奉龙函表,偃武仍
包虎韔弓。"尾言:"歌舞万年当率化,扶携百越共摅忠。大明烛物
今无外,从此皆如禹甸中。"③颇具帝国文学恢宏壮丽、挥斥方遒的
笼盖天地特征。陈谟诗为典型的五言律诗,"建业山河壮,南交节
制通",咏写封贡关系,"仍岁频衔命,诗囊夜吐虹"④,又寄托了对安
南文人诗歌才情的期许和赞赏,显示了明初对于安南的总体认识。
宋濂序文则用如椽之笔塑造了明帝国受天命眷顾,作为天下共主
的新生气象,并追述了杜舜卿出使的前后经过,肯定了安南"地虽
僻在炎徼,涵濡中华声教者已久,固能尊事大国,确守臣职",识时

---

① 高启《大全集》卷十三《送安南使者杜舜卿还国应制》,文渊阁四库全书
　　1230 册,第 172 页。
② 杨基《眉庵集》卷八《应制送安南使臣杜相之还国》,文渊阁四库全书 1230
　　册,第 424 页。
③ 王彝《王常宗集》卷四《送安南使还国应制》,文渊阁四库全书 1229 册,第
　　430—431 页。
④ 陈谟《海桑集》卷一《赠安南使归国》,文渊阁四库全书 1232 册,第 542 页。

务、明大体，所以他就要履行作为史臣的"导宣上德而布之四方"[1]责任，将这一伟大的中越交谊记录下来。总之上述诗文的书写，成功塑造了明帝国作为天下共主仁德远播的形象。

3. 正德时期见于都穆笔记《都公谈纂》的安南使臣，有刘德光、阮谦和等人

《都公谭纂》载："正德中，予在礼曹，正使刘德光，其翰林学士，由状元及第，来见。予语之曰：'德光在道，必有纪行之作，肯出示乎？'德光谦谢。明旦，与副使御史阮谦和共作古风一篇、律诗三篇以呈。诗意大抵归美于予，语亦有可取者。今藏于家。"[2] 都穆（1459—1525），弘治十二年进士，自正德七年（1512）任职礼部主客司郎中，则其所见越南使臣诗篇当在本年或之后。然遍查越史，却无都穆所言二人，亦记载之阙也。

（二）在明朝境内返程时与前往安南的明朝使臣同行的安南使臣

由于中越外交事务频繁，往往可能出现中越使团共同行进的情形，而为明人文集载录。以明宣德四年三月出使和五年三月返回的李琦、徐永达、张聪使团为例，《明宣宗实录》即记载他们去程时是与前来谢恩并进贡方物和代身金人的安南何栗使团同行："是日，赐琦、永达、聪道里费，使人何栗等衣、钞，遣随琦行"[3]；至返京复命时，又记载他们是与安南进贡金银器皿方物及解释陈氏子孙

---

① 宋濂《文宪集》卷八《送安南使臣杜舜卿序》，文渊阁四库全书 1223 册，第 477 页。

② 都穆《都公谈纂》卷下，《明代笔记小说大观》本，上海古籍出版社 2005 年版，第 587 页。

③《明实录类纂·涉外史料卷》，第 721—722 页。

存无的陶公僎使团一起回京："（宣德五年三月辛亥）侍郎李琦等使
交址还，黎利遣头目陶公僎等贡金银器皿及方物。"① 对此，《大越
史记全书》的记载完全一致②。由此可知，中越使团一同行进的时
间都在半年以上③。以如此长的时间共同行进，则明人文集记录一
些不为《大越史记全书》所载的安南使臣姓名，也就比较自然。主
要有：

1. 同时敏，见于洪武二年六月出使安南册封陈日煃为国王的
张以宁《翠屏集》卷二《安南使者同时敏大夫登舟相访，献诗述怀
一首，就坐走笔次韵答之，以纪一时盛事云》《再次韵答之，是日微
雨大风》《广州赠同时敏》《南昌行省迓至驿舍，同安南使宴于省
厅，参政京口滕弘有诗，次韵答之》等四诗④。此四诗皆为七律，不
仅次序前后相连，而且据诗意也可知第二、第四首与第一、第三首
诗一样，都是张以宁奉使前往安南与返程的安南正使同时敏等人
的沿途唱和之作，且同时接受沿途地方官府如广州、南昌行省的款
待。再由第一首末句"词臣垂老斯游壮，风送龙江万里舟"，结合
本首诗题可知，安南同时敏的回程使团和张以宁的前往使团是自
"龙江"也即南京龙江驿水路同时出发；而第二首诗"到家为说天
恩重，早办新春入贡舟"，也证明张以宁"再次韵"的对象是前述的
安南使臣同时敏。对此，《明太祖实录》"洪武二年六月"条所载同

---

① 李国祥等《明实录类纂·涉外史料卷》，第723页。
② 吴士连等《大越史记全书·本纪》卷十，第562页。
③ 李琦使团达到越南颁布敕书的时间，据《明宣宗实录》卷六十四和《大越史
　记全书》的记载，均在宣德四年十月十三日，则李琦使团与越南何栗使团相
　处在七个月左右，而与陶公僎师团相处在五个月左右。
④ 张以宁《翠屏集》卷二，《景印文渊阁四库全书》1226册，台湾商务印书馆
　1986年版，第564页。

时敏使团的人员构成及时间甚为详细："壬午，安南国王陈日煃遣其少中大夫同时敏、正大夫段悌、黎安世等来朝贡方物，因请封爵。诏遣翰林侍读学士张以宁、典簿牛谅使其国，封日煃为安南国王，赐以驼纽镀金银印。……赐日煃《大统历》一本、织金文绮纱罗四十匹。赐同时敏、段悌、黎安世、阮法四人文绮纱罗各一匹、纱二匹，其副阮勋及从人二十三人赐有差。以宁等以十月至安南界，而日煃以夏五月先卒，其侄日煃嗣立，遣其臣阮汝亮来迎，请诏、印，以宁等不从。日煃乃复遣杜舜钦等请命于朝，以宁驻安南俟命。"①《殊域周咨录》作"周时敏"②。

2. 黎元谱、莫季龙、阮勋三人，则见于洪武三年六月出使安南册封陈日煃为国王的林弼《登州集》中《答安南使黎元谱二首》《答莫季龙》《赠通事官阮勋》等三诗。前二诗乃林弼与安南使者黎元谱、莫季龙返程同行时的唱和诗，地点在广西南宁等地③。据《明太祖实录》"洪武三年六月"条："癸酉，安南国王陈日煃遣其上大夫阮兼、中大夫莫季龙、下大夫黎元普等来上表谢恩，贡方物。阮兼卒于南宁。上赐季龙以布帛有差。仍赐日煃纱縠各二匹。以银五十两为阮兼丧费，令有司送柩归其国。"④正其事也。而阮勋，据林弼本诗题目乃安南本次使团的通事官，然再据诗歌正文"落魄安南老象胥，曾随京使觐皇居。青衫小职群公后，白发高堂九秩馀。甘旨每愁官俸薄，奔趋渐觉世情疏。兴贤有诏来南服，灯火新

① 李国祥等《明实录类纂·涉外史料卷》，第553页。
② 严从简《殊域周咨录》卷五，第170页。
③ 林弼《登州集》卷五《答安南使黎元谱二首》其一开篇即云："十月南宁江水清，官船浑似钓船轻。"第47页。
④ 李国祥等《明实录类纂·涉外史料卷》，第556页。

凉课子书"①,说他在作本次通事官("象胥"即通事、翻译之意)之前,其实曾随正使到过明朝京城观光。如此,据上引《明太祖实录》"洪武二年六月"条,则阮勋洪武二年时担任的是返程的同时敏使团的副使。看来,阮勋在回到安南后出了状况,结果被降职再来明朝,显得比较落魄,年龄老大,既挂念九十多岁的老父母,又担心还在读书的孩子们,惹来林弼的阵阵同情。

值得重点指出的是,以上两类安南使臣《大越史记全书》等越史均不见载其名。

(三)在明朝境内贡道为当地做官明人所见之安南使臣

1. 嘉靖二十年返程的莫文明使团。嘉靖年间的戴鳌有《阜城道中见安南使》七绝二首云:"贾生谩上珠厓议,汉将终收铜柱勋。炎海小臣相稽首,自今长幸睹尧云。""篮舆远送安南使,道路谊传宴犒时。最是圣恩同浩荡,不教系颈就诛夷。"②并未明言所见安南贡使姓名。然据第一首开篇所言"贾生谩上珠厓议,汉将终收铜柱勋",可知当指嘉靖十五年十月莫登庸事件爆发时,户部尚书唐胄等人曾有如汉代贾捐之(贾谊之孙)放弃珠崖的弃绝安南之议,经过多年跌宕起伏,终在嘉靖皇帝的支持下,毛伯温等人实现了以战促降的目的,被人们认为可与昔年西汉马援平定安南征侧姐妹之乱、立界铜柱的功勋相媲美。再据第二首开篇所言"篮舆远送安南使,道路喧传宴犒时",则又当指到嘉靖十九年十一月莫登庸遣其侄莫文明等人赍捧降表赴京,得到明廷"赏赍",次年返

---

① 林弼《登州集》卷六《赠通事官阮勋》,文渊阁四库全书1227册,第54页。
② 戴鳌《戴中丞遗集》卷三,四库全书存目丛书集部74册,第39—40页。

国事[①]。对此，《大越史记全书》"明嘉靖十九年冬十一月"条有相应记载："（莫登庸）又遣（莫）文明及阮文泰、许三省等赍降表赴燕京。"[②]由此，戴鳌在阜城所见的安南使团，当为莫文明的回程使团。阜城，明代属北直隶河间府，设有阜城驿，出北京不远即是。戴鳌（1490—1556），南直鄞县人，正德十二年进士，官至四川巡抚。

2. 阮实，见于陈熙韶《安南贡使阮实道苍梧，以诗上诸司，时观察胡公次其韵，余复次之》二首[③]。陈熙韶，字仲慈，号兰砌，南海人。万历三十七年（1609）举人，万历四十七年任梧州府同知[④]。则此阮实使团路经广西梧州，当在万历四十七年或略后。《大越史记全书》"明万历三十四年"条有阮实其名："遣正使黎弼四、副使阮用、阮克宽等如明，进谢恩礼。又遣正使吴致和、阮实、副使范鸿儒、阮名世、阮郁、阮惟时等二部，如明岁贡。"[⑤]但看时间，应非陈熙韶所见之阮实，只同名而已。

二　入安明使所见之各类安南人

关于进入安南境内的明朝使臣所见之各类安南人，可从安南方面迎送明朝使臣特别是安南最为重视的册封和吊祭使团的详细流程中看到。对此，越南史料和明朝文集都有可以相互对照的

---

① 《明世宗实录》卷二四八"嘉靖二十年四月庚申"条，台湾"中研院"史语所1962年校印本，第4970页。

② 吴士连等《大越史记全书·本纪》卷十六，第847页。

③ 汪森编《粤西诗载》卷十二"五言律"，文渊阁四库全书1465册，第177页。

④ 谢君惠修、黄尚贤纂《梧州府志》卷九《秩官·同知》，明崇祯四年（1631）刻本。

⑤ 吴士连等《大越史记全书·本纪》卷十八，第927页。

记录。

一是《大越史记全书》"明弘治十二年十二月"条关于迎送徐钰、梁储使团的记载：

> 十五日庚子，明遣行人司行人徐钰来谕祭圣宗皇帝。十七日壬寅，明遣正使司经局洗马兼翰林院侍讲梁储、副使兵科都给事中王缜来赍册封帝为安南国王。先是本月初九日，帝命兵部尚书赣川伯黎能让、少保郑公旦、刑部左侍郎阮克恭、锦衣卫都指挥佥事知廷尉司使范勉邻、东阁校书范智谦、大理少卿刘肃、清华道监察御史武达道、通事武仁修、阮钦、范瑾往界首，驸马都尉陈珪、刑部右侍郎裴原道、工部右侍郎黎岳、邢科都给事中阮宝珪往寿昌驿，北军都督府左都督华林伯郑季述、工部右侍郎阮偁、吏科都给事中黎嵩、海阳承宣参议阮汉廷往市桥驿，南军都督府左都督驸马都尉临淮伯黎达昭、户部右侍郎陈崇颖、御史台佥都御史黄沆、安邦道监察御史郑葵往吕瑰驿迎接梁储、徐钰等，循故事也。二十三日，梁储、王缜、徐钰等并至市桥驿。是日帝命东阁大学士覃文礼、学士阮仁浃、裴甄等就市桥驿与梁储等议礼。二十四日，徐钰发自市桥驿就吕瑰驿，帝御小光舟诣驿迎接。帝还宫，储出驿门外望送……二十五日，徐钰发自吕瑰驿，至盛烈津下船，帝诣琼云殿接见。上先还宫，徐钰就勤政殿致祭圣宗皇帝，礼毕，帝与徐钰行相见礼，仍命百官送出使馆。二十七日，梁储等至敬天殿，行开读诏书礼，其略云……礼毕，帝诣勤政殿，行相见礼，仍命百官送储等出使馆。二十九日，梁储病，帝亲诣馆视储疾，储出见。是日帝宴储等于勤政殿，并赐金银丝绢各有差，

储等并不受,固辞归国,帝作诗以饯之。①

一是正德七年册封安南的副使潘希曾(正使湛若水)在归国后所上的《求封疏》:

> 臣等行至广西南宁府地方,移文凭祥州,令其驰报本国,以正德八年正月十七日入其国。黎晭差头目黎德富等四员并通事人等至界首关迎接臣等,授以仪注,令驰付所司遵行。二十三日,黎晭差头目黎仪等四员来迎,又差头目阮时雍等三员呈仪注,中间有疏谬处,臣等因指示晓谕之,令其改正。二十五日,黎晭率其官属军伍人等至吕瑰站迎候诏敕,入站行礼毕,退与臣等行礼而返。二十六日,黎晭至富良江边迎候诏敕,至其府中开读,行礼毕,臣等以诏书付所司颁行。国王黎晭退与臣等行礼,具茶酒相劳,送臣等出就馆。当日国王至馆来访,仍率其头目恳留诏书以为镇国之宝,臣等遵题奉钦依事理,听其请留。二十七日,请宴后殿。宴毕,臣等遂辞以明日早行。当日国王遣头目黎广度等二十员赍书具赆礼,送正使金四十两,银六十两,副使金三十五两,银五十两,生金各二十两,相金、犀带各一条,相银、香带各一条,牙笏各二件,沉香各五斤,线香各五百枝,生绢各一疋,臣等俱辞不受。二十八日,国王至富良江边具茶酒相饯送,臣等登舟,仍遣头目黎念等五员护送,另具书遣头目黎霈等二员将前项赆礼赍送至吕瑰站,臣等固辞之。二十九日复遣追送前赆至市桥站,臣等终辞之,乃已。二月初八日,头目黎念等送至关而回……臣等看得安南

---

① 吴士连等《大越史记全书·本纪》卷十四,第766—767页。

地方僻小，风俗鄙陋，虽习尚诡谲，而其敬事天朝以及使臣之礼，则靡所不至。如各站遣人迎接，每日三次馆待；所过地方，刊木修路；临回远送，不敢或替。此皆皇上德威远布之所致也。[①]

综上两条中越材料，可将明使所见安南各类人员分成三个不同阶段来考述：

（一）在安南境内所见四个不同批次的安南迎接官员

对此，《大越史记全书》详细载录了从明安两国交界处的界首关开始，经寿昌驿、市桥驿，到达吕瑰驿等四个不同批次、地点和人员的安排。与之相比，潘希曾除了将"驿"称为"站"外，在前面的迎接环节似乎只记载了界首和吕瑰站，然而通过后面送行环节"二十九日复遣追送前赆至市桥站"和"送至关而回"的记载看，其实仅省略了寿昌驿。但透过潘希曾和湛若水的出使文集，他们往返途中又都在寿昌驿停留，还作有诗作[②]，可见也是四个批次的迎接官员安排。而之所以配合如此周密，是明朝使团在到达广西南宁府时，即"移文凭祥州，令其驰报本国"，通知安南做好各项迎接工作。不过，对于界首和安南境内的三个重要驿站，明朝使臣虽多次在诗中提到，却较少直接记录迎接官员的姓名。

值得补充的是，在洪武初年，安南方面还需要提前到广西龙州来迎接明朝使团。据洪武二年出使安南的张以宁《龙州答迎接官

---

① 潘希曾《竹涧集奏议》卷一《求封疏》，第 758—759 页。
② 潘希曾《竹涧集》卷二《寿昌河》："初辞寿昌驿，复渡寿昌河。"文渊阁四库全书 1266 册，第 667 页。《越峤书》录本诗即题作《寿昌驿》，四库全书存目丛书史部 163 册，第 295 页。湛若水亦有《寿昌小憩二绝》，《越峤书》，第 280 页。

何符》诗："帝念南邦远贡琛，颁封特遣老臣临。皇华谙度尊君命，炎徼淹留岂我心？人日预占晴景好，使星还照瘴云深。暂分莫洒临歧泪，头上青天见素襟。"[1] 即是在龙州答谢安南迎接官何符之作。大概是明朝后来取消了安南到明朝境内迎接的要求，所以上述两条来自弘治和正德年间的材料没有记载。

（二）在安南王城宫殿和天使馆所见安南各类人员

在到达距安南王城附近的吕瑰驿后，明朝使团主要在两个地方活动，一是颁布诏敕和接受迎送宴会款待的安南王城宫殿，如上引《大越史记全书》所载的琼云殿（接见明朝吊祭使团）、勤政殿（举行祭礼、接见明朝册封使团和宴别赠送）、敬天殿（行开读诏书礼）等；一是天使馆[2]（越史称"北使馆"[3]），它应该就在安南王城附近的吕瑰驿，乃明朝使团在安南首府居停时的活动中心，或从此出发到王城宫殿颁布诏敕、接受迎送宴会款待，或在此接受安南国王的探病（梁储），贵亲、官员的求诗拜访，以及安南太监、书生等的服务工作等。由此，上述两个地点的安南人员就可能为明朝使臣记录下来，除了回国后例行的官方汇报奏疏（如潘希曾《求封疏》）外，还有散见于明人文集而不为越史和其他中国文献所载录的安南人和交往事项，成为明安文学交往的重要稀见材料。

如张以宁在长达八个月的居停安南时间里，与越南的阮太冲

---

① 张以宁《翠屏集》卷二，文渊阁四库全书 1226 册，第 566 页。

② 章敞《天使馆偶成》，《明永乐甲申会魁礼部左侍郎会稽质庵章公诗文集》，四库全书存目丛书集部 30 册，第 301 页。

③ 吴士连等《大越史记全书·本纪》卷十五"明正德八年"条："（正月）二十八日，明使于北使馆求善书人，使写白牌，送回本国凭祥州整饬兵夫，候明使回还。"第 805 页。

和阮廷玠二人交往之事（参前）。

又如林弼在居停安南首府期间，也曾为安南右相国、恭定王陈暊所藏两幅杂画和大臣黎括（字省之）所藏的一幅唐马画题诗留念①，显然都是对方到天使馆拜求的结果。陈暊就是后来取代杨日礼（中国文献称陈日熞）的陈艺宗。而黎括，则是元明之际与元明两朝中国文人都有密切往来的外交家。他早在元末至正十年庚寅（1350）时，即曾作为安南国使者出使元朝，并将其途中纪行诗一卷，请当时的著名文人危素作序②，又在路经浙江浦阳时，为当地名族义门郑氏题写一首五言古诗③。再到明洪武二年，又在刘夏出使安南准备返程时，与其国著名文人、外交家范师孟等人各作诗赠行，至今还保留在刘夏文集的附录《奉使交趾赠送诗》中④。

而南明时期取道安南的徐孚远《交行摘稿》，则载录了范公著（礼部尚书）、黎毂（礼部侍郎）两位安南国高级文官的姓名⑤，范公著编著有《大越史记续编》等。《大越史记全书》有范公著之名。

（三）返程回国时所见各类赠行和伴送人员

当明朝使团启程回国时，历代越南国王会在王城率领众多大

---

① 林弼《题安南陈内相杂画二首》《题黎省之唐马》，曹学佺编《石仓历代诗选》卷三二三，文渊阁四库全书1391册，第496页。
② 危素《说学斋稿》卷四《黎省之诗序》，文渊阁四库全书1226册，第731页。
③ 郑泰和辑《麟溪集》丁卷"五言古诗"，四库全书存目丛书集部289册，第450页。
④ 刘夏《刘尚宾文集》附录，续修四库全书1326册，上海古籍出版社2002年版，第97页。
⑤ 徐孚远《赠安南范礼部名公著僭称尚书》《赠黎礼部名毂僭称侍郎有诗三章赠予》，《交行摘稿》，丛书集成新编68册，台北：新文丰出版公司1981年版，第453页。

臣举行盛大而温情的宴会赠行活动。之后，则派遣大臣和军队伴送明朝使团到达中越交界的镇南关口，由此出现以安南文职官员为主体而并有安南国王赠送明朝使臣回京和一路伴送的赠行、伴送诗篇，成为中越邦交文学中最为显著的成果，而为一些明朝使臣文集记录下来。虽然它们所载的安南人名大都可以在越南史书中找到，但所载安南赠行诗篇却有独特的资料和研究价值。

如洪武初年出使安南的刘夏文集附录的《奉使交趾赠送诗》，即收录有安南大臣黎括、范师孟赠送刘氏回京的五首诗。成化十一年正月入安南追捕明朝逃犯的金吾卫指挥使郭景，在其返程时，黎圣宗灏即"命太傅祈郡公黎念、吏部尚书黄仁添、兵部尚书陶隽、翰林院侍读兼东阁大学士申仁忠、东阁校书杜润、郭廷宝、翰林院侍书武杰及史官修撰吴士连作诗，帝作序以饯之，其序题曰'天南洞主道庵序'"①。正德元年出使安南的鲁铎《使交稿》收录有《与大头目黎能让》诗，黎氏是安南高官，曾于弘治十二年十二月初九日，以兵部尚书、赣川伯的身份，带同一帮高级文武官员前往中越界首迎接梁储、王缜、徐钰使团②。

而为《大越史记全书》所记载的弘治十一年与梁储共同出使的王缜《交南遗稿》和正德七年与湛若水同时出使的潘希曾《竹涧集》也都收录了包括安南国王在内的赠行唱和。前者收录有与安南头目阮弘硕、裴溥、邓从矩、陈光瑾等人的赠行和韵诗，以及辞谢安南国王礼物的《别王并辞赆》诗，其中惟陈光瑾越史无载。后者收录了《次韵答安南国王兼辞其赆》《回至吕瑰再次王韵辞其赆》《次韵酬安南国王饯别之作》《回至坡垒示伴送陪臣》等

① 吴士连等《大越史记全书·本纪》卷十三，第699页。
② 吴士连等《大越史记全书·本纪》卷十四，第766页。

辞谢国王赠物和答谢伴送大臣之作,然未出具体人名。至于天顺六年出使安南的钱溥《使交录》,则明确载录赠行、伴送的安南人员最多:赠送归朝的有安南国王黎灏和大臣黎念等 19 人;作"奉赠""奉和""奉赓途中韵"等伴送诗者,有大臣黎景徽等 7 人[①]。其中,黎景徽、黎弘毓、黎允元三人为兄弟,钱溥在赠诗中称为"交南三黎",以比中国"河东三凤",并言"天岂生材限其地,异代异乡名可齐"[②]。而赠送湛若水还朝的,则有黎念以及梁德明、谭慎简、尹茂魁、阮泽民等 5 人[③]。《明诗综》则从《越峤书》中选录了上述赠送钱溥返程回京(还朝)的国王黎灏、高级文官黎景徽、阮直、黄清和黎念、阮泽民等 5 人诗[④]。

综上可见,进入安南境内的明朝使臣记载了安南各色人等,具有十分重要的史学意义和文学书写意义。

三　移民中国的安南人

考察为明人文集所载录的移民中国的安南人及其后裔,主要出现在明永乐至宣德尤其是永乐初年,其间明朝曾经征战安南,并将其内地化为中国的一个郡县,是故原来出身安南的士人和土官在战争和管理的过程中,或主动降明,或为明所俘,或以才为明所

① 李文凤《越峤书》卷二十"安南君臣诗",四库全书存目丛书史部 163 册,第 292—297 页。
② 钱溥《交南黎景徽与其弟弘毓、克敦并致通显,而词翰定称。间得请来,见貌恭而言逊,信乎其国之良也。因其书请,遂走笔歌此美之景徽偕左仆射,弘毓偕右仆射,克敦偕吏曹侍郎》,李文凤《越峤书》卷十九,第 274 页。
③ 李文凤《越峤书》卷二十"安南君臣诗",第 298 页。
④ 朱彝尊编选《明诗综》卷九十五《属国下·安南》,中华书局 2007 年版,第 4474—4478 页。

用，成为留居中国的官员及其后裔。再加上一些原来进贡和飘海
而来的安南太监，又成为明朝太监，以及战争时期必然出现的妇女
群体，因为被明朝军队俘虏而成为归国明朝军人的妻室者，也不在
少数，这些都构成了安南人移居中国的多渠道和多身份的特点。
由此分如下四类：

（一）以文学人才被明朝选拔录用

明朝在占领和郡县安南的永乐至宣德时期，曾多次下令征召
选拔安南地区的人才，夏时中就是其中之一。

据梁潜《夏氏族谱序》和郑棠《森玉轩记》，夏时中的远祖本是
内地会稽人，自汉代在交州地区为官，其后代即定居交州，为交州
本地名族。至夏时中时，永乐郡县安南，"诏选文学之士来京，拔其
尤，得俊彦一百人"，夏时中即"以文章魁众选，授翰林典籍，余皆除
州牧守宰"①。以此对照中越史书记载，其被选当在永乐五年。《大
越史记全书》本年载："秋，七月，暴风大水，明人以山林隐逸、怀才
抱德、聪明正直、挺身自拔、明经能文、博学有才、练达吏事、能晓
书算、言语利便、孝悌力田、相貌魁伟、膂力勇敢、惯习海道、砖巧
香匠等科，搜寻个人正身，陆续送金陵授官，回任府州县，稍有名称
者皆应之。"②《明史·安南传》亦载永乐五年六月诏改安南为交阯
三司后："又诏访求山林隐逸、明经博学、贤良方正、孝弟力田、聪
明正直、廉能干济、练达吏事、精通书算、明习兵法及容貌魁岸、语
言便利、膂力勇敢、阴阳数术、医药方脉诸人，悉以礼敦致，送京录

---

① 郑棠《道山集》卷三《森玉轩记》，四库全书存目丛书集部 32 册，第 256—
　257 页。
② 吴士连等《大越史记全书·本纪》卷九，第 496 页。

用。于是张辅等先后奏举九千余人。"①与越史同。永乐十二年,夏
时中请同僚郑棠为在其交州的故居"森玉轩"画卷作记,以"不忘
其先",并祝愿夏氏"将见自兹繁衍于中国,森然兰玉之荣有其后,
迨兆于斯乎"。永乐十五年春,又请梁潜为其族谱作序,而梁潜也
表达了与郑棠相同的感受,以为夏时中"能遭遇于时,得以其事托
于中国贤士大夫文字之间,将不复湮没无闻矣"②,为其能重归中国
庆幸。

(二)降官及其后裔

如阮河及其子阮勤,以及陈芹和陈儒等家族。

杨守陈《阮大河传》载阮河,字大河,本为交阯多翼人。"永乐
五年,王师下交阯,大河首谒军门,倡众开道。总帅太师英国张公
上其劳,授云屯县典史,即能奉法循理,与中国良吏侔。十四年,
上方物京师,蒙燕赏敕书以还。宣德改元,交酋黎利反,大河自念
生长遐僻,幸沐圣化,委质食禄余二十稔矣,不可徇逆徒以隳臣节,
誓曰:'宁归中国死,不从黎氏生。'遂缊县章,挈家累,浮海来归。
天子嘉其忠,赐白金楮币。有司日给酒馔,月给禄,治第宣武门
西。既而调长子县。……满三考,奏绩天官,增禄复职,卒于途,年
六十有九。"则为永乐年间归顺明朝而又在明朝为官的安南士人和
土官。

其子阮勤,字必成,遂占籍为山西长子县人。后中景泰五年
进士,历官至南京刑部左侍郎的高位,为明朝名臣,弘治十二年

---

① 张廷玉等《明史》卷三二一《外国二·安南传》,第 8316 页。
② 梁潜《泊庵集》卷五《夏氏族谱序》,文渊阁四库全书 1237 册,第 275—
　276 页。

（1499）三月卒①。

值得注意的是，杨守陈还说："王师吊伐，时有阮飞卿者献诗幕府，余尝见其手笔，亦有可观者。大河岂其族耶？飞卿他无足取者。大河出幽迁乔，险艰不渝其志，殆所谓万折必东者耶？享荣流庆，有以夫。余是以录之，无使其无闻焉。"②阮飞卿是安南陈朝、胡朝时期的著名诗人，阮鹰之父，陈朝宗室陈元旦的女婿，在明朝征讨胡季犛、汉苍之际，与陈日昭、阮谨、杜满等投降明朝③，最后在中国去世。杨守陈言其"献诗幕府"，即指其投降明朝。至于二人是否为一族，则不得而知。

另外，嘉靖时期的南京著名诗人和书画家陈芹，其祖上也是永乐中投降明朝的安南国王后裔。钱谦益《列朝诗集小传》载其生平云："陈芹，字子野，系出交南国王。永乐中避黎氏之乱来奔，遂家金陵。……弱冠举于乡，六上南宫不第，与盛仲交诸人结清溪社，读书郊野间，逾二十年，谒选知奉新县，调简得宁乡。之官九十日，谢病归。"④这里的交南国王，应指的是安南陈朝。而其中举人的时间，则在嘉靖十三年甲午（1534）。陈芹有《陈子野集》，《列朝诗集》录其诗4首。

还有为张秀英、刘志强所考及的陈儒家族，也是移民明朝的安南土官后裔⑤。陈儒（1488—1561），有《芹山集》三十四卷，据所附

---

① 李国祥等《明实录类纂·涉外史料卷》，第783页。
② 杨守陈《杨文懿公文集》卷八《阮大河传》，四库未收书辑刊5辑17册，第466页。
③ 吴士连等《大越史记全书·本纪》卷九"明永乐五年五月五日"条，第494页。
④ 钱谦益《列朝诗集小传》丁集上《陈宁乡芹》，上海古籍出版社2008年版，第459—460页。
⑤ 张秀英《明朝交阯人移入内地考》，《中越关系史论文集》，第95页；刘志强《明代的交阯进士》，《中越交流史论》，第40页。

录墓志铭,知其字懋学,"世出交南。其先有仕者,为义安卫百户。仕之子曰复宗。当宣德时,父子并从王师征黎氏有功,以所属如京师。宣皇嘉其忠义,赐第长安,授锦衣卫百户。正统己巳,北虏犯阙,复宗曰:'事急矣!臣请以象战。'遂身先入贼,中流矢。虏退,复以功进一级,升本卫千户,世袭。有诏其子孙世补京学弟子员,食廪,应科贡。复宗配唐氏,生二子,长曰广,袭荫;次曰贤,入太学,充教职,仕至纪善,配田氏,是为公之考妣。复宗、贤以公贵,累赠刑部右侍郎,唐氏、田氏赠淑人。公少颖异,七岁时读书辄成诵。比长,博学能文,名冠诸生。为人刚方严毅,不少媕婀。面目清癯,音吐洪亮。好礼法,以绳墨自检,不失尺寸。其居官节俭正直,始终不易其操。尤善鼓舞。其精力部分,人所明暗,而分勤怠,笃志慕古。……公生于弘治戊申七月五日,卒于嘉靖辛酉二月二十日,享年七十有四。"[1] 其曾祖陈仕、祖陈复宗父子皆以安南土官身份,在宣德三年明军撤出安南时移民北京,而陈儒为陈复宗之孙,官至明朝刑部右侍郎的高官。

(三)太监群体

这又可分为两类:

1. 原本在安南即为太监,因故浮海入明,又为明内廷太监者,如洪武时期的阮廷桧。朱元璋《谕安南国王阮廷桧归省亲敕》载:"谕安南国王:前者占城之役,祗候内人阮廷桧,行中之一尔。因尔前王终于占海之滨,廷桧留于占国,思归,浮海至于岭南,有司送至。朕见净人,授以内臣之职,今六年矣,特令省亲并养疾,若痊,

---

[1] 陈儒《芹山集》附录,北京图书馆古籍珍本丛刊,书目文献出版社1998年版,第18页。

王必令再至。"①可见阮廷桧是在洪武十年陈睿宗征讨占城败亡后，浮海来到明朝再充太监。至洪武十六年令其返乡养病探亲后再回明朝，并谕示当时的安南国王陈炜不要再与占城争斗。

2. 被明朝永乐大军俘虏时还只是幼童，却因为长得姣好，性情柔顺，而被明廷净身为宦官者，如永乐时期的阮浪（？—1452）和阮窦（1385—？）。天顺时期内阁大学士李贤为阮浪所作墓表载："公姓阮讳浪，世家交阯。永乐中，太宗皇帝因安南作乱，遣将征之，众悉归附。时公甫十余岁，特俊爽，被选入掖庭。太宗见而奇之，冀成其才，命读书于内馆……太宗命理尚衣监事……洎侍仁宗，尤爱其才……宣宗初，遂擢奉御，俾掌宝钞司。"后历官至御用监左少监，景泰三年七月二十七日卒②。罗亨信在为阮窦所作《寿塔铭》中载："居士姓阮，名窦，字普崇，乐善其号也。世为交阯慈廉县人。永乐五年丁亥，简为内臣，入肆事于司礼监。"到正统五年庚申（1440）阮窦六十余岁时，已历官至御马监太监③。其入明为宦官的时间和情形应与阮浪一致。对此，《大越史记全书》揭露说："明人入东都，掳掠女子玉帛，会计粮储，分官辨事，招集流民，为久居计。多阉割童男，及收各处铜钱，驿送金陵。"④对此一类群体，张秀英《明代交阯人移入内地考》仅据《明实录》和地方志等资料提及阮廷桧、阮浪，而阮窦则未及留意。

① 朱元璋《明太祖集》卷八《谕安南国王阮廷桧归省亲敕》，第 173 页。
② 李贤《古穰集》卷十五《赠御用太监阮公墓表》，文渊阁四库全书 1244 册，第 637 页。
③ 罗亨信《觉非集》卷五《大檀越乐善居士阮公寿塔铭》，四库全书存目丛书集部 29 册，第 587—588 页。
④ 吴士连等《大越史记全书·本纪》卷八，第 489 页。

（四）妇女群体

这也可分为两类：

1. 永乐时期被明朝军队俘虏的多位无名安南妇女，后来被带回中国。台阁大臣王直为柴英所作墓志铭即载："（柴英）征安南时，部曲有得妇女者择以献公，公闭之一室，使治女事，及归，皆以给无妻者，不留一人。"[①] 这是安南妇女移民明朝的一种特殊现象。

2. 可能是前述夏时中那样从交趾选拔而来的人才家属。比如永乐四年以掾吏身份随大将军李彬出征安南的陈皡，即有一个来自交趾的侧室夏氏[②]。很巧，她与前述夏时中同姓。

以上移民中国的原安南籍人员，有士人选拔、土官主动投附和被动俘虏等三大不同类型，包含战争、和平和特殊的飘海等形式，而辈分又有第一代和后裔之别，具有研究安南移民方式的多重意义。

四　侵扰明朝边境的安南人

除永乐至宣德三年的战争和明朝的郡县统治外，作为独立国家的安南与明朝维持着以和平良好为主调的封贡交往状态。但在这和平良好的邦交主调之外，也有两国边境摩擦和安南侵扰的不谐和音出现，且有时还甚为严重，特别是安南进入黎、莫纷争的南北对峙时期之后，出现了规模不等的不受控制的安南北部势力连

---

① 王直《抑庵文集》卷九《明威将军海南卫指挥佥事柴公墓志铭》，文渊阁四库全书 1241 册，第 192 页。

② 郑文康《平桥稿》卷十二《淳安知县陈翁墓志》，文渊阁四库全书 1246 册，第 618 页。

续入侵广西钦州、廉州等地的劫掠事件①，造成明朝文武官员、百姓的伤亡、财物的损失和边城的残破，以至明朝直接出动大军与安南朝贡家族势力会剿。这主要在于明朝与安南交界的广东、广西、云南，特别后二者边地往往都是少数民族地区，由土司直接管辖，其与安南北部的边境土著势力存在人员的往来、利益的分割和交集问题（即现在所谓的跨境民族和跨境贸易），故常有争夺土地、财物，甚至入侵内地之事，由此引发大小不一的边境纷扰问题。概括来看，这些侵扰事件主要出现在明天顺、成化黎灏（陈圣宗）为安南国王时期和弘治时期，以及明嘉靖至万历安南黎、莫纷争时期。对此，《大越史记全书》等越南史料或不记载，或甚为简略，而明人文集中的奏议、题本、揭帖和诗文却多有涉及，且有时比《明实录》《殊域周咨录》《苍梧总督军门志》等史料还详备，具有十分重要的史料价值。此仅举有代表性的安南个人和群体为例说明，不求其全。

（一）成化十年（1474）假道窥边的头目何瑄

倪岳为镇守云南总兵官、黔国公沐琮所作墓志铭记载了成化十年甲午企图借道云南赴京朝贡而实际欲窥探云南边防虚实的安南陪臣何瑄："安南国王遣陪臣何瑄至边，以假道为名窥觇虚实，公逆知其情，拒不许，诈不得骋，则侵老挝以启衅。公具以闻，请敕切责，复命各夷酋长整搠军马，慎固封守，以防不虞。交人知我有备，不敢肆侮，遣使诣阙谢罪云。"② 大概正是意图不轨，《大越史记全

① 陈文源《明朝与安南关系研究》列举从万历二十九年至崇祯九年间所发生的中越边境纷争有11次，暨南大学博士论文2005年，第98—99页。
② 倪岳《青溪漫稿》卷二十三《明故镇守云南总兵官征南将军太子太傅黔国公赠特进光禄大夫右柱国太师谥武僖沐公墓志铭》，文渊阁四库全书1251册，第335页。

书》才不载何瑄假道，而仅载本年冬十月遣使入贡和解释占城溃乱扰边，为其侵吞周边老挝等国辩护①。这里的安南国王指的是黎思诚（中国名黎灏），越史称黎圣宗，对其高度赞扬，认为他"创制立度，文物可观，拓土开疆，畋章孔厚，真英雄才略之主。虽汉之武帝、唐之太宗，莫能过矣"②。由此可见国家立场的不同，会影响对史事的选择和态度。

（二）嘉靖二十七年（1548）劫掠钦州、廉州的莫正中部范子仪等头目

嘉靖二十五年五月，安南都统使莫福海卒，时年仅五岁的长子莫福源（中国名莫宏瀷）为谦王莫敬典、西郡侯阮敬等大臣拥立。而莫氏将领泗阳侯范子仪则谋立莫登庸次子莫正中，双方相争，正中、子仪兵败③。嘉靖二十六年，莫正中与其族莫文明率残卒百馀人窜至广西钦州，上奏两广提督军务、兵部侍郎张岳，"乞照达目投降事例给粮恤养"，十二月甲寅，兵部答复"宜暂给养，安置内地"④。嘉靖二十七年，范子仪收拾残部逃到海东，呈报廉州地方官，妄称莫宏瀷已于本年二月内患痘疮病故，"请发头目莫正中回安南承袭管治"⑤。六月三日，范子仪驻扎安宁万宁州，十八日起即越界"剽掠钦、廉等州，岭海骚动"⑥。备倭百户许镇等战死。嘉靖二十八年，提督两广军务兼理巡抚、兵部右侍郎兼都察院右副都御史欧阳必

---

① 吴士连等《大越史记全书·本纪》卷十三，第698页。
② 吴士连等《大越史记全书·本纪》卷十二，第639页。
③ 吴士连等《大越史记全书·本纪》卷十六，第850页。
④《明世宗实录》卷三三一"嘉靖二十六年十二月甲寅"条，第6077—6078页。
⑤ 欧阳必进撰、方民悦辑《交黎剿平事略》卷二，四库全书存目丛书史部49册。
⑥ 张廷玉等《明史》卷二一二《俞大猷传》，中华书局1974年版，第5602页。

进遣广东都指挥使司添注军政佥书署都指挥佥事俞大猷带兵平乱①，俞大猷"驰至廉州，贼攻城方急。大猷以舟师未集，遣数骑谕降，且声言大兵至。贼不测，果解去"。五月，"设伏冠头岭。贼犯钦州，大猷遮夺其舟。追战数日，生擒子仪弟子流，斩首千二百级。穷追至海东云屯，檄宏瀷杀子仪函首来献"②。"旋据呈送范子仪首级至军门。钦廉夷贼之患，一扫而晏然宁息矣。"③此即其大致经过。

对此一事件，《大越史记全书》仅有两条简略记载，"嘉靖二十六年"条载范子仪爵位、与莫正中关系及兵败出逃事，"嘉靖三十年"条载莫敬典俘斩范子仪，"传首于明，明人不受，还之。正中奔入明国，竟死于明"④。明朝文献则除了《明世宗实录》《苍梧总督军门志》等史书和《交黎剿平事略》（欧阳必进撰，方民悦辑）《安南图志》（邓钟辑）等专书外，还有直接出兵剿灭的俞大猷《正气堂集》和时任广西布政使杨本仁《少室山人集》的多篇专文反映此事本末，提到诸多与范子仪入侵事件有关的安南莫氏上层争斗人物和参与劫掠的范子仪部头目。俞大猷《正气堂集》卷二有《议征安南水战事宜》《谕安南贼人》《论范子仪必可得》《议处安南四峒》《料交黎后日之势》，卷三有《交黎图说》（含《平交图说》《交黎水陆道路图》《处黎》等图文）⑤，其中《交黎图说》又为欧阳必进《交黎剿平事略》和邓钟《安南图志》全部抄录。杨本仁《少室山人

① 俞大猷《正气堂集》卷三《交黎图说·平交序》，四库未收书辑刊 5 辑 20 册，第 127 页。
② 张廷玉等《明史》卷二一二《俞大猷传》，中华书局 1974 年版，第 5602 页。
③ 俞大猷《正气堂集》卷三《交黎图说·平交序》，第 126 页。
④ 吴士连等《大越史记全书·本纪》卷十六，第 850、852 页。
⑤ 俞大猷《正气堂集》卷二、卷三，第 126—161 页。

集》中则有《交议辩》《安南后议》《安南定议》等三篇专文①，集中讨论处置查勘莫正中真相和范子仪寇边前后的具体事宜。

（三）万历三十五年、三十六年（1608）劫掠钦州的武永祯等头目

万历三十五年十月，安南北部万宁一带大灾荒，"几不聊生"，后黎中兴后的莫氏残余势力武永祯（本名翁富）"具文至钦，乞借渐凛峒暂住，以便买粮养士"，已有窥探之意。而在两广总督尚未批复钦州不同意其借住的情况下，十二月二十六日，武永祯即与其他残莫势力悍然组织约千人的武装队伍，分乘34船，以明朝逋逃人员为向导，进军钦州鳌头港。二十七日，直抵龙门港，分三路攻打钦州城：头目该资盖蓝伞，领兵劫城西北；黄稔盖青伞，劫水东；黄目盖黄伞，劫城东南。径从坍城拥入，李绍芳等9名明军兵士战死，许烈等11人重伤；州捕裴娗然被俘，其长子裴之黼及次女被杀；商人30馀人被杀；学正李嘉谕等人"死于刃下"。"先劫富民，后及其馀。次日复入城大掠，至晚放火烧东门城楼及沿河居民壹百叁拾馀间，饱载而去。"不到一月，即万历三十六年正月二十六日申时，武永祯又组织约4000人，驾红船80只，乘潮"复从鳌头峰拥至，龙门防守官兵祝国泰等独撄其锋，降卒俱没，直抵城下。觇知城中有备，遂罄掠城外叁乡，洋洋而去。再犯贼势，倍为猖獗"。此为其大致经过，来自王以宁《东粤疏草》的集中"报道"②。

对此一恶性事件，《大越史记全书》不载，《明神宗实录》有几

① 杨本仁《少室山人集》，续修四库全书1340册，第410—418页。
② 王以宁《东粤疏草》卷四《勘明钦州失事官员疏》，四库禁毁书丛刊史部69册，第223—238页。

条相关记录,张镜心《驭交记》也有较为详细的记载。而征诸当时明人文集,则有参加了万历三十六年出动两广军队平乱,担任审理和记功复核任务,时为端州司理的李春熙《玄居集》。其文集中既有关于此事的一系列公文,还有2题5首古今体诗。前者总题为"征南公牍",小字注"交趾之役,檄司纪核,时司理端州",包括《上制台》七通、《上监军道》三通、《征南查驳》三条、《征南讯谳》《议处俘囚》和《征南善后条议》①,涉及大量的安南劫掠头目和被抓获审问的无辜民众姓名,具有与前述文献相参证的细节价值和对安南政策的边防价值。后者一为五言古诗,题为《师行之明日,风雨大作,念师中良苦,赋而寄怀时有交趾之役》二首,首言:"瘴毒炎方重,玄冬气未清"②,可见出兵在冬天,再据王以宁《东粤疏草》的记载,即在本年十月③;一为七言绝句组诗三首,题为《初秋奉檄纪功,从事钦廉,赋征南歌》,可见其被征为纪功官员到钦州、廉州前线又早在初秋七月,为言志之作。其二言:"绸缪桑土失边城,陆海分兵捣贼营。"④可见明朝平乱大军是分水陆两路准备的。由此可知这一安南侵边恶性事件不仅进入到政治和历史的书写层面,还进入到了时人的文学书写层面。

其实,据学者统计,仅万历二十九年至崇祯九年间,安南北部失控势力即曾11次侵扰劫掠明朝云南、广西边境⑤,特别是与之毗邻的广西钦、廉二州,更是多次被洗劫,这既暴露了明朝南部边防的废弛玩忽,当然也暴露了安南进入所谓的中兴黎朝后北部的失

① 李春熙《玄居集》卷八、卷九,四库全书存目丛书集部177册,第706—721页。
② 李春熙《玄居集》卷一,第646页。
③ 王以宁《东粤疏草》卷四,第226页。
④ 李春熙《玄居集》卷一,第675页。
⑤ 陈文源《明朝与安南关系研究》,暨南大学博士论文2005年,第98—99页。

控状态。

五　封贡体制、正统意识和国统意识

综观上述明人文集所载录的安南人踪影，可以发现明朝人的向外视界和观念尽管总体上受到了帝制宗主国与藩属国交往的偏狭限制，但还是以封贡体制为核心，尽可能地显现出了中越关系较为丰富活泼的三个面向，具有再行深入讨论的价值。这三个面向分别是：1. 以朝贡册封关系为主体的明安使臣往来，包括入明朝贡的安南使臣群体和入安明使所见之各类安南人，其实就是封贡体制的两个立足点和观察的两个端口；2. 封贡体制被破坏后，由于战争和郡县的缘故，出现了安南人移民明朝的现象；3. 作为两个事实上独立自治而又边境紧邻、民族跨境存在的国家，明安两国在大体良好的封贡体制交往之外，还存在强弱程度不等的边境冲突，是和平封贡关系主调之外的不谐和音，由此出现了侵扰明朝边境的残暴、不安本分的安南人形象。对上述三大类情况，《大越史记全书》等越南史书在总体上都有与明朝史书和文集相对应的记载，只是在一些具体时段的具体人物、历史细节和民族立场上，却有或避而不载，或载而不详的情形，这除了可以理解的史书无法面面俱到而必须有所取舍的客观原因外，也相当程度地体现了作为藩属国的安南在与其北方宗主国明朝交往时所持有的多元态度，综合而言，亦有如下三点。

（一）对明安封贡体制的建立和维护的重视

概括地讲，基于地缘的紧邻、历史的渊源、文化的亲近和实力的悬殊、历史的教训等五个大的主客观因素，安南都需要与其北方的强大近邻明朝建立和维持以封贡体制为主导的和平邦交关系，可以说，这是其立国的根本。地缘上，越南北部"与我国广西、云南山同脉、水同源"①，有着紧邻的陆境线和对望的海防线；历史上，从汉到五代一千多年都曾是中国王朝的郡县，还有永乐五年至宣德三年的郡县时期，前者现代越史称"北属时代"，后者称"自主时代"之"属明时期"②；文化上，受中国郡县的直接影响，越南的上古文化和封建上层文化都与中国同源，即使到十五世纪中后期，强调独立和分庭抗礼意识的越南史家在追溯越南远祖时，都说其"始祖出于神农氏之后，乃天启真主也"③；历史的教训，则是宋元特别是元朝在至元年间所连续发动的几次大规模入安战争，以及明永乐的强行征服，都使得安南对于其北方大国既恨又怕，愿意且需要与明朝进行虽不平等但却和平安全的封贡交往；而实力的悬殊则是由幅员、人口、经济、军事、文化等多方面综合因素决定。总之，安南需要在表面形式和态度上表现出对于明朝的忠诚和恭顺，即明朝文献经常提到的"事大惟恭"，以实现自身在国内的统治权。

　　说到底，"事大惟恭"是明安两国基于自身国家实力和利益而合作采取的一种国家相处战略："在中国方面主要是需要越南方面表现'恭敬'，即政治上的服从"，在安南方面，则需要得到中国方面的认可，如此方能有效地实现对于安南国内的政治控制权④。

---

① 张秀民《从历史上看中越关系》，《中越关系史论文集》，台北：文史哲出版社 1992 年版，第 1 页。

② 陈重金《越南通史》，戴可来译，商务印书馆 1992 年版。

③ 吴士连等《大越史记外纪全书序》，《大越史记全书》卷首，第 55 页。

④ 孙来臣《明末清初的中越关系：理想、现实、利益、实力（代序）》，载牛军凯《王室后裔与叛乱者——越南莫氏家族与中国关系研究》卷首，第 16—17 页。

对此，陈朝时期的安南重臣陈元旦甚至说出了他的"国际"关系法则："敬明国如父，爱占城如子。"①视"敬明国如父"为安南立国之根本，可见其重要性。并且以后的历史发展也一再地证明，安南的统治家族确实需要来自明朝的册封承认以增强它在国内的统治法权，即使安南在黎利的带领下，经过十馀年的艰苦卓绝奋战，终于可以从明朝直接统治的郡县状态解放出来，以及莫登庸在其篡立成功和后黎中兴之际，都还是要千方百计地力争早日成为明朝认可的合法贡臣，为此不惜卑辞厚礼，以委曲求全。

　　明乎此，也就明了《大越史记全书》等越南史书特别重视与明朝的朝贡体制和使臣往来，视为安南历史上的重要事项，而记录良多。不仅如此，《大越史记全书》还在前述"明弘治十二年十二月"条以及"明正德八年正月"条，特意各花了七八百字来详细载录安南对于迎送明朝使臣的人员批次安排和安南国王襄翼帝与明朝正副使湛若水、潘希曾的八首唱和诗②，这在作为史书的该著之中十分罕见，显示了越南史官以此两次交往为明安封贡关系典范的笔法意图。

（二）对破坏封贡体制的明朝、胡朝的揭露和指斥

　　当然，如果这个对于安南的国际和国内生存如此重要的封贡体制却被明朝或者安南内部的篡夺家族所破坏，造成了诸如永乐五年至宣德三年明朝征战并郡县安南二十年的封贡阙失期和各类安南人移民明朝的现象（当然相应地也有明人在宣德三年的撤军和之前的历次兵败中被俘虏而留置安南的情况），则《大越史记全

---

① 吴士连等《大越史记全书·本纪》卷八，第 465 页。
② 吴士连等《大越史记全书·本纪》卷十四、卷十五，第 766—767、803—804 页。

书》等越南史书一方面是记录各类安南人移民明朝的现象，另一方面亦会揭露和指责明朝和安南胡朝这两个破坏者。

对于安南人移民明朝，《大越史记全书》有与明人文集相呼应的多条记载：关于文学人才的选拔，《大越史记全书》"明永乐五年秋七月"条载："暴风大水，明人以山林隐逸、怀才抱德、聪明正直、挺身自拔、明经能文、博学有才、练达吏事、能晓书算、言语利便、孝悌力田、相貌魁伟、膂力勇敢、惯习海道、砖巧香匠等科，搜寻个人正身，陆续送金陵授官，回任府州县，稍有名称者皆应之。"[①] 此条当采之明朝方面的史书记载[②]。关于降官，《大越史记全书》有多条记载，"明永乐四年九月"条："莫迪、莫邃、莫远及阮勋冒姓莫者，皆不得志，迎降于明，明并授以官。后邃至参政，迪指挥使，远盐运使，勋布政使，邃、迪、远，莫挺之之孙也。"[③] 说的是莫氏家族。还有著名诗人阮飞卿等人，也于永乐五年五月降明[④]。而"永乐十三年秋九月"这条记载："明招诱前朝旧官，假拨军民衙门办事，转送燕京，留之。奔竞之徒，素非旧官，未得实授官职，亦挺身出，国内为之空虚。居数年艰苦，往往逃回。"[⑤] 又说明当初降附明朝的安南旧官甚多。至于太监和妇女，《大越史记全书》"明永乐四年十二月二日"条记载："明人入东都，掳掠女子玉帛，会计粮储，分官辨事，招集流民，为久居计。多阉割童男，及收各处铜钱，驿送金

---

① 吴士连等《大越史记全书·本纪》卷九，第496页。
② 吴士连《纂修大越史记全书凡例》第一条即言："是书之作，本黎文休、潘孚先《大越史记》二书，参以北史、野史、传志诸本，及所传授见闻，考校编辑为之。"第66页。
③ 吴士连等《大越史记全书·本纪》卷八，第489页。
④ 吴士连等《大越史记全书·本纪》卷九，第494页。
⑤ 吴士连等《大越史记全书·本纪》卷九，第510页。

陵。"① "明永乐十九年春正月"条载："起取火者充内府。"② 都可与明人文集所记载的移民中国的各类安南人相呼应,只是历史细节和书写立场有不同。

而对于破坏封贡体制的明朝和胡朝,《大越史记全书》都持批判态度,声言："夫极治者乱生,而履霜者冰至,贼臣因之盗据,敌国是以来侵。满地干戈,莫非狂明之寇;一国图籍,翻为浩劫之灰。"③ 称明朝为"敌国""狂寇",称招来明朝大兵侵占的胡季犛等人为"贼臣"。并在《凡例》中将"属明"的二十年改为止以四年属明:"陈末二胡之后,明人并据凡二十年,止以四年属明者,盖癸巳以前,简定、重光犹系陈绪,戊戌以后,我朝太祖高皇帝已起义兵,故不以属明书,尊国统也。"④ 其意图即在于推尊黎利所开启的后黎朝国统。与此相应,也将"旧史以二胡纪年"的洪武三十一年和建文元年,改为陈少帝的建新元年、二年,而以胡汉苍、胡季犛为"附纪",以达到"黜而正之"的史法目的⑤。如此处置,可以说是对破坏明安封贡体制的明朝和胡朝的共同声讨和贬斥,体现了对封贡体制的坚守和维护。

(三)日益增强的正统和国统意识

虽然封贡体制下的明安关系并不平等,是宗主国和藩属国、大国和小国的相处关系,存在一些封贡体制下的规约和遵守,但它仍

---

① 吴士连等《大越史记全书·本纪》卷八,第489—490页。

② 吴士连等《大越史记全书·本纪》卷十,第519页。

③ 吴士连《拟进大越史记全书表》,《大越史记全书》卷首,第57页。

④ 吴士连《纂修大越史记全书凡例》第二十一条,《大越史记全书》卷首,第67—68页。

⑤ 吴士连等《大越史记全书·本纪》卷八,第475页。

然是以藩属国为独立自主国家前提的交往，并不妨碍藩属国在国内的自治实权。也即，无论安南的实际统治者在明朝是接受了册封承认的国王，是允许暂时管理安南国内事宜的权署国事，还是根本未予承认，还是如莫、黎纷争时期莫氏家族和黎氏家族被降格为与明朝国内土司一样的都统使，都是在其国内"帝制自若"①，统领安南大小诸事如故的。于是，随着安南独立时间的加长和实力的加强，到14、15世纪，特别是黎利从明朝直接郡县统治的手底武装独立出来，创建越史上的后黎王朝，其对内的正统意识和对外的国统意识就益发高涨澎湃，成为《大越史记全书》等越南史书重要的历史书写观念，从而也影响到对洪武时期入明使臣姓名的阙载和对扰边的安南人的讳饰等。

　　与其学习效仿的中国史书一样，《大越史记全书》等越南史书在其历朝编撰过程中也十分强调其国内政权的获得和传承的合法性，也即政权传承统系的正统意识，实际也就是受中国儒家血统伦理思想影响的血统纯正论。此外，其又十分强调越南相对于北方中国王朝的独立性和抗衡性，这是国内正统意识延伸到国外的国统意识。两者相互支援，构成了越南史书正统、国统意识的独特表现。

　　正统意识集中体现在与明朝相对应的陈朝和莫朝时期。在陈朝帝位的传承过程中，曾发生过杨日礼和胡季犛（中国名黎季犛）两次异姓为帝的时期。对杨日礼②，《大越史记全书》称其为"僭

① 张廷玉等《明史》卷三二一《安南传》，第8334页。
② 杨日礼，《大越史记全书·本纪》卷七"明洪武二年六月十五日"条载其母为优人，其父名为裕宗之弟陈昱，而实则为优人杨姜之子："其母号王母者为传戏时（传有王母献蟠桃，日礼母为之，因以为号）方有娠，昱悦其艳色纳之，及生，以为己子。"裕宗（中国名陈日熞）暴卒无子，乃在太后的主持下以昱庶子的身份即位。第437页。

位",而称拨乱反正、废黜他为"昏德公"的陈暊(陈艺宗,中国名陈
叔明)为正统,从而在帝王纪年书写的史法上,将杨日礼作为正统
史书的"附纪"贬黜处理:"至若杨日礼僭位,虽已逾年,然陈家历
数犹相接。故以前年属裕宗,后年属艺宗,而通计焉,附杨日礼。"①
对篡夺陈氏江山的外戚出身的胡季犛及其子胡汉苍,《大越史记全
书》也将他们打入"附纪",以"黜而正之"②,仍是为了表彰黎利的
正统帝位。

　　值得注意,在杨日礼后,安南陈朝即陷入到帝位更迭异常且长
时间受到明朝挑剔的动乱时期。在洪武二年至洪武十年短短八年
间,陈朝即先后经历了杨日礼、陈暊、陈曔(陈暊之弟,越史称睿宗,
中国名陈煓,洪武十年四月亲征占城身亡)、陈晛(陈曔长子,中国
名陈炜,洪武二十一年又为外戚权臣胡季犛降为灵德王,缢杀之,
越史称废帝)等四任帝王③。以此一时段反观《大越史记全书》所阙
载的洪武二年至洪武十五年间安南入明正副使如黎公(黎必先)、
杜舜卿(杜舜钦)、谢师言、阮士谔、同时敏、阮兼、莫季龙、黎元谱
(黎元普)、阮勋等八人,就不再是一个简单的纪事详略问题,而是一
个关涉到史书的正统书写观念了。

　　这种情况后来又集中表现在与后黎朝长期对立的莫朝,该书
三次征引登柄《野史》的评论,指出"莫氏者,黎朝之叛臣也,至黎
帝即位于哀牢,始以正统纪年,以明君臣之分,正大纲也"④。仍然强
调正统与篡逆的巨大区别。

　　而安南的国统意识主要体现为与北方中国王朝划界的意识,

---

① 吴士连《纂修大越史记全书凡例》第二条,《大越史记全书》卷首,第67页。
② 吴士连等《大越史记全书·本纪》卷八,第475页。
③ 吴士连等《大越史记全书·本纪》卷七、卷八,第436—462页。
④ 吴士连等《大越史记全书·本纪》卷十五,第841页。

要求以天然的五岭为界，"各帝一方"。后黎朝初期史官吴士连在1479 年所作的《大越史记外纪全书序》中说："史以纪事也，而事之得失，为将来之鉴戒。……大越居五岭之南，乃天限南北也。其始祖出于神农氏之后，乃天启真主也，所以能与北朝各帝一方焉。"强调与北朝（即北方中国历代王朝）"各帝一方"的国家定位。其同年所上《拟进大越史记全书表》亦言："臣窃惟古有信书，国之大典，所以纪国统之离合，所以明治化之隆污。盖欲垂戒于将来，岂特著几微于既往；必善恶具形褒贬，始足以示劝惩；必翰墨久役心神，方可观于著述。非苟作者，岂易言哉！繁《大越史记》之书，载前代帝王之政，粤肇南邦之继嗣，实与北朝而抗衡。"再度强调国外与"北朝"的抗衡和国内对于篡夺正统政权的"贼臣"的贬斥，突显"离合"的"国统"谱系传递 [1]。范公著也在 1665 年所作的《大越史记续编序》中重申之前黎文休、吴士连等人确立的著史宗旨："凡所续编，其系年之下，非正统者，及北朝年号，皆两行分注，与夫凡例所书，一遵前史书式。皆所以尊正统而黜僭伪，举大纲而昭监戒耳。" [2] 仍然强调对外的国统和对内的正统意识在史书中的指导纲领作用。

　　再进一步说，要求"各帝一方"，实质也就是要求各治一方生民，各保一方土地和财物，不得互相侵扰和越界攻占等。否则，即使是面对作为宗主国的明朝也是要抗衡、争取和辩护的，或者讳言遮饰。所以我们可以看到，无论是明方史书和文集，还是安南史书和诗文，在面对有争议的边境和侵扰问题时，都会将责任推向对方，而不轻易让步。由此，我们也就可以理解为什么在大大小小的

---

① 吴士连《拟进大越史记全书表》，《大越史记全书》卷首，第 57 页。
② 范公著《大越史记续编序》，《大越史记全书》卷首，第 60 页。

窥边和劫掠事件中，《大越史记全书》或者王顾左右而言他，如前述成化十年黎灏遣陪臣何瑄假道窥视云南边防事；或者简略记载，如嘉靖二十七年范子仪劫掠钦州事；或者根本不载而讳言，如万历三十五、三十六年武永祯劫掠钦州事等等。确实，立场的不同，导致了是否记载和记载立场的差异。高扬和坚守的国统意识，使得安南和明朝的关系在封贡体制的常规关系下又有了更为实在的边境冲突内涵，而安南形象也由和平封贡下的恭顺形象一转而为强盛时期的雄武桀骜形象和纷争失控时期的饥饿抢掠形象，都是值得重视并深入研究的。

第五章　历史·政治·文学——嘉靖朝莫登庸事件的多重书写

　　从嘉靖十五年十月明廷集议征讨安南莫登庸篡逆和不贡事件始,至其基本解决的嘉靖十九年十一月莫登庸束身投降止,已是整整三年的时间。在此期间经历了政治和军事方略的三次调整和转变,先是由朝廷会议决议派遣文武重臣带领重兵征讨,次是由沿边地方官员"从宜抚剿",再又试图派遣高级文官出使解决,最后定格为朝廷仍出动重兵临压安南边境,但实际已是征抚并用、以征促降的不战方略。由此可分为三个阶段:一、嘉靖十五年十月至十六年五月,由皇帝和礼部、兵部最高层动议武力征讨、公开声罪到暂停,改由沿边的两广和云南守臣"从宜抚剿";二、嘉靖十六年八月至十七年四月,云南巡抚汪文盛以所获莫登庸间谍及所撰伪《大诰》上闻,引发新一轮的朝廷征讨动议和大臣争议(余光),又暂停;三、嘉靖十八年一月,以"恭上皇天上帝大号,尊加皇谥号礼成"①,命黄绾升礼部尚书充正使颁诏安南,结果至本年七月,黄绾"犹未行,以忤旨落职,遂停使命",由此引发嘉靖皇帝对于安南事件两起两

---

① 李国祥等《明实录类纂·涉外史料卷》,第 796—797 页。张廷玉等《明史》卷三二一《安南传》作"十八年册立皇太子,当颁诏安南",则在本年二月,第 8333 页。

停的忿恚，推罪于此前力主征讨而本年五月已勒令退休的夏言身上，由是三起征南之议，直到最终解决①。其间的动议、调整和暂停，典型体现了莫登庸叛逆这一事件，在明朝上自皇帝、中央内阁、六部，下至沿边地方总督、巡抚和知州、知府等各级官员的不同看法，由此集中体现了明朝嘉靖时期廷臣议政和皇帝最终决策的政治决策机制特点，加强了安南与明朝关系的历史梳理和现实的应对策略，推进了对于明朝安南朝贡关系的新认识和相处原则，最终实现了对安南莫登庸政权的降封朝贡处置。就此在历史记载、政治决策和文学书写等三个不同层面留下了发人深思的问题，值得深入探究。

一　主战与反战？——征讨安南方略的调整和不同的立场派别

　　关于莫登庸篡主夺国影响到安南长期朝贡不修这一事件，自嘉靖十五年十月因皇二子生却不能遣使诏告，致使嘉靖皇帝赫然大怒，下令兴师征讨安南后，即如一记天外飞石，重重地砸入了明朝本就不平静的政治湖面。经历了"大礼议""郊庙议"等叠浪连波的明朝政坛，对建言献策、选边站队非但不陌生，而且还有些兴奋，何况这还是富于政治性和历史性的牵连宗主国和藩属国关系的重大话题呢？由此，时人即使在朝廷已经有所决议和布署的情况下，还是不断地贡献自己的聪明才智，提出了对于安南的种种策略和办法。且先看当时林希元的归纳：

------

① 张廷玉等《明史》卷三二一《安南传》，第 8331—8334 页。

有谓安南外夷，不可治以中国之治，不宜征伐，举洪武、宣德间处安南事以为证：此一说也。有谓登庸之业已成，可因而与之，举洪武中处朝鲜李成桂之事以为证：此一说也。有谓登庸篡逆，义不可与，讨之则疲敝中国，宜声其罪而绝之，使四夷闻之，皆知叛逆不轨者在所必绝：此一说也。有谓北虏猖獗，寇在门庭，安南篡逆，远在荒服，先破吉囊，然后诏谕安南，可传檄而定，安南之伐，宜且缓之：此一说也。有谓宜兴兵致讨，声莫登庸之罪而诛之，召还黎譓以主其国，定其位，而去之：此一说也。愚臣之见皆异于是。①

然则，加上他自己的出兵占领说，就有六种说法之多。不过，归纳来看，其实就是主战和反战两大派。而主战派中又可细分为缓战说（先破北方蒙古部落大敌吉囊，再出兵征讨安南）、主黎说（征讨莫登庸、支持黎氏后裔复国）和他自己的主明说（明朝出兵占领安南，使其真正内地化、郡县化）三种，而反战派又可细分为不管说（安南外夷，不以中国治之）、主莫说和弃绝说三种，确实可以看出当时的对立情形和众说纷纭。然而，这只是当时一开始的情况，随着以后"两停两起"的跌宕进程，反战派的正面主张由于不断受到朝廷的沉重打击而渐渐进入到私下议论空间，却成为一种为数不少、潜在影响也大的帝国舆论，而让主战派也不得不根据增多的安南国情和国内舆情，不断调整着莫登庸事件的解决方略，或继续坚持积极用兵，或交给沿边地方官员"从宜抚剿"，或寄望派遣使节去作外交处理。而这一切在嘉靖十八年七月罢免了多方规避出使

① 林希元《同安林次崖先生文集》卷四《陈愚见赞庙谟以讨安南疏》，四库全书存目丛书集部 75 册，第 504 页。

安南的黄绾职务后，即又变成了以战促降、剿抚并用。

为尽可能简明地看清楚当时的复杂争论情形，前两个阶段的主战派其实可以划分为四个不同的人员层次：第一，实行最高和最终决策的皇帝，他拥有是否发动国家战争和暂停、调整的灵活处理权力。

第二，主持召集廷臣会议形成决议并执行实施的高级文官集团如礼部尚书、严嵩、兵部尚书张瓒和勋贵武定侯郭勋等。由于职能关系，他们拥有对于帝国战争的建议权、决议权和执行权，可以代表政府部门的集体意志，将来自皇帝的最高意见贯彻到地方官员和国家军队中。

第三，就是甚为特殊的广西钦州知州林希元。他不仅是积极鼓吹的主战派，而且还是彻头彻尾的占领派。他提出"今之安南当讨者三，当取者二，可取者四"的征占方略，归纳而言，就是希望朝廷及时利用当下安南势力"三姓纷争"的人心混乱局势，作鹬蚌相争中得利的渔人，挥军占而有之，让安南在永乐之后再一次内地郡县化，实现嘉靖皇帝重现永乐皇帝荣光的"统驭华夷之宏略"①。

第四，乃是需要单列出来加以强调指出的地方剿抚派。它是笔者根据当时的复杂情况所新拟出的一个派别，之前的相关历史研究或将此派称为持重派。然笔者认为，此派就其执行任务言，其实本属于主战派，是为了执行和实现主战派所定下的征讨莫登庸的大目标而采取的一种以重兵压境为形式、以不战而胜、威服促降为目标的剿抚并用战略。这一派主张的最终结果，不是要扶持衰弱的黎氏"正统"政权，摧毁"叛逆"的莫登庸政权，也不是要占领

---

① 林希元《同安林次崖先生文集》卷四《陈愚见赞庙谟以讨安南疏》，第502页。

安南国土,将其真正的内地郡县化(永乐时期的实践已被历史证明为失败),而只是以大兵压境作威胁,收回曾经的失地广西四峒,并降格处理与安南的封贡关系。所以,与一味大言征讨而实际空廓的最高决策层主战派相比,他们的战略和战术却是经过了前者的批准而又作了变通的剿抚并用派,显得更加实用,也符合前者的终极目标。而与反战派的弃绝不管或者由地方官员处理相比,他们又是坚持以调兵征讨为形式,将处理安南事务的权力集中到由朝廷任命的高级文武官员负责,而沿边各级地方官员只是起辅助作用。属于这一派的,主要有文官总负责人毛伯温和沿边地方主要官员如两广总督蔡经、云南巡抚汪文盛、广西按察副使翁万达、广东副使邹守愚(《安南议》五事,振扬国威、严赏罚、进兵险易、整预军实、道路远近)等人。他们属于贯彻前两个决策、决议层次的执行层次,但又是从一开始就将之前定下的单纯讨逆战争变成了剿降结合的灵活战争形式。

对此,毛伯温嘉靖十六年五月所上奏疏《议处安南六事》中的第一条"正名"所开"若贼首来降,臣等即当奏闻区处,待以不死;如昏逆不悛,必尽戮无赦。伏乞明载敕中,容臣等奉行"战略和第二条分三路"用兵"战术,合起来就是剿抚并用,鼓励和接受莫登庸的主动投降。嘉靖皇帝看后,接纳了毛伯温的建议,"览卿条奏,具见经略,俱依拟行"①,甚至还帮他将反战派潘旦从广东调到了南京工作,以防阻挠征讨大计的顺利实施。虽然在兵部覆议之后,嘉靖皇帝出人意外地第一次做出了暂停征南之师的决定,但又在业已颁下的敕旨中将"从宜抚剿"②的权力下放给了沿边地方高级官

①《明实录·世宗实录》卷二百,第4194页。
②《明实录·世宗实录》卷二百,第4197页。

员，让他们暂时承担起收抚安南国内的反莫势力，以为征剿莫登庸
的最终目标服务。到第三次再起征南之师时，由兵部召集廷臣会
议所拟定的建议已经写明，并上奏皇帝得到同意："若莫登庸父子
果隐谋，则进兵以正朝廷之法。如其束身待命，果无他心，则星夜
檄闻，朝廷待以不死。如此，则春生秋杀，仁义并行不悖矣。"①则已
明确变成以剿促降的新方略了。

　　至于反战派的成员，据《明实录》和《明史·安南传》的记载，
可知在中央主要有户部左侍郎唐胄、兵部左侍郎潘珍和御史徐九
皋、给事中谢廷蒀等人，在沿边地方则有提督两广军务、兵部左侍
郎潘旦和巡按广东御史余光等人，以及"咸谓不当兴师"的"私
议""卿士大夫"②这一无名群体，他们实际上人数众多，可以说代
表了明朝国内对于莫登庸事件的主要舆情。

　　他们的认识与主战派截然相反："外夷纷争，中国之福"，"外邦
入贡，乃彼之利，一则奉正朔以威其邻，一则通贸易以足其国。故
今虽兵乱，尚累累奉表笺，具方物，款关求入，守臣以姓名不符却
之。是彼欲贡不得，非抗不贡也。以此责之，词不顺"。这是户部
左侍郎唐胄在朝廷派遣官员查勘、下令征讨时所提出的七条反对
意见中的两条，直指朝廷出兵理由的不妥，要求"请停勘官，罢一
切征调"③，结果是"章下兵部，亦以为然，命俟勘官还更议"④。"莫
氏父子及陈升，皆弑逆之臣，而黎宁与其父黎譓，不请封入贡者，
亦二十年。揆以《春秋》之法，皆不免于六师之移，又何必兴兵为
之左右乎？且其地诚不足郡县置，其叛服无与中国。"这是兵部左

---

① 《明实录·世宗实录》卷二二七，第 4719 页。
② 张廷玉等《明史》卷三二一《安南传》，第 8333 页。
③ 张廷玉等《明史》卷二〇三《唐胄传》，第 5359 页。
④ 张廷玉等《明史》卷三二一《安南传》，第 8331 页。

侍郎潘珍在朝廷声讨莫登庸十大罪、征战之命正式下达后的反对意见,结果被责"妄言""不谙事体,惑乱人心",夺职闲住①。"莫登庸之篡黎氏,犹黎氏之篡陈氏也。朝廷将兴问罪师,登庸即有求贡之使,何尝不畏天威?乞容臣等观变,待彼国自定。若登庸奉表献琛,于中国体足矣,岂必穷兵万里哉。"②这又是提督两广军务、兵部左侍郎潘旦反对征战的意见,紧接其叔父潘珍的意见而发,而主张不必出兵征讨。而且这是潘旦一开始赴任广东经过毛伯温老家与之交谈时就有的想法,他对毛伯温说:"安南非门庭寇,公宜以终丧辞(朝廷起复征讨安南之命,引者按)。往来之间,少缓师期。俟其闻命求款,因抚之,可百全也。"③"盖莫登庸全有其地,诸酋率服,黎宁播越,不知其所。且黎氏鱼肉国主,在陈氏为贼子;屡取屡叛,在我朝为乱魁。今其失国播逃,或者天假手于登庸以报之也。"这又是广东巡按余光在嘉靖十六年十月的看法。与前述反战派诸人相比,他似乎更痛恨在明朝看来属于叛乱的黎氏政权,因此觉得现在安南政权沦落于他人之手,或者就是上天在借助莫登庸报复他们曾经对明朝政权的伤害。而他的主张则是希望朝廷能够下放处理安南事务的权力到地方,由他这个广东巡按御史来完成"问其不庭,责以称臣,约之修贡"④的任务,而不需要像主战派那样出兵远征,劳民伤财,并且还不能保证必胜。总之,反战派认为莫登庸是黎氏王朝的篡逆之臣,然黎氏又是之前陈氏王朝的叛逆之臣,都是叛逆,何必厚黎薄莫,为黎氏火中取栗?至于朝廷所要声讨的安南不贡问题,则是一个根本就不需要朝廷出兵就能轻松解决的问题,

---

① 《明实录·世宗实录》卷一九九,第 4182—4183 页。
② 张廷玉等《明史》卷二〇三《潘旦传》,第 5360—5361 页。
③ 张廷玉等《明史》卷二〇三《潘旦传》,第 5360 页。
④ 《明实录·世宗实录》卷二〇五,第 4277 页。

因为目前安南的黎、莫两股势力都想主动求贡,明朝完全可以根据自己的边疆稳定原则选择一方作为贡臣,以恢复缺失了二十多年的明安封贡关系。他们的看法确实近于林希元所言的反战派中不管说、弃绝说和主莫说(潘旦和余光)。

事实上,通过收集明代相关文献,属于此派的尚为数不少,这里举其中几人为例。

其一是广东潮州人、嘉靖十一年(1532)壬辰科状元林大钦(1511—1545),他在与处理安南事务的同乡翁万达通信时,即认为在北方多事、中原凋敝的国情下,朝廷却做出了错误的征讨安南决策,这是相关责任部门的过失,不符合《春秋》处理外夷的理念和方法。而如果有人还要在此错误上变本加厉,"直取而郡县之,以广封域",则更是"狂悖贪残"、大错特错了。很明显,他也是站在反战的立场,希望朝廷派遣使节就可以让莫登庸自动输诚,而不必用骚动天下的战争来达成①。

其二是广东新会人、心学家湛若水。他在嘉靖十八年所上的《治权论》为着反战的目的,即将朝廷对安南的征讨,别出心裁地解释为不是要发动战争,而应该是不战,听其本国各种势力自相诛伐。其言:"天子有征无战,故曰天子讨而不伐。讨者,出令以声其罪于天下而已,不伐之而与之交战也。征者,正也,讨而正之则已。使其邻国连帅与其司寇自诛伐之则已也,而我中朝圣人坐治之而已也。如外国有篡逆,则天子讨而正之则已,使其国人与其臣民自合攻之诛之则已也,而我中国圣人坐定之而已也。"中国圣人也就是当今天子要做的,只是向全天下声讨其篡逆之罪,"坐治之""坐

---

① 林大钦《林大钦集》卷四《复翁东涯书》,黄挺校注,广东人民出版社1995年版。

定之而已"，不必费力气去管它国内的争斗。至于"伐"这种需要动武杀伤的战争之事，则只有西北的强悍少数民族如羌虏犯疆时，中国圣人才让守臣各自伐之，但也只是"御之而使之远遁则已也，不好大喜功而远逐其利也"①，秉持的是一种传统的华夷限隔论和防御论思想，不赞成贪图外夷的土地、人民之利而疲弊中国。并且，湛若水还在本年十月二十八日将此奏疏送给赴任太子宫僚而路经南京的罗洪先看，可见在嘉靖皇帝第三次动议征讨安南时，反战派都还在或公开或私密地反对着朝廷决策，有着属于自己群体的固执看法②。

其三和其四是同在广西任地方官员的田汝成（1503—1557）和张岳。他们在莫登庸事件刚刚爆发时，都属于典型的反战派。嘉靖十七年任广西布政使司参议、分守左江的田汝成的《安南论》用了上中下三篇，依次从"治中国不得不详，而治夷狄不得不略"的中外不同治理方法，"安南之不可征者，非忧彼之不能征也，谓彼之不足征也"的征战利益，以及周汉宋元明五朝的不同历史经验，得出了"征之不若弃绝之为得策也"③的结论，属于林希元所言反战派中的弃绝派。而时任广西廉州知府的张岳，则在朝廷派遣锦衣卫千户陶凤仪等人到达广西梧州查勘的嘉靖十六年三月，即奏上《论征安南疏》，提出"六不可"说，希望朝廷不要轻动兵戈，"待

① 湛若水《湛甘泉先生文集》卷二十一《治权论》，四库全书存目丛书集部57册，第84页。
② 参徐儒宗编校《罗洪先集》卷三《冬游记》："嘉靖己亥，余当赴宫僚命……十月二日始抵镇江……二十八日早起……日将暮，至甘泉翁处……已而论及安南事，因出《治权论》见示。"凤凰出版社2007年版，第57页。
③ 田汝成《田叔禾小集》卷七《安南论》，四库全书存目丛书集部88册，第500—503页。

安南乱定"，再讨论黎氏的入贡问题①，与前述唐胄"七不可"说一致。从立场上说，属于林希元所言的不管派。只是由于所担负的守边责任和朝廷的特殊安排，田汝成和张岳两人到后来又都事实上成了剿抚派中的重要一员，他们协助蔡经、毛伯温、翁万达等人执行"以剿促降"的争取方略，并最终取得了不战而降的效果，得到了朝廷嘉奖。从不战变成备战来讲，可说有违初衷，但从备战到实际的不战来讲，又可说未忘初心。虽然其间有劳民伤财的备战，但也可说将战争风险减少到最低限度，而成为一种受降仪式表演。

综上所述，在朝廷三次动议征讨又两次暂停的三年时间内，持反战派观点的文人官员虽有朝廷决策和打击的压力，但还是一直未曾间断，说明反战派的策略在嘉靖朝还是很有舆论基础的。而田汝成、张岳的立场由最初的反战派变为后来官守职责中的剿抚派，又可见个人立场和官守职责的冲突和融会。至于张岳和林希元这样的福建同乡、又同在广西一地任职的官员，立场却针锋相对，又可见其时意见的纷纭。为此，张岳还特别劝告林希元不要妄议马援平定安南的历史功绩，且好好去读孔孟书，做一个安分守己的儒生②。并且在林希元不顾上级反对，自作主张将希望朝廷积极征战的《陈愚见赞庙谟以讨安南疏》上奏朝廷后，张岳十分辛辣地嘲讽："钦州非用武之地，尊相无封侯之骨"，"欲侥倖此必不可成之

---

① 张岳《小山类稿》卷一《论征安南疏》，文渊阁四库全书 1272 册，第 290—292 页。本文开篇言朝廷遣使者前往安南查勘莫登庸篡逆来到广西梧州的时间是"本年三月初一日"，则本文作于嘉靖十六年三月。

② 张岳《小山类稿》卷八《答林次厓钦州》言："昨览吾兄《登天涯亭》高作，警策多矣。但不肖平日所望于吾兄者，愿于《论》《孟》故纸中寻一个安身立命处，马伏波事业亦不敢为吾兄愿之也。"第 376 页。

功,重则赵括、王恢,轻则熊本,皆理势所必有者"①。断言林希元之论必定失败。不过,值得补充的是,其实连林希元本人后来也随着事态的发展转向了为剿抚派方略服务,他率先提出的接受莫登庸投降的四大条件②,即为剿抚派所采纳。这又说明仅以最初的看法立场来定某人为某派,其实又是相当僵化简陋的做法。

从上又可见明代嘉靖前期的政策提出和实施特点,即帝国各级官员都可以广泛地参与议论和建议国家军政大事,相关最高部门(特别是内阁、礼部和兵部)主持廷臣会议收集意见,提出一致建议,以及皇帝根据廷臣会议结果做出最终决策。而且,即使当代表皇帝决定的最高决策出台后,各级官员仍可以本着明太祖时期即定下的"人人得以尽言"③原则,再次提出或反对或补充的意见和建议,由此形成了明嘉靖前期在讨论确定皇帝生父生母身份的"大礼议"事件之后,又一引起帝国全体官员和文人关注的重大争议事件,产生了类似"众声喧哗"的争议效果。而这一次事件的最终解决也像"大礼议"事件,经过较长时间的各方势力拉锯(主要是皇帝、内阁、六部和沿边各级地方官员),最终形成了综合各方要求的以征促降(实际是"功收不战")政策的出台和实施。由此可见,在体现最高皇帝权力意志"大发宸断"④的"一"的最终决策和实施之下,其波澜起伏的反复和变化过程,又体现了各个部门和各级官员的"多"的建言和形成决策能力。而这是一般研究只注意强调专制君主的独断意志所忽略了的复杂性。

---

① 张岳《小山类稿》卷八《与林次崖论征交事》,第 378 页。
② 林希元《同安林次崖先生文集》卷四《定大计以御远夷疏》,第 510—513 页。
③ 黄佐《翰林记》卷八《责尽言》:"圣祖立国不设谏官,使人人得以尽言。"傅璇琮、施纯德编《翰苑三书》,辽宁教育出版社 2003 年版,第 94 页。
④《明实录·世宗实录》卷一九九,第 4177 页。

二　历史与现实的考量：华夷秩序和国情舆情

梳理归纳莫登庸事件所关涉的焦点问题，可分为两个不同层次：一是具体层面的认识和处理问题：首先，关于莫登庸篡夺黎氏政权后黎、莫之争的性质认识和处理。对此，主战派多认为莫登庸是受封于明朝的黎氏政权的叛逆者，是明朝武力征讨和正法的对象，而反战派则多半因宣德年间黎氏先祖黎利背叛明朝、杀戮明朝军民和官员的积怨，认为黎、莫都是叛逆，如前所述不值得为某一方而征讨另一方。其次，解决莫登庸事件的手段和实施主体，由此分出主战派的朝廷派遣大臣主持征讨，地方守臣主持剿抚之宜，反战派如广东巡按御史余光所要求的下放到沿边地方官员主持和平解决。其三，关于安南内政和土地、人民的最终解决方案，由此又分出主战派中地方剿抚派代表整个宗主国明朝所最终执行的降封都统使司方案，即安南的内政、土地、人民仍交由莫登庸管理，而只在形式上内地化。在此之前，则还有积极主战派林希元在第二阶段所建议的彻底内地化、郡县化和第三阶段所建议的分裂弱小方案（可概括为"九分其地"），以及勋臣郭勋所主张的"分安南为土官衙门"①之议。而反战派则在第三阶段由湛若水提出了类似林希元的分裂弱小设想（可概括为"三分其地"）等。

二是两个事关全局的认识和处理问题，它们与上述三个具体层面的问题相互关联，但又超出其上，表现了明朝人对于历史传统的借鉴利用和对于现实的思考衡量，值得比较深入地讨论。

---

① 林希元《同安林次崖先生文集》卷四《定大计以御远夷疏》，第511页。

1. 华夷内外的认识和处理问题

关于中国封建王朝政权与周边藩属国或实质或虚拟的朝贡关系问题,在历史上常被表述为"华夷之辨"或"夷夏之辨""夷夏之防"。在此认识框架下,中国封建王朝政权常自称为"中国""华夏",而称藩属国为戎狄蛮夷。其基本宗旨植根于《春秋》《尚书》《论语》《孟子》和三《礼》等儒家经典言说,而又丰沛地表现于历代史书和政论文中,成为之后王朝选择和演绎的义理依据。大抵而言,其衡量标准包含了种性血缘、地缘结构和衣冠礼仪等等三个方面。事实上,"华夷之辨"成了以中国为中心的世界秩序和东亚范围内的国际秩序,其特点是:"中国是内部的、宏大的、高高在上的,而蛮夷是外部的、渺小的和低下的。"①由此,当东亚范围内的朝贡藩属国——如明朝时期的安南国——出现了主张以儒家礼仪治国的中国所批判的不贡、篡逆、僭越、残暴和侵占中国土地等行为之时,则明朝又当如何认识和处理。对这样的安南,明朝是视为蛮夷,征战之,弃绝之,还是认为有一定的华化和文明程度,中国仅在道义层面声讨而让其国内各方势力争夺自定,还是直接出兵占领,将其内地化、郡县化?事情的复杂还在于,是华是夷的认定并不能带来一致的处理对策,由此可见明嘉靖朝这场"华夷之辨"论争背后的理论复杂性和现实微妙性。

正是如此,从华夷视角来认识和处理莫登庸事件的"华夷之辨"上,反战派的湛若水倒与主战派的林希元有些相同判断,而和主战派的田汝成大不一致。

湛若水在反对朝臣中一些持反战立场的弃绝论和持以战促降

---

① 杨联陞《从历史看中国的世界秩序》,费正清编《中国的世界秩序——传统中国的对外关系》,杜继东译,中国社会科学出版社2010年版,第18页。

立场的剿抚论时，即言中国天子是"代天以理华夷万国而平其暴乱，奉天之道"的高高在上的皇帝，当像朝鲜、安南这样的"彼则来有朝贡，我则往有封诏"的"礼义之国"发生叛逆和暴乱时，就一定要发挥"执天下之衡而权之，以重轻乎天下之事，以合于道也"的大道义和大权力，宣告天下及本国，声罪致讨，以纠正其国错误的叛逆行为和混乱的国内秩序。这才是一个手握天下轻重之权衡的天子所秉持的天赋能力，否则就有负"中国圣人"的责任和义务。在这样的"华夷秩序"下，他认为对篡夺安南黎氏政权的莫登庸，即不能因为他主动配合的卑辞请降就"因而授之"（而这正是此时的朝廷所将施行的方略，也是来自云南方面地方官员的建议），而是要大义凛然、名正言顺地声讨其罪行，学习贾谊《治安策》处置匈奴的"众建诸侯以分其力"方法，将安南进行分地封建处理，以分裂弱小之，由此安南"永永不能生大变焉，此万世惠民之利也"。否则，"堂堂天朝"就会堕入莫登庸的蒙骗奸计，"使我一堕其计焉，是我则助恶也，我则中国而彝狄也，我则大权因以日弛，如火销膏，不自觉其日损也。唐藩镇之事可鉴也"。中国一旦失去轻重天下万国的大权，也就助长了邪恶势力，变成了夷狄，晚唐五代藩镇割据可谓前车之鉴。

　　至于湛若水认定此时的安南与朝鲜一样都是"礼义之国"的根据，就是两国在此之前都和明朝保持了密切的朝贡和封诏关系，都是中华儒家文明圈的成员，现在的安南只是被莫登庸破坏了而已。此语湛若水在本文两言之，可见并非一时权宜之言。这是因为在湛若水的华夷认识框架里，真正的夷狄是在明朝北边的"虏"和在西边的"羌"，对他们的军事犯边行为，才应该执行坚决的征伐和守御策略，使之"远遁则已也，不好大喜功而远逐其利也"，而安南对明朝还不能产生如此威胁。由此来看，在还没有和强悍的北虏、西羌达成马市和议即封贡体制的明嘉靖及之前时期,确实有不少像湛若水这样的明人只将"土俗不同",当然也包含种性和地理不同的西羌、北虏视为夷狄,对之实行尽可能的"不治""羁縻"政策,而将与明朝有密切封贡往来的朝鲜和安南,都肯定为有相当程度儒家化和华夏化的"礼义之国"。

在这一点上,反倒是持积极攻占立场的林希元与湛若水相似。为反驳"不伐"之说的错误,林希元认为在秦汉至唐的历史上安南就是中国的郡县,是中国的一部分,"其风声文物固不异于中国也",其明证就是"姜公辅生于爱州,与曲江张九龄相望而起为唐名将"。这种情况"至赵宋始失之",到永乐时又"始复故物",至宣德时"复失之",这是"中国之陷于夷狄,非夷狄也"。现在又到了收回中国故地、重现太宗荣光的关键时刻。为反驳"弃绝"之说的错误,林希元认为历史上所谓的"弃绝"方略只适用于当今的北方残元势力,"其地绝远,得之不足以富国",而不适用于眼下"接壤两广,鸡犬相闻"的南方安南,"其地土沃而民富,象犀翡翠香药之利被于上国,得其地正足以富国,犹胜于今之贵州、广西"。所以,为了"伸王法、尊中国而威四夷",应该乘其国内乱征占之,达到富国目的。而安南之前的藩臣职贡身份,正可为宗主国明朝的武力干涉、获取土地和人民提供正当理由。由此可见,林希元也是在"华夷之辨"的对待视角下强调安南的文明程度和富庶程度甚至超过了早已进入中国版图的贵州和广西,已经是"华夏"而不再是"蛮夷"。只是这种"华夷之辨"与历史上的传统认识相比显得相当奇特,因为他已将重点转换到了安南的是"华"非"夷"问题,而不仅是中国与安南对待的华夷之辨。而之所以如此,是林希元有一个他人一般都不强调的历史认识,就是安南在唐代以前和明永乐时期都是中国的郡县,所以不肯以"夷"视之。

　　与湛若水和林希元肯定安南的"华夏"一面相比，田汝成的安南策略和形象又回到了传统的对待北方游牧民族的弃绝论和野蛮难驯的夷狄形象。其《安南论》从头至尾用的都是《春秋》华夏对待夷狄的"详内略外"之法，强调治理中国不得不详于整齐礼制，"严于君臣"，戒"于篡弑"，而治理夷狄却不得不在这些方面疏略，"圣人之治夷狄也，能喻之以义，而不能齐之以礼"，可以"风动之"，"责让之"，"弃绝之"，但不可以"为之颁政以易俗"，"为之勒兵以骚远"。其根据仍是传统的种性迥异论、地理辽远论和野蛮动物论的结合："夷狄不可与中国同，亦犹虎豹豺狼之不可以马牛例也"，这是种性论，来自班固《汉书·匈奴传》的论述；"而九服之外，名之曰荒。荒也者，因其俗以为治，不以中国之法律之也"，这是地理论，来自《国语·周语上》；"昔者主父偃之谏伐南粤也，曰：'夷狄相攻，此其常性。'而贾捐之议弃朱厓也，扬子云颂之曰：'不以鳞介，易我冠裳。'庶几近矣。"这是还没有进化到文明阶段的野蛮动物论，安南是鳞介，是前面所说的虎豹豺狼，其论调来自西汉主父偃和两汉之际的扬雄。以上这些认识都有深厚的历史认识根源，而田汝成现在拿来处理曾与明朝有密切朝贡关系和学习中华文明制度有明显进步的安南，显然也只是为反战和弃绝的对策服务。

　　综上可见，无论是反战派中主张对安南实施分地封建的湛若水，主张弃绝之的田汝成，还是积极主战派的林希元，都是以中国为中心的"华夷秩序"来观察、思考和处理安南莫登庸的篡逆问题，是历史上"华夷之辨"老问题的新演绎，代表了不同的中国利益和中国权威诉求。林希元伸张的是中国版图和赋税利益的扩张诉求，田汝成则是在明白"势有所拘，故法不可以径达"的情况下，保证明朝国内利益而不为他国操劳的退步诉求，而湛若水则是折中了的中国"务实"主义的代表，在坚决反对实质性的出兵占领外,可以义正词严地口头声讨,却决不单独支持其中任何一方,而最好的办法就是将其国分裂弱小,减少中国的南方边疆威胁。不过从历史实践看,这份"务实"策略反倒是最"务虚"的。因为安南的长期动乱或分裂,一方面最可能冲击明朝的南方边疆,看看万历后期莫氏衰落后莫氏余党骚扰广西和云南边境即可知也,另一方面也会影响明朝与安南朝贡关系的继续展开和明朝皇帝君临天下万国的崇高形象。由此,难怪嘉靖皇帝看到这份奏疏后,会做出让湛若水退休的决定。

2. 对安南和明朝的国情舆情的认识不同

所谓安南的国情舆情,是指莫登庸篡夺安南黎氏政权后,安南国内各方势力的分布情况和人心向背。所谓明朝的国情舆情,是指明朝如果调动数十万大军对安南实施军事征讨和武力威胁,就需要仔细盘算自己所要付出的军事代价、经济代价和国内人心对此的向背。其中军事代价除了要考虑用兵安南本身的代价外,还要考虑对明朝边防威胁最大的北方游牧民族势力会不会乘虚而入,以及由此引起的一系列相关处置问题和可能酿成的南北不能兼顾的恶劣后果等等。相较而言,国情是显见的,可以多方掌握;而舆情是无形的,但可能压力巨大。

应该说,对这两个关系甚为紧密、程序十分复杂、影响又特别深远的问题,皇帝和礼、兵二部在做出征讨安南的最高决策之初,并不十分清楚。对皇帝来说,他只是因为皇二子诞育这个帝国喜讯却由于莫登庸的篡逆梗阻而不能宣达安南感到恼怒,要求主管外交事务的礼部先提出处理意见。在礼部提出"宜遣官按问,求罪人主名"报可后,未等勘官派出并查实更为详赡的安南国情,皇帝又立刻指示礼部会同兵部商议并决定了征讨安南的方案,要求两广、云南守臣做好"整兵积饷，以俟师期"①的准备工作，显得决定匆遽，程序草率，对安南和明朝双方的国情舆情都不十分了然。与此相比，初期反战派至少在明朝国情舆情的把握上更为准确，并持续影响了之后的征讨动议和暂停的起伏过程。

首先，初期反战派对两国国情的掌握推动了主战派中剿抚派对此的吸纳。就毛伯温嘉靖十六年五月所上的《议处安南六事》而言，即可以说吸收了反战派唐胄、潘珍、潘旦等人的意见。其第一条"正名"所开出的"若贼首来降，臣等即当奏闻区处，待以不死；如昏逆不悛，必尽戮无赦。伏乞明载敕中，容臣等奉行"②，即已有了"纳降"莫登庸的意思。而"纳降"一定程度就是潘旦"俟其闻命求款因抚之"方案的翻版。第四条"理财"，也可说是在回答唐胄所提出的"兴师则需饷"问题。而主战派中后来重要的地方剿抚派、代替潘旦出任两广总督的蔡经（《明史》作张经）也说："安南进兵之道有六，兵当用三十万，一岁之饷当用百六十万，造舟、市马、制器、犒军诸费又需七十余万。况我调大众，涉炎海，与彼劳逸殊势，不可不审处也。"③指出明朝征战安南的军事开支庞大，存在隐忧，需要朝廷"审处"，从而也证实唐胄等人并非危言耸听。

再从两次暂停征南的背景和事后的调整部署看，也可以见到反对派所代表的广大国内舆情起到了中止和调整征讨安南进程的作用。第一次暂停是嘉靖十六年五月毛伯温上《议处安南六事》之后，史书言："帝意忽中变，谓黎宁诚伪未审，令三方守臣从宜抚

---

① 张廷玉等《明史》卷三二一《安南传》，第 8331 页。
②《明实录·世宗实录》卷二百，第 4194 页。
③ 张廷玉等《明史》卷三二一《安南传》，第 8333 页。

剿,参赞、督饷大臣俱暂停,(潘)且调用,以张经代之。"① 这个"意
忽中变"的原因中,一部分是借用了之前礼部尚书严嵩等人对于郑
惟僚所言黎宁是黎谭子的"谓其言未可尽信"意见,另一部分也有
反对派唐胄"七不可"意见的潜在压力,而以前者为由头,将原定
的朝廷组织文武高官带领大军征讨,下放到两广和云南守臣"从宜
抚剿"。这个多出的"抚"字,正是反对派的主张。第二次暂停出现
在嘉靖十七年四月,应该说值此之际,主战派中的地方剿抚派所掌
握的安南可取的国情舆情和所准备的战略战术都已经相当充分,
新反对派中余光等人也受到惩处,但还是被愤怒的嘉靖皇帝以兵
部高层不能在战和不战之间做出决议的行为而暂停下来。其背景
既有来自地方剿抚派蔡经的"审处"意见,也有一直未曾消停的国
内舆情的隐性压力,因为连嘉靖皇帝也知道"卿士大夫私相论议,
谓不必征讨"②。《明史·毛伯温传》也说:"朝论多主不当兴师,顾
不敢显谏。"③

其三,回到征讨安南这个硬币的另一面——对安南国情舆情
的掌握和分析上,则主战派中的地方剿抚派和积极征战派可说是
后来居上,超过了反战派。他们对于安南莫登庸的叛逆情形、守备
情况、国内的几股反对势力动向、黎氏的弱势地位和进兵安南地图
的收集、进兵安南的兵力粮饷配置等方面,都有较为切实的分析和
处置。其详情可参各相关人员文集的奏疏部分,此不赘。而反战
派中则以《明史·安南传》没有提到的湛若水《治权论》所见最为

———————

① 张廷玉等《明史》卷三二一《安南传》,第 8332 页。
②《明实录·世宗实录》卷二一一,第 4352 页。
③ 张廷玉等《明史》卷一九八《毛伯温传》,第 5240 页。

"透彻",因为他提出的处置安南各方势力的"三分其地"①计划,居然与积极征战派林希元的"九分其地"建议如出一辙。从提出建议的时间看,两人应都是回答嘉靖十八年七月朝廷决定第三次南征时所涉及的核实莫登庸投降诚意和具体处置方案。但从两人为官之地和职责看,林希元是广西钦州知州,临近安南边境,有辅助朝廷派出的征南总负责人毛伯温的责任,湛若水则是南京礼部尚书,远在陪都,其关于安南国内势力分布的消息多半来源于邸报。两相比较,则林希元所掌握的安南情形应该比湛若水更加直接和全面,虽然表面看来,林希元的"九分"处置显得细琐零碎,而湛若水的"三分"建议反能得其大纲。至于其他反战派,则关心国内边情和舆情的兴趣比关心安南浓厚得多,故在此并无太大贡献,何况他们中的很多人在征讨安南实施的前两个阶段即多半被惩罚而不敢明言了呢。

　　值得总结指出的是,即使是各方收集到的安南国情和舆情都差不多,但在征战安南的军事开支实在浩大,需要骚动西南和东南七省军民的事实面前,也不意味着他们的处置意见会完全相同。在这里面,除了主战派和反战派在战和不战意见上针锋相对外,在两派内部的不同人员之间,其实也各有不同意见。以主战派内部的地方官员为例,同处广西一省的林希元,即与蔡经、张岳等一大批高级官员的剿抚主张大不相同。在前两个阶段,林希元是积极

① 湛若水《治权论》"三分"安南的计划是:莫登庸、黎氏和其他数十有功之人,各分其地以置之。林希元"九分"安南计划见于《同安林次崖先生文集》卷四《定大计以御远夷疏》:"因莫氏之纳降,举其国而九分之:黎宁、郑惟燎、武文渊、郑惟沈、何迫适、阮春岩、阮仁连、郑子春,与莫方瀛各有其一,土官陶仙、车带富、车克让等,冠带土舍刁鲜,交人黄明哲,寨主李孟光等,以及伯雅、罕开、猛来、猛索等,各因其故地置立卫所,授以指挥千百户等职。"

攻占派,主张乘安南内乱,将其再次内地化、郡县化;到第三阶段,则又转变为主动配合朝廷决定的剿抚方略,其所提出的考验莫登庸投降诚意的四大条件,即为毛伯温等上级采纳了其中三条,只是第三条"使黎氏旧臣如郑惟燎、武文渊辈皆有爵土"及其细化的"九分其地"主张被弃用了。再以分居两广和云南的守臣而论,则因为地域临近和争功的缘故,云南守臣如汪文盛、沐朝辅等人似乎更为支持主动请降而当时势力最大、又靠近两广、云南边境的莫登庸,两广守臣如蔡经等人则似乎更为支持黎氏残部的代理人黎宁。更为复杂的是,在分属反战派和主战派两个不同阵营的林希元和湛若水,却又会在诸如处置安南国土方案上,达成了"以夷制夷"的"分地"处理共识。所以,明朝国内对边情的重视,北方边境和民情的不愿出兵征战,一直都影响着中央主战派和地方执行派不断调整关于征讨安南所要实现的战略目标和战术目标,以至最终在多方诉求的合力下,形成了出军迫降和受降的特殊和平方式来回应皇帝最初的征讨要求和广大"朝论""私议"的国内舆情要求,而以收回广西四峒侵地作为最大的附带成果,再以撤销国号、降封都统使司的形式内地化,来塑造出兵二十余万却不发一矢的天朝上国威风和体面。

三　皇帝的作用:"本不欲用兵"
还是"锐意于用兵"

在帝制中国时代,皇权(或君权)是国家权力的最高展现和集中展现,处于国家权力结构的顶端。而明朝由于在洪武时期即废除了传统的丞相总政制度,皇权的独裁性和专断性就显得尤其突出。"在明太祖设计的明代国家权力结构中，皇权既是国家权力的起点，又是它的终点。一方面，国家的一切政令均以其名义发出，即使地方的政令，也由中央任命的官员发出；另一方面，所有关系国计民生的重大事务，在理论上都由皇帝做出裁决，在国家权力能够发挥作用的任何地区发生的任何危及国家安全及民众生命财产的事件，在理论上也必须上报朝廷听候处置。"① 自然，对嘉靖前期"大礼议"之后藩属国安南所发生的莫登庸篡逆事件，作为万方臣民的统治者的明朝皇帝也同样拥有发起征讨、暂停征讨和最终实施征讨的最高决策权和推行权。然而，莫登庸事件最终用"以战促降"的特殊方式来解决，是否就是嘉靖皇帝朱厚熜一开始的征讨初心？也即，嘉靖皇帝在一开始是主张用兵还是不主张用兵，安南事件的最终解决方式变成"以战促降"，是嘉靖皇帝一开始的意愿，还是各种因素综合互动的产物？对此，却有两种对立的说法未为文史研究者注意，值得提出来加以讨论。由此可见即使是拥有至高独裁和专断能力的皇帝，也并不能将自己的初心所形成的帝国决策比较完整地贯彻落实下去，而是可能需要较长时间与帝国各部门、各阶层官员合作甚至是妥协，才能将这样的关系战争和国家外交体制的重大事件较为妥当地解决，而成为后世处理同样事件的参考样板。而由此也才能理解，在莫登庸事件最终解决后，为何在文学上却少了像永乐时期平定安南那样的集体歌颂和欢乐庆祝情形。

　　这两种对立的说法，并见于官方史书和私人议论。一种意见认为安南事件之得以和平解决，是嘉靖皇帝一贯坚持的"本不欲勤兵"或"本不欲用兵"的结果。也即，从一开始，嘉靖皇帝就是不主

① 方志远《明代国家权力结构及运行机制》，科学出版社 2008 年版，第 99 页。

张用兵征讨安南的。此种观点在明代见于徐学谟《世庙识馀录》，在清代见于《明史·毛伯温传》。徐学谟在叙述毛伯温带领大军凌压安南边境，代表朝廷接受了莫登庸投降后，详细载录莫登庸的降表，并评论说："是役也，上意本不欲勤兵，第欲以兵威坐构叛夷，已果如睿算而功收不战。安南至今奉正朔，禀约束，修贡纳款如故，真神武不杀哉！其降表亦明畅委婉，故备录之。"①指出嘉靖皇帝的本心是不想用兵的，即使后来用了兵，那也只是天子的"威服"手段，目的还是和平，"功收不战"，体现了当朝天子"神武不杀"的威德并具特征。《明史·毛伯温传》更是以此为"主意"来结构毛伯温在莫登庸事件演变中的作用，强调皇帝并不想用兵的初衷和最终处置吻合初心。该传先是将力主用兵征讨安南之动议归于礼部尚书夏言，而皇帝只是采纳，起复在家居丧守制的毛伯温，与仇鸾"治兵待命"，结果"帝疑其（引者按：指安南黎宁陪臣郑惟憭等诉莫登庸弑逆，请兴师复雠）不实，命暂缓师"。接着叙述在嘉靖十七年春，廷议决定按原计划由毛伯温等人领兵征讨，而"帝以用兵事重，无必讨意，特欲威服之，而兵部尚书张瓒无所画，视帝意为可否。朝论多主不当兴师，顾不敢显谏"，结果"复止"，再度强调皇帝只想用兵"威服"的先见。到嘉靖十八年，莫登庸"惧讨，数上表乞降"，该传又言"帝亦欲因抚之"，派遣黄绾等人出使"招谕"，结果"绾多所要求，帝怒罢绾，再下廷议，咸言当讨，帝从之"，第三次强调嘉靖在莫登庸多次表示主动投降时，本想顺势而为，通过派遣使节的和平外交方式来处理安南问题，然而大臣畏缩，此道不通，才不得已又重起用兵征讨之策，但也已将处置方略调整定位成以战促降。由此，该传的定案是"伯温受命岁馀，不发一矢而安南定，由帝本不

---

① 徐学谟《世庙识馀录》卷九，四库全书存目丛书史部49册，第263页。

欲用兵故也"，总结强调安南事件的最终和平解决，还是靠了"帝本不欲用兵"的一以贯之主张①。

与上述观点形成鲜明对立的，是认为至少在一开始的时候，嘉靖是"锐意于用兵"的，而后来出现暂停和调整，是受到了国内"朝议"的压力。此种观点在明代相当普遍，目前至少发现有这样几种公私说法。一是《苍梧总督军门志》在记载朝廷第二次动议用兵安南之际，提督两广军务、兵部侍郎蔡经上奏，希望朝廷对黎宁的真伪和进兵的巨大花费慎重"审处"，兵部亦以为然，结果皇帝不悦，说："安南此事，识体达道者则见得分晓。朕闻卿士大夫私相作论，谓不必整理他。你部里二三次会议，也不见力主何处为正。既都不协心国事，且罢仇鸾、毛伯温，着在京别用。"再次中止征南。该志评论说："时上锐意于用兵，朝议多难之，故因经疏言及。"②《苍梧总督军门志》最先于嘉靖三十一年（1552）由时任两广总督的应槚（1494—1554）初次编辑而成，后又由万历初年凌云翼嗣辑，万历七年（1579）刘尧诲重修③，距莫登庸事件甚近。二是林希元在《安南始末记》的追述：

　　及落职钦州，适有安南之事，皇上之志又锐，谓其时有几，故锐意图之，不谓终身之祸乃起于此。初，皇上锐志安南，举朝不欲，圣心不乐，一日在文华殿得予安南之疏，叹曰："我谓海内无豪杰，今尚有乎！"即召李序庵、夏桂洲、武定侯三人。李、夏先至，以予疏示之曰："朕决意征了，你们如何？"二公唯

① 张廷玉等《明史》卷一九八《毛伯温传》，第5239—5241页。
②《苍梧总督军门志》卷三十三《安南纪略五》，全国图书馆文献缩微复制中心1991年，第464—465页。
③ 何林夏《苍梧总督军门志研究》，《苍梧总督军门志》附录，第486页。

唯，叩首而出，遇武定于承天门，问曰："皇上云何？"二公告之。武定至，皇上语之如二公，武定亦唯唯，叩首起而旁立，即丢一冷语，若自言云："那一块地，虽得他何用？"不知皇上闻之否。张东瀛本兵语赟本吏曰："你们老爹事成了，你钦州有若干钱粮与吏酒饭？"越二日，兵部处分兵马，具本以进，盖谓事不可已矣。忽本下兵部曰："安南此事，识体达道者则见得分晓。闻卿士大夫间私相作论，谓不必整理他，你部里二三次会议亦不主何者为是，既都不协心办事，且罢。"其云"识体达道"云云，乃指予，私相作论，不知为谁，皇上得之何人，皆不及知也。前都御史唐沛之荫子唐世桥得皇上语意，冀建功安南，遂求为梧州府推官，以告予。皇上既知予名，问左右大臣曰："林某何以尚在钦州？"左右曰："此时莫登庸方倔强，须林某制之。"及久之不召，朝士笑曰："诸老以林某锁钥南门，何一锁钥如是之久也。"夏桂洲说予于上曰："林某一生只是说杀。"盖以予既欲征辽东，又欲征安南也。后安南入贡，皇上思及予，从容问六臣曰："林某如何？"时六臣在侧，无一应者。当时若有一人启口，予必不至今日。可见公叔文子难其人。要人之出处，皆天也。

虽然这里有很多宫中秘闻、道路传播和自我想象标榜的成分，但应该说林希元是准确把握了嘉靖皇帝一开始欲用兵安南的"志又锐"意图，所以他才会主动迎合、"锐意图之"，提出了积极主战策略。而且，这种主动迎合皇帝的主战想法，希望借机建功安南的，也并非林希元一人，而是一个时代氛围。这里有几个证据：一是本文所提到的前都御史唐沛之子唐世桥因为了解到皇帝的真实心意，而想主动求调邻近安南边境的广西梧州作推官，以求建功；二是反对林希元的张岳也说："安南之议，士大夫谭之数年，然皆出于一种喜功利、尚权谲者之口，沉静守道者初不谭也。"① "举事之初，朝议虽锐，其所推用将帅亦未见卓然可倚折冲者，必有马革裹尸之忠，然后能著铜柱之绩，甚难，甚难。"② 也提到其时明朝国内洋溢着一种积极主战的气氛，虽然他是以批判的口吻来说的；三是唐顺之也提出了由地方官员主持征讨安南事宜的对策："故以为天子苟赦而不诛则已，诛之则宜委其责于州郡而毋出内兵。"③ 也正好可以证明林希元所言的唐世桥求官边郡并非向壁虚构。

　　然则这两种对立的观点，何者才切合嘉靖皇帝的本心呢？综合多种情况，应该说还是第二种才最得其实际，朱厚熜是有重现永乐皇帝用兵征服安南的荣光和愿望的。虽然从后来他的政治表现和实际兴趣看，他并没有朱棣以其多年带兵出身而培养的对于重大军事行动的决断魄力和果敢行动，而更喜欢巧于算计和制衡的统治法权和意识形态的礼仪建设。这一方面可以通过嘉靖十七年（1538）九月朱厚熜将永乐皇帝的庙号由太宗升格为成祖一事看出（虽然，这对朱厚熜来说，也许主要是为了升格他那个没有做过皇帝的父亲的睿宗庙号），此时安南事件还没有彻底解决；另一方面也可以通过林希元阅读嘉靖皇帝的颁赏圣旨感受看出："臣伏读圣旨：'安南废职不庭，本发自朕心，犹有畏缩讥议、阻摇国是者。比命官勘剿，今黎氏既已覆灭，莫酋系颈来降，朕已处分了。何表贺之有？内外大小官员宣劳宜录。钦此！'又不颁诏安南，昭告天下。臣仰窥圣意，似有未满焉者。陛下必以安南有可取之机，而群

① 张岳《小山类稿》卷八《答王粤谷中丞》，第 377 页。
② 张岳《小山类稿》卷八《答廉州朱二守》，第 383 页。
③ 唐顺之《荆川集》卷七《送太平守江君序》，文渊阁四库全书 1276 册，第 330 页。

心不一,圣志未尽遂,以是为未满耳。"①认为最终的以战促降,并没有实现朱厚熜用兵安南的宏大初心,故圣旨有些嗔怪和落寞。事实上,嘉靖皇帝不仅是一开始即主张积极用兵,而且是即使到后来因为受到国力和边情的制约以及舆论压力而被迫两度暂停后,也没有放弃用兵促降的武力手段。虽然,如前所言,以战促降并不让他满意。

由此可见,嘉靖皇帝即使在他并不擅长的战争领域,也十分老练地使用了他之前在旷日持久的"大礼议"和正在穿插进行的各项大典礼制改革所积累的与大臣斗争的宝贵经验,用打压(反对派)、拖延(以便集中意见)和坚持(初心)战术,让国内的反战舆论即使再强烈也不能形成决策,让内阁大臣和廷议围绕着他一意用兵的思想,不停地调整具体的征讨方略,最终在第三次动议和完成时,实现了他开动大部队、耀兵安南的夙愿。虽然这个耀兵安南,在莫登庸多次主动投降的背景下,其实只是徒具形式、劳军伤财而已。

当然,从征南之议三起两停的断续过程来说,即使是大权独揽的皇帝,也并不能只考虑个人追踪永乐、征服安南的雄心,而随心所欲地操控并顺畅地贯彻诸如发动战争和破坏既有地缘格局这样的大事,他还是需要考虑帝国利益,争取相关职能部门对此的支持和执行,否则也只能暂停,等待合适的时机再提出动议,由此征讨安南的进程也才有了如"大礼议"一样的旷日持久特征。就此也可以充分说明嘉靖皇帝的个人执政特征,是执拗和不怕耗费时间。至于《明史》和徐学谟之言,则只是在传统的重视德性而怀柔四夷的不战思维下,将好战归结为错误的治理华夷之道,而扭曲,也就是粉饰了嘉靖皇帝的本心和行为而已,是历史书法的曲笔,而非实录。

---

① 林希元《同安林次崖先生文集》卷四《谢恩明节疏》,第521页。

四　"何表贺之有"：反常和多维的文学书写

　　综辑嘉靖时期对莫登庸事件的各种文体书写，会发现一个看来相当怪异的现象，就是歌颂我皇圣明、征南大臣和军队英武的颂圣、颂战之作偏少，而忧虑边境安危、罢征志喜和侥幸成功之作偏多。而这，不仅与永乐时期平定安南的颂声大作形成了鲜明差异，而且即使放在整个封建帝制时代，也是十分罕见的。似乎，嘉靖前期从上到下的臣子和惯于歌颂的文人一改以前的应声附和习气，而集体选择了与朝廷和皇帝抗衡的重内轻外和厌战、畏战心理。是故在用兵安南的过程中，他们更多表现的是忧虑自身边境安危；而一当朝廷决定暂时停止征讨，他们反而显出了真心的兴高采烈，以"罢征志喜"为诗题者甚多；即使当此一事件以朝廷重兵压境、莫登庸主动投降、降格处理安南得到了"和平""完满"的解决，明朝人表现出来的也不是信心十足的狂热高兴，而是一种恐惧和后怕兼有的侥幸成功心理。此一现象充分说明了文学在反映时代心理上具有一般历史著述所少有的真实性、动态性和复杂性特征，也揭示了莫登庸这一"国际"事件深深切入了明代传统文学的表现领域，具有不可多得的观照意义。

　　其实，在莫登庸事件历经数年跌宕起伏之变化而终于宣告正式解决的嘉靖二十年六月己卯，朝廷高官、少保兼太子太保兵部尚书张瓒等人曾以"安南事平"向皇帝表示热烈的祝贺，希望以上表等传统形式来歌颂我皇圣明。结果招来了皇帝的怒怼："昨安南废职不庭，不发自朕心，犹有畏缩讥议、阻摇国是者。今黎氏既已覆灭，莫酋系颈来降，朕已处分了。何表贺之有？"[1] 因为征南过程中

----

[1]《苍梧总督军门志》卷三十四《安南纪略五》，第 473 页。

来自大臣和舆论的多番阻挠,小心眼的嘉靖皇帝到此还对臣子们有着无限的不满和怨气。"何表贺之有",道出了朱厚熜本人对莫登庸事件的经过和结果都不满意,似乎感觉到一直被大臣和舆论牵制着,才心不甘情不愿地走出了现下这个让人意兴阑珊的结局。由此,善于揣摩皇帝心理的林希元,也通过这道圣旨和"又不颁诏安南,昭告天下"的行动,得出了"圣意似有未满"和"圣志未尽遂"的结论①。是的,上意落寞,圣心乖戾,即使那些想奉上诗赋奏表去献媚阿谀皇帝的,此时也怕触了霉头。

　　大概正是为此,嘉靖前期的明人在安南事平之后,却较少集体歌颂平定安南。在现存明人文集中,我们即使看到了"平交""平南""征南"等类似永乐时期歌颂平定安南的题目和字眼,也已经很难将其与永乐时期全帝国所表现出的颂声洋洋和集体狂欢相提并论。这不仅在于留存下来的作品数量本身较少,而且也在于嘉靖时期的明人已经将关注焦点和书写重心,从无所不在、普照四方的帝王转移到了历史事件的全程记录和承担征南事务的代表大臣身上。由此,高坐明堂、威德并具的帝王作为一个发布征抚指令的功能性符号,反而被程式化和淡化了,其在历史进程中的具体作用,甚或不及承担具体征讨事务的代表性大臣。这在田汝成《征南碑》等历史性纪念碑文之中是如此,在李时行《平交颂》、潘时恩《嗟南交》等平南诗还是如此。"若曰"的皇帝代表的是天朝上国所一向秉持的威德并用的操御蛮夷之道:"违即征之,天之命也;服而舍之,武之经也"②"威以伐叛,德以绥来,期于九胡咸宾,夷夏

---

① 林希元《同安林次崖先生文集》卷四《谢恩明节疏》,第521页。
② 田汝成《田叔禾小集》卷三《征南碑》,四库全书存目丛书集部88册,第441页。

统壹"①,而承担并实现其理想图景的,却是翁万达、蔡经和毛伯温等代表性大臣。其次,所书写的历史进程,又都有意避开了真实事件中两次暂停起伏的复杂过程,从嘉靖十五年一步就跨到了翁万达和毛伯温等人的经略和出兵征讨,似乎征讨安南是一气呵成,就达成了皇帝"抚鞠四海"、一统华夷的意愿。更重要的是,由于明、莫之间并没有发生实质性的战争,所以皇帝和明朝军队威德并用的结果,换来的却多是化外之民的狂欢,而非明朝境内的举国欢腾,所谓"南土欢呼,飙驰鼎沸""交人欢呼"②,"交人欢跃,载啸载歌"③等等是也。由此,这一本来应该歌舞喧阗、内告宗庙、外颁四裔的帝国盛事,成为《嘉靖鼓吹曲辞》中非常重要的一环者,却因为皇帝的意兴阑珊,而失去了永乐时期暴涨的狂热,显出了嘉靖时期几分异样的冷静。

尘埃落定之后的冷静,正好可以反衬当初过程中的跌宕起伏之实。

最初反映南方边境忧虑的主要是时居云南、毗邻安南的张含《龙编乱》和杨慎《龙编行》《养龙坑飞越峰天马歌》。张含(1480—1567),云南永昌府(今保山)人,户部侍郎张志淳子,少小于京师与杨慎为总角交,正德二年举人。当朝廷决定出兵征伐安南莫登庸叛乱而让云南巡抚汪文盛等人准备兵马弓箭和粮草时,张含立即写了一篇七言歌行《龙编乱》反映之。龙编,安南古地名,在今越南河内东,天德江北岸,为三国吴交州、晋交趾郡治所。该诗起首即直奔主题,说"龙编乱,将奈何",直言安南的动乱给要

---

① 潘恩《潘笠江先生集》卷一《嘉靖鼓吹曲辞十二首并序》第十二首,四库全书存目集部81册,第164页。
② 田汝成《田叔禾小集》卷三《征南碑》,四库全书存目集部88册,第442页。
③ 李时行《李驾部前集》卷三《平交颂》,丛书集成续编144册,第675页。

征伐的宗主国明王朝提出了诸多难题。这些难题包括,"云南城中食不足","百年眼不识兵戈",在兵食和民心两方面都严重不足。而官府为了完成朝廷指派的任务,如狼似虎,借机搜刮并鞭挞"穷方"黎民;热衷功名的好事之徒,又"闻说出征买弓箭",搞得云南人心惶惶。云南军粮不足,需要由其他省份调配,由此又给负担转输的云南人民带来了沉重负担。因为云南山高路险,转输困难,而军命紧急,朝廷补给又不够,造成"小户伤心大户怨"。对此,张含学习安史之乱后的杜甫,站在朝廷出兵的角度,指出安南动乱会给云南边境带来巨大威胁:"不知交夷跳梁心,欲犯封疆越州县。莲花滩头白日愁,金潾象渚风飕飕。"[1]由此希望主导其事的云南最高长官汪文盛能够像平定安南征侧姐妹叛乱的汉代马援立下大功。莲花滩,在今云南蒙自,与安南接壤。明朝出兵安南三路中,云南一路即由此出发。

　　杨慎则早在嘉靖四年二月即因与其父亲杨廷和等人强烈反对朱厚熜兴起的"大礼议"而充军云南,至此十余年,对云南已很有感情。当此之际,见到张含寄来的《龙编乱》,认为是"诗史也",即亦作七言歌行《龙编行》答之。在本诗中,杨慎也表达了与张含一样的边境和转饷忧虑:"北极军书一羽过,南交氛祲九真多。金潾铜柱天王地,象渚龙编瘴海波。渭曲屯田愁葛亮,关中馈饷急萧何。岚开北景鸢低水,风度鸣沙马敼陀。"希望汪文盛幕府多收"才彦",早听"凯歌"[2]。只是与张含之作的沉痛质实相比,杨慎之作显得轻便宛转。此外,杨慎还有《养龙坑飞越峰天马歌》,将眼前发生的安南之乱与之前刚刚发生的蒙古族首领吉囊进攻大同之乱

----

① 张含《张愈光诗文选》卷一《龙编乱》,丛书集成续编142册,第379页。
② 杨慎《升庵集》卷十二《龙编行答禺山》,文渊阁四库全书1270册,第112页。

相提并论："前时吉囊寇大同,烽火直达甘泉宫。近日莫瀛乱交趾,羽书牙璋偏南中。安得将星再降傅友德,房宿重孕飞越峰。一月三捷献俘馘,千旄万旟歌熙雍。"①希望当下的嘉靖朝也能出现傅友德这样的洪武朝将星,解除明王朝此际的南北边境困局。吉囊(1506—1542),明代蒙古右翼三万户,多次进犯大同等明朝边塞,而与杨慎所说的这一次最近的,应是嘉靖十五年冬入寇事。

其后,在"朝议多难之"的巨大舆论压力下,明廷在嘉靖十七年四月下令暂时停征安南。对此,不少身份不同、地域不同的明人,却大有"漫卷诗书喜欲狂"的奔走相告之势,出现了很多"罢征志喜"之作,反映了明人早先对于武力干涉安南的抗拒和此时不用骚动国内人民的欣喜。虽然他们歌颂的还是皇帝的英明决定,但又与一般应景的言不由衷相比,这一次倒多半是出于至诚。因为他们和朝议一样,是本不想为一个"其地绝远,得之不足以富国"的安南而"疲敝中国"的②。因此,他们的"罢征志喜",并不完全只是出自厌恶战争、爱好和平的传统理念,而是有着如上所述的边境忧虑和国内沉重负担的现实感受。

"罢征"的消息像长了翅膀一样,飞到了帝国各地。因为"议礼"不合皇帝心意而被贬出朝廷的前翰林院官员汪佃(1474—1540),此时正任福建建宁道按察金事,他做诗"志喜"道:"忽传恩诏罢南征,寰海欢腾起颂声。灵鸟览辉千仞下,至和毓瑞九芝生。蛮荒务回归诚款,鬓白含哺老太平。旧忝词林供奉列,敢将雅什纪时清。"③觉得这是值得歌颂的大事,必须以曾经的词臣身份做诗抒

---

① 杨慎《升庵集》卷二十三《养龙坑飞越峰天马歌》,第179—180页。
② 林希元《同安林次崖先生文集》卷四《陈愚见赞庙谟以讨安南疏》,第505页。
③ 汪佃《东麓遗稿》卷五《罢南征志喜》,四库全书存目丛书集部73册,第225页。

发这种"寰海欢腾",中外人民共享"太平",类似祥瑞普降的热烈情绪。以"志喜"为题的,还有时任南京都察院右都御史掌院事的周用,他也做诗言:"重译来王事可寻,梯航从不限高深。小夷愿执陪臣节,黩武原非圣主心。南海一封谋国疏(唐户侍胄有谏疏),北郊五夜属车音。远人合作神功颂,书满穹碑百丈阴。"①认为应该做一篇百丈高的"神功颂",勒碑传扬。原因是安南本有向化的朝贡之诚,而穷兵黩武也非圣明皇帝的本心,所以先前户部侍郎唐胄的直言谏疏此时终于起到了应有的和平解决功用。可见他与反战的唐胄意见一致,所以才在诗中特意注明,认为这才是真正为国谋福利的好大臣。

　　而其他不以"志喜"为题的,则表现出了更为冷静的思考。同样因为"议礼"问题而被除官外任的翰林院庶吉士王格,此时正任河南按察司佥事,分巡河北三郡,他做了一首《得罢安南报》诗:"闻说征南事,停兵出紫宸。裔戎新悔过,圣主重劳民。郡邑无边饷,丁男自农耘。天威只一霁,夷夏尽回春。"②觉得原先的天威震怒一变为春回大地的天德,取消征伐,而得到这个如天好处的,不仅是明朝国内那些原本要负担边饷和打仗的人民,还有那个原先要被讨伐的安南蛮夷。所谓"雷霆雨露,无非天恩",说的就是"天威只一霁,夷夏尽回春"的道理。著名的天一阁主人范钦接到这个消息时,正在湖南的沅江边上,他做诗言:"终岁兵戈剧,谁堪困惫情。君王收上策,将士罢南征。地转阳和脉,天流歌颂声。寄言谋

----

① 周用《周恭肃公集》卷七《罢征安南志喜次韵》,四库全书存目丛书集部 55 册,第 16 页。

② 王格《少泉诗集》卷五上《得罢安南报》,四库全书存目丛书集部 89 册,第 219 页。

国士,无必请长缨。"① 觉得皇帝此时做出"罢征"的决定是所有对付莫登庸叛乱方略中的"上策",因为明朝国内近年连续受到北方蒙古的侵扰,朝野均"困惫"不已。"地转阳和脉,天流歌颂声",普天之下皆为这突降的和平而歌颂。值得注意,该诗结尾也像周用一样提到了"谋国"问题,不过显然,范钦所指的"谋国士",却并非周用诗中识大体的唐胄,而是那些托言"谋国",而实际只图个人功名利禄的人们。所以他劝告这些人,从今不用再作请缨安南的美梦,其背后即有积极主张而实际图谋个人功名的林希元和唐世桥等人。

由上可见,同一个"罢征"消息所引起的感情和思考的对象却有些差异:"志喜"者将欣喜的对象重点放到了外夷身上,认为是皇帝的文德怀柔所致;纪实者,似乎将冷静的思考重点指向了国内,认为原先的征战给国内人民带来了沉重负担。但他们在反战、非战的一贯思想上是相通的,故纪实者也有歌颂的表达,而"志喜"者也有"谋国"的认识。无论如何,"罢征"所带来的和平是他们都乐于见到的,只一狂欢,一有所反思而已。

最终,在嘉靖十九年明朝重兵压境的情况下,本来就想投降的莫登庸亲赴镇南关上演了一出束身屈膝的好戏,跌宕多年的安南叛乱事件得到了彻底解决。这就是杨慎所说的"安南款报"②,时值汪文盛的生辰。此时,与解决莫登庸事件的主要负责人如毛伯温、蔡经、汪文盛等人密切相关之人(含上下属官僚和亲朋弟子)免不了颂声大作。其中最突出的,自然是文官方面的总负责人毛伯温。他的后代为此特意编辑了一部四卷本的《平南录》,将他人所作的与征讨安南有关的各体文字(含书信、赠序、诗词和颂四类)搜

① 范钦《天一阁集》卷六《沅江闻征南报罢》,续修四库全书 1341 册,第 442 页。
② 杨慎《升庵集》卷三十《中丞白泉汪公生辰值安南款报至》,第 218 页。

集起来,以表彰毛伯温在皇帝"神武不杀"的恢宏气度和"华夏一统"①、"夷夏一家"②、"天下大一家"③的包荒理念下所取得的"兵不血刃"④、"一镞不遗"⑤而"中外晏然"⑥的巨大成效,认为不仅超过了武力平定安南征侧姐妹之乱的东汉马援⑦和"三度出师,仅邀虚美,然兵食之耗,迄犹未复"⑧的永乐黩武,也超过了和平拿下江南"不妄戮一人"⑨的北宋曹彬,而再现了儒家传说中的"帝乃诞敷文德,舞干羽于两阶,七旬,有苗格"(《书·大禹谟》)的虞舜圣王境界。其中"神武不杀"和"夷夏一家",是很多人在歌颂时都要说的两个词语。就此,又演绎出了"由来神武德,不止重开边"⑩(反对开疆拓土)和"就使斩楼兰,胜之不为武"⑪(不与蛮夷动武)的反战、非战思想。

在这一片"铙歌""鼓吹曲"的颂歌声中,最值得注意的,反而是对于这一次出兵征服安南行动成功的侥幸和后怕心理。对此,顾璘曾说"且万一未可必也",则"不知靡几百万之财,残几百万之

---

① 顾可久《奉贺东塘毛公征南功成还朝并序》,毛伯温《毛襄懋先生别集·平南录》卷三,四库全书存目丛书集部63册,第377页。

② 朱廷立书,《平南录》卷一,第342页。

③ 周用《送毛兵书东塘南征二首》其一,《平南录》卷三,第375页。

④ 黄镇书,《平南录》卷一,第345页。

⑤ 罗钦顺书,《平南录》卷一,第339页。

⑥ 顾璘书,《平南录》卷一,第340页。

⑦ 顾璘言:"伏波下濑,何足比伦于多寡哉。"《平南录》卷一,第340页。其他以此相赞者甚多,不赘。

⑧ 陆杰书,《平南录》卷一,第344页。

⑨ 文明书,《平南录》卷一,第346页。

⑩ 罗洪先诗其三,《平南录》卷三,第376页。

⑪ 刘魁诗,《平南录》卷三,第376页。

命，乃克有此"①。尹台也说："万一计筹鲜中，托倚非公，阳关阴翁，
事有一不如今者，悛远夷之心，召内地之祸，八省首离，其恤固不待
言。构连之患，无所底止，宗社愍忧，抑不知又且何如。"②田汝成则
又在与唐顺之的通信中说："近若诸边叛卒外连反虏，可谓寒心，而
倏然冰释；南征之议，脱不受命，构兵其容已乎？而负组来归，曾不
遗镞。凡此等事，殆皆百灵呵护其间，非智谋所能逆测也。"③表示
要不是神灵呵护，北边的叛卒和南边的安南事件恐怕都不能如此
顺利地解决，要是兵祸连年，其恶果恐怕真要如顾璘所说的靡财残
命达几百万之上，如尹台所说的甚至可能引起内地叛乱和危及宗
庙社稷安全。这种侥幸和后怕心理，极端地表现了嘉靖时期明朝
国人对于自身国力的强烈不自信，不能不发人深思。

　　而这件事的余波，则是莫登庸以侄儿莫文明等为使臣赴京赍
送降表和缴纳土地、人口图册，听候处理。就此，戴璟在阜城道中
见到了返回的安南使臣，作二诗言之："贾生谩上珠厓议，汉将终收
铜柱勋。炎海小臣相稽首，自今长幸睹尧云。""篮舆远送安南使，
道路喧传宴犒时。最是圣恩同浩荡，不教系颈就诛夷。"④表现的还
是安南的倾心内向和"神武不杀"的浩荡皇恩，由此才有了"炎海
小臣相稽首，自今长幸睹尧云"的越南使臣朝京的和平景象。

---

① 顾璘书，《平南录》卷一，第 340 页。
② 尹台书，《平南录》卷一，第 345 页。
③ 田汝成《田叔禾小集》卷五《与中允唐公应德书》，第 477 页。
④ 戴璟《戴中丞遗集》卷三《阜城道中见安南使》，四库全书存目丛书集部 74
　 册，第 39—40 页。

第六章　中越古典文学交往的重要文献——越南冯克宽《使华诗集》三考

　　冯克宽（1528—1613）是安南后黎初期与明朝、朝鲜和琉球外交界有过深入交往的重要政治人物和文学人物。其曾于明万历二十五年四月至二十六年十二月（1597—1598）间，以工部左侍郎的职务充"如明岁贡，并求封"正使进入中国，历时两年方回至镇南交关①。期间所著汉文《使华诗集》，后世留下多个抄本，中越合编《越南汉文燕行文献集成（越南所藏编）》收录其中的两种阮朝（1802—1945）抄本《使华手泽诗集》和《梅岭使华手泽诗集》，本书简称为冯克宽《使华诗集》二种②。

　　该诗集内容十分丰富，特别是冯克宽于北京居留期间所写作的祝贺万历皇帝生日的《万寿圣节庆贺诗集》以及与朝鲜使臣李晬光等人和琉球国使臣唱酬的诗篇，广为研究明（朝）安（南）封贡关系、越南北使文学和亚洲汉文学的学界重视，为此出现了多种来

---

① 陈荆和《大越史记全书·本纪》（校合本）卷十七，东京大学东洋文化研究所1984—1986年，第909页。
② 葛兆光、郑克孟主编《越南汉文燕行文献集成（越南所藏编）》，复旦大学出版社2010年版。

自历史学和域外汉文学研究的成果①。但是也留下了一些尚待解决的关乎中越古典文学交流研究能否深度展开的重要人事问题，比如：一、《梅岭使华手泽诗集》卷首署名"状元冯克宽"，但冯克宽并非安南科考状元，然则此说缘何而起？在越南又经历了怎样的文本建构过程？体现了古代越南人怎样的状元崇尚观念和民族心态？二、为冯克宽《使华诗集》二种作叙（序）的是杜汪，还是汪钝夫？叙（序）"其与朝鲜国使芝峰道人、金羊逸士往来鸣和诸篇，一吟一咏，愈出愈奇"之后的话，是该读而断作"可谓独步，才超古余波，分照邻者矣"，还是读而断作"可谓'独步才超古，余波德照邻'者矣？"其生平于中越古典文学交往有何重要性？三、《梅岭使华手泽诗集》后附抄的"明朝李先生《百咏诗》"，作者为谁？其诗在中国文献是存是佚？又大概是何时，通过何种途径传入古代越南？对于以上这些事关古代越南的状元崇尚观念、越南汉籍抄本的正确识读、中越邦交人物的生平钩沉，以及非经典中国文学文本的域外传播等多方面重要问题，目前学界或者还在沿袭过往错讹，或者尚未注意及之②，因

①目前学界的研究成果主要有：牛军凯《王室后裔与叛乱者——越南莫氏家族与中国关系研究》第一章，世界图书出版广东有限公司2012年版；郑永常《一次奇异的诗之外交：冯克宽与李晬光在北京的交会》，《台湾古典文学研究集刊》（创刊号），里仁书局2010年版；张恩练《越南仕宦冯克宽及其〈梅岭使华诗集〉研究》，暨南大学硕士论文2011年；甄周亚《冯克宽使华汉诗写本俗字研究》，浙江财经大学硕士论文2015年；陆小燕、叶少飞《万历二十五年朝鲜安南使臣诗文问答析论》，张伯伟主编《域外汉籍研究集刊》第九辑，中华书局2013年版。

②以2016年何仟年《〈越南汉文燕行文献集成〉解题补正》之《冯克宽〈使华手泽诗集〉》为例，即仍然沿袭原书解题错误，说作序的是汪钝夫，而对附抄的"明朝李先生百咏诗"，还是"难以确定是否明人之作，抑越人游戏拟作"。张伯伟主编《域外汉籍研究集刊》第十四辑，中华书局2016年版，第167—168页。

此有必要深入考辨,以推进越南汉文古籍的整理与研究。

一 "状元冯克宽"考

《梅岭使华手泽诗集》在第一首《奉往北使登程自述》题目后空一格的作者栏署名"状元冯克宽"。这让人陡生疑惑:冯克宽在安南后黎朝光兴三年八月(1580)的科举考试中仅是第二甲进士出身,时年已五十三岁①,并非状元,而真正的同榜状元是天禄县芙蕾社人阮文阶②。然则"状元冯克宽"之说缘何而起,以致本应严谨的诗集,也会用实际乌有的"状元"来冠名? 对此有必要作一番考辨。

古代越南人有极强烈的状元崇拜观念,以至越南正史,也是将科举廷试的第一名直接称为状元。这与其效法的古代中国明显不同,状元仅是民间世俗称谓,官方正式称谓仍是进士第一名。古代越南将中国的状元俗称变成官称,由此必然影响到民间世俗的状元崇拜,将各行各业的突出人物也称为状元,从而出现状元普泛化的现象。于是,那些本非科考场中由越南皇帝钦点为状元的人们,也可能在民间世俗的认知视角下,变成万众瞩目的越南状元③。又假如他们曾出使作为宗主国的北方中国朝廷,凭借诗文口辩才华和其他机智才能为越南人争得了体面和荣耀,则超越国界的"两国状元"神话,也能以越南汉文笔记小说的形式创制出来,成为在民间流行的状元话语。"状元冯克宽"故事即是如此。

---

① 佚名《人物志·太宰梅郡公录》,孙逊、郑克孟、陈益源主编《越南汉文小说集成》,上海古籍出版社 2010 年版,第 18 册,第 224 页。
② 吴士连等《大越史记全书·本纪》卷十七,第 878 页。
③ 阮志坚《状元故事的历史演变》,《越南的传统文化与民俗》,郑晓云译,云南人民出版社 2012 年版,第 101 页。

考察冯克宽与"状元"相联系，从越南现存汉文笔记小说文献来看，当是从冯克宽身后即开始的。成书于18世纪的《公余捷记》虽未正面载录"状元冯克宽"故事，但已经载录了多个其他状元故事。仅唐安县慕泽社一地，该书即载有黎㻌为字状元、饭状元，武暄为棋状元，武丰为交跌状元的"四状元"之号①。其中惟黎㻌（1528—？）为前黎威穆帝端庆乙丑（1505）科状元②，越南民间称为"字状元"；又因为其饭量大，得到明人重视，被称为"饭状元"。而其他两位则擅长围棋和摔跤，在民间亦享状元之称。不仅如此，鉴于古代越南与北方中国王朝的密切封贡关系，该书在陈朝莫挺之（1280—1350）北使，凭借其诗文对句才华成为元朝皇帝文宗亲批的"两国状元"后，又联类成对地推出了"两国状元""两国榜眼"和"两国尚书""两国国师"等跨越越南国界而征服北方明朝君臣的两组传奇故事。前组以诗文才华，后组以饭量大和误打误撞的求雨术，均得到了明朝大皇帝的赏识钦封，并最终凭借聪慧机智摆脱明朝的执意挽留而衣锦还乡。就此，《公余捷记》在记录"两国状元""两国榜眼"故事的《尚书郑铁长记》结尾总结说："名闻北国，显我国文献之邦，继莫挺之之后，二公（阮直、郑铁长）其次焉，冯公克宽又踵其后欤？"③则冯克宽在其身后的下个世纪的越南民间已有了类似莫挺之、阮直等人的"两国状元"之号。

而正式浓墨重彩地推出"两国状元冯克宽"故事的，应是18世纪阮榜中所撰的历史演义体小说《越南开国志传》。该书在卷一叙述后黎大败莫朝后，为取得宗主国明朝的册封承认，特意叙述在

① 武芳堤、陈贵衙《公余捷记》前编《世家·交跌状元记》，《越南汉文小说集成》第9册，第25页。
② 潘辉温《科榜标奇》卷二《老辣黎公》，《越南汉文小说集成》第18册，第310页。
③《公余捷记》前编《名儒·尚书郑铁长记》，第54页。

光兴乙未十八年六月,"又差尚书冯克宽领朝贡礼,往使天朝"。因冯克宽"为人面貌丑陋,形容卑小,蓬发乱须",明天子一见之下,遂有轻视之意。于是有了如下问答:

> 遂问冯克宽曰:"汝于南邦,官居何职?"克宽奏曰:"臣在南邦应试,幸中状元,封为户部尚书之职。"

在此,该小说让冯克宽自承在本国就是科举考试的状元,并且官居户部尚书的高位。之后着力刻画冯克宽所作的三件事情:一是在明朝庙堂之上,机智回答了万历皇帝关于天下什么甚易、什么最难的刁钻问题;二是勇敢摔烂放在殿前竹丛上的假雀,然后凛然作答,语含讽谏;三是在驿亭,巧妙分辨两匹"色体俱同,无小无大"的母马谁是母,谁是子。这让越南读者倍感自豪骄傲。最后说明结果:

> 十一月,冯克宽上奏乞回本国,帝意欲苦留,但恐失诸侯之信,遂降诏封冯克宽为两国状元,颁赐金银锦帛,许回南国。……于是南国上自公卿,下至庶士,皆诵称冯克宽奉旨北使,重君命,壮国威,真状元也。王甚爱之,委国辅政,粉饰太平,真世上之名儒也。后人有诗赞克宽曰:
>> 学道平生世所尊,关河万里谒天门。华程鞅掌随机转,君命斯须每自存。持以匡纶藏我用,直将声色对人言。四方自古多才思,安得如公两状元。①

再次申明冯克宽由明帝钦封的"两国状元"身份。

---

① 阮榜中《越南开国志传》,《越南汉文小说集成》第 7 册,第 30—32 页。

透过上述传奇故事,可见小说作者为积极体现古代越南与天朝中国的独立抗争意识,而非常随性地改动了多处历史事实,并编造移用了一些属于典型民间传说故事的正义机智勇敢情节①。历史事实的改动有:1.冯克宽在后黎仅是第二甲进士出身,并非状元,且年已老迈,五十三岁;2.冯克宽出使时年过七旬,仅是工部左侍郎,而非户部尚书,越南史书和冯克宽传记皆未载出使之际临时提升改授官职事②,可见是小说作者的臆增;3.冯克宽出使时间也有误,据《大越史记全书》是"以万历二十五年(光兴二十年)四月过关,至十月到燕京,拜谒明帝,十二月初六日,辞明帝回国。前后凡一年余四个月,使道以通"③。该小说则变成光兴十八年六月出使,十一月从北京启程回国。如果说前两点改动,是出于强调小说人物的科举出身和官位身价需要,可以理解,则第三点改动,也许就只是不查史书的无谓随意了。更重要的是,小说所述冯克宽在明廷所作的三件事,完全是民间传说故事的典型思维模式,且张冠李戴。如第二件摔烂假雀作答事,即是从《大越史记全书》和《公余捷记》等越南汉文笔记小说所载的莫挺之撕裂元朝宰相府薄帐上所绣竹雀画一事移用而来,两人的行动和作答的语句完全相

① 吕小蓬《越南古代汉文小说中越使臣斗智故事的模式化特征》从民间故事类型学的角度称此类为"斗智故事",认为"具有鲜明的模式化倾向,以强烈的冲突话语传达了越南民族的主体意识及其对中越外交关系的集体阐释",然未指出其间的"两国状元"虚构特征。《人文丛刊》第九辑,学苑出版社2015年版,第249页。
② 吴士连等《大越史记全书·本纪》卷十七,第909页。参《人物志·太宰梅郡公录》:"乙未年,升工部左侍郎。丁酉年四月日,奉命北使,时公年七十。"《越南汉文小说集成》第18册,第224页。
③ 吴士连等《大越史记全书·本纪》卷十七,第917页。

同①。且两人都貌丑,莫氏是猿猴相,母为猴精所摄而生(此又与我国唐代传奇《补江总白猿传》同),冯氏亦貌丑,接近猴相。为冯克宽《万寿圣节庆贺诗集》作序的朝鲜国使李睟光,曾对冯氏等人的怪异相貌有过类似的观察记录:

> 使臣姓冯名克宽,自号毅斋,年逾七十,形貌甚怪,涅齿被发,长衣阔袖,用缁布全幅盖头,如僧巾样,以其半垂后过肩焉。其人虽甚老,精力尚健,常读书写册不休。若值朝会诣阙,则束发着巾帽,一依天朝服饰,而观其色,颇有蹙额不堪之状,既还即脱去。……其状率皆深目短形,或似猕猴之样。②

由此可知,小说作者利用了冯克宽与之前出使元朝的陈朝状元莫挺之长相类猴的相似处,而将传说中发生在莫挺之身上的勇敢机智事迹移用到冯克宽身上,并由莫挺之的"两国状元"故事衍生出冯克宽的"两国状元"故事。只是就历史事实言,莫挺之还是越南科举状元,其要成为民间传说故事中的"两国状元",仅需添加北国状元的身份,而冯克宽则需要双重编造。

与《越南开国志传》动辄改变历史事实和编造"两国状元"故事相比,与其前后成书的另一佚名小说《骥州记》第三回第二节《毅皇帝进御东京　冯克宽出使北国》却忠实于历史,并未有"两国状元"故事。其原因或许在于两部小说的刻画重点不同,前者重在

---

① 吴士连等《大越史记全书·本纪》卷六,第390页;《公余捷记》,第121页。然《大越史记全书》在莫挺之作《扇铭》后,只说"元人益嘉叹焉",并无钦封两国状元的记载。《公余捷记》等小说则叙述为元帝御批为"两国状元"。

② 李睟光《安南国使臣唱和问答录》,林基中主编《燕行录全集》卷一,东国大学出版社2001年版,第137—138页。

体现冯克宽个人面对明朝皇帝能言善辩的智慧，是基于越南民间传说视角的小说家言，而后者的重点则放在了关乎越南国家体面的安南都统使官位册封和银铜印问题上，体现冯克宽等人在两国邦交问题上的交涉斡旋，实现"南国有人谁敢侮，北潘［藩］起敬赠交仪"① 的外交效果，故无前者的历史改动和"两国状元"编造。

　　而最终将传说中的"状元"身份与冯克宽《梅岭使华手泽诗集》冠名联系起来的，当是可能成书于19世纪末的佚名《人物志·太宰梅郡公录》。其中有言：

> 庚辰光兴三年，公五十三岁，会试中第二甲进士出身。……乙未年，升工部左侍郎。丁酉年四月日，奉命北使，时公年七十。适遇天朝万寿庆节，诸国使臣各献诗一，公独献诗三十一首。天朝吏部尚书兼管礼部张位以公诗上进，大皇帝御笔批云："何地不生才，朕览诗集，具见冯克宽忠悃，殊可嘉美。"即命印板颁行天下，因赐"南国状元"等字以荣之，故俗号为"状冯公"。给之冠服。公又撰《使程诗集》。②

可见，与"两国状元冯克宽"故事的纯粹小说家言相比，还带有史料考证性质的笔记体《人物志》本，却只记成"因赐'南国状元'等字以荣之"，并在其下小字注"故俗号'状冯公'"。这就让读者觉悟到，《太宰梅郡公录》是因为民间和笔记小说盛传的"状元冯公"故事以及《大越史记全书》等正史也记载的冯克宽《万寿圣节庆贺

---

① 佚名《骠州记》，《越南汉文小说集成》第7册，第330—331页。
② 佚名《人物志》，《越南汉文小说集成》第18册，第224—225页。

诗集》得到万历皇帝嘉赏和朝鲜国使李睟光作序等事实①，才谨慎地增添了"因赐'南国状元'等字以荣之"，以说明此"南国状元"非民间故事和小说家言中天朝皇帝颁诏钦封的"两国状元"，而仅仅是一个荣耀性的赐字而已②。但此文将"南国状元"与冯克宽的《万寿圣节庆贺诗集》《使程诗集》（应即《使华诗集》）紧密联结，也就为阮朝抄本在冯克宽《梅岭使华手泽诗集》中留下"状元冯克宽"的署名，准备了民间传说和现实资料来源。

综上所考，冯克宽并非安南后黎朝科考状元，但古代越南人强烈的状元崇拜观念和与北方宗主国明朝积极抗争的民族心态，使得"两国状元冯克宽"故事在其身后即盛行于古代越南的民间传说和笔记小说中，并最终影响到冯克宽《梅岭使华手泽诗集》的"状元"冠名。《公余捷记》露其端，《越南开国志传》定其型，《人物志·太宰梅郡公录》将"南国状元"与冯克宽《使华诗集》联系，《梅岭使华手泽诗集》完成从无到有的"状元冯克宽"署名。这是其变化发展的大体进程。

二　杜汪考

冯克宽《使华手泽诗集》卷首有《梅岭使华诗集序》，无撰写日期，落款为"赐进士及第、兵部尚书、东阁学士、少保、通郡公、杜汪钝夫撰"。《梅岭使华手泽诗集》卷首有序二篇，第一序题《梅岭尚

---

① 吴士连等《大越史记全书·本纪》卷十七，第909—910页。

② 按："状元冯公"之号在越南传播的时间确实很长，以至到后来，人们只知"冯状元"而不知为谁。阮尚贤（字鼎臣，1868—1925）《喝东书异》在讲述冯克宽另一著名的"前生"故事时，一开篇即言："冯状元，失其名。"《越南汉文小说集成》第12册，第323页。

书毅斋冯克宽使华手泽诗集叙》，较前本多出二百馀字，有撰写日期，落款信息亦较前本丰富，为"时黎光兴世宗二十二年闰四月谷日，赐丙辰科进士及第、第一甲第二名、特进金紫荣禄大夫、兵部尚书、东阁学士、少保、通郡公、上柱国、林杜汪钝夫撰"。此二序实为一人所作，然则其作者是"杜汪，字钝夫"，还是"汪钝夫"？

两书解题皆认为是"汪钝夫"[①]，也有学者认为是"杜汪"，"钝夫或为其字"[②]。经笔者细致查考，应是"杜汪，字钝夫"。《大越史记全书》本纪卷十六、卷十七载录了杜汪多条事迹，与两抄本所录叙（序）的作者身份完全相符。产生此一问题的关键，或许在于《梅岭使华手泽诗集》所录"叙"的落款"林"字前阙一"段"字，本应是"段林杜汪钝夫"（当然，如果不是阙"段"字，则又是衍一"林"字）。"段林"是杜汪籍贯的社名[③]，"钝夫"是"杜汪"的字；姓名字同出，也是中国文献的常见书写习惯。然与中国文献往往以郡县名为籍贯不同，古代越南文献往往是以县下的社名为籍贯[④]。两书解题或许正是没有考察到两叙（序）落款的阙字或衍字正误问题，即将"叙"文落款中的"林杜"误读为籍贯，而将"序"文落款中的

---

① 陈正宏《使华手泽诗集解题》《梅岭使华手泽诗集解题》，第 57、73 页。

② 陆小燕、叶少飞《万历二十五年朝鲜安南使臣诗文问答析论》言："《梅岭使华手泽诗集》提要误记作序之人为'汪钝'，当为'杜汪'，'钝夫'或为其字。"第 418 页注释 1。然未细致考查。

③ 关于杜汪的籍贯，越南汉文笔记小说多作"嘉福（县）段林（社）人"。嘉福县到阮朝时期，因避讳，改名嘉禄县。参吴德寿等《同庆地舆志》"HUYEN GIA LOC"越南文条注释 1，世界出版社 2002 年版，第 130 页。

④ 笔者查阅了《越南汉文小说集成》所录人物籍贯，发现确有此特点。此以潘辉温《科榜传奇》卷二《国朝状元考上》阮直、阮尧咨为例说明："贝溪阮公：公姓阮，讳直，字公挺，青威贝溪人。扶良阮尧咨：阮公，武宁（今武江）扶良人。"青威、武宁均为县名，贝溪、扶良均为社名，而以社名冠在人名前。第 18 册，第 303 页。

"杜"字,误认为是衍文,从而造成两本序言作者姓名为"汪钝夫"之错误认识。

另外,两抄本的杜汪叙(序)均引用了杜甫《上韦左相二十韵》"独步才超古,馀波德照邻"诗句,以赞扬冯克宽诗才超迈古人,具有惠及朝鲜邻邦的巨大作用。然而遗憾的是,有学者将"德"字误识为"分"字,从而读破该句,作了错误的理解①。这提醒我们在研究越南汉籍抄本时,需要特别留意越南俗字、草字的认读和与相关中国文献及其他文献的校勘核实,否则极可能出现诸多的文本和解说错误问题。

由于杜汪是安南莫、黎之际与明朝打交道的重要外交人物和文学人物,与冯克宽有交集,而学界又较少留意,故在此考证其生平行实,以引人关注。

杜汪(1523—1600)②,字钝夫,嘉福县段林社(阮朝嘉禄县段林社)人。莫朝(福源)光宝三年丙辰(1556)科榜眼。该榜状元

---

① 如陆小燕、叶少飞《万历二十五年朝鲜安南使臣诗文问答析论》一文,即断作"可谓独步,才超古馀波,分照邻者矣"。又说"杜汪为冯克宽作传","又因自己出使未成的原因",均当误。第418页。

② 杜汪生年,系据《南史私记》(《越南汉文小说集成》第5册,第288页)言杜汪与范镇"皆是同总人,又同生于癸未年",《老窗粗录》(《越南汉文小说集成》第6册,第61页)同。"癸未年"为前黎恭皇统元二年(明嘉靖二年,1523)。杜汪卒年,系据范廷琥《雨中随笔》(《越南汉文小说集成》第16册,第211页)"未几,莫孽称兵,四宣弗靖,帅府谋奉驾回安场,杜公力请固守。王疑之,手金枪刺死。既而追封福神"和《南天珍异集》(《越南汉文小说集成》第10册,第175页)"后皇黎中兴,汪出首,仕至户部尚书,以不从回銮被杀。封福神"的记载。查《大越史记全书·本纪》卷十八,此事发生在后黎慎德元年庚子(明万历二十八年,1600)秋七月,第924—925页。则杜汪生卒年为1523—1600年。

为其同县人范镇①。两人科第同榜，又同年生人，此时年皆二十四岁②。又皆在莫朝为官，范镇累官至承政使，杜汪累官至吏部尚书、福郡公③。故在众多越南汉文笔记小说中，两人多是同时出现，合称"范杜"。与范镇到后黎中兴时归乡终老不同，杜汪则主动投奔了后黎新朝。

值得指出的是，杜汪还在身仕莫朝时，即曾于明万历八年（1580）十二月初三日，受命与梁逢辰、阮仁安、阮渊、阮克绥、陈道泳、阮璥、武瑾、汝琮、黎挺秀、武谨、武靖等使臣一起如明岁贡。杜汪名列阮璥之后，武瑾之前，是本次莫朝使团的重要成员④。之所以本次使臣人数众多，据《明神宗实录》，是"并进四贡"，要"补贡嘉靖三十六年、三十九年分正贡，万历三年、六年分方物"。该团六月到达北京，赍表文入贡⑤。到万历十年（1582）二月二十六日后，方返回谅山界首⑥。明朝差通事范可久伴送至凭祥州，结果发生了当

---

① 吴士连等《大越史记全书·本纪》卷十六，第854页。
② 《南天珍异集》，第174页；《历代名臣事状》（《越南汉文小说集成》第11册，第75页）同。《科榜标奇》记范镇中状元时年二十四，第332页；《公余捷记》（《越南汉文小说集成》第9册，第60页）记范镇、杜汪中状元、榜眼"时年共三十四"，当误。
③ 吴士连等《大越史记全书·本纪》卷十七"壬辰十五年十二月"条，载此时投降后黎的莫朝高官中即有杜汪，其官爵是吏部尚书、福郡公，第894页。范廷琥《雨中随笔》却说杜汪"仕莫至侍郎"，到后黎才"仕至尚书"，当误，第211页。
④ 吴士连等《大越史记全书·本纪》卷十七，第878—879页。
⑤ 李国祥主编《明实录类纂·涉外史料卷》，武汉出版社1991年版，第801页。
⑥ 吴士连等《大越史记全书·本纪》卷十七"壬午五年"条载："二月二十六日，莫命户部尚书兼国子监祭酒咏桥伯黄士恺及阮能润、阮澧、武文奎等往谅山界首候命，迎接使臣梁逢辰等回还。"第879页。

地土官勒索贡品,范可久不允而被杀身亡的土官入关大乱事件①。

　　杜汪在投身后黎后,与冯克宽一样,也曾多次参与后黎请封明朝的重要工作,为完成交关会勘和得到明王朝册封承认立下了不少功劳。明万历二十四年(1596)正月二十九日,杜汪以户部尚书兼东阁学士通郡公的身份,与"御史台都御史阮文阶等候命,先至镇南交关,与明国左江兵巡道陈惇临通柬牒,辞多谦逊",作重要的照会交涉工作。冯克宽则是以工部左侍郎的身份,作进贡礼物等的准备,配合族目皇兄黎梗、黎榴,"同赍安南都统使司印及前安南国王印墨样二件,金子一百斤,银子一千两,与国耆老数十人,同赴镇南交关,候行会勘"。杜、冯两队的任务皆是为二月的黎帝维潭亲赴镇南关会勘打前站。然此番会勘未果,三月,黎帝还京。至本年十二月,黎帝又"差户部尚书兼东阁学士通郡公杜汪等候命,与广郡公郑永禄赍金银人二躯及诸贡物就谅山城,以候明人会勘。时明龙州土官多受莫党贿赂,因与结连退托,事未果就,更值正旦节,杜汪、郑永禄等复还京"②。仍未果。

　　明万历二十五年(1597)二月十九日,黎帝又"差候命官杜汪、阮文阶等复至谅山镇南交关,探明人消息。遣北道将淳郡公陈德惠与会郡公、宏郡公并缺名等领兵护送至谅山城驻营。时伪福王、高国公并缺名等率众夺击,杀会郡公于阵,淳郡公、宏郡公等将兵走脱。及回至京,皆削其兵权。杜汪、阮文阶等入据山峙得脱"。此次杜汪等人还险些被阻挠后黎请封的莫朝残部攻杀。"好事多磨",到本年四月,后黎才终于完成了与明朝的交关会勘礼,"自此南北两国复通"。接着,也才有了以冯克宽为正使、阮仁瞻为副使

---

① 李国祥主编《明实录类纂·涉外史料卷》,第 802 页。
② 吴士连等《大越史记全书·本纪》卷十七,第 907、908—909 页。

的如明岁贡并求封使团的成行,并最终带回了冯克宽《万寿圣节诗》的标志成果①。

明万历二十六年(1598)十一月,后黎朝"以户部尚书通郡公杜汪为少保"。十二月初六日,"节制郑松差候命官杜汪等先备仪注礼物,至镇南交关迎接北使"。而在发现明委官王建立带来颁布的安南都统使印乃铜印,与诏书所言银印不合后,杜汪又与后黎君臣一起,"议复回书与明国,责明委官王建立回北国递奏明帝"②。到黎世宗光兴二十二年(明万历二十七年,1599)闰四月为冯克宽《使华诗集》作序时,杜汪已经是"特进金紫荣禄大夫、兵部尚书、东阁学士、少保、通郡公、上柱国",位极人臣。在序言结尾,杜汪还提到了他在莫朝的"曾还使华"经历,故乐于为冯集作序。

由上可见,杜汪早年在莫朝时曾作为如贡使臣进入中国,而在后黎建国时,又多次为后黎请封明朝效力,确实是莫、黎之际与明朝打交道的重要邦交人物。须知,"在越南,一个政治家族在国内取得合法政治地位一般需要做到以下五件事情:1.取得政治控制权;2.得到中国的认可;3.开科举;4.修庙宇;5.铸钱币"③。得到宗主国明朝的册封承认,成为明朝的正式贡臣,对于激烈争斗的莫朝和后黎都至关重要,否则即不能有效压制国内的敌对势力,实现合法统治。正是在这个意义上,后来的范廷琥对杜汪早年出仕伪莫尽管不满,认为是"白璧纤瑕",但仍然高度赞扬其在黎、莫争为明朝正式贡臣的特殊时期,为后黎朝所作出的扈从对勘和修邦交词命的重大贡献。其言:"延成、光兴之际,邦交词命所系匪轻,天生

① 吴士连等《大越史记全书·本纪》卷十七,第909页。
② 吴士连等《大越史记全书·本纪》卷十七,第916—917页。
③ 牛军凯《王室后裔与叛乱者——越南莫氏家族与中国关系研究》,第258页。

是人，将以了南关对勘之案，其生也有自来，其死有自去，亦岂堪舆
家所能游移哉！""修词命，使南北通好，功成于邦家。"①甚至认为
杜汪之生就是为了这一件"了南关对勘之案"和"南北通好"的邦
国大事。不仅如此，杜汪还是安南莫、黎时期的重要文学家，造诣
甚高，具有能代表越南古代文学风尚转换的"词意劲妥"的个人风
格特征②。遗憾的是，除为冯克宽《使华诗集》留下两个抄本的序言
外，杜汪文集现已无存，无从得知其与明朝官方文辞交涉和诗歌唱
酬的具体情形。

三　明朝李先生《百咏诗》考

《梅岭使华手泽诗集》后还依次附抄了越南陈朝状元《自贺生
子》、黎朝天姥探花尚书阮贵德《逢洪水送各处丞宪府县官》和明朝
李先生《百咏诗》（七律，102 首）。整理者考虑到"所收《明朝李先
生百咏诗》，在该部分中所占分量最大，作为史料或有助于今人研
究明代文学，故将第三部分与前两部分一并收录，供读者参考"③，
这为不能亲睹越南汉文原籍的中国学人，得到了研究中越古典文
学交流传播的重要材料。然就此也留下了一系列尚无人探索解决
的重要问题：其作者是谁？其诗在中国文献是存是佚？又大概是

①《雨中随笔》卷下《杜公汪》《汝公琮》，第 212、213 页。
②《雨中随笔》卷下《古迹》："少时如长津范松市，小憩段松富榖溪桥，追访
　杜、范二公睹诸争道之迹，得见杜公所撰桥碑约数百言。其中叙事夹带议
　论，将学者之政事，老庄之齐一，与夫释氏之报应混作一篇文字。前黎文体，
　至此已觉一变。然词意劲妥，视之光兴以后诸家，不啻云渊之别矣。文今
　载《艺苑飞英集》中。"第 222 页。
③ 陈正宏《梅岭使华手泽诗集提要》，第 73 页。

何时,通过何种途径传入古代越南? 事关中国古典文学的域外传播,有必要深入考证。

越南抄本《百咏诗》第一首开篇即云:"自述贫居百咏诗,衷情端不帅人知。"① 根据本组诗所留下的多方面信息,笔者现已查明,此"明朝李先生"乃明代前期人李孔修。李孔修(1441—1531)②,字子长,广东顺德人。一生无科名仕进,自称抱真子。曾受业于广东新会县名儒陈献章,"名由此著"③。平生善诗画。其诗在清嘉庆年间由其同乡后人罗学鹏录入《广东文献三集》,题为《李征君抱真集》,其中即有本书抄录的《百咏诗》。只是罗氏总题为《贫居自述》,并在第一首"自述贫居百咏诗,衷情端不讳人知"诗后下按语:"乐天知命故不忧,此首为全诗大指,孔颜真乐亦不外是。"④《贫居自述》就是《贫居百咏》,皆据首句拟题。罗学鹏《过李抱真子长故居》诗也说:"《百咏》乐贫居,釜庾忘空匮。"所录佘语山语,亦称:"《贫居百咏》,世罕能传诵。"⑤ 皆称《贫居百咏》。按之中国古典诗歌题"百咏"的传统,或以《贫居百咏》为确。

比较中越两本的不同,主要有:越南抄本一首一首接录,无

① 《梅岭使华手泽诗集》,第 108 页。
② 关于李孔修的生卒年,学界颇多异说,此暂从杜霭华《萧疏清静　简逸趣然——读明代高士李孔修的诗画》一文意见,陈登贵主编《广州市文博论丛》第 2 辑,广州出版社 2005 年版,第 209 页。目前涉及李孔修研究的学术成果主要有陈永正《岭南诗歌研究》,中山大学出版社 2008 年版;刘韬《江门学派的交流与唱和研究》,中山大学 2010 年硕士论文,然均未提到李孔修诗的越南抄本问题。
③ 郝玉麟等《广东通志》卷四十七《人物志·隐逸传·李孔修》,《文渊阁四库本书》564 册,第 287 页。
④ 罗学鹏辑《广东文献三集》卷一《李征君抱真集》,中山大学图书馆藏清同治二年(1863)顺德罗氏春晖堂刊本,第 12 页。
⑤ 《广东文献三集》,第 9—10 页。

“其一”至“其一百有二”的序数标明，罗本有；两本诗的顺序至第九十八首起才不同，越南抄本最后一首是“一个茅庐四壁穿，混邀风月入吟边”，罗本是“米债方酬酒债催，醉魂醒了又饥来”；越南抄本有多处文字空缺，罗本完整；越南抄本的俗字和草字可通过罗本确认，但也有越南抄本文字可与罗本两存之处，具有较大的中外文献校勘价值。

　　然而后来的阮榕龄却不认为《百咏诗》的作者是李孔修。他对罗学鹏将《贫居百咏》收入李孔修集中并大加称赏一事非常不满，而在《白沙门人考》中攻击说：

　　　　嘉庆间，顺德罗君学鹏录市坊所售子长《贫居百咏》，刊入《广东文献》，以为子长真诗，鄙俚殊甚。其中句如“如眼怪怪奇奇事，都让他人做出来”“等闲更唱无腔曲，醉卧门前乱草堆”，竟似诗中无赖子。如此类层见迭出。罗君凡例乃曰：“子长《百咏》，约道德为诗，不纤不腐，理确情真。”此等品题，误人殊甚。且子长善画，有霍《表》可按，胡为《百咏》中无一字言及画者？罗君此刻，殊非阙疑之道。当亟删之，毋令嗤大雅于千秋。①

按：阮氏所引“如眼”二句在《百咏诗》第二十八首，“等闲”二句在第四十七首，所谓霍《表》，是指霍韬作于明嘉靖十年的《李子长墓铭》。他认为罗氏所录《贫居百咏》诗来自市坊所售，出处可疑；情调鄙俚，风格不高；且无一言涉及绘画，由此断定必非高明画家李

──────────

① 阮榕龄《编次陈白沙年谱》卷三《白沙门人考·李孔修》，北京图书馆出版社1998年版，第584页。

孔修所作。因事关真伪，谨逐条驳议如下：

第一，关于李孔修《贫居百咏》的来历问题。事实上，虽然在明代相关文献中尚未见李孔修作《贫居百咏》的正面证据，但有侧面证据。嘉靖三十六年（1557）八月，南海欧大任（1516—1595）作有一首《经李山人子长墓》诗，开篇即言："坟前乌雀啄高枝，过客能传处士诗。"①可见到明嘉靖时期，广东南海一带的人们还能传诵李诗，只不知是否有《贫居百咏》。之后，到清康熙至乾隆年间，就有了李孔修作《贫居百咏》的确证材料出现。罗学鹏在《李征君抱真集》前附录了多条与李孔修生平事迹相关的诗文材料，其中有清顺治至乾隆时人佘语山（即佘锡纯）②的《诗评一则》和诗一首，都提到了李孔修作《贫居百咏》。前者言："《贫居百咏》，世罕能传诵，得此诗表章之，大快事！"本处的"此诗"，是指此前所录的严大昌③《过花基访李子长先生故居》诗，其中提到李的作诗特点："兴到辄成诗，往往写胸臆。不履前人径，户牖自开辟。"与现存《贫居百咏》的风格吻合。后者末句言："《贫居诗》在谁能读，一曲渔歌入海滨。"④《贫居诗》即《贫居百咏》。说明至迟到清康熙至乾隆之间，广东已有了包含《贫居百咏》在内的李孔修诗集版本，成为嘉庆间罗学鹏编集的重要基础。

① 陆勇强《欧大任年谱初编》，载刘正刚主编《历史文献与传统文化》（第十八辑），齐鲁书社2014年版，第140页。
② 广州图书馆编《广东历代著者要录·广州府部》：广州出版社2012年版，第187页。佘锡纯，字允文，号兼五，顺德人。佘象斗次子。清康熙间岁贡，任阳江训导。不久归里，与缙绅名士结社于城南。雍正中曾参修《广东通志》和《清远县志》。年九十五卒。著有《语山堂诗文集》。
③《广东历代著者要录·广州府部》：严大昌，字而大，号五峰，顺德人。清雍正初举贤良，乾隆初举鸿博。著有《不窥园集》。第112页。
④《广东文献三集》，第8—9页。

第二，关于《贫居百咏》风格有流于俗词滥调的问题。这是阮氏所判非李孔修作的理由，然从李孔修所属的陈献章学派作诗特点而言，这个"缺点"又正是李孔修作的侧面证据。

陈献章是明代王守仁之前的著名思想家，其修养方法和诗歌特征在后世的接受中总是毁誉参半。对此，《四库全书总目》言："其诗文偶然有合，或高妙不可思议，偶然率意，或粗野不可向迩，至今毁誉亦参半。……有时俚词鄙语，冲口而谈；有时妙义微言，应机而发。其见于文章者亦仍如其学问而已。"[①] 可见陈献章作诗也是利钝杂陈，有流于"率意""粗野""俚词鄙语"的一面。老师尚且如此，则跟随其学习心学义理和诗文的李孔修又如何能自始至终都做到诗歌与性理的完美融洽呢？加之《贫居百咏》篇数庞大，有 102 首之多；主题相对单一，主要讲如何以正统儒家的节义和乐道精神来克服贫穷带来的种种尴尬和窘迫，并以达观从容的人生态度享受贫居的闲暇乐事；而所选择的体式又正是容易流于情调雷同的七言律诗。由此出现如阮氏所批评的格调不高之作，亦在情理之中，不能遽然据此即判定《贫居百咏》非李孔修之作。

事实上，在主静、无欲的心学修养，推崇北宋邵雍为诗学榜样，追寻儒家乐境等方面，《贫居百咏》都与陈献章保持了密切的呼应关系。至于其间所发生的一些变异——如《贫居百咏》里的杜甫、陶渊明形象，不再只是陈献章处的超卓诗人，还是饮酒消愁、有着贫居苦痛的酒徒和贫士，而寻乐楷模也由陈献章欣慕的曾点和邵雍转到了"一箪食，一瓢饮，回也不改其乐"的颜渊——都使得《贫居百咏》更切近李孔修的贫士、高士身份，而不太适合陈献章的其

---

① 永瑢、纪昀《四库全书总目》卷一七〇《白沙集九卷》，中华书局 1965 年版，第 1487 页。

他弟子，更可证明为李孔修所作。

　　第三，关于《贫居百咏》"无一言及画"的问题。对此，我们或许可以从画家在古代社会生活中的实际地位和画家的自我身份意识来侧面解释。就主流情况言，古代那些在时人和后人看来均是杰出画家的人们，其实并不以画家的身份自豪，反而多半以为是耻辱。对李孔修来说，他毋宁是与同时期的吴门画派的沈周、文徵明等人一样，以诗人的身份立足，而不愿被称为画家。文徵明以精于书画进入翰林院为待诏时，即曾遭到其同僚的公然藐视和嘲讽："我衙门中不是画院，乃容画匠处此乎？"[1]而杨循吉也曾为沈周鸣不平："石田先生盖文章大家，其山水树石特其馀事耳。而世乃专以此称之，岂非怨哉！……岂非先生所深不欲者哉！"[2]认为世人给予沈周的画家身份，不是尊重，而是辱没。以此例彼，李孔修又怎会把他的画家身份放入《贫居百咏》呢？由此来看，阮榕龄"无一言及画"的指控，反成了画家李孔修作《贫居百咏》的证据。

　　有上述三条辨证，为越南汉籍所抄录的《百咏诗》，自然非陈献章弟子李孔修莫属。当代学者陈永锵、陈永正即皆以罗本为主，将包含《百咏诗》在内的李孔修诗集收入《南海文献丛书》和《全粤诗》中[3]。虽然他们没有为此作过考辨，但事实如此。

　　至于李孔修《贫居百咏》何时传入越南，很遗憾，目前文献尚无法直接回答。只能通过越南阮朝抄本将其放在阮贵德诗后而只称"明朝李先生"，以及中国文献到清康熙至乾隆年间才出现《贫

① 何良俊《四友斋丛说》卷十五《史十一》，中华书局1959年版，第125页。
② 沈周《石田先生文钞·跋杨君谦所题拙画》附录杨循吉《题辞》，四库全书存目丛书集部37册，齐鲁书社1997年版，第149页。
③ 李孔修《李子长先生集》，中国艺术家出版社2008年版；中山大学中国古文献研究所编《全粤诗》第五册，岭南美术出版社2009年版，第891—907页。

居百咏》的相关记载看，则时间早则在清康熙、雍正年间，迟则在乾隆、嘉庆年间。而带入越南的途径和人物，或者是由越南的如清使团采买带回①。阮贵德（1646—1720），字体仁，号堂轩，河内省怀德府慈廉县天姥社人，后黎熙宗永治元年（1676）探花，累官至尚书②。其曾在康熙二十九年至三十年间以岁贡正使的身份出使清朝。中国文献《仲里新志》载有其《谒仲夫子庙》，时间是康熙辛未（1691）闰七月③。假如清康熙年间中国广东市面已有了《贫居百咏》，则此时来华出使的阮贵德等人是有可能带回越南的。当然，更可能的时间段还是中国确定出版了李孔修《贫居百咏》的乾隆、嘉庆年间。无论如何，这个在中国文学史上几乎不见影响的李孔修《贫居百咏》诗却被越南汉籍全部抄录，乃是中国非典范文本传播域外的大事，从中可见越南人的中国古典文学观念，值得学界进一步探究。

四　馀论

《梅岭使华手泽诗集》作者冯克宽之前无端冠以"状元"二字，是古代越南人状元崇拜观念日益泛化和民族独立心态日益增强的结果，体现了越南文化与中国文化的紧密联系。为冯克宽诗集作

---

① 关于中国文献可能由越南如清使臣采买传入越南，台湾学者陈益源《清代越南使节在中国的购书经验》一文有精彩的材料说明，惜其所举证的由越南汝伯仕抄写的1833年广州《筠清行书目》无李孔修诗集。《越南汉籍文献述论》，中华书局2011年版。

② 《公馀捷记·阮贵德记》，第153页。

③ 仲崇义、仲伟铸、仲肇峰主编《仲里新志》，长影银声音像出版社2004年版，第400页。

序的杜汪，是越南莫、黎相争时期与明朝打交道的重要人物。对越
南汉籍，我们需要了解人物籍贯的书写惯例，明确抄本的俗字草字
写法，并多方参考中、越、韩相关文献，否则即可能出现诸多错误。
《梅岭使华手泽诗集》后附抄明朝李先生《百咏诗》，是陈献章弟子
李孔修所作，现仍存于《广东文献三集》，阮榕龄的三条怀疑实为无
据。作为非著名诗人的诗歌文本，却被越南汉籍完整抄录，实在是
中国古典文学域外传播的重要现象，值得深研。这让人联系起中
国古代小说戏曲中一些并非经典和特别著名的作品，如《金云翘》
《二度梅》等，会在周边汉字文化圈中的朝、日、越等国广泛流传，
并发展出他们各自的国语故事和戏曲演出文本。现在发现在正统
的诗歌领域，亦有了类似的传播现象，是否可以说文学文本的域
外传播，适合本国的审美风尚和人情民俗，也是需要重点考虑的
标准？

第七章　越南汉文抄本《旅行吟集》的杂抄性质和所涉人物考论

中越合编的《越南汉文燕行文献集成》(越南所藏编)第一册中,在越南后黎朝冯克宽(1528—1613)名下收录了除《使华手泽诗集》和《梅岭使华手泽诗集》之外的第三种原无作者署名的《旅行吟集》(原编号 AB447)。根据书中所录一首与中国明代官员赵邦清交往的诗作信息,整理者认为《旅行吟集》所收作品皆为冯克宽所作,从而在本丛书的总目录和第一册目录里均题为冯克宽作。然而事实并不能如此简单直截。这牵涉到古代越南汉文抄本所常具有的多位作者的作品杂抄或混抄的习惯。另外,该书所涉及的两个中国人物赵邦清和刘三烈也值得认真考察,前者是冯克宽在使明途中所见的山东地方县官,其科第、相交时间、地点和相交成果、观念等都需要进行考辨和研究,后者则是越南使臣在贡道所经广西昭平所见的女性贞烈群体祠庙,中越双方都曾大量书写之;从前者可见相互观照的中外(如越南)互相借重对方人物评价的写人观念,从后者则可见中越女性贞烈的书写特征,以为中越文学交流研究的典型案例。

一　《旅行吟集》的杂抄性质

关于《旅行吟集》一书所收诗作的作者情况,迄今为止有三种不同意见:

1.《旅行吟集》书前提要撰写者朱莉丽认为是冯克宽一人所作。其言:"本书无作者署名,据其中《与滕尹赵侯相见,赵尹名邦清,乙未科进士》诗题,及其尾注'赵见诗曰:安南国使冯敬齐,学问深远,字画神妙'云云,可知作者姓冯,曾与滕县县令赵邦清相识。按赵氏令滕县在明万历二十一年至二十六年(一五九三——一五九八),时当越南后黎朝黎世宗光兴十六年至二十一年,其间出使中国且姓冯者,为冯克宽,号敬斋。据此上引诗注中的'冯敬齐'之'齐',当为"斋"字之讹,本书作者即冯克宽。"① 然以一首诗的作者而定全书所收诗作者,实在相当冒险。

2. 张恩练则认为只有后半的纯汉诗作品才是冯克宽所作(笔者按:从《咏画山》到最后页天头所录的《到会同馆见程副使》,共34题49首),而前半则非是(笔者按:指从卷首《潇湘春晚》至卷中《过关自述》有关湖南境内的诗作,共18题28首)。其根据有三:一是前半为汉诗和汉喃、喃文诗作,与后半纯汉诗不同;二是冯克宽的使华行程不会经过湖南、湖北境内,而前半则涉及两湖地名和风景;三是风格不同,前半豪放,后半朴实。由此推测《旅行吟集》"并非冯克宽一人所作,可能是抄录者将两位使华者的诗作合录一

---

① 朱莉丽《旅行吟集》提要,葛兆光、郑克孟主编《越南汉文燕行文献集成(越南所藏编)》第一册,复旦大学出版社2010年版,第155页。

集","而前半部分的作者应该另有其人"①。然笔者认为,其结论可参,其所根据的出使线路不经过两湖地区的理由却并不可靠,亦不知何来此说,盖越南汉文小说文献中亦有关于冯克宽出使明朝经过两湖境内的记载②,且两湖地区是越南使臣入华的常走路线,而很少不走的。至于以风格论作者归宿,亦属凿空之谈。倒是第一条喃文和汉文之别,有相当说服力。值得一提的是,他从其导师陈文源手里掌握了未为《越南汉文燕行文献集成》(以下简称《集成》)所收录的冯克宽《梅岭使华诗集》本(原藏越南汉喃研究院,编号 A241),而这个本子所收录的冯克宽使华诗作比《集成》所收录的《使华手泽诗集》《梅岭使华手泽诗集》为多,但也并不完全。

3. 何仟年《〈越南汉文燕行文献集成〉解题补正》则一方面指出了朱莉丽所考《与滕尹赵侯相见》诗已见于冯克宽《使华手泽诗集》,可"不必远稽地志,迳定其为冯氏之作可也",另一方面也在事实上回应了张恩练"前半部分的作者应该另有其人"的推测(虽然他并未言明),指出《旅行吟集》"虽收冯氏诗作,亦阑入阮忠彦诗,《江州旅次》《采石忆青莲》等既见于潘辉注编《介轩诗集》,而不见于《使华手泽诗集》,即其明证"③。指出为《集成》所收录的阮忠彦(1289—1370)《介轩诗集》中的两首诗混入了《旅行吟集》。

---

① 张恩练《越南仕宦冯克宽及其〈梅岭使华诗集〉研究》,暨南大学硕士论文 2011 年,第 30 页。
② 如佚名《老窗粗录》在讲云葛神女故事时,即插入冯克宽与诸人西湖联句遇神女的背景:"时冯侍讲还,充入乡曹,吏事纷拏,簿书丛脞终日,甚觉无赖。因想起四牡所经之处,泛洞庭,登黄鹤,钱岳阳,题赤壁,前日何等潇洒,今日何等烦冗。"此"冯侍讲"即冯克宽。孙逊、郑克孟、陈益源主编《越南汉文小说集成》第六册,上海古籍出版社 2010 年版,第 66 页。
③ 何仟年《〈越南汉文燕行文献集成〉解题补正》,张伯伟主编《域外汉籍研究集刊》第十四辑,中华书局 2016 年版,第 168 页。

　　不过，在笔者进一步考察看来，《江州旅次》《采石忆青莲》两首诗的著作权还不能就此判给阮忠彦。因为此二诗又见于亦为《集成》所收录的《乾隆甲子使华丛咏》《使华丛咏集》①，作者均为后黎朝阮宗窒（1693—1767）。不止如此，为《集成》所收录的署名阮忠彦《介轩诗集》中自《江州胜景》起至《宁江风景》有21题22首诗（含《江州旅次》《采石忆青莲》2首，其中《题岳武穆庙》一题2首）亦皆为上述阮宗窒二集所录，只字词略有不同，属于"重出诗"②。比较阮宗窒二集和《介轩诗集》这些重出诗，可发现四个特点：前者远较后者丰富，往往有较为详细的题注说明写作的背景和有关的地点、风景信息；所录组诗完整，而《介轩诗集》或只录一首③；《乾隆甲子使华丛咏》为副使阮宗窒和正使阮翘的使华唱和集，作诗情形可以相互参照；《使华丛咏集》为阮宗窒个人使华作品集，编次井然，有前集、后集（即去程和返程）之分和序跋评注等。从以上四个方面综合判定，这些"重出诗"均应为阮宗窒所作。阮宗窒曾于清乾隆七年、十三年分别以副使和正使的身份出使清朝，而此二集即为其第一次与正使阮翘使清途中唱和之作的合集和单独编集。另外，阮宗窒还有《使程诗集》，也收录在《集成》第二册，

① 阮翘、阮宗窒《乾隆甲子使华丛咏》，《越南汉文燕行文献集成》第二册，第90、93页；阮宗窒《使华丛咏集》，《越南汉文燕行文献集成》第二册，第215页。

② 参范嵘嵘、郭志刚《越南阮忠彦所著〈介轩诗集〉初探》，《晋中学院学报》2017年第1期；又见范嵘嵘《越南使者阮宗奎及其〈使华丛咏〉集研究》，山西师范大学2018年硕士论文，第27—31页。

③ 如《舟次遣怀》，阮宗窒《使华丛咏集》所录为组诗三首，而《介轩诗集》所录为第一首，《越南汉文燕行文献集成》第一册，第47页；第二册，第208页。《旅行吟集》则有同名汉喃诗一首，《越南汉文燕行文献集成》第一册，第162页。

主要收录了与《使华丛咏集》相同的部分返程作品和未收录的《旅次闲咏》七律 24 首和数量众多的与中越主要是中方伴送官员、接待地方官员和文人的赠答诗作。

由此，我们再将《旅行吟集》前半所收诗作与阮宗窐《乾隆甲子使华丛咏》《使华丛咏集》《使程诗集》三集比较，可以发现《洞庭闲咏》《黄河楼游兴》《江州旅次》《采石忆青莲》《乌江怀古》《清溪泛舸》《扬州即景》《桃源旅次》《题望夫石》《客程春旦》《望江晓发》《题湘山寺》等 12 首汉诗为重出诗①，其中《江州旅次》《采石忆青莲》《望江晓发》②又为《介轩诗集》所录。根据前述阮宗窐三集的编集特征，我们可以认为这些重出诗亦均为阮宗窐而非冯克宽所作。于是，《旅行吟集》中可以肯定为冯克宽所作的，就是与《越南汉文燕行文献集成》中的《使华手泽诗集》《梅岭使华手泽诗集》和张恩练所见的《梅岭使华诗集》重出的包括《与滕尹赵侯相见》《题赵侯画像图》2 首在内共计 34 题 46 首诗（《答南雄军府贵请笔》3 首、《时到广西，人各持一扇乞诗》11 首），其他则非是。

由上可见，《旅行吟集》一书的总体性质应该是越南汉文钞本中较为常见的杂抄或混抄，不仅将汉诗和喃诗、汉喃诗杂抄，而且将不同时期的作家作品混杂，还在末页天头小字补抄《到会同馆见程副使》诗③，显示出一般写本的随时填补特征。有学者曾经

---

① 《黄鹤楼游兴》，《使华丛咏集》题作《登黄鹤楼》，《越南汉文燕行文献集成》第二册，第 205 页；《题望夫石》，《使华丛咏集》题作《题苏氏望夫山》，《越南汉文燕行文献集成》第二册，第 147 页；《题湘山寺》，《乾隆甲子使华丛咏》误题作《题湘水寺》，《越南汉文燕行文献集成》第二册，第 81 页。

② 《旅行吟集》所录《望江晓发》"嫩凉"，《介轩诗集》和阮宗窐《乾隆甲子使华丛咏》《使华丛咏集》均题作《桂江晓发》，《旅行吟集》题误。

③ 冯克宽《到会同馆见程副使》，《越南汉文燕行文献集成》第一册，第 212 页。

指出越南汉喃古籍文献具有杂抄、合抄、附载、夹抄、略抄、撮抄等多种属于混合杂糅载体形式的民间钞本特征①，并非官方典藏刻印或精英文人的精善钞本，《旅行吟集》正是如此。署名阮忠彦的《介轩诗集》也是如此。西山朝佚名的《使程诗集》据学者考证亦复如此②。

　　再以《越南汉文燕行文献集成》所收冯克宽《梅岭使华手泽诗集》来看，也仍有这种杂抄的写本特征。该书在抄完冯克宽系列使华诗之后，还继续附抄（也就是杂抄和混抄）了另外三位作者的诗作，即陈朝状元《自贺生子》、黎朝天姥探花尚书阮贵德《逢洪水送各处丞宪府县官》和明朝李先生《百咏诗》（七律，102 首）。再三研究这些附抄诗可能具有的共同点，目前仅发现它们都是七律，不过原本并未注明。而其他从时间来说，那位不知其名的陈朝（1225—1400）状元远在冯克宽之前，阮贵德是越南后黎熙宗永治元年（清康熙十五年，1676）科探花，累官至尚书③，则又在冯克宽后；从题材来说，三者又完全不同，一自贺生子，一寄言各级官员，一则自吟贫居况味和儒者志趣；从国度来说，还从古代越南一下就跳到了没有名字的"明朝李先生"。据笔者查考得实，这位明朝李先生乃广东顺德隐士李孔修（1441—1531），系明前期著名大儒陈献章的弟子。此 102 首七律《百咏诗》，可名《贫居百咏》，还保存在清嘉庆年间罗学鹏所辑《广东文献三集》中，题为《李征君抱真集》④。由此可见这些附抄诗的差别和跨度之大，可为越南汉文钞本杂抄、混抄特征之代表。

---

① 刘玉珺《越南汉喃古籍的文献学研究》，中华书局 2007 年版，第 152—159 页。
② 后玉洁《〈使程诗集〉考述》，《语文学刊》2015 年第 12 期。
③《公馀捷记·阮贵德记》，《越南汉文小说集成》第 9 册，第 153 页。
④ 冯小禄、张欢《越南冯克宽〈使华诗集〉三考》，《文献》2018 年第 6 期。

又值得申说的是,不仅古代越南汉文钞本有此杂抄、混抄情形,放在中国古代的民间写本之中亦然。伏俊琏曾经指出:"写本时期,人们制作写本有两个目的,一是典藏,二是供个人阅读使用。""个人自用的写本最当注意者是一个写本抄数篇文章。这数篇文章,可能在内容上属于同类,也可能关系不密切,写本制作者为了某种用途而汇抄在一体。"[1] 依此而言,上述《梅岭使华手泽诗集》属于"关系不密切"的"汇抄"性质,是不明其用途的杂抄,而《介轩诗集》《旅行吟集》则属于"内容上属于同类"的"汇抄"性质,是不同时期越南使臣的使华诗歌合抄。

二　冯克宽与赵邦清交往考

《旅行吟集》所录《与滕尹赵侯相见,赵尹名邦清,乙未科进士》《题赵侯画像图》亦见于张恩练所掌握的《梅岭使华诗集》,前诗又见于《越南汉文燕行集成》所收录的《使华手泽诗集》,据提要所考和互见于他本诗集,可确认为冯克宽所作无疑。然仍有几个问题值得深入考察。

1. 关于赵邦清的科第,《旅行吟集》所录《与滕尹赵侯相见》诗题注作"乙未科进士"[2],实误。查清《山西通志》和《甘肃通志》,赵邦清均为万历十九年辛卯(1591)科举人、万历二十年壬辰

---

[1] 伏俊琏《飘飘有凌云之气——对简牍写本的一点认识》,《光明日报·文学遗产》2019年4月8日。

[2] 何仟年《〈越南汉文燕行文献集成〉解题补正》指出题目中"赵尹名邦清乙未科进士""十字应为题下注",正确,然未进一步查证赵邦清的科第,张伯伟主编《域外汉籍研究集刊》第十四辑,第168页。

（1592）科翁正春榜进士①，《明清进士题名碑录索引》正作本榜第三甲第一百五十名进士②。

赵邦清（1558—1622），字仲一，号乾所，明陕西真宁（今甘肃省正宁县）人③。"由进士任山东滕县尹六年"，"举清廉第一"④，"万历二十七年（1599）升吏部主事"⑤，后升本部员外郎。因性情"素刚介"，为言官弹劾，贬官"三秩"⑥。至万历三十年四月十三日，削职归里⑦。"天启二年（1622），起四川遵义道监军参议"⑧，参与平定奢崇明父子叛乱，殁于军中。后"追赠光禄寺少卿，荫一子"⑨。墓在真宁县东于家庄⑩。其一生著述，除时人提及的《鹤唳草》《瞑眩录》《梦

----

① 觉罗石麟等《山西通志》卷六十九《科目五》，文渊阁四库全书 544 册，第422、423 页。许容等《甘肃通志》卷三十三《选举》，文渊阁四库全书 558册，第 248、270 页。

② 朱保炯、谢沛霖《明清进士题名碑录索引》，上海古籍出版社 1980 年版，第2574 页。

③ 朱保炯、谢沛霖《明清进士题名碑录索引》作"陕西真宁人（民籍）"，第1787 页。《甘肃通志》卷三十三《选举》作"甘肃真宁人"。是因为清康熙时才有甘肃省，其地在明代皆隶属陕西省。《四库全书总目》言："甘肃所领八府三州，明代皆隶于陕西布政使司。至本朝康熙二年，始以陕西右布政司分驻巩昌，辖临洮等府。后又改为甘肃布政司，增置甘、凉诸郡，设巡抚以莅之。于是甘肃遂别为一省。"中华书局 1965 年版，第 608 页。《山西通志》卷六十九《科目五》作"山西洪洞人"，应是赵邦清的祖籍。

④《正宁县志》卷十《人物》，转引自郑培凯《汤显祖与晚明文化》，台北：允晨文化股份有限公司 1995 年版，第 37 页。

⑤《滕县志》卷六，转引自郑培凯《汤显祖与晚明文化》，第 37 页。

⑥ 张廷玉等《明史》卷二二五《李戴传》，中华书局 1974 年版，第 5920 页。

⑦《正宁大事记》，政协正宁委员会编《正宁文史资料选辑》第四辑，2004 年，第 287 页。

⑧《正宁县志》卷十《人物》，转引自郑培凯《汤显祖与晚明文化》，第 38 页。

⑨《甘肃通志》卷三十七《忠节·赵邦清传》，文渊阁四库全书 558 册，第 422 页。

⑩《甘肃通志》卷二十五《陵墓》，文渊阁四库全书 557 册，第 662 页。

遇仙记》《神柏记》和《游艺海纳集》等之外,尚辑录明儒曹端讲学语为《月川语录》一卷①,然皆无赵邦清与冯克宽交往的诗文记载。

2. 关于冯、赵相交的时间、地点和冯克宽使团的水路交通问题。

据《旅行吟集》提要考证,赵邦清任职山东滕县县令的时间,是万历二十一年至二十六年。而冯克宽使团旅行中国的时间,据《大越史记全书》记载:"以万历二十五年四月过关,至十月到燕京,拜谒明帝,十二月初六日,辞明帝回国。前后凡一年余四个月,使道以通。(万历二十六年十二月)十五日,克宽回至镇南交关。"②是在万历二十五年四月至万历二十六年十二月。再据冯克宽《与滕尹赵侯相见》诗所云:"春满城红桃白李,雪昂霄翠柏苍松。"③写的是春天情形,则赵与冯相见并请冯氏为自己的画像作诗,只能在万历二十六年(1598)。其时冯克宽已完成出使任务,从北京返程,途经山东滕县,从而接受当地县令赵邦清的款待。而相见的具体地点,可据该诗后小字注"滕杨驿一会,亦不偶然",在山东滕县滕阳驿;抄本"滕杨驿"为"腾阳驿"之误。至于冯克宽从北京到滕县是走水路还是陆路,有学者据滕阳驿是陆路马驿,在县城东门外,认为是走陆路,当误④。

---

① 嵇璜、曹仁虎等《钦定续文献通考》卷一七三《经籍考》,文渊阁四库全书630 册,第 329 页。

② 陈荆和《大越史记全书·本纪》卷十七,东京大学东洋文化研究所 1984—1986 年,第 917 页。

③《梅岭使华手泽诗集》,第 64 页。《旅行吟集》所录本诗"雪"作"节",当以"雪"为是,第 206—207 页。

④ 张恩练《越南仕宦冯克宽及其〈梅岭使华诗集〉研究》已指出《旅行吟集》所记"滕杨驿"为"滕阳驿"之误,只"滕"字误书为"腾"字。另外,他认为冯克宽与赵氏相见是去北京途中和冯氏到滕县是走陆路,疑误,第 74—75 页。即以其文中所引《滕县城》"京国饱尝芩茗酪,今来复始见姜椰"两句诗看,也当在冯克宽饱尝北京风味之后的返程。

因为滕县是中国南北运河山东段的"咽喉"①,冯克宽在经过山东时,无论去程还是返程,都应是走水路,与著名的德州临清驿在同一条运河线上。而冯克宽等越南使臣之到滕阳驿,或是为了上岸休息,或是为了顺道游览,最终都要走运河水路返程。

3. 关于冯、赵相交的成果,主要有两个:一是冯克宽为赵邦清留下了上述两首体现中越文人交流的诗作。其中第一首《与滕尹赵侯相见》诗后小字注所引赵邦清称赞冯克宽"学问深远,字画神妙,的第一才品"之语②,则又体现了古代越南借重中国人赞扬的民族心理。二是据赵邦清家乡正宁现存的"三清碑"资料,冯克宽还曾为赵邦清题了三个"清"字表示赞扬,而由同行的安南后黎朝行人陈德懿书写,到万历四十一年由其子赵任贤、赵崇贤立碑留存至今。这又体现出明代中国人也有借重域外(越南)影响的心理,由此构成中外互相借重的心理模式。

三清碑现存于甘肃省庆阳市正宁县罗川镇罗氏祠堂内。据介绍,碑料为粉红砂岩石,高90厘米,宽230厘米,厚15厘米。碑右竖刻:"贺天朝赵贵宰,安南正使冯克宽毅斋。"每字约5厘米。碑中横刻三个行楷"清"字,每字约60厘米。碑左竖刻明万历四十一年礼部主事文在中所作碑记,每字约1厘米。由于牵涉中越官员、文人的交往,谨将碑记转录于下,并对相关记载作些考辨:

　　吾乡自国朝三百年来,知名外国者,惟三原马溪田先生。嘉靖戊辰三月,安南使者进贡,问礼部主事黄清曰:"闻关中马

① 岳濬等《山东通志》卷二十七《宦绩志·杨奇逢》言:"滕为运河咽喉。"文渊阁四库全书540册,第686页。
②《越南汉文燕行文献集成》第一册,第207页。

先生理,何以不在仕籍?"清曰:"乃先生不仕进耳,非遴选之
有失也。"至今侈之为美谭。吾徒赵子邦清,宰滕县六年,俸
粮柴马外□罚一分纸赎,节年拆封羡余银六千两,尽数登报上
司,买谷二十万,买牛千头,朝觐两次,两举清官。吏部四年,
不接一分书帕,清名震天下。当期宰滕之日,万历二十四年夏
四月,安南正使、礼部侍郎冯克宽入贡道,过滕县,深夸自入
中国界,所过州县,未有如赵邦清之清,一尘不染者。随赠以
"清、清、清"三大字,命行人陈德懿书之。且三"清"字三点
"水"、三"主"字、三"月"字,各异其体,笔法飞神,字画入玄,
命意脱俗,孰谓外国无人哉! 谿田先生首以文学知名安南,赵
子邦清继以清节知名安南,后先相映,诚一奇事。其子任贤、
崇贤勒之石,吾喜之,为之序其概云。万历四十一年岁次癸丑
三月十八日,礼部主事三水文在中撰。长安卜□□。①

　　首先,冯克宽为赵邦清题三"清"字的时间,碑记作"万历
二十四年夏四月",据本文前面所考,实误,当为万历二十六年②。
　　其次,此三"清"字碑,清《正宁县志》亦有简略记载:"三清
字碑。在赵公祠。安南国正使冯克宽赠吏部赵邦清。行人陈德
懿书,礼部主事。"③据碑记,"礼部主事"当是文在中的原任职务,

---

① 吴景山编《庆阳金石碑铭菁华》,甘肃文化出版社 2013 年版,第 180 页。
② 郭乐乐等《〈三清〉字碑拓片修复》(《中国文物报》2014 年 3 月 7 日第 7
　 版)、强进前《庆阳正宁县三"清"碑与"坚守清白"碑考述》(《宁夏师范学
　 院学报(社会科学版)》2016 年第 1 期)等文仍据碑记作万历二十四夏冯克
　 宽为赵邦清题三"清"字,当误。
③ 折遇兰《正宁县志》卷四《地理·古迹》,第 6 页下,转引自郑培凯《汤显祖
　 与晚明文化》,第 40 页。

《正宁县志》此处有阙文，原文当为"礼部主事文在中撰碑记"。文在中（1552—?），字法充，别字少白，明陕西三水县人。隆庆四年（1570）乡试第一名，万历二年（1574）会试第一名，廷试第三甲第202名进士①。官至礼部主事。赵邦清为其落官返乡后所教名弟子②。

最后，安南贡使问马理不仕事，碑记作"嘉靖戊辰三月"。然嘉靖朝四十五年中并无戊辰，当是正德三年戊辰（1508）之误。马理（1474—1556），字伯循，号谿田，陕西三原人。《明儒学案》马理本传，载此事在弘治十一年戊午（1498）马理中举落进士榜入国子监之后到正德九年甲戌（1514）中进士之前："为孝廉时，游太学，与吕泾野（柟）、崔后渠（铣）交相切劘，名震都下。高丽使人亦知慕之，录其文以归。父母连丧，不与会试者两科。安南贡使问礼部主事黄清曰：'关中马理先生何尚未登仕籍？'其名重外夷如此。登正德甲戌进士第。"③《明史·儒林传》马理本传同④。然皆未交待具体时间。据碑记所载，当在正德三年三月。查《大越史记全书》"正德二年（1507）冬十一月"条载："遣使如明，户部左侍郎杨直源、东阁校书朱宗文、翰林院检讨丁顺等贺武宗即位，梁侃谢赐彩币，鸿胪寺少卿阮铨进香，工部右侍郎阮璠、翰林院检讨尹茂魁、户科给事中黎挺之等谢致祭，清华承宣使黎嵩、翰林院检讨丁贞、监察御史黎孝忠等谢册封，乂安参议黎渊、翰林院校理吴绥、监察御

① 《陕西通志》卷三十、三十一；朱保炯、谢沛霖《明清进士题名碑录索引》，第2559页。
② 咸阳市地方志编纂委员会编《咸阳市志》，三秦出版社2000年版，第602页。
③ 黄宗羲《明儒学案》卷九《三原学案·光禄马谿田先生理》，沈芝盈点校，中华书局2008年版，第164页。
④ 张廷玉等《明史》卷二八二《儒林传一·马理》，中华书局1974年版，第7249页。

史黄岳等岁贡。"[1] 则问马理为何不仕的安南贡使,或为正德二年十一月如明使团中人。

由上可见,与古代越南人喜欢借重北方中国人的赞扬一样,古代中国人也有借重外国人赞誉的浓厚民族心理。于是,马理、赵邦清生前名扬安南,即成为后人书写他们一生的重要大事。至于因此而传说赵邦清由滕县令升任吏部主事的一个重要原因,是作为安南使臣的冯克宽在回答万历皇帝的询问时,重点推荐了赵邦清的清正廉能[2],则只能看作如越南民间和笔记小说中所炮制出的"两国状元冯克宽"故事一样[3],是出于赵邦清家族和家乡人民的借重外国人心理,而在冯克宽为赵邦清题三"清"字的部分事实基础上放大民间想象,将其说成是外国人建言的结果,以更具民间故事的传奇色彩罢了。

三　"刘三烈"及古代中越女性贞烈书写互观

《旅行吟集》在前半部分还录有六八体汉喃诗《吊刘三烈》,题前小字注云:"明时刘□举为梧州通判,寿隐。其庶室张氏六姐、妾郭氏菊花、子刘氏辰秀载回,为劫徒所逼,并投于江,至昭平现迹。旌表号'刘三烈'。"正文中又有"碑三烈""女儿节""苗獠"(旁

---

① 吴士连等《大越史记全书·本纪》卷十四,第784—785页。

② 潘政东《明代清官赵邦清》,郭文奎主编《庆阳史话》,甘肃文化出版社2007年版,第229—230页。杨宪法《明代循吏赵邦清》,政协正宁委员会编《正宁文史资料选辑》第一辑,1997年版,第130—131页。

③ 冯小禄、张欢《越南冯克宽〈使华诗集〉三考》,《文献》2018年第6期。

注：花酋贼所聚处）和"昭平"等字样 ①。如该诗为冯克宽所作，则当是越南使臣咏"刘三烈"事较早者。

按：小字注中的阙字当为"时"字，乃避越南阮翼宗阮福时（1848—1883 年在位）之讳而阙之，如此，则《旅行吟集》为阮朝嗣德年间抄本，相当于清道光二十八年至清光绪九年。而注文又言"明时"，则应是清朝时抄本。然本注言刘时举为梧州通判，却误。查有关刘三烈的地方史料，为梧州通判者，乃刘时举之父刘仁（或名刘仁次 ②，当误）。此看记叙详尽曲折的明万历《铜仁府志》卷九《人物志·乡贤》刘时举之传：

> 刘时举，铜仁人。父仁，由明经历广西梧州别驾，携室往。正德辛巳至大墟，仁病卒，舟次昭平。时莞藤滩夷为梗，白昼杀掠。时举年始十三，女兄辰秀年十六，庶母张、郭皆少年，同在舟中。知不免，辰秀指江叹曰："万一不免，死此而已。"会贼至，时举与辰秀及张、郭咸投于江。辰秀事在《烈女传》。贼见水而有红色曰："是年少女子没水。"出之，则时举也。贼既尽有其赀囊，复斩其仆婢，絷入巢穴。贼有公感者，见其韶秀，育以为己子。时举昼夜泣，感诘曰："若思归乎？"时举曰："亲族俱尽，归安所依？"感信之，俾牧牛山中。春水泛涨，斫木竹屑详书其事，从上流放之，达于江，而人有稍知者。然越在

---

① 《越南汉文燕行文献集成》第一册，第 187 页。按注中阙字应为"时"，抄者避越南阮翼宗福时讳故阙。"寿隐""庶"三字原不清晰，据阮宗窠《使华丛咏集·吊刘三烈》题注确定，《越南汉文燕行文献集成》第二册，页 171。

② 金琪等《广西通志》卷八十八《列女·刘辰秀传》，文渊阁四库全书 567 册，第 486 页；李树柟修、吴寿崧等纂《昭平县志》，民国二十三年（1934）排印本。

深阻,计未可脱。会仁表侄张宾禄者自吉安来(常以为金谿,误也——原注),始白于官,而谋赎之,事在《宾禄传》。使谍者说公感,因得出。时御史张公钺按粤西,幸其出,给传以还。而继母张卧病弗起,族众凌谇,仆从喧哗,无复家人礼。闻时举至,张病如脱,跣足持泣,而族子仆从始帖然。嘉靖丁酉,时举举于黔。张公为中丞填抚黔,见时举大为欣慰,因以其事宣之。御史萧端蒙者,意气人也,移会粤省,疏请旌之,曰"清流三烈"。时举筮仕为楚雄令,稍迁平乐同知,昭化其所辖也。公感既死,召其妻饷以鱼盐。诸夷已心惮之。既而各夷怙终,仍劫御史高察行部船,杀书吏。御史震怒,曰:"何物夷人,敢雠代狩使耶?"因谋剿之,而诸文武吏咸曰:"不可。山深洞密,屡讨无功。"御史属之时举,时举曰:"可。"因身往督战。而诸险要路逃匿所,皆曩所目击而心识之,遣重兵据要害,大兵继进。而各苗逃匿者俱成擒,献之御史。御史诘曰:"若何以悉地利也?"时举始以前事白之。御史命执雠苗十馀人沥血江滨,以祭三烈,一时传播其事。时举历迁同知临洮,晋副使,所至皆祀名宦,而复仇一节,则尤奇者也,故备书之。①

上文的"别驾"乃汉代州郡僚佐官员的旧称,到宋代后即称"通判",民国《铜仁府志》刘时举传和民国《昭平县志》皆作"通

① 陈以跃、万士英纂修《(明万历)铜仁府志》卷九《人物志·乡贤·刘时举传》,《日本藏中国罕见地方志丛刊》本,书目文献出版社1990年版,第212—213页。李树柟修、吴寿崧等纂《昭平县志·烈女·刘辰秀传》《烈妇·郭氏、张氏传》,民国二十三年(1934)排印本。

判"①。刘家遭难之时为正德十六年辛巳（1521），据上引明万历《铜仁府志·乡贤·刘时举传》《孝义·张宾禄传》《烈女·刘辰秀传》（附张、郭氏二妾）、魏濬《西事珥》②和清《广西通志·刘辰秀传》《刘时举传》③，均言刘时举时年十三，姐刘辰秀十六岁，庶母张氏年二十，郭氏年二十八；然民国《铜仁府志》相关各传和明末万任《三烈续序》，却载刘时举时年九岁④，更为年幼。所谓"刘三烈"，即指后三位女性。实际上当时还有一个张氏所出的小女孩，叫刘初秀，在张氏背着她跳江时，也一同溺死，只因年龄太小，不能体现自由选择的个人意志，"故略之"⑤。民国《昭平县志》称刘辰秀为"烈女"，郭、张二氏为"烈妇"⑥，区分得更为细致。御史萧端蒙疏请旌表、题曰"清流三烈"的时间，据明万历《铜仁府志·刘辰秀传》，在"丙午"，即嘉靖二十五年（1546），民国《铜仁府志·刘时举传》同。而刘时举得以复仇的时间，又当在其来任平乐府同

① 中共贵州省铜仁地委档案室、贵州省铜仁地区政治志编辑室整理《(民国)铜仁府志》卷十一《列传·治行·明·刘时举传》，贵州民族出版社1992年版，第219页。
② 魏濬《西事珥》卷五"三烈祠"条，武朝文《〈西事珥〉校注》卷五，广西师范学院硕士论文2011年，第161—162页。
③ 金鉷等《广西通志》卷八十八《列女·刘辰秀传》、卷一二七《刘时举传》，文渊阁四库全书，567册，第486页；568册，第702页。
④《(民国)铜仁府志》卷十一《列传·治行·明·刘时举传》，然该整理本记"郭年三十八"，当误，第219页。万任《三烈续序》，载《(民国)铜仁府志》卷十六《艺文志·序》，贵州民族出版社1992年版，第318页。
⑤《(明万历)铜仁府志》卷九《人物志·烈女·刘辰秀传》，第219页。刘初秀、金鉷等《广西通志》卷八十八《列女·刘辰秀传》作"刘祈秀"，文渊阁四库全书567册，第486页。
⑥ 李树柟修、吴寿崧等纂《昭平县志》，民国二十三年（1934）排印本。

知的嘉靖三十年之后[①]。关于"刘三烈"的姓名,除刘辰秀外,郭、张二氏之名均未见载。今广西昭平县昭平镇上岸村尚存三烈坊(当地人叫石牌楼)遗迹,有"大清道光七年岁次丁亥孟冬月上浣谷旦阖邑重修"石柱及"明烈妇张氏六姐、烈女刘辰秀、烈妇郭氏菊花合墓"碑[②],前引《旅行吟集》所载《吊刘三烈》题前小字注正与此吻合。

由上可知这一故事元素众多,在异地(特别是民族边地)为官病卒,从行家属护丧返乡途中又被当地少数民族"白昼杀掠"的大背景下,三位女性为保贞洁,纵身跳江而亡,而孤子刘时举却虎口脱险,在盗贼的好心收养、自己的机智传讯和表兄的忠义相助之下奇迹还乡,还成为嘉靖十六年丁酉(1537)贵州首开独立乡试的举人,之后历官又回到事发地任广西平乐府同知,而昭平正其辖县,终于完成了充满巧合而奇伟的异地复仇报恩故事;至于中间穿插的张宾禄受恩又报恩的忠义故事和盗贼收为养子的故事,又都是民间故事和通俗小说中的忠仆和义贼的翻版。这些跌宕起伏的奇幻情节、鲜明的符号化人物设定和复仇主题设置,颇有明代古体小说的传奇风范。于是,当文学书写的主人公落实到孤子刘时举时,则着力描述其奇幻的"以九岁貌孤,离阿保之手,入虎狼之穴,能书江上木皮,代上林翔雁,幸而生入里门"的堪比苏武的脱险经历以及巧合连连的复仇经历,给人以巨大的惊险和快意体验,所谓"共讶机会遭逢,曲折变幻,出人意表,岂非造物默操其权,为了芜藤滩一重公案也哉"[③];而落脚到张宾禄,则突出其忠义报恩和天道好还

---

① 金珙等《广西通志》卷五十四《秩官·平乐府同知》:"刘时举,贵州铜仁人,举人,嘉靖三十年任。"文渊阁四库全书566册,第559页。

② 阿志《清流三烈女传记》(五),www.mailinstory.com,2018年2月25日。

③ 万任《三烈续序》,载《(民国)铜仁府志》卷十六《艺文志·序》,第318页。

的思想,所谓"假刘公以收宾禄,又假宾禄以赎时举,彼苍用意真巧矣"是也[1];再集中到作为女性群体形象的"刘三烈",则标举的又是以长女刘辰秀为代表的一向受到传统社会和儒家伦理纲常所奖重的义不受辱、跳江而死的节烈气质。

由于刘时举异地报仇的奇巧、报应和"刘三烈"事件本身的有益于"世教人纪"[2]之重,不仅使得在刘时举报仇之前即已有御史萧端蒙请朝的"清流三烈"之旌表和"三烈祠""三烈坊"之建于广西昭平、贵州铜仁两地,而且在时举彻底剿平昭平苗族山寨强贼、得报大仇之后,当地官府又"因以祭需之余,置祭田若干亩,以供春秋禋祀,勒石祠中,至今不替"[3],之后至清朝亦历经战火和增修,成为《贵州通志》《铜仁府志》《广西通志》《昭平县志》以及晚明《西事珥》等著作所共同记载的节烈传说和遗迹,成为贵州、广西两地官员、文人所集体歌咏感叹的对象和题材,所谓"贝齿蛾眉两地愁,南黔西粤总千秋。莞藤潭水今如昨,那比香名万古流"是也[4]。而尤其值得深入讨论的还有在晚明和清朝时期出使中国的越南使臣,在路过广西昭平这一水陆必经之地时,也留下了大量吟咏"刘三烈"的诗歌作品,保存在中越合编的《越南汉文燕行文献集成》中,成为我们进行女性贞烈书写的中外互观的最佳案例。据查,仅

---

①《(明万历)铜仁府志》卷九《人物志·忠义·张宾禄传》,第 218 页。

②《(明万历)铜仁府志》卷九《人物志·烈女·刘辰秀传》后附蠛衣生(郭子章)语,第 219 页。

③《(明万历)铜仁府志》卷九《人物志·烈女·刘辰秀传》,第 219 页。

④ 李绳远《题铜仁刘氏三烈女祠壁》,鄂尔泰等《贵州通志》卷四十四《艺文》,文渊阁四库全书 572 册,第 516 页。

正副使即有三十余首①。

明清两朝地方志书所载录的"刘三烈"诗文和《越南汉文燕行文献集成》所载越南使臣凭吊"三烈祠"诗歌,表现出相当多的共同性。比如都感叹其末路,悲伤其死亡,赞美其勇绝,有助于纲常,可名载史册,千古流芳。这是较为常见的思路和主题。但在这样常见的主题和思路中,中越双方文人还是发挥出了相当精彩的新意,约而言之,有如下数端:

1. 突出"穷途""厄运"对于"三烈"品节的凸显和塑造作用。对此,越南使臣甚至提出了"不是穷途彰大节,脂铅身世等残花"②、"不遇屯如不见奇,一门三烈最堪悲"③的思想。这是对中方文人"风尘岭海远随官,亲殁穷途死寇难"④、"从父从夫来粤岭,夫亡父丧转黔关。舟中无主遭狼毒,浪里捐躯浣玉颜"⑤、"夜逢暴客莞藤滩,弱息孤孀欲脱难"⑥等关于"刘三烈"处境艰难描述的提炼

① 关于"刘三烈",虽有周亮《清代越南燕行文献研究》(暨南大学 2012 年)、后玉洁《越南光中三年使团燕行文献的研究与整理》(西南交通大学 2013 年)、彭茜《朝贡关系与文学交流:清代越南来华使臣与广西研究》(广西民族大学 2014 年)、李小亭《后黎朝时期安南使臣眼中的中国——以〈越南汉文燕行文献集成〉为中心》(暨南大学 2015 年)、范嵘嵘《越南使者阮宗奎及其〈使华丛咏〉集研究》(山西师范大学 2018 年)等硕士论文和叶国良《越南北使诗文反映的中国想象与现实》(《域外汉籍研究集刊》,中华书局 2014 年)等期刊论文使用到部分相关越南材料,但都没有进行中越比较的深入专题研究。
② 阮偍《华程消遣集·题刘三烈庙》,《越南汉文燕行文献集成》第八册,第 199—200 页。
③ 范芝香《郿川使程诗集·过三烈碑》,《越南汉文燕行文献集成》第十五册,第 147—148 页。
④ 胡大化《咏清流三烈》,载《(明万历)铜仁府志》卷十二《艺文》,第 262 页。
⑤ 卢鳌《过昭平吊三烈》,载《(明万历)铜仁府志》卷十二《艺文》,第 262 页。
⑥ 万士英《吊三烈赋》,载《(明万历)铜仁府志》卷十二《艺文》,第 263—264 页。

和升华。

2. 将"刘三烈"如花的美貌与冰雪般清白凛冽的节操并提，以彰显强烈的形神对比效果。如明代署名锺陵王孙竹波主人的《清流三烈》诗："昭平堡下莞藤滩，翠鬓红妆玉柱残。激浪魂愁江口夜，伏潮骨浸水中寒。蛾眉纤目流沙掩，瓠齿冰肌烈石钻。名定《春秋》诸史誓，何人敢为女人删？"① 将美貌与冰操对比，呈现出为《春秋》等历代史书所奖勉的看重伦常的观点。对此，越南使臣阮宗窐《吊刘三烈》诗云："白云苍狗付悠悠，儿女肝肠凛烈秋。玉玷等闲尘俗外，珠流自分水仙游。凄迷花为红愁锁，呜咽江随绿怨流。一节照穷千古月，往来骚客几停舟。"② 其颈联即有非常浓郁的凄迷哀怨意境。

3. 指出"刘三烈"与其他贞烈的个人和群体的不同之处，是中方官员魏文相所言的"异姓同心甘就义，一门三节永传芳"③ 和越南使臣阮攸所言的"千秋碑碣显三烈，万古纲常属一门"④，并非一个姓氏，而是姓各不同却都聚于刘氏一门甘愿为刘氏而死，于是一门之内就聚集了三个节烈女性，具有特别鲜明的群体特色，与其他的贞烈个人或群体相区别。

4. 在以前代著名的女性相比时，正面的同类相比最多的是共

① 《（明万历）铜仁府志》卷九《人物志·烈女·刘辰秀传》后附锺陵王孙竹波主人诗，第 219 页。
② 阮宗窐《乾隆甲子使华丛咏·吊刘三烈》，《越南汉文燕行文献集成》第二册，第 62 页。
③ 《（明万历）铜仁府志》卷九《人物志·烈女·刘辰秀传》后附郡守魏文相诗，第 219 页。
④ 阮攸《北行杂录·三烈庙》，《越南汉文燕行文献集成》第十册，第 29 页。

姜①或贞姜②,而反面的异类相比则是以汉代名士蔡邕之女蔡文姬为反面教材,指出与"刘三烈"的勇烈相比,被俘顺从匈奴生子并还国的蔡文姬当惭愧至死。贵州铜仁郡人卢鳌《过昭平吊三烈》最集中体现了这一点:"从父从夫来粤岭,夫亡父丧转黔关。舟中无主遭狼毒,浪里捐躯浣玉颜。身死骨香魂凛凛,风号雨泣泪潺潺。清名万古称三烈,愧杀文姬顺虏还。"③对此,越南使臣阮攸不仅拉出了蔡琰,还拉出了与司马相如私奔而丧失妇人节操的卓文君来作反衬:"蔡女生雏卓女奔,落花飞絮不胜言。"④以为蔡、卓二

① 共姜,一作"恭姜",周时卫世子共伯(一作恭伯)之妻。共伯早死,誓不再嫁,作《柏舟》以明志。《诗经·鄘风·柏舟序》:"《柏舟》,共姜自誓也。卫世子共伯蚤死,其妻守义。父母欲夺而嫁之,誓而弗许。故作是诗以绝之。"晋潘岳《寡妇赋》:"蹈恭姜兮明誓,咏《柏舟》兮清歌。"明朱权《荆钗记·议亲》:"冈怀耿耿,共姜誓盟,慕贞洁甘守孤零。"清陈维崧《寿楼春·为白琅季节母吴孺人赋》:"叹碧海天青,蟾孤兔老,六十载共姜。"清叶廷琯《吹网录·守海盐县主簿王顼妻墓志铭》:"事夫执敬,有类乎恭姜。"
② 贞姜,春秋时齐侯之女,嫁为楚昭王夫人,谥曰贞姜。汉刘向《列女传》卷四《贞顺传·楚昭贞姜》:"贞姜者,齐侯之女,楚昭王之夫人也。王出游,留夫人渐台之上而去。王闻江水大至,使使者迎夫人,忘持符。使者至,请夫人出,夫人曰:'王与宫人约令,召宫人必以符。今使者不持符,妾不敢从使者行。'使者曰:'今水方大至,还而取符,则恐后矣。'夫人曰:'妾闻之:贞女之义不犯约,勇者不畏死,守一节而已。妾知从使者必生,留必死。然弃约越义而求生,不若留而死耳。'于是使者取符,则水大至,台崩,夫人流而死。王曰:'嗟夫!守义死节,不为苟生,处约持信,以成其贞。'乃号之曰'贞姜'。君子谓贞姜有妇节。诗云:'淑人君子,其仪不忒。'此之谓也。颂曰:楚昭出游,留姜渐台,江水大至,无符不来。夫人守节,流死不疑,君子序焉,上配伯姬。"汉阮瑀《止欲赋》:"重行义以轻身,志高尚乎贞姜。"唐陈子昂《唐故袁州参军李府君妻清河张氏墓志铭》:"共伯早逝,贞姜独留,茕居蓬首,哀深《柏舟》。"
③ 卢鳌《过昭平吊三烈》,载《(明万历)铜仁府志》卷十二《艺文》,第262页。
④ 阮攸《北行杂录·三烈庙》,《越南汉文燕行文献集成》第十册,第29页。

人等都是没有坚韧品质的落花飞絮，不堪与超出凡俗女性的"三烈"相比。

5. 而最为醒目的还是将"三烈"与男性相比，正面的就比拟为故国沦亡而跳江死的屈原。如郭子章评论"刘三烈"事件说："呜呼！天之巧于彰节烈如此，乃其英魄贞魂与神明伍，与造化游，际莞藤作汨罗，令铜崖有贞姜，所为世教人纪，岂其微哉，岂其微哉！"① 在这里，"刘三烈"为女性贞洁而死难的广西昭平莞藤滩可与为楚国灭亡而自沉的汨罗江媲美，一为国家，一为人伦，具有共通性，皆有益于社会教化和人伦纲常。而越南使臣武辉珽在此基础上更进一步言："脂粉英雄可易言，天将义烈萃刘门。三难凛若男齐史，一节优然女屈原。贞操当年和水洁，穿碑终古并山存。灵祠遗址丛幽草，肯嫁东风斗丽蕃。"② 提出了更为凝练也更为鲜明的"脂粉英雄"的人格符号认定，指出"三烈"既有春秋时期三位齐国史臣为崔杼弑君事秉笔直书而不畏惧死亡的前赴后继精神③，是"男齐史"，也是以死殉节的"女屈原"。反面的，则是拿就近的明清易代之际那些投降异族的须眉男子来反衬"三烈"的奇伟，突出男不如女。如清人徐以暹即言："呜呼！巾帼女流，且能大振纲常，争光日月，一门之内，有三仁焉，彼须眉男子，北面寇庭者，应愧死无

---

① 《(明万历)铜仁府志》卷九《人物志·烈女·刘辰秀传》后附蟫衣生(郭子章)语，第219页。
② 武辉珽《华程诗·吊刘三烈》，《越南汉文燕行文献集成》第五册，第269—270页。
③ 《左传·襄公二十五年》："大史书曰：'崔杼弑其君。'崔子杀之。其弟嗣书，而死者二人。其弟又书，乃舍之。南史氏闻大史尽死，执简以往。闻既书矣，乃还。"

地矣。"① 而越南使臣阮攸亦在此基础上言:"清时多少须如戟,说孝谈忠各自尊。"② 声称和平时期侃侃谈论忠孝的须眉男子真到了需要生死抉择的时刻,就大大不如"三烈"这样果敢勇决了。

综上可见,明清时期来华的越南使臣不仅呼应了中方文人关于"刘三烈"所提出的思路和主题,甚至还有所引申发展,凝练升华出了非常精彩鲜明的"脂粉英雄""男齐史""女屈原"等人格符号。其原因是,中方的书写对象除了作为群体女性贞烈代表的"刘三烈"之外,还有作为刘家独子、担任复兴家门任务的刘时举的离奇经历和孝、勇、智等品格的揭示、阐发和歌颂,故主题会较为分散一些,而入华越南使臣却因为贡道的必经"三烈祠",多半都会凭吊之,吟咏之,反倒让"刘三烈"变成了一个可以与同行者、前代使臣和中方文人进行文学竞技和唱酬的固定写作对象,故能时出新见。当然更重要的,或许还是越南使臣所先天具有的异域和他者眼光。体现在与中方文学所集中体现的儒家人伦纲常思想相比,受中国文化熏染陶冶的越南使臣却在此之外,又不时流露了中方"刘三烈"书写所绝未表现的属于道教的"尸解""水游仙"思想③。而这应该与古代越南虽受中国文化影响,但在宋代独立之后却逐步发展出了与中国文化同类却又有自己特色的本土文化心理有关。

---

① 徐以暹《三烈祠诗有序》,载《(民国)铜仁府志》卷十九《艺文·诗》,第387—388页。
② 阮攸《北行杂录·三烈庙》,《越南汉文燕行文献集成》第十册,第29页。
③ 阮公沆《往北使诗·挽昭平驿三烈女》:"谙山尸解拋尘界,弱水魂归觅旧游。"《越南汉文燕行文献集成》第二册,第13页。阮宗窒《使华丛咏集·吊刘三烈》:"玉玷等闲尘世态,珠沉自分水仙游。"《越南汉文燕行文献集成》第二册,第171页。佚名《使臣诗集·过刘三烈庙》:"素节宁容尘玷玉,芳姿共作水游仙。"《越南汉文燕行文献集成》第八册,第71页。

四　结论

越南汉喃文抄本《旅行吟集》一书具有十分明显的杂抄写本性质，一是将汉诗和喃诗、汉喃诗杂抄，二是所录诗作大多与其他越南使臣的使华诗集重合，属于"重出诗"，实际上可分为两个大的部分，后半部分为后黎朝前期冯克宽所作，前半大部分诗作则为在冯克宽之后的阮宗窒所作。属于这种杂抄情况者，在中越学者联合整理出版的《越南汉文燕行文献集成》所收作品集中，还有越南陈朝署名阮忠彦的《介轩诗集》、后黎朝冯克宽的《梅岭使华手泽诗集》和西山朝佚名的《使程诗集》等。

《旅行吟集》中录有两首冯克宽与明朝山东滕县令赵邦清的交往之作，其《与滕县尹赵侯相见》诗题注"赵尹名邦清，乙未科进士"的科第记载实误，应为万历二十年壬辰科进士。二人相交的时间在万历二十六年春，地点在山东滕县滕阳驿。二人相交的成果，除了冯克宽的两首诗外，还有冯克宽为赵邦清题了三"清"字，由同行的安南行人陈德懿书写，现存于赵邦清嘉兴正宁的"三清碑记"，从中可见古代中国人也有借重外国人赞誉的民族心理，正可与古代外国人（如越南人）借重中国人赞扬的民族心理互相观照。

明朝嘉靖年间所旌表的发生在广西昭平的"刘三烈"贞烈群体，为明清地方志和必经此地的越南入华使臣所不断歌咏，形成了一个可以进行中越互观的贞烈主题书写对比。在中方文人的基础上，越南使臣不仅提出了"脂粉英雄""男齐史""女屈原"等更为凝练的主题和人格符号概括，而且还以他们先天具有的异域和他者眼光，将"刘三烈"跳江自杀的贞烈行为，理解并表述为属于道教的"尸解""水游仙"思想，由此可见其本土的文化心理特色。

第八章 《大越史记全书》所载
明人诗考论

　　《大越史记全书》是古代越南著名的编年体正史,历经 13—17
世纪漫长的编撰修订历程,其主要编修者有黎文休、潘孚先、吴士
连、黎僖等人。由于古代越南与中国王朝关系密切,长时期受到中
国文化的强烈影响①,更重要的是,这部史书运用古汉语和儒家思
想写作,在编修过程中即参酌了很多中国史料,故在这部越南人所
修的越南史书里,保留了不少来自中国王朝史书(越史称为北史)
和与中国王朝交往的各种历史材料,包括各种文学艺术类型的交
往传播。着眼于此,学界对本书所记载的中国古代戏班传入越南,
宋太宗讨交州诏和李觉使交诗等材料作过辨析讨论②,但对本书所
载几首明人诗却无人问津。本文即着力于此,以引起学界对这些
域外明诗的重视。这八首明人诗,有五首仍见存于中国文献,不过
文字略有差异,有校勘的作用,另外三首(含诗句)则已消失无踪,
具有较大的辑佚和研究价值。下面即先分见存和亡佚两类考证,

---

① 参朱云影《中国文化对日韩越的影响》,广西师范大学出版社 2007 年版。
② 参刘致中《中国古代戏班进入越南考略》,《文学遗产》2002 年第 4 期;叶
　 少飞《〈大越史记全书〉载宋太宗讨交州诏辨析》,载张伯伟编《域外汉籍
　 研究丛刊》第九辑,中华书局 2013 年版;陆小燕、叶少飞《李觉使安南考》,
　 《红河学院学报》2011 年第 5 期。

后再讨论八首明诗所反映的明安关系及其实质。

一　五首见存于中国文献的明人诗

《大越史记全书》所载八首明人诗中，有五首仍见存于中国文献。第一首是《大越史记全书》本纪卷之九"庚午太和八年，明代宗景泰元年（公元一四五〇）"条所载李实拜见明英宗诗：

> 秋七月，明以李实充正使，偕北虏使北行。十五日实等见明宗泣下行拜礼毕，见英宗所居，皮帐布帏，席地而寝，因奏今陛下服食粗陋不堪，因极言王振宠之太甚，以致陛下蒙尘之祸。英宗曰："朕今悔不及。"实即事赋一诗云："重整衣冠拜上皇，偶闻天语重凄凉。腥膻充腹非天禄，草野为君异帝乡。始信奸臣移国柄，终教胡虏叛天常。只今天使通和好，翠辇南旋省建章。"是时北虏酋长也先命头目率五百骑送明英宗至燕京，百官迎于安定门。英宗自东安门入，景泰帝拜迎，推逊良久，乃送英宗至南宫，群臣就见而退。①

本诗原见于李实为迎还被俘的明英宗而北使也先的《北使录》，然文字略有不同："拝"作"拜"，"偶"作"忽"，"重"作"倍"，"充"作"满"，"移"作"专"，"旋"作"还"②。"拝"为"拜"的俗字，其他皆当以原文为确。除此诗外，李实还录有北使途中的五首诗。

———————

① 吴士连等《大越史记全书·本纪》卷九，东京大学东洋文化研究所1984—1986年版，第628页。
② 《纪录汇编》卷十七，《丛书集成新编》120册，台湾新文丰出版公司1983—1986年版，第72页。

《大书史记全书》特意引录李实此诗,意在记载土木堡之变后为北元也先所俘虏的明英宗归朝问题,突出英宗宠信奸臣宦官王振的恶果和归国的艰难凄凉,这既是明王朝的大事,也有惩戒安南本国帝王的作用。确实,《明史》本传也突出了李实在迎还英宗归朝的重要作用。正是他在景泰皇帝犹疑、大臣畏缩的背景下挺身而出,以礼部右侍郎的身份充正使往北元,"至则见上皇,颇得也先要领,还言也先请和无他意。及杨善往,上皇果还"。对此,雍正《四川通志》的说法更简明:"自实有此行,后渐议迎驾。论者谓回銮之功,不在李贤而在实。"① 李贤为复辟成功的明英宗天顺年间的内阁首辅。不过由于李实在谒见明英宗的过程中,曾希望被俘虏的上皇明白处境,"请还京引咎自责,失上皇意",结果为夺门成功、重为皇帝的明英宗所恨,而"后以居乡暴横,斥为民"②。

另外四首载于《大越史记全书》本纪卷之十五"癸酉洪顺五年,明正德八年(公元一五一三)"条:

> 正月二十六日,明遣正使翰林院编修湛若水、副使刑科右给事中潘希曾来,册封帝为安南国王,并赐皮弁一副、常服一套。希曾见帝,谓若水曰:"安南国王貌美而身倾,性好淫,乃猪王也,乱亡不久矣。"及还,帝厚照之,若水、希曾不受。帝饯若水诗云:"凤诏祗承出九重,皇华到处总春风。恩覃越甸山川外,人仰尧天日月中。文轨车书归混一,威仪礼乐蔼昭融。使星耿耿光辉遍,预喜三台瑞色同。"若水次韵答云:"山城水郭度重

① 黄廷桂等《四川通志》卷十二《忠义·李实传》,文渊阁四库全书 559 册,第 509 页。按:此传录李实拜上皇诗首二句,"忽"作"备"。

② 张廷玉等《明史》卷一百七十一《杨善传》附《李实传》,中华书局 1974 年版,第 4568 页。

重,初诵新诗见国风。南服莫言分土远,北辰常在普天中。春风浩荡花同舞,化日昭回海共融。记得传宣天语意,永期中外太平同。"帝饯希曾诗云:"一自红云赭案前,使星光彩照南天。礼规义矩周旋际,和气春风笑语边。恩诏普施新雨露,炎封永莫旧山川。情知远大摅贤业,勉辅皇家亿万年。"希曾次韵答云:"皇家声教古无前,此日春风动海天。龙节远辉南斗外,乌星长拱北辰边。维垣义在思分土,纳海才疏愧济川。临别何须分重币,赠言深意忆他年。"帝又饯若水诗云:"圣朝治化正文明,内相祗承使节行,盛礼雍容昭度数,至仁广荡焕恩荣。留时欲叙殷勤意,饯日难胜缱绻情。此后銮坡承顾问,南邦民物囿升平。"若水次韵答云:"良富从头春日明,我歌听罢我将行。自天三赐元殊数,薄物众邦孰与荣。更谨职方酬圣德,每将人鉴察群情。临岐不用重分付,万里明威道荡平。"帝又赠希曾诗云:"乾坤清泰属三春,使节光临喜色新。炳焕十行颁汉诏,汪洋四海溢尧仁。胸中冰玉尘无点,笔下珠玑句有神。今日星轺回北阙,饯筵杯酒莫辞频。"希曾次韵答云:"万里观风百越春,瘴烟消尽物华新。车书不异成周制,飞跃元同大造仁。稍似沧溟潾海蜡,永怀朱鸟奠炎神。畏天事大无穷意,才入新诗寄语频。"[①]

本处载录明朝册封正使翰林院编修湛若水、副使刑科右给事中潘希赠与受封的安南国王(越史称为襄翼帝,中国文献称为黎晭)临别酬答诗各二首,共四首。按:湛若水二诗不见载于本集《湛甘泉先生文集》[②],而见载于明李文凤《越峤书》,前一首题

---

① 吴士连等《大越史记全书·本纪》卷十五,第 803—804 页。
② 湛若水《湛甘泉先生文集》三十二卷,清康熙二十年黄楷刻本,四库全书存目丛书集部 56、57 册,齐鲁书社 1997 年版。

作《次韵奉酬安南国王》,文字全同,后一首题作《次韵留别安南国王以酬饯别之作》,文字则多有不同:"良富"作"富良",当以"富良"为是,指越南富良江;"听罢"作"君听",当以"君听"为是,前者诗意不通;"薄物"作"薄海","众邦"作"诸邦",皆当以后者为是;"职方"作"识方","人鉴"作"人监","察"作"达","情"作"晴"①,此四者则皆当以《大越史记全书》所载为是。由此可见《大越史记全书》所载确有较高的中外文献校勘价值。《越峤书》还录有《大越史记全书》和本集不载的湛若水《将发舟用韵辞安南国王所赠金币诸贶》诗:"海隅日出彩云重,龙节回时更御风。恭敬直须筐篚外,襟怀都见咏歌中。挥金一笑辞连子,执玉千年奠祝融。踏断虹桥天际路,此生难此再相同。"②表现了湛若水不贪外国金钱的清操亮节。

潘希曾二诗则见载其本集《竹涧集》,前首题作《次韵答安南国王兼辞其贶》,后首题作《次韵酬安南国王饯别之作》,文字皆略有不同:前首"维垣"作"藩垣","馀意"作"深意",后首"似"作"自","潾"作"输","才"作"裁",皆当以原作为是。《大越史记全书》"维垣""馀意""潾"的改动,有削弱安南依附明朝为宗藩的潜在用意。此外,潘希曾尚有《回至吕瑰再次王韵辞其贶》诗:"久依香案玉皇前,手捧纶音下九天。不用橐金酬使越,须知封土在安边。周爰归去风生袖,长揖分离思满川。彼此相望无远迩,讴歌同答太平年。"③可见与湛若水一样,潘希曾也两次作诗辞谢安南国王的临别赠礼。此首《大越史记全书》亦不载。

---

① 李文凤《越峤书》卷十九《国朝诗》,北京大学图书馆藏明蓝格钞本,四库全书存目丛书史部 162 册,第 279 页。
② 李文凤《越峤书》卷十九《国朝诗》,第 280 页。
③ 潘希曾《竹涧集》卷二,文渊阁四库全书 1266 册,第 667—668 页。

二 三首中国文献已亡佚的明人诗

依时间顺序，第一首中国文献已亡佚的明人诗是《大越史记全书》卷之七"己酉十二年明洪武二年（公元一三六九年）十一月"条所录牛谅挽安南国王裕宗（中国文献称陈日煃）诗：

> 冬，十一月，葬阜陵。明遣牛谅、张以宁赍金印、龙章来，适裕宗晏驾，谅作诗挽之曰："南服苍生莫枕安，龙编开国控诸蛮。包茅乍喜通王贡，薤露宁期别庶官。丹诏远颁金印重，黄鹝新闳玉衣寒。伤心最是天朝使，欲见无由泪满鞍。"既而以宁疾死，惟谅回国。右相国恭定王暊作诗饯之曰："安南宰相不能诗，空把茶瓯送客归。圆伞山青泸水碧，随风直入五云飞。"谅谓暊必有国，后果如其言。①

按：牛谅此诗不见于中国文献。牛谅，字士良，东平人，徙居吴兴②。洪武元年举秀才，为翰林院典簿。与张以宁使安南还，称旨，

---

① 吴士连等《大越史记全书·本纪》卷七，第437页。黎澄《南翁漫录·诗称相识》："陈艺王初为相时，有《送元使诗》云：安南老相不能诗，空对金樽送客归。圆伞山高泸水碧，遥瞻玉节五云飞。"（孙逊、郑克孟、陈益源主编《越南汉文小说集成》第16册，上海古籍出版社2010年版，第41页）除言送元使为误外，就诗意尤其是结意而言，当以黎澄所录最为扣题。《大越史记全书》所录为了突出所谓的"后必有国"预言，而做了改动。

② 关于牛谅的籍贯，诸书记载有不同：张廷玉等《明史》卷一百三十六《牛谅传》仅说他是东平人（第3932页），陈田《明诗纪事》同（上海古籍出版社1993年版，第122页）；钱谦益《列朝诗集小传》甲集《牛尚书谅》则说他是"东平人，寓吴兴"（上海古籍出版社1983年版，第90页），朱彝尊《明诗综》同（中华书局2007年版，第161页）。按：稽之牛谅行迹，当以钱、朱说是，东平为祖籍，吴兴为占籍。

三迁至礼部尚书。后以不任职罢。《明史》本传称其"著述甚多，为世传诵"①，然《千顷堂书目》所著录的《尚友斋集》②现已不传，唯明刘仔肩编《雅颂正音》卷四录其五律《秋林高士图》、五古《淦泉诗为刘明善赋》、七绝《画梅》、五绝《红梅》等四首诗③，明张以宁《翠屏集》卷二附录其七律《五月十三夜，梦侍读先生，枕上成诗》一首④，赵琦美《赵氏铁网珊瑚》卷十四录其《朱孟辨东麓秋岅图》题诗七绝一首，卷十五录其《王彦强破窗风雨卷》题诗七律一首⑤，清康熙《御选明诗》卷十八录五古《西郭憩景德寺分韵》，卷六十九录七律《破窗风雨图》（此首即《赵氏铁网珊瑚》卷十五所录《王彦强破窗风雨卷》题诗），卷九十六录五绝《红梅》、卷一百二录七绝《画梅》等四首诗⑥，朱彝尊《明诗综》所录《西郭憩景德寺分韵》《红梅》《画梅》等三首诗均见于《御选明诗》⑦，近代陈田《明诗纪事》甲签卷四所录《秋林高士图》又见于《雅颂正音》⑧。去其重复，仅存诗八首，都不见这首挽安南国王陈日煃诗。

　　第二首是《大越史记全书》本纪卷之八"癸未汉苍开大元年，明成祖永乐元年（公元一四〇三）"条所载无名氏诗：

　　　明遣邬修来以告太宗即位改元。时明帝都金陵，燕王棣

---

① 张廷玉等《明史》卷一百三十六《牛谅传》，第3932页。
② 黄虞稷《千顷堂书目》卷十七"别集类"，上海古籍出版社2001年版，第450页。
③ 刘仔肩编《雅颂正音》卷四，文渊阁四库全书1370册，第619页。
④ 张以宁《翠屏集》卷二附录，文渊阁四库全书1226册，第568—569页。
⑤ 赵琦美《赵氏铁网珊瑚》卷十四，文渊阁四库全书815册，第735、773页。
⑥ 张豫章等《御选宋金元明四朝诗·御选明诗》，文渊阁四库全书1442册，第464页;1443册，第725页;1444册，第387、504页。
⑦ 朱彝尊《明诗综》卷四，第162页。
⑧ 陈田《明诗纪事》甲签卷四，第122页。

反，杀三司官，以兵向阙，所至克捷。入城恣其杀戮，建文自焚死。棣自立为帝，改元永乐。时有诗云："江上黄旗动，天边紫诏回。建文年已没，洪武运重开。朝士遭刑戮，宫娥睹劫灰。谁知千载后，青史有馀哀。"或曰解缙所作，以此得祸。①

按：本诗不见于现存解缙文集，亦不见于其他中国文献，当是正统元年八月诏还解缙所籍家产后所流传的哀叹建文帝无辜灭亡而不满朱棣血腥篡立的无名氏之作，而被一些人附会为解缙之作。解缙（1369—1415），字大绅，吉水（今江西吉安）人。按之解缙生平，虽其勇于直言，敢在皇帝面前纵议大臣优劣，后又因言汉王朱高煦争立太子和谏征安南、郡县安南等事，而被贬交趾，最终因此"二谏"中奇祸惨死，但在建文灭亡、朱棣登基之初，他乃是率先投靠朱棣并得到重用的几位大臣之一②，是绝不可能写出这样一首诗的。但或许因为解缙曾潜在地为安南说话，又曾流放交趾为参政，督饷化州，有惠政，是故黎利领导独立后的安南人民对他有特别的好感，一直到万历时期，"南人至今为立庙祀之"③，于是《大越史记全书》才在本处补充说："或曰解缙所作，以此得祸。"解缙当初所

① 吴士连等《大越史记全书·本纪》卷八，第482—483页。
② 张廷玉等《明史》卷一百四十七《解缙传》："始缙言汉王及安南事得祸。后高煦以叛诛。安南数反，置吏未久，复弃去。悉如缙言。"第4122页。另参李贤《古穰集》卷二十八《杂录》所云："文庙初甚宠爱解缙之才，置之翰林。缙豪杰，敢直言。文庙欲征交趾，缙谓：'自古羁縻之国，通正朔，时宾贡而已。若得其地，不可以为郡县。'不听，卒平之为郡县。仁庙居东宫时，文庙甚不喜，而宠汉府，汉府遂恃宠而有觊觎之心。缙谓不宜过宠，致有异志，文庙遂怒谓离间骨肉。缙由此二谏得罪。洎宣庙初，汉府果发，交趾亦叛，悉如缙言。"文渊阁四库全书1244册，第775页。此当为《明史》所本。
③ 廖道南《明学阁记》，解缙《文毅集》附录，文渊阁四库全书1236册，第846页。

著书稿虽多,然因为得罪永乐皇帝的缘故而在身后颇多散佚,直到天顺元年——之前的正统元年八月朝廷诏还所籍解缙家产①,情况开始好转——才由出使安南颁布英宗皇帝复位诏的正使黄谏辑录为三十卷《解学士全集》。但这个失于检核的本子遭到了后人的很多指责,典型如李东阳《怀麓堂诗话》即谓其"真伪相半"②,或者其中即有这首诗。然而这个本子现已亡佚,今存文渊阁四库全书本《文毅集》无此诗。是故本诗究否解缙所作,就不得而知了。

第三首为许天锡的两句诗,见载于《大越史记全书·本纪》卷之十四"丁卯端庆三年,明正德二年(公元一五〇七)"条:

> 闰正月,明遣行人司行人何露来致祭于宪宗睿皇帝。明又遣正使翰林院编修沈焘、副使工科左给事中许天赐赍诏敕封帝为安南国王,并赐皮弁冠服一副,常服一套。天赐见帝相,题诗曰:"安南四百运犹长,天意如何降鬼王。"③

按:本处的明朝册封副使许天赐的姓名应为许天锡。《明史》本传言:"许天锡,字启衷,闽县人。弘治六年进士。改庶吉士。思亲成疾,陈情乞假。孝宗赐传以行。还朝,授吏科给事中。时言官何天衢、倪天明与天锡并负时望,都人有'台省三天'之目。……武宗即位之七月,因灾异上疏,请痛加修省,广求直言,迁工科左给

① 张廷玉等《明史》卷一百四十七《解缙传》:"正统元年八月诏还所籍家产。成化元年复缙官。赠朝议大夫。"第 4122 页。廖道南《明学阁记》:"至世宗,因江西抚臣之请,诏允建祠。神宗追谥曰文毅。"
② 李东阳著、李庆立校释《怀麓堂诗话校释》,人民文学出版社 2009 年版,第 194 页。
③ 吴士连等《大越史记全书·本纪》卷十四,第 783 页。

事中。正德改元，奉使封安南，在道进都给事中。三年春，竣事还朝。"后因劾宦官刘瑾专权死 ①。据此，《大越史记全书》本处所记许天锡的左给事中，当是据安南所留的颁封诏书过录，而非其在道拜任的都给事中官制。许天锡的著述据黄虞稷《千顷堂书目》，有《中庸析义》②、《黄门集》三卷、《交南诗》一卷 ③，而清《福建通志》则仅著录《黄门集》，为七卷 ④。复据明徐(火勃)《竹窗杂录》，言其奉使安南有旅途杂咏诗一百馀首，当即指当初曾单独编辑的《安南诗》一卷。然《黄门集》和《安南诗》现皆亡佚。明曹学佺编《石仓历代诗选》所录许天锡诗最多，有 86 首，其中有几首明显是奉使安南的诗，如《余使交州得木山僧寮，峰峦窈窕，坚如岩石，用梅都官赋木假山韵》《苍梧闲眺》《晚至平南忆别马参戎澄》《安博站偶成》《过鬼门关》《安南王送赆金礼物辞以此诗》《东津岸同沈太史何大行晚眺》等诗 ⑤，然无此二句。《大越史记全书》不录《安南王送赆金礼物辞以此诗》的辞金诗，而录预兆性评价的"鬼王"诗句，当与越史对本处所载的安南国王(威穆帝，中国文献称黎谊)的否定性评价相关。许天锡在明朝享有正直敢言又廉洁奉公的大名，引此可以为后来祸乱安南的国王定性。这与该书"明正德八年"条所载潘希曾对襄翼帝的"猪王"预测如出一辙。

---

① 张廷玉等《明史》卷一八八《许天锡传》，第 4986—4988 页。

② 黄虞稷《千顷堂书目》卷二 "三礼类"："许天锡《中庸析义》一卷。闽县人。弘治癸丑进士。"第 42 页。

③ 黄虞稷《千顷堂书目》卷二十一 "别集类"："许天锡《黄门集》三卷，又《交南诗》一卷。字启衷，闽县人，工科都给事中。"第 534 页。

④ 郝玉麟等《福建通志》卷六十八，文渊阁四库全书 530 册，第 424 页。

⑤ 曹学佺《石仓历代诗选》卷四四六《明诗次集》卷八十，文渊阁四库全书 1392 册，第 885—896 页。

三　八首明诗所反映的明安关系及其实质

仔细分析归纳《大越史记全书》所载此八首明诗材料,可以看出古代越南史臣所关注的问题主要有三个:

1. 明朝皇权更迭的非常规现象。作为在明朝建国伊始就与之率先建立朝贡册封关系的安南,十分关注这个驱逐了元蒙少数民族统治的中国汉族王朝的皇权交接。因为中国王朝所秉持的封建嫡长子继承制度和儒家的仁义治国、华夷之辨思想,也正是安南立国治国的根本和取法效法的榜样。由此,当事实上是安南宗主国的明朝也出现了非常规的不顾伦理纲常的暴力夺权现象和皇帝失陷于周边少数民族的糟糕现象,安南史臣在编撰本国史书时,自然也要大书特书,以提醒本国统治者。

值得说明的是,《大越史记全书》的历代编撰,体现出非常鲜明的取法中国著名史书的著史方式和著史观念。在方式上,本书是以编年体为主要叙述框架而参以传记体的人物小传。其取法的直接对象是司马迁《史记》的十二《本纪》,以历代安南帝王统治为中心,描写安南制度历史和人物的各个方面。甚至在史臣评论上,也采用《史记》"太史公曰"的论赞体例,而以"黎文休曰""潘孚先曰""吴士连曰"等安南史家论断方式出现,现身评论人物事件的功过得失。在观念上,本书则取法《春秋》以来中国历史一向重视宗法血统传承和儒家仁义治国的褒贬惩劝大义,以及历史著作对于帝王修身治国的"资治通鉴"作用。所以率先为《大越史记全书》定下书名的吴士连说:"臣窃惟古有信书,国之大典,所以纪国统之离合,所以明治化之隆污。盖欲垂戒于将来,岂特著几微于既往;必善恶具形褒贬,始足以示劝惩。……效马《史》之编年,第

惭补缀；法《麟经》之比事，敢望谨严。"① 司马迁《史记》是以十二
《本纪》为全书纲领，统摄上自黄帝、下至汉武帝三千年的中国古代
历史，其体例纵向看是编年，横向看是传记。《麟经》是《春秋》的
别称，曾经孔子删定，乃"礼义之大宗"②。《春秋》在简略的叙事中
所寄寓的政治道德褒贬功能，向来为人推崇，被称为"春秋笔法"。
所谓一褒荣于华衮，一贬严于斧钺是也。续编安南历史的范公著
也说："国史何为而作也？盖史以记事为主，有一代之治，必有一代
之史。而史之载笔，持论甚严，如黼黻至治，与日月而并明；鈇钺
乱贼，与秋霜而俱厉。善者知可以为法，恶者知可以为戒。关系治
体，不为不多，故有为而作也。……皆所以尊正统而黜僭伪，举大
纲而昭监戒耳。……其言政治，亦古史之《尚书》，其寓褒贬，亦鲁
史之《春秋》，庶有补于治道，有裨于风教，是亦考证之一助云。"③
此言《尚书》而不言《史记》，只是为了给一个最古的说法而已。总
之，《大越史记全书》有很强的以史为鉴的现实批判精神，故在记载
明安关系时特意记录明朝无名氏伤感建文灭亡诗和李实拜见明英
宗诗，以引起本国帝王的戒惕之思。

2. 安南皇权更迭的非常规现象。《大越史记全书》记载了连续
两次发生在明正德年间安南的非正常皇权交替和所产生的衰乱后
果：第一次是作为庶兄、本无继承权的威穆帝，在弟弟肃宗驾崩无
嗣的情况下，由官婢出身的宫中生母(庶母)阮瑾支持，登上帝位。
此即正德二年沈焘、许天锡代表明廷所册封的安南国王。在一见
面之初，许天锡即吟诗说威穆帝是"鬼王"，将给安南国运带来极

---

① 吴士连《拟进大越史记全书表》，《大越史记全书》卷首，第 58 页。
② 司马迁《史记·太史公自序》，《史记》卷一百三十，中华书局 1959 年版，第
   3298 页。
③ 范公著《大越史记续编序》，《大越史记全书》卷首，第 60 页。

大危险。事情的发展最终证实了许天锡对于威穆的相判,登帝后
的威穆胡作非为,"嗜酒好杀,荒色立威,屠戮宗室,幽杀祖母,外戚
纵横,百姓怨怼,时称鬼王,乱征见矣。"① 按:"鬼王"一词在唐宋汉
文史籍中,主要是指西南少数民族特别是南诏首领的称号,如《蜀
鉴》有"东蛮鬼王骠旁且"②,《五代会要》有"都鬼王""大鬼主"之
号③。而在印度神话和佛教中,则是指阎罗。如《佛国记》有"鬼王
阎罗治罪人"用地狱之说④。中国道教袭之,有"北酆鬼王"之说,
如陶宏景曰:"此(指酆都)应是北酆鬼王决数罪人住处,其神即经
所称阎罗王矣。"⑤ 阎罗在《辞海》中有三义:"(1)是梵文 Yamaraja
(阎魔罗阇)音译的略称,亦译焰摩罗王、阎罗王、阎王等。原意为
'地狱的统治者'或'幽冥界之王'。印度古代神话中管理阴间之
王,能判人生前罪恶,加以赏罚。佛教沿用其说,称为管理地狱之
魔王。中国民间传说中的阎罗王,即源于此。(2)比喻刚直、不畏
权势的官吏。《宋史·包拯传》:'关节不到,有阎罗包老。'(3)比

---

① 吴士连等《大越史记全书·本纪》卷十四,第779—780 页。
② 郭允蹈《蜀鉴》卷十《西南夷始末下》"贞元四年云南遣使入见" 条:"异牟寻
　未敢自遣使,先遣其东蛮鬼王骠旁且等入见,且献黄金、丹砂金示顺革丹赤心
　也,德宗嘉之,赐以诏书。" 文渊阁四库全书352 册,第591 页。曹学佺《蜀中
　广记》卷三十二《边防记第二·川西二·威州》亦云:"德宗之世,万年韦皋为
　西川节度使……四年,皋遣判官崔佐时入南诏蛮,说令向化,以离吐蕃之助。
　佐时至蛮国羊咀咩城,其王异牟寻忻然接遇,请绝吐蕃,遣使朝贡。其年遣东
　蛮鬼王骠傍苴梦冲苴乌等相率入朝。南蛮……至是复通。"只东蛮鬼王的汉
　字译名有所差别。文渊阁四库全书591 册,第411 页。
③ 王溥《五代会要》卷三十《南诏蛮》,文渊阁四库全书607 册,第712 页。
④ 释法显《佛国记》,文渊阁四库全书593 册,第627 页。
⑤ 曹学佺《蜀中广记》卷十九《名胜记第十九·上川东道·重庆府三·酆都
　县》引"陶宏景曰",文渊阁四库全书591 册,第241 页。

喻极凶恶之人。"[①] 则本处的"鬼王"兼有阎罗面相的青黑丑恶和凶狠残暴、置人于地狱的比喻之义,由于威穆帝是安南国王,故得"鬼王"之称。

　　由威穆帝的残暴无道又带来了第二次更为不正常的皇权更迭,时为简修公的黎㵯举兵暴动,杀威穆,自立为帝。此即正德八年湛若水、潘希曾代表明廷所册封的安南国王,越南史书称为襄翼帝。对此,潘希曾也是在一见黎㵯"貌美而身倾"的面相之初,即给他下了一个判语,对湛若水说这是一个"性好淫"的"猪王","乱亡不久矣"[②]。这也得到了越南史臣的认同:"灵隐烝父妾,短亲丧,假兄名夺人国,穷奢极欲,烦刑重敛,杀尽嗣王,干戈四起,时称猪王,危亡之征见矣。"[③]"灵隐"为黎㵯被权臣郑惟𢥻弑杀后降封的谥号,后才被追尊为襄翼帝。按:在中国史籍中,"猪王"特指的是南朝刘宋时期的刘彧,其身体极其肥胖,在他还是湘东王的时候,被狂悖无道的宋废帝刘子业称为猪王,并像猪一样地虐待他(后来刘彧杀死刘子业登基为帝,庙号太宗)。《宋书》载:"(宋废帝)尝以木槽盛饭,内诸杂食,搅令和合,掘地为坑穿,实之以泥水,倮太宗内坑中,和槽食置前,令太宗以口就槽中食,用之为欢笑。"[④]与安南国王黎㵯的面相"貌美而身倾"截然不同,显示了中国和越南在猪的身体特征认识上的差异。二是登基为帝的刘彧晚年也走上了其侄儿废帝刘子业的老路,猜忌好杀,荒淫狂悖。"虑诸弟彊盛,太子幼弱,将来不安",将"同经危难""资其权谲之力"多次救护他的始

① 《辞海》(缩印本),上海辞书出版社1989年版,第993页。
② 吴士连等《大越史记全书·本纪》卷十五,第793页。
③ 吴士连等《大越史记全书·本纪》卷十五,第809—810页。
④ 沈约《宋书》卷七十二《文九王传·始安王休仁传》,文渊阁四库全书258册,第348页。

安王刘休仁赐药毒死①。又"或尝宫内大集,而裸妇人观之以为忻
笑。……或末年好事鬼神,多所忌讳,言语文书,有祸败凶丧及疑
似之言应回避者,数百千品,有犯必加罪戮。"②这些作风倒与黎潆
弑帝自立和登基后荒淫好杀大体相同。

　　《大越史记全书》特意记录许天锡的"鬼王"相判和潘希曾的
"猪王"相判,正是要指出安南黎朝所发生的这两次非正常的皇权
更迭和这两位国王的荒淫暴虐,才导致了之后黎莫王朝的分裂和
安南国力的急速衰落,并最终引发了明代安南历史上第二次和第
三次屈辱事件。第一次是胡季犛、胡汉苍父子被明朝俘虏,安南事
实上被中国内地化,成为明朝永乐时期的郡县,越史称为"北属"
时期。第二次是嘉靖时期,莫登庸在明朝大兵压境和国内军事斗
争激烈的窘况下,代表安南接受了明朝安南都统使的册封,从此安
南在明朝失去了传统的安南国王之号。第三次是万历时期,自认
为黎朝正统的后黎朝黎维潭为了获得明王朝的册封承认,也不得
不接受与其对抗的莫朝所曾接受的安南都统使官职,而且还不得
不答应明朝,安插莫氏于高平,留下心腹大患。而这在名义上是将
安南视为明朝国内土司一样的级别,官印只是二品银印,尽管实际
上还是安南自治。对此,《大越史记全书》等越南史书表示了极端
的愤慨和无奈③。

_____

① 沈约《宋书》卷七十二《文九王传·始安王休仁传》,文渊阁四库全书 258
　册,第 348—349 页。
② 魏收《魏书》卷九十七《岛夷刘裕传》附《刘彧传》,文渊阁四库全书 262
　册,第 412 页。
③ 为此,《大越史记全书》特意记录了使臣冯克宽表示处置不公的上表:"臣
　主黎氏,是安南国王之胄,愤逆臣莫氏借夺,不忍负千年之雠,乃卧薪尝胆,
　思复祖宗之业,以绍祖宗之迹。彼莫氏本安南国黎氏之臣,弑其君(转下页)

　　3.朝贡体制下的明安两国交往。作为长期的地缘和文化上的强大近邻，安南对待处于其北方的中国王朝总是有如下一体两面的表现：一方面十分强调在表面仪式上归附北方政权的重要性和必要性，即以"事大惟恭"为前提，以北方政权为宗主国，以朝贡册封为国家交往机制，实现自身的国内统治权。具体到明代，安南为实现这个目标，就需要为此相应地表现出对明王朝的卑下恭顺。说到底，"事大惟恭"是明安两国基于自身国家实力和利益而合作采取的一种国家相处战略，"在中国方面主要是需要越南方面表现'恭敬'，即政治上的服从"，在安南方面，则需要得到中国方面的认可，如此方能有效地实现对于安南国内的政治控制权①。对此，《大越史记全书》有多次记载，如陈朝重臣陈元旦临死时对来探视他的安南皇帝只说："愿陛下敬明国如父，爱占城如子，臣虽死且不朽。"②其他身后私事皆不言，可见"敬明国如父"对于安南立国的重要性。而另一方面，脱离明王朝实质管辖的黎朝又十分强调国家实际上的独立自主，保持安南国王应有的尊严，绝不允许北方政权侵犯占领安南国土，奴役安南国民，如有，则表彰奋勇抗争的独立精神。事实上，在黎利之后日益增强的安南独立意识作用下，

（接上页）而夺其国，实为上国之罪人，而又暗求都统之职。兹臣主无莫氏之罪，而反受莫氏之职，此何义也？愿陛下察之。"还虚构了万历皇帝的亲自安抚之言："明帝笑曰：'汝主虽非莫氏之比，然以初复国，恐人心未定，方且受之，后以王爵加之，未为晚也。汝其钦哉，慎勿固辞。'克宽乃拜受而回。"见《大越史记全书·本纪》卷十七，第916—917页。关于冯克宽与万历皇帝的对话乃越南史书的虚构，非历史事实，可参牛军凯《王室后裔与叛乱者——越南莫氏家族与中国关系研究》，世界图书出版广东有限公司2012年版，第34页。
① 孙来臣《明末清初的中越关系：理想、现实、利益、实力（代序）》，载牛军凯《王室后裔与叛乱者——越南莫氏家族与中国关系研究》，第16—17页。
② 吴士连等《大越史记全书·本纪》卷八，第465页。

安南国人逐渐形成了一种以五岭为界南北分治的地缘决定论,认为明朝视角下的安南国王(或后来的安南都统使)是与北方中国皇帝地位完全平等的安南王朝皇帝,两人都是天子,各帝一方,南北分治,谁也不能统治臣服谁。此即吴士连所言:"大越居五岭之南,乃天限南北也。其始祖出于神农氏之后,乃天启真主也,所以能与北朝各帝一方焉。"① 所以他又批评之前陈元旦的临终遗言,认为:"且当时占人之患为急,而告以爱占城如子,事明国为父,乃事大字小,概常谈之说,奚补当务哉!"② 说是不通达事务。

　　正是因为有前一方面依附争取北方王朝的政权要求,所以《大越史记全书》在记载明安关系时,才会特意记载安南国王黎漾与代表天朝上国进行颁诏册封的湛若水、潘希曾二人之间的诗歌唱酬,来表现这种属国和宗主国的君臣仪式关系确认。这是典型而实质的封贡关系,包含接受明朝的册封和进献贡品等仪式义务③。可以看到,黎漾诗主要是歌颂作为天朝上国的明朝的礼乐文明和仁义恩惠,赞美明朝天使的雍容文雅和未来的必将大用,表达作为属国臣子的"事大"忠心和儒家、汉字文化上的趋附应和,而湛、潘诗则主要表现为居高临下式的谆谆告诫,要求安南谨守属国的"职方""藩垣"本分,"畏天事大",自觉维护两国的边境和平,成为中国的外藩,并以中国的儒家思想治国④。当然,也因为有后一方

----

① 吴士连《大越史记外纪全书序》,《大越史记全书》卷首,第55页。
② 吴士连等《大越史记全书·本纪》卷八,第466页。
③ 李云泉《万邦来朝:朝贡制度史论》,新华出版社2014年版,第2页。
④ 林明华《越南语言文化漫谈》重视湛、潘二人诗作留存于越南古史的文学传播意义,言:"中国使者写下的诗篇,被载入越史流传于世,自然也应视为中国文学在越南传播的组成部分之一。"世界图书出版广东有限公司2014年版,第130页。

面的国家独立要求,所以《大越史记全书》在明安两国发生关于国土和人民的激烈冲突时,也会强烈指责明朝永乐年间的强悍侵占和嘉靖、万历时期对于莫氏王朝的袒护,而表彰黎利等人的奋勇抗击和后黎朝为争取明王朝承认的艰难辛酸。值此之际,前一种看来友好温情而实际也充满潜在交锋的邦交诗酬唱,就再也不能进入实际已经破裂的国家关系书写了。这又是《大越史记全书》只记载了洪武初年牛谅吊陈日煃诗和正德年间明安邦交诗的深层原因。

对安南的"事大惟恭"只是一种仪式性的表象,而并非安南对内独尊和对东南亚地区宗主地位的认识实质,我们还可从黎朝国王特有的"一人两名"现象分析。据明嘉靖时期李文凤《越峤书序》所言,这个现象是自黎利驱除明朝统治之后才发生的,其目的就是为了欺骗大明,暗藏其与明朝分庭抗礼的不臣之心。其言:

> 自昔黎利益(按:益疑为窃)据我土地,戕杀我官军,滔天之罪,我祖宗赦而不诛,恩至大矣。为利者不思输诚悔罪,乃外为臣服,衷怀不轨,僭号改元,以与中国抗衡。其子若孙辄有二名,龙伪名麟,基隆伪名濬,宜民伪名琮,思诚伪名灏,鐠伪名鐠(按:此鐠字疑衍)晖,泽伪名敬,濬伪名谊,滢伪名晭,椅伪名谭,椿伪名廙,柽伪名宁。其正名以事天地神祇,播告国中,伪名以事中国,以示不臣。虽以黎柽颠沛之馀,尚伪名以相欺诳,是百馀年间其心未尝一日肯臣中国也。[1]

这里提到的黎朝国王一人两名情况大部分都可在《大越史记全书》的本纪记载中得到证明,只有些名字或有不同,或只记载一

---

[1] 李文凤《越峤书序》,《越峤书》卷首,第664页。

名而已 ①。至于安南国王在国内称皇称帝,改元纪年,模仿中国天子的避讳、圣节、庙号、谥号、陵墓等情况,更是《大越史记全书》书写的重要事项。事实上,在《大越史记全书》的描述里,也存在一个以安南皇帝为中心、东南亚各小国和部族朝贡安南的"卫星朝贡体系"。有学者认为:"越南的'卫星朝贡体系'比起中国来是小巫见大巫,但毕竟多多少少、真真假假有几个贡臣(例如,老挝、柬埔寨),比朝鲜的'小天朝'要稍具规模。这也反映了越南与中国在朝贡关系上的距离较朝鲜为远。"② 很有道理。

由此可见,朝贡册封交往体制下的"事大惟恭",仅仅是安南面对强大的北方邻居明国时,利用公文往来和诗歌唱酬所表现出来的一种仪式性假象,其目的只是为了安南自身的政权合法性和国家安全。在需要对明表示恭顺、对内宣示独尊、对东南亚地区表示宗主的情况下,黎朝安南国王巧妙地运用了"一人两名"来解决这

---

① 相较而言,《大越史记全书》有的只记载了正名,而未载伪名。如太宗文皇帝正名为"元龙",《越峤书》作"龙";仁宗文皇帝正名为"邦基",《越峤书》作"隆基";宜民,《大越史记全书》认为是篡立,只记载了正名。有的是记载的伪名不同,如"威穆帝讳濬,又讳誼",据《越峤书》和其他中国文献,"誼"应为"谊",形近而讹。有的是记载的正名不同,如"襄翼帝,讳滢,又讳晭",《越峤书》正名"滢"作"滢"。有的则两名均不同,如"庄宗裕皇帝讳宁,又讳晌",《越峤书》则作"椵伪名宁"。有的应是《越峤书》抄本有误,如"鏽伪名鏽晖",对照"宪宗淳皇帝,讳鏽,又讳晖",则后一个"鏽"字乃衍文。有的又应是《大越史记全书》有误,如肃宗钦皇帝的两名,据《越峤书》应为"泽"和"敬"。其他则同,如圣宗淳皇帝讳思诚,又讳灏;昭宗神皇帝讳椅,又讳譓;恭皇帝讳椿,又讳廛。以上见《大越史记全书·本纪》卷十、十一、十二、十四、十五、十六,第 569、608、635、639、755、778、779、793、813、829、845 页。参陈文源《明朝与安南关系研究》,暨南大学 2005 年博士论文,第 148—149 页。
② 孙来臣《明末清初的中越关系:理想、现实、利益、实力(代序)》,载牛军凯《王室后裔与叛乱者——越南莫氏家族与中国关系研究》,第 26 页。

一困境，让"正名"（可称为越南名）在国内和东南亚地区使用，而虚构一个"伪名"（可称为中国名）与明朝打交道。如此，作为明朝臣子的安南国王貌似"委屈"，实则是与北方皇帝各帝一方的南方皇帝才是事实。这充分体现了安南国"狡诈""灵活"的外交智慧。

四　结论

　　《大越史记全书》所记载的李实拜明英宗诗和湛若水、潘希曾酬答安南国王黎暅诗等五首仍见存于中国文献，但文字略有不同，有较大的中外文献校勘价值；所记载的牛谅吊安南国王陈日煃诗、无名氏诗和许天锡的两句残诗等三首，中国文献已经亡佚，有较大的明诗资料辑佚价值。更重要的是，分析这八首明诗，可见安南史臣十分关注明朝和安南皇权更迭中的非常规现象，特别反对不顾血统伦序的暴力夺权和皇帝的荒淫残暴，这是记录李实拜明英宗诗、明朝无名诗和许天锡诗的重要原因。而"猪王"和"鬼王"的相面评判，则显现了中越文化在相术共识下的差别性，尤其是关于"猪"的肥胖和貌美具有不同的身体特征认识。另外，记录牛谅、湛若水、潘希曾的邦交诗，则反映了和平时期以中国为中心的朝贡册封体制下的明安关系表现，安南"事大惟恭"，扮演的是卑下恭顺的王臣角色，明朝居高临下，扮演的是训诫教导的君父角色。但这并非安南的真实国家心态表现，在其内里是有与北方中国分庭抗礼的南方帝国意识，所以他们创造性地在国王名字上穷极智慧，运用"一人两名"机制，用"伪名"来化解明安封贡关系下的卑顺臣子角色压力，用"正名"来实现国内的独尊和在东南亚的宗主皇帝角色要求。这是安南在13世纪之后尤其是黎利之后日益增强的帝国独立抗争意识的集中体现。

结　语

　　本书为教育部课题"明人文集中的东南亚资料辑录及文学交往研究"（13YJA751012）的结题修改成果。为紧扣书中研究内容和研究理念，改名为《南北望：明代中越文学交往研究》。书中部分章节内容已发表于《文献》《域外汉籍研究》《东南亚纵横》等刊物：《越南冯克宽〈使华诗集〉三考》，《文献》2018年第6期；《〈大越史记全书〉所载明人诗考论》，《域外汉籍研究集刊》第十四辑，张伯伟主编，中华书局2016年；《古代中国与东南亚关系及文学交往研究述评》，《东南亚纵横》2015年第7期。

　　本书由两个大的部分组成：

　　一是作为附录的资料基础部分，包括《涉安南人物传记资料表》《林希元〈同安林次崖先生文集〉安南资料辑录》《越南冯克宽〈使华三集〉校合稿》等三个部分，体现本书对于明代中越文集资料的集中利用。《涉安南人物传记资料表》是第一章《明人文集涉安南文体及内容指要》中"人物传"的原始文献。《林希元〈同安林次崖先生文集〉安南资料辑录》则是本书"明人文集中的越南资料辑录"中的一部分，是本书研究的资料基础，由于体量太大，在五十万字以上，故本处仅以此集的安南资料辑录和考释为例。《越南冯克宽〈使华三集〉校合稿》则是鉴于当前越南汉籍文献整理和研究中还存在不少的文字释读和理解问题（尤其是一些期刊论文和硕士论文），故对后黎时期出使明朝的冯克宽《使华诗集》三种进行合校，以资学界参考利用。

二是上述资料基础上的明代中越文学交往研究，这构成本书研究的主体。

绪论回顾古代中国与越南关系及文学交往的研究现状，提出"立足中国自身看周边"这一新理念之于中国古代文学研究的域外拓展和当前中国文化自信建设的重要性，介绍本书的主要内容和研究特点等。

为凸显明代中越文学交往的互动性，本书主体部分特从明代时期中越双方不同立场出发，研究他们相互建构的使臣形象、地域形象、帝国形象以及他们文学书写的文体、主题、策略、心态等，着力体现中越互动建构对方形象的双主体立场。此即本书定名为"南北望"的宗旨体现，试图在"立足中国自身看周边"的同时又兼顾"从周边看中国"的视角和立场互补，以成为一个交互的"视界融合结构"。

为此，本书先以五章的篇幅研究明人文集和明朝立场下的中越文学交往研究，主要研究明代涉安南文献的文体、主题和内容，明代出使安南文集的遗存和历史、文学书写，明人文集中的各类安南人，以及嘉靖莫登庸事件的多维书写等。

第一章从文体学的角度对明代涉安南文献进行体制特点和内容书写的研究，以从一个较为宽广的文体视域、主题和内容书写等方面宏观了解明代安南叙事的特殊性和学术价值。将明代涉安南的文体分为文学性的诗词赋颂、人物传类、记体文、书信类和政治性的公文等五类。每类之下又再做细分，文学性的诗词赋颂分为歌颂主题、出征和任官主题及使交赠行主题等几个更为集中的主题类型，人物传类分为传体文、墓碑祭文等两类，记体文分为单篇记文、长篇专文、安南专文专书等三类,书信类细分为明朝使臣与安南国王的往复书信、明朝各级官员专门处理安南事务的书信和事涉安南的国内私人信函等三类,政治性公文细分为诏敕、奏疏(含题本、条陈、揭帖等)、谕檄、论策等四类,分别扼要介绍其文体特征、内容要旨和学术价值。

第二章以考察明代使交文集和作品的遗存为基础,还原明代使交文集的内容构成部件,讨论其多方面的学术和社会价值。广泛收集以明人文集为主的各类文献资料,在前人时贤的基础上,增补了7种明人出使安南的使交专集,钩沉出学界尚未及系统关注的含有使交诗文的2种明人文集和9位使臣的11首散见使交诗歌,其他尚有使交诏敕和赠行诗文等。以此为基础,考论出使人员的生平和使交创作,掌握明代使交集及散见诗文的时代分布特征和内容构成,分析其背后的明朝安南朝贡格局变化和部分出使人员对与属国唱酬的警惕观念等原因。分析使交集的不同构成内容,指出其补充出使安南人员和出使日期、路线、驿站等方面的史料价值。

第三章再着力从文学书写层面,深入讨论作为"向外旅行"的明代使交文学的特殊探讨维度。明代使交文集的大量存在,为立足于中国而向域外旅行的使外文学提供了至少三个具有典范意义的书写内容和研究价值:一是明代使交文学共同的"志异"书写眼光和由此引出而不断变动的安南异国形象形塑;二是从中可见中越文学交流的多层次和多渠道,从国王、大臣到服务人员都存在广泛的文学交流,成为中越文学交流最直接也最集中的交往方式;三是多方面的特殊出使情怀书写,含奉使异国的登程、辞赆等言志诗作,奉使途中富予私人情绪性的思亲念乡、客中送客和节日、生日等感怀诗作,以及具有中越互观价值的国内名胜的登览纪游之作,具有多方面的文学观照意义和文学书写价值。

第四章对活跃于明人文集中却较少见载于越南史籍的安南人进行全面细致的梳理，指出其史料的补证价值和文学书写价值。这是一个新颖而有趣的课题，着重考察明人所见安南人的地点、方式和不同群体。这些群体主要有使臣、太监、儒生和妇女等几大类。就进入明人的记载渠道而言，则有出使、移民、扰边和在安南迎送服侍明使等的差别。之所以越南方面的史书失载或不载，则往往与明朝时期越南的正统观念、汉化倾向和中越多元的交流方式（包括战争和边境冲突等）有关。

第五章以嘉靖年间的莫登庸事件书写为典型个案，讨论明人安南书写的全方位特征。广泛呈现并深入透析明嘉靖时期从皇帝、内阁到两广、云南地方官和社会舆论对于安南莫登庸篡国不贡事件的多种处理意见，可知最初的主战和反战两个大派及出兵占领、弃绝不管等六个小派，其背后实交织了不同层面的多重诉求，到后来都在综合的政治诉求和对历史传统、现实国情舆情的把握下定格成为"以战促降"、降格处理安南朝贡地位的军国决策和具体措施。由此探究不同派别对于传统华夷之辨的演绎利用和对于明朝国情、舆情的现实考量，深入讨论嘉靖皇帝是"本不欲用兵"还是"锐意于用兵"的不同历史书写，从而体现一个重大的事关朝贡体制的军政决策中"多"与"一"的综合互动。最后进入对莫登庸事件的文学书写层面，发现相当反常，即歌颂战争、歌颂胜利的作品偏少，而忧虑边境安危、"罢征志喜"和侥幸后怕的作品偏多，体现了文学书写比历史书写更为丰富而多维的真实性、复杂性和动态性。

以上为明朝文集和明朝立场下的中越文学交往研究，广泛涉及文体内容考察、文集遗存钩沉和中越大事件个案研究等。

再以三章的篇幅集中研究与明朝相对应的越南汉籍和越南立场下的越中文学交往，集中讨论明朝万历、越南后黎朝时期出使明朝的冯克宽《使华诗集》三种和《大越史记全书》等四部古代越南汉籍所反映出的中越文学交往和民族心态问题。之所以本书仅涉及冯克宽的三种《使华诗集》，是与明朝对应的越南目前仅发现冯克宽的使明诗集，且为中越合作影印出版的《越南汉文燕行文献集成》所收录，可以比较集中地讨论。

第六章研究《越南汉文燕行文献集成》所收录的冯克宽《使华手泽诗集》《梅岭使华手泽诗集》二种，这是明代时期来自越南的集中体现中越古典文学交流的重要文献。重点考察其间的几个重要人事问题：一、冯克宽本非越南科考状元，然诗集阮朝抄本署名却冠"状元"二字，指出这是越南汉文笔记小说中状元崇拜和抗衡北方中国王朝的民族心态日益增强的结果。二、为冯克宽诗集作序的是杜汪，字钝夫，而非《越南汉文燕行文献集成》书前提要所言的汪钝夫。杜汪是越南莫、黎纷争时期与明朝打交道的重要人物。三、附抄的明朝李先生《百咏诗》，经笔者考察，是陈献章弟子李孔修所作，现仍存于《广东文献三集》。清代阮榕龄的三条怀疑实为无据。该组诗大约在清康熙至嘉庆年间传入越南，是非经典中国文学文本传播域外的重要现象。这对研究古代越南的状元崇拜和民族心态，以及正确释读越南汉籍抄本和中国诗歌文本传播越南等具有较大参考价值。

第七章研究《越南汉文燕行文献集成》原无作者署名的越南汉喃文抄本《旅行吟集》（夹杂有部分喃字体诗歌），指出该书并非如解题所定的为冯克宽一人所作，而是混合了阮忠彦或阮宗窐的汉诗以及不知其作者的汉喃诗的杂抄本或混抄本。本章又指出接待冯克宽使华的明朝山东滕县令赵邦清，其科第在抄本的记录中有误,而中方关于赵邦清和马理的生平记载,又有比较明显的借重外国人赞誉的民族心理,正与该抄本注释所体现的借重中国人赞扬的越南民族心理相对照。在考察明代广西昭平"刘三烈"事件原委的基础上,本章比较了明清时期中越双方包括使臣在内的文人对于"刘三烈"的书写主题,指出越南使臣诗歌提出了"脂粉英雄"等认识和"尸解""水游仙"等具有本土特色的道教理解,恰好与中方较为通行的贞烈书写形成了中越互观的对看视域。

第八章以越南编年体正史《大越史记全书》为对象,集中考察其所载录的八首明人诗歌及其背后的明安关系表现。通过征稽中越文献,指出李实拜见明英宗等五首诗仍见存于中国文献,不过文字略有差异,有校勘的作用,而牛谅挽安南国王裕宗等三首诗(含诗句)则已亡佚,由此可见《大越史记全书》具有保存部分中国文学文献的学术价值。再以此为基础,指出越南使臣特别关注明朝和安南国内皇权更迭的合法性问题,彰显了古代越南追求独立而又不免依附中国的双重民族心态。

后三章与前五章共同构成了一个中越互动建构对方形象和进行文学交往的南北相望视野,体现了研究立场上的持平和研究视角的互换努力。

本书的前沿性和创新性大体有如下几点：

一、既注重和平时期封贡关系下的明代中越文学交往的互动性和往复性,又注重大的破坏封贡关系的战争事件(如永乐时期的征战安南和嘉靖时期的莫登庸事件)对于文学书写内容和策略的影响,将国家间文学交往的动态特征和丰富内涵体现出来。

二、文学交往研究以中越双方的文学作品为中心,注重文学作品的文体特征、书写内涵、史料价值、异域体验、民族心态和国家形象等,努力将文学作品的纪录、描写和形塑功能挖掘出来。

　　三、重视材料收集的全面和考辨的精准。注意材料的关联性、文体的特殊性和民族心态的固定性,而尤其重视明代使交文集和散见作品的收集整理以及越南汉籍的民族心态表达。

　　四、新观点、新论域的提出。本书提出了涉外文学的文体特征和书写意图,使交文集的内容还原和出使书写主题,明人文集中的安南人,越南汉籍中的中国文学文献,莫登庸事件的多重书写等多个富有新意和深度的论题,并予以深微的考察和宏观的阐释。

　　是否如此,还望方家教正。

附录一　涉安南人物传记资料表

	人物	事迹	出处	备注
出使	张以宁	洪武二年夏六月，以翰林侍读学士充正使册封陈日煃为安南国王，在安南八月，殁	杨荣《文敏集》卷十九《故翰林侍读学士朝列大夫张公墓碑》	《殊域周咨录》：初交人惟以长揖为敬，至是始行拜礼。上大喜，赐以宁诗并序
	叶见泰	洪武二年使安南，偕其使致贡，授高唐判官	林右《天台林公辅先生文集·明故刑部主事叶见泰墓志铭》	《明实录》等不载
	罗复仁	洪武二年冬，以翰林编修赍诏谕安南，命勿侵占城	解缙《文毅集》卷十一《翰林学士左春坊大学士宏文馆学士罗复仁传》	
	刘夏	洪武三年四月出使安南，回程至南宁病卒	杨胤《尚宾馆副使刘公墓志铭》，见刘夏《刘尚宾文集》附录	《殊域周咨录》载出使时间在洪武元年，与此不同
	林弼	洪武三年、九年两使安南，前以吏部主事封陈日煃为王，后视安南之变	王廉《中顺大夫知登州府事梅雪林公墓志铭》，张燮《林登州传》，载林弼《林登州集》附录	洪武九年出使，《明实录》等书不载
	陈诚	洪武二十九年十二月以行人诏谕安南，还所侵据广西思明府地百馀里	胡诚《行状》，练安《墓表》，载陈诚《陈竹山先生文集·外篇》卷二	同时出使的是行人吕让

余福	永乐四年后，以行人使交，宣达有体，却赠物，夷情大服	张岳《小山类稿》卷十六《余畏叟公传》	《明实录》等书不载。余福为永乐四年进士
刘必荣	永乐九年九月，以鸿胪寺左少卿同前金华知府方素易诏谕陈季扩	王英《王文安公诗集》卷五《浙江佥事刘公墓志铭》	出使时间据《大越史记全书》参定，原文不载
罗汝敬	宣德二年、三年两度以工部右侍郎充正使诏谕黎利，令再访陈氏子孙	王英《王文安公诗集》卷五《故通议大夫工部右侍郎罗公墓志铭》	按：宣德二年使安南团是双正使和双副使
徐永达	宣德二年、三年、四年，三次以鸿胪寺卿为副使出使安南	王直《抑庵文集·后集》卷二十六《中允徐公墓表》	据《明宣宗实录》，前两次正使是罗汝敬，第三次是礼部侍郎李琦
黄骥	宣德二年以通政司右通政副礼部左侍郎李琦、工部右侍郎罗汝敬抚谕黎利	金幼孜《金文靖集》卷九《故通政使司右通政黄公墓志铭》	
章敞	宣德六年六月、九年十月两度以行在礼部右侍郎充正使命黎利权署国事，封黎麟署安南国事	杨士奇《东里续集》卷二十八《礼部左侍郎章公墓碑铭》，杨荣《文敏集》卷二十四《故嘉议大夫礼部左侍郎章君墓铭》，李时勉《古廉文集》卷十《祭章侍郎文》	据《明宣宗实录》，前次副使是右通政徐琦，后次是行人侯珊
徐琦	宣德六年以右通政副章敞出使，宣德八年以南京兵部右侍郎充正使，索岁贡金和失陷明军	魏骥《南斋先生魏文靖公摘稿》卷七《资政大夫南京兵部尚书徐公墓志铭》	宁夏首名进士

侯琎	宣德九年十月以行人副正章敞，锡封黎麟权署国事，撤安南"狗窦关"	王直《抑庵文集》卷七《资善大夫兵部尚书侯公神道碑》，陈循《芳洲文集》卷七《兵部尚书侯公神道碑铭》	后官至兵部尚书
谢泾	宣德十年五月以行人副正使行人朱弼颁明英宗即位诏	王直《抑庵后集》卷二十九《员外郎谢君墓表》	参《明宣宗实录》《大越史记全书》
边永	景泰二年六月以行人充正使颁景帝登极诏，斥令安南君臣阶下拜伏	李杰《边公永神道碑》，载《献征录》卷三十；刘珝《刘珝诗文集》第四集《大明致仕户部郎中封都察院右佥都御史边公合葬墓表》	
薛远	天顺元年以户部郎中使安南，还，升本部右侍郎	徐溥《谦斋文录》卷四《故南京兵部尚书致仕进阶荣禄大夫薛公神道碑铭》，王鏊《震泽集》卷二十一《荣禄大夫南京兵部尚书薛公神道碑》	参《明孝宗实录》，任务不详
尹旻	天顺四年八月以通政司左参议充正使封黎琮为国王，至横州知琮卒，遂还	《李东阳集·文后稿》卷二十七《明故吏部尚书致仕赠特进太保谥恭简尹公墓志铭》	参《明英宗实录》。东阳所言"尽却馈遗"有套话之嫌
王豫	天顺四年、六年两次以礼科给事中充副使出使安南	张宁《方洲集》卷二十三《朝请大夫赞治少尹湖广布政司右参议王公墓表》	参《明史·安南传》
钱溥	天顺六年正月以行在翰林院检讨充正使封黎灏为国王	王偁《思轩文集》卷二十二《资善大夫南京吏部尚书谥文通钱公墓志铭》	钱溥原有《使交录》十八卷，今佚

	刘戬	成化二十三年十二月以翰林院侍讲充正使颁孝宗即位诏	王鏊《震泽集》卷二十七《右春坊谕德刘君墓志铭》	书《入关诗》明志，安南谢表有"廷臣清白"语
	吕献	成化二十三年十二月，以刑科给事中副刘戬出使	雷礼《国朝列卿记》卷五十三《南京兵部侍郎行实·吕献》	赐一品服以行
	沈焘	弘治十八年十二月以翰林院编修充正使封黎谊为国王	顾清《东江家藏集》卷二十九《故谕德东溪沈先生墓表》	同行副使为工科给事中许天锡和吊祭使行人何沾
	潘希曾	正德七年二月以刑科右给事中副湛若水封黎晭	程文德《大司马竹涧潘公传》，湛若水《明故正议大夫资治尹兵部左仕郎赠兵部尚书竹涧潘公墓志铭》	有《南封录》，今存
	张治	嘉靖十七年冬擢翰林学士出使，实未行	雷礼《张文毅公传》，张治《张龙湖先生文集》卷首	有言小夷非兵不服者，遂止
征战	朱能	永乐五年四月总兵讨安南，十月二日至龙州薨，卒年三十七	杨士奇《东里续集》卷二十五《朱公神道碑铭》，梁潜《泊庵集》卷十一《武烈王圹志》，王世贞《弇州续稿》卷八十二《东瓯黔宁东平三王世家》	到安南前卒，后任命新城侯张辅为总兵官
	沐晟	永乐中以云南总兵官两征交阯，多所立功	《东里续集》卷二十六《沐公神道碑铭》，王直《抑庵文集·后集》卷二十四《定远忠敬王庙碑》	
	李彬	永乐四年南征交阯，六年凯旋。十四年充总兵官，镇守交阯。在镇七年	倪谦《茂国刚毅公传》，李贤《古穰集》卷十《奉天靖难推诚宣力武臣特进荣禄大夫柱国丰城侯追封茂国公谥刚毅李公神道碑铭》	李贤文记载多有未妥

方政	洪熙、宣德间，屡佩将军印总兵镇守交趾开平、大同	李贤《古穰集》卷十一《奉天翊卫推诚宣力武臣特进荣禄大夫柱国南和侯谥忠襄方公神道碑铭》	传主方瑛为其子
柴英	永乐四年随新城侯张辅征交阯，平之，有白金文绮宝钞之赐	王直《抑庵文集》卷九《明威将军海南卫指挥佥事柴公墓志铭》	征安南时，部曲有得妇女者择以献公。及归，皆以给无妻者
黄福	永乐五年平交，以工部尚书兼交阯布、按二使，宣德二年再赴交被俘，礼送归	《东里续集》卷二十五《黄氏先墓之碑》、卷二十七《光禄大夫少保户部尚书黄公神道碑》	明朝郡县安南时期代表性人物，有《奉使安南水程》等著
邹济	永乐五年、七年以礼部仪制郎中从张辅两征交阯	杨士奇《东里续集》卷三十八《故中顺大夫詹事府少詹事邹公墓志铭》	参《殊域周咨录》确定时间
陈曅	永乐四年以掾吏随李彬征交。还朝，授会稽知县	郑文康《平桥稿》卷十二《淳安知县陈翁墓志》	侧室周氏，杭州人；夏氏，交阯人，俱无出
王常	永乐四年从征，次年六月病殁，享年三十有五	王英《王文安公诗集》卷五《故给事中王君墓表》	
于兴	永乐四年以五十夫长从征，再往，没柳州	程敏政《篁墩文集》卷四十五《武略将军新安卫千户于公宜人叶氏合葬墓志铭》	传主于聪为其子
程原泰	永乐四年起以布衣从黄福征镇交阯，宣德初授尤溪典史	程敏政《篁墩文集》卷四十五《曾叔祖尤溪府君墓表》	传主为作者曾叔祖
林兴祖	永乐五年由广西右参议调交阯，分守盘滩城，次年朝京至广西藤县卒	杨士奇《东里续集》卷二十九《故广西布政使司右参议林君墓表》	

任官	王偁	永乐五年从大将军英国公张辅征交阯，掌书记	王偁《虚舟集》卷五《自述诔》	后与解缙同被系狱死
	蒋义	早从义旗，征交阯，靖沙漠，镇松藩，平巂川，经营四方	倪谦《倪文僖集》卷二十六《故定西侯蒋公墓碑铭》	
	江聪	永乐中从下交阯，积勋至缇骑帅	王世贞《弇州四部稿》卷九十三《卢母江太孺人墓志铭》	卢母江太孺人之先
	张贵	永乐九年以大嵩卫正千户从张辅征交，进指挥金事	顾璘《顾华玉集》卷六《张氏世德碑》	
	李循	永乐十四年前，由平凉卫指挥金事谪交，征战有功，复职，殁于化州	倪谦《倪文僖集》卷二十六《明故昭勇将军万全都指挥使司都指挥金事致仕李公墓表》	传主李徽为其弟，袭其军职
	彭诩	永乐中以儒学训导从张辅征交，宣德初授国子监典籍	杨士奇《东里文集》卷十六《彭士扬墓表》	
	史安	宣德二年春以礼部仪制郎中随柳升、李庆出征，死难	杨士奇《东里文集》卷十六《礼部仪制郎中史君墓表》	同时死者尚有礼部祠祭司主事陈镛等多人
	万璞	永乐中以进士知交阯靖安州。黎利叛，能不污其伪。擢靖江王府长史	罗玘《圭峰集》卷十四《养素万处士墓志铭》	传主万绮为其子
	陶成	永乐中以广西举人任交阯某县典史，改凤山县，转谅江府教授，升交阯按察司检校	邱濬《重编琼台稿》卷二十四《浙江按察司副使陶公神道碑》	后为抗倭名臣
	刘履节	洪武三十年进士。永乐九年略后，以太常寺博士擢御史，巡按交阯以殁	彭琉《朝列大夫翰林学士国子祭酒兼修国史知经筵官致仕谥忠文安成李懋时勉行状》，李时勉《古廉文集》卷十二	参刘球《与桂广文书》及清光绪甲午年重刊海南《云氏族谱》

	张金	永乐十年中进士，观政于都察院，奉诏使交阯	王直《抑庵后集》卷二十五《彭孺人墓表》	传主为其母
	黄宗载	永乐十四年以监察御史巡按交阯，及归，行李萧然	王直《抑庵文集》卷七《南京吏部尚书黄公神道碑》	黄福尝语人："吾见御史多矣，惟宗载知大体。"
	任时	永乐十六年授交阯古藤县知县	杨士奇《东里续集》卷四十二《赠文林郎云南道监察御史任君墓碣铭》	传主为任时之父
	许廓	永乐十七年以工部右侍郎往理交阯人户田赋	杨荣《文敏集》卷十八《故资善大夫兵部尚书许公神道碑铭》	
	黎恬	永乐十九年以监察御史调交阯南灵州，后黎利反，随王通北撤大军回国	习经《寻乐习先生文集》卷十九《右春坊右谕德黎君行状》，杨士奇《东里续集》卷二十八《故奉直大夫右春坊右谕德黎君墓碑铭》	既归，通及协谋者皆坐法。朝廷以事不出于众，悉置不问
	胡广	洪熙元年工部给事中九年任满，升交阯按察佥事	李时勉《古廉文集》卷九《胡参政哀辞》	
贬官	解缙	永乐七年以议安南不宜为明郡县，谪官交阯布政司参议	曾棨《内阁学士春雨解先生行状》，杨士奇《朝列大夫交阯布政司参议春雨解先生墓碣铭》，载解缙《文毅集》附录	周广《玉岩先生文集》卷七《交阯参议追赠朝请大夫赞治尹解公墓表》
	张本	永乐五年为工部左侍郎，坐累谪交阯，还为刑部右侍郎	杨士奇《东里文集》卷十九《故资善大夫兵部尚书张公墓志铭》	据《明史》本传确定其谪交时间
	刘子辅	由广东按察使贬交阯谅江知府，宣德二年死义，一子一妾先死	杨士奇《东里文集》卷二十二《刘子辅传》	

	宣嗣宗	永乐中由翰林谪交阯。在交阯九年始归，授中书舍人	杨士奇《东里续集》卷三十七《宣郎中墓志铭》	
	孙子良	永乐中谪交阯古螺城八年。宣德二年升交阯参议，未赴	王直《抑庵后集》卷二十四《参政孙公神道碑》	
	罗亨信	永乐十一年由吏科右给事中谪交阯为吏，至二十一年用荐拜监察御史	罗泰敬《通议大夫都察院左副都御史罗公年谱》，王直《抑庵后集》卷三十三《副都御史罗公墓志铭》	参《癸巳谪交阯过十八滩》诗
充军	陈简	永乐中，娶未数月，代父戍交阯。时交阯不庭，道梗寓广西梧州北流。后还籍京师	《李东阳集·文前稿》卷二十四《明故赠文林郎南京陕西道监察御史陈公墓表》，倪谦《倪文僖集》卷二十九《陈御史母太孺人徐氏墓志铭》	
	衡乐	永乐十年由西安知府谪交，至二十二年起为南城令	何乔新《椒丘文集》卷三十一《桂林太守衡公墓表》	
处置安南边疆事务	杨士奇	宣德二年十月与杨荣一起促成皇帝弃守安南的决策	王直《抑庵文集》卷十一《少师泰和杨公传》	蹇义、夏原吉、张辅皆不同意放弃安南
	程用元	成化七年擢广西右参政。安南以地界不定，数近边，用元冒险往定，乃已	程敏政《篁墩文集》卷四十三《通奉大夫河南左布政使程公墓碑铭》	
	沐琮	成化十年安南遣陪臣何瑄以假道为名窥虚实，公请敕切责，命边夷固防。交人诣阙谢罪	倪岳《青溪漫稿》卷二十三《明故镇守云南总兵官征南将军太子太傅黔国公赠特进光禄大夫右柱国太师谥武僖沐公墓志铭》	

朱英	成化十一年,交趾侵老挝,立营栅于龙州外境,众疑其谋入寇,朱英认为只是争隙地	《李东阳集·文前稿》卷十六《都御史朱公传》,何乔新《椒丘文集》卷二十九《太保朱公神道碑》	时任总督两广军务兼巡抚,特升右都御史,加从一品禄
陆容	成化中,安南累岁侵扰邻邦,有欲加兵者,公沮之	吴宽《家藏集》卷七十六《陆公墓碑铭》,程敏政《篁墩文集》卷五十《参政陆公传》	
刘大夏	成化间任兵部职方郎中,安南黎灏败于老挝,汪直献取安南策,公沮之	林俊《见素集》卷十九《光禄大夫太子太保兵部尚书刘忠宣公神道碑》,王世贞《弇州续稿》卷八十九《刘大夏》	
徐溥	占城奏安南侵小,乞命官往问罪,公亟疏止之	吴俨《吴文肃公摘稿》卷四《故光禄大夫柱国少师兼太子太师吏部尚书华盖殿大学士、赠特进左柱国太师谥文靖徐公行状》	
毛伯温	嘉靖十六年至十九年纳降安南莫登庸,伯温是最高长官	《罗洪先集》卷十七《东塘毛公行状》,毛栋《先公年谱》,张岳《祭大司马毛东塘文》	林希元《祭毛东塘司马文》有算账嘲讽之意
翁万达	嘉靖十六年至十九年纳降安南莫登庸,万达功居最	欧大任《欧虞部集·欧虞部文集》卷十五《翁尚书传》	翁氏有《平交纪略》
林希元	嘉靖十六年莫登庸事件爆发,力主用兵,与当事不合	蔡献臣《林次崖先生传》,载林希元《同安林次崖先生文集》卷首	其后尽复四峒旧地,莫氏降为都统,有创议之功

	黄光升	嘉靖三十二年晋广东按察使，时莫正中与莫浤翼争立，与俞大猷定其承袭，边界安	黄凤翔《田亭草》卷十二《尚书赠太子少保黄恭肃公行状》	
	李春熙	万历三十五年安南莫氏武永祯部入侵钦州，时任广东端州司理，为核功	董应举《南京户部郎嶂如李公墓志铭》，黄居中《明承德郎南京户部主事泰阶李公墓表》，载李春熙《玄居集》卷十	李春熙有《征南公牍》等
处置征战后勤	夏原吉	永乐中以户部尚书为征战安南做后勤，主张用赏钱而不是赏禄来嘉奖	丘濬《重编琼台稿》卷二十五《夏忠靖公传》，《李东阳集·文前稿》卷十五《夏忠靖公传》	
	曾翬	奏用折俸法处理永乐中留在广西太平府的原饷征交之盐	何乔新《椒丘文集》卷二十九《资政大夫刑部左侍郎曾公神道碑》	
	冯诚	永乐二十年任广东香山知县，时用兵交趾，备饷甚急	李贤《古穰集》卷十四《通议大夫湖广按察使冯君墓碑铭》	
朝贡	曾鲁	洪武五年二月，发现安南新王逼死前王。朝廷却其贡	宋濂《文宪集》卷十八《大明故中顺大夫礼部侍郎曾公神道碑》	
	闵珪	弘治四年总督两广军务，调解安南贡臣与凭祥、龙州土司争执	王鏊《震泽集》卷二十九《光禄大夫、柱国少保兼太子太保刑部尚书闵公墓志铭》	

原安南人	阮河	交阯多翼人，永乐五年，即归顺明军。宣德弃守，挈家来归	杨守陈《杨文懿公文集》卷八"东观稿"《阮大河传》	《明孝宗实录》：子勤，景泰五年进士，官至南刑部左侍郎
	阮窦	交阯慈廉县人。永乐五年，简为内臣，累官至御马监太监	罗亨信《觉非集》卷五《大檀越乐善居士阮公寿塔铭》	信佛，预营寿塔
	阮浪	世家交阯，永乐中选为内官，累御用太监，景泰三年卒	李贤《古穰集》卷十五《赠御用太监阮公墓表》	应与阮河、阮窦一样，都是在永乐五年选为宦官

附录二　林希元《同安林次崖先生文集》安南资料辑录

林希元《同安林次崖先生文集》十八卷,辽宁省图书馆藏清乾隆十八年陈胪声诒燕堂刻本,四库全书存目丛书集部75册。

卷首蔡献臣《林次崖先生传》,第415—416页:

先生名希元,字茂贞,号次崖。同安县翔风里麝浦山人……正德丙子以儒士中福建乡试。丁丑举进士,授南京大理寺评事……庚寅,陪推南京大理寺丞……满三载,留北。会辽东兵窘辱都御史吕经,先生极言姑息之弊,请用兵,疏入,落职,知钦州。时安南莫登庸篡其主而自立,东宫建,上怪无安南表,差官往诘,得其状。而先生尤力主必讨之议,凡六上疏,请正天诛。诸所为建学修廨、储蓄守御,无非百年石画。久之,擢佥事,备兵海北。然朝议竟惮用兵。辛丑,遂用拾遗罢先生,而钦人建生祠祀之,迄于今不绝。……独征交之议与当事意见不同。然其后尽复四峒旧地,而莫登庸削王爵降为都统,先生力也……卒年八十五。

案:清黄虞稷《千顷堂书目》卷二《三礼类》载:"林希元《更正大学经传定本》一卷。嘉靖二十八年,希元以闲住佥事,奏请刊布所著《大学定本》及《易经、四书存疑》,诏焚其书,下希元于巡按,寻褫其职为民。"上海古籍出版社2001年版,第44页。

卷四《安南奏书引》,第 502 页：

安南奏疏凡六,其前五疏知钦之日所上,其末一疏分巡海北之口所上也。尚有五疏,其四皆其枝叶,其一未上,故弗刻。予素有安南之志,顷以云中辽左之事谪守钦州,因得熟知其国山川道路险易,夷情强弱虚实。适圣天子问罪安南,予以佳会难逢,故以生平所闻见历陈于上。卒之交人震慑,逆庸纳款,削国归地,凡百一一如予所料。天下之人无智愚不肖罔弗称元之功,而予反坐是失官,岂非舛与?然予之官虽以此去,予之志业则有不可泯者。疏稿数通不忍弃去,录而藏于家。县大夫方洲袁公见而奇之,捐俸刻之,因书其故于篇端。

卷四《陈愚见赞庙谟以讨安南疏》,第 502—505 页：

臣伏读邸报,见安南久不入贡,礼、兵二部会议征讨,先遣锦衣卫官二员径往彼国查勘。随蒙海北道信牌抄奉两广军门信牌,仰所属军卫有司内拣选能深晓夷情,熟知道路,强干有谋者三五员名,伴送敕使径入安南等因,到州依蒙已选钦州千户所百户吕濂送用去后。臣按安南久阙职贡,陛下赫然斯怒,廷臣遂议征伐,此诚帝王统驭华夷之宏略也。微臣欲有言者,盖兵难遥度,事贵万全,故武定侯之疏未尽事情,欲各官及生长四省、熟知彼处事情者逐一陈奏。臣待罪钦州,接壤安南,彼中事情略知一二,不敢不言,以负陛下也。请一一陈之。

臣自到州以来,再三体勘,节据峒长黄子璟、生员黄洪等呈报,安南自正德十一年黎䶵通贡之后,遂为其臣陈暠所杀。其臣莫登庸攻杀陈暠,暠之子升奔据谅山。登庸立䶵之兄子譓为主,登庸谋篡位,黎譓奔据广南。登庸以其幼子冒姓黎氏,权国事,已而自取之。安南自是国分为三,而莫氏特大。黎氏播越南海,阻于登庸,欲贡而不得。登庸攘人之国,身负篡逆,欲贡而不敢。陈氏窃据偏方,势力卑薄,欲贡而不能。安南久不入贡,职此故也。登庸篡据,二氏纷争,国人未服,正欲求贡乞封以定其位,而莫为之主。嘉靖五年尝以千金求通贡于本州判官唐清,事发问罪,监故按察司狱。臣前过广西,闻莫登庸求通贡于两广军门,称黎氏已亡,国人推己,见在江左道查勘未报。则今之遣使,正其所欲,计必仍饰前辞以相欺,敕使至彼,所按所问皆其臣下,谁敢以实告?使者无由察,因之而回奏,朝廷无由察,因之而与封,是万里遣使,只成其篡据之谋,不可之大者也。臣见诸臣会议,要见见今篡主夺国罪人姓名,选将整兵,待报而发。臣仰见陛下明并日月,威震雷霆,不肯稍假借于叛臣也。今敕使往勘,果登庸狡诈如臣所料,岂不误大事?此臣所以不能已而有言也。

臣见兵部会议,遣将命师,整兵积粮,俱已处分,无庸别议。事情未尽者,臣请陈之。夫事无微而可略,敌无小而可忽。今于安南,若只责其入贡,此可不烦兵而定;必欲正其叛逆之罪,则登庸虽小未可忽也。何也?彼自篡逆以来,北难于陈氏,南怨于残黎,身经百战,其历患也多,其用智也熟,非少年未经事者比,其不可忽一也。

二十年间我虽未尝觊觎于彼,彼之提防于我者无所不至。观其篡立未几,即禅位于子福海,自居都斋。都斋者,莫氏故居,去其国七程,去钦州五程。登庸居此,盖备我耳。观其所居,宿兵万人,又栏海树木以止舟师,其意可见也。闻永乐中征进用兵八十万,谋臣猛将皆靖难百战之馀,以泰山压卵之势临之,虽所向无敌,然犹大小数十战。今之兵力孰如往时?大将副参游击而下,如新城侯张辅、西平侯沐晟、丰城侯李彬者有几?未可忽者二也。

古之用兵安南者,不患其难胜,惟患其难久。盖其山川隔远,风气殊别,瘴疠时兴。北人至彼不习水土,往往不能久而引去,如宋人之讨李乾德,元人之讨陈日烜,皆以是也。今兵马钱粮皆为二年之计,若将帅尽用北人,恐水土不习,不能久驻,虽有二年之食,将无所用,未免徒劳而无功。此当虑也。又贵州、四川道途隔远,江西虽近,人不习战。安南所惮,惟湖广钩刀手、广西狼兵、福建白船、广东黑船四处土兵耳。方今良将臣不能尽知,如辽东总兵马永、广西参将沈希仪、浙江都指挥汤庆,亦一时之杰也。古之名将或起于屠钓,或拔于卒伍,今专任世将,民间虽有孙吴韩岳之才,亦无由进。设法收之,亦足备今日之用。夫兵务精不务多,若湖广、广东、广西、福建四省之兵,各选精锐二万人,亦可以当八十万之强兵。若大将副参游击横海而下,多方搜访,不拘一途,得如马永、沈希仪、汤庆者数十人,亦可以方靖难之诸将。

闻永乐中入安南之路有二:一自云南,一自广西。今使云南之兵自蒙自县入,以攻其右;广西之兵自凭祥州入,以攻其背;湖广之兵自七源州入,以攻其左;福建之兵由海道抵伪都,以取福海;广东之兵由海道抵都斋,以取登庸。使四面受敌,父子形隔,可不战而下也。登庸既下,黎谯、陈升可传檄而定矣。大将副参游击横海而下,皆须习南方水土者,方可久驻。四川、江西只令出钱粮以给军饷,贵州则钱粮亦可免之。

用兵之策如臣所陈,亦略尽矣。征伐之议尚有二三其说者,臣请陈之。有谓安南外夷,不可治以中国之治,不宜征伐,举洪武、宣德间处安南事以为证:此一说也。有谓登庸之业已成,可因而与之,举洪武中处朝鲜李成桂之事以为证:此一说也。有谓登庸篡逆,义不可与,讨之则疲敝中国,宜声其罪而绝之,使四夷闻之,皆知叛逆不轨者在所必绝:此一说也。有谓北虏猖獗,寇在门庭,安南篡逆,远在荒服,先破吉囊,然后诏谕安南,可传檄而定,安南之伐,宜且缓之:此一说也。有谓宜兴兵致讨,声莫登庸之罪而诛之，召还黎譓以主其国，定其位，而去之：此一说也。愚臣之见皆异于是。

　　按安南与南海、珠崖同入职方，汉晋隋唐皆为郡县，钦州乃其属郡，地志可考。姜公辅生于爱州，与曲江张九龄相望而起为唐名将，则其风声文物固不异于中国也。至赵宋始失之，我太宗皇帝始复故物，至宣庙复失之。乃中国之陷于夷狄，非夷狄也。《祖训》所以不征者，盖陈日烺首先归顺，当时未有其几，非夷之也。臣考黎利之势不大于征侧，汉光武弃西域而不弃交趾，其不以夷狄视之可见也。二杨弃交之议本借汉弃珠崖为辞，然珠崖卒为郡县，今名臣硕辅相继而出，则其说之无据可见也。是不伐之说非也。登庸篡逆之贼，若因其业已成而与之，如国法何？且黎氏尚在，臣访其所居，虽仅四府，然地广而兵强，国富而民辅，尚足以拒莫。今与登庸，则置黎于何地？万一黎譓效陈添平故事，诣阙请封，将何以待之？洪武中处李成桂，盖本朝受命之初，朝鲜独后至，又其时王氏以绝，非若今黎氏尚存，故姑与之。其事不同，难以例论。且堂堂天朝，岂利土物？万里遣使，不能正其罪，而反成其奸，非所以重中国服四夷而示后世也。是与之之说非也。既为藩臣而受其职贡，则其国治乱亦当理之，今也逆臣篡据，邦国分崩，既遣使临问而得其情，乃绝之而不理，非所以伸王法尊中国而威四夷也。夫所谓疲敝中国者，谓其地绝远，得之不足以富国，若鄯善、车师之于汉光武，绝之是也。安南接壤两广，鸡犬相闻，其地土沃而民富，象犀翡翠香药之利被于上国，得其地正足以富国，犹胜于今之贵州、广西。非敝中国以事远夷也，是绝之之说非也。吉囊、安南譬之人身，安南一指之屈，吉囊疮疥之患也。疮疥之患时时可治，屈指之患惟一过客能伸之，只在一时。必专伸指而兼疥，决不先疥而后指，此不待智者而后知也。是缓之之说非也。安南之初请封者以陈氏，国朝之所封者亦陈氏，黎利中藏狡诈，冒有封国，则安南非黎氏有也。当时未及讨，因而与之，其事未明，其罪未正，所恨无其机耳。今其强臣效尤，黎氏失国，天道好还，事有其机，乃欲取国以还黎氏，岂但逆天，实自失机会也。是定黎之说亦非也。

以臣观之，今之安南当讨者三，当取者二，可取者四。中国礼法之宗，四夷所视以为表则也，登庸篡逆，礼法之所不容，当讨一也。四夷视此以为轻重，当讨二也。国朝初弃交趾之时，安南因而侵本州如昔瞻浪四峒之地，置新安州，闻其民衣冠语言常有反本之思。彼国执迷怙终，未有悔过之念，宜乘此时声其罪，责之使之改正：当讨三也。安南本中国故地，自分国以来，驱我衣冠之民，断发跣足而为夷狄之俗，管仲之所必匡，《春秋》之所谨：当取一也。黎氏得之不义，登庸袭其故智，二者俱不当得；当取二也。彼自分国以来，年历六百，人更五姓，国祚虽易，疆土不分，而今乃分裂，天意似可推而知也：可取一也。闻登庸势虽已成，其大臣犹多未附，皆与婚姻以结其意。今三姓分争，人心疑惑，皆愿归本朝。登庸亦朝夕凛凛，惧王师之至，日散千金，以收国人，似有望风送款之意：可取二也。安南既分，势难复合，三者相持，决不相让，彼此俱失，必自甘心，是天道有好还之会，交趾有混一之机：可取三也。五六年间边民觊觎而动，如赵盘、韦缘广者四五起，屡请兴兵，官府莫之听，虽岁杀数十人，犹不能止。若得明旨指挥，数万精兵旦夕可集。人心如此，天意可知：可取四也。

夫其当讨者如此，当取者如此，可取者又如此，是诚千载一时也。臣闻佳会难逢，良时不再，鹬蚌相持，渔人之利，今之安南，所谓鹬蚌之势，中国之利，天与我以时也。愿陛下与廷臣计议，务求至一之论，不惑二三之说；兼采微臣之策，勿专已成之议；详审使者之奏，勿为登庸所欺，则天时可乘，大功可奏，一方之民可免于被发左衽,陛下之盛德大业,光祖宗而垂后世矣。

卷四《走报夷情请急处兵以讨安南疏》,第505—508页:

安南不庭,往者朝廷差官往勘,命将讨罪,臣已将彼中事情征讨事宜具奏去后,兹复有所闻,臣不容默,请一一为陛下陈之。臣节据时罗都生员黄洪、谍者黄礼等报:一,安南嘉靖十六年二月二十八日海啸,水没王城,崩城墙一面,人民死者二万有馀,牛羊无数。此天将亡安南之兆也。一,莫登庸嘉靖十六年六月闻朝廷欲讨罪,立其子莫福海之子莫福源为伪大孙,欲以今春嗣位,莫福海出守于外,赦民间徭役三年。此知人心不附,父祖子孙分守境土以自固,又因之以收人心也。一,莫登庸闻朝廷欲讨罪,于所居都斋及海东府造船四百馀只,比常极大。此欲为势穷悬躲入海之计也。一,莫登庸闻朝廷欲讨罪,于其国永安、万宁等州县选民年二十至四十者各五十人赴国都教练。此欲为防御之计也。臣考永乐中交趾布政司州县一百一十九,每州县选五十,不过七千人耳。一,莫登庸嘉靖十六年十月差人由海上至廉州府合浦县地方,被哨海官兵获得一名杜文庄,供称莫登庸差来查探事情。此欲观我之动靖也。一,莫登庸嘉靖十六年六月闻朝廷欲讨罪,随于八月领兵三万攻黎宁,战败死者一万,杀死大臣四人。此莫登庸诈称黎氏已绝,尝以是求封,一闻朝廷查贡讨罪,急于灭黎氏以饰诈,不知反自祸也。一,嘉靖十六年十二月二十九日,臣拨守上扶隆营旗军武汉等获送归正人黄伯银到州,其来归本末具在别奏。臣因审莫登庸兵马强弱,供称安南法每州县岁取年二十上下者二十人,分拨各处防守,因连年与黎家相攻,嘉靖十五年死者六百人,十六年死者一万人,丁壮不足,故选及年四十者五十人。以此观之,莫登庸虚实具可见也。

臣按安南僻处一方,考其土地人民犹不能当吾广东一省。接壤吾境，又非若朝鲜有崇山大海之限隔。汉晋隋唐皆为郡县，因五季之乱而失之。宋人所以不能复者，盖其创业之初，武业已不兢。燕云近在门庭，尚不能复，况能远及交趾乎？本朝所以既得而复失者，盖平定之后，遽掣三帅之兵，不若云南之留重镇。又各处防守官军苟简废弛，加之贼残党未尽除，新附之人心未固而易动，当时镇守刑部尚书黄福知有后患，已预言之。昔珠崖新附，汉光武初造犹不能保其无变，况安南乎？以此观之，乃人谋之不臧，非交趾终不可守也。

今其贼臣割据，土宇分崩，日动干戈，鹬蚌相持，生民糜烂而无主，地道不宁而告变。如黄金广等往以敕书招之而不至，今其孙不招而自来。海啸崩城杀人，又亘古所无者，天意人心可知也。且以数郡之民，父子祖孙分据，而三君供亿频繁而战斗不已，其势岂能久存？今倾一国之兵以战破败之残黎，不能胜而屡败，至覆大师与大将，则登庸人心不与、兵力不振，覆亡之势已见于此矣。臣细审黄伯银，若王师入境，皆俟后稽首之民，其间必有倒戈俘贼以献者。莫登庸既不兢，陈升闻已亡，黎氏似亦当替。以臣观之，安南一块之土，终无独立之理，其势必折而入中国，是诚天道好还，夷运将终，交趾复合之时，良由我皇圣德格天，化行方外，皇天眷祐我明，将全赋畀我皇上以金瓯大一统之业也，可谓万世一时矣。

或者以今财力方屈为疑，臣熟计安南之兵不过二十万，二年之食：所费银不过一百六十万两，粮四百万石，岂以天下之大不能办此？如臣所处，又有不全取之官与民而可以足兵食者，况既得安南，所入又岂止于此哉？若以用兵言之，自古用兵安南者无有不胜，惟巧于逃遁，以延我师。北人至此，不习水土，往往不能久而引去。此安南之长技，所以待我者此也。如汉马援征交趾，女子征侧逃入金谿穴中，二年然后得。元讨陈日烜，屡逃海港，三年不能得。

本朝永乐中讨黎季犛、陈季扩，辄逃海岛，三年然后得。往事可验也。今莫登庸造舟都斋，实踵日烜、犛、扩故智。

臣节奉上司明文，该司礼监传，奉圣旨："安南叛乱，已有旨征讨，占城国乃其邻壤，宜敕其国王整兵把截，勿令奔逸，钦此！"圣神料敌，远中机宜，真所谓天子明见万里之外者矣。臣愚窃谓防之于邻境，尤当防之于门庭，则海上之兵为最急。海上之兵则福建漳泉为上，广东东莞南头次之。然湖广、广西、云南土兵俱有头目总领，福建、广东之兵俱散在民间，素无头目总领。若领于州县之官，则舟楫风涛非其所习，又技不相知，情不相得，彼固不肯为此用，此亦不能用之。臣愚谓可就中择有智勇为众所推服者，假以土指挥、千户之名，使统领其众，各自为战。如能屡立奇功，就使即真，与武职一体升赏。无功可录者，事罢照旧为民。如此则人必致死以立奇功，其下亦必致死以为之用。或谓名器不可轻与人，非也。昔汉高祖时陈豨反，令周昌选赵壮士可将者，自见四人，高帝嫚骂曰："竖子能当乎？"四人惭伏地，各封千户以为将。左右谏曰："封此无功。"高帝曰："非汝所知。陈豨反，赵代地皆豨有，吾以羽檄征天下兵，未有至者。今计唯独邯郸兵耳。吾何爱四千户，不以慰赵子弟？"皆曰："善。"今安南之地，尺寸非吾有，而流土之兵未有将者，又何爱土指挥、千百户之虚名，不驾驭英杰济吾事乎？

然此一节也。又以大体言之。向者大号涣颁，声罪致讨，命将出师，大将副参游击总饷纪功等官俱已差点，续奉明旨，暂且停止，令云南、两广抚镇官随宜抚剿。臣愚谓往者此间兵粮未备，若王师卒至，轻进不可，王师久顿，非兵之利也，明旨缓师，可谓得胜算矣。然欲倚此成功，臣恐未必能。何也？当此事未举之先，形迹未露，令两广云南镇抚图之，沉机密谋定而速发，使彼不暇为谋，则可以得志。今形迹已露，声息已闻于外夷，我兵未集，彼备已深，忽焉中变,彼谓朝廷不急于此,必有相易之心,彼民未知朝廷意向,必不敢轻去逆贼,归属于我:此一虑也。又两抚之兵事权不一,彼此或不相应,恐误大事。如宋讨黎桓,侯仁宝率兵先进,孙全兴等乃顿兵不进,宋御金师宣抚令进兵,枢府一面令退军,此事权不一之验也。臣今按西北二边抚镇俱有大臣一员为总制,今安南之事又非西北二边常时寇扰之虏比也,宜照二边事例置总制大臣一员,庶事权归一,大事不误,大功可成。又两抚之兵,大将出于膏粱之馀,恐未必能任大事,将佐则副参都司指挥千百户之辈耳,此何足以摄服远夷?故臣愚谓宜遵照前旨,大将命于朝,必择素有闻望为众所推服者,副参游击而下,令两广云南抚镇择所属武职素有才望如沈希仪者充之,福建广东海上之兵宜添置横海将军各一员,以海上备倭指挥素有才望如汤庆者充之。行兵以食为先,总饷大臣自不可少。纪功科道所以覈功实,验勇怯,鼓人心,作士气,尤为要紧。

臣前奏欲五道进兵,今计实三路耳。宜改七源州之兵从钦州进,海上二支之兵与钦州为一路。臣考汉史,马援征交趾军至合浦,诏令并领楼船将军段志之兵以进,盖水陆并进也。二路进兵宜各遣纪功官二员。臣复有献焉。行兵所至,纳降为先。安南人心既属在本朝,可因而导之。宜明立赏格:其国群臣百姓有能执莫登庸父子以献者,封以侯伯;以府降者,授以指挥;以州降者,授以千户;以县降者,授以百户;若莫贼系颈自归,亦待以不死,仍量以官职。则人心响应,贼胆自寒,兵不血刃,而大功成矣。

臣闻帝王之兵以全取胜,今以中国而服远夷,使举动不出于万全,而万一有失焉,所损不细。臣忝守边州,有疆场之责,欲求万全之算,故不避烦渎之罪,谨昧死为陛下陈之,愿陛下与廷臣计议,择可而行,实国家宗社万年无疆之休也。

卷四《陷夷旧民归正复业疏》，第508—510页：

嘉靖十六年十一月二十九日，据本州帖浪都峒长黄里贵递到安南渐凛等峒土官黄伯银、黄福添、黄音、黄福内、黄结、黄资、黄子银七员名词状一纸，内称上祖原系广东廉州府钦州帖浪、如昔二都土官，宣德六年被安南国侵占二都土地乡村，人民二百七十二户，男妇三千四百馀口，粮米百十馀石，俱陷入安南国收留，被伊逼令短截头发，并封祖黄金广、黄宽伪官怀远将军。经今百有馀年，各人父祖时常思忆祖宗乡土，无由归还。近幸安南国衮乱，伯银并各土官人等愿率一十九村人民，见在一千二百馀口，心愿复业，归顺本朝，复为良民等因。臣以旧民慕归，彼国人心属在本朝可见，大兵入境，就可用为向导。但今大兵未到，未敢轻发。至十二月二十八日，据巡守上扶隆营旗军武汉等获送交趾夷人黄伯银、黄父爱二名到州，臣等会同钦州守备廉州卫指挥孙正当堂审。据黄伯银供称，先于嘉靖九年六月赵盘、赵溥招来投降，在本州居住，至十一年十二月逃回。今年六月闻天朝要讨安南，伯银等又思要复业。本年十一月二十五日具状，托老峒长黄里贵投告本州，至今未见准否。伯银与子黄父爱前来本州帖浪都上扶隆村打听，被巡捕军人捉得等语……

卷四《定大计以御远夷疏》，第510—513页：

臣按交南莫登庸躬行篡逆，阻绝朝贡，向者陛下赫然斯怒，命将出师，声罪致讨，臣二次将当讨之罪、可取之状具本陈奏，已蒙陛下嘉纳，特敕该部会议施行。因朝议未协，以致陛下不乐而罢。续因莫方瀛上表乞降，陛下复命大臣前来查勘，应否听其投降，及黎氏子孙有无，作何着落。臣知陛下未能释意于安南，故不遽听其降，而复加审处也。今可否之权在勘官，臣不敢知，姑以投降一节言之。夫投降者，籍其土地人民以献，将以听朝廷处分，而彼不复有也。必听吾处分然后为真降,如不听吾处分,但曰投降,谓之真降未也。今莫方瀛虽籍其国土地人民以献,然臣观其意,不过缓我之兵,要我之封爵以定其位耳,谓之真降未也。何以明之?嘉靖十六年五月,据两广军门明文,准云南巡抚都御史来文,莫登庸遣子莫方瀛西攻武文渊,十战而十不利,卒以计掩袭其营,据其妻子,旋为武文渊所败,夺回人口。今闻武文渊已为逆庸所灭,未知是否。夫武文渊愿从讨贼,陛下嘉其忠义,锡以冠带,赏以金帛,莫方瀛当时方乞降于云南,而乃西攻武文渊,是得为真降乎?嘉靖十七年六月,调到各处兵船屯聚廉州大洸港,莫方瀛乃伏兵乌雷,杀我官军六名,房去战船一艘。臣时具申合干上司,事停未究。嘉靖十八年七月,安南送到广州等处飘风人口,臣得其国文移,其君臣仍前僭拟名号,以大正纪年,斥吾中国为化外。夫既奉表乞降,乃杀据兵船,又不待朝命,仍前僭窃,斥我化外,是得为真降乎?

臣得邸报,伏见陛下敕礼部尚书黄绾:如或莫氏父子阳为投降,阴恃险远,谲诈不一,即令就彼从宜酌处,奏请定夺……如臣愚见,惟因其投降为之处分,观其听命与否,则登庸之情伪从可见矣。今之处分安南有四事,臣请陈之:其一,还我四峒侵地;其二,使黎宁不失其位;其三,使黎氏旧臣如郑惟憭、武文渊辈皆有爵土;其四,奉我正朔,革去年号,不得仍前背叛。如此处分,然后中国不失其尊而得待夷之体。今敕使临勘,若听其投降,宜及是时以四事诏谕莫氏父子,使如敕奉行。彼如一一奉行,则是投降出于真诚,纳之可也。有一不如吾意,则是圣谕所谓“阳为投降,阴恃险远,谲诈不一”,投降非出于真诚,纳之不可也。

按四峒之地,在本州如昔、帖浪二都,曰渐凛,曰古森,曰监山,曰博是。其地崇山峻岭而阻大江,崎岖险阻,车马不得进。过此则平原孔道,直抵龙编。乃中国之藩篱门户,如秦有函关,蜀有剑阁,唐有维州。宋元于此置七峒长官司控制安南。其地未失，则其险在我，其地既失，则其险在彼，乃中国之所必争，不可弃也。宣德年间弃交趾布政司，渐凛峒长黄金广率四峒之民一百九十口叛降安南，本州遂失此地。正统年间，我英宗皇帝命巡按广东监察御史朱鉴奉敕至本州时罗都，诏黄金广等不至。后因国家有事，遂悬未结。今黄金广孙黄伯银等率旧民来归，臣前已具奏，未蒙处分，今黄伯银等见在帖浪都仰候朝命。昔齐人归鲁侵地，《春秋》特书，以为盛事。燕云没于契丹而不能复，宋人以为大耻。四峒之地虽不大于燕云，亦不少于汶阳，其可弃而不取乎？因其投降，使之归地，还我故物，非取诸彼，其理甚正，其词甚顺，宜无难者。故曰还我四峒侵地者，此也。

　　案：这是唯一的实质成果。

　　据云南请降之奏，则黎宁实有其人。据两广请降之奏，则黎宁似无其人。莫方瀛则谓黎宁乃阮金之子。如臣愚见，黎宁所居去云南为近，去两广隔远，云南之奏当得其真。纵使黎宁果系阮金之子，彼与逆庸比肩事主，国败君丧，能鸠集散亡，以倡名义，讨叛逆，义胆忠肝，表暴于国。郑惟燎万里乞师，为主报仇。武文渊、刁鲜辈首顺王师，愿先士卒。郑惟沈、阮仁连辈义存故主，志歼强贼，其忠义俱可嘉尚。今纳莫氏之降，诸人若不为之所，逆庸积恨于彼，皆将取而甘心焉，何以自存？陛下君主华夷，当使民物各得其所。释叛逆而殄忠义，臣知陛下不为也。因莫氏之纳降，举其国而九分之，黎宁、郑惟燎、武文渊、郑惟沈、何迫适、阮春岩、阮仁连、郑子春，与莫方瀛各有其一，土官陶仙、车带富、车克让等，冠带土舍刁鲜，交人黄明哲，寨主李孟光等，以及伯雅、罕开、猛来、猛索等，各因其故地置立卫所，授以指挥千百户等职，如此则万物各得其所，陛下君主华夷，其道始尽。故曰使黎宁不失其位，郑惟燎、武文渊等各有爵土者此也。

案：此为郡县安南的变相做法，可见书生幻想。另外也可见消息不确，人物关系混乱。

往者逆庸因僭拟名号，擅作《大诰》，诏谕臣民背叛朝廷，被云南镇抚等官具奏，陛下震怒，特敕两边重臣声罪致讨，庸瀛以此惧罪，上表乞降。未蒙朝廷处分，乃仍前僭逆，纪元大正，以中华帝王自居，斥我为化外。轻朝廷，舞中国，其罪比之擅作《大诰》犹为过之。今若听其投降，亦比下诏切责，使彼输诚服罪，削去名号，奉我正朔，然后中国不失其尊，小夷无敢纵肆。故曰革去名号，奉我正朔，不得妄自尊大者此也。

案：此乃虚名。

凡此四事，皆为切要。而使黎宁不失其位，郑惟憭、武文渊辈皆有爵土，陶仙、刁鲜辈皆置卫所，又所以分安南之势，使更相雄长，不相统属，而吾得以坐制之，此尤制驭夷狄之上策。汉贾谊请众建诸侯而少其力，我成祖文皇帝分置女直一百八十四卫，皆用此道。迩者勋臣郭勋欲分安南为土官衙门，亦此意也。

如此处分，逆庸如不奉命，则彼国人民皆知其直在我，其曲在彼，而有叛彼顺我之心；郑惟憭、武文渊之徒不得爵土，欲求自全，皆有雠彼助我之意。彼人心内溃，雠敌并起，父子孤立，实有土崩瓦解之势。提数十万之师，因助顺之众，讨垂亡之虏，何战不克，何攻不取？

或者以今财力不足为虑，臣窃谓不然。夫逆庸以数州之地，素无仓廪之积，自篡逆以来，干戈不息者二十馀年，未闻有乏财之忧。今以天下之大而患无财用，臣不信也。又以主帅乏人为虑，臣窃谓不然。无代不生材，自古未尝借材于异代，故魏尚能为颇牧，颇牧近在禁中。昔者赵宋之时，金师南侵，笑南朝无人，既而韩世忠、岳飞辈崛起，皆足以寒毡裘之胆而夺其气。今天下之大，岂无其人？特今法专任世将，虽有其人，无由自见耳。苟设法收之，多方致之，将有智勇如韩岳者出为吾用，而何将帅乏人之忧也？或者又谓安南远夷，虽得其地无所用，臣窃谓不然。夫安南乃汉交趾、九真、日南三郡之地，与南海、珠崖同入职方，地产佳穀，种播闽广，象犀玳瑁翡翠之珍，奇楠、安息、沉香诸香，波及上国，其富过于云贵广西。观《汉书》称交趾多珍货，刺史多无清行，以致吏民怨叛。唐姜公辅生于爱州，与曲江张九龄相望而起，为唐室名相。则其财赋人物不减中州而非无用也可见矣。

　　案：此当与闽地商业发达有关。

　　今在廷臣工知安南之当讨者，盖十而七八，特以宋元讨安南而不能成功，本朝取安南而不能终有，以是为疑，故互生观望而莫敢主耳。夫宋元之不成功，本朝之不能有也，皆有其故，非安南不可克、不可守也。臣请明之。宋人之讨黎桓也，侯仁宝以邕州一路之兵获安南数万之众，斩首万馀，获甲兵战舰以无数。乘胜长驱，所向无敌。特孙全兴顿兵不进，仁宝孤军深入无援，黎桓因而诈降，遂为所害。此则士不用命、主帅寡谋之过。然考其时，侯仁宝以私意而举兵，卢多逊以私憾而主谋，心不合天，事焉由济？宋人之不成功也以是，非安南之不可克也。元人之讨陈日烜也，王师南下，日烜空国而逃，大军直抵国都，虚其城国宫室，虏其宗族臣庶，势如压卵，罔弗碎粉。特日烜屡逃海港山林而不可得，王师久驻，海运遭风不至，始谋退兵：此则天时之故。然考其时，赏罚不明，士不用命，加之将帅不和，自相矛盾。人谋不臧，坐失机会，元人之不成功也以是，非安南之不可守也。我朝取安南可谓得胜算矣，所以不能终有者，盖平定之后遄制（案：依前文当为"掣"字）三帅之兵，各要害戍兵又多未置，继而郡县贪饕珍宝，各肆诛求，久蓄民怨。及中官马骐贪暴激变,遂成祸乱。而黎利请立陈氏后,英国公张辅直料其诈,请发兵讨灭,又为大学士杨荣等所阻,遂弃交趾。盖其始也,兵防之未周;其中也,赃吏之酿祸;其终也,英谋之不用。安南之失正坐于此,非其地终不可守也。夫宋元之不成功,本朝之不能守,其故如此,诸臣之疑沮可以释然矣。

今莫氏纳降,臣愿陛下如臣所奏,以四事处分,如不奉命,请以臣所言决意征讨,则堂堂中国不为小夷所欺,圣武布昭,王灵丕振,九夷八蛮,罔弗率服矣。臣复有献焉,自安南举义,威声远播,其国忠义豪杰莫不响应,其民莫不日夜引领以望王师,其腹心党与亦自携贰而向于我,莫氏父子逃生无所,日夜治舟为逃遁之计。使当时若不反汗,将见犁庭扫穴,大功已奏矣。乃群议不协,持疑未决,于今三年,使远人失望,豪杰解体。莫氏知我虚实,遂肆无惮之心,徐为剪灭之计,西攻武文渊,南攻阮仁连。今黎宁不知何在。机会顿失,大功不建,是皆诸臣不能将顺德意以误陛下也。使武文渊果为逆庸所灭,黎宁、刁鲜、阮仁连辈或为逆庸所并,是彼首应王师,倚命天朝,自取诛灭。我边臣既招之使来,乃坐视而不能救,是彼之灭亡乃吾致之,其咎安在也? 今不此之问而犹讲纳降之事,诚愚臣之所不识也。今遣大臣临勘,臣恐彼此蒙蔽,又失事机,妨误大事,故不避繁渎而冒言之。伏望陛下矜臣之愚,宥臣之罪,社稷之至计,远方生民之大幸也。

卷四《条上南征方略疏》,第 513—515 页:

……夫方瀛之父登庸起自蛋户,习于舟楫,家住都斋。其地滨海烂泥十馀里,舟楫不能泊。西北至龙编王城七程,而阻七水,车马不能进。逆庸恃以为固,中树木为城,伪封其党七人为公,环之于外,号七公府。于海上新兴社建立兵府,有众约二万,专习水战。又于涂山置州,枝封县置兵,俱为藩蔽。逆庸尝与其党计,王城可虑,都斋不必虑。若天兵南下,王城不支,则举国以奔都斋；都斋不支,则举国以奔海上。则都斋者,莫氏所倚以为命,谓金城汤池之固,吾莫如之何者也。臣愚则谓善征者攻其所恃,则其馀不攻而自破。……

卷四《速定大计以破浮议以讨安南以解倒悬以慰民望疏》,第515—517页：

安南之事,向者陛下命礼部侍郎黄绾前往勘处事宜及征讨方略,具本差吏薛锺英于本年十月初一日赍奏去后,至十一日得邸报,闻黄绾以别事罢去,廷臣奉旨议遣咸宁侯仇鸾、兵部尚书毛伯温前来整饬兵粮以备征讨。若莫方瀛父子悔罪请死,束身待命,悉以土地人民听天朝处分,则待以不死。又得边民报,黎氏旧臣有曰巴广者,即阮仁连割据广南,逆庸倾一国之兵以攻之,今年九月十二日已为逆庸所灭。又闻武文渊已于嘉靖十七年冬为逆庸所灭……自嘉靖十五年冬举事,于今三年矣,起而又罢,罢而又起,于今五次矣……

卷四《又复屯田省转输以足军饷疏》,第517—518页：

臣自嘉靖十五年到任,见得本州官民粮米止有二千四百九十石,除解京司外,拨纳永丰仓以给本州官吏师生及千户所官军俸粮,止得二千八百石,仅够半年之食,尚欠粮一千八百石……

卷四《谢恩明节疏》,第518—522页：

臣林希元奏为安南成功叨蒙恩赏,专人陈谢,兼明臣节事。

嘉靖二十一年正月十五日,蒙礼部差福建按察司郑廷炤赍花银二十两、纻丝二表里到臣,臣废弃林下……故《诗》曰:"徐方既同,天子之功。"《易》曰:"大君有命,以正功也。"安南莫登庸弑君篡国,逆命不庭,皇上声大义以讨之,既服而释之,可谓仁立义行,春生秋杀,虽虞舜之征有苗,周宣之讨怀徐,不是过也。兵部上功,分为四等,陛下用之:一等金币升级,二等金币升俸,三等金币,四等赐金。大号涣颁,覃恩广被,如臣之愚,亦滥叨冒,粉骨碎身,未知所报。

伏念臣入仕二十五年,官阶九转,屡蹶屡起,不能过五品。今则罢职矣。缘臣愚朴之资,但知以身徇国而暗于自谋,故动辄得祸而无以自解。然臣狗马之志,不以屡经摧折而少变,故随其所至,必欲勉尽职业以无负于陛下。幸蒙圣明察臣愚忠,不忍终弃,每加甄收。而今乃以安南事失官,是臣不能度时审几之过,而亦平生有以自取也。臣正德十二年进士,初任南京大理寺评事。幸遇皇上登极,臣应诏陈言"新政八要",蒙圣明嘉纳,因为大学士杨廷和所知。杨廷和顿改初心,渐招物议,臣以书规正,不意反逢其怒。时臣因审录刑名,执法不阿,被堂官参论,杨廷和因而挤臣,谪判直隶泗州。此臣为大理,不敢废职以负陛下也。臣至泗州,适江北大饥,父子相食,陛下发银二十万命大臣赈济。臣多方设法,救数万生灵之命。随以救荒事宜集成《荒政丛言》献于陛下,蒙圣明嘉纳,例行天下。此臣判泗州不敢废职以负陛下也。臣以赈饥致疾,乞病回家。陛下用大臣论荐,起臣广东按察司佥事。初理盐屯,继督学校……剧寇王基作乱,剽掠广惠二府……臣署按察司印,乃督率府兵,指授方略,即时讨平,叨蒙皇上白金之赏。此臣为宪司不敢废职以负陛下也。入为南北两京大理寺丞,首尾五年。臣若依违守常,卿佐可致。乃以大同、辽东兵变,执法建议,降调钦州。此臣丞大理不敢废职以负陛下也。初降调命下,吏部以臣京堂年深,欲优臣以闲局,臣不敢虚糜皇上俸禄,固欲一州自效,而得钦州。钦州接壤安南,地荒民寡,税粮二千,不及苏常中人一家之产。民俗杂夷,城郭官舍半鞠墟莽。臣至,悉心经理,至忘寝食。比及四年,增税粮一千石。变夷从华,兴废革弊,始成州治。陛下问罪安南，臣熟究其国虚实强弱，人情向背，屡以所见陈于陛下，而安南卒赖以成功。此臣为知州不敢废职以负陛下也。陛下起臣广东按察司佥事分巡海北，兼管兵备珠池……甫及一年，民困顿苏，珠盗屏迹。此臣为分巡不敢废职以负陛下也……今虽失职家居，安南之功犹蒙颁赏，陛下待臣实为殊恩，臣于陛下实为殊遇……然臣被论去官，至今未详其故……

闻臣被论，乃以屡议安南为异议者所忌，然吏部都察院奉旨会议，查臣历年考语俱优，已拟留用……然臣竟以是去官，臣反覆深思，未知其罪。若以臣屡议征安南为罪，则臣犹有说。夫安南本中国故地，五季失之，我成祖皇帝收复，至宣德初又失之。臣以中国故地没于夷狄，中国帝王所宜动心。祖宗土地没于夷狄，圣子神孙所宜动心。君父之志未伸，为人臣子所宜动心。复中国之故地，大功也；复祖宗之土地，大孝也；成君父之大志，大忠也。幸遇陛下锐志安南，臣谓千载奇会，故早夜孜孜，摅诚尽谋，期赞陛下中兴不世之业，岂谓异议之臣反以为罪。且安南之事本发自圣心，陛下圣武神明，乾刚独断，犹不免异议者之讥议阻摇。臣以孤踪而犯众怒，又安能免？臣故知建议征南必不为异议者所容，但以臣子大义，苟有关于国家大体而事不可已者，虽死生所系，犹将不避而为之，而不敢自爱。况人臣谋国均出忠爱，虽意见不同，而心实无他，岂以异同辄相倾害？故臣恃以无恐，必尽所见以忠于陛下，而不虞竟取祸也。

臣于安南之事连进十疏，内一疏为《走报夷情请急处兵以讨安南事》，奉圣旨"兵部看了来说"，兵部奉旨，会议兴兵致讨，适为异议所阻。奉圣旨"安南此事识体达道者则见得分晓。闻卿士大夫间私相作论，谓不必整理他。你部里几次会议亦不力主何者为正。既不协心同事，且罢"。又一疏为《条上征南方略事》，奉圣旨"兵部看,议了来说"。为御史钱应扬所劾,兵部议覆。奉圣旨:"安南事情,朝廷简命文武重臣前去处置,已备载敕旨了,今后不许群臣淆乱,沮误事机。"是臣之愚忠已蒙圣明之洞察,似不为罪也。臣言欲五路进兵,又言福建海兵与湖广苗兵皆交人所惮,尚书毛伯温与咸宁侯仇鸾奉命至广整饬兵粮,悉主臣议。会委臣福建募兵,又差官行文湖广募兵。及至进兵,果分五路,是臣愚计,已为毛伯温、仇鸾之所取,似不为罪也。臣闻莫登庸购臣奏稿以千金,盖以臣久处钦州,侦知其国虚实情伪,所言皆切中其膏肓也。臣募福建水兵直至安南,举国震恐,其头目阮文郁西宁之徒咸劝莫登庸纳款归地,阮文郁请莫登庸纳降疏草与钦州义民文通、峒长黄皓帖禀登庸纳降事由,臣俱收见在可证。则臣之愚计以为安南之所畏惮,似不为罪也。臣言"莫登庸势虽已成,其大臣尤多未附,国内人心未知所属,皆愿归本朝,似有望风送款之意",又言"以数郡之民,父子祖孙分据,而三君供亿频繁而战斗不已,其势岂能久存? 若王师入境,皆侯后稽首之民,其间必有倒戈俘贼以献者",既而仇鸾、毛伯温至广,安南果内变,莫方瀛为国人所杀,人心离叛。莫登庸见势孤事急,不得已出关投降。今闻莫登庸又为黎氏所杀,则臣料安南之事无一不中,闽兵果为交人所惮,彼国人心果有倒戈侯后之意,历历可验,益见臣之无罪也。臣言钦州渐凛、古森、了葛、金勒四峒系钦州故地,欲以四事处分安南,其一还我四峒侵地,其二使黎宁不失其位,其三使黎民旧臣如郑惟燎、武文渊辈皆有爵土,其四奉我正朔,革去大正年号。兵部奉旨"议覆,俱奉钦依行,毛伯温、仇鸾酌处施行"。及莫登庸纳降,臣与参政翁万达计议:登庸必遣子入质方见真实投降,如果真实,不费吾一矢斗粮,功亦可嘉。以难,复执前奏。然方瀛既为国人所杀,其大事已不可成。亦难,仍与封爵,可依隋唐故事,与为都护或总管府,其四峒必还钦州无疑。既而登庸纳降，毛伯温以安南为都统使，四峒侵地遣侄莫文明赍表上进，是皆因臣与翁万达之所计议而酌用之也。观莫登庸降本内开："比者闻钦州知州林希元奏称渐凛、古森、丫葛、金勒四峒系钦州故地，果如所称，唯命是听。"而毛伯温论功之疏亦称臣建议复地，召募骁勇。太平府通判苏廷璞与臣书，亦称初莫贼不肯归四峒侵地，彼与指挥王良辅同往，向莫贼说称："林金事奏草尚在袖，你不归地，如何得了？"莫登庸惧怕，始归四峒之地。以此观之，则安南纳款，削国归地，固皇上威灵丕振华夷与诸大臣协赞之力，而臣屡议，虽不足为功，亦可见其无罪矣。而今乃以臣为罪，因之失官，此臣所以心不能甘而辄鸣诉于陛下也。莫登庸畏臣独至，恨臣甚深，臣前在钦州，莫登庸每对人言："林钦州如何久不升去？"及闻臣去官，举国君臣鼓舞称庆。臣以诚体国，为夷狄所忌，又以建议平夷，为异议者所忌，是非无两，在陛下明并日月，必有定臣之是非矣。

　　臣伏读圣旨："安南废职不庭，本发自朕心，犹有畏缩讥议、阻摇国是者。比命官勘剿，今黎氏既已覆灭，莫酋系颈来降，朕已处分了。何表贺之有？内外大小官员宣劳宜录。钦此！"又不颁诏安南，昭告天下。臣仰窥圣意，似有未满焉者。陛下必以安南有可取之机，而群心不一，圣志未尽遂，以是为未满耳。臣愚窃谓：今之安南虽未能收全功，然比之前代与我国初，其功已远过之。而安南之不能收全功者，则以郭勋之沮挠也。何者？安南自分据以后，宋人讨之不克，封之为王；元人讨之不克，封之为王；我朝既已郡县之，复封之为王。今陛下兵未入境，而逆庸纳款故地，削国为都统使，分地为宣抚司，其不郡县虽未比于十三布政司，已可比于云贵之土官矣。陛下之功不高于宋元与我国初与安南之事？陛下命将出师已有成议，将佐监督诸臣皆已差遣，大将缺人，众属郭勋。郭勋惮行，随唱且令边臣抚剿之说，其事随为之沮。及安南内变，人心我属，势如拾芥，而诸臣举兵临境，竟不敢越滇南尺寸之地，以收全功者，诚惧郭勋在内，胜之不以为功，万一少有挫衄，构成大罪也。然则安南之不能收全功也，亦有其故；而臣之被祸也，亦有由矣。

案：郭勋（1475—1542），字世臣，号东泉、苍山。武定侯郭英六世孙，正德三年（1508）袭封。正德中，镇两广，入掌三千营。世宗继位，掌团营。"大礼"议起，揣测帝意，首助张璁，大得宠幸，督禁军。嘉靖十八年（1539）因撰《英烈传》表彰先祖郭英射死陈友谅功劳，而让郭英与徐达、常遇春等六王并列配享朱元璋太庙，进封翊国公、太师。与首辅夏言素不和。时世宗敕郭勋与兵部尚书王廷相等同清军役，勋久不领敕，言官疏劾，勋上疏辨："何必更劳赐敕？"世宗怒其"强悖无人臣礼"。刑科都给事中高时遂上疏告发郭勋贪纵不法十数事，且言交通张延龄。嘉靖二十年（1541）九月二十日，下锦衣卫狱，论死，次年十月九日死于狱中。见《明史》卷一百三十《郭英传》附。又参台湾"国立"图书馆藏明正德十一年《毓庆勋懿集》。

臣闻礼仪廉耻，国之四维，出处进退，士人大节，臣被论去官而犹不能已于言者，岂急于求进而昧廉耻之大戒哉？实出处之义未明，求全之毁未雪，故披肝胆昧死求明于陛下耳。伏望皇上览臣所奏，敕下吏礼兵三部都察院查臣功罪，臣如果官箴有玷，勤劳无录，甘愿废黜无辞，如或官箴无玷，勤劳可录，乞复臣原职，容臣以礼致仕，则臣出处之义以明，虽饭蔬水没齿永无恨矣。

案：可谓林希元个人的安南情结，喋喋不休，颇有自高的倾向，殊不知作为皇帝的嘉靖作何想也。有屈原与怀王对话的感觉。而后面屡述功绩，有争功之嫌。有《三国演义》纵论天下的架势。

卷五《与门人陈章二上舍书》，第 527 页：

别来馀二旬，心神寤寐，犹在三山之北，乃知古人"并州故乡"

之句非虚语,不知此后尚有到天涯日否也。区区在任馀二年,尚恨钦民不率教化,痛加罪责,复自叹有"商量无计化民顽,多负朝廷五品官"之句。不意去州之日,军民攀辕走送垂涕者载道,虽平日在责戒者亦然,始知钦民未为不善,其不率者乃区区之诚有未至,平日之愤怒罪责者非也。悔之晚矣! 古人云"无好人"三字,不好加人,诚然乎哉! 幸为我谢诸人,使知区区悔罪之意也。特三年中以安南事缠缚者过半,加以竖造之劳,不得与诸生时时讲论,课其职业,使钦江文物异时与琼海并,是则区区之罪也。尚赖诸君劝勉,诸子努力上进,以补予过。馀情寸楮不能尽,幸照亮。

卷五《复京中故人书》,第 528 页:

客岁小仆志兴回,承手教,拳拳垂念,足见骨肉至情,感激曷胜? 中心藏之耳。中有"委曲行道"之说,未喻厥旨。志兴传致尊语,且示以朝报,命元速上《献考入庙之疏》。斯言也信出于执事乎否乎? 使不出于执事,斯已矣。如果出于执事,诚为至爱,但元尚不能无疑。元平生因不作希世取宠之事,故至今日,岂以中道改节乎? 昔与张罗峰共仕留都,相与甚厚,屡以大礼相援,元以福薄不足以致远辞,——是时未有方、霍二公也。及谪判泗州,张罗峰、桂见山奉诏北上,又亲至泗州相援,元以既得罪不可言大事辞,——是时未有致斋、久庵二黄也。使在留都能从罗峰之招,其位当在方、霍之上矣。使在泗州能从张、桂之招,其位当在二黄之上矣。(案:可见在大礼议时的政局升降情况)而皆不能,此元不能希世取宠之一验也。入佐大理南北五年,辽左兵变,责不在我,隐忍不言,非特免祸,且可大升,元以朝廷纪法所在,不能隐忍,犯忌讳而为之,而有廉钦之行。安南之事,举世所不欲为。元之位卑,又无任大事之责,特以安南本祖宗中国故地,又有可取之机,故不量彼己,犯众怒而为之,卒招意外之谤,而落譬人之手。使在大理不言辽左之事，当在半洲之列矣；使在钦州不言安南之事，必无今日之祸矣。而皆不能，此又元之不能希世取宠之二验也。夫当此四时，皆可以取大富贵而无祸患，又非有以逼之使为，而元皆不能为，岂今日失路而反为之耶？使元之归也朝不食夕不食，饥饿不能出门户，犹不愿为，况未至此耶？此仆特命进田本与盘费银，日食脚力俱资傅近山亲家，乃舍本不进，空手而归，不知何为。询其故，乃云云。可怪，可怪。陈沧江行，聊因奉问，兼布怀抱，馀不及悉。

案：与陈情疏一致，仍有屈原的自我标置风格。另外，大概在因谈安南事丢官之后，他又有被秦桧冤枉的岳飞感觉，参卷五《与郑秋官与聚同年书》有云："古今天下如此类者多矣，此何足言哉？夫以岳武穆之忠，秦桧以谋反诬杀其父子，事有大于恢复者乎？古今才与功有过于武穆者乎？其颠倒一至于此，世间是非若皆明白而无倒置，则三代至今存可也。故今日之日皆归之天，馀皆不必言也。得信即束装待命，辩书再上，非有他望，明心迹于天下后世而已。"

卷五《与兴节推汪可亨书》，第528页：

示及文事，足见所学所养令人敬服。某于斯概未有得，窃常闻之矣。大抵文忌艰深，艰深则过，文忌平易，平易则不及。《盘诰》之文近艰深，《典谟》之文近平易，然皆其旨无穷，其言足以法，故夫子删经，取以宪世。今之习为艰深者，不过使人不能以句，而其意则浅，正坐杨雄之病。其为平易者，则又言轻而味淡，语陈而意浅，使人读不终卷而厌观。此于《典谟》《盘诰》何有哉？今海内称大家者二人，曰李崆峒、何大复二子，雕辞琢意，刮陈去新，力挽颓风以还之古，似足为一时文人矣。然考其所得，《典谟》已乎？《盘诰》已乎？予皆未能知也。《篁墩文集》《怀麓堂稿》在京时，人多相惠，辄博他书。今思篁墩是个穷理之儒，于经言多有裨益处，尝欲求观不可得，所惠实获我心，厚感，厚感……

卷五《与吴思斋书》，第 529 页：

……尝窃评之，入国朝来理学之工者蔡虚斋，诗学之工者陈白沙，文学之工者罗圭峰，直使后人嗟叹，不复措手。……工诗文二者虽非学者先务，然皆不可废。窃意诗当主白沙而参以老杜，晚唐诸家似伤于点缀凑合，殊失胸中浑全之真趣，姑在所舍。作文当依朱子教人只熟读司马韩欧三大家，自当有得。前辈又谓："贾浪山（案：应为仙）推敲二字有何深意，弊弊一生精力至此？苏老泉闭门七年，只学得古人声响。"则是学问尚有大于此者。则下无一言以教我乎？汉马伏波曰："大丈夫穷当益坚，老当益壮。"仆老矣，窃尝以是自励，不忍遽自抛却，凡百可以辅予之不逮者，勿厌南下，切望切望。

卷五《回海北道王金宪书》，第 530 页：

承明文推委，甚感知己，不谓忽染患病，弗能承任使，亦命也。所收人员已行申报，未尽事情次第陈之。据来文，欲伴送敕使径入安南境内查勘不入贡缘由，反覆深思，殊有未当。夫安南之国为逆臣莫登庸窜据，黎氏奔据广南，陈氏奔据京北，遮塞入贡之路。安南所以不入贡者，职此也。今敕使往彼查勘，必于黎氏，然阻于莫氏不可及也。若于莫氏，则求贡正彼本心，若因而与之，则名义不正，朝廷必不为也；不因而与之，必当兴师问罪，然莫氏据国，三分而有其二，必不肯束手还国黎氏，而我始费手矣；若姑置不问，则朝廷益失其尊，尤非也。以此观之，敕使往勘，于事非便。为今之计，惟当申禀军门且留敕使，一面具奏朝廷以待详处，然后事出万全，策之善也……

案：此与张岳建议一致，只出发点和处理态度不同。

卷五《与周石崖提学书》，第 537 页：

希元平生不自揆量，每以天下国家事自任，遂致覆败，退居林

下。乡国兵荒之祸，犹若在躬，遂至取怒当道，谗谤猬兴。及夫身
蒙大难求救军门，不惟不救，反施下井之石。其祸皆起于以天下国
家事自任，无间于隐显致然也。日承瓯东公书谓：希元进退之间，
一味俱是任底意思在，是非之端亦由是起。又闻执事以瓯东为知
言，且谓元平生大概与霍兀崖相似，兀崖是做成的次崖，次崖是做
未成的兀崖。斯言也可谓善论人物，不特知希元之平生，亦知兀崖
之平生矣。然希元安敢望兀崖，执事勿亦爱其人而溢其实与？元
与兀崖气味相似，故平生虽无一面之识，而千里投交，方落泥涂之
时。虽平生相知者皆若路人，兀崖与方西樵二公一旦得路，随极力
引手，此可以世俗恒情论哉！大礼、安南之议，元本与兀崖相同，然
希元不为大礼、兀崖不为安南者，各自有见，又其事与所遇之时亦
异，故成败顿殊。此所谓赋命不犹，成功者天，非人之所能为也。
执事之论实前人之所未发，元之妄行取困，已有瓯东之公案矣，敢
不自承服？瓯东已转岭南，遣人致贺，因附寸楮聊布腹心，仓卒不
及尽叙。馀惟为道加爱，以需大用是望。

卷五《与项瓯东屯道书》，第538页：

……入丞大理，边军行叛，举朝皆容之，元独不容，是以忤当道
而有廉钦之行。安南不庭，公卿有位之责，举朝皆不欲也，元独欲
为中国复境土，为生民改左衽，是以触时忌而有褫官之祸。今追思
往事，凡昔之所为皆理之所当为，众人皆不欲为而元独欲为之，是
岂其性与人殊与？必有触目激中而不可解于心者。……居尝自论
平生，妄谓颇类伊尹，今来谕谓元进退之间，以为俱是任底意思，何
所见之同与？可谓百年知己矣。又谓古人用行舍藏之心，发皆中
节之妙，尚是隔一两重公案，元自想亦是如此，可谓切中己之膏肓
矣……石崖公谓元做未成之兀崖，诚为确论……故大礼、安南之议
所见相同，然元不为大礼、兀崖不为安南者，其间各有所见。既而

成败顿异，此则所遇之事与时不同，所谓成功则天也。自古英雄豪杰坐此困者多矣！宁特元哉！

案：本书与陈情疏一致，历叙为国而遭冤。言其平生以伊尹自任，不得又以岳飞自比，可见出位之思的遭遇和结局。参卷五《与张净峰提学书》，第541页："江右之转……阳明之学近来盛行江右，吉安尤甚，此惟督学者能正之。"《与张净峰提学书二》，第541页："去圣既远，今道术大为天下裂，江西又有一种新学迷误后生，非有许大识见力量莫之克正。"

卷六《与张净峰郡守论黄邦相事书》，第544—545页：

自入灵山，即闻黄邦相之事。从前诸公皆以此辈为叛逆，搏之灭之惟恐其不早不尽。在区区所见，似有不同。何者？譬之人家财物，大盗劫掠而有之，诸人不能甘，百方窥伺，欲分其所有，地方之人顾不大盗之搏，乃取其人而治之禁之，可乎不可乎？交趾本中国故地，遭五季之乱而失之，至我太宗皇帝而复。不幸仁庙崩逝，宣宗初政，三杨柄国，方声色华靡之事而不遑远图，遂使中国故地复为豺狼所据。今登庸篡夺，陈黎割据，国统分崩，奸权之徒生心觊觎，亦彼处非其据而有以来之也。而吾乃搏之灭之惟恐其不早不尽，此何异畏诸人之窥大盗反为之治禁也？故曰区区所见有不同者此也。黄邦相辈斗筲之徒，智小谋大，乘交趾之乱生心觊觎，事成则富贵，不成则剽窃，其用心只是如此。招兵不应，欲进不得，欲退不甘，资粮既竭，取之乡民以自给。民莫之与，因而用兵，以致村民惊躲扰乱。其狂诞轻举、贻患地方之罪固不能免，必欲坐以强盗，切恐未安。若以谋占安南，生事外夷罪之，抑又舛也。从前王万生、赵盘、赵溥、覃万辉诸人皆以是受戮于军门，不亦枉哉？

看得黄邦相等招兵一书，文理不成，如此之人而欲举大事，多见其不知量，其取败也固宜。元所疑者，以斗筲狂诞之徒犹知交趾为中国故地而有垂涎染指之心,而吾乃独忘其故物,党于盗贼而助之守,不知何说也? 且交趾自入中国六百馀年而失之,今又六百年国分为三,或者天道好还,将复合于中国亦未可知。所恨者,在我无其机耳。

以予鄙见,黄邦相辈且宥其罪,只以求索搜掠之罪罪之,谪戍远方,且以维系奸雄之心。万一事有机会,或天生个英雄出来,复收故物,此辈未必不为我用也。如复与王万生辈同一科断,非但情罪欠妥,未免自剪其羽翼也。鄙见如此,不知执事以为何如。

卷六《与广西何左江少参论安南书》,第545页:

前经治地,感无限盛情,已因回使致谢。承谕安南近日求通贡乞封,已行文查勘,未报。元按:安南以臣逐君,据有其国,必待天朝锡封然后定。亦犹春秋弑君之贼,必列诸侯会盟然后定其位也。果如所请,人心俱向莫氏,犹不可因而与之,况未必然乎? 夫安南本中国故地,已经收复而复失之,有识之士如丘文庄、桂见山、霍兀崖诸公每有遗恨。今其国乱,人民无主,或者天道好还,此其大机。万一有英雄出来收复故物,拯中国五六百馀年衣冠左衽之祸,岂非古今一大快? 若因逆谋之请而遂与之,则其国遂定。机会一失,不可复再,良可叹息,百世之下又将有遗恨焉。是犹卫州吁弑君,诸侯会盟以定其位,未免取消于《春秋》,不可不慎也。且如今钦、龙二州之民覃万魁、黄邦相辈,诈交趾往时土官谋复故地,此虽不正,亦可见黎莫处非其据而来奸雄觊觎之心,又可见中国之人犹知安南为我故地,不能甘心于彼,欲从而染指也。当路诸公乃从而搏杀之,罪系之,此犹大盗掠吾之所有,侵夺于人,而吾反为之禁,岂非悖哉! 岂非悖哉! 愿执事慎重此举,待其勘到,且疑难之,不必轻与,待看天道何如。此则老成虑事,非可寻常浅近论也。幸加详察,无贻后悔。千万千万。

案：参本书卷六《上巡按弭盗书》，第545—546页："海沧寇
盗纵横，乃招抚所致，应极力征剿。否则，今日之林益成，即前日
之李昭卒、李益进、马宗实辈也。"卷六《请巡海道乘胜灭贼书》，第
546—547页。

卷六《上巡按二司防倭揭帖》，第555—557页：

昔丞大理欲讨辽左叛军，忤拂夏桂洲，谪守钦州。在钦欲正安
南，复忤夏桂洲、毛东塘，废居林下。然犹志在乡国民物，海寇机夷
之祸犹，言于何古林巡按、姚、何二海道，荐汀州守备门生俞大猷，
何巡按用之，遂平海寇于漳浦。嘉靖三十六年，强盗黄老虎流剽同
安，虏乡官郭贵德知县并其家属，分劫刘御史等家，杀死官兵乡夫
十馀人。元幸家丁店客齐心奋击，擒斩杨薰卿等六贼，因得其姓名
籍贯以告守巡道，穷兵追捕，扫其窟穴。盗贼屏息，于今十年……
兹闻倭寇有南窥之志。

卷六《莫登庸至钦州投降纪事揭帖》，第557页：

嘉靖十九年八月，毛、仇、蔡三堂驻扎广西南宁府，两广副参都
布按三司驻扎广西太平府凭祥州，广东副使陈嘉谟、都司武鸾驻扎
钦州，本职奉委福建漳泉召募水兵。军门由凭祥州移檄安南，谕其
速降。莫登庸直走乞降于钦州，蔡半洲公大怒，怪陈副使招致之。
陈副使惧责，令莫登庸速赴凭祥。三公以问参将沈希仪曰："吾大
兵集凭祥，而登庸乃投降于钦州，其意为何？"沈曰："此莫登庸所
以为老贼也。登庸巢穴在都斋，都斋切近钦州。彼所惮者钦州，若
往凭祥，恐林金事以兵袭其后，覆其巢穴。故先至钦州观事势，陈
布兵船以为备，兼以结欢于次崖。然后往凭祥，则都斋可无患，而
纳降之事可恃。故至钦州乃为备，非投降也。"三公以为然。职过
贵县，沈参将以告，职因笑谓沈曰："莫真老贼子，子真名将哉！吾
之机心都被勘破了。"初职往福建募兵，与漳泉诸头目谋曰："今大

兵虽集凭祥，吾料登庸之势决是纳降。今方瀛新故，国人危惧，内怀异志。登庸势孤，无复可恃之人。他往凭祥，都斋必虚，吾密差人约三堂请以四事难之，使往来议论不决，吾乘其不意，举兵袭都斋，破其巢穴。都斋既破，其馀州县必望风瓦解，凭祥之兵转而为吾应。登庸仓皇失措，归无巢穴，逃无处所，可一鼓而擒。此韩信袭虚破齐之计也。"诸人咸称善。既而军门征兵之文不至，事遂不果。职之计画如此，而登庸之料到此，沈参之见到此，此所以莫为老贼、沈为名将也。沈曰："登庸既备都斋，公之计尚可行否？"职曰："使登庸之兵不分，尽力以备都斋，吾犹将攻之，况往凭祥，其力已分乎？"沈曰："公之计善矣，其如不用何？"

卷六《安南功成乞查功补罪以全臣节揭帖》，第557—561页：

元以不才被论去官，不知所论何事。途遇须知官回自京师者咸云：科道诸公谓元平生居官无可议，建议征南亦是至当不易之论。但今非其时。计莫登庸降本当以腊月至，过期不至，疑是元沮挠。故略弹论以相警。意吏部必不便议罢黜。已而吏部果议留用，科道诸公甚以为当。不意明旨径批："特与闲住。"命下之日，物论惊骇，科道诸公咸共叹息，追悔莫及。谨按：元以沮挠纳降被论去官，卒之当路叹悔，元之心事亦以明白，似无容复辨。但元实未尝沮挠，且平日主征之意与目下不平之事有未白于君子者，所以不容已于言也。

今之不主安南之事，其说有三：一则谓安南远夷也，不以远夷之故敝中国；一则谓宋元之盛不能取安南，我朝取之亦复随失，安南必不可取；一则谓今之兵力方屈，不如永乐初年之盛。其为说不过此三者而已，如元之所见，则谓安南与两广同入职方，非远夷也。自宋人失之，中国之民陷于夷狄，汉唐衣冠之族如姜公辅辈沦于左衽者六百有馀年。所恨者无时无几耳。今之登庸与向日黎利不同。盖宣德之功（案：或应为初字），交趾之民久遗化外，一旦拘以中国政令，本非所乐，加以其时中国之人为吏于彼，利其珍货，各肆贪暴如东汉之季。故黎利一起，而归者如市，所在争杀长吏以应之。登庸崛起，盗窃威柄，遂攘其国，人心不服。且黎氏未殄，安南大族多与为仇敌。虽或外服，而心实携贰，如所谓西宁公者，在在而是。安南此时实有可取之机，与黎利之时不同，而闽广海兵又有能取之势。佳会难逢，良时不再，此元所以屡有言而不能已也。

盖元平生有安南之志，及提学岭南，巡历廉钦，访知安南国分为三，有可取之势，惜无其机。钦州之行，元因灼见安南事情，逆料莫登庸必不能立，故一意主征而不复变。元当中国无事之时，倡为用兵远夷之说，似乎可罪，固士夫之所共骇。然元明知众怒所在，乃敢犯众怒而不畏。又胜负兵家不可期，元焉能保用兵之必胜？乃以一家数十口之命决于一战，屡言之不已者，其中必有真见深意存焉，未可以孟浪而咻然罪之也。今使所言无关于中国之大体，无补于中国之大事，事几不投，行之而落落难合，事无紧要，有功而不足为功。登庸投降，元果沮挠如是，而曰其言孟浪，沮挠事几，罪之可也。若言之而有关中国之大体，有补中国之大事，切中事几，行之而事无不合，事在紧要，有功而足以为功，则言非孟浪，事无沮挠。无故谈兵虽若可罪，而卒赖以集事，则其心可原，其功可录，而罪不必论矣。

征伐，王者所不废。商宗鬼方之代，周王淮夷之征，圣人不以为穷武，况安南本中国故地，非淮夷之比。篡夺相继，朝贡久缺，又有当问之罪。是元之所言有关于中国之大体也。元之建议一则曰征，二则曰征，虽屡格不行，而逆庸之胆已落。既而三帅临边，安南举国震恐，送款归地削国恐后。则元之所议，有以震中国之威，使远夷惮慑而折服，可谓有补于中国之大事矣。元前后建议，若王师入境皆倕后倒戈之民。又谓安南一块之土,终无独立之理,其势必折而入中国。又谓漳州海兵,交人所惮。今三师提兵,只是以虚声恐吓之,闽兵虽调而未至,实未尝欲用兵也,而文郁、西宁之徒已皇恐,各请逆庸纳款割地削爵。使如元之策,实以兵临之,又将如何?以此观之,则元料安南之事无不投合于是可见。闻登庸购元奏稿,初得以千金,继亦五百。盖元于安南之事知之最真,所言皆得其讳隐,切中其膏肓,故深惮之也。登庸既降,今朝廷以其地为都统使司,设十三宣抚司。四峒之归,以其民入编户。夫安南自宋割封以后,随自立国,称皇称帝,听其自为。宋人讨之不克,卒封之为王。元人讨之不克,又封之为王。我朝取之不得,又封之为王。今兵未入境而逆庸系颈送款,以其地为都统使司,其不郡县岁输贡赋虽若异于今各布政司,其分其地为十三宣抚司,官命于朝,岁颁大统历,三年一贡,犹不异于云贵荆广土官衙门。据此则安南之地已为吾有,宋元与我国初之不能得者于今得之,其功不亦大乎?莫登庸于嘉靖十九年九月送降书,十月至钦州防城投降,十一月初三日始出镇南关投降,元未尝启口动笔争论可否,何尝沮挠乎?夫其言有关于中国之大体,有补于中国之大事,几无不投,足以为功,又无沮挠如此,则元于安南之议,言非孟浪,其心可原,其功足录,而罪可勿论矣。

　　且均之安南也,在宋黎桓,在国初黎季犛,如彼骄倨,虽大兵入境而不慑。今逆庸只吓以虚声而纳降恐后,则今时之不同于古。元料安南之必可取,闽兵之必可用,其言非孟浪皆于是可见。不然,岂操觚执简能制登庸之死命,收复汉唐既失之境土于六百年之后万里之外哉!详阮文郁之疏,其故可知矣。昔辽东军叛,元建议必征,言虽不行,既而叛军计擒,迄不敢动,人谓元一疏之功。今之安南,何异于是?要今之君子,皆未能灼见彼中事情,故不免致疑于愚言，虽以霍渭崖平日议论相同，及至临时，不敢发一语，其他何望哉！则愚言之不见信于君子者，无怪其然也。

四峒之地自元建议征南，或带言，或特奏，不一而足。方登庸未纳降之先，元与翁参政定议必取。及至纳降，翁参政遣王指挥、苏通判与登庸反复讲论，只此一事，苏通判至以元"奏草尚在袖中"胁之，而登庸怕元，亦欲以此取悦了事，故于降本中显言之。则四峒之归，本元之奏，而东塘、半洲二公亦云"非先生屡言，吾何得知其所由"可见矣。向使唐西州、潘我峰之说行，逆庸肯归四峒、削国为都统宣抚否？则元奏之不可无，不为罪可见也。交事既了，蔡半洲私与张维乔参政曰："得林茂贞这里大嚷。不是他大嚷，怎得莫登庸这等惧怕，系颈来降？"而毛东塘、蔡半洲相见，亦面归于元。则登庸之降，四峒之归，孰功孰罪，军门已有定论矣。初，半洲语两广三司云："塘翁欲以林金事为首功。"元募兵回自闽府，县官以告三司，相知者亦以告，及至叙功，乃居次。盖有沮之者。近者道过江西，元以问塘翁，翁曰："当初委有此议，后因众论不一，只以官序，故先生在后。"塘翁之言盖有隐讳，元之名虽在后，然叙功之疏"建议复地，召集骁勇"，谁则先之？虽不为首功，而首功之实自不容掩也。然今和官俱无了，又何敢问功？

案：东塘是毛伯温的号，字汝厉，江西吉水人。半洲是蔡经的号，后复姓为张经，字廷彝，福建侯官人。维乔是张岳的字，号净峰，福建惠安人。

初元奉委福建募兵，临行时与翁参政曰："为我语半洲公，我看诸公之意只是欲纳降，恐我在此打扰，故令我远去，以便行事。若果纳降，亦要停当，切莫将就了事，负此良时。我今不说，恐人笑我痴，痴被人欺也。"翁以告半洲，随以半洲之意来问曰："登庸如果投降，将何以处之？如今讲定了然后行，他日勿谓我辈卖先生也。"

元曰："今方瀛已死，登庸势孤，国人离畔，登庸之事大半是不可成
矣。若又如前日纳降请封，此决难准，想彼亦不敢望。若不费吾斗
粮一矢而来降，功亦可嘉。吾前奏欲九分其地，此必用兵然后得。
既不用兵，他自来投降，亦难执前议。""果然来降，何以见是真实
投降？""必遣子入质，如南越婴齐乃可。果尔，与做宣慰司可也。"
翁曰："宣慰司品级小。"元曰："唐以安南为都护府，五代时有诸总
管府，得便宜行事。今不与为总管，则与为都护可也。四峒之地决
要还我，如不还四峒之地，虽云纳降，其事决不可了。"翁曰："决是
如此行。"今登庸遣侄入质，削国为都统宣慰，归我四峒，皆元启之。
四峒之归，登庸已见降本。质子之遣，都护之议，今翁见在可问也。
以此观之，则今日处分安南，元实预议而其事卒无不合，则其心可
原，其功可录，其罪可勿论，于是又可见也。元之去官，当路君子亦
既不安而元亦无容复言者矣。

　　第念元以谈兵为逆庸所惮，至系颈送款、归地而削爵，又以谈
兵为科道所怒，至连本弹论而去官。夫登庸自帝其国，父子相继，
于今二十年矣，一旦削国为都统，分地为宣抚，岂不深恨？闻元罢
黜，岂不痛快？岂不欣笑？而在元则有难为者尔。为朝廷声义讨
罪而自招其罪，为国家争得土地而自失其官，岂特夷狄传笑，天下
之人亦必传笑。阮文泰彼中豪杰，登庸心腹，阮拔萃以伪状元及
第，与诸来纳降之人皆有学问识见，今来京师必骇问元被黜之因，
必谓彼中所畏惮之人，天朝乃罢黜不用，岂不窃笑？又知我诸臣素
惮用兵，至黜其建议之臣以冀息事，必且以彼纳降为误信虚恐，而
或退悔中更，似于中国体面与今日纳降之说皆为非便，又不但元一
人之倾覆已也。

　　元平生志气，愿慕古人，筮仕二十五年，而官两谪为州判者一
年，家居五年，为知州又五年，忧患屡经，皆能安处而志不少变。今

之废黜，岂情不能堪而哓哓申辨哉！诚虑平生以古人自期待，乃以
议兵致疑于君子，其心无以自白，又以议兵被黜，为夷狄所笑。心
切自愧，所以不能已于言者，为是故也。伏愿高明君子于元之言反
覆深思，必有以谅其心，赦其罪，而念其倾覆矣。

卷九《送王千户敬之还雷阳序》，第 610 页：

朝廷有事安南，议者谓钦接壤安南，形势孤绝，不可无守，乃于
广韶惠雷诸卫所调军赴钦分守各边营堡，于是雷州卫所千户王君
敬之领军二百五十守那苏隘。那苏道通安南海东、万宁州郡，实为
要害。先是守帅以轻儇失事去，王君之来实出于当路之所推，非偶
然也。……

卷十《钦州兴造始末记》，第 641—644 页：

嘉靖十四年秋，予以言辽左兵变谪守钦州。钦接壤安南，去京
师万里而遥，去会城二千里而遥，庙堂例视以荒服。……

卷十《宣德交趾复叛始末记》，第 644 页：

希元以主征安南废居林下，皆命使然，固无憾矣，然心事不可
不白。当时廷臣所以见怪者，谓成祖皇帝郡县安南，终不能有，宣
德年间，中国丧师于坡垒关，安远侯败没，以是为戒，不知古今事势
不同。元在钦州，备知交趾之复为安南与中国之所以丧师者有五：
交趾既定，当时成国公张辅不能如诸葛孔明收拾西土人物，方其王
师未班，豪杰窜伏草莽，已有窥觊之志，其致衅一也。交趾之民久
遗化外，法纲甚疏，赋敛极薄，一绳以中国之法，其民不堪，有思乱
之意，其致衅二也。太祖高皇帝云贵荆川广诸省，间有狼子野心之
民，皆设土官，因其俗治之，故终无患。成祖皇帝既取交趾，狼子野
心之民悉郡县之，故终作梗，其致衅三也。太祖高皇帝既取云南，
留沐国公沐英在彼镇守，故能压服其民。安南之事既定，即掣回三
帅之兵，各处守兵未尽设，其后事之虑已见于黄忠宣之书，其致衅

四也。交趾多珍宝,中国之人为吏于彼,多肆贪残,民不堪命,因中官之诛求激变,而乱随作,其致衅五也。兼此五衅,其民皆思黎氏,故王师一到,彼无俟后之思,并起与吾为敌,坡垒关之覆败,有由然也。莫登庸窃据,国人不服,有恋故主之心,黎氏旧臣武文渊、阮仁连等并起与之为敌。元皆备访而知其情,故力主安南之征。观毛东塘、仇总兵催兵文移,称交人闻王师将至,咸愿为内应,此是实事,非归顺、凭祥等州之妄报也。当时廷臣不知古今事势不同,律以宣德之事,归咎于元,岂非枉乎?观宣德中黎利之变,安南倾国以抗王师,今王师未至,登庸即系颈送款,其事势之不同显然矣。

卷十《安南始末记》,第644—646页:

予自束发读书,见交趾本中国故地,唐相姜公辅生于爱州,即有安南之志。及官广东署按察司事,见一罪囚曰陈廷纶者,系湖广富商,奏辩到司。乃安南族子黎饭据海东府以叛时,莫登庸为将,领兵征讨,黎饭兵败,挟赍货逃入钦州。陈廷纶及边民黄子景、李龄等与之交易,官府以交通外夷罪之,廷纶坐绞,黄子景等充军。凡七八人奏辩到广,元适署按察司事,元驳之曰:"夷酋逃难入境,边民与之交易,非交通为奸,难引通夷之律。"取卷于两广军门,尽释之。问其详,又知黎饭至钦州,官府捕送安南,诛之境上。其时总制乃东泉姚公也。元叹曰:"黎利负中国,黎饭负黎氏,乃天道好还之理,何须问。以吾所见,乘其乱而取之,岂非天与之时耶?失此机会,良可叹息。"至军门,以语总制林省吾公,公曰:"此事我不能为。前见霍兀崖常讲此事,可往问之。"及问兀崖,答曰:"桂见山素有此志。"盖其初为诸生时,梦他日当立功八桂之外。及举进士,沉滞州县,欲为之无阶。于今当路,雅欲为之思。当世之士,无可与共事功者,惟有王阳明,乃特起之于两广。不谓阳明思田之事既息,归朝之年却切,屡求不得,拂衣而去。见山恨其负己,即动本削其伯爵。予心藏之。迁官南大理，应诏陈王政二十一事，内有安南一节，方与桂见山共成事功，不谓即没。故祭见山之文，有"提学岭表之时，予有安南之志。及接兀崖之论，始知先生之起阳明者，不为思田。何豪杰之士，所见略同"之句。及落职钦州，适有安南之事，皇上之志又锐，谓其时有几，故锐意图之，不谓终身之祸乃起于此。

案：总制东泉姚公，指姚镆。姚镆字英之，号东泉，慈溪人。弘治癸丑进士，官至右都御史、总督两广，中蜚语罢职。后复起为兵部尚书，总制三边，辞不赴；以规避落职，卒于家。事迹具《明史》本传。是集序记二卷，奏疏四卷，杂文一卷，学政事宜一卷。文皆啴缓，尤多吏牍之辞，盖镆本以武略见也。子涑，字维东，嘉靖二年廷试第一，授翰林修撰。争大礼，廷杖。又议郊祀合祀，不当轻易。召修《明伦大典》，恳辞不与。累官侍读学士。参《四库全书总目·姚东泉文集》。

初，皇上锐志安南，举朝不欲，圣心不乐，一日在文华殿得予安南之疏，叹曰："我谓海内无豪杰，今尚有乎！"即召李序庵、夏桂洲、武定侯三人。李、夏先至，以予疏示之曰："朕决意征了，你们如何？"二公唯唯，叩首而出，遇武定于承天门，问曰："皇上云何？"二公告之。武定至，皇上语之如二公，武定亦唯唯，叩首起而旁立，即丢一冷语，若自言云："那一块地，虽得他何用？"不知皇上闻之否。张东瀛本兵语赍本吏曰："你们老爹事成了，你钦州有若干钱粮与吏酒饭？"越二日，兵部处分兵马，具本以进，盖谓事不可已矣。忽本下兵部曰："安南此事，识体达道者则见得分晓。闻卿士大夫间私相作论，谓不必整理他，你部里二三次会议亦不主何者为是，既都不协心办事，且罢。"其云"识体达道"云云，乃指予，私相作论，不知为谁，皇上得之何人，皆不及知也。前都御史唐沛之荫子唐世桥得皇上语意，冀建功安南，遂求为梧州府推官，以告予，皇上既知予名，问左右大臣曰："林某何以尚在钦州？"左右曰："此时莫登庸方倔强，须林某制之。"及久之不召，朝士笑曰："诸老以林某锁钥南门，何一锁钥如是之久也。"夏桂洲说予于上曰："林某一生只是说杀。"盖以予既欲征辽东，又欲征安南也。后安南入贡，皇上思及予，从容问六臣曰："林某如何？"时六臣在侧，无一应者。当时若有一人启口，予必不至今日。可见公叔文子难其人。要人之出处，皆天也。

安南之事虽毕，皇上之志尚未满，盖为诸臣所沮，不得郡县故也。毛东塘当时冀大封拜，及得论功邸报，大不乐。元自海北道见东塘于吉安，其报适至，故知之。闻乃为夏桂洲所沮。元尝谓安南之志虽不就，亦做得一半。其削王爵，降为都统使，列于十三藩，比荆广云贵之土官，不可谓无功。当时若用予策，安南可坐而取，恨不见用。又恨当时不祭告天地祖宗，诏告天下及安南臣民，予尝见于辩本。后长子林有松援例入监，闻卿士大夫称陶真人与言圣上曰："朕有二大事未干，一是王三，一是安南都未曾祭告天地祖宗及诏告天下安南臣民行大赏。"有松闻之，即见陶真人问之，果有是言，始知愚见偶合于圣上。其时有松因讼予之冤，真人亦素闻之，又乐为辩理。有松欲求之，以书告予，予不可，乃已，时嘉靖丁未也。君子欲其道之行，又恶进之不以其正，古人有舍鱼取熊掌，正为是耳。

抑此一事也，王阳明因之失爵，毛东塘因之削官。盖东塘本无将略，若非安南之事，未必遽至本兵。及至本兵，果以不称败。故予尝与蔡半洲书曰："东塘之成也以安南，其败也亦以安南。"始知天下之名不可以虚窃，天下之功不可以虚冒，正指此也。是知安南一事，非特关予一人之出处，王、毛二公之出处亦关之也。已破之甑，似不必赘。但三年苦心，又因之丧贝，不能忘，故记之。

卷十二《季考诸生策三道》其一，第 663 页：

问：交趾自汉武之世与海南、沧梧、珠崖诸郡同入职方，殆且千年，其衣冠文物固不异于中国也。一自分崩割据，其民皆短发齐眉而为夷狄之俗。夫交趾之民固中国之民也，天理秉彝，何尝无之？乃甘为夷狄之归而不恤，何欤？齐民已矣，问其国俗，亦事诗书，亦悬科取士，其间亦有衣冠之儒也。乃甘夷狄之归而不耻，何欤？读夫子"微管仲，吾其被发左衽"之语，不知亦有愤激否欤？姜公辅生于其地，在唐为名相，其坟墓其子孙今固在也，乃沦于左衽，宁不可恨欤？我太宗皇帝神武绝伦，取其地而郡县之，固足以削千古之耻也。宣宗初政，三杨柄国，乃因黎氏之叛，建议弃之，不知其策果是欤否欤？诸生居近其地，目击心思，必有一定之说，请明以告我。

其二问卫所之兵。

其三问张良教刘邦击项羽。

卷十五《祭毛东塘司马文》，第 716—717 页：

呜呼！士之处世有蜚声腾誉于其始，而毁名丧职于其终，岂时之所遇有利不利与，抑事之所为有善不善与？人之相交有肺腑相示于其先，而弯弓相射于其后，岂腹剑中藏有待而发与，抑风波忽起于仓卒欤？赵广汉聪察强毅，击搏豪强，诛杀无所避，发奸摘伏，人称神明。小民得职，京兆之政名于一代。夫何威武过当，贼杀不辜，陵逼宰臣，自取祸败。此则所为之不善也，何可归咎于时之不利？张耳、陈馀并负时名，相与为刎颈交。既立赵王，分居将相。耳被秦兵，馀不能救。张黡请兵，败没不返，猜仇遂作。耳杀馀泜水之上，此则事变中作而风波突起也，岂腹剑中藏有待而发与？

先生少举进士，祥刑剧郡，为名御史。出按湖湘，入赞内台，毛青天之名显于天下。安南有变，皇帝起公于衰绖之中，授以军旅之事，遂以定交之功入主本兵。此其贤声岂下于广汉哉！夫何南北之虏强弱势殊，公以处交南者处北虏，庸使虏势横张，变生杯酒。平生之所有，由此尽丧。此则所为之不善，其势颇与广汉相类也，其咎亦无所归也。予昔丞大理，欲讨叛逆，忤拂当路，落守廉钦。适皇帝问罪安南，予知安南有可取之状，建议主征，皇帝是予。以公人望攸属，特相委任。公至岭南，忘形投交，念棘寺之同官，慨寺丞之久负，把酒论文，握手论心，虽耳、馀（案：西汉初张耳、陈馀）之相友，曾是过哉！拾遗报至，公激于义，雅欲引手，言犹在耳。总制张半洲以安南之事本起于予，安南之功为人所攘，举本相荐。公在本兵，正可引手之时也，而乃从中排挤，不与其进，何前后之相反与？人言公恨予辩本自多安南之功，事或可信。此则言语之伤而风波突起，其事与耳馀亦颇相类。其他不必深论矣。安南一事关中国离合与世道盛衰，非予一人所能欲，亦非先生诸人所能不欲，冥冥之中自有司之者，其孰是孰非，天下自有公论，非人好恶之私所能毁誉，后世自有执笔以书之者。彼推山之火，五湖之舟，何等勋劳，而人皆忘之。今之安南为公涂抹，予意尚未满，而岂以此为功哉！自予之归也，日与门人小子谈道讲书，时有所得而笔之以开后学，垂来世。是进虽不足以成功，退犹足以成名。彼眼前富贵，春花朝露，公不肯以丝发之功分共事之人，欲揽为己有而卒不能有，予又何切切于是哉！

自得公奏报，方作书相问，尚未能达，而公之讣至矣。念平生之相与，悲再晤之无期。爰托简素，聊表衷肠。杯酒瓣香，临风一荐。往日之书，亦并以献。公神在天，得而读之，得无怀羞而追悔也耶？

案：至毛伯温死仍不忘与之算安南账，可见其执念和痛恨之情。可谓古代祭文中之最奇特者，乃声讨的檄文，非哀悼之祭文也。

卷十六《安南归四峒地祭告朱简庵都宪文》，第 727—728 页：

昔黎利造变，镇夷失利，宣宗皇帝用二杨之议，弃交趾布政司。钦州民黄金广、黄宽、黄建、黄子娇，以帖浪、如昔二都、溿凛、古森、了葛、金勒四峒之地叛降安南。交人以帖浪之地置新安州，又移万宁、永安二州于如昔以镇之。正统五年，先生以英宗皇帝之命奉玺书率三司至，时罗都登滩凌山建旗揭榜招黄金广等不至。先生忠愤激发，见之于诗词，或谕或责，或有感，或述怀，今其榜文与诗词固在也。

黎氏既衰，其臣莫登庸因而篡夺，朝贡不通者二十馀年。元以辽左之事谪守钦州，州民屡以四峒之事告元。考求本末，而先生往日之所为踪迹具在，方欲寻先生之故业以毕先生之志而无由。适今上皇帝议兴安南问罪之师，元乃具其事以闻。幸而圣上嘉纳，特敕兵部看详。已而授元宪职，备兵海北，远募闽兵，交人闻风震恐，愿以四峒之地送款奉归。是先生未毕之志而今毕之，英宗皇帝未复之命而今复之，九泉有知，想先生必欣然喜，跃然起，驰报我英宗皇帝于天上，续往昔之诗词以释囊时之遗恨也。岂非快与？

兹录交人题疏、降本及元和先生诗词，遣友人邱宝以特牲告于先生，先生其鉴之。

案：朱简庵指朱鉴（1390—1477），字用明，号简斋。福建泉州府晋江人。永乐十五年举人。正统五年巡按广东。累官都察院右副都御史，巡抚山西。著有《朱中丞奏议》2 卷、《愿学稿》4 卷、《孝感录》1 卷。《明史》卷一七二有传。

卷十六《至钦祭城隍庙文》，第 729 页：

元筮仕二十年，梦寐不到钦州。闻钦州接壤安南，每遇人谈安南之事有起于予者，故恒于钦注意焉。兹以辽左事谪守此邦，是固禄食有方，又焉知非志至气至，造物者之于人，或将有所授耶？昔苏子瞻谪南海，以气节文章化其民，琼海今为文物之邦。钦江固非昔日之琼海，元也才不逮苏而私窃有志焉，不知异时之钦江能为今日之琼海否也？惟神典司此土，教化均有责焉，幸以助我。谨以洁牲，庸申祭告。

卷十六《过乌蛮滩祭马伏波将军文》，第 729 页：

维公经济奇才，倜傥雄度，草昧之初，能择所事。平生树立，亦足不死。马革裹尸，气横霄宇。万古标名，扶桑铜柱。滩头鸿迹，奕其庙祀。临风一荐，高山仰止。

卷十六《祭汉马伏波将军文》，第 729—730 页：

呜呼！将军岂非豪杰之士哉！方草昧之初，雌雄未定之际，将军独识光武于人人中，委身相从，其识见可谓高人一等矣。既而陈谋决策，擒嚣灭述，佐光武以成中兴之业，其功不在汉廷诸臣之下。征侧作叛，群蛮响应，将军提十万之兵犁庭扫穴，卒定交南。例城郭井疆，以奠居民，立铜柱以表汉界。去今千有馀年，边民儿童走卒犹知将军名。然则将军当与天地同不朽，谓非豪杰之士其能然哉！

自将军去后五百有馀年，交南复变为夷，自宋而元不能收复。其间非无名臣猛将，然不能复将军之业。于是益信将军之为豪杰，非人所能及也。我成祖皇帝收复交南，高出前古，张英国不为无功。然不能收用豪杰，经理彼方，使交南之地不旋踵而再失。于是益信将军之为豪杰，非人所能及也。我宣庙之初议弃交藩，钦州四峒之地反为黎氏所有，往时将军所立铜柱因而陷没，百馀年未之能复。予奉命出守钦州，方复将军之业。适圣天子问罪交南，予小子不自揆量，屡献筹策。既而王师临边，逆庸震恐，送款归地。是虽不能尽复汉唐之故疆，将军所立铜柱亦既复矣。是固圣上威灵之所致，想冥冥之中默相之力，将军未必无之。

兹过将军之庙，谨具洁牲，聊申祭告。交南之事未知将来如何，倘被发左衽之民能复见汉唐衣冠之美，事有所属，将军相之。

卷十六《失官过乌蛮滩祭马伏波将军文》，第 730 页：

呜呼！将军以西州豪杰从汉光武于草昧之初，发谋陈策，讨嚣灭述，翼成光武中兴之业。既而灭征侧，平定南交，立铜柱以表汉界，其功不在汉廷诸臣之下。卒之薏苡兴谤，万里不归。夫功不蒙录，信而见疑，自古有之，宁独将军哉！

希元强年入仕，志在国家，夙夜匪躬，愿效犬马。辽左之事，欲为朝廷振纪纲，而反以得罪。交南之事，夙夜殚心，欲为中国复境土，而反以酿祸。今以谗去矣。希元之功业岂敢望将军，而遭谗之事有相类者，此元所以重叹息也。然将军之冤有朱勃为白之，今无朱勃，希元将谁望耶？

挐舟东去，不尽怆然。谨以洁牲，聊伸祭告。将军有知，尚其鉴之。

卷十六《辛丑至家祭祖文》《辛丑至家告先人文》（自钦州免归），第 730 页。

卷十七《和朱鉴述怀兼东广藩臬诸公韵》，第 736 页：

龙飞十九祀，我皇握机务。文德既兴修，武功亦馀裕。交夷久不庭，时哉适所遇。九重涣纶音，老臣特宣谕。尔其振朕师，夙清边塞雾。塘翁克壮猷，如马就熟路。孤舟起久横，大川从此渡。督府抱奇英，勋庸每自树。曰兵戒冯河，协谋同寅惧。朝发苍梧舟，直抵横邕驻。貔貅一十万，水陆交驰骛。豺狼心胆寒，降书即日具。系颈赴辕门，屏躬率礼度。忆昔宣庙初，边鳅敢夜舞。四峒以市恩，皇朝刚失趣。天语费招呼，使臣惕朝暮。兹以还吾君，靡敢执厥故。边民一何幸，乾坤同雨露。冠裳沦左衽，一旦离复聚。向非韩范威，那得贼情吐。豸史当年恨，岂谓今独步。铜柱复归汉，千秋所仰慕。何以策奇勋,我公躬吐哺。何以振前光,我皇躬赫怒。梦寐觉吾衰,闻风若有悟。独喜咎悔宽,敢把衷曲布。谁能作凯歌,被之韶与濩。谁能修信史,再添伊与傅。

案:《明史》卷一百七十二:朱鉴,字用明,晋江人。童时刲股疗父疾。举乡试,授蒲圻教谕。宣德二年与庐陵知县孔文英等四十三人以顾佐荐召,于各道观政三月,遂擢御史,巡按湖广,谕降梅花峒贼萧启宁等……正统五年复按广东,奏设钦州守备都指挥,奉命录囚,多所平反,招抚逋叛甚众。还朝,请天下按察司增佥事一人,专理屯田,遂为定制。七年,用荐擢山西左参政。……景帝监国,进布政使,寻擢右副都御史,巡抚其地。《闽中理学渊源考》卷五十七:著有《愿学稿》行于世。清《粤闽巡视纪略》卷一:钦州、防城、七峒。七峒曰时罗,曰帖浪,曰如昔,曰渐凛,曰罗浮(一称鉴山,一称金勒),曰古森,曰葛源(一称博是,一称丫葛)……明初参政朱亮祖定广东,以七峒人民不多,革其长官,诸峒长以此怀怨。宣德二年,渐凛峒长黄金广纠合时罗峒长黄子娇、丫葛峒长黄建、古森峒长黄宽举,四峒一十九村二百七十户叛附安南,黎氏官之经略使等官世袭,以七峒地属彼国之万宁州。正统五年,巡按御史朱鉴(或云何善)奉玺书至时罗都之滩凌山揭榜招黄金广等不至,至今其地曰招远山。金广死,子进袭;进死,子无害袭;无害死,子伯银袭,为奋略将军经略佥事。嘉靖十九年,安南国主莫登庸纳款献还四峒之地,丫葛、罗浮收入如昔都,渐凛、古森收入帖浪都,由是七峒并为三都焉。时罗峒主独禢姓,相传有禢纯旺者从马新息南征有功,留守钦、邕二州,为时休峒长。永乐时失其世官,其孙禢贵成移守时罗。明末交人犹喋喋以故土为言。

卷十七《外子洪舜臣将赴留都以诗为别走笔和之》,第 737 页:
少小事清旷,物累本寡适。入仕三十年,志虑不改昔。尽道贾生狂,亦有文侯轼。棘庭参末议,王门谬通籍。未伸万里足,忽脱中途轭。世道久陵夷,乾坤何窄迫。长卿病著书,曼倩倦执戟。昔贤多偃蹇,曰予何足惜。羡子抱古心,飘飘凌云翮……

案:洪朝选,字舜臣,又字汝尹,号芳洲,福建同安人。嘉靖二十年进士。累官刑部左侍郎。林希元外甥。唐宋派成员。著有《芳洲摘稿》《归田稿》《归田续稿》等。

卷十七《得毛东塘覆半洲荐举报二首》,第737页:

古人重然诺,千金永不移。如何今世人,晨语夕弃之。廊庙且如此,市井安足疑。载观毛颖(案:应为"颖"字)意,信若平生期。毛颖纸上语,渠心安得知?

少小读书史,喜诵西南夷。辽左功弗建,偶落天之涯。尉佗久擅命,皇纲已解维。请缨本予志,廷论独参差。铜柱复归汉,薏苡生祸胚。伏波既不朽,梁松空尔为。

卷十七《闻毛东塘削籍报二首》,第737页:

张纲独埋轮,义方欲碎首。直节励冰霜,宁能负职守。舒子吾邦彦,古今岂常有?一疏斥奸谀,既死犹遗丑。时论虽不容,令名永不朽。

曰予命运蹇,驱车入羊肠。前途逢虎豹,末路值豺狼。冥鸿坠缯弋,玄璧瘗其光。六阴一消伏,百卉摇秋霜。阳亨岂无日,剥复道之常。

案:毛伯温削籍在嘉靖二十三年秋北寇直逼京师近郊之后。

卷十七《自述》,第737—738页:

孙膑既刖足,犹能破魏军。范雎既折胁,犹能霸嬴秦。英布曾黥面,而乃受茅分。马迁下蚕室,《史记》迄有闻。曰予虽蒙难,性命幸苟存。著述犹可勉,天未丧斯文。风云如有会,犹解策华勋。

案:可见其炽热不衰的功名之志。

卷十七《自述呈李拙修三首》其一,第 738 页:

平生重意气,所尚在玄虚。节介希夷惠,谈经学宋儒。事功慕管葛,出处效卫蓬。三七登朝籍,棘庭忝滥竽……

其二,第 738 页:

入朝仍理法,折狱效张于。因雪云中狱,欲驱辽左胡。投荒似坡老,攘狄喜夷吾。功成不受赏,谤起赋归与。挥杯寻松菊,闭户剔蠹鱼。世情恨冷暖,吾道属艰虞。感子能知己,与言涕欲枯。百年怜此别,肠断讵能苏。

卷十七《感事自解》,第 739 页:

耕稼不问奴,织袵不问婢。温饱如有误,厥咎将谁逶。予生喜谈兵,举世重疑毁。辽左与交南,褫官归梓里。世有厌兵者,物情咸所喜。谓诗可退虏,声名从此起。疆场事一临,众论宁舍己。自忖力弗任,对人羞启齿。大事一朝误,追悔何及已。此事将谁尤,世方崇文耳。清谈祸晋室,讲和误宋氏。冷眼看尘世,流祸安底止。

卷十七《钦州到任感怀》,第 742 页:

钦州古越郡,地僻故荒凉。城邑迷荆棘,斋居入犬羊。依山多虎豹,下里少冠裳。徒负旬宣寄,何由答圣皇。

卷十七《过梅岭回望廉钦有感二首》,第 742 页:

回望天涯路,云山几万重。五年居瘴海,双鬓一飞蓬。殊俗方从化,边庭近息烽。官箴若有玷,公论肯谁容。

始至头未白,今回两鬓霜。食无一日饱,官有四年忙。蔓菲从何起,松菊久已荒。逢人休启齿,举首望穹苍。

卷十八《登天涯亭有感》,第 749—750 页:

平生梦不到天涯,此日登亭独举杯。一水护门朝海去,几家成市向城开。圣朝冠带从此尽,交趾王租久不来。铜柱功名夸汉将,百年落落愧凡才。

卷十八《乌雷丈田兼看营堡有述》，第 751 页：

风门岭外东复西，山径崎岖半蹈泥。雾雨冲人衣尽湿，林青蔽日路俱迷。江边斥堠名虚在，海上岛夷看亦低。作郡两年才到此，兵防民事喜知些。

卷十八《禁鸠嘴望安南有述》，第 751 页：

禁鸠嘴上望西洋，大小鹿墩亦渺茫。只为鱼鸢自下上，那分天地有玄黄。珠厓此日同寇履，交趾何年没犬羊？天子即今明讨伐，伏波功业竟谁强？

卷十八《和朱鉴巡按有感韵》，第 751 页：

汉家铜柱表天涯，陷没何年事可悲。岂谓相如能返璧，总缘管仲善降夷。楼船东下风先动，旌节春回日正迟。独忆往时朱豸史，空馀忠赤报君知。

卷十八《过五羊感旧》，第 752 页：

五羊别去十经春，冠盖重过感慨新。旧日燕巢犹识主，往时鸿迹久成陈。越王台榭秋山里，苏子祠堂南海滨。跃马卧龙终一土，英雄底事日纷纷。

卷十八《灵山得拾遗报有感》，第 752 页：

平生意气欲凌霄，历尽风霜鬓半凋。明禄两朝官再谪，守边六载思常焦。怀中白璧知无恙，户外苍蝇岂自招。世路从来多坎坷，只缘失计蚤渔樵。

卷十八《自愧》，第 752 页：

泗水当年蚤见机，天涯六载岂忘归。只缘管氏心徒切，转使穆生愿顿违。轩冕浮云随聚散，五湖烟雨足襄衣。百年公论谁能泯，任与时人说是非。

卷十八《闻北兵入寇无能御之有感》，第 753 页：

越南未得平安报，汉北翻闻大举声。胡骑千群如破竹，山河

百二少坚城。周家元老思方叔，汉代英雄数卫青。独怪百年称养
士，无能一矢却胡兵。

卷十八《感事有述》，第753页：

平生节操如松栢，历尽风霜不改枝。落魄归来年少侮，虚名喜
有蹒徒知。辽阳叛卒曾归省，交趾降王已受羁。眼底荣枯且莫计，
百年公论有人持。

卷十八《得钦州生祠春祭文有述》，第753页：

一去钦江已十霜，春风俎豆已生尝。三秋政绩惭无补，八里苍
生却不忘。文教未能追蜀郡，专祠偏得似潮阳。百年宦业同秋草，
未有遐荒姓字香。

卷十八《闻安南有变》，第753页：

交趾降王久息戈，忽然白地起风波。诸公谋国皆贪静，当日筹
边算孰多？秦桧奸雄终保首，屈原忠愤迄投罗。是非在世凭谁定？
天理昭昭定不磨。

卷十八《闻曾石塘总制被逮》，第754页：

辽阳畴昔相冰炭，升落于今十四年。我以病狂宜偃蹇，汝称练
达也颠连。人情反覆应难测，天道好还应不愆。独恨百年空怀抱，
惟余谏草照青编。

卷十八《感事二首》，第754页：

平生刻苦为微名，贝锦何缘募地生。文举才高终坎坷，深源命
蹇竟飘零。雌黄在世谁能定，松栢经冬节始明。且把黄花对樽酒，
莫将时事动心情。

二十馀年忝缙绅，如今生计转艰辛。尊王空负夷吾志，去国宁
辞原宪贫。屈指为官多富贵，眼中若个尽廉仁。伯夷盗跖终须别，
分付时人细认真。

卷十八《志恨》，第 754 页：

时去江山不可留，临风载笔泪空流。称臣割地情谁忍？涕泣通婚事有由。七叶云孙惭乃祖，平生仕宦愧前修。古今事变知何定，显晦同归土一丘。

卷十八"词"《和朱简庵责叛民黄金广等词》，第 759 页：

不虚生兮男子，实蕴藉兮经史。志徇国兮忘家，历间关兮九死。捧玉旨兮南来，望天涯直指。陟招远兮崇山，建黄纛兮驻趾。恨叛民兮不归，空浩叹兮抚髀。吾皇兮赫怒，命老臣兮宣旨。干一舞兮临边，羊知本兮跪乳。复左衽兮衣冠，化豺狼兮伦理。曷凤昔兮负恩，曷余今日兮知耻。惟帝德兮罔愆，爰革心兮獭豕。祝万寿兮冈陵，祝千孙兮麟趾。民复有兮室家，爰耕作兮故址。洗百年兮腥秽，粤自今兮更始。烽火息兮无烟，藩篱剖兮弗垒。欢声沸兮载道，歌颂作兮盈耳。臣负罪兮南迁，得一州兮万里。抚往事兮内伤，屡抗章兮不已。噫嘻，自今伊始，幸夙愿之不违，竭寸心兮蝼蚁。

四库全书总目提要·林次崖集十八卷：

明林希元撰。希元有《易经存疑》，已著录。是集为其子有梧所编。凡奏疏四卷，书二卷，揭帖附焉。序三卷，记、碑共一卷，论、说、议共一卷，杂著一卷，志、表一卷，传、行状一卷，祭文、哀词二卷，诗二卷，词附焉。希元之学，宗其乡人蔡清，故于明代诸儒惟推薛瑄、胡居仁。与王守仁同时，而排其《传习录》最力。虽与守仁门人季本同年相善，而与本之书亦不少假借其师。其祭守仁文，但推其功业而已，无一字及其学问也。至其气质刚急，锐于用世，则类其乡人陈真晟。故其为大理寺评事，则劾江彬，劾御史谭会，劾大理寺卿陈琳，坐谪泗州州判。及为大理寺丞，又请剿辽东叛兵，坐谪钦州知州。官广东时，值安南莫登庸篡国，力请讨之，疏凡六上，竟坐是中计典归。归后又以争郡邑利病，几中危法。其负气喜任事盖可想见。其由泗州再入大理也，盖方献夫、霍韬荐之，故与二人颇相契。集中《与周石厓书》亦自称"气味与兀厓相似"，又自称"大礼、安南之议所见与兀厓同"。兀厓者，霍韬别号也。然在泗州时，张璁、桂萼欲援之同议大礼，终谢不行，则诸人固不足为希元累矣。集中有《与汪可亭书》曰："今海内推大家者二人，曰李崆峒、何大复，二子雕词铸意，刮陈去新，力挽颓风以还之古，似为一时文人也。然考其所得，《典谟》已乎，《盘诰》已乎，余皆未能知也"云云，则非惟学问辟姚江，即文章亦辟北地、信阳。故其诗文皆惟意所如，务尽所欲言乃止（案：《四库全书总目》卷一七六《林次崖集十八卷》后有"往往俚语与雅词相参，俪句与散体间用"句，中华书局 1965 年版，第 1577 页中），盖其素志原不欲以是见长云。

附录三　越南冯克宽"使华三集"校合稿

　　本稿为越南冯克宽"使华三集"之校合稿。"使华三集"是对收录在《越南汉文燕行文献集成》中的三种冯克宽诗集钞本的简称。因前两种集名中都有"使华诗集"字样,第三种虽原名《旅行吟集》,但其中十九首与第一种所收诗同,故亦可称"使华诗集"。而之所以要作一个校合稿,是目前国内外均无冯克宽使华诗集的校点整理本,且学者在研究冯克宽使华诗集时,因为不熟悉越南钞本的行书、草字和俗字,出现了诸多的误读、误录和误解,极大地影响了冯克宽研究和中越文学交流的进程。故特作此稿,以抛砖引玉焉。

　　冯克宽(1528—1613)是安南后黎初期与明朝、朝鲜和琉球外交界有过深入交往的重要政治人物和文学人物,曾于明万历二十五年四月至二十六年十二月(1597—1598)间,以工部左侍郎的职务充"如明岁贡,并求封"正使进入中国,历时两年方回至镇南交关①。期间所著汉文"使华诗集",在越南汉喃研究院留下了至少十四个抄本②。复旦大学文史研究院和越南汉喃研究院合编的

――――――――

① 陈荆和《大越史记全书·本纪》(校合本)卷十七,东京大学东洋文化研究所,1984—1986年,第909页。

② 王小盾、刘春银、陈义主编《越南汉喃文献目录提要》,台湾"中研院"中国文哲研究所,2002年版,第666、709、756、763页。

《越南汉文燕行文献集成(越南所藏编)》第一册在冯克宽名下收录了三种名称不同的使华诗集钞本^①。分别是:《使华手泽诗集》不分卷,与《周原杂草》合钞,字体以行草为主,原编号 A2850;《梅岭使华手泽诗集》不分卷,附录于阮朝钞本《白云庵程国公诗集》后,字体以楷书为主,但有很多简体字和越南俗字,原编号 VHv188;《旅行吟集》不分卷,钞本,一册,字体同第二本,原编号 AB447。其中,《旅行吟集》是一个喃文诗和汉文诗夹杂的集子,原无作者署名,编者朱莉丽据其中《与滕尹赵侯相见赵尹名邦清乙未科进士》诗题及附注"赵见诗曰:安南国使冯敬齐,学问深远,字画神妙"云云,断此书作者即冯克宽^②。此可再增加一证据,即冯克宽《使华手泽诗集》亦录有题作《与滕尹赵侯相见》的本诗,可说明《旅行吟集》所录与《使华手泽诗集》相同的另外 18 首诗亦为冯克宽所作,乃其使华诗集的一部分。准此,上述三本可简称为"冯克宽使华三集"。此外,冯克宽还有一种名为《梅岭使华诗集》的汉喃研究院藏本,原编号 A241。张恩练的硕士论文《越南仕宦冯克宽及其〈梅岭使华诗集〉研究》即以其导师陈文源游学越南所得的此本为研究底本,将所收篇目与前三本进行了详细的列表比对,发现比前三本为多,可说是目前中国大陆学界所见冯克宽使华诗集最全者^③。然遗憾的是,张恩练论文没有出示此本的完整原文,而其所依据的底本,笔者亦无缘得见。

　　从辨认释读的角度来说,冯克宽使华三集的越南钞本可说相

---

① 复旦大学文史研究院、越南汉喃研究院合编《越南汉文燕行文献集成(越南所藏编)》,复旦大学出版社 2010 年版。

② 朱莉丽《旅行诗集解题》,《越南汉文燕行文献集成》第一册,第 155 页。

③ 张恩练《越南仕宦冯克宽及其〈梅岭使华诗集〉研究》,暨南大学硕士论文 2011 年。

当的粗率难识，并非官方或精英文人的精善钞本。除了杂钞、合钞、附载、夹抄、略抄、撮抄等多种属于混合杂糅载体形式的民间钞本特征①，需要仔细分辨外，它们还往往不注意抄写的一般体例，不加分别地将书名缀于序言之后②，或者又在天头补诗③，等等。更显急迫和重要的，是它们充满了诸多的行书、草书、俗字、简体字和阙文、衍文、乙字、删字、补字等复杂情况，由此很容易让人在只看一个版本的情况下，对文本产生误认、误录和误解。

为凸显此一问题的严重性，此处不妨以两篇专门研究冯克宽《使华诗集》的论文来说明。

一是张恩练的《越南仕宦冯克宽及其〈梅岭使华诗集〉研究》。其文字誊录和文意理解的错误较多，此处仅以其文一页之中所涉情形为例。其言："明朝吏部尚书张位称赞曰：'使衔臣命人无数，光彩如君定是稀。今于冯使君见之，以豪杰之才，挺然将相之科，诵诗三百，专对四方，乃其平生夙志。'当时来华的朝鲜国使臣李睟光也对冯克宽的才华多有称赞并为其诗集作序：'今使臣冯公，皤然其发，曜然其形，年近七十二颜尚韶，译重三而足步玺。觐礼于明庭，利宾王国，其所著《万寿圣节庆贺诗》若干篇，揄扬铺叙，词意浑深，足以唾珠玑而声金玉，岂亦听谓异人者哉！'"④按：本段叙述所依据的材料亦见于《梅岭使华手泽诗集》卷首的安南杜汪序和朝鲜李睟光序，但是张文所引录的文字至少出现了五处错误："使衔臣命"应为"使臣衔命"，"挺然将相之科"的"然"为"国"之误，"年近七十二颜尚韶"的"二"为"而"之误，"足步玺"应为

---

① 刘玉珺《越南汉喃古籍的文献学研究》，中华书局2007年版，第152—159页。
② 陈正宏《使华手泽诗集解题》，《越南汉文燕行文献集成》第一册，第57页。
③ 冯克宽《到会同馆见程副使》，《越南汉文燕行文献集成》第一册，第212页。
④ 张恩练《越南仕宦冯克宽及其〈梅岭使华诗集〉研究》，第16页。

“足不茧”,“听谓”应为“所谓”。且这些错误不能用版本不同来解释,而只能用误读、误录来解释。抑又有甚者,张文本段文字还有误解。张文所谓“明朝吏部尚书张位称赞”之诗,其根据应是杜汪序。然稍加查考,即可知这其实是唐代诗人张籍送新罗使者归国之语。杜汪序原文是:“张公喜新罗还使有云:‘使臣衔命人无数,光彩如君定是希。’”张籍《送金少卿副使归新罗》原诗是:“云岛茫茫天半微,向东万里一帆飞。久为侍子承恩重,今佐使臣衔命归。过海便应将国信,到乡犹自著朝衣。从前此去人无数,光彩如君定是希。”① 两相对照,杜汪是将原诗的第四句和第七句捏合成了一新句,而与“光彩”句构为一联。由此可知,此“张公”乃唐朝张籍,而非杜汪序言后面才提到的明朝阁老张(位)相公。

二是陆小燕、叶少飞《万历二十五年朝鲜安南使臣诗文问答析论》一文。他们坦承在不识原文草书的地方,用“□”代替。但在认为可以识别的情况下,该文还是在一页所录的六首诗中出现了至少十七处的文字误录。《海东逸士敬次前韵呈敬斋》二诗有六处错误:“包祭青茅一匭香”,“祭”应为“得”;“跋涉长途临四万”,“临”应为“馀”;“黄发甄然七十馀”,“甄”应为“飘”;“贡献野鸡周使教”,“教”应为“笔”;“九真乡外千山路”,“外”应为“国”;“孤发偶同闲日语”,“发”应为“馆”。《冯答次海东逸士韵》二诗有一处错误:“千里偕来效见王”,“效”应为“数”。《海东金羊逸士叠使相韵赠》其二有四处错误:“长短岩茫四万馀”,“岩”应为“微”;“三夜梦迷难到处”,“处”应为“国”;“空惊寒月载云车”,“寒”应为“岁”,“载”应为“转”。《敬斋冯公复》二诗有六处错误:“春流浪派

① 张籍著、徐礼节、余恕诚校注《张籍集系年校注》卷四,中华书局 2011 年版,第 603 页。

飞花映"，"派"应为"流"；"气飘不齐人性喜,异此谁抑又谁扬"句,本应为"气禀不齐人性异,此间谁抑又谁扬",将"禀"误认作"飘",将原文"异"字前加三点表示誊错而删除的"喜"字作为正文录入,而又不录"谁"字之前的"间"字,故成此不词之诗句；"济浒津飘子产舆","飘"应为"乘"；"归处僚朋如见问","处"应为"国"①。误录情况可谓惊人。

另外,该文还有严重的因为不识越南草字而造成的断诗破句错误。其录《梅岭使华手泽诗集》卷首杜汪序中的一句为："其与朝鲜国使芝峰道人、金羊逸士往来鸣和诸篇,一吟一咏,愈出愈奇,可谓独步,才超古馀波,分照邻者矣。"②经查,"可谓"和"矣"之间的十字,其实是杜甫《上韦左相二十韵》中"独步才超古,馀波德照邻"这一联诗③,结果该文读破了。其原因在于"德"字在越南抄本中多被写成"分"或"方"字形,该文不识其本字,望"形"生"字",而又不查考相关资料,故有上述之误。

至此可见,正确释读冯克宽诗集抄本并为其作一个初步的校点整理本,便成了研究冯克宽使华诗集的首要基础任务。

鉴于目前国内外尚无冯克宽使华诗集的校点排印本,而越南汉喃研究院所藏冯克宽诗集的其他抄本和张恩练所披露的A241本,笔者又皆无缘得见,故本文抛砖引玉,先做一个篇目虽不完整但文字可靠、顺序井然的《冯克宽使华三集校合稿》,以备学界参考利用。

这个《校合稿》是建立在如下的事实和资料基础上的：1. 收录

① 陆小燕、叶少飞《万历二十五年朝鲜安南使臣诗文问答析论》,载张伯伟主编《域外汉籍研究集刊》第九辑,中华书局 2013 年版,第 414 页。
② 陆小燕、叶少飞《万历二十五年朝鲜安南使臣诗文问答析论》,第 418 页。
③ 仇兆鳌《杜诗详注》卷三,中华书局 1979 年版,第 226 页。

在《越南汉文燕行文献集成》中的三种冯克宽使华诗集钞本,在字形书写上有相似处,在篇目和内容上也有重合、参照处,以至它们本身即可用校勘学上的"互校法"进行校理和整合。2. 前辈学者陈荆和在《大越史记全书》校合本后所附的《越南俗字、简体字和惯用汉字对照表》①,可以极大地帮助我们释读冯克宽使华三集钞本中的草字和俗字。3. 与冯克宽唱和并为冯氏诗集作序的朝鲜国使节李睟光文集所保留的相关诗文(其中有三本未收的唱和诗)②,以及越南汉文笔记《人物志·太宰梅郡公录》所附录的冯克宽《贺寿诗》三十一首和李睟光序文③,可以与三本的相关部分进行内容补充和文字校勘。前者是楷书刻本,后者是钞本的校点排印本,具有相当的可靠性。4. 张恩练论文所引录的 A241 本全部篇目,虽存在较多的释读错误,但必要之时,还是可以用作参照。而其梳理的冯克宽出使路线图,也可为三本的合并工作提供一些参考。有如上四点,为推进相关的整理研究工作,这个校合本还是可以先行推出。

　　校合凡例:

　　一、篇目顺序根据冯克宽出使行程编排,依次是:杜汪序、李睟光序、去程诗、在京诗(含《贺寿诗》及与朝鲜使臣李睟光、海东逸士和琉球使臣的唱和诗等)、返程诗。

———————————

① 陈荆和《大越史记全书》(校合本),东京大学东洋文化研究所 1984—1986 年版,第 1213—1221 页。
② 林基中主编《燕行录全集》第十册,东国大学校出版社 2001 年版,第 128—137 页。
③ 孙逊、郑克孟、陈益源主编《越南汉文小说集成》第十八册,上海古籍出版社 2010 年版,第 226—232 页。

二、以《使华手泽诗集》《梅岭使华手泽诗集》《旅行吟集》为底本,分别简称为"甲本""乙本""丙本"。实际的底本选择,以文字完整、正确为准。

三、以李晬光《芝峰先生集》卷八《安南国使臣唱和问答录》《人物志·太宰梅郡公录》和张恩练所录《梅岭使华诗集》篇目为校本,分别简称为"李集""人本""张本"。

四、《梅岭使华手泽诗集》附抄的越南陈朝状元《自贺生子》、黎朝天姥探花尚书阮贵德《逢洪水送各处丞宪府县官》和明朝李先生《百咏诗》,不录。

五、《旅行吟集》所载汉喃六八体诗,不录。

六、只见于张本篇目而不见于甲本、乙本、丙本、李集的冯克宽诗及唱酬诗,不录。

七、未见于甲本、乙本、丙本而见于李集中的冯李唱和诗,补录。

八、甲本、乙本、丙本原有抄录中出现的阙字、衍文、乙文、删字、增字等情形,出校记。

九、有异文、异形者,出校记。

十、置于特殊位置如天头者,出校记。

十一、有附记和特殊意义的文字,照录,并出校记。

十二、只有甲乙丙三本中之一本者,注明版本依据,出校记。

梅岭尚书毅斋冯克宽使华手泽诗集叙[一]

皇华之选,儒墨所荣。预是选者,代亦有人。而使程之作,亦间有之。未有鼓吹骚坛,脍炙人口如梅岭使华之集[二]者也。昔坡[三]公饯子由之使有云:"不辞驲驿凌霜雪,要[四]使天骄识凤麟。"张公喜新罗还使有云："使臣唧命人无数,光彩如公定是希[五]。"今于冯公见之。公以豪杰之才,挺将相之科[六],诵诗三百,专对四方,乃其平生夙[七]志。正君子经纶之时节[八],适皇朝复国之初,正[九]天庭贡款之日,公以七袠之年[十],驾万里之轺。忠激于心,又形于色,士夫皆壮其行,而知其成功之必[十一]。到京日,值[十二]万寿圣节,公献拜寿[十三]之诗凡三[十四]十馀首,庆虞[十五]旦而赓"喜起"之歌,诵周德[十六]而叶雅南[十七]之韵。言言讽谕,惓惓[十八]忠爱,宜进之大雅之列[十九]。其上阁老张相公及谒道爷杨宪台诸作[二十],烨然台光,温然春思,溢于言辞之表。其与[二十一]朝鲜国使芝峰道人、金羊逸士[二十二]往来鸣[二十三]和诸篇,一吟一咏,愈出愈奇,可谓"独步才超古,馀波德照邻"者矣。公之作此[二十四],不惟天[二十五]皇帝奇其才,张[二十六]相公爱其能,而馀辉剩馥,亦起敬于邻国[二十七]之使,景星麟凤,睹者称快[二十八],其斗南第一人物乎? 公何贤[二十九]得此? 盖自涵养中得之。夫天降任是人,必付之厚,以大其所受。人得浩然之气,必养之充,以胜其任[三十]。公得之天才,充以学力。其道德丰腴,仁义膏泽,既足以裨益治化,润泽生民,而心胸开豁[三十一],气度恢弘[三十二],又足以旋转乾坤[三十三],掀揭[三十四]宇宙。故能驱[三十五]海涛于砚滴,挽文星于笔铓[三十六],收天地之春,拾江山之胜,都归吟鞭之下,直可以理性情[三十七],补风化,非徒品风花[三十八],题雪月而已。自非真确工夫,宏□气象,畔能如是耶? 独不观御史之柏乎? 得春夏之文,争青争翠,柏也与众木无异,于岁寒之候,皮溜雨而色参天,然后知柏之有心,所以大医国苏民之效。又不观东阁之梅乎? 当□冬之际,未白未红,梅也先百花而开于凛[三十九]洌之中,梅残雪而回春信,然后知梅之有操,所以成□边羹鼎之功。公蜚英腾茂,含贞抱素,前无坟书。处而能为温厚和平之言,而全君命、壮国□,授政则能为恺悌燕祥之教。而仁民生寿，国脉久望，人德大望。人业晚而弥坚，老而益壮。其翘艾中之老柏与，秾花中之大梅与？余知公之爵名称其寔。公之世德，久则徵[四十]。先正有曰[四十一]："诗经百炼方成熟，人步多年便老成[四十二]。"公其以之。予才颇钝，于诗尤拙，第曾还使华，亦皆朋寿[四十三]茂悦底意，不得不重之以词[四十四]。于是乎书，以弁其端[四十五]云。

黎光兴世宗二十二年闰四月榖日赐丙辰科进士及第第一甲第二名特进金紫荣禄大夫兵部尚书东阁学士少保通郡公上柱国段林[四十六]杜汪钝夫撰[四十七]。

【校】

[一]本序据乙本录。甲本题作《梅岭使华诗集序》。

[二]"梅岭使华之集"，甲本作"此集"。

[三]"坡"，乙本原作"披"，据甲本改。按："坡公"指苏轼。

[四]"要"，甲本作"解"。按：苏轼《送子由使契丹》诗原句为"不辞驿骑凌风雪，要使天骄识凤麟"，见文渊阁四库全书本《东坡全集》卷十八、《施注苏诗》卷二十八。王文诰辑注、孔凡礼点校《苏轼诗集》卷三十一，"驿"作"驲"，中华书局1982年版，第1647页。

[五]"彩""希"，甲本分作"采""稀"。按：此"张公"指唐朝诗人张籍，其《送金少卿副使归新罗》诗曰："云岛茫茫天半微，向东万里一帆飞。久为侍子承恩重，今佐使臣衔命归。过海便应将国信，到乡犹自著朝衣。从前此去人无数，光彩如君定是希。"杜汪盖截第四句与第七句组合为一新句，而与"光彩"句构为一联。见徐礼节、余恕诚《张籍集系年校注》卷四，中华书局2011年版，第603页。

[六]"挺将相之科"，甲本"挺"后有"国"字。

［七］"夙"字乙本原缺，甲本作"宿"，据张本改。

［八］"正君子经纶之时节"，乙本原作"以俟经纶时节"，据甲本录。

［九］"正"字原本无，据甲本增。

［十］"年"，甲本作"岁"。

［十一］"忠激……之必"二十一字，甲本无。

［十二］"值"原作"仅"，据甲本改。

［十三］"寿"，甲本作"祝"。

［十四］"三"，甲本作"二"。

［十五］"虞"，甲本、乙本原均作"卢"字形，实为"虞"的俗体字。

［十六］"德"，甲本作"诗"。

［十七］"南"，甲本作"诗"。

［十八］"惓惓"，甲本作"拳拳"。

［十九］"宜进之大雅之列"七字，甲本无。

［二十］"张相公"原作"张国公相"，"国"字加三点示删，"公相"旁有"乙"字符号，据录。"其上阁老张相公及谒道爷杨宪台诸作"，甲本作"其上阁老张揭道爷杨宪公之作"。

［二十一］"其与"，甲本作"与其"。

［二十二］"芝峰道人、金羊逸士"八字，甲本无。

［二十三］"鸣"，甲本作"唱"。

［二十四］"公之作此"四字，甲本无。

［二十五］"天"，甲本作"大"。

［二十六］"张"，甲本作"同"。

［二十七］"国"字原本阙字，据甲本增。

［二十八］"景星麟凤，睹者称快"八字，甲本无。

［二十九］"贤"，甲本作"以"。

　　[三十]"盖自涵养中得之。夫天降任是人，必付之厚，以大其所受。人得浩然之气，必养之充，以胜其任"三十六字，甲本无。

　　[三十一]"心胸开豁"，甲本作"心腹开阔"。

　　[三十二]"气度恢弘"，甲本作"器宇恢宏"。

　　[三十三]"乾坤"前原有"天地"二字，分别旁加三点示删。"旋转乾坤"，甲本作"旋乾转坤"。

　　[三十四]"掀揭"，甲本作"抛唱"。

　　[三十五]"驱"，甲本作"驻"。

　　[三十六]"铓"，甲本作"茫"。

　　[三十七]"直"，甲本作"真"。"以"，甲本无。

　　[三十八]"品风花"，甲本作"逆风华"。

　　[三十九]"冽"前原无字，以意增"凛"字。

　　[四十]"徵"前原有"其"字，加三点示删。"自非……久则徵"二百十三字，甲本无。

　　[四十一]"先正有曰"，甲本作"先生诗曰"。

　　[四十二]"诗经"，甲本作"金经"。"人步"，甲本作"人涉"。

　　[四十三]"皆朋寿"，甲本作"佳朋"。

　　[四十四]"不得不重之以词"七字，甲本无。

　　[四十五]"弁其端"，甲本作"守其辞"。

　　[四十六]"林"前的"段"字原无，据杜汪籍贯的社名"段林"补。

　　[四十七]甲本落款作"赐进士及第兵部尚书东阁学士少保通郡公杜汪钝夫撰"。

安南使臣万寿圣节庆贺诗集序[一]

夫天地有精英清淑之气,结[二]而为山岳,融而为川泽[三],或钟于物,或钟于人。故气之所钟,扶舆磅[四]礴,必生瑰[五]奇秀异之材[六],不专乎[七]近,而在乎远;不禀乎[八]物,而禀乎[九]人焉。吾闻交州,南极也,多珠玑金玉琳琅[十]、玳瑁犀象[十一]之奇货[十二],是故[十三]精英清淑之气特钟于彼,而宜有异人者[十四]出于其间,岂独奇货乎[十五]哉?

今使臣冯公,皤然其发,臞[十六]然其形,年七十而颜尚韶,译重三[十七]而足不茧[十八],观礼明庭,利宾王国。其所著《万寿庆贺诗》三十一[十九]篇,揄[二十]扬铺叙,词意浑厚,足以唾珠玑而声金玉,岂非谓[二十一]异人者哉?噫!大明中天,圣人御极,惠[二十二]怀四滨[二十三],威怛[二十四]九裔。巍巍荡荡,轶周家[二十五]之盛,宜乎白雉呈祥,黄耇嚮[二十六]德。今吾[二十七]子之来,抑未知天果无烈[二十八]风,海果不扬[二十九]波[三十],如曩日成周之时[三十一]否耶?若然,则吾子即古之黄耇,而贺[三十二]诗之作,祥[三十三]于献雉远矣。

古有太史氏[三十四],采[三十五]风遥以弦[三十六]歌之,又安知吾子之词,不编于乐官,而彰中国万世[三十七]之盛也欤?不佞[三十八]生在东[三十九]方,得接子之话[四十],观子之词,恍[四十一]然飙车云驭,神游火海之乡,足步[四十二]铜柱之境,幸亦[四十三]大矣。其敢以不文辞[四十四]?遂为序云[四十五]。

万历龙集[四十六]丁酉下浣[四十七]朝鲜国使刑曹参判兼翰职[四十八]李晬[四十九]光芝峰道人序[五十]。

【校】

［一］本序正文据乙本录，题目据李集录，乙本题《又序》，人本题《梅南毅斋诗集序》。

［二］"结"，人本作"浩"。

［三］"结而为山岳，融而为川泽"十字，李集无。

［四］"磅"，人本作"傍"。

［五］"瑰"，人本作"怀"。

［六］"之材"二字，乙本无，据李集补，人本作"之才"。

［七］"乎"，人本作"于"。

［八］"乎"，李集作"于"，人本作"于"。

［九］"而禀乎"，李集作"则在于"，人本作"而在于"。

［十］"琳琅"，人本作"琳瑯"。

［十一］李集无"玟瑁"二字，"犀象"作"象犀"。

［十二］"奇货"，李集作"奇宝"。

［十三］"故"字，乙本无，据人本增，李集作"固"字，误。

［十四］乙本、人本无"者"字，据李集增。

［十五］"岂独"，人本作"岂特"；"奇货"，李集作"奇宝"；"乎"字，人本无。

［十六］"瞳"，乙本、人本并作"曜"，据李集改。

［十七］"译重三"，乙本原作"驿三重"，据李集和人本改。

［十八］"茧"，乙本原作"玺"，据李集和人本改。

［十九］"三十一"，乙本原作"若干"，据李集和人本改。

［二十］"揄"，乙本原缺，据李集和人本增。

［二十一］"岂非谓"，李集作"亦岂所谓"，人本作"岂亦所谓"。

［二十二］"惠"，人本作"德"。

［二十三］"滨"，李集、人本作"溟"。

[二十四]"威",乙本原缺,据李集、人本增;"怛",乙本原作"坦",人本作"恒",据李本改。

[二十五]"家",人本作"文"。

[二十六]"嚮",乙本原作"響",据李集和人本改。

[二十七]"吾",乙本、李集无,据人本增。

[二十八]"烈",乙本原无,据李集增。

[二十九]"无",李集作"不";"扬",乙本原无,据李集增。

[三十]"天果无烈风,海果不扬波",人本作"天之风果不烈,海果不波"。

[三十一]"之时",乙本原无,李集作"时",据人本增。

[三十二]"贺",李集作"斯"。

[三十三]"祥",乙本、人本并作"详",据李集改。

[三十四]"氏",乙本、人本无,据李集增。

[三十五]"采",乙本原作"摇",据李集和人本改。

[三十六]"弦",李集作"炫"。

[三十七]"万世",乙本、人本无,据李集增。

[三十八]"佞",乙本、人本"穀",据李集改。

[三十九]乙本原衍一"东"字。

[四十]"话",人本作"语"。

[四十一]"恍",李集作"悦"。

[四十二]"步",李集作"涉"。

[四十三]"亦",乙本原作"此",据李集和人本改。

[四十四]"不文辞",乙本作"不文之词",人本作"不能文辞",据李集录。

[四十五]"遂为序云",李集作"是为序",人本作"遂为序"。

[四十六]"集",人本作"辑"。

［四十七］"浣"，人本作"浣"。

［四十八］"兼翰职"，乙本原无，据人本增。

［四十九］"晬"，乙本原作"晔"，人本作"晬"，据李晬光本名改。

［五十］此落款李集无。

奉往北使登程自述[一]

三百诗草诵未三，才非专对使奚堪。居颐自观乾手老，杖节还当壮岁男。帝所九重瞻[二]且恋，皇华五善愧非谙。功成事济凭忠义，亿万维生活北南。

小雅诗歌乐肄三，皇华盛选揣奚堪。西京旧是三江客，北国新迎百粤男。币帛但将忠信结，襟船何必语言谙。春秋依旧乾坤大，北海鹏风又翥南。[三]

也曾日诵白圭三，往事追寻意未堪。矍铄[四]羞言鞍上老，英雄喜道女中男。潜龙肯许鱼虾亵，翥鸟宁出燕雀谙。专介使行求事济，国威庶壮我梅南。

诗诵经三与师三，四方出使此才堪。圣皇意在事埤我，国命身当老更男。道在不偏并不易，人才相见又相谙。事君行己何为准，敬以为御是指南。

寿年忝预作朋三，往聘犹能膂力堪。伛偻命承当宇圣，激昂志励左弧男。来王来享殷球献，维骆维骊周道谙。言必忠言行必信，任吾岭北复江南。

才位惭非俊宅三，今晨奉使恐难堪。周驷载骤驰原隰[五]，郑礼虔共献子男。拜教拜嘉惟曰谨，咨谋咨度敢云谙。《扇铭》价重今犹道，万世名香五岭南。

关上书频往复三，朝廷遣使选才堪。能当肩上纲常担，方是人中俊伟男。汉重陆生知不辱，宋称富相见曾谙。此行但愿全君命，庶国□伸南国南。

【校】

［一］第一首据甲本录，题后空两格原有"状元冯克宽"五字。

［二］"瞻"，原作"貼"，乃越南俗字，径改本字。下同，不再出校。

［三］第二至第七首据乙本录，原题《自述》。张本题作《吏部左侍郎兼东阁大学士梅南毅斋奉往北使登程自述，自唱自和二十二首》，言第二至第七首分别与第七、八、十三、十七、二十首、二十二首同。

［四］"夔铄"，原作"爠爍"，乃越南俗字，径改本字。

［五］"隰"，原作"湿"，误，径改。

过华山[一]

左江稳泛客桄[二]轻，晓过华山枕水清。粉壁楼台开秀丽，黄巢兵马认分明。回头红日知天近，纵目清芜见地平。几许王维图画笔，入予诗思宛然成。

【校】

［一］本首据甲本录。按：华山，即广西画山。

［二］桄，原作"觥"，径改。

咏画山[一]

粤西形胜控西舆,有画山名画不如。阳朔毛尖描泰华,滩江墨淡写衡庐。文章出入丹青笔,名字留传金玉书。合是骚人题品外,万年增壮帝王居。

【校】

[一]本首以下据丙本录。

庾岭梅岭,北有古梅六七株,吴世司寇植三十株[一]

我是南梅试问梅,今逢大庾岭头来。霜前霜后经年耐,梅北梅南几处开。疏影暗香花月落,芳名佳实庙堂材。调羹相得调羹手,不负花中第一魁。

【校】

[一]题中和正文"庾"字原误作"瘦"字,径改。

到南安偶成[一]

薰风随我自南来,岭雾红云到处开。拟向帝庭歌帝德,解吾民愠阜民财。

【校】

[一]题中"南安"原作"安南",据张本改。

客携酒乞诗

诗兴浓于酒兴浓，一诗篇当酒千锺。诗成醉酒功收了，酒帝诗王各自封。

时到广西，人各持一扇乞诗，公随次下笔，诗成，众人大笑

安南客使不知诗，诗是忠君爱国辞。平易致心尤更好，簧中弄若更何为。

安南客使不知诗，不古人诗是女儿。要得藉黄元李白，铿铿要韵妒为奇。

安南客使不知诗，诗不平心不强为。我欲为君人举钵，怕惊天地动神祇。

安南客使不知诗，诗最难为最易为。不是诗人难与说。说他素味怕人知。

安南客使不知诗，只怕君看反笑嗤。嗤笑只凭君且笑，文多心在烛君诗。

安南客使不知诗，我不知诗人道知。知与不知休浪说，求名知处是知之。

安南客使不知诗，不识求诗系是谁。诗意高深难命得，后看鸦墨果何裨。

安南客使不知诗，间是诗人不妄为。润笔手中无一物，徒劳竟日费虚辞。

安南客使不知诗，聊为骚人一解颐。年味乃能香齿颊，髯精方可以全眉。

安南客使不知诗，留守唐诗总未知。今月老君如渴骥，醉吟谁为叩鸥夷。

安南客使不知诗，白雪阳春识者谁。寄语岂嘲风自客，来时有意抱琴儿。

南使题扇[一]

北南今庆一家同，万里关河使道通。望入红云天陛近，贡[二]来金关帝庭中。鞭风驾月襟期壮，剪[三]木栽[四]山笔力雄。反早早归春正暖，扇回上面太平风。

【校】

[一]本首以下据甲本录，张本题作《南使留题》。

[二]"贡"字前原有"上"字，疑衍。

[三]"剪"字前原有"栽"字，加三点示删。

[四]"栽"字疑为"裁"字之误。

在城驿留题

一驾星轺到两江[一]，在城城在景无双。粉墙朱户开花屋，玉马金鞍跨石杠。分节镇官参礼谒，竖旗骚帅为诗将。探花坊里寻芳躅，指向朱楼碧玉窗。

【校】

[一]"两江"原作"雨红"，加三点示删，旁小字改为"两江"。

过苏桥

客来桥上访苏仙，只见江中上下天。欲向青帝沽美酒，文君不识索翁钱。

到广西答靖江王仲夏诗题[一]

华堂兀坐日从容,不观于时夏已中。满酌荷杯消酷暑,新颁纨扇奉仁风。鼓和长物天心妙,解愠兴歌帝德公。一枕华胥[二]醒十梦,轩唐宇宙恍然同。

【校】

[一]题目"靖"字原误作"清"字,张本作"靖",据改。

[二]"华胥"旁注"黄帝宴寝华胥国忘返"。

时到梧桐城,谒钦差梧桐道整理军务驻郁林州兵备张爷如文辉,礼毕,使人给以笔劄砚墨来,命以"越裳献白雉"诗韵,余挥毫立就,张大称贺[一]

当赤乌天运正中,远来飞站献花虫。九苞凤彩飞云紫,五色龙光暎日红。麟定寔多明勖力,凫鹥既醉[二]太平风。皇朝鸿业[三]今犹古,一统车书大混同。

【校】

[一]本首据丙本录,甲本题作《到梧城答张道爷"越裳献雉"诗题》。

[二]"既醉",甲本作"载咏"。

[三]"明""业",甲本分作"朝""祚"。

梧城即景[一]

快乘彩鹢[二]到苍梧,四望江山入画图。卷雨朱楼蟠地起,插云宝塔倚天孤。淡淡香为^[三]风来往,高下诗因酒有无。欲访姚君踪迹旧^[四],不知何处是仙都。

【校】

[一]本首以下据甲本录,丙本题作《苍梧对景》。

[二]"鹢",丙本误作"蠋"。

[三]"为",丙本误作"荐"。

[四]"旧",丙本作"觅"。

喜接天朝南宁府二黄爷

九重天子爱民深,理郡多公奉职钦。学道爱人君子乐,承流宣化守臣心。门松翠耸擎天盖,廷^[一]竹黄篩满地金。边晏道通无施事,北南共乐太平音。

【校】

[一]"廷",应为"庭"字。

题王旗牌扇^[一]

羡渠手箑^[二]这般清,恭奉仁风万里行。凉^[三]人衣襟天不暑,照回颜色月常明。丝琴楼阁趋陪接,禊酒亭台笑语生。添得右军龙虎笔,万增声^[四]价重都城。

【校】

[一]"牌",原误作"裨",径改。

[二]"羡""手箑",丙本作"美""风扇"。

[三]"凉",甲本原误作"冻",据丙本改。

[四]"声",丙本作"名"。

答南雄军府贵请笔[一]

南方雄镇是南雄,典郡时维车钜公。况又允联台斗斗座,年年长照紫微宫。

九重天子爱民深,选用贤良即载临。化国日长公事暇,黄堂酒为庶民斟。

府侯家世本诗书,润泽生民意有馀。一郡福星人景仰,光辉遍照万阎间。

【校】

[一]本首据丙本录。

题飞来寺[一]寺在韶州府清远县。一水之傍,万山之中,自舒山飞来。四顾尘嚣,景甚清丽,乃大明第一禅天也。世传此寺自舒州飞来,势得佛像铜钟[二]住在山岭,其钟落在南山岭上,今镇在此处,闻鼓而应。寺缺一角,在梅岭。孙恪娶袁氏女,育二子,后挈家过端州,即今两广军门。袁欲游峡山寺,云:旧门复既至,著熟其路。持碧玉环献[三]僧,有野猿数十,连臂而下,袁恻然题云:"不如逐伴当山去,长啸一声缥雾深。"掷笔化为猿而去。老僧方知旧养猿。高力以束帛易之,碧玉环随猿而去。

飞来何处寺飞来,水绕山青迹未苔。于翼彼黄金[四]世界,如犨斯碧玉楼台。挹泉静[五]水龙会出,拂崿[六]慈云鹤带回。孙妇有无休说著[七],且挥仙笔咏蓬莱。

【校】

［一］"钟"，原误作"锺"，径改。下同。

［二］"环献"，原作"献环"，旁加"乙"字符号示倒，据录。

［三］本首据甲本录，小字题注据丙本录。

［四］"金"，丙本作"珍"。

［五］"静"，丙本作"禅"。

［六］"嵣"，丙本作"岭"。

［七］"说著"，丙本作"著统"。

过观音山山左江边，右碧耸立，祠口向江，有人倚栏而坐，诗云^{［一］}

嵯峨斗壁枕江天^{［二］}，世界三千入眼观。刹刹尘尘尘世迥，空空洞洞洞天宽。地^{［三］}留胜概仙留迹，石倚长空人倚栏。我自昆^{［四］}蓬南过此，冲霄拟欲振双翰。

【校】

［一］本首据甲本录，小字题注据丙本录。

［二］"斗壁""天"，丙本作"石碧""干"。

［三］"地"，丙本作"世"。

［四］"昆"，丙本作"鬼"。

肇庆府董张二将贵请笔偶成^{［一］}

一郡光联两福星，射天芒彩满堂庭。董生时望高堪仰，陈相家风久愈馨。圭组蝉联荣里闬，诗书润泽溥^{［二］}生灵。相逢今日交情切，但愿无违鸡黍盟^{［三］}。

【校】

[一]本首据丙本录。甲本题作《答肇庆董陈二守请罪》。

[二]"溥",丙本原作"普",据甲本改。

[三]"违""盟",丙本原作"忘""情",据甲本改。

题举人扇[一]

道犹扇也理昭昭,非扇摇人人自摇。拂雾飞云生皎月,扫炎除暑[二]起凉飙。思情洒落皆周孔,气象雍容[三]尽舜尧。会得诗中[四]清意味,果然入手得高标。

【校】

[一]本首据甲本录,丙本题作《题举子扇》。

[二]"除暑",丙本作"降蛮"。

[三]"容",丙本作"熙"。

[四]"诗中",丙本作"中书"。

过张丞相祠堂,在韶州府曲江县张九龄祠堂,前有石山,高出群峰,形如蜡烛二条,名蜡烛山,山又有覆炉香山,如花瓶二条,名花瓶山。[一]

一带长江曲曲萦,曲江中有直臣名。芳名[二]犹胜瓶山势[三],先见长留蜡烛形[四]。金鉴忠言资献纳,开元极[五]治藉陶成。客来面[六]接公祠宇,实[七]似当年见太平。

【校】

[一]本首据丙本录,甲本题作《过张丞相九龄祠堂》。

[二]"芳名",甲本作"生芳"。

[三]"瓶山势",甲本作"花屏馥"。

[四]"形",甲本作"明"。

[五]"极",甲本作"盛"。

[六]"面",丙本作"西",据甲本改。

[七]"实",甲本作"更"。

到曹溪,在韶州府共德县篆里驿梁天监元年,有僧智药泛船到韶州曹[二]溪水口,因闻其香,掬尝其味,曰:"此水上有胜地。"遂开山立名禅林,乃云:"此去百七十馀年,当有无上法宝在此演法。"今天祖南花台也。[一]

闻说曹溪古上方,今来掬水忽闻香。慈云法雨千层塔[三],智水仁山天祖堂。种福水田通道岸,传衣一袖挂僧房。晨昏禅口清心祝,万寿年高国祚长。

【校】

[一]本首据丙本录。

[二]"曹",原误作"漕",径改。

[三]"塔"前原衍"法"字。

上谒天朝钦差总督两广军务,兼理粮饷盐法巡抚广东,兵部左侍郎,右佥都御史陈爷台公,德望服人,才智任事,天下之所瞻仰,宽等幸得登龙一接,不胜歆艳之至。谨述拙诗以献,伏希侍览[一]

一贤制两广西东,镇辑民夷地望雄。簇簇楼台笼瑞气,滕滕铙雨鼓春风。金诗势有城池固,玉帛时来翠篚供。拟祝万年天子寿,公家长与国休同。

【校】

[一]本首据丙本录。题中"御",原误作"国","事"字原阙,"仰"前原衍"望"字,分别据张本改、增、删。

上杨台爷宪公诗[一]

相门谁谓出于东,今见江西挺钜公。孔孟渊源闲道脉,韩曾科第起家风。分符建节荣新命,保境安民策峻功。永永交南阴德在,穹碑屹立对苍穹。

平生文史足三冬,少隽名登榜上龙。瞻斗仰山学望实,瑞朝福郡著[二]勋庸。剧将道自天民观,果验才由地气钟。盛气尚馀苗裔[三]庆,声名肯让汉臣宗。

粤从迹脱绛池鱼,头角嵂然奋跃初。北阙祥云笼骑盖,西陲膏雨润行车。驾熊乘鹗归来际,赋鸟歌鸾啸咏馀。此外关怀无些物,泽民全是腹诗书。

景仰杨家先世公,出逢圣代对元功。名标艺苑诸儒冠,泽被梅郊万世蒙。卿相门中卿相踵,泰和城里泰和风居于泰和殿孙。如今又得扶天手,彳德文同五岭崇。

【校】

[一]本题前三首据甲本录,第四首据乙本录。甲本题中"杨"字,原误作"赐",据乙本改。乙本题中少"诗"字。

[二]"著",原作"着",径改。

[三]"苗裔",原作"裔苗",旁加"乙"字符号。

咏柏[一]

径节桓桓耐岁寒，铜柯在幹铁[二]为肝。碧云高出清标耸，红日低擎翠盖关。许大乾坤相对立，等闲草木敢缘攀。江西一柱屹然砥，梁栋皇家永奠安。

交南一款此期先，天外谁知更有天。睿智聪明皇帝圣，公平正大宰臣贤。并生并育乾坤德，无外无偏造化栅。见馆张筵朋盛乐，诗篇窗旧蔼春烟。

盛气曾乐古有萧，杨家世贵见今朝。绣衣绚耀九苞鸟，玉佩铿锵累世貂。德种有光前祖祢，庆馀爱及后云苗。圣皇正急登耆俊，未可优游子午桥。

明良喜起效皋歌，乐治心同沾泰和。景行堂堂起地步，清芳郁郁吐天葩。朝神班里峨貂多，昼锦堂前簇绮罗。富贵万场都占得，这般好事属谁多。

天台何必饭胡麻，争似钟[三]鸣鼎食家。供酒室人心似醉，传香侍女貌如华。千山月色辉旗盖，万壑风生闹鼓笳。饱了神仙中趣味，天台何必饭胡麻。

匹绍前休与国威，拳拳敬德为民缄。心澄皎月开奁镜，志快长风跨浪帆。官显何求有赫赫，人瞻允副望岩岩。樗材忝与会香使，非向公门赖衣衫。

【校】

[一]本题六首据甲本录。

[二]"铁"，原写为"鉄"。

[三]"钟"，原作"锺"，径改。

过鄱阳湖在南康府湖口县彭蠡驿,本名洞庭湖、彭泽湖[一]

望外店江[二]山又山,鄱阳湖口快观澜。接天水照芙蓉镜,逐浪花开芍药盘。范子泛来凫两棹,吕翁飞去雁[三]双翰。江洋量广[四]无涯涘,蠡测何人漫浅看?

【校】

[一]本首据丙本录,甲本题作《过鄱阳湖》,无题注。

[二]"店江",甲本作"芦山"。

[三]"去""雁",甲本作"道""鹤"。

[四]"江""广",甲本作"汪""来"。

过大孤山小孤山大孤山在湖口县鄱阳湖心,小孤山在彭泽县龙城驿扬子江[一]

大孤山对小孤山,山在江湖缥缈间。壁立洞仙青玉障,波摇神女绿云鬟。九霄象开高为柱,百尺龙宫护作关。胜概许多供客兴,诗囊收拾日南还。

【校】

[一]本首据丙本录。题中"扬"字,原误作"阳",径改。甲本无题注。

[二]"山在江湖",甲本作"山外湖中"。

望江晓发在安庆府望江县雷港泽,用叠语诗法[一]

一统山河一统同,望江晓发望江中。三竿樯挂三竿日[二],万斛舟乘万斛风。天意顺符^[三]人意顺，水程通便^[四]使程通。从安庆路斯^[五]安庆，五色云低五色红。

【校】

［一］本首据丙本录，甲本无题注。

［二］"檣"，甲本误作"墙"；"日"，丙本原作"月"，据甲本改。

［三］"符"，丙本原作"天"，据甲本改。

［四］"便"，丙本原作"水"，据甲本改。

［五］"斯"，丙本原作"胥"，据甲本改。

遇张老叟喜作^[一]

鹤发龙髯天锡寿，乌巾鸠杖地行仙。丹台玉室名长在，彭祖乔松不纪年。

老我庆逢尧舜世，江湖欣遇海南仙。狂歌欢进畿藩主，预作□良万万年。

【校】

［一］本题其一据甲本录，其二据丙本录。

过采石矶在太平府当涂县采石矶驿扬子江边^[一]

太平郡里当涂^[二]界，扬子江边宋石矶^[三]。岑带秋霜山渐瘦^[四]，波添春树水犹肥。骑鲸诗诗仙空留迹^[五]，却虏书生将^[六]有威。渔父扁舟樵半担，黄昏戴月戴星归。

【校】

[一]本首正文据甲本录,题注据丙本录。"涂""扬"原误作"沧""详",径改。

[二]"涂",丙本误作"沧"。

[三]"扬",甲本误作"杨",丙本误作"详";"宋",丙本作"有"。

[四]"岑""霜",丙本作"峰""容"。

[五]"仙空",甲本原作"客仙",据丙本改。

[六]"书""将",丙本作"儒""尚"。

到南京城在应天府上元县、江陵县大胜驿[一]

艅艎[二]一驾到南京,缥缈仙都宛上清。银汉槎横牛斗次,玉街楼拂管弦[三]声。绣鞍宝马[四]人拖紫,油壁青[五]车客踏琼。对酒一斤诗八斗[六],醉歌圣泽乐[七]升平。

【校】

[一]本首正文据甲本录,题注据丙本录。

[二]"艎",甲本、丙本均作"腥",乃越南俗字,径改。

[三]"弦",丙本作"歌"。

[四]"绣鞍宝马",丙本误作"编鞍室马"。

[五]"油",甲本作"袖",乙本作"舳",径改;"壁青",乙本误作"盖书"。

[六]"斤""斗",乙本作"卮""首"。

[七]"醉""泽""乐",乙本作"酣""世""咏"。

登杨相公祠堂[一]

近水楼台先得月，向阳花草易为春。古闻此语犹称诵，今见江西第一人。

【校】

[一]本首据丙本录。

到宿州答都督元帅[一]

武略文才奕世荣，将星光底寿星明。皇天有意扶皇祚，留与元耆到太平。

【校】

[一]本首据甲本录。

寿沈都督初度，诗曰[一]

累叶[二]貂蝉天下有，一门麟凤世间无。今逢初度同欢[三]祝，祝[四]八千春春又秋。

【校】

[一]本首据丙本录。题中"度"字，丙本原误作"庆"，甲本误作"渡"，径改。甲本无"诗曰"二字。

[二]"叶"，甲本作"世"。

[三]"欢"，甲本作"懽"。

[四]"祝"，甲本作"椿"。

到彭城在徐州彭城睢水。吴王败锋之日，项羽列都之处。有戏马台、昭烈君臣、彭祖祠、放鹤亭。大师幸梓桐帝君庙，花陀篡庙[一]

戏马台高旧迹[二]遗，道傍客舍柳垂垂[三]。彭城睢水依然在，汉楚兴亡一局棋。

【校】

[一]本首题目据丙本录，正文据甲本录，甲本题作《到彭城，有彭祖庙》。

[二]"戏"，甲本误作"喜"，据丙本改。"旧迹"，丙本作"在北"。

[三]"垂垂"，丙本作"乘之"。

[四]"彭城"，丙本作"黄河"。

彭祖庙彭祖，徐贤大夫。以钱公祖位，尧封在唐彭官。任七百载，四十九夫人，五十四男子。每年二、八月十五日奉祀，即大彭也。以钱铿之后，为大彭。自尧历夏殷，封在大彭城。八百岁，尝会村人于幔亭[一]

八百彭翁老未衰，经年[二]几八百尧时。皤皤鬓发松梢鹤，髵髵[三]须髯莲叶龙。五十与齐皆令老[四]，许多嗣[五]续总英耆。七旬客使荣来谒，又是初[六]生一小儿。

【校】

[一]本首据丙本录，甲本无题注。

[二]"年"，甲本作"今"。

[三]"髵髵"，丙本作"鬃鬃"，据甲本录。

[四]"皆令老"，丙本作"偕老妇"，据甲本录。

[五]"嗣"，甲本作"似"。

［五］"初"，甲本作"书"。

题梓潼帝君庙在彭城西，九天开文昌帝君[一]

三才至理都通贯，万古彝伦赖植扶。龙券虎符[二]收岳渎，凤笺鸾笔纪[三]春秋。

【校】

［一］本首据丙本录，甲本无题注。

［二］"龙券虎符"，甲本作"虎券龙符"。

［三］"鸾""纪"，甲本分作"龙""几"。

题玄天观在彭城北，傍有一彭祖[一]

化能化化随机感，玄又玄玄道愈尊。默运威灵扶社稷，普包功德满乾坤。

【校】

［一］以下据丙本录。

题昭烈庙

一时英杰收为用，四百基图危复安。向使天心犹助汉，诏吴墟外又何难。

题汉高庙在城南，有羊何、张良、曹参、陈平、周勃配

遭际风云千载会，经营基业五年成。算来天下归仁者，角力初

间与项争。

过细柳营

过细柳营<small>在景州东光驿城门，题曰"汉将军细柳营"</small>

马骤黄华到景州，道经细柳节当秋。云横霜肃幢牙壁，月静风高鼓角楼。按辔迹留言汉帝，却胡功盖相条侯。北京朝上几千里，谩作东光一置邮。

黄河东岸驿

黄河东岸古邮亭，北往南来客几程。任重道人高眼界，登楼望入万山青。

与滕尹赵侯相见<small>赵尹名邦清，乙未科进士</small>[一]

今天下一轨文同，万里夤缘快此逢。春满城红桃白李，雪[二]昂霄翠柏苍松。使轺远接三千驿[三]，帝所同瞻九五[四]龙。会见陛朝齐祝圣，万年天子佑仲[五]重。

赵见诗曰："安南国使冯敬齐[六]，学问深远，字画神妙，的第一才品。滕杨驿一会，亦不偶然。伏冀大笔，将诗多写，以为家传之珍，勿以年老而推让之也。仍歌集诸诗。"[七]

【校】

[一]本首据丙本录，甲本无题注。按：据《明清进士题名碑录索引》，赵邦清为明万历二十年（1592）壬辰进士，丙本题注言"乙未科进士"，实误。

[二]"雪"，丙本作"节"，据甲本录。

[三]"远"，丙本作"边"，据甲本录。"驿"，甲本作"驲"。

［四］"瞻"，甲本作"占"，丙本作"贴"，乃"瞻"之俗字，径改。"五"，甲本作"位"。

［五］"子""佑""仲"，甲本分作"保""祝""甲"。

［六］"齐"，为"斋"字之误。

［七］本段小字附记据丙本录，甲本无。

题赵侯画像图[一]

第一人当第一官，诸侯景仰共荣观。策名曾是登龙虎，栖棘[二]初非稳凤鸾。大播玖[三]名闻帝右，直须风采耸[四]朝端。良工盖[五]妙传神妙，忠孝难描方寸间。

【校】

［一］本首据丙本录，甲本无。

［二］"棘"，丙本原无，据张本增。

［三］"玖"，张本作"政"。

［四］"耸"，张本作"竦"。

［五］"盖"，张本作"益"。

戏题白指挥扇[一]

新制齐纨体样工，指挥入手运无穷。到头见出姮[二]娥月，识面来时[三]少女风。寓物静观皆自得，随时佳兴与人同。风流几段都收了，富贵香名满座[四]中。

指挥掌上随时用，出入怀中与我亲。酷暑便能除扫热，清风端可举持薰。

【校】

[一]本题二首据丙本录,甲本无其二。

[二]"姮",甲本作"嫦"。

[三]"来时",甲本作"媒来"。

[四]"座",甲本作"袖"。

同伴送官白指挥上京[一]

将军雅重世阁公,眉宇堂堂器宇洪。学得龙韬机走电,兵谈虎帐席生风。显光祖考召公似,贵历儿孙曹将同。今早使轺携手共,天衢咫尺五云中。

【校】

[一]本首据丙本录。

公馆即事[一]

耆年忝奉使燕京,饱看皇都景物清。日色照人如月色,风声吹树似泉声。

【校】

[一]本首据甲本录。

到会同馆见程副使[一]

豪杰人知豪杰人,才相见似旧相亲。北南兼□皇王德,愿体同仁一视仁。

【校】

[一]本首据丙本录，原在最末页天头。

长安早朝回[一]

银烛朝天紫陌长，禁城曙色正苍苍。都人未识南[二]来使，笑指[三]那翁老更强。

【校】

[一]本首据乙本录。

[二]"南"，甲本作"时"。

[三]"指"，甲本作"语"。

送白指挥回广南[一]

一自军门来谒时，见公如素旧相知。花烟玉辔骎骎并，白发青春步步随。南斗纪年君我喜，西平继踵我公期。此回忠孝兼全两，紫酒香浓满寿卮。

【校】

[一]本首据甲本录。"南"，张本作"西"。

送琉球国使[一]

日表红光照日禺，海天南接海天南。山川封域虽云异，礼乐衣冠是则同。偶合夤缘千里外，相期意气两情中。此[二]回携满天香里，和气薰为万宇风。

【校】

［一］本首据乙本录，甲本只有后四句。"送"，甲本作"达"。

［二］"此"，甲本误作"些"。

皇朝制度[一]

天启皇明眷佑纯，日星制度焕然新。衣冠文物风犹夏，城市楼台处有春。远过汉而唐土宇，挽回尧与舜君民。古来千万世其世，保守惟先一个仁。

【校】

［一］本首据乙本录，张本题作《皇明制度》。

公馆重九书怀[一]

杖节从春又到秋，适逢佳节迩白寿。君臣药剂甘和菊，忠义诗囊健胜叟[二]。惊鹤声闻千岁树，飞龙近见五云楼。南还向阙登高望，满戴皇恩上顶头。

【校】

［一］本首以下据甲本录。

［二］"叟"，原误作"萸"，径改。

叙情寄友范逸在京

亲辞殿陛面乡围，全命萦回耀绣衣。向阙澄瞻情恋恋，披云快睹日晖晖。一天望眼光如洗，万里归心迅若飞。元气正今春既复，骊歌须及北阳稀。

安南耆目冯克宽万拜万祝天皇帝万寿圣节诗三十一首^[一]

其一，秋昊平分节正中，万祥^[二]毕集大明宫。尧眉舜目天姿异，汤敬文徽圣德同。御座冕旒笼瑞日，贡庭玉帛引香风。鹓行舞蹈同欢祝，帝寿增高天比崇。

其二，一东^[三]　几年波帖渤溟东，上国欣观有圣聪。黄道光明中正月^[四]，彤闱香袅太平风。天涵地育鸿恩溥，航至梯^[五]来雉贡通。敬祝万年天子寿，绵绵国祚^[六]过周洪。

其三，二冬　九春九夏九秋冬，滋至^[七]天休日日重。帘卷扇开金翡翠，花明柳媚玉芙蓉。箫韶九奏来仪凤，圭冕千行拜衮龙。黄发老臣陪盛宴，年年寿酒进黄封。

其四，三江　度关^[八]越岭达河江，贺节欣逢万^[九]福降。气见黄旗森帝座，云开花盖耸天杠。润苏谷仰息洋洽，省稽繁征事骏庞^[十]。受赐小臣齐敬祝^[十一]，万年喜上寿眉双^[十二]。

其五，四支　百世宗亲百世支^[十三]，以仁一脉福生基。舜无荒怠存中处，汤克宽仁临下时。周藻肆开鱼鹿宴，羲桐迭奏凤凰池。下臣忝奉南来使，愿上南山万寿诗。

其六，五微　一朵祥云暎紫薇^[十四]，欢声喜气溢尧畿。金钟^[十五]雅奏韶英乐，宝鼎香凝黼衮衣。太极殿前长日暖^[十六]，蓬莱宫里寿星辉。愿将敬德为基本，天地神人永有依。

其七，六鱼　九重闾阖晓开鱼，鸡障龙楼燕^[十七]贺初。纲纪一家雍^[十八]衽席，范围六合会庭除。天冠地履臣钦若，谷日崖春民皞如。冀北山河尧旧跡^[十九]，万年增壮帝王居。

其八，七虞^[二十]　朝会曾闻古有虞，以今视昔^[二一]两相符。五楼钟鼓仙班杖，万国衣冠王会图。化日光天明帝德，祥云甘雨满皇都。之功之德乾坤大，千载增辉照^[二二]典谟。

其九，八齐　圣贤大道正[二三]修齐，学造高明敬日跻。化日沾濡苏九有，德风动荡溥[二四]群黎。周原[二五]禹甸江河润，轩阁尧阶日月低。何幸蘩[二六]薇陪藻宴，愿赓既醉咏凫鹥。

其十，九佳　贡译[二七]欣逢圣节佳，郁葱瑞气满衢街。海隅日出瞻依共，极所辰居向拱[二八]皆。被泽生民胥鼓舞，闻风侯国举柔怀。小臣忝预含[二九]香使，幸接清光睹[三十]舜阶。

十一，十灰　火炼灵丹竈[三一]未灰，长生仙子捧将来。旃坛烟[三二]袅朝衣满，禁苑云低御座开。以雅以南沾盛[三三]宴，若民若物囿春台。金浆玉醴飞腾药，愿上丹霞五色盃[三四]。

十二，十一真　澄彻光明莹一真，出乎[三五]天德极乎纯。钦存恭见尧修己，简御宽临舜养民。雨润泽膏[三六]和有夏，乐皆胞与囿同春。北南但愿弘兼爱，薄海苍生共帝臣。

十三，十二文　赤爵衔书兆应文[三七]，今秋庆喜[三八]圣明君。葱葱佳气楼台夏[三九]，眷眷和风草木春[四十]。天道回光[四一]新日月，帝垣快睹瑞星云。皇明基绪今其永，卜历年兼周夏殷。

十四，十三元　受命于天位德光[四二]，日逢庆诞福荣尊。御袍云绕双[四三]龙衮，庭所[四四]星趋五凤门。云殿月阶凝瑞气，冰天桂海沐深恩。仰惟帝量同天地，天地长存帝福存。

十五，十四寒　天行东北未霜寒，和气氤氲满际蟠。大典星明周礼乐，盈庭[四五]云集汉衣冠。如金[四六]如玉昭王度，于鼎于瓯奠国磐。有道之长今亦古，至[四七]千万世保常安。

十六，十五删　濬发其祥诗有删[四八]，喜今圣上挺龙颜。精英秀异人群表，正大光明方寸间。皇极建时三极立，帝星照处众星环。臣民欣庆同歡[四九]祝，圣寿增辉对[五十]泰山。

十七，一先　欣逢诞日兆开先[五一]，百辟齐趋圣节筵[五二]。天陛云红罗虎拜，御炉烟碧袅龙涎。朝多贤萃[五三]为珍宝，乐在和平作[五四]管弦。此事历[五五]将前代举，德羲轩寿亦羲轩。

　　十八[五六]，二萧　圣节欣逢赋蓼萧，泽加四海仰天朝。抚华便是深恩布，致远尤弘[五七]令德昭。合九州归同一轨[五八]，卓千古冠百王超。远臣喜近阶三尺，愿效封人祝寿[五九]尧。

　　十九[六十]，三豪　圣皇收拾世英豪，进入蓬莱宫殿高。日上丹墀鸣玉佩，烟飞宝鼎惹金[六一]袍。趋陪幸接云梯[六二]迩，飨宴欣沾雨泽[六三]膏。西母虔将仙物献，堆盘碧藕[六四]间冰桃。

　　二十，四肴　亨天子见有三爻，今庆缘谐上下交。广[六五]扇仁风行薄海，普施恩雨洒炎郊。天开帝宅瑶池宴，日进仙厨琼藻殽[六六]。卜世卜年周历通[六七]，当初兆已验投[六八]珓。

　　二十一，五歌　明良喜起载赓歌，共庆皇朝[六九]福集多。相有皋夔擎宇宙，帅如召[七十]虎镇山河。一堂嘉[七一]会谐孚契，千载真元见泰和。遭遇[七二]太平知有幸，三呼三祝寿魁科。

　　二十二，六麻　天庭一自降黄麻，万姓欣瞻庆泽加[七三]。河润海涵天地德[七四]，水环山护帝王家。中秋节节新天气，上苑年年好物华。岳贡川珍皆踵至，红云高拥六龙车。

　　二十三，七阳　天子时当[七五]长盛阳，重辉重润又重光。瞻依帝所云霄近，拜赐君恩雨泽[七六]香。近悦饱仁陶九有[七七]，远来钦化禽群方[七八]。国家长远终须[七九]赖，子子孙孙万[八十]世王。

　　二十四，八庚　斗指于庚德在庚，应期天启圣人生。并三才立位成位，昭[八一]四方行明继明。定志修身伦理厚，垂衣拱己[八二]治功成。斯民斯世[八三]何多幸，兴太平风颂太平。

　　二十五，九青　冀江水碧冀山青，拱抱尧畿地气灵。长日昭回皇极殿，众星旋绕紫薇[八四]庭。南方茅贡供常职，西母桃盘献寿龄。惟圣即天天即圣，愿天永畀[八五]圣康宁。

　　二十六，十蒸　天纯佑圣底民蒸[八六]，受命增光历数[八七]膺。

位俨九重容穆穆,日临^[八八]庶政念兢兢。仰毵^[八九]祖训前无间,贻燕孙谋复有凭。万国一心齐祝圣^[九十],世千世亿永绳绳。

二十七,十一尤　圣帝明王善治^[九一]尤,望今取法上为优。敬天法祖学开讲,阅武崇文贤广求。道既同符心既合,民常信^[九二]向命常留。小臣愧乏^[九三]千秋鉴,祝圣年^[九四]年万万秋。

二十八,十二侵　龙楼凤阁倚云侵,宝扇^[九五]初开御驾临。德合两仪皇昊德,心存百姓帝尧^[九六]心。粹精王道浑^[九七]如玉,翕集侯封^[九八]底贡金。叶茂只缘根本固,祖宗德^[九九]泽入人深。

二十九,十三覃^[一百]　圣御中区泽普覃,腾腾瑞气满舆^[百一]堪。帝星台月辉辰北,教雨仁风暨日南。庭入九州归辙一,殿呼万岁祝嵩三。裁成天地人之道,所望皇王心与参。

三十,十四盐　飨昌歌有虎形盐,幸沐皇恩优渥沾^[百二]。《旅贡》^[百三]礼行同醉饱,韶成乐奏副观^[百四]瞻。天高地厚恩图报,君圣臣^[百五]贤福享兼。千岁云梢千岁^[百六]鹤,双双^[百七]白发对苍髯。

三十一,十五咸:圣主贤臣^[百八]一德咸,政为^[百九]平易近民岩。正以^[一百一]绳木师殷后,和济盐梅效^[一百二]傅岩。天上亨衢清阁^[一百三]道,海隅航至快樯帆^[一百四]。诗中祝颂含规讽,命永民亲本敬诚。

【校】

[一]本题三十一首据乙本录,人本题作《贺万寿诗三十一首》。

[二]"祥",人本作"邦"。

[三]人本以下三十首均未标韵。

[四]"明""月",人本分作"开""日"。

[五]"航""梯",人本分作"海""山"。

[六]"祚",乙本原误作"祈",据人本改。

　　[七]"滋至"，乙本原空二字，据人本增。

　　[八]"度"，乙本原误作"渡"，据人本改。"关"，人本作"开"。

　　[九]"节"，乙本原误作"福"，据人本改。"万"，乙本原空，据乙本增。

　　[十]本句据人本录。"省""徵"，乙本原空字。"繁"，乙本作"繫"。"事"，乙本作"德"。

　　[十一]"敬祝"，人本作"祝圣"。

　　[十二]"双"，人本误作"登"。

　　[十三]"支"，人本作"交"。

　　[十四]"祥云""暎"，人本分作"神光""照"。"薇"，乙本原误作"徽"，据人本改。

　　[十五]"钟"，乙本原误作"锺"，据人本改。

　　[十六]"暖"，人本作"燠"。

　　[十七]"燕"，人本作"宴"。

　　[十八]"雍"，乙本原空字，据人本增。

　　[十九]"跡"，人本作"蹟"。

　　[二十]"虞"，乙本标韵和正文原作"卢"，径改。

　　[二一]"昔"，乙本原作"古"，据人本改。

　　[二二]"照"，乙本原空字，据人本增。

　　[二三]"正"，人本作"乐"。

　　[二四]"溥"，人本作"鼓"。

　　[二五]"原"，人本作"黎"。

　　[二六]"繁"，人本误作"繁"。

　　[二七]"译"，人本作"瑞"。

　　[二八]"所辰居向拱"，人本作"北宸居拱向"。

　　[二九]"含"，人本作"金"。

［三十］"睹"，人本作"觐"。

［三一］"竈"，乙本作"灶"。

［三二］"烟"，乙本作"洒"，据人本改。

［三三］"盛"，乙本作"缟"，据人本改。

［三四］"盂"，人本作"杯"。

［三五］"乎"，人本误作"宁"。

［三六］"雨润泽膏"，人本作"仁广心声"。

［三七］本句据人本录。"赤"，乙本原空字。"衔书"，乙本作"书曾"。乙本"文"前原有"天"字，加三点示删。

［三八］"今秋庆喜"，人本作"今朝旌庆"。

［三九］"夏"，人本作"涌"。

［四十］"眷眷""春"，人本分作"盎盎""欣"。

［四一］"回光"，人本误作"光回"。

［四二］"光"，人本作"元"。

［四三］"双"，人本误作"登"。

［四四］"所"，人本作"尹"。

［四五］"盈庭"，人本作"昕逢"。

［四六］"金"，人本误作"今"。

［四七］"至"，人本作"亿"。

［四八］"濬"，乙本误作"济"，据人本改。"删"，人本误作"刊"。

［四九］"欣""歡"，人本均作"懽"。

［五十］"增辉""对"，人本分作"南山""国"。

［五一］"先"，人本作"光"。

［五二］"筵"，人本作"诞"。

［五三］"萃"，人本作"佐"。

［五四］"和平""作"，人本分作"年丰""是"。

［五五］“历”，乙本原阙。

［五六］“十八”，人本作“十九”。

［五七］“弘”，人本作“宏”。

［五八］“轨”前原有“统”字，加三点示删。

［五九］“祝寿”，人本误倒。

［六十］“十九”，人本作“十八”。

［六一］“金”，人本作“香”。

［六二］“云梯”，人本作“层云”。

［六三］“沾”“雨泽”，人本分作“瞻”“惠雨”。

［六四］“藕”，乙本误作“耦”，据人本改。

［六五］“广”，乙本作“翔”，据人本改。

［六六］“藻”“殽”，人本分作“蕊”“肴”。

［六七］“历通”，人本作“过历”。

［六八］“兆”“投”，人本分作“早”“枚”。

［六九］“朝”，人本作“家”。

［七十］“帅”“召”，人本分作“将”“叔”。

［七一］“嘉”，人本作“喜”。

［七二］“遇”，人本作“际”。

［七三］“瞻”“加”，乙本作“沾”“多”，据人本改。

［七四］“德”，乙本字形如“方”，据人本改。

［七五］“时”，人本校勘记第 232 页：“时原作辰，为越南阮朝避讳字，今改正。”“当”，人本作“丁”。

［七六］“泽”，人本作“露”。

［七七］“九有”，人本作“在在”。

［七八］“钦”“群”，人本分作“饮”“方”。

［七九］“须”，人本作“攸”。

［八十］"万"，人本作"享"。

［八一］"昭"，人本作"照"。

［八二］"已"，人本作"手"。

［八三］"斯世"，乙本原阙，据人本增。

［八四］"旋""薇"，人本分作"环""微"。

［八五］"畀"，人本误作"卑"。

［八六］"佑"，人本作"祐"。"民蒸"，乙本原作"蒸民"，旁有"乙"字符号。

［八七］"历"，乙本作"丕"，据人本改。

［八八］"日临"，人本作"图回"。

［八九］"黾"，人本作"规"。

［九十］"祝圣"，乙本作"圣祝"，据人本改。

［九一］"善治"，人本作"盛化"。

［九二］"信"，人本作"归"。

［九三］"乏"，乙本原阙，据人本增。

［九四］"年"，人本作"长"。

［九五］"扇"，乙本作"沪"，据人本改。

［九六］"尧"，人本作"王"。

［九七］"浑"，人本作"纯"。

［九八］"封"，人本作"邦"。

［九九］"德"，人本作"遗"。

［一百］"覃"，乙本和人本均作"潭"，据A241本改。

［百一］"舆"，乙本原阙，据人本改。

［百二］"恩"，人本作"仁"。"优渥"，乙本原作"渥渥"，据人本改。"沾"，人本作"沾"。

［百三］"贡"，人本误作"献"。

[百四]"观"，乙本原作"光"，据人本改。

[百五]"君"，人本作"主"。"臣"，乙本原阙，据人本增。

[百六]"岁""云梢"，人本分作"载""灵椿"。

[百七]"双双"，人本误作"登登"。

[百八]"圣主贤臣"，人本作"圣有臣贤"。

[百九]"为"，人本作"行"。

[一百一]"以"，人本作"从"。

[一百二]"效"，乙本作"对"，据人本改。

[一百三]"亨衢"，人本作"衢亨"。"阁"，乙本原阙，据人本增。

[一百四]"樯"，乙本原作"穑"，据人本改；"帆"，人本误作"杭"。

武英殿大学士少保兼太子太保吏部尚书张位以《万寿诗集》上进，天皇帝御批云："贤才何地无之，朕览[一]诗集，具见冯克宽忠悃，殊可深加笃美[二]，即命下刻板，颁行天下。[三]

【校】

[一]"朕览"，乙本原作"阅揽"，据张本改。

[二]"加笃美"，乙本原作"嘉冯炎"，据张本改。

[三]本段文字不见于人本。

上太子太保吏部尚书张相公诗[一]

圣继光明照四方，喜哉有此股肱良。耆儒宿德儒山斗，伟国宏才国栋梁。道德致君身稷契，衣冠奕世齿金张。皇天有意寿平格，黄阁清风万古香。

【校】

[一]本首据乙本录。

朝鲜使李芝峰呈安南耆目座下二首[一]

万里来从瘴疠乡,远凭重译[二]谒君王。提封汉代新铜柱,贡献周家旧越裳。山出异形饶象骨,地蒸灵气产龙香。即今中国逢神圣[三],千载风恬波不扬。

闻君家在九真居,水驿山程万里馀。休道衣冠殊制度,却将文字共诗书。来因献雉通蛮徼,贡为包茅觐地[四]舆。回首炎州归路远,有谁重作指南车。

【校】

[一]本题以下据甲本录。乙本题作《朝鲜国使事李芝峰道人赠二律》,李集题作《赠安南国使臣二首》。

[二]"译",甲本、乙本原作"驿",据李集改。

[三]"神圣",甲本原作"圣主","主"字加点示删,"圣"旁加"神"字。乙本、李集正作"神圣"。

[四]"贡",甲本原作"直",据乙本、李集改。"地",李集作"贡""象"。

海南敬斋肃次朝鲜李使公韵[一]

异域[二]同归礼义乡,喜逢今日共来王。趋朝接武[三]殷冠哻,观国光依[四]舜冕裳。晏享在廷沾[五]帝泽,归来满袖[六]惹天香。惟[七]君子识真君子,幸得诗中一表扬。

义安何地不安居,礼接诚交[八]乐有馀。彼此虽殊山海域,渊源同一圣贤书。交邻便是信为本，进德深惟敬作舆。记取使轺还^[九]国日，东南五色望云车。

【校】

[一]乙本题作《梅南敬斋冯公答》，李集题作《安南使臣冯克宽肃次芝峰使公韵》。

[二]"域"，甲本原作"国"，据乙本、李集改。

[三]"接武"，乙本作"书接"。

[四]"光依"，李集作"瞻光"。

[五]"享"，乙本空字，李集"飨"。"沾"，李集作"沾"。

[六]"袖"，乙本作"座"。

[七]"惟"，李集作"唯"。

[八]"交"，甲本原作"多"，据乙本、李集改。

[九]"轺"，乙本误作"韶"。"还"，李集作"回"。

海东逸士敬次前韵呈毅斋^[一]

安南风俗自成乡，终古君臣拱圣王。地有山川偏世界，天无雨雪浃衣裳。献来白雉三重驿，包得青茅一甋香。跋涉长途馀四万，此公年纪正鹰扬。

为陈王事久离居，黄发飘然七十馀。贡献野鸡周使笔，境分铜柱汉家书。九真乡国千山路，万里行装一竹舆。孤馆偶同闲日语，腹中能运惠施车。

冯答次海东逸士韵^[一]

东南自古是文乡，千里偕来数见王。享用九三恭有命，顺从六五叶坤裳。途中倾盖遭逢异,座上重毡笑语香。任道三都写赋手,向非玄晏翁游扬。

大丈夫居仁广居,相逢一日矇秋馀。知心切切谐心友,握手谆谆阅手书。望阔东南清海岱,敬参左右见衡舆。四方专对志酬了,昼锦堂朝簇马车。

海东金羊逸士叠使相韵赠[一]

地连华夏近蛮乡,终古封疆属一王。岭峤无寒难见雪,人民耐暑不穿裳。槟榔辟瘴红湖醉,薏苡轻身白菊香。闻道梅南风俗好,想君当日兴飘扬。

碧天南极是君居,长短微茫四万馀。三夜梦迷难到国,一年吟苦未归书。西□年纪师周文,歌笃言狂笑接舆。行李共淹孤馆里,空惊岁月转云车。

【校】

[一]本题以下据乙本录。

敬斋冯公复

南都中正见吾乡,丕丕相传有世王。翼轸封疆归管辖,日星名分炳冠裳。春溪浪流桃花暎,秋岭风高桂子香。气禀不齐人性异[一],此间谁抑又谁扬。

久陪杖履大儒居,所论尝闻惊款馀。三百诵诗承圣训,四方出使奉笺书。踪齐郊聘公西马,济洧津乘子产舆。归国僚朋如见问,道天下统已同车。

【校】

〔一〕"异"前原有"喜"字,加三点示删。

李睟光　重赠安南使臣叠遣韵[一]

我居东国子南乡,文轨由来共百王。奉使喜观周礼乐,趋班荣厕汉冠裳。云移殿陛迷仙杖,烟蟊宫炉识御香。同沐圣恩瞻圣事,强拈诗笔僭揄扬。

辛苦梯航走帝居,越中归路一年馀。相逢海外难逢客,得见人间未见书。蛮馆旅怀无竹叶,瘴江行李有蓝舆。君还正位春风早,梅岭清香想满车。

【校】

〔一〕本题以下十四首据李集录。

冯克宽　肃和再次海东芝峰使公前韵

居乡必择鲁邹乡,谁道同师孔素王。学海浚源渊浩浩,笔花生彩色裳裳。诗囊金玉珠玑宝,药笼参苓朮桂香。公我迭为宾与主,尽东南美任称扬。

往往来来阅日居,客中二十又旬馀。卫身健僕惟长剑,交臂良朋有古书。迎至礼行胥鼓舞,生阳气复已权舆。途长马快遄归早,任重方知是大车。

李睟光　又赠安南使臣叠前韵

广南穷处是炎乡,传译来宾阅几王。从古山川铜作界,至今风俗卉为裳。将军石室黄茅瘴，仙客金炉白线香安南所产。四海一家肝胆照，对君眉宇喜清扬。

黄发翩翩别旧居，朝天年到者稀馀。诗成上国千秋节使臣有《圣节庆贺诗集》故云，恩荷重霄一札书朝廷竟不准封王，只许仍前为都统使，一行犹动色相贺。万里衣冠登玉陛，五云宫阙侍金舆。寿星他日回南极，光彩分明照使车。

冯克宽　喜得海东芝峰使公诗序，谨再次韵，以表同使大笔手泽者

气孕山奇水秀乡，多公瑰俊迈杨王。明于刑五种吾德，展厥材多制彼裳。泛海轻槎牛斗耀，袭人和气麝檀香。诗传增重鸡林价，从此声名大播扬。

少同孟氏接邻居，年壮而行学力馀。佐主都从身道德，泽民全是腹诗书。中华路入轻乘驷，硕果春来喜得舆。贡了言还歌四牡，海邦早早望回车。

李睟光　赠安南使臣又叠前韵

交趾风烟别一乡，曾将白雉献周王。身过越岭初惊雪，足涉燕都几裂裳。翡翠巢边卢橘熟，桂林丛里腊梅香。应知归路堪乘舆，南望悠然意自扬。

识面宁嫌异域居，心期倾尽笑谈馀。犀珠旧认蕃方货，风俗曾传地志书。南极老人朝圣主，北京长路任征舆。见君疑是磻溪叟，倘遇周文载后车。

冯克宽　再次韵敬答海东芝峰大手笔

起身卿相自闾乡，奉国书来朝聘王。执贽将诚通辇筐，转寒回暖袭毡裳。清光幸接龙颜秀，芬馥浓含鸡舌香。道我东南文献域，高皇御制尚褒扬。

原来异趣近同居，会上从容谈笑馀。共对九霄千里月，恭承一劄十行书。人才气化关风土，封域山川括地舆。归国僚朋如见问，今天下统已同车。

李睟光　赠安南使臣排律十韵

闻道交南俗，民居瘴海堧。恩纶新雨露，封壤旧山川。界割群蛮表，风连百越偏。时清呈瑞雉，水毒趁飞鸢。象自村童驭，香随贾客船。沙边饶蚬弩，渊底吐蛟涎。地气先春暖，梅花未腊妍。贡凭重译舌，家养八蚕眠。彩画周王会，铜标汉史编。逢君还作别，相忆五溪烟。

冯克宽　肃次芝峰使公长律十韵

极判洪濛气，区分上下堧。东西南北界，淮海济河川。越奠居初定，天中正不偏。周林驱虎豹，虞教乐鱼鸢。闾巷开书塾，旗亭卖酒船。雨晴添象迹，风暖送龙涎。含忍强为胜，摛文巧弄妍。万花争秀发，群动任安眠。王道车书共，皇朝志纪编。诗成聊使写，霞灿海云烟。

回程自述[一]

潮来巷口水如天，万里风高送客船。归到乡关回首望，萧韶帝所梦帝缠。

【校】

[一]本首以下据甲本录。

直沽[一]县城即景

参差草树斜阳岸,隐约烟霞才碧岑。仙乐风吹松壑籁,卢韶水奏百泉琴。

【校】

[一]"直沽",原作"武清",画竖线示改,左旁写"直沽"二字。

静海县城即景三首

一条江水绕城郭,万里春风送鼓鼙。红玉批来尝腊醋,紫金割向试霜梨。

春水有情拖练白,晚山无数拂云青。百年身世双蓬鬓,万古乾坤一草亭。

夜末魏城无犬吠,春深渤海有牛耕。双双上下迎风燕,对对浮沉逐浪鲸。

武清县即景

斜日宿鸦啼古树,暮烟归雁过衡关。无穷活思无穷水,不尽新诗不尽山。

清城县即景

舰冲江国波摇绿，旗拂江城柳酿青。白鹭洲边行踯躅，黄莺树上语丁宁。

清县即景

四望江山堪入画，一同民物与为春。贸丝买布入趁市，立马横舟客问津。

沧州[一]城即景

山带岑来连景界，船随潮进到沧州。竖戈列戟巡司店，邀月迎风瀛海槎。

【校】

[一]"沧州"，原作"潴洲"，径改。

德州城即景

万里轮蹄通冀北，一方保障壮山东。民歌乐在农桑业，士习薰为道义风。

次吕梁即景

粉墙隐约山光里，画舸玲珑夕照中。谁鼓有无风上下，蓬窗明暗月西东。

桃源县城即景二首

潘[一]郎县里桃源少,彭令门前柳色新。喜得好官民有福,吟成佳句笔生春。

万里长江万里天,风波不动稳归船。相逢渔父频相问,道我蓬瀛境上仙。

【校】

[一]"潘",原误作"藩",径改。

清河县城即景

绕壁光浮淮水碧,登楼望入楚云青。船行岸转东西日,蓬捲[一]江辉上下星。

【校】

[一]"捲"原作"卷"。

咀湖即景

深深雨暗山围幕,猎猎风高湖打波。城外老松巢瑞鹤,道傍官柳噪慈鸦。

淮阴府城即景二首

神京西北通千里,淮水东南第一州。不见王孙城下钓,只看漂母庙前楼。

万顷玉盘淮水月,一壶银镜楚江秋。客来载酒云生席,人去寻楼雪满舟。

宝应县城即景

过淮风气更添清,县古民稠斗大城。四顾湖光风荡漾[一],一团天色月分明。

【校】

[一]“漾”,原误作“样”,径改。

高邮县城即景

河连襟带通淮甸,地经咽喉限楚城。照槛玲珑江月白,凝笳呜咽水风清。

扬州府城即景

二十四桥风月景,几千万户绮罗家。茱萸色紫蔷薇色,蔂薝花红芍药花。

回到扬州府城[一]

腰钱骑鹤上扬州,第一奇观天下无[二]。二十四桥月风影,几千万丈海山图。紫萸红芍万华会,绿菱朱莲千里湖。自等何人耽独乐,锦帆日驾向皇都。

【校】

[一]本首以下据甲本录。

[二]"无",原作"有",旁小字改为"无"。

镇江府城即景二首

东南第一此名州,百雉城高逼斗牛。黄鹤山前环绿水,清风桥畔绕朱楼。

楼台山爽金山寺,空水澄鲜扬子江。烟景可人千万状,毫端收拾满诗腔。

丹阳县城即景

境外江山千里地,城中日月一壶天。迎风桥上来诗客,近水楼头会酒仙。

嘉兴府城即景

会稽自古江山[一]秀,檇[二]李金城人物嘉。潮涨光摇天上月,云开影弄水边花。

【校】

[一]"江山",原作"郡汕","郡""汕"加点示删,旁书"江"字。
[二]"檇",原误作"隽",径改。

过登云桥

晴收雨脚腰横蝀,影浸江心背见龙。蹑向月中真有路,生从足下便无踪。

过杭州府城

两浙三吴奇第一,千门万户好无双。海楼山寺重重起,暮鼓晨钟扰扰扛。

过六和塔

户口近临闲地寺,层层高暎月轮峰。松声过岭闻鸣鹤,竹影侵池见浴龙。

过福阳县城

止水依山增式郭,深滆高壁胜汤金[一]。松篁岭上妆清韵,桃李庭前长绿阴。

【校】

[一]"汤金",原作"金汤",旁注"乙"字。

过严州府城

裙拖二水青罗带,鬓拂群峰碧玉簪。宫廨清凉红树影,郡侯潇洒[一]白气心。

【校】

[一]"洒",原简作"洒"。

奉使回再见杨政留题

见时不若去时思,岂不人思室远而。书达情怀凭骤[一]骃,老添

颜色爱燕脂。水楼月照玉千顷,使驿梅传春一枝。交际何心推义
在,一德可盖百篇诗。

【校】

［一］"骤",原误作"骤",径改。

主要参考文献

一、集部

［明］朱元璋:《明太祖文集》,姚士观等辑,文渊阁四库全书 1223
    册,台北:台湾商务印书馆 1986 年版。

［明］宋濂:《文宪集》,文渊阁四库全书 1223 册。

［明］王祎:《王忠文集》,文渊阁四库全书 1226 册。

［明］张以宁:《翠屏集》,文渊阁四库全书 1226 册。

［明］危素:《说学斋稿》《云林集》,文渊阁四库全书 1226 册。

［明］林弼:《林登州集》,文渊阁四库全书 1227 册。

［明］王彝:《王常宗集》,文渊阁四库全书 1229 册。

［明］高启:《大全集》,文渊阁四库全书 1230 册。

［明］杨基:《眉庵集》,文渊阁四库全书 1230 册。

［明］陈谟:《海桑集》,文渊阁四库全书 1232 册。

［明］吴伯宗:《荣进集》,文渊阁四库全书 1233 册。

［明］解缙:《文毅集》,文渊阁四库全书 1236 册。

［明］王偁:《虚舟集》,文渊阁四库全书 1237 册。

［明］梁潜:《泊庵集》,文渊阁四库全书 1237 册。

［明］王璲:《青城山人集》,文渊阁四库全书 1237 册。

［明］杨士奇:《东里文集》《诗集》,文渊阁四库全书 1238 册。

［明］杨士奇：《东里续集》《别集》，文渊阁四库全书 1239 册。

［明］杨荣：《文敏集》，文渊阁四库全书 1240 册。

［明］金幼孜：《金文靖集》，文渊阁四库全书 1240 册。

［明］夏原吉：《忠靖集》，文渊阁四库全书 1240 册。

［明］王直：《抑庵文集》《后集》，文渊阁四库全书 1241—1242 册。

［明］李时勉：《古廉文集》，文渊阁四库全书 1242 册。

［明］刘球：《两溪文集》，文渊阁四库全书 1243 册。

［明］李贤：《古穰集》，文渊阁四库全书 1244 册。

［明］徐有贞：《武功集》，文渊阁四库全书 1245 册。

［明］倪谦：《倪文僖集》，文渊阁四库全书 1245 册。

［明］郑文康：《平桥稿》，文渊阁四库全书 1246 册。

［明］张宁：《方洲集》，文渊阁四库全书 1247 册。

［明］丘濬：《重编琼台稿》，文渊阁四库全书 1248 册。

［明］徐溥：《谦斋文录》，文渊阁四库全书 1248 册。

［明］何乔新：《椒丘文集》，文渊阁四库全书 1249 册。

［明］倪岳：《青谿漫稿》，文渊阁四库全书 1251 册。

［明］程敏政：《篁墩文集》，文渊阁四库全书 1253—1254 册。

［明］吴宽：《家藏集》，文渊阁四库全书 1255 册。

［明］王鏊：《震泽集》，文渊阁四库全书 1256 册。

［明］梁储：《郁洲遗稿》，文渊阁四库全书 1256 册。

［明］罗玘：《圭峰集》，文渊阁四库全书 1259 册。

［明］吴俨：《吴文肃公摘稿》，文渊阁四库全书 1259 册。

［明］邹智：《立斋遗文》，文渊阁四库全书 1259 册。

［明］顾清：《东江家藏集》，文渊阁四库全书 1261 册。

［明］李梦阳：《空同集》，文渊阁四库全书 1262 册。

［明］顾璘：《息园存稿》，文渊阁四库全书 1263 册。

［明］孙绪:《沙溪集》,文渊阁四库全书 1264 册。

［明］潘希曾:《竹涧集》《奏议》,文渊阁四库全书 1266 册。

［明］徐祯卿:《迪功集》,文渊阁四库全书 1268 册。

［明］杨慎:《升庵集》,文渊阁四库全书 1270 册。

［明］孙承恩:《文简集》,文渊阁四库全书 1271 册。

［明］张岳:《小山类稿》,文渊阁四库全书 1272 册。

［明］唐顺之:《荆川集》,文渊阁四库全书 1276 册。

［明］王世贞:《弇州山人四部稿》《续稿》,文渊阁四库全书 1279—
　　1284 册。

［明］杨寅秋:《临皋文集》,文渊阁四库全书 1291 册。

［明］刘仔肩编:《雅颂正音》,文渊阁四库全书 1370 册。

［明］沐昂:《沧海遗珠》,文渊阁四库全书 1372 册。

［明］程敏政编:《明文衡》,文渊阁四库全书本 1373 册。

［明］钱穀编:《吴都文粹续集》,文渊阁四库全书 1385—1386 册。

［明］曹学佺:《石仓历代诗选》,文渊阁四库全书 1387—1394 册。

［清］玄烨选:《御选宋金元明四朝诗》,文渊阁四库全书 1437—
　　1444 册。

［清］汪森:《粤西诗载》《文载》《丛载》,文渊阁四库全书 1465—
　　1467 册。

［清］沈季友编:《携李诗系》,文渊阁四库全书 1475 册。

［明］陈诚:《陈竹山先生文集》,四库全书存目丛书集部 26 册,济
　　南:齐鲁书社 1997 年版。

［明］邓林:《退庵邓先生遗稿》,四库全书存目丛书集部 26 册。

［明］黄淮:《黄文简公介庵集》,四库全书存目丛书集部 26—27 册。

［明］王达:《翰林学士耐轩王先生天游杂稿》,四库全书存目丛书集

部 27 册。

［明］林右：《天台林公辅先生文集》,四库全书存目丛书集部 27 册。

［明］胡广：《胡文穆公文集》,四库全书存目丛书集部 28 册。

［明］陈敬宗：《澹然先生文集》,四库全书存目丛书集部 29 册。

［明］高得旸：《节庵集续稿》,四库全书存目丛书集部 29 册。

［明］罗亨信：《觉非集》,四库全书存目丛书集部 29—30 册。

［明］魏骥：《南斋先生魏文靖公摘稿》,四库全书存目丛书集部 30 册。

［明］章敞：《明永乐甲申会魁礼部左侍郎会稽质庵章公诗文集》,四
　　库全书存目丛书集部 30 册。

［明］萧仪：《重刻袜线集》,四库全书存目丛书集部 31 册。

［明］周叙：《石溪周先生文集》,四库全书存目丛书集部 31 册。

［明］高棅：《高漫士木天清气集》,四库全书存目丛书集部 32 册。

［明］郑棠：《道山集》,四库全书存目丛书集部 32 册。

［明］林文：《淡轩稿》,四库全书存目丛书集部 33 册。

［明］吴节：《吴竹坡先生诗集》,四库全书存目丛书集部 33 册。

［明］沈彬：《沈兰轩集》,四库全书存目丛书集部 34 册。

［明］叶盛：《篆竹堂稿》,四库全书存目丛书集部 35 册。

［明］沈周：《石田先生文钞》,四库全书存目丛书集部 37 册。

［明］毛纪：《鳌峰类稿》,四库全书存目丛书集部 45 册。

［明］鲁铎：《鲁文恪公文集》,四库全书存目丛书集部 54 册。

［明］陈霆：《水南稿》,四库全书存目丛书集部 54 册。

［明］周用：《周恭肃公集》,四库全书存目丛书集部 54—55 册。

［明］顾鼎臣：《顾文康公文草》,四库全书存目丛书集部 55 册。

［明］湛若水：《湛甘泉先生文集》,四库全书存目丛书集部 56 册。

［明］方献夫：《西樵遗稿》,四库全书存目丛书集部 59 册。

［明］毛伯温：《毛襄懋先生文集》《别集》《东塘集》,四库全书存目

丛书集部 63 册。

[明]汪佃:《东麓遗稿》,四库全书存目丛书集部 73 册。

[明]林希元:《同安林次崖先生文集》,四库全书存目丛书集部
75 册。

[明]李兆先:《李徵伯存稿》,四库全书存目丛书集部 78 册。

[明]潘恩:《潘笠江先生集》,四库全书存目丛书集部 81 册。

[明]顾梦圭:《疣赘录》,四库全书存目丛书集部 83 册。

[明]吴鹏:《飞鸿亭集》,四库全书存目丛书集部 83 册。

[明]田汝成:《田叔禾小集》,四库全书存目丛书集部 88 册。

[明]王格:《少泉诗集》,四库全书存目丛书集部 89 册。

[明]包节:《包侍御集》,四库全书存目丛书集部 96 册。

[明]周述:《东墅诗集》,四库全书存目丛书补编 97 册。

[明]高拱:《高文襄公集》,四库全书存目丛书集部 108 册。

[明]庞尚鹏:《百可亭摘稿》,四库全书存目丛书集部 129 册。

[明]陈吾德:《谢山存稿》,四库全书存目丛书集部 138 册。

[明]李春熙:《玄居集》,四库全书存目丛书集部 177 册。

[明]吴士奇:《绿滋馆征信编》,四库全书存目丛书集部 173 册。

[明]习经:《寻乐习先生文集》,四库全书存目丛书补编 97 册。

[明]郑泰和辑:《麟溪集》,四库全书存目丛书集部 289 册。

[明]张时彻辑:《皇明文范》,四库全书存目丛书集部 302 册。

[明]凌迪知编:《国朝名公翰藻》,四库全书存目丛书集部 313 册。

[明]杨守陈:《杨文懿公文集》,四库未收书辑刊 5 辑 17 册,北京:
北京出版社 1997 年版。

[明]谢常:《桂轩诗集》,四库未收书丛刊 5 辑 17 册。

[明]俞大猷:《正气堂集》,四库未收书辑刊 5 辑 20 册。

［明］刘伯燮：《鹤鸣集》，四库未收书辑刊 5 辑 22 册。

［明］黄凤翔：《田亭草》，四库禁毁书丛刊集部 44 册，北京：北京出
　　版社 1997 年版。

［明］欧大任：《欧虞部集十五种》，四库禁毁书丛刊集部 47 册。

［清］钱谦益：《列朝诗集》，四库禁毁书丛刊集部 95 册。

［明］叶向高：《苍霞草》，四部禁毁书丛刊集部 124 册。

［明］刘夏：《刘尚宾文集》，续修四库全书 1326 册，上海：上海古籍
　　出版社 2002 年版。

［明］金实：《觉非斋文集》，续修四库全书本 1327 册。

［明］王英：《王文安公诗集》，续修四库全书 1327 册。

［明］王儇：《思庵文集》，续修四库全书 1329 册。

［明］柯潜：《竹岩集》，续修四库全书 1329 册。

［明］刘春：《东川刘文简公集》，续修四库全书 1332 册。

［明］范钦：《天一阁集》，续修四库全书 1341 册。

［明］汪舜民：《静轩先生文集》，续修四库全书 1331 册。

［明］郭应聘：《郭襄靖公遗集》，续修四库全书 1349 册。

［明］韩阳选编：《明西江诗选》，丛书集成续编 115 册，台北：新文
　　丰出版公司 1989 年版。

［明］陈琏：《琴轩集》，丛书集成续编 139 册。

［明］张含：《张愈光诗文选》，丛书集成续编 142 册。

［明］童承叙：《内方先生集》，丛书集成续编 143 册。

［明］李时行：《李驾部前集》，丛书集成续编 144 册。

［明］张煌言：《张苍水集》，丛书集成续编 150 册。

［明］徐孚远：《交行摘稿》，丛书集成新编 68 册。

［明］朱元璋：《明太祖集》，胡士尊点校，刘学锴审订，合肥：黄山书社 1991 年版。

［明］宋濂著、罗月霞主编：《宋濂全集》（新编本），浙江文丛本，杭州：浙江古籍出版社 1999 年版。

［明］宋濂著、黄灵庚主编：《宋濂全集》（全五册），北京：人民文学出版社 2014 年版。

［明］张以宁：《翠屏集》，游友基整理，扬州：广陵书社 2016 年版。

［明］任亨泰：《状元任先生遗稿》，中国国家图书馆藏明正德十年顾英刻本。

［明］高启：《高青丘集》，［清］金檀辑注，徐澄宇、沈伯宗校点，上海：上海古籍出版社 1985 年版。

［明］陈献章：《陈献章集》，孙通海点校，北京：中华书局 1987 年版。

［明］杨士奇：《东里文集》，刘伯涵、朱海点校，北京：中华书局 1998 年版。

［明］李孔修：《李子长先生集》，香港：中国艺术家出版社 2008 年版。

［明］李东阳：《李东阳集》，周寅宾点校，长沙：岳麓书社 1984 年版。

［明］李东阳：《李东阳续集》，钱振民点校，长沙：岳麓书社 1997 年版。

［明］王守仁：《王阳明全集》，吴光等编校，上海：上海古籍出版社 1992 年版。

［明］湛若水：《樵风》，国家图书馆藏明刻本，桂林：广西师范大学出版社 2016 年影印本。

［明］湛若水：《甘泉先生两都风咏》，广东省立中山图书馆藏明嘉靖十四年朱敬之刻本，桂林：广西师范大学出版社 2014 年影印本。

［明］王廷相：《王廷相集》，王孝鱼点校，北京：中华书局1989年版。

［明］翁万达：《稽愆集》，翁辉东重辑，陈香白点校，广州：中山大学出版社1997年版。

［明］林大钦：《林大钦集》，黄挺校注，广州：广东人民出版社1995年版。

［明］罗洪先：《罗洪先集》，徐儒宗编校整理，南京：凤凰出版社2007年版。

［明］归有光：《震川先生集》，周本淳校点，上海：上海古籍出版社1981年版。

［明］汤显祖：《汤显祖诗文集》，徐朔方笺校，上海：上海古籍出版社1982年版。

［明］徐师曾：《文体明辨序说》，罗根泽校点，北京：人民文学出版社1998年版。

［明］袁表、马荧选辑：《闽中十子诗》，苗健青点校，福州：福建人民出版社2005年版。

［清］黄宗羲编：《明文海》，上海：上海古籍出版社1994年版。

［清］朱彝尊编：《明诗综》，北京：中华书局2007年版。

［清］陈元龙编：《历代赋汇》，南京：凤凰出版社2004年版。

［清］罗学鹏辑：《广东文献三集》，中山大学图书馆藏清同治二年（1863）顺德罗氏春晖堂刊本。

陈田：《明诗纪事》，上海：上海古籍出版社1993年版。

中山大学中国古文献研究所编《全粤诗》第五册、第六册，广州：岭南美术出版社2009年版。

林基中主编《燕行录全集》，首尔：东国大学出版社2001年版。

陈庆浩、王三庆主编：《越南汉文小说丛刊》第一辑，七册，法国远东学院、台北学生书局,1987 年版。

陈庆浩、郑阿财、陈义主编:《越南汉文小说丛刊》第二辑,五册,法国远东学院、台北学生书局 1992 年版。

陈庆浩、孙逊主编:《域外小说大系·越南汉文小说集成》,二十册,上海:上海古籍出版社,2010 年版。

刘春银、王小盾、陈义主编:《越南汉喃文献目录提要》,台北:"中研院"中国文哲研究所 2000 年版。

葛兆光、郑克孟主编:《越南汉文燕行文献集成·越南所藏编》,上海:复旦大学出版社 2010 年版。

二、史部

[清]张廷玉等:《明史》,北京:中华书局 1974 年版。

[明]雷礼、范守己等辑:《皇明大政记》,四库全书存目丛书史部 8 册。

[明]徐学谟:《世庙识馀录》,四库全书存目丛书史部 49 册。

[明]李文凤:《越峤书》》,四库全书存目丛书史部 162 册。

[清]孙奇逢:《中州人物考》,文渊阁四库全书 458 册。

[明]李贤等:《明一统志》,文渊阁四库全书 472—473 册。

[清]和珅等:《大清一统志》,文渊阁四库全书 474—484 册。

[清]李卫等:《畿辅通志》,文渊阁四库全书 504—506 册。

[清]赵弘恩等:《江南通志》,文渊阁四库全书 507—512 册。

[清]谢旻等:《江西通志》,文渊阁四库全书 513—518 册。

[清]嵇曾筠等:《浙江通志》,文渊阁四库全书 519—526 册。

[清]郝玉麟等:《福建通志》,文渊阁四库全书 527—530 册。

[清]史迈柱等:《湖广通志》,文渊阁四库全书 531—534 册。

[清]田文镜等:《河南通志》,文渊阁四库全书 535—538 册。

[清]岳濬等：《山东通志》，文渊阁四库全书 539—541 册。

[清]觉罗石麟等：《山西通志》，文渊阁四库全书 542—550 册。

[清]刘于义等：《陕西通志》，文渊阁四库全书 551—556 册。

[清]许容等：《甘肃通志》，文渊阁四库全书 557—558 册。

[清]黄廷桂等：《四川通志》，文渊阁四库全书 559—561 册。

[清]郝玉麟等：《广东通志》，文渊阁四库全书 562—564 册。

[清]金鉷等：《广西通志》，文渊阁四库全书 565—568 册。

[清]鄂尔泰等：《云南通志》，文渊阁四库全书 569—570 册。

[清]鄂尔泰等：《贵州通志》，文渊阁四库全书 571—572 册。

[清]嵇璜、曹仁虎等：《钦定续文献通考》，文渊阁四库全书 630 册。

[明]陈昕纂：《吴中金石新编》，文渊阁四库全书 683 册。

[清]倪涛：《六艺之一录》，文渊阁四库全书 838 册。

[清]王士禛：《池北偶谈》，文渊阁四库全书 870 册。

[清]姚之骃：《元明事类钞》，文渊阁四库全书 884 册。

[明]凌迪知：《万姓统谱》，文渊阁四库全书 956—957 册。

[清]黄虞稷：《千顷堂书目》，上海：上海古籍出版社 2001 年版。

[清]永瑢、纪昀等：《四库全书总目》，北京：中华书局 1965 年版。

[明]严从简：《殊域周咨录》，余思黎点校，北京：中华书局 1993 年版。

[越]黎崱：《安南志略》，武尚清点校，北京：中华书局 2000 年版。

[明]黄省曾著、谢方校注：《西洋朝贡典录校注》，北京：中华书局
　 2000 年版。

[明]张燮：《东西洋考》，谢方点校，北京：中华书局 2000 年版。

[明]应槚、凌云翼、刘尧诲纂：《苍梧总督军门志》，全国图书馆文献
　 缩微复制中心 1991 年版。

[明]郭棐：《粤大记》，黄国声点校，广州：中山大学出版社 1998 年版。

［明］何良俊：《四友斋丛说》,北京：中华书局 1959 年版。

［明］朱国祯辑：《涌幢小品》,北京：中华书局 1959 年版。

［明］都穆：《都公谈纂》,《明代笔记小说大观》本,上海：上海古籍出版社 2005 年版。

［明］陈以跃、万士英纂修《（明万历）铜仁府志》,《日本藏中国罕见地方志丛刊》本,北京：书目文献出版社 1990 年。

［明］皇甫汸等纂：《万历长洲县志》,台北：台湾学生书局 1987 年版。

［明］谢君惠修：《（崇祯）梧州府志》,明崇祯四年刊本,南宁：广西人民出版社 2013 年版。

［清］蒯光焕等：《（同治）苍梧县志》,清咸丰元年修同治十三年续修刻本。

［清］秦簧等修、［清］唐壬森等纂：《光绪兰豁县志》,台北：成文出版社 1974 年版。

［清］马大相编：《灵岩志》,济南：山东友谊出版社 1994 年版。

［清］徐达源：《黎里志》,陈其弟点校,扬州：广陵书社 2011 年版。

［清］同治《元氏县志》,李英辰等整理,北京：中国文史出版社 2007 年版。

周锺岳等：《新纂云南通志》,昆明：云南人民出版社 2007 年版。

余绍宋等：《（民国）重修浙江通志稿》,杭州：浙江图书馆 1983 年影印本。

岐山县志编纂委员会：《岐山县志》,西安：陕西人民出版社 1992 年版。

吴江市档案局：《道光吴江县志汇编·吴江县志续稿》,扬州：广陵书社 2010 年版。

董天华等修、李茂林等纂：《卢龙县志》,台北：成文出版社 1968 年版。

董耀会主编：《秦皇岛历代志书校注》，北京：中国审计出版社 2001
　　年版。

吴江县地方志办公室：《儒林六都志》，扬州：广陵书社 2010 年版。

李树枬修、吴寿崧等纂：《昭平县志》，民国二十三年（1934）排
　　印本。

中共贵州省铜仁地委档案室、贵州省铜仁地区政治志编辑室整理：
　　《（民国）铜仁府志》，贵阳：贵州民族出版社 1992 年。

上海市方志办公室编：《上海府县旧志丛书·松江县卷》，上海：上
　　海古籍出版社 2011 年版。

马蓉、陈抗等点校：《永乐大典方志辑佚》第五册《苍梧志》，北京：
　　中华书局 2004 年版。

《明实录》，台北：“中研院”史语所校印本 1962 年版。

［明］申时行等：《明会典》（万历朝重修本），北京：中华书局 1989
　　年版。

［清］谷应泰：《明史纪事本末》，《历代纪事本末》第二册，北京：中
　　华书局 1997 年版。

［清］阮榕龄：《编次陈白沙年谱》，北京：北京图书馆出版社 1998
　　年版。

李国祥等主编：《明实录类纂·人物传记卷》，武汉：武汉出版社
　　1991 年版。

李国祥等主编：《明实录类纂·涉外史料卷》，武汉：武汉出版社
　　1991 年版。

张星烺编注：《中西交通史料汇编》，北京：中华书局 1977 年版。

中国社会科学院历史研究所：《古代中越关系史料选编》，北京：中
　　国社会科学出版社 1982 年版。

萧德浩、黄铮:《中越边界历史资料选编》,北京:社会科学文献出版社 1993 年版。

[日]末松保和编:《李朝实录》,东京:学习院东洋文化研究所影印1957—1966 年版。

[越]吴士连等:《大越史记全书》,陈荆和编校,东京:东京大学东洋文化研究所 1984—1986 年版。

三、专著

郑永常:《汉文文学在安南的兴替》,台北:台湾商务印书馆 1987年版。

张伯伟:《作为方法的汉文化圈》,北京:中华书局 2011 年版。

张伯伟:《域外汉籍研究论集》,北京:北京大学出版社 2011 年版。

葛兆光:《宅兹中国——重建有关"中国"的历史论述》,北京:中华书局 2011 年版。

刘玉珺:《越南汉喃古籍的文献学研究》,北京:中华书局 2007 年版。

陈益源:《越南汉籍文献述论》,北京:中华书局 2011 年版。

于在照:《越南文学史》,广州:世界图书出版广东有限公司 2014年版。

于在照:《越南文学与中国文学之比较研究》,广州:世界图书出版广东有限公司 2014 年版。

陆凌霄:《越南汉文历史小说研究》,北京:民族出版社,2008 年版。

郑宁人、孟昭毅:《中越文学关系史研究》,天津:天津教育出版社2014 年版。

张秀民:《中越关系史论文集》,台北:文史哲出版社 1992 年版。

张奕善:《东南亚史研究论集》,台北:台湾学生书局 1980 年版。

冯承钧:《中国南洋交通史》,北京:商务印书馆 2011 年版。

［美］费正清编：《中国的世界秩序——传统中国的对外关系》，杜继东译，北京：中国社会科学出版社 2010 年版。

［美］富路特、房兆楹等：《明代名人传·湛若水》，李小林、冯金朋等译，北京：时代华文书局 2015 年版。

方志远：《明代国家权力结构及运行机制》，北京：科学出版社 2008 年版。

李云泉：《万邦来朝：朝贡制度史论》，北京：新华出版社 2014 年版。

牛军凯：《王室后裔与叛乱者——越南莫氏家族与中国关系研究》，广州：世界图书出版广东有限公司 2012 年版。

贺圣达：《东南亚文化发展史》，昆明：云南人民出版社 1996 年版。

陈炎：《海上丝绸之路与中外文化交流》，北京：北京大学出版社 1996 年版。

郭廷以主编：《中越文化论集》，台北：中华文化出版事业委员会 1956 年版。

朱云影：《中国文化对日韩越的影响》，桂林：广西师范大学出版社 2007 年版。

黄国安等：《中越关系史简编》，南宁：广西人民出版社 1986 年版。

黄南津、周洁：《东南亚古国资料辑录及研究》，北京：中国社会科学出版社 2011 年版。

李焯然：《中心与边缘：东亚文明的互动与传播》，桂林：广西师范大学出版社 2015 年版。

赵丽明：《汉字传播与中越文化交流》，北京：国际文化出版社 2004 年版。

李未醉：《中越文化交流论》，北京：光明日报出版社 2009 年版。

刘志强：《中越文化交流史论》，北京：商务印书馆 2013 年版。

孟华主编：《比较文学形象学》，北京：北京大学出版社 2001 年版。

张哲俊：《中国古代文学中的日本形象研究》，北京：北京大学出版社 2004 年版。

张旭东：《东南亚的中国形象》，北京：人民出版社 2010 年版。

饶芃子主编：《中国文学在东南亚》，广州：暨南大学出版社 1999 年版。

王宝平主编：《东亚视域中的汉文学研究》，上海：上海古籍出版社 2013 年版。

罗长山：《越南传统文化与民间文学》，昆明：云南人民出版社 2004 年版。

谭志词：《中越语言文化关系》，广州：世界图书出版广东有限公司 2014 年版。

朱保炯、谢沛霖：《明清进士题名碑录索引》，上海：上海古籍出版社 1980 年版。

李时人：《中国文学家大辞典·明代卷》，北京：中华书局 2018 年版。

张慧剑：《明清江苏文人年表》，上海：上海古籍出版社 2008 年版。

李洁非：《龙床：明六帝纪》，北京：人民文学出版社 2013 年版。

单士元：《我在故宫七十年》，北京：北京师范大学出版社 1997 年版。

浙江省外事志编纂委员会编：《浙江省外事志》，北京：中华书局 1996 年版。

杜海军：《广西石刻总集辑校》，北京：社会科学文献出版社 2010 年版。

中华罗氏通谱编纂委员会：《中华罗氏通谱》，北京：中国文史出版社 2007 年版。

九江市政协文史委员会编：《名人咏九江》，南昌：江西人民出版社 2009 年版。

胡迎建主编：《鄱阳湖历代诗词集注评》，南昌：江西人民出版社

2015 年版。

房泽水编注：《灵岩游翰辑注》，北京：中国文联出版社 2000 年版。

中原文化大典编纂委员会：《中原文化大典》，郑州：中州古籍出版社 2008 年版。

仲崇义、仲伟铸、仲肇峰主编：《仲里新志》，长春：长影银声音像出版社 2004 年版。

刘正刚主编：《历史文献与传统文化》（第十八辑），济南：齐鲁书社 2014 年版。

陈永正：《岭南诗歌研究》，广州：中山大学出版社 2008 年版。

郑培凯：《汤显祖与晚明文化》，台北：允晨文化股份有限公司 1995 年版。

陈广宏、侯荣川编校：《稀见明人诗话十六种》，上海：上海古籍出版社 2014 年版。

余嘉锡：《四库提要辨证》，北京：中华书局 1980 年版。

汪泰荣编校：《〈四库全书总目〉吉安人著述提要》，长春：吉林摄影出版社 2010 年版。

广州图书馆编：《广东历代著者要录·广州府部》，广州：广州出版社 2012 年版。

四、论文

张伯伟：《域外汉籍研究——一个崭新的学术领域》，《学习与探索》2006 年第 2 期。

葛兆光：《多面镜子看中国》，《中华读书报》2010 年 6 月 9 日《从周边看中国》。

武尚清：《从〈大越史记〉到〈大越史记全书〉》，《史学史研究》1986 年第 4 期。

武尚清:《〈大越史记全书〉的完成与发展》,《史学史研究》1987年第1期。

杨正泰:《明代国内交通路线初探》,《历史地理》1990年第7期。

郭振铎:《越南〈钦定越史通鉴纲目〉的编撰及其若干问题》,《东南亚纵横》1991年第1期。

刘致中:《中国古代戏班进入越南考略》,《文学遗产》2002年第4期。

陈文源:《明朝士大夫的安南观》,《史林》2008年第4期。

王伟:《明代士大夫的天下观:以1368—1428年中越关系为中心》,《求索》2010年第12期。

万明:《明代诏敕的类型——以明初外交诏敕为例》,《中外关系史论文集》第14辑《新视野下的中外关系史》。

万明:《明代外交诏令的分类考察——以洪武朝奠基期为例》,《华侨大学学报》(哲学社会科学版)2009年第2期。

万明:《从诏令文书看明初中国与越南的关系》,《东南亚南亚研究》2009年第4期。

郑永常:《一次奇异的诗之外交:冯克宽与李晬光在北京的交会》,《台湾古典文学研究集刊》(创刊号),台北:里仁书局2010年版。

刘玉珺:《中越古代书籍交流考述》,《文献》2004年第4期。

刘玉珺:《越南使臣与中越文学交流》,《学术研究》2007年第1期。

刘玉珺:《中国使节文集考述——越南篇》,《首都师范大学学报》(社会科学版)2007年第3期。

牛军凯:《"越南苏武"黎光贲及其在华诗作〈思乡韵录〉》,《东南亚研究》2015年第4期。

吕小蓬:《越南古代汉文小说中的中国人形象研究》,《华文文学》2014年第6期。

吕小蓬：《越南古代汉文小说中越使臣斗智故事的模式化特征》，《人文丛刊》第九辑，学苑出版社，2015 年。

杜霭华：《萧疏清静　简逸趣然——读明代高士李孔修的诗画》，陈登贵主编《广州市文博论丛》第 2 辑，广州出版社 2005 年。

陈鸿钧：《广州一方明代〈进士题名记碑〉考》，《广州文博》，北京：文物出版社 2012 年版。

何仟年：《中国历代有关越南古籍考述》，《西南师范大学学报》（人文社会科学版）2002 年第 6 期。

何仟年：《越中典籍中的两国诗人交往》，《扬州大学学报》（人文社会科学版）2006 年第 1 期。

何仟年：《中国所存越南汉诗文献考论》，《中国典籍与文化》2010 年第 6 期。

何仟年：《中国典籍流播越南的方式及对阮朝文化的影响》，《清史研究》2014 年第 2 期。

何仟年：《〈越南汉文燕行文献集成〉解题补正》，张伯伟主编《域外汉籍研究集刊》第十四辑，中华书局 2016 年。

黄文凯、陈庆良：《追慕与拒斥——越南邦交诗的文化认同与民族共同体的建构》，《国际汉学》2017 年第 2 期。

陆小燕、叶少飞：《万历二十五年朝鲜安南使臣诗文问答析论》，张伯伟主编《域外汉籍研究集刊》第九辑，中华书局 2013 年。

叶少飞：《〈大越史记全书〉载宋太宗讨交州诏辨析》，张伯伟编《域外汉籍研究丛刊》第九辑，中华书局 2013 年。

陆小燕、叶少飞：《李觉使安南考》，《红河学院学报》2011 年第 5 期。

张京华：《三"夷"相会——以越南汉文燕行文献为中心》，《外国文学评论》2012 年第 1 期。

张京华：《作诗的使臣——湛若水与安南君臣的酬唱》，《外国文学评论》2018 年第 3 期。

冯小禄、张欢:《古代中国与东南亚关系及文学交往研究述评》,《东南亚纵横》2015 年第 7 期。

冯小禄、张欢:《〈大越史记全书〉所载明人诗考论》,张伯伟主编《域外汉籍研究集刊》第十四辑,中华书局 2016 年。

冯小禄、张欢:《越南冯克宽〈使华诗集〉三考》,《文献》2018 年第 6 期。

何仟年:《越南古典诗歌传统的形成——莫前诗歌研究》,扬州大学博士论文 2003 年。

陈文源:《明朝与安南关系研究》,暨南大学博士论文 2005 年。

夏露:《明清小说在越南的传播与影响》,北京大学博士论文 2008 年。

［越］丁光忠:《越南汉喃文学的中国影响》,南开大学博士论文 2004 年。

［越］阮玉英:《唐诗对越南诗歌的影响》,中国人民大学硕士论文 2007 年。

刘利华:《明朝与占城关系论略》,暨南大学硕士论文 2002 年。

王学伟:《明洪武时期出访安南使臣研究 1368—1398 年》,暨南大学硕士论文 2006 年。

杨继枝:《明朝与越南后黎朝关系（1428—1527）》,云南师范大学硕士论文 2007 年。

廖凯军:《明代游记、小说、戏曲中的海外国家形象》,福建师范大学硕士论文 2010 年。

刘韬:《江门学派的交流与唱和研究》,中山大学硕士论文 2010 年。

武朝文:《〈西事珥〉校注》,广西师范学院硕士论文 2011 年。

张恩练:《越南仕宦冯克宽及其〈梅岭使华诗集〉研究》,暨南大学硕士论文 2011 年。

周孝雷:《俞大猷的海防地理思想与海防实践研究》,暨南大学硕士
学位论文 2015 年。

甄周亚:《冯克宽使华汉诗写本俗字研究》,浙江财经大学硕士论文
2015 年。

后　记

　　之所以在 2013 年选择"明人文集中的东南亚资料辑录及文学交往研究"这个题目来作为国家社科基金项目"明代诗文流派论争研究"结项之后的教育部课题申报题目，说实话，是有点"腻烦"了"明代诗文（流派）论争研究"这个领域，想在明代范围内换一个新论题，清静一下，逃离那个自 2001 年读博时即"缠绕"上我的形形色色、争之不休、喧嚷不已的"文学论争"。也没多想，要是"中"了之后要完成它，会如事前想象的"距离产生美感"吗？接下来申请获准立项，又再一次让我品尝到了变换论题带来的坏处，就是要将大量的时间和精力投入到一个几乎全然陌生的材料收集和整理认识之中。为此，整个2013 年，我没有写成和发表一篇论文，倒真获得了最先想要的"清静"。

　　在比较全面地摸索了明代中越文学交往研究的状况后，我发现，域外汉籍研究虽然热闹，蔚然为"一个崭新的学术领域"（张伯伟《域外汉籍研究——一个崭新的学术领域》，《学习与探索》2006年第 2 期），但也主要集中在韩国汉籍和日本汉籍，而越南汉籍则尚处于较为平面的历史事实梳理和较为浅近的文献释读阶段，且即使是文献释读也存在较大的错讹，历史梳理也存在较为明显的误解。由此我们强化了一个研究意识，即在收集整理明人文集中的越南资料和研究明人立场下的中越文学交往的同时，也要特别多下功夫研究《越南汉文燕行文献集成》中与明代对应部分的冯克宽《使华诗集》文本和人物、事件等。这不仅是为了加强"南北望"的课题理念设计，避免中国中心主义的狭隘自大，也是为了夯实古代中越文学交往的资料基础和事实基础。于是 2016 年在《域外汉籍研究集刊》上发表了《〈大越史记全书〉中的明人诗考论》，2018 年在《文献》上发表了《越南冯克宽〈使华诗集〉三考》等两文，其中后文纠正了学界的一些人名误读、文本错识等文献和历史问题，并以此来回应越南汉籍和越南立场下的中国诗歌文本载录、流播和中国想象、越南民族文化心理等大问题。

这个课题有新鲜感，须积累和运用多种学科知识，也有较大的学术空间值得纵横开展，本来也想在结题之后继续研究下去，但由于多种原因，我又不得不再次换题，跳回到相对熟悉的老本行——明代台阁文学研究。不过我想，在以后合适的时候，我还是会再一次回到这一块自己开垦的处女地的，因为其中还有很多吸引我的有趣话题。想起来还真有些无奈，论题换来换去，倒成了我的一个学术习惯性动作。只能自我安慰，今后大抵都会在明代的范围内，以明代为中心，不会太折腾啦。

感谢北师大郭英德先生再次慨然赐序，为拙著增殖添彩，非常荣幸。感谢一如既往指导笔者的四川师大万光治先生、刘朝谦教授。感谢多次教益的北京语言大学张廷银教授、北师大张德建教授、安徽师大武道房教授、云南大学冯良方教授。感谢刊发拙文的《文献》《域外汉籍研究集刊》等刊物主编和责编。感谢大力扶持的云南师大科研处彭茂红等老师。感谢本人指导的古代文学专业研究生张润中、宋莹莹、杨楠、张璐、纪孟霞、杨裕涵、李殷楚和文献学专业研究生袁一舒、刘一宁等人，他们均曾帮我查找下载过课题所需相关书籍、论文的电子版，辅我实多。

当然，最后还得感谢与我合作完成本书的张欢。她做了很多的材料收集和论文初稿的写作工作,特别是比较文学形象学中的自我与他者的形象塑造等文艺学理论问题,她有非常到位的建议和运用。要知道,本书主要有两大难点:一是材料的收集和整理,它们散处在"四库系列"和其他丛书、今人整理本之中,需要打捞爬梳,十分耗时;二是形象学的合理运用,展现中越文学交往研究的新维度,而她都有非常重要的贡献。

夫子曰:"吾十有五而志于学,三十而立,四十而不惑,五十而知天命。"(《论语·为政》)不知不觉,流水花深,岁月静默,今已值知天命之年,似乎也真有了知天命的味道。虽有时仍会心情激越,但已是"却道天凉好个秋"了(辛弃疾《丑奴儿·书博山道中壁》)。惟愿逝去的仅是贪多务得的心理和无法阻止变衰的容颜,而不逝的是黾勉努力的究学心态和"执玄静于中谷"(扬雄《太玄赋》)的人生境界。

以是记岁月与学术之刻痕。

晓庐己亥冬月初稿

庚子五月改稿

补志:

原定由另一家出版社出版的拙稿,因故改由中华书局出版。其间得真诚感谢北师大郭英德老师、中央财经大学李鹏师弟、中华书局李爽编辑的牵线搭桥,感谢中华书局学术著作编辑室罗华彤主任的大力扶持和陈乔编辑的专业细致,感谢云南师大科研处刘连杰处长和李飞等老师的多方帮助,感谢云南师范大学学术精品文库和云南省研究生导师团队(中国语言文学)经费的资助。

辛丑冬十月再志